카라마조프 씨네 형제들

카라마조프 씨네 2
형제들

표도르 도스토옙스키 장편소설　이대우 옮김

Братья Карамазовы

열린책들 세계문학
모노 에디션

BRAT'IA KARAMAZOVY
by FEDOR DOSTOEVSKII (1879~1880)

일러두기
번역 대본은 F. M. Dostoevskii, *Sobranie sochinenii v dvenadtsati tomakh*(Moskva: Pravda, 1982)와 F. M. Dostoevskii, *Polnoe sobranie sochinenii v tridtsati tomakh* (Leningrad: Nauka, 1972~1990)를 주로 사용하였습니다. 다만 판본에 차이가 없는 한 옮긴이가 번역 대본을 임의로 선택하였습니다.

제2부(계속)

제6권 러시아의 수도사

1 조시마 장로와 그의 손님들　　　　　　　　13

2 수도 사제 고 조시마 장로의 진술을 바탕으로 알렉세이 표도로비치 카라마조프가 작성한 그의 생애전　　　　　　　　20

3 조시마 장로의 대화와 설교 중에서　　　76

제3부

제7권 알료샤

1 썩는 냄새　　　　　　　　　　　　　　105

2 그런 순간　　　　　　　　　　　　　　126

3 파 한 뿌리　　　　　　　　　　　　　　136

4 갈릴래아 가나　　　　　　　　　　　　168

제8권 미탸

    1 쿠지마 삼소노프   177
    2 랴가비   195
    3 금광   207
    4 어둠 속에서   228
    5 갑작스러운 결심   238
    6 내가 간다!   267
    7 틀림없는 옛 남자   281
    8 미몽   313

제9권 예심

    1 페르호틴의 출세   339
    2 경보   350
    3 연속적인 영혼의 수난, 첫 번째 수난   362
    4 두 번째 수난   377
    5 세 번째 수난   390
    6 검사가 미탸를 사로잡다   411
    7 미탸의 엄청난 비밀, 사람들은 휘파람을 불어 대다   425
    8 증인들의 진술, 아귀들   445
    9 미탸를 호송하다   461

제4부

제10권 소년들

    1 콜랴 크라솟킨   471

    2 어린아이들   479

    3 학생들   489

    4 주치카   503

    5 일류샤의 침대 곁에서   515

    6 조숙(早熟)   543

    7 일류샤   555

등장인물

표도르 파블로비치 카라마조프 가장.
드미트리(미탸, 미텐카, 미티카, 미트리) 큰아들.
이반(바냐, 바네치카, 반카) 둘째 아들.
알료샤(알렉세이, 알료시카, 료셰치카) 셋째 아들.

아델라이다 이바노브나 미우소바 표도르의 첫 아내.
소피야 이바노브나 둘째 아내.

그리고리 바실리예비치 쿠투조프 하인.
마르파 이그나티예브나 그의 아내.
스메르댜코프(파벨 표도로비치) 요리사.
리자베타 스메르댜샤야 그의 어머니.

카테리나 이바노브나 베르홉체바(카탸, 카텐카, 카티카) 드미트리의 약혼자.
호흘라코바 부인(카테리나 오시포브나) 과부.
리자(리즈) 딸.
그루셴카(아그라페나 알렉산드로브나 스베틀로바. 그루샤, 그루시카, 아그리피나)
라키틴(미하일 오시포비치. 미샤, 라킷카, 라키투시카) 신학생. 그루셴카의 사촌.
삼소노프(쿠지마 쿠지미치) 그루셴카의 보호자.

조시마 수도원 장로.
이폴리트 키릴로비치 검사.
니콜라이 파르표노비치 넬류도프 예심 판사.
페튜코비치 변호사.

표트르 일리치 페르호틴 관리.
스네기료프(니콜라이 일리치) 퇴역 대위.

아리나 페트로브나 그의 병든 아내.
바랴(바르바라), **니나**(니노치카), **일류샤**(일류셰치카) 스네기료프의 아이들.
다르다넬로프 일류샤의 학교 선생님.
콜랴 크라솟킨, 스무로프, 카르타셰프 일류샤의 학교 친구들.

제2부
(계속)

제6권
러시아의 수도사

1 조시마 장로와 그의 손님들

알료샤가 불안감과 가슴 죄는 고통을 안고 장로의 암자에 들어섰을 때 그는 깜짝 놀라 제자리에서 걸음을 멈추고 말았다. 그가 마음을 졸였던 대로 장로는 의식을 잃은 채 임종을 앞둔 환자의 모습이었다기보다는 극도의 쇠약 현상을 보이며 기진맥진해 있긴 하지만 밝고 인자한 표정으로 자신을 에워싸고 있는 손님들과 조용하면서도 즐거운 대화를 나누며 의자에 앉아 있는 것을 보았던 것이다. 하지만 그는 알료샤가 도착하기 15분 전에야 비로소 침대에서 몸을 일으켰다. 손님들은 진작부터 장로의 암자에 모여 그가 깨어나기만을 기다리고 있었다. 파이시 신부가 〈스승님께서는 다시 한번 진심으로 사랑하는 형제들과 이야기를 나누기 위해 틀림없이 자리에서 일어나실 겁니다, 오늘 아침 말씀하시고 약속하신 대로 말입니다〉라고 단언했던 것이다. 다시 자리에서 일어나 자신들과 작별 인사를 하겠다고 약속한 이상 그 약속을, 임종을 앞둔 장로의 한마디 한마디를 파이시 신부는 철석같이 믿었고, 장로가 완전히 의식을 잃고 숨이 끊어진다고 해도 장로의 죽음을 믿지 않고 그가 의식을 회복하여 약속이 실행되기를 기다렸을 것이다. 아침 일찍 장로는 잠자리에 들면서, 〈사랑하는 여러분의 얼굴을 마주 보면서 내가 진정으로 사랑했던 것들을 다시 한번 실컷 이야기하기 전에는, 내 영혼을 다시 한번 발산하기 전에는 나는 죽지 않을 것이오〉라고 분명히 그에게 이야기했다. 마지막이 될 장로의 강론을 듣기 위해 오래전부터 그에게 헌신해 온 벗들이 모였다. 그 벗들은 네 사람이었다. 이오시프 수도 신부, 파이시 신부, 암자의 주임 사제인 미하일 신부 등이었다. 미하일 신부는 그렇게 늙은 편도 아니고 학식도 대단치 않은 평민 출신이었으나, 정신적으로는 철저하면서도 소박한 신앙심의 소유자였으며, 외모상으로는 엄숙해 보이지만 마음속으로는 한없는 너그러움을 간직하고 있으면서도 어쩐지 부끄러울 정도로까지 자신의 너그러움을 숨기고 있는 사람이었다. 네 번째 손님은 안핌이라고 하는 빈농 출신의 나이 많은 평수사였다. 그는 거의 문맹이나 다름없는 데다 말수가 적고 조용했으며, 다른 사람들과 대화를 나누는 경우도 드물었고, 자기 지혜로는 도저히 다다를 수 없는 무언가 위대하고 무서운 것에 몹시 놀란 듯한 모습의, 대단히 겸손한 사람이었다. 조시마 장로는 두려움에 떨고 있는 것처럼 보이는 그 사람을 몹시 사랑했으며, 그에게 한평생 특별한 존경심을 보였다. 장로는 한때 그 사람과 여러 해 동안 성스러운 루시[1] 전역을 여행한 적도 있는데, 아마 그 사람처럼 대화를 적게 나누었던 사람도 없을 것이다. 지금으로부터 약 40년 전의 아주 오랜 옛날에 조시마 장로는 코스

1 러시아의 고대 이름. 이하 모든 주는 옮긴이의 주이다.

트로마의 어느 가난하고 이름 없는 수도원에서 처음으로 수도 생활을 시작했는데, 당시 수도에 입문하자마자 가난한 그 수도원의 헌금 모금차 안퓜 수사와 함께 전국을 여행하기도 했다. 주인과 손님들은 모두 침대가 놓여 있는 장로의 두 번째 방에 자리 잡고 있었다. 그런데 그 방은 앞서 밝힌 바 있듯이 아주 협소해서 네 사람이(언제나 그 자리에 서 있는 발심자 포르피리를 제외하고) 장로의 의자를 중심으로 응접실에서 가져온 의자에 겨우 앉을 수 있었다. 날이 어두워지기 시작하자 성상 앞에 놓인 램프와 양초에 불을 붙였다. 출입구에서 어쩔 줄 모르고 서 있는 알료샤를 발견하자 장로는 환하게 미소를 지으며 그를 향해 손을 내밀었다.

「잘 지내니, 얌전한 아들아, 그래 잘 지내고 있어? 사랑스러운 아들아, 너로구나. 네가 올 줄 알고 있었지.」

알료샤는 장로 앞으로 다가가 땅바닥에 엎드려 절을 하더니 엉엉 울기 시작했다. 가슴속에서 무언가 울컥 터져 나오면서 그의 영혼이 부들부들 떨려 와 실컷 울고 싶었던 것이다.

「이게 웬일이냐, 아직은 울 때가 아닌걸.」 장로는 그의 머리에 오른손을 얹으며 미소를 보냈다. 「자, 잘 보렴, 난 이렇게 자리에 앉아 이야기를 나누고 있잖니. 아마도 20년은 더 살 수 있을 것처럼 보이지 않니? 리자베타라는 소녀를 데리고 비셰고리예에서 왔다는 그 착하고 상냥한 부인이 어제 기원했듯이 말이야. 주여, 리자베타라는 소녀와 그 어머니를 기억해 주소서! (장로는 성호를 그었다.) 포르피리, 그 부인의 헌금을 내가 이야기한 곳에 전달했겠지?」

장로는 명랑한 여신도가 〈자기보다 더 불쌍한 사람에게〉 전해 달라며 헌금한 60코페이카가 생각났던 것이다. 그 같은 헌금은 종교상의 징벌에 해당하는 것이어서 이유 여하를 막론하고 반드시 본인의 노동을 통해 번 돈을 자발적으로 기증해야만 했다. 장로는 이미 어제저녁에 포르피리를 보내서 얼마 전 화재를 당해 아이들과 함께 구걸을 다니는 우리 고장의 가난한 어느 과부에게 돈을 전달했다. 포르피리는 분부대로 〈익명의 자선가〉가 보낸 돈처럼 전달했노라고 얼른 보고했다.

「일어나거라, 사랑하는 아들아.」 장로는 알료샤를 향해 이야기를 계속했다. 「네 얼굴을 보여 줘야지. 집에는 가봤니? 형은 만났어?」

알료샤는 장로가 두 형 중 한 사람에 대해서만 분명하고 정확하게 묻는 것이 이상하게 여겨졌다. 그러나 어느 형을 가리키는지는 알 수 없지만, 아마도 그 형 때문에 어제와 오늘 자신을 밖으로 내보냈음에 틀림없었다.

「두 형 중 한 사람밖에 못 만났습니다.」 알료샤가 대답했다.

「내가 어제 이마를 땅에 대고 절했던 큰형 말이다.」

「큰형은 어제 만났을 뿐, 오늘은 도저히 찾을 수가 없었습니다.」 알료샤가 말했다.

「어서 찾아봐라, 내일 다시 나가서 급히 찾아내. 만사를 제쳐 놓고라도 말이다. 어쩌면 아직은 끔찍한 일을 사전에 예방할 수도 있을 테니까. 어제 난 앞으로 그에게 닥칠 위대한 고난을 향해 절했던 것이란다.」

장로는 무슨 깊은 생각에 잠긴 듯 갑자기 입을 다물고 침묵했다. 그의 이야기는 알쏭달쏭했다. 장로가 어제 땅에 대고 절하던 광경을 목격한 이오시프 신부는 파이시 신부와 서로 눈길이 마주쳤다. 알료샤는 참을 수가 없었다.

「신부님!」 알료샤는 흥분을 가라앉히지 못하고 이렇게 말했다. 「그 말씀은 너무 모호해서…… 어떤 고난이 형님 앞에 놓여 있다는 말씀이신지요?」

「궁금해할 것 없다. 어제 내게 끔찍한 생각이 들었거든……. 어제 네 형의 눈길은 자신의 운명을 이야기하고 있는 것 같았어. 네 형은 그런 눈길을 보내고 있었지……. 그 사람이 자기 자신에 대해 준비하고 있는 일 때문에 내 가슴은 순간적으로 얼마나 공포에 떨었는지 몰라. 사람의 얼굴에서 그런 표정을 발견한 것은 내 평생 한두 번에 불과해……. 그런 부류의 사람들의 운명 전체가 그대로 나타나 있는 듯했고, 안타깝게도 그 같은 운명이 그대로 실현되었어. 내가 너를 너희 형한테 보냈던 것은, 알렉세이, 형제로서 너의 얼굴이 그를 도울 수 있을 거라고 생각했기 때문이란다. 하지만 만사는 하느님의 뜻에 달려 있고 또 우리 모두의 운명도 마찬가지겠지. 〈밀알 하나가 땅에 떨어져 죽지 않으면 한 알 그대로 남아 있고, 죽으면 많은 열매를 맺는다〉[2]라는 말씀이 있잖니. 이 말씀을 꼭 기억해 두거라. 그런데 알렉세이, 나는 평생 너와 같은 얼굴을 지닌 사람들을 수없이 축복해 왔으니, 이 사실을 잊지 말아라.」 장로는 고요한 미소를 머금으며 말했다. 「난 네가 이 담장 밖으로 나가더라도 속세에서 역시 수도사처럼 살아갈 거라고 생각하고 있어. 많은 반대자들이 있을 테지만 그 원수들조차 너를 사랑하게 될 거야. 인생이 너에게 많은 불행을 안겨 주겠지만 그로 인해 행복해질 것이고 인생을 축복할 것이며 결국 다른 사람들의 인생도 축복하게 될 테니,

---

[2] 「요한의 복음서」 12장 24~25절.

그것이 무엇보다 중요한 사실이지. 너는 바로 그런 사람이란 다. 신부님들 그리고 선생님들.」 장로는 너그러운 미소를 지으며 손님들을 향해 고개를 돌렸다. 「나는 오늘날까지 이 젊은이에게조차 결코 말해 본 적이 없습니다, 어째서 이 젊은이의 얼굴이 그토록 내 마음속에 사랑스럽게 여겨졌는지를. 이제야 밝혀 드리고자 합니다. 그의 얼굴은 내게 예언 그리고 추억과 같은 것이었습니다. 어린아이에 불과했던 내 인생의 초기에 내겐 형님이 한 분 계셨습니다. 그분은 겨우 열일곱 살의 젊은 나이에 내가 지켜보는 가운데 죽고 말았지요. 그러고 나서 인생을 살아가는 동안 나는 그 형님이 내 운명에 하늘이 내린 지표이자 숙명 같은 존재라는 확신을 점차 갖게 되었습니다. 내 인생에서 그분이 없었더라면 나는 수도사의 품계도 받지 못했을 것이고, 이 소중한 길로 들어서지도 못했을 것이라고 생각합니다. 그분이 처음 등장한 것은 내가 어렸을 때이지만, 인생의 황혼기인 지금 그분의 재현이 내 눈앞에 일어나고 말았습니다. 신부님들 그리고 선생님들, 놀랍게도 알렉세이의 얼굴이 그분과 닮았다기보다는 정신적으로 너무 흡사해서 나는 이 젊은이를 인생의 말년에 신비스럽게도 어떤 회상과 영감을 주기 위해 나를 찾아온 젊은 시절의 내 형님처럼 생각했던 적이 한두 번이 아닙니다. 그래서 그처럼 이상한 몽상 때문에 스스로도 놀라곤 했습니다. 듣고 있니, 포르피리?」 장로는 자신의 시중을 들고 있는 발심자에게 고개를 돌렸다. 「내가 너보다 알렉세이를 더 사랑한다고 해서 네 얼굴에 슬픈 기색이 역력하던 것을 나는 여러 차례 목격했었지. 이젠 그 이유를 알겠니? 하지만 나는 너를 사랑하고 있으니, 이 점 명심해 두렴. 네가 슬퍼하는 모습을 보면서 나도 수

없이 가슴이 아팠단다. 좌중에 자리하신 여러분, 나는 이 젊은이, 아니 내 형님 얘기를 해드리고 싶군요. 왜냐하면 내 인생에서 그보다 더 소중하고 예언적이며 감동적인 일은 없었기 때문입니다. 나는 마음속으로 큰 감동을 받았었기에 다시 한번 인생을 거슬러 올라가듯 지금 이 순간 내 생애 전부를 되돌아보려고 합니다……」

여기서 나는 장로가 생애의 마지막 날 자신을 찾아온 손님들에게 한 강론의 일부가 기록으로 보존되어 있다는 사실을 알려 두는 바이다. 그것은 장로가 죽고 나서 얼마 후 그를 추모하기 위해 알렉세이 표도로비치 카라마조프가 기록했던 것이다. 그러나 나로서는 그것이 당시의 강론만을 담은 것인지, 아니면 지난날 스승이 들려주었던 강론 내용을 알료샤가 보충한 것인지 단정 지을 수 없다. 게다가 그 기록 속에 나타난 장로의 이야기 전체는 친구들에게 마치 자신의 생애를 소설 형식으로 표현하듯 전혀 내용상 단절이 없으나, 뒤에 이어지는 이야기에 따르면 실제로는 틀림없이 약간 다른 형식으로 이루어졌을 것이다. 왜냐하면 비록 그날 저녁 강론에서 손님들이 주인의 이야기에 끼어드는 일이 적었다고 할지라도 모두가 대화에 참여하면서 자신들의 생각을 밝혔을 것이며, 아마도 한두 마디씩은 거들었을 것이기 때문이다. 더구나 장로는 때때로 숨을 헐떡이기도 하고 목이 잠기기도 했으며, 침대에 누워 휴식을 취하기도 했으므로 쉬지 않고 이야기한다는 것 자체가 불가능한 일이었다. 그렇다고 장로가 잠이 들었거나 손님들이 자리를 떴던 것도 아니다. 성서 낭독으로 강론이 한두 차례 중단되기도 했는데, 성서 낭독을 맡은 사람은 파이시 신부였다. 한 가지 더 유념해 둘 사실은 손님들 중에서 장로가 그날 밤 세상을 뜰 거라고 생각한 사람은 아무도 없었으며, 더구나 낮잠을 푹 자고 난 후여서 생애의 마지막 저녁에 해당하는 그날, 벗들과 장시간에 걸친 강론을 이끌 만큼의 새로운 원기를 별안간 회복한 것처럼 보였다는 것이다. 그것은 믿기 어려울 정도의 활기를 유지해 준 최후의 감동인 것 같았지만 단지 한순간에 불과했다. 장로는 갑자기 세상을 뜨고 말았던 것이다……. 그러나 그 이야기는 차후에 전하기로 하자. 지금은 상세한 강론 내용을 전하지 않고 알렉세이 표도로비치 카라마조프의 원고에 기록된 장로의 이야기에 국한하고자 함을 밝혀 두는 바이다. 그것이 더 간결하고, 덜 지루할 것이다. 다시 한번 밝혀 두지만, 알료샤가 지난날의 강론 속에서 많은 부분을 발췌하여 그 내용을 보충했음은 물론이다.

2 수도 사제 고 조시마 장로의 진술을 바탕으로 알렉세이 표도로비치 카라마조프가 작성한 그의 생애전

가. 조시마 장로의 젊은 친형

사랑하는 신부, 수도사 여러분, 나는 먼 북방 어느 현(縣), B시의 이름도 관직도 전혀 없는 귀족 집안에서 태어났습니다. 부친은 내가 태어난 지 겨우 두 살이 될 무렵 타계하셨으므로 그분에 대해서는 전혀 기억하지 못하고 있습니다. 부친은 목조 건물 한 채와, 많은 것은 아니지만 아이들을 키우기에 부족함이 없는 약간의 재산을 어머니에게 남기셨지요. 어머니는 두 형제를 키우셨습니다. 나 지노비와 형 마르켈입니다. 형은 나보다 여덟 살가량 위였고, 흥분을 잘하는 급한 성격의 소유자였지만 선량하고 남을 멸시하지 않으며 이상할 정도로 말수가 적은 분이었는데, 특히 집에서 나나 어머니 혹은 하인들을 대할 때 더욱 그랬습니다. 형은 중학교에 다닐 때 공부는 잘했지만 학급 친구들과 다투는 것도 아니면서 잘 어울리지 못했는데, 적어도 어머니는 그렇게 회상하셨습니다. 형은 세상을 뜨기 반년 전인 열일곱 살 무렵에 우리 도시에서 홀로 은둔하는 어떤 사람을 자주 찾아다니곤 했는데, 그 사람은 자유주의 사상 때문에 모스크바에서 우리 도시로 추방된 정치범 같았습니다. 그 사람은 대학에서 뛰어난 학자인 동시에 유명한 철학가이기도 했습니다. 무슨 까닭에선지 그 사내는 마르켈을 사랑해서 자기 집에 맞아들이게 되었습니다. 형은 겨울 내내 매일 저녁을 그 사람의 집에서 보냈는데, 많은 후원자들이 있던 그 사람의 탄원이 받아들여져 페테르부르크의 관직으로 복직할 때까지 그런 방문은 계속되었습니다.

사순절이 시작되었을 때 마르켈은 금식을 지키려고 하지 않고 욕설을 퍼부으며, 〈그건 모두 몽상이죠, 하느님은 존재하지 않아요〉라며 조롱하는 것이었습니다. 그래서 어머니와 하인들 그리고 심지어는 어린 나까지도 두려움에 몹시 떨었습니다. 당시 나는 겨우 아홉 살에 불과했지만 그 이야기를 듣고는 매우 큰 충격을 받았던 것입니다. 우리 집은 하인을 네 명 거느리고 있었는데, 그들은 우리 집안과 잘 알고 지내는 어느 지주의 명의로 사들인 농노들이었습니다. 지금도 기억이 납니다만, 어머니는 네 명의 농노 중에서 한 명을, 아피미야라는 절름발이 요리사 할머니를 60루블에 팔고, 그 대신 해방 농노 여인을 고용하셨습니다. 사순절 6주째에 형은 갑자기 건강이 몹시 나빠졌습니다. 평소 몸이 약해 가슴을 자주 앓았기 때문에 결핵에 걸리기 쉬운 허약 체질이었던 것입니다. 형은 그리 작지 않은 키에 여위고 호리호리한 편이었으며, 얼굴은 상당히 잘생겼습니다. 감기에 걸린 것이 아닌가 했는데 의사가 왕진을 와서는 급성 폐결핵이니 봄을 넘기기 힘들 거라고 어머니한테 귓속말을 전하는 것이었습니다. 어머니는 눈물을 흘리면서 형한테 재계(齋戒)를 지키고 성찬을 받으라고 조심스럽게(형을 안정시키려는 의도 이상으로) 애원하기 시작했습니다. 그때까지만 해도 형은 아직 걸어 다닐 수 있었기 때문이죠. 이런 이야기를 들은 형은 화를 벌컥 내면서 성당을 향해 욕설을 퍼부었습니다. 그러면서도 자신의 병이 매우 위중하기 때문에 아직 힘이 남아 있을 때 어머니가 재계를 지키고 성찬을 받게 하려는 것이라는 생각을 하기에 이르렀습니다. 자신이 이미 오래 전부터 건강하지 못하다는 사실을 스스로도 잘 알고 있던 형은 그로부터 1년 전 식탁에서 어머니와 나한테 냉정한 목소리로 〈나는 여러분과 함께 이 세상에 살 수 없는 인간이니, 아마 1년도 더 살지 못할 거예요〉라고 말한 적이 있는데 그 말이 그만 예언이 되고 만 것입니다. 사흘이 지나고 수난 주간이 찾아왔습니다. 그리고 형은 화요일 아침부터 재계를 지키러 나갔습니다. 형은 어머니한테 〈어머니, 저는 어머니를 위해서, 어머니를 기쁘게 하고 안심시키려고 이러는 거예요〉라고 말했습니다. 어머니는 기쁨과 슬픔이 교차하는 가운데 눈물을 흘리면서 〈저 애의 마음이 변한 걸 보니 죽을 날이 가까운 모양이구나〉하고 말씀하셨습니다.

하지만 성당을 얼마 다니지 못해서 형은 몸져누웠고, 그래서 집에서 고해 성사를 하고 재계를 받았습니다. 꽃향기 싱그러운 밝고 따스한 봄날이 찾아왔지만 그해 부활절은 그만 늦어지고 말았습니다. 내 기억으로 형은 밤새도록 쿨럭거리고 잠도 제대로 자지 못했지만 이른 아침이 되면 언제나 옷을 갈아입고 부드러운 안락의자에 앉으려고 애썼습니다. 지금도 형의 모습이 선명히 떠오릅니다. 형은 조용하고 얌전히 앉아서 미소를 지었고, 병을 앓고 있으면서도 얼굴은 즐겁고 기쁨에 넘쳐 있었습니다. 형은 정신적으로 완전히 변해 있었던 것입니다. 형의 마음속에는 정말 기적적인 변화가 일어났던 것입니다! 늙은 유모가 형의 방에 들어가서 〈도련님, 성상 앞에 램프를 켜도 되겠지요〉 하고 말을 건넸을 때, 예전 같으면 물론 허락하지도 않을뿐더러 불어서 꺼버렸겠지만, 〈켜주세요 유모, 어서 켜주세요. 난 참 나쁜 놈이었죠, 예전엔 불을 켜지 못하게 했으니. 유모가 하느님께 불을 밝히면서 기도해 주면 나는 유모를 기쁜 마음으로 바라보면서 기도를 드리겠어요. 우리 함께 유일하신 하느님께 기도드리는 거예요〉 하고 대답하는 것이었습니다.

이런 이야기는 우리에게 이상한 생각을 불러일으켰고, 어머니는 자기 방으로 들어가서 종일 눈물을 흘리셨지만 형의 방으로 들어갈 때면 눈물을 훔치고 유쾌한 모습을 보이셨습니다. 형은 언제나 〈사랑하는 어머니, 울지 마세요〉라고 말했습니다. 〈전 아직 오래 살 수 있어요, 어머니와 함께 즐겁게 말이에요. 산다는 게, 산다는 게 얼마나 즐겁고 기쁜 일인지 모르겠어요!〉 어머니가 〈아니 애야, 뭐가 그렇게 즐겁다는 거냐. 밤마다 열이 오르고 기침을 해대서 가슴이 찢어질 듯 아플 텐데〉 하고 말하면 형은 어머니한테 이렇게 대답하는 것이었습니다.

〈어머니, 울지 마세요. 인생은 천국이고 우리는 모두 천국에 살고 있는데도 우리가 그 사실을 알고 싶어 하지 않을 뿐이에요. 만일 그것을 알고 싶어 하기만 한다면 내일이라도 이 세상에 천국이 이루어질 거예요.〉 우리는 형의 이야기에 모두 놀라고 말았습니다.

형은 너무나 이상하고 확신에 찬 어조로 말했던 것입니다. 우리는 감동해서 눈물을 흘리고 말았습니다.

친지들이 병문안을 오면, 형은 〈훌륭하고 착하신 분들, 내가 무슨 공덕을 쌓았나요? 어째서, 무엇 때문에 나 같은 놈을 사랑하시나요? 예전엔 그걸 몰랐어요. 대단하게 여기지도 않았고요〉라고 말했습니다.

방에 들어오는 하인들에게도 끊임없이 이렇게 말하는 것이었습니다. 〈훌륭하고 착하신 분들, 여러분은 어째서 내게 시중을 드시나요? 내가 시중을 받을 만한 가치가 있는 놈인가요? 만일 하느님께서 나를 가엾게 여기시어 살아남게 하신다면 여러분을 위해 시중을 들겠어요. 모든 사람들은 서로 다른 사람들을 위해 봉사해야 하니까요.〉

이 이야기를 들으신 어머니는 고개를 흔드시며, 〈소중한 내 아들아, 넌 병 때문에 그런 이야기를 하는 거란다〉라고 말씀하셨죠.

그러면 형은 〈저의 기쁨이신 어머니, 주인과 하인이 사라지는 일이야 없겠지만 전 제 하인들의 종복이 되겠어요. 그분들이 제게 해준 것처럼 말이에요. 다시 말씀드리지만 어머니, 우리는 누구나 서로에게 죄를 짓고 있지만 그 가운데에서도 제가 가장 많은 죄를 지었어요〉라고 대답하는 것이었습니다.

그 대답에 어머니는 미소를 지으셨지만 눈물과 웃음이 뒤범벅이 된 그런 미소였습니다.

그러고는 〈어째서 네가 사람들에게 죄를 가장 많이 지었다는 거냐? 살인자들도 있고 강도들도 있는데, 어떻게 네가 가장 많은 죄를 지을 수가 있으며 나쁜 짓을 가장 많이 저지를 수 있겠니?〉 하고 말씀하셨습니다.

그러면 〈어머니, 저의 생명이신 어머니〉라고 대답했습니다(그때 그는 뜻밖에도 그토록 정감 어린 표현을 쓰기 시작했습니다). 〈제가 사랑하며 저의 기쁨이시고 또한 저의 생명이신 어머니, 진실로 누구나 모든 일에 대해, 모든 사람들 앞에 죄를 짓고 있다는 사실을 아셔야 해요. 어떻게 설명드려야 좋을지 모르겠지만, 전 그 사실을 뼈저리게 느끼고 있어요. 그런 사실도 모른 채 화를 내면서 우리는 어떻게 살아왔을까요?〉 그런 식으로 형은 하루하루 잠자리에서 일어날 때마다 한층 더 상냥해지고 즐거워하며 사랑으로 충만해져 갔습니다. 에이젠시미트라는 늙은 독일인 의사가 자주 왕진을 다녔는데, 그분이 오시면 형은 〈그런데 의사 선생님, 이 세상에 하루 정도는 더 살 수 있을까요?〉 하고 농담도 곧잘 나누었습니다.

〈하루가 뭔가, 여러 날이지〉 하고 의사 선생님도 지지 않고 응수하셨습니다. 〈아니, 여러 달, 여러 해는 더 살 수 있을 걸세.〉

〈여러 해, 여러 달이라뇨!〉 그렇게 외치곤 했습니다. 〈그런데 왜 그렇게 날짜를 계산하는 건가요? 온갖 행복을 맛보는 데에 인간에겐 하루면 충분할 텐데. 사랑하는 여러분, 우리는 무엇 때문에 서로 싸우고 으스대며 상대의 모욕을 잊지 않는 걸까요? 당장 정원으로 나가 산책도 하고 장난도 치고 서로 사랑하고 칭찬하고 입을 맞추면서 우리의 인생을 축복하도록 합

시다.〉

〈댁의 아드님은 이 세상 사람이 아닙니다.〉 어머니가 현관까지 배웅을 나왔을 때 의사 선생님은 이렇게 말씀하셨습니다. 〈병 때문에 정신 착란증에 걸렸습니다.〉 형의 방 창문은 정원 쪽으로 나 있었는데, 우리 정원은 오래된 나무들이 빽빽하게 자라고 있었고, 나무마다 새싹이 움텄으며, 철 이른 새들이 날아와 창가에 있는 형을 보고 지지배배 노래했습니다. 그런데 새들을 바라보다가 한없이 애정을 느낀 형은 갑자기 새들에게 용서를 빌기 시작했습니다.

〈하느님의 새들아, 즐거운 새들아, 나를 용서해 다오, 나는 너희들에게 죄를 지었구나.〉 당시 우리 중 아무도 그 말뜻을 이해하지 못했지만 형은 기쁨에 겨워 눈물을 흘렸습니다. 〈그래, 내 주위에는 하느님의 영광이 둘러싸고 있었어. 새들과 나무들, 풀밭 그리고 하늘. 그런데 나 혼자만이 수치 속에 살면서 모든 것을 더럽히고 이 아름다움과 영광에 눈을 돌리지 않은 거야.〉

〈넌 벌써 많은 죄를 감당하고 있는 거란다.〉 어머니는 이렇게 말씀하시며 종종 눈물을 흘리셨습니다.

〈저의 기쁨이신 어머니, 전 슬픔 때문이 아니라 기쁨 때문에 눈물을 흘리는 거예요. 어머니한테 설명해 드릴 수는 없지만 제가 그들 앞에서 죄인이 되고자 하는 것은 제가 그들을 어떻게 사랑해야 좋을지 모르기 때문이에요. 제가 그들에게 죄를 지었다고 하더라도 그들이 저를 용서해 준다면 그것이 바로 낙원이거든요. 그런데도 제가 지금 낙원에 있는 것이 아닌가요?〉

그 밖에도 많은 사건들이 있었지만 그것을 모두 기억할 수도 여기서 묘사할 수도 없는 일입니다. 그런데 한 가지 기억나는 것이 있습니다. 어느 날 내가 형의 방으로 들어갔을 때 마침 방 안에는 아무도 없었습니다. 저녁 무렵이었고 날씨는 화창했으며 햇살이 비스듬히 방 안을 비추고 있었습니다. 내 모습을 발견한 형이 손짓하기에 나는 가까이 다가갔습니다. 형은 두 손으로 내 어깨를 잡더니 사랑스럽고 다정한 눈으로 내 얼굴을 바라보았습니다. 형은 약 1분간 아무 말도 하지 않은 채 오직 그렇게 바라볼 뿐이었습니다. 그러다가 형은 〈자, 이젠 밖에 나가 놀아라, 그리고 내 몫까지 살아 다오!〉라고 말하는 것이었습니다.

그래서 나는 밖으로 나와 뛰어놀기 시작했습니다. 그 후 나는 자기 몫까지 살아 달라는 형의 부탁을 평생 동안 눈물과 함께 수없이 기억해 왔던 것입니다. 그 밖에도 형은 훌륭하고 멋진 말들을 많이 해주었지만 당시 우리로서는 이해할 수가 없었습니다. 형은 부활절이 지나고 3주 만에 죽었습니다. 말은 할 수 없었지만 의식만은 또렷했고, 마지막 임종 순간까지 그 모습을 그대로 간직했습니다. 기쁨에 넘친 두 눈으로 바라보면서 우리를 두리번거리며 찾아내서는 미소를 보내며 우리의 이름을 불러 주었습니다. 읍내에서조차 그의 죽음에 대한 소문이 자자했습니다. 당시 모든 것이 내 가슴에 상처를 주었지만, 형을 매장할 때 내가 몹시 눈물을 흘렸다고 할지라도, 그리 심한 편은 아니었습니다. 당시 아직 어린애에 불과했지만 나의 가슴속에 그 모든 것이 고스란히 남아 있었고, 알 수 없는 어떤 감정을 품게 되었습니다. 만사는 때가 되면 되살아나 서로 호응하는 법입니다. 그리하여 그것은 그대로 실현되었던 것입니다.

나. 조시마 장로의 생애에서 성서의 의미에 대해서

그래서 나는 어머니와 단둘이 남게 되었습니다. 마음씨 고운 친척들은 당장 어머니를 찾아와 이렇게 충고했습니다. 당신한테는 아들이 하나밖에 남지 않았으며, 그렇다고 가난한 것도 아니고 재산도 있는데 어째서 아들을 페테르부르크로 보내지 않느냐, 이곳에 두면 틀림없이 그 애의 장래를 망친다면서 말입니다. 그리고 그분들은 나중에 내가 황제 근위대에 들어가도록 육군 장교 학교에 보내라고 어머니한테 조언했습니다. 어머니는 하나 남은 아들과 이별하는 것 때문에 오랫동안 망설이셨으나 나를 더욱 행복하게 만들기 위해 하염없이 눈물을 흘리면서 그렇게 하기로 결정하셨습니다. 어머니는 나를 페테르부르크로 데려가 입학을 시키셨는데, 그 후로 나는 그분을 전혀 뵙지 못했습니다. 어머니는 3년 만에 돌아가셨는데, 그 3년 내내 우리 두 형제 때문에 가슴 아파하고 마음 졸이셨던 것입니다.

어머니의 집에서 내가 가져온 것은 귀중한 추억뿐입니다. 왜냐하면 인간에게 부모님의 집에서 보낸 어린 시절의 추억보다 귀중한 것은 없기 때문입니다. 사랑과 화합이 약간이라도 남아 있는 가정이라면 거의 언제나 그런 법이니까요. 아니, 사람의 영혼이 소중한 것을 찾으려고 노력하는 한 골치 아픈 집안이라고 해도 소중한 추억은 남아 있게 마련이겠지요. 비록 어린 나이이긴 했지만 어머니 집에서 내가 무척 궁금해했던 성서 이야기에 얽힌 추억은 가족에 대한 추억과 맞닿아 있습니다. 당시 내게는 멋진 그림이 들어 있는 『104편의 신약 및 구약의 성스러운 이야기』라는 제목이 붙은 성서 이야기책 한 권이 있었는데 나는 그 책을 통해 읽는 법을 배왔습니다. 그리고 그 책은 지금도 여기 내 방 선반 위에 놓여 있으며 소중한 기념물로 간직해 오고 있습니다.

내가 기억하는 바로는 책 읽기를 배우기도 전인 겨우 여덟 살 무렵 처음으로 어떤 정신적인 감동이 찾아왔습니다. 수난 주간 월요일에 어머니는 하느님 아버지 사원의 미사에 나만 (당시 형은 어디 있었는지 기억나지 않습니다) 데리고 가셨습니다. 지금도 생생히 떠오르는 내 기억에 따르면 그날은 몹시 청명해서 향로에서 피어 오른 연기가 조용히 허공으로 솟아올랐고, 둥근 지붕 위에 있는 좁은 창문으로는 햇살이 쏟아져 성당 안에 있는 우리를 비추었으며, 연기는 햇살 속에 녹아들 듯 물결치며 피어났습니다. 나는 감동 어린 눈으로 그 광경을 바라보았고 난생처음으로 영혼 속에 하느님 말씀의 첫 씨앗을 가슴 깊이 받아들였습니다. 어린 시동 하나가 당시 내가 보기에도 들 수 있을까 싶을 정도로 어마어마하게 큰 책을 간신히 성당 한복판으로 들고 나와 독경대 위에 올려놓고는 책을 펴서 읽기 시작했습니다. 그때 나는 처음으로 무언가 깨달았으며, 성당 안에서 사람들이 읽고 있는 것이 무엇인지 문득 깨달았습니다.

우스 땅에 한 남자가 있었는데 그 사람은 정직하고 하느님을 경외하는 자더라.[3] 그 사람은 엄청난 재산과 수많은 낙타와 양과 나귀를 가졌으며 자식들이 그를 즐겁게 했고 그도 자식들을 무척 사랑하였더라. 그 사람은 행여 자식들이 흥겹게 놀이를 즐기다가 죄를 범하지 않을까 염려하여 그들을 위해 하느님께 기도하였더라. 그런데 사탄이 하느님의 아들들과 함께 여호와 앞에 나아가 대답하여 가로되 〈모든 땅과 땅

3 『구약 성서』「욥기」.

밑을 두루 돌아 여기저기 다녀왔노라〉라고 하더라.

〈그래, 너는 내 종 욥을 눈여겨보았느냐?〉[4] 하고 여호와께서 사탄에게 물으신다. 그리고 여호와께서 악마에게 위대하고 성스러운 자신의 종을 가리킨다. 사탄이 신의 말을 비웃으며 가로되 〈그 사람을 제 손에 넘기시면 당신의 종이 당신께 불평을 늘어놓고 당신의 이름을 저주하는 것을 보시리다〉[5] 라고 했다.

그리하여 여호와께서 너무도 사랑스러운 종을 사탄에게 넘기시니 사탄은 그의 자녀들과 그의 가축들을 죽이고 그의 모든 소유물을 쳤으니, 이 모든 것이 갑자기 하느님의 벼락에 의한 것 같더라. 욥이 자신의 겉옷을 찢고 땅에 엎드려 경배하여 가로되, 〈내가 모태에서 알몸으로 나왔사온즉 또한 알몸이 땅으로 돌아가올지라. 주신 자도 야훼시요 취하신 자도 야훼시로니 야훼의 이름이 영생토록 찬송을 받을지니이다〉[6] 하더라.

친애하는 신부, 수사 여러분, 지금 흐르는 나의 눈물을 용서해 주십시오. 나의 모든 어린 시절이 눈앞에 다시 떠오르고 나는 지금 여덟 살배기 어린애의 작은 가슴으로 호흡하기 때문이며 당시처럼 놀라움과 혼란과 환희를 느끼기 때문입니다. 당시 나의 상상의 세계는 그 낙타들, 하느님과 대화한 사탄, 〈저를 치셨으되 당신의 이름이 찬송을 받을지니이다〉라

---

4 「욥기」 1장 8절.
5 「욥기」 1장 11절. 〈이제 손을 들어 그의 모든 소유를 쳐보십시오. 그는 반드시 당신께 면전에서 욕을 할 것입니다.〉
6 「욥기」 2장 21절. 〈벌거벗고 세상에 태어난 몸 / 알몸으로 돌아가리라. / 야훼께서 주셨던 것, 야훼께서 도로 가져가시니 / 다만 야훼의 이름을 찬양할지라.〉

며 경배한 그의 종 등으로 가득 차 있었던 것입니다. 그리고 이어서 「나의 기도를 들어주소서」라는 조용하고 감미로운 찬송가 소리가 울려 퍼졌으며, 신부의 향로에서 다시 연기가 피어올랐고 무릎 꿇은 경건한 기도가 시작되었지요!

나는 어제도 그 책을 집어 들었습니다만 그날부터 그 성스러운 이야기를 읽을 때면 언제나 눈물을 흘리지 않을 수 없게 되었습니다. 그 속에는 얼마나 위대하고 신비로우며 상상할 수 없는 것들이 담겨 있는지 모릅니다! 그 후 나는 냉소적이고 비난하는 자들의 자만심에 가득 찬 이런 이야기들을 들어 왔습니다. 〈어째서 하느님께서는 자신의 성자들 가운데서도 사랑하는 자를 악마의 장난거리로 보내 그에게서 아이들을 빼앗고 질병과 역병으로 고통을 겪게 하시며 유리 조각으로 상처의 고름을 파내게 하셨을까. 그건 단지 《나의 성자는 나를 위해 이렇게 참아 내고 있지 않느냐!》하고 사탄에게 뽐내기 위해서야.〉

그러나 거기에 위대함이 있고, 지상을 스쳐 가는 빛과 영원한 진리가 서로 만나는 비의(秘意)가 있는 것입니다. 지상의 진리 앞에서 영원한 진리의 구현이 이루어지는 것입니다. 거기에서 조물주는 천지 창조를 하실 때 매일 〈내가 창조한 것은 얼마나 아름다운가!〉하고 찬양하며 일손을 거두셨듯이 욥을 바라보면서도 다시 자신의 피조물들이 자랑스러우셨던 것입니다. 그런데 하느님을 찬양하던 욥은 하느님께 봉사했을 뿐만 아니라 대대손손 영원토록 하느님의 모든 피조물에게 봉사할 것입니다. 그는 그렇게 예정된 운명을 타고났기 때문입니다. 아, 얼마나 위대한 책이며, 얼마나 위대한 가르침입니까! 얼마나 위대한 성서이며, 인간에게 주어진 얼마나 대단한 기적과 권능입니까! 그것은 세계와 인간 그리고 인간적 성품의 조각품과 다름없으며, 전 시대의 만물의 명칭을 망라합니다. 그리고 수많은 신비가 해명되고 공개되었습니다. 하느님께서는 다시 욥을 갱생시키고 그에게 재물을 돌려주었으며, 다시 여러 해가 지나 그는 새로이 자식들을, 다른 자식들을 거느리게 되어 그들을 사랑하게 되었습니다. 오, 〈옛날 자식들을 빼앗겨 이제 그 자식들은 존재하지 않는데도 새로운 자식들을 사랑할 수 있을까요? 그 자식들을 생각할 때 새로운 자식들이 아무리 사랑스럽다고 한들 그들과 더불어 예전처럼 완전한 행복을 누릴 수 있을까요?〉 그러나 그것은 가능하며 또 가능한 일입니다. 과거의 슬픔은 인간의 삶의 위대한 비밀에 의해 조금씩 고요하고 감동적인 기쁨으로 변하게 됩니다. 피 끓는 젊음 대신에 온화하고 찬란한 노년이 열리기 때문입니다. 나는 매일 아침 떠오르는 태양을 축복하고 나의 가슴은 예전처럼 태양을 찬미하는 노래를 부르지만 이제는 일몰을, 비스듬히 내리쬐는 햇살을, 그리고 그 햇살과 더불어 고요하고 온화하며 감동적인 추억을, 축복받은 긴 인생 속에서 떠오르는 보고픈 사람들의 모습을 더욱 사랑하게 되었습니다. 그러나 그 모든 것에는 사람들을 감동시키고 화해시키며 용서하시는 하느님의 진리가 필수적인 것입니다! 나의 생명은 끝나고 있으며, 그것을 알고 있고 또 그 소리를 듣고 있습니다. 하지만 남아 있는 나날 동안 나는 매일매일 마치 지상에서의 나의 삶이 영원하며 말로 이루 다 표현할 수 없는 가까운 미래의 새로운 삶과 이미 연결되어 있는 것 같은 느낌이 듭니다. 새로운 삶에 대한 예감으로 나의 영혼은 환희에 떨며, 지성은 빛을 발하고, 가슴은 기쁨의 눈물을 흘리는 것입니다…….

나의 벗인 전도사 여러분, 이미 여러 차례 들어 왔고 최근에는 더욱 자주 들리는 이야기이지만, 사제들이, 특히 농촌의 사제들이 방방곡곡에서 부족한 급료를 눈물로 호소하고 자신들의 천한 신분을 공개적으로, 더구나 지면을 통해서도 떠들어 대기 시작했다고 합니다. 나도 그런 글들을 읽은 적이 있습니다. 그들은 급료가 부족하기 때문에 민중들에게 성서조차 전파할 수 없는 지경이라고 말합니다. 그리고 만일 루터파나 이교도들이 밀어닥쳐 양 떼를 약탈한다고 하더라도 급료가 부족하기 때문에 그냥 방치할 수밖에 없다고 말합니다. 이럴 수가 있습니까! 나는, 하느님! 그들에게 보다 많은 귀한 재물을 내려 주소서 하고 생각했습니다(그들의 불평은 정당한 것이기 때문입니다). 그러나 나는 진실로 말합니다. 그 문제에 대해 누군가 죄가 있다면 그 죄의 절반은 바로 우리 자신들의 것입니다! 왜냐하면 시간도 없으며 항상 노동과 예배에 시달리고 있다는 그들의 말이 옳다고 할지라도 언제나 그런 것은 아니고, 사람들에게는 하느님을 기억할 수 있는 시간이 일주일에 적어도 한 시간은 있을 것이기 때문입니다. 그리고 1년 내내 노동에 쫓기지도 않을 것입니다. 일주일에 한 번, 저녁 시간에 사람들을 자기 집에 불러 모으십시오. 처음에 아이들만이라도 그렇게 하면 그 아버지들이 소문을 듣고 모여들기 시작할 것입니다. 그 사업을 위해 큰 집을 지을 필요는 없으며 단지 자신의 오두막에서 영접하십시오. 그들이 집 안을 더럽힐까 염려하지도 마십시오. 그들은 기껏해야 한 시간 정도 집회를 갖게 될 테니까요. 바로 그 책을 펼쳐 놓고 읽어 주되 어려운 말을 쓰거나 거드름을 피우거나 그들 위에 군림하려 들지 말며, 감동적이고도 친절하게 읽어 주십시오. 직접 그들에게 성서를 읽어 주고, 그들이 당신의 낭독을 들으며 그 말씀들을 사랑하면서 당신을 이해하게 되는 것을 기뻐하십시오. 이따금 낭독을 멈추고 평민들이 이해하지 못하는 말들을 해설해 주십시오. 아무 걱정도 하지 마십시오, 그들은 모두 이해할 것입니다, 정교를 믿는 마음은 모든 것을 이해하는 법이니까요! 아브라함과 사라의 이야기를, 이사악과 리브가의 이야기를, 그리고 야곱이 라반을 찾아가 꿈속에서 하느님과 싸우고 나서 〈이곳은 무섭도다〉라고 말했던 이야기를 읽어 주십시오. 그러면 평민들의 독실한 이성은 감동을 받을 것입니다.

그들에게, 특히 아이들에게, 형들이 나중에 위대한 해몽가이자 예언자로 알려진 친동생 요셉을, 그가 한갓 귀여운 소년에 불과할 때 노예로 팔아먹고는 아버지에게 피 묻은 옷가지를 내보이며 짐승이 당신의 아들을 잡아먹었다고 고한 이야기를 읽어 주십시오. 나중에 형들이 먹을 것을 찾아 이집트로 갔을 때, 이미 그들도 알아볼 수 없을 정도로 대단히 높은 고관에 올라 있던 요셉이 그들을 박해하고 유죄로 판결하여 형 베냐민을 잡아넣으며, 〈난 형들을 사랑하며, 사랑하지만 괴롭히는 거요〉라고 말하면서 사랑을 나누던 이야기를 읽어 주십시오. 요셉은 어느 뜨거운 사막 우물가에서 형들이 자신을 상인에게 팔아넘기던 일이며, 손이 발이 되도록 빌며 다른 나라에 팔지 말아 달라고 울며불며 애걸하던 일 등을 그때까지 단 한 차례도 잊은 적이 없었지만, 많은 세월이 흐른 뒤 그들을 보는 순간 다시금 그들에게 무한한 사랑을 느끼게 되었고, 그럼에도 불구하고 그들을 괴롭히며 박해를 가했던 것입니다. 결국 그는 가슴의 고통을 참지 못하고 형들이 있는 곳에서 물러나와 침대로 달려가서는 통곡하고 말았습니다. 잠시 후 얼굴을 닦고 밝고 환한 표정으로 형들 앞에 나타난 그는 〈형님들, 제가 요셉입니다. 형님들의 동생이란 말입니다!〉라고 털어놓았습니다. 이어서 자기 아들이 살아 있다는 소식을 들은 선지자 야곱은 너무나 기뻐서 조국도 버리고 이집트로 달려가 타국에서 일생을 마치게 되며, 이때 온화하고 소심한 가슴속에 남몰래 평생 간직했던 위대한 말씀, 즉 자신의 가문에서, 유다의 가문에서 세상의 위대한 희망이자 화해자요 구세주가 태어날 것이라는 유언을 남기는 이야기를 읽히도록 하십시오.

신부, 수사 여러분, 여러분이 이미 오래전부터 알고 계시며 백배나 더 능숙하고 훌륭하게 나에게 가르칠 수 있는 이 이야기를 철부지 어린애처럼 설명하고 있는 나를 부디 용서하시고 꾸짖지 말아 주십시오. 나는 환희에 충만해 이 말씀을 드리지 않을 수 없는 것입니다. 그리고 내 눈물을 부디 용서해 주십시오, 이 책을 너무 사랑하기 때문입니다! 사제들 역시 눈물을 흘려도 괜찮습니다, 그의 낭독을 듣는 사람들의 마음도 그 응답으로 떨고 있는 모습을 보게 될 테니까요. 아주 작은 한 알의 씨앗만 있으면 됩니다. 성직자들이 평민들의 가슴에 그 씨앗을 뿌리면 그것은 죽지 않고 평생 그들의 영혼 속에서 살아갈 것이며, 그들 마음의 암흑 속에서 죄악의 악취 속에서 한 점의 불꽃처럼 위대한 기억으로 숨어 있을 것입니다. 절대로, 절대로 너무 많이 설명하고 가르쳐서는 안 됩니다, 그들은 모두 쉽게 이해하게 될 테니까요. 평민들이 이해하지 못할 거라고 생각하십니까? 훌륭한 에스델과 교만한 와

스디가 감동과 감화를 주는 이야기를 그들에게 읽어 주십시오. 아니면 고래의 뱃속에 들어간 예언자 요나의 기적에 관한 이야기도 좋습니다. 특히 〈루가의 복음서〉에 이어(나는 그렇게 했습니다) 〈사도행전〉에 나오는 사울의 메시지(반드시, 반드시 읽어 주십시오!) 속의 하느님의 잠언을 잊지 말아야 합니다. 그리고 그 후에는 『체티-미네이』 중에서 하느님의 아들인 알렉세이의 생애와 위대한 성인들 중에서도 가장 위대한 성인이며 즐거운 수난자이고 하느님의 목격자이자 그리스도의 증인인 이집트의 성녀 마리아의 생애도 빠뜨려서는 안 됩니다. 이 평범한 이야기들은 그들의 가슴을 파고들 것이니 일주일에 단 한 시간만이라도, 급료는 고려하지 말고, 한 시간만이라도 읽어 주십시오. 그리하면 우리 민중들은 몹시 친절하고 감사할 줄 아는 사람들인지라 백배는 더 보답하리라는 것을 스스로 알게 될 겁니다. 그들은 사제의 호의와 감동적인 말씀을 기억하면서 자발적으로 밭일을 도울 것이며, 또한 가사를 도울 것이고 그들의 존경심은 예전보다 훨씬 커질 것입니다. 그러면 이미 급료도 늘어나 있지 않겠습니까! 너무나 평범한 일이어서 우리는 때로 비웃음을 당하지나 않을까 하여 발설하기 두려워합니다만, 이건 너무나 확실한 말씀입니다. 하느님을 믿지 않는 사람은 하느님의 백성들을 믿지 않습니다. 하느님의 백성을 믿는 사람은 비록 그전까지는 스스로도 믿지 않았다고 할지라도 민중들 속에서 자신의 보물을 목격하게 될 것입니다. 민중들과 그들의 미래의 영력(靈力)만이 조국에서 떨어져 나간 무신론자들을 개종시킬 수 있는 것입니다. 본보기가 없다면 기독교 말씀이 무슨 의미가 있겠습니까? 하느님 말씀이 없다면 민중들은 파멸입니다. 왜냐하면 그들의 영혼은 하느님의 말씀과 모든 아름다운 것들에 대한 인식을 갈망하고 있기 때문입니다.

아주 오래전, 그러니까 내가 젊었을 때인 40년 전에 나는 안핌 신부님과 함께 수도원 성금을 모으며 러시아 전역을 돌아다녔습니다. 한번은 기선들이 오가는 큰 강의 강변에서 어부들과 함께 여러 차례 밤을 지새운 적이 있는데, 그들 가운데는 열여덟 살가량 되어 보이는 잘생긴 젊은 농부 한 사람이 있었습니다. 그는 다음 날 예인망으로 상선을 끌기 위해 서둘러 목적지로 향하던 중이었습니다. 그런데 나는 감격에 겨워 맑은 눈으로 앞을 바라보는 그의 모습을 발견했습니다. 고요하고 따뜻하며 찬란한 6월의 밤인 데다 넓은 강에서는 물안개가 피어 올라 강물은 우리의 마음을 상쾌하게 해주었으며, 물고기들만이 가벼이 첨벙거릴 뿐 새들도 울어 대지 않아 만물은 고요하고 장엄하여 모두가 하느님께 기도드리는 것 같았습니다. 그 젊은이와 나, 두 사람만이 잠들지 못하고 하느님께서 창조하신 이 세상의 아름다움과 그 위대한 비밀에 대해 이야기를 나눴습니다. 풀 한 포기, 곤충 한 마리, 개미 한 마리, 황금 꿀벌 한 마리조차 이성을 갖지 못하고도 자신들의 길을 놀라울 만큼 잘 알고 있고, 하느님의 신비를 증명하고 있으며 끊임없이 그것(하느님의 신비)을 완성해 가고 있다는 내용이었습니다. 그때 나는 선량한 그 젊은이의 마음이 뜨겁게 타오르는 것을 목격했습니다. 그 젊은이는 숲과 숲속의 새들을 사랑한다고 내게 말했습니다. 새잡이꾼인 그는 새들의 모든 지저귐을 알아들을 수 있고 그들을 불러들일 수도 있다는 것이었습니다. 그는 숲속에 있는 것보다 더 즐거운 일은 없으며 모든 것이 훌륭하다고 했습니다.

〈정말로 모든 것이 훌륭하고 장엄하지요〉 하고 나는 대답했습니다. 〈모든 것이 진리이기 때문에 말입니다. 사람 곁에 가까이 서 있는 말이라는 위대한 동물을 보세요, 사람들에게 우유를 제공하고 일을 대신해 주면서도 사람들 얼굴만 쳐다보며 묵묵히 고개 숙인 채 생각에 잠겨 있는 황소를 좀 보세요. 걸핏하면 잔인하게 매질을 하는 인간을 얼마나 온순하게 잘 따르며, 얼마나 착하고 얼마나 믿음직스럽게 생겼습니까! 그 동물들이 아무 죄도 짓지 않았다는 사실을 알게 되면 얼마나 감동적입니까! 왜냐하면 인간을 제외한 만물은 죄를 짓지 않도록 만들어졌고, 모든 것이 우리보다 훨씬 이전에 그리스도와 함께했기 때문입니다.〉

〈정말입니까?〉 하고 젊은이가 물었습니다. 〈그럼 그들에게도 그리스도가 계시다는 말씀입니까?〉

나는 〈그렇지 않을 까닭이 있습니까?〉 하고 말해 주었습니다. 〈왜냐하면 말씀은 만물을 위해 존재하고, 모든 창조물과 동물들, 나뭇잎 하나까지도 말씀대로 따르며 하느님의 영광을 위해 찬양하며, 그리스도를 향해 눈물을 흘리는바, 자신도 모르는 사이에 죄 없는 존재로서의 신비한 삶을 영위하고 있기 때문입니다. 저쪽 숲속에는 무서운 곰이 숨어 있지요. 그 짐승이 사납고 위험하긴 하지만 죄를 지은 것은 아닙니다〉 하고 그에게 대답했습니다. 그러고 나서 곰 한 마리가 숲속의 작은 암자에서 구원의 길을 걷고 있는 한 성인 앞에 나타났을 때 위대한 성자가 그 곰을 가엾게 여겨 겁내지 않고 가까이 다가가서는 빵 조각을 던져 주던 이야기를 해주었습니다. 그 성인이 〈물러가라, 그리스도께서 너와 함께하시리라〉 하고 말하자, 그 사나운 짐승은 아무 해도 끼치지 않고 얌전히 그리고 순순히 물러갔던 것입니다. 그 젊은이는 곰이 아무 해도 끼치지 않고 물러갔으며 그리스도께서 곰과 함께 계시다는 이야기를 듣고는 감동했습니다. 그래서 〈아아, 정말 굉장하군요, 하느님의 일은 정말 굉장하고 놀라워요!〉라고 말하는 것이었습니다. 그는 유쾌한 기분에 사로잡혀 말없이 앉아 생각에 잠겼습니다. 나는 그가 무엇을 깨달았는지 알 수 있었습니다. 그리고 그는 내 곁에서 천진스러운 모습으로 선잠이 들었습니다. 주여, 이 젊은이에게 축복을 내려 주소서! 나는 잠자리에 들기 전에 그를 위해 이렇게 기도를 드렸습니다. 주여, 당신의 백성들에게 평화와 광명을 내리소서!

다. 조시마 장로가 아직 속세에 있을 때의 청년기 회고, 결투

페테르부르크의 소년 군사 학교에서 나는 적지 않은 세월을, 그러니까 거의 8년간을 보냈는데 새로운 교육 때문에 어린 시절의 인상들을 하나도 잊지는 않았다고 할지라도 그중 많은 것을 억누르고 있었습니다. 그 대신에 새로운 습관과 의견들을 많이 받아들여서 거칠고 잔인하며 어리석은 존재가 되고 말았지요. 프랑스어와 더불어 그럴듯한 교제나 사교술을 배웠지만, 우리는 학교에서 우리의 시중을 들어주는 병사들을 가축처럼 생각했습니다. 나도 마찬가지였죠. 내가 다른 학생들보다 더 심했던 것 같은데, 그건 동료들 중에서도 내가 가장 감수성이 예민했기 때문입니다. 장교가 되어 학교를 졸업했을 무렵 우리 연대의 명예가 모욕을 받는다면 목숨을 바칠 각오가 되어 있었지만, 우리 가운데 진정한 명예가 무엇인지 알고 있는 사람은 아무도 없었습니다. 설령 그것을 알고 있었다고 할지라도 누구보다 그 사람이 먼저 당장 비웃었을 겁니다. 우리는 만취, 난동, 의협심 등을 자랑으로 여기기까지 했지요.

그렇다고 우리가 추악했다고 말하려는 것은 아닙니다. 모두가 훌륭한 젊은이들이었지만 단지 짓궂은 짓을 해댔고, 그중에서도 내가 가장 심했습니다. 내게는 돈이 있었기 때문에 향락에 몸을 던졌고, 아직 젊은 혈기에 조금도 자제하지 않고 돛을 한껏 올린 채 세상을 항해했던 것입니다. 그런데 신기하게도 당시 나는 책을 읽고 있었고 거기서 큰 만족을 얻고 있었습니다. 성서는 한 페이지도 펼쳐 본 적이 없으면서도 어딜 가든 지니고 다닐 만큼 한시도 몸에서 떼어 놓은 적이 없었습니다. 나는 그것을 의식하지 않은 채 〈하루만, 한 시간만, 한 달만, 아니 1년만〉 하는 식으로 그 책을 간직하고 다녔습니다.

그렇게 4년을 보내고 난 후 결국 나는 우리 연대가 주둔하고 있는 K시에 흘러들게 되었습니다. 도시의 사교계는 다양하고 사람들로 북적대며 즐겁게 손님들을 환대하는 부유한 곳이어서 도처에서 나를 받아 주었습니다. 왜냐하면 나는 선천적으로 유쾌한 기질을 타고났으며 게다가 가난뱅이가 아니라고 알려졌는데 그것은 사교계에서 상당한 의미를 지니기 때문입니다. 그런데 여기서 모든 문제의 발단이 되는 사건이 발생하고 말았습니다.

나는 어느 젊고 아름다우며 똑똑하고 괜찮은 처녀에게 반해 버렸는데, 그녀는 존경받는 집안의 딸로서 밝고 고상한 성격의 소유자였습니다. 그곳의 명사들은 재산도 많았고 영향력도 지니고 있었으며 나를 따뜻하고 친절하게 맞아 주었습니다. 그 처녀가 내게 대단히 호의를 갖고 있는 것 같다는 생각이 들자마자 내 가슴은 그런 몽상으로 불타올랐습니다. 나중에 깨달은 바에 따르면 아마도 나는 그녀를 매우 열정적으로 사랑했던 것이 아니라 다만 그녀의 지성과 뛰어난 성품을 존경했던 것인지도 모릅니다. 그건 어쩔 도리가 없는 일이었습니다. 그렇지만 당시 나는 이기심 때문에 청혼을 하지는 않았습니다. 그처럼 젊은 나이에 돈도 넉넉했으니 매혹적이고 자유분방한 독신 생활을 포기한다는 것은 너무나 힘들고 두려운 것이었을 테니까요. 하지만 나는 모종의 암시를 건넸습니다. 그러면서도 결정적인 추진은 당분간 연기했습니다.

그런데 갑자기 다른 현으로 두 달간 출장을 가게 되었습니다. 두 달이 지난 후 출장에서 돌아왔을 때 나는 그 처녀가 근교의 부유한 지주에게 시집가 버렸다는 사실을 알게 되었습니다. 상대방은 나보다 몇 살 연상이긴 했지만 아직 젊었고 나와는 달리 수도의 더 나은 사교계와 연줄을 맺고 있었으며, 대단히 예의 바르고 교육도 받은 사람이었지만 나는 교육도 전혀 받지 못했었습니다. 뜻밖의 사건에 나는 몹시 충격을 받아서 꿈에서조차 고통스러울 정도였습니다. 뒤늦게 알게 되었지만, 중요한 것은 젊은 지주가 이미 오래전부터 그녀의 약혼자였으며, 나도 그들의 집에서 그 지주를 여러 차례 만난 적이 있었는데 자만심에 눈이 어두워 전혀 눈치채지 못하고 있었다는 사실입니다. 하지만 바로 그 일이 특히 내게 모욕을 주었습니다. 모두가 다 알고 있었는데 어째서 나만 모르고 있었단 말인가? 하는 생각에 갑자기 참기 힘든 분노를 느꼈습니다.

나는 얼굴이 벌겋게 달아오른 채 얼마나 여러 차례 그녀에게 사랑을 고백하려고 했던가 하고 회상하기 시작했으며, 그녀가 나를 제지하거나 내게 미리 알리지 않은 것으로 봐서 틀림없이 나를 조롱하려고 했던 것이라는 결론을 내렸습니다. 물론 나중에 여러모로 생각하고 기억을 더듬어 보니 그녀는 절대로 나를 조롱하려던 것은 아니었고, 오히려 그런 이야기가 나올 때마다 장난스럽게 말을 끊고는 화제를 다른 데로 돌렸던 것입니다. 하지만 당시 나는 그렇게 생각할 만한 여유가 없었고 복수심에 불타오를 뿐이었습니다. 지금 나는 그 같은 복수심과 분노가 너무나 힘겹고 내 체질에 맞지 않았다는 사실을 회상할 때마다 놀라움을 금치 못합니다. 왜냐하면 나는 연약한 성격의 소유자여서 누구에게도 오랫동안 화를 내지 못하기 때문이고, 마치 억지로 자신에게 화를 내는 것이나 다름없었기 때문입니다. 결국 나는 추악하고 졸렬한 인간이 되고 말았습니다.

때가 오기를 기다리던 나는 큰 모임에서 별안간 엉뚱한 트집을 잡아 나의 〈경쟁자〉에게 모욕을 줄 수 있었습니다. 당시의 중요한 사건이자 1826년에 벌어졌던 사변[7]에 대한 그의 의견을 비웃은 것이었습니다. 사람들은 내가 신랄하고도 교묘하게 조롱했다고 하더군요. 그러고 나서 나는 그에게 해명을 요구했는데, 해명할 당시에도 너무 무례를 범했으므로 우리 두 사람 사이의 큰 격차 — 나는 그보다 나이도 어렸고 관등과 직위도 낮았습니다 — 에도 불구하고 그는 내 도전을 받아들였습니다. 그가 도전을 받아들인 것은 나에 대한 질투심에서 비롯되었다는 사실을 나중에 확실히 알게 되었습니다. 당시에 그는 약혼녀였던 자신의 아내 때문에 예전부터 나

---

[7] 공화제를 목표로 1826년 12월 청년 장교들에 의해 주도되었던 군사적 반란.

를 약간 질투하고 있었던 것입니다. 그때 그는 나한테서 모욕을 받고도 결투에 응하지 못했다는 사실을 그녀가 알게 되면 자신을 본능적으로 경멸하지나 않을까, 또 그녀의 사랑이 동요되지나 않을까 염려했던 것입니다. 나는 곧 우리 연대의 중위인 친구를 입회인으로 골랐습니다. 당시 결투 행위는 엄격한 조사를 받았지만 군인들 사이에서는 마치 유행과도 같은 것이었습니다. 야만적 편견은 그처럼 활개를 치며 깊이 뿌리내릴 수도 있는 것입니다.

6월이 끝나 갈 때였는데, 우리의 결투는 다음 날 아침 7시에 도시 근교에서 하기로 정해졌습니다. 그런데 마치 운명 같은 일이 내게 일어난 것입니다. 그날 저녁 집으로 돌아오면서 거칠고 추악한 나는 졸병 아파나시에게 화를 벌컥 내며 그의 얼굴을 힘껏 두 대 올려붙여 그의 얼굴을 피투성이로 만들고 말았습니다. 그는 얼마 전부터 나를 보필했는데, 전에도 그를 두들겨 패긴 했지만 그때처럼 짐승 같은 야수성을 드러낸 적은 없었습니다. 여러분은 믿지 않으시겠지만, 벌써 40년이 지난 일임에도 지금도 수치감과 고통을 느끼며 그 일을 기억하고 있습니다.

나는 잠자리에 들어 세 시간가량 잠을 자다가 자리에서 일어났습니다. 벌써 동이 트고 있었습니다. 별안간 잠자리에서 일어난 나는 더 이상 잠이 오지 않아 창문으로 다가가 문을 활짝 열어젖힌 다음 — 내 방 창문은 정원 쪽으로 나 있었습니다 — 바깥을 내다보았습니다. 해가 떠올랐고 날씨는 따뜻했으며 아름다운 풍경이 펼쳐져 있는 데다 새들이 지저귀고 있었습니다. 그때 내 영혼 속에서 추악하고 저속한 감정이 느껴지는 것은 대체 무슨 일일까 하는 생각이 들었습니다. 피를 홀리러 가야 하기 때문이 아닐까? 아니야, 그것 때문이 아닐 거야라고 생각했습니다. 죽음을 두려워해서, 남의 손에 죽는 것이 두려워서 그런 것은 아닐까? 아니야, 절대로, 절대로 그렇지 않아……. 그 순간 나는 갑자기 그 이유를 깨달았습니다. 지난밤에 아파나시를 두들겨 팼기 때문이었습니다! 그러자 별안간 다시 기억이 되살아나고 어제 벌어졌던 일이 눈앞에 생생하게 펼쳐지는 것이었습니다. 그가 내 앞에 서 있었고, 나는 사나운 기세로 그의 얼굴을 후려쳤으며, 그는 손으로 얼굴을 감싸면서도 고개를 뻣뻣이 쳐든 채 마치 전쟁터에 나가 있을 때처럼 두 눈을 부릅뜨고 있었는데, 얻어맞을 때마다 몸을 부르르 떨면서도 감히 손을 들어 올려 자신의 몸을 방어할 엄두도 내지 못했던 것입니다. 그 사람에게 그런 취급을 하다뇨, 인간이 인간을 때리다뇨! 참으로 죄악인 것입니다! 마치 뾰족한 바늘로 영혼이 깊이 찔린 듯한 느낌이었습니다. 나는 넋 나간 사람처럼 우두커니 서 있었습니다. 햇살이 비치고 나뭇잎들은 환희에 넘치는 듯 반짝이며, 새들은 하느님을 찬송하고 있었습니다……. 나는 두 손으로 얼굴을 가린 채 침대에 쓰러져 하염없이 눈물을 흘렸습니다. 그때 마르켈 형의 모습과 형이 죽기 직전에 하인들에게 〈훌륭하고 착하신 분들, 여러분은 어째서 내게 시중을 드시나요? 내가 시중을 받을 만한 가치가 있는 놈인가요?〉라고 했던 마지막 말이 생각났습니다.

그러자 〈그래, 내가 그럴 만한 가치가 있는 놈일까〉 하는 생각이 별안간 뇌리를 스치고 지나갔습니다. 사실 내가 무슨 자격으로 나와 다름없이 하느님의 형상을 닮은 다른 인간의 봉사를 받는 것일까요? 그때 이런 의문이 난생처음으로 내 머릿속에 떠올랐던 것입니다. 〈저의 생명이신 어머니, 진실로 누구나 모든 일에 대해, 모든 사람들 앞에 죄를 짓고 있어요. 사람들은 이 사실을 모르고 있을 뿐이지만 만약 알기만 한다면 바로 낙원이 펼쳐질 거예요.〉 오, 이 말이 과연 거짓일까요? 진심으로 나는 모든 사람들을 위해, 그리고 어쩌면 누구보다도 더 많은 죄를 저질렀으며 이 세상에 있는 그 누구보다도 더 못된 인간이라고 생각하며 눈물을 흘렸습니다! 그러자 모든 진실을 갑자기 깨닫게 되었습니다. 나는 무슨 짓을 하러 가려는 것일까? 남에게 아무런 해도 끼친 적이 없는 착하고 지혜롭고 고상한 사람을 죽이러, 그의 아내의 행복을 영원히 빼앗고 고통 속에 죽게 하려고 가는 것이 아닐까.

나는 침대에 엎드려 베개 위에 얼굴을 파묻은 채 시간이 흘러가는 것도 까맣게 잊고 있었습니다. 그때 친구인 중위가 나를 위해 권총 여러 자루를 가지고 불쑥 들어와 말했습니다.

〈벌써 일어나 있다니 정말 잘됐군. 자, 이젠 가봐야지.〉

나는 당황하여 어찌할 바를 몰랐지만 마차를 타러 함께 나가지 않을 수 없었습니다.

〈여기서 잠시 기다려 줘. 금방 다녀올 테니. 지갑을 두고 나왔거든〉 하고 나는 그에게 말했습니다. 그러고는 혼자 집으로 돌아와 곧장 아파나시의 방으로 뛰어 들어갔습니다.

그러고는 〈아파나시, 어제 자네 얼굴을 두 번이나 때린 것 용서하게〉 하고 말했습니다.

그는 몸을 부르르 떨며 몹시 놀란 눈으로 나를 쳐다보았습니다. 나는 그것만으로는 너무, 너무 부족하다는 생각이 들어 갑자기 견장을 두른 모습으로 그의 발밑에 털썩 엎드려 이마가 땅에 닿도록 절을 했습니다. 그러고는 〈용서해 주게!〉라고 말했습니다.

그러자 그는 완전히 넋이 나가, 〈각하, 나리, 당신께서 이러시면…… 저 같은 놈에게 이러실 가치가 있으신지……〉 하고 말하며 갑자기 눈물을 흘리더니 조금 전에 내가 그랬던 것처럼 두 손으로 얼굴을 가린 채 창문 쪽으로 돌아서서 온몸을 떨면서 울먹이는 것이었습니다. 나는 친구에게로 달려 나와 마차에 올라타며 〈자, 떠나세〉 하고 소리쳤습니다.

〈보았겠지? 승리자를 말이야? 바로 자네 앞에 있잖아!〉 하고 나는 친구에게 외쳤습니다. 나는 환희에 넘쳐 도중에 줄곧 웃음을 터뜨리며 떠들어 댔으나 무슨 이야기를 했는지는 생각나지 않습니다.

친구는 나를 바라보며 〈그렇군, 형제, 자네는 대단해. 과연 군복을 입을 만해〉 하고 말하는 것이었습니다.

우리가 약속 장소에 도착했을 때 상대는 벌써 도착하여 우리를 기다리고 있었습니다. 우리는 열두 걸음 떨어져 서 있었고, 상대가 먼저 첫 발을 쏘게 되었습니다. 나는 즐거운 표정으로 그 사람 앞에 서서 얼굴을 똑바로 쳐들고는 눈 하나 깜박하지 않은 채 정다운 시선으로 상대를 바라보았습니다. 무엇을 해야 할지 알고 있었던 것입니다. 상대가 총을 쏘았으나 총알은 내 뺨을 스쳐 귓불을 건드렸을 뿐입니다.

〈다행이로군요. 당신은 사람을 죽이지 않았으니!〉 하고 나는 소리쳤습니다. 나는 총을 받아 들자 뒤로 돌아서서, 〈거기가 네 자리란다!〉 하고 소리치며 숲으로 멀리 집어 던졌습니다. 그러고는 상대를 향해 돌아서서는 〈아직 젊고 어리석은 저를 부디 용서해 주십시오. 당신을 심하게 모욕했을 뿐만 아니라 지금 저를 쏘도록 강요하는 죄를 저지르고 말았습니다.

저는 당신보다 열 배나, 아니, 어쩌면 그 이상으로 못된 놈인지도 모르겠습니다. 당신이 이 세상에서 가장 아끼시는 그 부인께 이 말씀을 전해 주십시오〉 하고 말했습니다.

내가 그렇게 이야기하자 나머지 세 사람은 저마다 소리를 질러 댔습니다. 〈아니, 대체 싸울 생각이 없었다면 어째서 이렇게 번거롭게 만든 거요?〉 하고 상대는 화를 내기까지 했습니다.

〈어제는 어리석었지만 오늘은 좀 더 현명해졌습니다〉 하고 상대에게 즐거운 목소리로 대답했습니다.

〈어제의 일이라면 믿을 수 있겠지만, 오늘 일에 관해서는 당신 생각을 이해하기 어렵군요〉 하고 상대는 말했습니다.

〈브라보! 당신 의견에 동의합니다. 그런 이야기를 들어 마땅하지요!〉 하고 나는 손뼉을 치며 외쳤습니다.

〈여보시오, 당신은 총을 쏠 겁니까, 말 겁니까?〉

〈저는 총을 쏘지 않겠습니다. 원하신다면 당신은 다시 총을 쏘십시오. 하지만 쏘시지 않는 편이 더 좋을 겁니다.〉

입회인들은 고함을 질러 댔는데, 특히 내 편의 입회인이 더욱 그랬습니다. 〈연대의 명예를 이렇게 먹칠하다니. 결투장에서 용서를 빌다니 말이야. 난 자네가 이럴 줄은 꿈에도 몰랐어!〉 나는 그들 모두 앞에 섰지만 이미 웃음을 거두어들인 후였습니다.

〈여러분, 우리 시대에 자신의 어리석음과 잘못을 공개적으로 뉘우치는 사람을 만난다는 것이 그토록 놀라운 일입니까?〉 하고 나는 말했습니다.

〈그래도 하필이면 왜 결투장에서란 말인가?〉 내 편의 입회인이 다시 소리쳤습니다.

〈바로 그 점이 문제입니다〉 하고 나는 대답했습니다. 〈바로 그 점이 놀라운 일이란 말입니다. 이곳에 도착하자마자 상대가 총을 쏘기 전에 살인이라는 큰 죄를 저지르지 않도록 용서를 구해야 했습니다만, 우리는 그렇게 하는 것이 거의 불가능할 정도로 이 세상에서 자신들을 추악하게 만들어 놓았습니다. 왜냐하면 열두 걸음 떨어져서 상대의 총격을 받은 후에야 나의 이야기가 어떤 의미를 지닐 수 있기 때문입니다. 만일 이곳에 도착해서 총격을 받기 전에 솔직히 이야기했더라면 권총을 무서워하는 겁쟁이라며 아무도 귀담아듣지 않았을 것입니다. 여러분〉 하고 나는 마음속에서 우러나오는 대로 힘껏 소리쳤습니다. 〈주변에 있는 하느님의 선물을 살펴보십시오. 맑은 하늘, 신선한 공기, 부드러운 풀, 새들, 아름답고 순진무구한 자연을 말입니다. 하지만 우리만은 하느님을 믿지 않은 채 어리석음에 빠져 있으며, 인생이 천국임을 이해하지 못하고 있습니다. 우리가 그것을 이해하려고만 한다면 자연은 당장이라도 아름답게 단장한 모습으로 나타날 것이고, 우리는 서로 포옹한 채 눈물을 흘리게 될 것입니다…….〉 나는 이야기를 계속하고 싶었으나 그렇게 할 수가 없었습니다. 심지어 달콤한 소년 시절처럼 숨이 막혀 왔고, 가슴속에선 평생 느껴 보지 못한 그런 행복감이 들었던 것입니다.

〈지극히 지혜로우면서도 경건한 말씀입니다. 게다가 어쨌든 당신은 아주 특이한 사람입니다〉 하고 상대는 내게 말했습니다.

〈비웃으셔도 좋습니다〉 하고 나는 미소를 띠며 대답했습니다. 〈하지만 나중에는 찬사를 보내실 것입니다.〉

〈지금도 찬사를 보낼 준비가 되어 있습니다. 당신에게 악수를 청해도 될는지. 당신은 정말로 진실한 사람인 것 같군요〉 하고 상대가 말했습니다.

〈아니, 지금은 안 됩니다. 나중에 제가 더 나은 일을 하여 당신의 존경을 받을 때 악수를 나누면 멋질 것입니다〉 하고 나는 말했습니다.

집에 돌아오는 동안 입회인은 줄곧 투덜거렸으나 나는 그에게 입을 맞추어 주었습니다. 금방 모든 친구들이 소문을 듣고는 그날로 나를 심판하러 모였습니다.

〈군복에 먹칠을 했으니 제대시켜야 해〉라고 말하는 친구도 있었지만, 〈어쨌든 일격을 견뎌 냈잖아〉라고 말하는 지지자들도 나타났습니다. 〈그래, 하지만 다시 총격을 받을까 두려워 결투장에서 용서를 빌었잖아〉 하고 한편에서 말하면, 지지자들은 〈총격이 두려웠다면 용서를 빌기 전에 먼저 자기 총으로 쐈을 거야. 하지만 그는 총알이 장전된 총을 숲으로 집어 던졌으니, 뭔가 다른 특별한 이유가 있을 거야〉 하고 맞받아쳤습니다.

나는 그들의 이야기를 들으면서 유쾌한 기분에 빠져들지 않을 수 없었습니다.

〈사랑하는 친구, 동료 여러분, 내가 제대하는 일에 신경 쓰지 마십시오. 나는 벌써 그렇게 일을 처리했으니까. 오늘 아침에 벌써 나는 본부에 다녀왔으며, 제대 명령을 받는 대로 수도원으로 들어갈 생각입니다. 바로 그 일 때문에 제대하려는 것입니다〉 하고 나는 말했습니다.

내가 그 이야기를 하자마자 일제히 웃음을 터뜨렸습니다.

〈처음부터 그렇게 말했어야지. 이제야 알겠군. 수도사를 심판할 수는 없지 않는가〉 하며 웃어넘겼고, 그 웃음소리는 한동안 수그러들지 않았습니다.

하지만 그 웃음은 비웃음이 아니라 너무나 다정하고 유쾌한 것이었으며, 별안간 모두 나를 아껴 주었고 가장 격렬하게 비난했던 친구들조차 그랬습니다. 제대 명령이 떨어지기 전인 한 달 동안에 사람들은 마치 나를 어린애처럼 얼러 주면서 〈아아, 수도사로군〉 하고 불렀습니다. 〈자네 그게 무슨 짓인가?〉 하고 부드러운 말로 나를 설득하고 동정하기까지 했습니다. 그러면 〈아니야, 우리 친구는 용감한 사람이야. 상대의 총격을 받고도 총을 쏠 수 있었지만, 전날 밤 수도사가 되는 꿈을 꾸었거든. 바로 그런 이유 때문이라니까〉 하고 거들어 주는 친구도 있었습니다.

사교계에서도 거의 똑같은 일이 벌어졌습니다. 전에는 내게 특별히 관심을 기울이지 않고 그저 친절히 대해 주었지만 이제는 갑자기 나를 어디서나 알아보고는 자기 집에 초대하기 시작했으며, 비웃으면서도 나를 아껴 주었습니다. 여기서 밝혀 둘 사실은 우리의 결투가 시끌벅적하게 소문이 나 있었지만 본부에서는 그 사건을 그냥 덮어 두었다는 것입니다. 왜냐하면 결투 상대가 우리 장군의 가까운 친척인 데다 사건이 아무 사고 없이 끝났으며 마치 장난치듯 제대하게 됨으로써 정말로 장난이 되었기 때문입니다. 사람들이 웃어 댔지만 나는 큰 소리로 자신 있게 이야기하기 시작했습니다. 그 웃음은 악의적인 것이 아니라 선의적인 것이었기 때문입니다. 부인네들의 사교계에서는 파티 때마다 그 화제로 꽃을 피웠고, 그럴 때면 특히 여자들이 내 이야기를 듣고 싶어 했고 남자들도 마찬가지였습니다.

〈내가 모든 사람들한테 죄를 짓고 있다는 말이 어떻게 성립되나요?〉 하고 말하며 사람들은 내 앞에서 웃어 댔습니다. 〈예를 들면 나도 당신한테 죄인이 될 수 있다는 말인가요?〉

〈당신인들 그걸 알 도리가 없겠지요. 오래전부터 세상이 온통 엉뚱한 길로 빠져들면서 우리는 새빨간 거짓을 진실로 받아들이고 다른 사람에게 똑같은 거짓말을 요구하고 있으니 말입니다. 나는 평생 처음 진실하게 행동했으며, 여러분 모두에게 유로디비가 되었습니다. 그래서 여러분은 저를 사랑하면서도 비웃고 계신 겁니다〉 하고 나는 말했습니다.

〈어찌 당신 같은 사람을 사랑하지 않을 수 있겠어요?〉 하고 안주인이 웃어넘겼습니다. 그 파티에는 사람들이 북적거렸습니다. 그런데 파티 모임에서 가장 젊은 부인이, 나를 결투장으로 불러낸 원인이 되었고 또 바로 얼마 전까지만 해도 나의 약혼녀라고 생각했던 그 여자가 부인들 사이에서 벌떡 일어났습니다. 나는 그녀가 그 파티에 참석한 사실도 모르고 있었던 것입니다. 그녀는 자리에서 일어나 내게 가까이 다가오더니 손을 내밀며, 〈나는 당신을 비웃지 않는 첫 번째 사람이란 것을 당신에게 밝히고 싶습니다. 아니, 오히려 당신에게 눈물이 나도록 감사를 드리며, 그 당시 당신의 행동에 존경심을 보냅니다〉라고 말하는 것이었습니다.

그때 그녀의 남편도 다가왔으며, 그러자 모든 사람들이 내게 입을 맞출 듯이 달려들었습니다. 나는 너무나 기뻤고, 그때 이전부터 이름 정도나 알고 있던 한 중년 신사가 내게 다가오고 있다는 것을 얼른 알아챘습니다. 전부터 그의 이름은 알고 있었으나 그와 한 번도 인사를 나눈 적은 없었고, 그날의 파티 전까지는 한마디도 주고받은 적이 없었습니다.

라. 신비한 방문객

 그는 내가 근무하던 도시에서 이미 오래전부터 공직 생활을 하던 사람으로 누구나 알 만한 직책을 맡고 있었으며, 모든 사람들의 존경을 받는 부자인 동시에 사회사업가로 알려져 있었고 양로원과 고아원 등에 상당한 거액을 희사하기도 했습니다. 그뿐만 아니라 남몰래 익명으로 많은 선행을 실천했다는 사실이 그가 죽은 후에 밝혀지기도 했습니다. 나이는 쉰 안팎이었고 단정한 용모에 말수가 적은 편이었습니다. 그는 결혼한 지 10년이 채 되지 않은 젊은 아내와 어린 자식들 세 명을 거느리고 있었습니다. 그런데 어느 날 저녁 내가 집에 머무르고 있을 때 갑자기 방문이 열리더니 바로 그 신사가 들어오는 것이었습니다.

 한 가지 유념해 둘 사실은, 당시 나는 그전의 아파트에 살지 않고 사직서를 내자마자 다른 집으로, 관리의 미망인인 어느 노부인의 집으로 이사해서 그 집 하녀의 시중을 받고 있었다는 겁니다. 그 집으로 이사하게 된 것은 결투장에서 돌아온 그날 아파나시를 중대로 되돌려 보냈기 때문이며, 얼마 전 그런 짓을 벌이고 나서 그와 눈길이 마주치는 것조차 부끄러웠기 때문입니다. 마음의 준비가 되어 있지 않은 속세의 인간은 너무나 공정한 다른 일에서조차 수치심을 느끼는 법이니까요.

 그 신사는 내 방으로 들어서며 입을 열었습니다. 〈나는 벌써 며칠째 여러 집에서 당신 이야기를 아주 흥미진진하게 들어 왔는데 좀 더 자세한 이야기를 들었으면 해서 개인적으로 꼭 만나 뵙고 싶었습니다. 지나친 부탁이긴 하지만 거절하시지는 않겠지요, 선생님?〉

〈물론 기꺼이 해드리지요. 오히려 영광이라고 생각합니다.〉 나는 이렇게 대답하긴 했지만 스스로도 깜짝 놀라고 말았습니다. 당시 그만큼 그는 처음부터 나에게 충격을 주었던 것입니다. 사람들이 내 이야기에 귀를 기울이고 호기심을 갖기는 했지만 아직 그토록 진지하고 심각하게 마음의 준비를 하고 찾아왔던 사람은 없었습니다. 그런데 그 사람은 내 아파트에 손수 찾아왔던 것입니다.

그는 자리에 앉은 후, 〈당신한테서 나는 위대한 정신력을 발견했습니다〉 하고 말을 이어 갔습니다. 〈그것은 당신이 사람들의 멸시를 무릅쓰고 자신의 진실을 위해 그 사건에서 진리를 실천하셨기 때문입니다.〉

〈칭찬이 지나치신 것 같군요〉라고 나는 그에게 말했습니다.

그는 내게 〈아닙니다, 지나친 말이 아닙니다〉라고 대답했습니다. 〈그런 일을 실천한다는 것은 당신이 생각하는 것보다 훨씬 어려운 일입니다. 솔직히 나는〉 하고 그는 계속 말했습니다. 〈그 일 때문에 깊은 감동을 받았으며, 바로 그것 때문에 당신을 찾아온 것입니다. 지나치게 무례한 나의 호기심을 불쾌하게 여기시지 않는다면 결투장에서 상대에게 용서를 빌던 그 순간 어떤 느낌을 받으셨는지 말씀해 주시겠습니까, 기억하고 계신 대로 말입니다. 내 질문이 경박한 것이라고 생각하지는 말아 주십시오. 그와는 반대로 이런 질문을 드리는 데에는 말씀드리기 힘든 목적이 있기 때문이니까요. 그건 당신께 차차 설명해 드리지요, 우리 두 사람의 관계가 더 가까워지는 것이 하느님을 기쁘게 하는 일이라면 말입니다.〉

그가 이야기를 하는 동안 줄곧 나는 그의 얼굴을 직시하고 있었는데, 갑자기 강한 신뢰감이 드는 동시에 내 쪽에서 호기심이 발동하는 것이었습니다. 왜냐하면 그의 영혼 속에 남다른 비밀이 숨겨져 있다는 것을 느꼈기 때문입니다.

나는 대답했습니다. 〈내가 상대에게 용서를 비는 순간 어떤 느낌을 받았느냐고 묻고 계시니, 다른 사람들한테는 아무 이야기도 안 했지만 처음부터 모두 말씀드리는 편이 낫겠군요.〉 그러고 나서 나는 아파나시와 나 사이에 일어난 일이며 땅바닥에 엎드려 그에게 용서를 빌던 일 등을 모두 이야기해 주었습니다. 〈이 사건을 통해 당신도 짐작하시겠지만〉 하고 나는 이야기를 마무리 지었습니다. 〈결투할 당시 나는 마음의 부담이 적었습니다. 왜냐하면 집에서 이미 그런 마음을 가지고 출발했으며, 일단 그런 길로 들어섰기 때문에 그 뒤의 모든 일들은 힘들지도 않았을뿐더러 오히려 즐겁고 기쁘게 진행되었거든요.〉

이야기를 듣고 있던 그는 너무나 유쾌한 얼굴로 나를 쳐다보았습니다. 그러고는 〈모든 이야기가 너무나 흥미롭군요, 다시 찾아와야 하겠습니다〉라고 말했습니다.

그러고는 그때부터 거의 매일 밤 나를 찾아왔습니다. 그가 만일 자신에 관한 이야기를 했더라면 우리는 아주 가깝게 지냈을 겁니다. 그러나 그는 자기 이야기는 거의 한마디도 하지 않았고, 내게 나 자신에 관한 질문을 던질 뿐이었습니다. 그럼에도 불구하고 나는 그를 매우 사랑했고 내 모든 감정을 다하여 신뢰했습니다. 왜냐하면 그가 공명정대한 사람이라는 사실을 안 이상 〈그의 비밀은 알아서 무엇 하겠어〉라는 생각이 들었기 때문입니다. 게다가 그는 매우 신중한 사람이고 나이도 나보다 많았지만 나 같은 젊은이를 찾아오면서 거드름을 피우는 일도 없었던 것입니다. 그리고 그는 매우 현명한 사람이어서 나는 그로부터 유익한 것을 많이 배울 수 있었습니다.

그는 갑자기 이런 이야기를 꺼냈습니다. 〈인생은 낙원이라고 나는 이미 오래전부터 생각해 왔지요.〉 그러고는 이렇게 덧붙였습니다. 〈나는 그 점에 대해서만 골몰하고 있습니다.〉 그는 나를 쳐다보며 미소 짓고 있었습니다. 〈그 점에 관해서는 당신보다 더 많이 확신하고 있으며, 나중에 그 이유를 알게 되실 것입니다〉라고 그는 말했습니다.

그 이야기를 들으며 나는 〈이 사람은 틀림없이 나한테 털어놓을 이야기가 있는 거야〉라고 생각했습니다.

〈낙원이란 각자의 마음속에 숨어 있는 것입니다. 그것은 지금 내 마음속에도 숨어 있어서 내가 원한다면 실제로 내일 당장 나한테 나타나 일생 동안 자리 잡게 될 것입니다〉라고 그는 말했습니다.

그를 바라보았을 때 그는 감정에 젖은 채 이야기하고 있었으며, 마치 내게 질문이라도 던지듯 나를 신비한 시선으로 쳐다보고 있었습니다. 그러고는 말을 이어 갔습니다.

〈모든 사람들은 자신의 죄 외에도 만인에 대해, 그리고 만사에 대해 죄인이라는 당신의 말씀은 아주 지당하신 판단인 것 같습니다. 그리고 당신이 단번에 그런 사상을 완전히 자기 것으로 만들 수 있었다니 정말 놀랍습니다. 사람들이 그런 사상을 깨닫게 될 때 그들에게 꿈속에서가 아니라 실제로 천상의 왕국이 도래하리라는 확신이 드는군요.〉

〈그게 언제 실현되겠습니까?〉 나는 슬픈 표정을 지으며 소리쳤습니다. 〈언젠가는 그렇게 실현된다는 말씀인가요? 그

저 꿈만은 아니란 말씀이시죠?〉

〈그럼 당신도 믿지 않으시는군요. 자신은 그렇게 설교하면서도 믿지 않으시다니. 당신이 말씀하셨듯이 그 꿈은 틀림없이 실현될 것입니다. 그걸 믿으세요. 하지만 지금은 아닙니다. 왜냐하면 모든 일에는 규칙이 있는 법이니까요. 그 문제는 정신적이며 심리적인 것입니다. 세상을 새롭게 개편하기 위해서는 사람들 스스로 심리적 측면에서 다른 길로 들어서야 합니다. 사실 모든 사람들이 형제가 되기 전에는 형제애란 싹틀 수 없는 것입니다. 사람들은 어떤 과학, 어떤 이해관계를 내세워도 자신들의 재산, 권리를 아무 탈 없이 나눌 능력이 없는 것입니다. 저마다 자기 몫에 만족하지 못할 것이며 만사에 불평을 늘어놓을 것이고 서로 시기하고 죽이려 들 것입니다. 당신은 언제 그것이 실현될 것인지 물으셨지요. 그것은 실현될 것입니다. 그러나 우선 인간《고립》의 시대를 끝내야 합니다〉라고 그는 말했습니다.

〈고립이라뇨?〉 나는 물었습니다.

〈그것은 지금 도처에서 군림하고 있으며 우리 시대에는 더욱 그렇습니다. 하지만 아직 모든 것이 끝난 것은 아니며 아직 그 시기가 오지도 않았습니다. 왜냐하면 지금 모든 사람들은 자기 얼굴을 최대한 부각시키려고 애쓰면서 자기 자신만의 성취된 삶을 누리고 싶어 하기 때문입니다. 그렇지만 온갖 노력에도 불구하고 충만한 삶의 완성 대신에 단지 완전한 자살 행위를 끌어낼 뿐입니다. 왜냐하면 자아실현의 성취 대신에 완전한 고립에 빠지기 때문입니다. 우리 시대의 모든 사람들은 저마다 개체로 분리되어 있기 때문에 자신의 토굴 속에 고립되어 버리고 다른 사람들로부터 분리되어 스스로를 감추며 자신이 가진 것을 숨기고, 결국은 사람들로부터 자신을 멀리하고 자신으로부터 사람들을 멀리하는 결과를 낳게 됩니다. 사람들은 재산을 몰래 모으면서 이제 자신은 너무나 강하며 너무나 안전하다고 생각하지만, 그런 자신이 재산을 모을수록 점점 더 자살 행위 같은 무기력에 빠져드는 바보라는 사실을 모르고 있습니다. 왜냐하면 자기 하나에 대한 기대감만을 지닌 채 전체로부터 자신을 하나의 개체로 떼어 놓고서는 인간의 도움, 인간 자체, 인간성 등을 믿지 않도록 자신의 영혼을 훈련시켜서 자기 돈이, 그리고 돈으로 얻은 자신의 권리가 사라지지나 않을까 두려워할 뿐이기 때문입니다. 오늘날 세상 어느 곳에서나 인간의 이성은 개성의 진정한 보장이 고립된 개개인의 노력에 있는 것이 아니라 인류의 보편적 전체에 있다는 사실을 냉소하며 이해하지 않으려 하고 있습니다. 그러나 그 무서운 고립에도 최후의 순간이 찾아오고, 사람들은 서로 떨어져 있는 것이 얼마나 부자연스러운지를 단숨에 이해하게 될 것입니다. 시대사조 역시 그렇게 되어서 사람들은 오랫동안 어둠 속에 주저앉아 빛을 볼 수 없었다는 사실에 놀라게 될 것입니다. 그때 사람의 아들의 표적이 하늘나라에 나타날 것입니다……. 그러나 그때까지 아무튼 깃발을 잘 보존해야 하며, 비록 유로디비라는 호칭을 듣는 한이 있더라도 인간은 혼자서라도 모범을 보여야 하고, 형제애적 교류의 행적을 바탕으로 고립으로부터 영혼을 끌어내야 할 것입니다. 그것이 위대한 사상을 죽이지 않는 길입니다…….〉

우리는 이처럼 열기와 환희에 가득 찬 토론의 밤을 하루 이틀 보내게 되었습니다. 나는 사교계와 인연도 끊었고 점차 초대받아 가는 일이 드물었으며, 그리하여 나의 인기도 식어

가기 시작했습니다. 사람들을 비난하려는 의도에서 이런 이야기를 하는 것은 아닙니다. 왜냐하면 사람들은 계속 나를 사랑해 주었으며 반갑게 대해 주었기 때문입니다. 그러나 사실 사교계에서 유행이라는 것은 대단히 중요한 문제이며, 그 점만은 인정해 주어야만 합니다. 나는 마침내 나의 신비한 방문객을 감탄의 눈으로 바라보기 시작했는데, 그것은 그의 지혜에 대한 만족감 외에도 그가 마음속에 어떤 의도를 품고 있으며 어쩌면 위대한 행적을 준비하고 있을지도 모른다는 예감이 들었기 때문입니다. 내가 그의 비밀에 대해 공공연히 호기심을 드러내지도 않았으며 직접적으로든 간접적으로든 그것에 대해 물어본 적도 없다는 사실이 그의 마음에 들었는지도 모릅니다. 그러나 결국 나는 그가 내게 무엇인가를 털어놓고 싶은 욕구 때문에 괴로워하는 듯하다는 사실을 눈치챘습니다. 적어도 그것은 그가 우리 집에 찾아오기 시작한 지 한 달이 지났을 무렵 아주 명확히 나타났습니다.

어느 날 그는 내게 물어 왔습니다. 〈당신은 알고 계십니까? 마을에서 우리 두 사람에 대해 매우 관심을 보이면서 내가 당신을 자주 찾는 것에 놀라고 있다는 사실을? 하지만 《머지않아 모든 것이 밝혀질 테니》 마음대로 생각하라지요.〉

때때로 그는 심한 흥분 상태에 빠지곤 했는데 그런 경우에는 거의 언제나 자리에서 일어나 밖으로 나가 버렸습니다. 때로는 내 얼굴을 오랫동안 응시했기 때문에 나는 〈이제 무슨 이야기를 꺼내려는 모양이군〉 하고 생각하기도 했지만, 그는 돌연 태도를 바꾸어 이미 잘 알려진 평범한 이야기를 늘어놓았습니다. 종종 그는 두통을 호소하기 시작했습니다. 그런데 어느 날 오랫동안 열을 올리며 이야기를 한 후에 그는 전혀 뜻밖에도 갑자기 안색이 창백해지며 인상을 잔뜩 찌푸리더니 뚫어질 듯 내 얼굴을 쳐다보는 것이었습니다.

〈무슨 일이시죠?〉 내가 말했습니다. 〈어디 몸이라도 불편하신가요?〉

그는 그때 두통을 호소했습니다.

〈나는…… 아시겠어요…… 나는…… 사람을 죽였답니다.〉

이 이야기를 털어놓은 후에 그는 미소를 지었으나 그의 얼굴은 종잇장처럼 하얗게 변했습니다. 다른 생각을 할 겨를도 없이 이 사람은 대체 왜 미소를 지은 것일까 하는 생각이 갑자기 머릿속에 떠올랐습니다. 나도 안색이 창백해지고 말았습니다.

〈대체 그게 무슨 소립니까?〉 나는 소리쳤습니다.

그는 창백한 조소를 지으며 대답했습니다. 〈아시겠습니까? 첫마디를 꺼내는 데 얼마나 힘이 들었는지 모릅니다. 이제 이야기를 꺼냈으니 궤도에 들어선 셈이군요. 그럼 시작하겠습니다.〉

나는 오랫동안 그의 말을 믿을 수가 없었는데, 처음에는 물론이고 그가 사흘이나 나를 찾아와 상세히 이야기해 준 뒤에도 믿을 수가 없었습니다. 나는 그를 미치광이라고 생각했지만 결국 엄청난 슬픔과 충격을 받은 채 그의 이야기가 사실이라는 확신을 갖게 되었습니다.

14년 전 그는 우리 마을에 저택을 가지고 있어서 정착을 하려던 한 부유하고 젊고 아름다운 지주 미망인에게 엄청나고 끔찍한 죄를 지었던 것입니다. 그녀에게 강렬한 사랑을 느꼈던 그는 그녀에게 사랑을 고백하고 자신과 결혼해 달라고 설득하기 시작했습니다. 그러나 그녀는 이미 다른 사람에게,

상당히 계급이 높은 어느 군인에게 마음이 기울고 있었으며, 그 군인은 당시 출정 중이었지만 그녀는 그가 머지않아 자신에게 돌아올 것이라고 기대하고 있었습니다. 그녀는 그의 청혼을 거절하면서 자신의 집에 찾아오지 말아 달라고 부탁까지 했습니다. 발길을 뚝 끊은 그는 그녀의 집 구조를 잘 알고 있었으므로 극히 파렴치한 생각을 품고, 발각될 위험에도 불구하고 한밤중에 지붕을 타고 정원을 거쳐 그녀의 방으로 향했습니다. 그러나 흔히 그렇듯이 뻔뻔스러울 정도로 대범한 범죄일수록 다른 경우보다 성공하기 쉬운 법입니다. 지붕 창문을 통해 고미다락으로 들어간 그는 계단을 타고 그녀의 거실로 내려갔습니다. 계단 끝에 있는 문이 하인의 부주의로 가끔 열려 있다는 사실을 알고 있었던 것입니다. 그날도 그런 실수를 마음속으로 기대하고 있었는데 때마침 열려 있었습니다.

거실로 숨어든 그는 어둠 속에서 램프가 타오르는 그녀의 침실로 들어갔습니다. 게다가 마치 일부러 일을 꾸미기라도 한 듯 그녀의 젊은 두 하녀마저도 주인마님께 여쭤 보지도 않고 같은 동네에서 열리는 이웃집 명명일 잔치에 몰래 가버리고 없었습니다. 나머지 하인들과 하녀들은 아래층 행랑방과 부엌에서 잠을 자고 있었습니다. 잠들어 있는 여인의 모습을 본 그는 욕정이 타올랐지만 곧 복수심과 질투심에 사로잡혀 술 취한 사람처럼 제정신을 잃고 그녀의 가슴에 그대로 칼을 꽂았으며, 그래서 그녀는 비명 한마디 지르지 못했습니다. 그는 그것을 하인들의 소행으로 돌리기 위해 가장 악랄하고 능숙한 범죄자의 수법으로 일을 꾸몄습니다. 주저하지 않고 그녀의 지갑을 훔쳤으며 베개 밑에 숨겨 둔 열쇠로 장롱을 열어, 거기서 얼마간의 물건을 다시 훔쳐 내어 마치 무식한 하인이 저지른 소행처럼 꾸몄던 것입니다. 다시 말해서 값나가는 증서들은 그대로 남겨 둔 채 현금만 훔쳤고, 꽤나 큰 금붙이 몇 점은 훔치면서도 그보다 열 배나 더 값이 나가는 작은 보석들은 손대지 않았던 것입니다. 그 밖에도 기념이 될 만한 물건 몇 점도 훔쳤으나 그 이야기는 뒤로 미루겠습니다. 그는 그처럼 엄청난 짓을 저지른 후 왔던 길로 되돌아 나갔습니다.

다음 날 난리 법석이 났을 때는 물론이거니와 그 후 평생에 거쳐 그를 진짜 범인이라고 생각하는 사람은 아무도 없었습니다! 그녀에 대해 품고 있던 그의 연정에 대해서도 아는 사람이 아무도 없었습니다. 왜냐하면 그는 워낙 말수가 적고 과묵한 성격의 소유자인 데다 흉금을 털어놓고 이야기할 만한 친구도 없었기 때문입니다. 마지막 두 주 동안 그녀의 집에 찾아가지도 않았으므로 사람들은 그를 피살된 여인과 안면만 있을 뿐 그다지 가까운 사이는 아니라고 생각했습니다.

당장 농노 출신 하인인 표트르에게 혐의가 돌아갔으며, 그 혐의를 확신하기에 충분할 만큼 모든 정황이 일치했습니다. 왜냐하면 그 하인은 홀몸인 데다 행실도 바르지 못해 여주인은 자신의 농노들 중에서 신병으로 차출해야 할 사람으로 그를 점찍어 군대에 보낼 생각이라는 사실을 공공연히 이야기하고 다녔으며, 그 역시 그런 사실을 잘 알고 있었기 때문입니다. 앙심을 품고 있던 그가 술 취한 김에 어느 술집에서 그녀를 죽여 버리겠다고 떠들었다는 소문도 돌았습니다. 그녀가 피살되기 이틀 전 그는 집에서 나와 읍내 모처에서 거주하고 있었습니다. 살인 사건 다음 날 고주망태가 되어 교외로 벗어나는 길거리에 쓰러져 있는 그가 발견되었고, 그의 호주머니에는 칼이 들어 있었으며, 무슨 일이 있었는지 오른손에는 피까지 묻어 있었습니다. 그는 그 피가 코피라고 주장했지만 아무도 그 말을 믿어 주지 않았습니다. 하녀들은 잔칫집에 갔으므로 자기들이 돌아올 때까지 계단으로 통하는 바깥문은 열려 있었다고 진술했습니다. 그 밖에도 그와 유사한 증거들이 수없이 나왔기 때문에 그 하인은 꼼짝없이 체포되고 말았습니다. 그는 체포되어 재판을 받았지만 체포된 지 정확히 일주일 만에 열병에 걸려 의식을 잃은 채 병원에서 죽고 말았습니다. 그것으로 사건은 종결되어 하느님의 손에 넘겨졌으며, 재판관들이나 당국이나 사회 전체가 그 범죄는 다름 아닌 죽은 그 하인이 저지른 것이라고 확신하게 되었습니다. 그러나 그 후로 벌이 내리기 시작한 것입니다.

지금은 이미 나의 친구가 된 신비한 방문객은 처음에는 양심의 가책 따위로 괴로워하는 일은 전혀 없었다고 내게 말했습니다. 그는 오랫동안 괴로워했으나 그것 때문이 아니라 욕정의 불길이 여전히 핏속에서 들끓고 있는데, 사랑하는 여인을 죽였다는, 그리하여 그녀가 더 이상 이 세상에 존재하지 않는다는, 그녀를 죽임으로써 자신의 사랑도 죽이고 말았다는 감정 때문에 괴로워했던 것입니다. 그러나 무고한 사람의 피를 흘리게 했다는 사실, 살인을 저질렀다는 사실에 대해서는 그 당시 거의 생각해 보지도 않았다고 합니다. 오직 그녀가 다른 남자의 아내가 될 수도 있다는 생각을 그는 용납할 수 없었으며, 그래서 다른 방도가 없었다고 자신의 양심 속에서 오랫동안 확신했던 것입니다.

처음에는 하인의 체포로 약간 고통을 겪었으나 곧 이은 그의 발병과 죽음이 그의 마음을 평온하게 했습니다. 왜냐하면 (당시 그는 이렇게 판단했습니다) 그 하인은 체포나 두려움 때문이 아니라 주인집에서 뛰쳐나온 후 고주망태가 되어 밤새 축축한 땅에서 뒹굴다가 걸린 감기 때문에 죽은 거라고 생각했기 때문입니다. 훔친 물건과 돈 때문에 괴로워하지도 않았는데, 그 이유는(당시 그는 이것을 이렇게 판단했습니다) 탐욕 때문이 아니라 다른 사람에게 혐의를 돌리기 위해 도둑질을 했기 때문입니다. 훔친 돈의 금액은 대단한 것이 아니어서, 오히려 그보다 훨씬 더 많은 돈을 우리 읍내에 설립되었던 양로원에 희사했습니다. 도둑질에 대해 양심의 위안을 받기 위해서 의도적으로 그런 일을 한 것인데, 실제로 한동안은 마음이 편안했노라고 그는 자기 입으로 내게 털어놓았습니다. 당시 그는 매우 중요한 봉사 활동에 전념했었고, 2년간 자신에게 쏟아지는 힘들고 어려운 일 처리를 손수 도맡은 데다 강인한 성격을 지니고 있었으므로 지난 일들은 거의 잊을 수가 있었습니다. 그리고 기억이 되살아날 때면 그 사건을 생각하지 않으려고 무던히 애썼던 것입니다. 그는 자선 사업에도 열심이었고, 우리 읍내의 많은 일을 처리하는 데 헌신적이었기 때문에 여러 도시에도 널리 알려진 결과 모스크바와 페테르부르크 현지의 자선 협회 회원으로 선출되기도 했습니다.

그러나 마침내 모든 일이 기억 속에서 고통스럽게 되살아나기 시작해 자신의 힘으로는 어쩔 수 없는 지경에 이르고 말았습니다. 바로 그때 그는 아름답고 지성미 넘치는 한 아가씨를 좋아하게 되었고, 결혼이 자신의 고립된 비애를 쫓아 줄지도 모르며 새로운 길로 들어서 아내와 자식들에 대한 의무를 열심히 수행하다 보면 옛날의 기억들을 모조리 잊을 수 있을 거라고 생각하여 곧바로 그녀와 결혼하게 되었습니다. 그러나 그와는 정반대되는 예기치 않은 일이 벌어지고 말았습니다. 아직 신혼 생활 첫 달에 불과했으나, 〈아내는 나를 사랑하고 있는데, 혹시 그 사실을 알게 되면 어쩌지?〉 하는 생각이 끊임없이 떠올라 그를 괴롭혔던 것입니다. 그의 아내가 첫아이를 임신하게 되어 그에게 임신 사실을 알렸을 때 갑자기 그는 〈내가 직접 한 생명을 빼앗고도 다른 생명을 잉태하다니〉 하는 생각에 괴로워했습니다. 자식들이 태어나자 그는 〈내가 어찌 저 애들을 사랑하고 가르치고 양육할 것이며, 어떻게 착한 사람이 되라고 말할 것인가, 내 손에 피를 묻혔는데〉 하는 생각이 들었습니다. 자식들이 곱게 자라자 그들을 안아 주고 싶을 때마다 〈난 저 애들의 순진무구하고 해맑은 얼굴을 쳐다볼 수가 없어. 그럴 자격이 없는 거야〉라고 생각했습니다.

결국 살해된 희생자의 피가, 파멸되어 버린 그녀의 젊은 생명이, 복수를 외치는 그 피가 그의 눈앞에 무섭게 어른거리기 시작한 것입니다. 그는 무서운 꿈을 꾸기 시작했습니다. 그러나 워낙 강심장이었기 때문에, 〈내가 남몰래 겪는 이 모든 고통으로 속죄해야지〉 하는 생각으로 한동안은 고통을 이겨 냈습니다. 하지만 그런 희망은 헛된 것이었습니다. 세월이 흐를수록 고통은 점점 커졌던 것입니다. 그의 엄격하고 음울한 성격이 두려움을 불러일으키기도 했으나 사회에서 그는 자선 사업 덕분에 존경을 받게 되었고, 그에 대한 존경심이 커져 갈수록 더욱 견딜 수가 없었습니다. 내게 고백한 바에 따르면 그는 종종 자살할 생각을 품었다고 합니다. 그러나 그 대신에 다른 몽상이 머릿속에 떠오르게 되었습니다. 그 몽상은 처음에는 불가능하고 미친 짓처럼 여겨졌으나, 결국에는 가슴에 파고들어 떨쳐 버릴 수 없는 것이 되었습니다. 그것은 사람들 앞에 나아가 자신이 사람을 죽였다고 고백하자는 몽상이었습니다.

그런 몽상을 가슴에 품은 채 3년이란 세월이 흘렀고, 그것은 그에게 다양한 모습으로 나타났습니다. 결국 그는 자신의 죄를 고백하게 되면 자신의 영혼은 반드시 치유되며 영원히 평안을 누릴 거라고 확신하게 되었습니다. 그러나 그렇게 확신하면서도 어떻게 실천에 옮길 것인지 두렵기만 했습니다. 그때 갑자기 나의 결투 사건이 벌어졌던 것입니다. 〈당신을 보면서 난 결심했습니다.〉 나는 그를 바라보았습니다.

〈그런데 정말이신가요?〉 나는 손뼉을 치면서 외쳤습니다. 〈그렇게 작은 사건이 당신으로 하여금 그런 결심을 할 수 있게 만들었다는 것이?〉

〈내 결심은 이미 3년 전에 마음속에 품었던 것입니다. 당신의 사건은 거기에 자극을 주었을 뿐입니다. 당신을 바라보면서 나는 스스로를 꾸짖었고 당신을 질투하기 시작했던 것입니다.〉 그는 엄숙한 표정까지 지으며 그렇게 말해 주었습니다.

나는 그에게 말했습니다. 〈사람들은 당신 말을 믿지 않을 겁니다. 벌써 14년이란 세월이 흘렀으니까요.〉

〈증거를 가지고 있습니다, 중요한 것이죠. 그걸 보여 드리겠습니다.〉

그 순간 난 눈물을 흘리며 그에게 입을 맞추었습니다.

〈한 가지만, 한 가지만 해결해 주십시오!〉 마치 모든 문제가 나에게 달린 듯이 그는 이렇게 말했습니다. 〈아내는, 아이들은 어찌해야 합니까! 아내는 어쩌면 슬픔에 잠겨 죽을지도 모르고, 아이들은 귀족 계급과 영지를 빼앗기지야 않겠지만 영원히 유형수의 자식이 될 테니 말입니다. 그 애들 가슴속에 얼마나, 얼마나 쓰라린 기억이 남겠습니까!〉

나는 침묵하고 말았습니다.

〈그러면 나는 영원히 그들과 헤어져 홀로 남게 되는 건가요? 영원히, 영원히 말입니다!〉

나는 제자리에 앉아 중얼중얼 속으로 기도를 드렸습니다. 그리고 자리에서 일어나자 무서운 기분에 휩싸였습니다.

〈무슨 일입니까?〉 그는 나를 쳐다보았습니다.

〈가십시오.〉 나는 이렇게 말했습니다. 〈사람들한테 밝히셔야죠. 모든 것은 다 사라지고 진리만이 남을 것입니다. 아이들도 자라면 당신의 결정이 얼마나 위대한 것이었는지를 이해하게 될 겁니다.〉

그는 마치 당장이라도 결단을 내린 듯 내 곁을 떠나갔습니다. 그러나 그 후 2주가 넘도록 매일 저녁 나를 찾아왔고, 마음속으로 결심은 하고 있었지만 결단을 내리지는 못하고 있었습니다. 그는 내 마음을 괴롭히곤 했습니다. 그는 강인한 모습으로 찾아와 감동적인 말투로 이야기했습니다.

〈내게 천국이 찾아오리라는 것을, 내가 고백하는 순간 천국이 찾아오리라는 것을 알고 있습니다. 지옥 속을 14년이나 헤맸지요. 이젠 고통받고 싶습니다. 고통을 받아들이며 살고 싶습니다. 거짓 세상을 살게 되면 그땐 뒤로 돌릴 수 없을 것입니다. 지금으로서는 가까운 이웃은 물론 자식들마저도 사랑할 수 없는 상황입니다. 오, 내가 겪은 고통이 아비에게 어떤 대가를 치르게 했는지 아마도 아이들은 이해하게 될 겁니다. 그리고 나를 비난하지도 않을 겁니다! 주님께서는 권력 속에 계신 것이 아니라 진리 속에 계신 것입니다.〉

나는 이렇게 말했습니다. 〈당신의 행적을 모두 이해할 겁니다. 당장은 아니더라도 나중에는 이해하게 될 겁니다. 왜냐하면 진리에, 천상의 숭고한 진리에 봉사하셨으니까요……〉

그러고 나면 위안을 얻은 얼굴로 돌아갔으나, 다시 다음 날이면 험상궂고 창백한 얼굴로 느닷없이 찾아와 냉소적으로 말하는 것이었습니다.

〈내가 당신한테 찾아올 때마다 당신은 항상《또 왔군. 아직도 고백하지 않은 거요?》라고 말하려는 투의 호기심 어린 눈으로 바라보고 계시군요. 잠깐만 기다려 주세요, 너무 멸시하지 마시고. 당신께서 생각하듯 그렇게 간단히 처리할 문제가 아닙니다. 그렇다고 나를 밀고하러 가시지는 않겠지요, 그렇지 않습니까?〉

사실 나는 넋을 잃고 호기심 어린 눈으로 바라보기는커녕 그를 쳐다보는 것조차 두려웠습니다. 나는 병이 날 정도로 괴로웠으며, 내 영혼은 눈물로 가득 차고 말았습니다. 밤에도 잠을 이루지 못했습니다.

그는 말을 이어 갔습니다. 〈나는 지금, 아내한테서 오는 길입니다. 아내라는 것이 무엇인지 알고 계십니까? 내가 집을 나올 때 아이들은《안녕, 아빠, 일찍 들어오셔서 우리와 함께 『아동 교본』을 읽어요》라고 소리칩니다. 아니, 당신은 이해하지 못합니다! 다른 사람의 불행은 이해하지 못하는 법이니까요.〉

그의 두 눈은 빛을 뿜었고 입술은 부들부들 떨렸습니다.

그가 갑자기 주먹으로 탁자를 쾅 내리치는 바람에 탁자 위에 있던 물건들이 튀어 올랐습니다. 그토록 유순한 사람에게서 처음으로 일어난 일이었습니다.

〈그럴 필요가 있을까요? 꼭 그렇게 해야만 하는 건가요? 나 때문에 재판을 받은 사람도, 유형을 간 사람도 없으며, 그 하인은 병으로 죽은 거란 말입니다. 그간의 고통으로도 피를 흘리게 한 대가를 치른 셈입니다. 게다가 사람들은 내 말을 믿지 않을 뿐만 아니라 어떤 증거도 믿지 않을 겁니다. 그런데도 꼭 자백해야 합니까, 꼭? 아내와 아이들에게 충격을 주지 않을 수만 있다면 나는 피를 흘리게 한 대가를 받아들일 준비가 되어 있습니다. 나와 함께 그들을 파멸시키는 것이 올바른 일일까요? 우리가 잘못을 저지르고 있는 것은 아닐까요? 그렇다면 진리란 어디에 있습니까? 그리고 사람들이 그 진리를 이해하고 높이 평가하고 존경할까요?〉

〈이런!〉 나는 속으로 혼자 생각했습니다. 〈이 순간에도 사람들의 존경을 생각하다니!〉 그런 생각뿐만 아니라 그때 그가 너무나 불쌍하게 여겨져서 그를 위로할 수만 있다면 그의 운명을 함께 나누고 싶은 생각이 들었습니다. 나는 거의 정신 나간 것 같은 그의 모습을 발견했습니다. 그때 그 결단이 얼마나 많은 것을 요구하는 것인지 이성으로뿐만 아니라 살아 있는 영혼으로도 깨달으며 나는 몸서리를 쳤습니다.

〈내 운명을 결정해 주십시오!〉 그는 소리쳤습니다.

〈가서 자백하십시오.〉 나는 그에게 이렇게 속삭였습니다. 작은 목소리였지만 단호한 어조로 속삭였습니다. 나는 탁자에서 러시아어판 성서를 집어 「요한의 복음서」 12장 24절을 펼쳐 보였습니다.

〈내가 진실로 너희에게 이르노니 한 알의 밀알이 땅에 떨어져 죽지 않으면 한 알 그대로 남아 있고 죽으면 많은 열매를 맺느니라.〉 나는 그가 도착하기 직전에 그 구절을 읽었던 것입니다.

그는 그 구절을 읽었습니다.

〈그건 진실입니다.〉 그는 이렇게 말했으나 쓴웃음을 짓고 있었습니다. 〈그렇습니다, 이 성서 속에서는〉 하고 그는 잠시 침묵했다가 말했습니다. 〈어떤 두려운 내용과 마주치게 됩니다. 그걸 주제넘게 사람들의 코끝에 들이대기란 쉽겠지요. 그런데 도대체 누가 그것들을 썼단 말입니까, 그 역시 인간이 아니던가요?〉

〈성령께서 쓰신 것입니다.〉 내가 대답했습니다.

〈당신은 쉽게 말씀하시는군요.〉 그는 다시 미소를 지었으나 그 미소는 증오심에 차 있는 듯했습니다. 나는 다시 책을 집어 다른 데를 뒤적여서는 「히브리인들에게 보낸 편지」 10장 31절을 보여 주었습니다. 그는 읽어 내려갔습니다. 〈살아 계신 하느님의 심판의 손에 빠져드는 것은 얼마나 무서운 일입니까?〉

그 구절을 읽은 그는 책을 집어 던졌습니다. 그러고는 부들부들 떨기까지 했습니다.

〈무서운 구절입니다.〉 그는 이렇게 말했습니다. 〈적당한 구절을 찾아내셨군요, 할 말이 없습니다.〉 그는 자리에서 일어섰습니다. 〈그럼〉 하고 그는 입을 열었습니다. 〈안녕히 계십시오. 아마도 더 이상 찾아오지 못할 듯싶습니다……. 천국에서나 만납시다. 지난 14년 동안 마치 《살아 계신 하느님의 손에 빠져들어》 있었던 것 같습니다. 그 14년을 그렇게 불러야 옳겠지

요. 내일은 제발 나를 풀어 달라고 그 손에 빌겠습니다……〉

 나는 그를 끌어안고 입을 맞추고 싶었으나 그럴 용기가 나지 않았습니다. 그의 얼굴은 몹시 일그러져 있었기 때문에 쳐다보기조차 힘들었던 것입니다. 그는 밖으로 나갔습니다. 〈오, 저 사람은 어디로 떠났을까?〉 하고 나는 생각했습니다. 그 자리에서 나는 성상 앞에 무릎을 꿇고 신속한 중재자이자 구원자이신 지순한 성모께 그를 위해 눈물로 기도를 드렸습니다. 내가 눈물로 기도를 드린 지 30분가량이 지났을 때 이미 밤이 깊어 거의 자정이 되고 말았습니다. 내가 사방을 둘러보는 사이에 갑자기 문이 활짝 열리더니 그가 다시 들어오는 것이었습니다. 나는 깜짝 놀라고 말았습니다.

 〈어디에 다녀오시는 길입니까?〉 내가 물었습니다.

 그가 대답했습니다. 〈나는 무언가 잊은 것이 있어서…… 아마도 손수건인 듯싶은데……. 아니, 잊은 것이 없더라도 잠시 앉아 있게 해주십시오……〉

 그는 의자에 자리를 잡았습니다. 나는 그를 내려다보며 서 있었습니다. 〈당신도 앉으시죠.〉 그가 말했습니다. 나는 자리에 앉았습니다. 우리가 2분가량 자리에 앉아 있는 동안 그는 내 얼굴을 뚫어질 듯 쳐다보더니 돌연 미소를 지었습니다, 기억나는군요, 그다음에 그는 자리에서 일어나 나를 힘껏 끌어안은 후 입을 맞추었습니다.

 〈잊지 말게〉 하고 그가 말했습니다. 〈내가 자네를 다시 한 번 찾아왔다는 것을. 이 점을 잊지 말라고!〉

 그는 처음으로 나를 〈자네〉라고 불렀던 것입니다. 그러고는 떠나 버렸습니다. 〈바로 내일이로군〉 하고 나는 생각했습니다.

그 예견은 그대로 적중했습니다. 그날 저녁 나는 다음 날이 그의 생일이라는 사실을 모르고 있었습니다. 며칠 동안 전혀 바깥출입을 하지 않아 누구로부터도 그런 이야기를 들을 수 없었던 것입니다. 그의 생일에는 매년 큰 모임이 있었으며 읍내 사람들이 모두 모이곤 했습니다. 이번에도 모든 사람들이 모여들었습니다. 만찬이 끝나자 그는 한복판으로 나왔는데 그의 손에는 관청의 정식 보고서 한 장이 들려 있었습니다. 그 자리에는 경찰서장도 자리하고 있었는데, 그는 거기에 참석한 모든 사람들을 향해 큰 소리로 보고서를 읽어 내려갔고, 그 속에는 모든 범행 사실이 자세히 기록되어 있었습니다.

〈저는 냉혈한인 본인을 인간 사회로부터 추방시키고자 하며, 하느님께서 저를 찾아 주셨으니 고통을 감수하고자 합니다!〉라고 보고서는 끝을 맺고 있었습니다.

그러고는 그 자리에서 지난 14년 동안 보관해 왔으며 자신의 범행을 입증할 수 있다고 생각되는 것은 모두 꺼내 탁자 위에 올려놓았습니다. 혐의를 피하려고 강탈한 피살자의 금붙이, 피살자의 목에서 벗겨 낸 목걸이와 십자가 — 그 목걸이 속에는 피살자의 약혼자 초상화가 들어 있었습니다 — 그리고 수첩 한 권, 두 통의 편지가 그것이었습니다. 한 통의 편지는 그녀의 약혼자가 곧 도착한다는 소식을 전하는 내용이었고, 다른 한 통은 다음 날 우체국에 가서 부치려고 책상 위에 놓아둔, 약혼자의 편지에 대한 그녀의 답장이었습니다. 그는 두 통의 편지를 집어 왔는데, 대체 무엇 때문에 그랬을까요? 물적 증거를 없애지 않고 14년 동안이나 보관한 까닭은 어디에 있었을까요?

이내 모든 사람들이 놀라움과 두려움에 떨었는데, 한결같이 상당한 호기심을 가지고 이야기를 경청하면서도 환자가 떠들어 대는 헛소리라고 간주하여 아무도 그 말을 믿으려고 하지 않았습니다. 며칠이 지나자 온 동네에서는 그 불행한 사나이가 미쳐 버렸다고 단정하게 되었습니다. 경찰서와 재판소는 사건을 진척시키지 않으면 안 되었지만, 그들도 손을 놓고 말았습니다. 만일 그 서류들이 신빙성 있는 것으로 판정된다 해도 그 서류들만을 토대로 결정적인 유죄 판결을 내릴 수는 없었기 때문입니다. 게다가 그녀가 지인인 그를 신뢰하여 직접 그 모든 물건들을 맡겼을 수도 있었던 것입니다. 하지만 피살자의 친구들과 친척들을 통해서 그 물건들이 진짜라는 것이 확인되었고 거기에는 미심쩍은 구석이 조금도 없다고 나중에 소문을 통해 들었습니다. 그러나 그 사건은 이번에도 매듭지어질 운명이 아니었습니다. 약 닷새 후 사람들은 그 수난자가 병에 걸려 위독한 상태라는 사실을 알게 된 것입니다. 그가 어떤 병에 걸렸는지 나로선 설명할 수도 없는 노릇이지만, 소문에 따르면 그의 병은 심장 장애라고도 했습니다. 그의 아내의 강경한 주장에 따라 의사들은 그의 정신적인 상태를 문제 삼아 그가 이미 정신 착란을 앓고 있었다는 진단을 내리기도 했습니다.

나한테 진상을 알아보기 위해 사람들이 몰려왔을 때 나는 아무 말도 하지 않았는데, 내가 문병을 가려고 하자 사람들이 특히 그의 아내가 오랫동안 나를 비난했습니다.

〈그분을 그렇게 만든 사람은 바로 당신이에요.〉 그의 아내는 내게 이렇게 말했습니다. 〈그분은 전에도 우울한 사람이었는데, 지난해에는 그가 유별나게 흥분을 잘하고 이상한 행동을 한다는 사실을 모두 눈치채고 있었어요. 그러니 당신이 그분을 죽인 거예요. 그분을 피곤하게 만든 사람은 바로 당신이고, 한 달 내내 당신한테서 벗어나지 못하셨어요.〉

그런데 어찌 된 셈인지 그의 아내뿐만 아니라 읍내 사람 모두가 〈그건 모두 당신 잘못이야〉 하고 말하며 내게 대들며 나를 원망하는 것이었습니다. 나는 아무 대꾸도 하지 않았지만 속으로는 기뻤습니다. 왜냐하면 자신에게 반기를 들고 스스로에게 벌을 내린 사람에 대한 하느님의 명명백백한 자비를 확인할 수 있었기 때문입니다. 나는 그 사람의 정신병이 믿어지지 않았습니다. 마침내 그와의 면회가 허락되었는데, 그가 나와의 작별 인사를 완강히 고집했기 때문입니다. 방에 들어서는 순간 나는 그의 생명은 며칠도 아니고 단 몇 시간밖에 남지 않았다는 사실을 알게 되었습니다. 몸이 쇠약해지고 황달 증세가 나타난 그는 손을 부들부들 떨고 숨을 헐떡거렸지만 감동과 기쁨에 젖은 눈으로 나를 바라보았습니다.

〈해냈다네!〉 그가 말했습니다. 〈오래전부터 자네가 보고 싶었는데, 어째서 찾아오지 않은 거지?〉

나는 면회가 허락되지 않았다는 말은 하지 않았습니다.

〈하느님께서 나를 가엾게 여기시어 그 품으로 부르고 계시다네. 나는 내가 곧 죽을 거라는 사실을 알고 있지만 몇십 년 만에 처음으로 기쁨과 평화를 느끼고 있어. 내가 해야 할 일을 하자마자 난 내 영혼 속에서 천국을 느꼈던 거야. 이젠 내 아이들을 사랑할 수도 있고 그 애들한테 입을 맞춰 줄 수도 있어. 사람들은 내 말을 믿지도 않고 또 아무도 귀기울이려 하지 않아. 아내도, 재판관들도 말이야. 게다가 아이들도 전혀 믿지 않지. 그걸 보면 내 아이들에 대한 하느님의 자비를 알 수 있거든. 나는 죽어 가지만 내 이름은 아이들에게 오점을 남기지 않게 될 거야. 그래서 지금 하느님을 예감하고 있고, 마음은 마치 천국에서처럼 기쁘거든…… 의무를 다했으니…….〉

그는 더 이상 말을 계속할 수 없을 정도로 숨을 헐떡거렸으나 내 손을 꼬옥 쥐면서 불타는 시선으로 바라보았습니다. 하지만 우리의 대화는 그리 오래 지속되지 못했고 그의 아내는 우리를 끊임없이 주시하고 있었습니다. 하지만 간신히 이렇게 속삭였습니다.

〈내가 자네를 두 번이나 찾아갔던 일을 기억하나? 한밤중에 말이야. 기억해 달라고 부탁했었잖아? 자네는 내가 왜 자네 방으로 들어갔는지 알고 있나? 바로 자네를 죽이러 들어갔던 거야!〉

나는 온몸이 부들부들 떨려 왔습니다.

〈그때 난 어둠을 헤치고 자네 집에서 나와 거리를 헤매면서 나 자신과 싸웠다네. 그런데 갑자기 참을 수 없을 만큼 자네가 미워지더군.《지금 나를 구속하고 있는 유일한 재판관은 그놈뿐이야. 그놈이 모든 사실을 알고 있으니 나는 내일 형벌을 면할 길이 없어》라고 나는 생각했지. 난 자네가 나를 고발하는 것이 두려웠던 게 아니라(그런 생각은 해보지도 않았어),《만일 내가 자신을 고발하지 않으면 그놈을 무슨 면목으로 볼 수 있을까》하고 생각했던 걸세. 자네가 세상 끝에 가 있더라도 살아 있다면 마찬가지가 아니겠나. 자네가 죽지 않은 채 모든 사실을 알면서 여전히 나를 심판하고 있다는 생각은 견딜 수 없는 것이니까. 나는 마치 모든 원인이, 모든 잘못이 자네한테 있는 것처럼 자네를 증오했어. 그리고 그때 자네 탁자 위에 단도가 놓여 있던 것이 생각나서 자네 집으로 되돌아갔던 것이라네. 나는 자리를 잡은 뒤 자네한테도 앉으라고 한 다음 꼬박 1분 동안 생각했지. 만일 내가 자네를 죽였다면 과거의 범행을 고백하지 않았더라도 그 살인 때문에 난 파멸하고 말았을 거야. 그러나 그 순간 그런 것 따위는 전혀 생각하지도 않았고 생각하고 싶지도 않았어. 나는 단지 자네를 증오했고, 모든 일에 대해서 젖 먹던 힘을 다해서 복수하고 싶었던 거야. 하지만 나의 하느님께서는 내 마음속에 있는 악마를 물리쳐 주셨어. 알아 두게, 자네가 그때처럼 죽음에 가까이 다가갔던 적은 없었다는 사실을.〉

일주일 후 그는 죽고 말았습니다. 읍내 사람 전체가 그의 주검을 묘지까지 전송했습니다. 사제장이 감동적인 조사를 읽었습니다. 사람들은 그의 생명을 단축시킨 그 무서운 질병을 슬퍼했습니다. 그러나 그의 주검을 안치하고 나자 온 읍내 사람들이 내게 반기를 들고는 상대도 해주지 않았습니다. 처음에는 몇몇 사람들만이 그의 고백이 진실임을 믿었지만 나중에는 점점 더 많은 사람들이 믿게 되었고, 나를 찾아와 호기심과 기쁨이 충만한 눈으로 묻기 시작했던 것은 사실입니다. 왜냐하면 인간은 공명정대한 사람의 타락과 치욕을 좋아하는 법이니까요. 그러나 나는 침묵을 지켰고, 그 읍에서 완전히 떠나 5개월 후에는 하느님의 은총으로 확고하고 장엄한 이 길로 들어서게 되었던 것입니다. 내게 이 길을 분명히 지시해 준 보이지 않는 운명을 축복하면서 말입니다. 그러나 나는 오늘날까지도 일상의 기도 속에서 수많은 고통을 겪은 하느님의 종 미하일을 잊어 본 적이 없습니다.

3 조시마 장로의 대화와 설교 중에서

마. 러시아 수도사와 그의 발언

신부, 전도사 여러분, 수도사란 무엇입니까? 그 말은 계몽된 사회에서 오늘날 세인들에게 냉소적으로 사용되고 있으며, 혹자에게는 비방처럼 사용되기도 합니다. 그런 현상은 날이 갈수록 더욱 심해지고 있는 실정이지요. 사실 안타깝게도 수도원에도 건달, 호색한, 난봉꾼, 무례한 방랑자 들이 많습니다. 교육받은 세인들은 우리를 향해 〈당신들은 게으름뱅이들이며 사회에 전혀 쓸모없는 인간들이고, 남의 노동으로 살아가는 파렴치한 거지들이오〉라고 말합니다. 그렇지만 한편으로 수도원에는 겸손하고 유순하며 고독을 갈망하면서 정적 속에서 기도에 정열을 불사르는 수도사들도 많습니다. 그러나 이들에 대해서 사람들은 주의를 기울이지 않으며 심지어는 아예 침묵해 버리기도 하고, 내가 고독하게 기도를 갈망하는 유순한 사람들로 인해 어쩌면 러시아 대지는 다시 한번 구원을 받을 수 있을지 모른다고 말하면 몹시 놀랄 것입니다! 왜냐하면 진실로 그들은 〈그날, 그 한 시간, 그 한 달, 그 1년〉[8] 동안 정적 속에서 준비하고 있기 때문입니다. 고대의 목회자들, 사도들, 순교자들로부터 전해지는 그리스도의 형상은 장엄하고 조금도 왜곡되지 않은 채 하느님의 순수한 진리대로 보존되어 있으며, 필요할 때 진실이 동요를 일으키는 세상에 모습을 드러내야만 합니다. 이 사상은 위대한 것입니다. 동방에서 그 별은 다시 빛날 것입니다.

나는 수도사들에 관해 이렇게 생각하고 있는데, 진정 그것

---

8 「요한의 묵시록」 9장 15절의 부정확한 인용.

이 거짓이며 자만일까요? 보십시오, 하느님의 자식들에게 오만하게 굴고 있는 세속에서는 하느님의 형상과 그분의 진리가 왜곡되어 있지 않습니까? 세인들은 과학을 가지고 있지만, 과학 속에는 감각으로 확인된 것만이 존재할 뿐입니다. 인간 존재의 절반을 차지하고 있는 고고한 정신세계는 어떤 승리감, 증오심과 더불어 완전히 거부되고 축출되어 있습니다. 세상은 자유를 선언했고, 현대에 들어서는 더욱 그렇습니다만, 그들의 자유 속에서 우리는 무엇을 보고 있습니까? 그것은 예속과 자살에 지나지 않습니다! 세상은 이렇게 말하기 때문입니다. 〈욕구가 있으면 충족시키시오. 당신들도 귀인들이나 부자들과 똑같은 권리를 가지고 있지 않소? 욕구 충족을 두려워하지 말고 오히려 더욱 증대시키시오〉라고 말입니다. 이것이 오늘날 이 세상의 교리이며, 세인들은 그 속에서 진리를 발견하고 있는 것입니다. 그런데 욕구 확대라는 권리는 어떤 결과를 낳았습니까? 부자에게는 〈고독〉과 정신적 자살을, 가난한 사람들에게는 질투와 살인을 낳았을 뿐입니다. 왜냐하면 권리를 주었으되 욕구를 충족시키는 방법을 미처 가르쳐 주지 않았기 때문입니다. 세상은 날이 갈수록 하나로 합쳐지고, 이로써 거리를 줄여 나가고 허공을 통해 사상을 전달하는 형제적 관계를 형성해 나갈 거라고 사람들은 믿고 있습니다. 아아, 인류의 그 같은 결합을 믿지 마십시오. 자유를 욕구의 증대와 신속한 충족으로 이해함으로써 자신의 본성을 왜곡할 뿐입니다. 왜냐하면 그것은 수많은 무의미하고 어리석은 욕망과 관습과 비합리적인 망상을 탄생시켰기 때문입니다. 사람들은 육욕과 자만, 서로에 대한 질투만을 위해 살고 있는 것입니다. 호의호식, 나들이, 사륜마차, 관직, 노예나 다름없는 하인들을 소유하는 것이 필수적이라고 생각하기 때문에 그것을 얻기 위해서 사람들은 심지어 생명, 명예 그리고 인간애조차 희생시키고 그것을 충족시키지 못하는 경우에는 자살하기도 합니다. 가난한 사람들의 경우에도 똑같은 현상을 목격하게 됩니다만, 가난한 사람들은 욕구 불만과 질투를 술로 억누르게 됩니다. 하지만 얼마 후 그들은 술 대신 피를 마시게 되며, 그것을 향해 이끌려 가게 됩니다. 그 같은 인간이 자유로울 수 있는지 나는 여러분한테 묻겠습니다.

나는 감옥에서 흡연을 금지당한 〈이념의 투사〉 한 사람을 알고 있는데, 그는 온 힘을 박탈당하기라도 한 듯 너무나 괴로워서 담배 한 대만 얻어 피울 수 있다면 자신의 〈이념〉도 팔아먹을 수 있다고 했습니다. 그런 사람이 〈인류애를 위해 투쟁하러 간다〉고 말하고 있는 것입니다. 사실 그런 사람이 어디로 갈 것이며 또 무슨 일을 할 수 있겠습니까? 조급한 행동을 실천에 옮길지는 모르지만 오랫동안 참고 견디지는 못할 것입니다. 그래서 신비한 방문객인 나의 스승께서 젊은 시절의 나에게 말씀하셨듯이, 자유 대신에 노예 상태로 전락하고 형제애와 인류애의 결합을 위한 봉사 대신에 오히려 〈분열〉과 고립 속에 빠져들게 되는 것은 당연한 일입니다. 왜냐하면 이 세상에서의 인류애에 대한 봉사 정신, 인류의 형제애와 가치에 대한 사상은 점점 식어 버려 그런 사상은 참으로 조롱거리가 될지도 모르기 때문입니다. 사실 혼자 많은 생각 끝에 궁리해 낸 자신의 무한한 욕구를 충족시키는 데 익숙해진 그 노예가 자신의 습관을 어떻게 버릴 것이며, 또 그는 어디로 향하겠습니까? 고립에 빠진 그는 인류 전체와 아무 관계도 없는 것입니다. 따라서 그들은 물질은 많이 축적하겠지만 즐거움은 줄어드는 결과를 낳게 될 것입니다.

수도사의 길은 다릅니다. 사람들은 복종과 정진, 기도를 비웃기까지 하지만 오로지 그 속에만 참된 진정한 자유에 이르는 길이 내포되어 있습니다. 자신에게서 과도하고 불필요한 욕구를 끊어 버리고, 이기적이며 자만심 넘치는 의지를 억제하며, 복종의 길에 채찍을 가해 하느님의 도움을 받아서 정신의 자유와 그에 따르는 정신적 환희를 얻게 되는 것입니다! 고립에 빠진 부자, 그리고 물질과 습관의 전횡으로부터 〈자유로워진 인간〉 중 누가 위대한 사상을 선양하고 그 사상에 봉사하겠습니까? 수도사는 고립된 생활 때문에 비난받습니다. 〈당신은 인류에 대한 형제적 봉사 정신을 잊은 채 자신만을 구원하기 위해 수도원 담장 안에 고립되어 있지 않소〉라고 말입니다. 그러나 누가 더 형제애를 위해 열의를 다하는지 다시 한번 살펴보십시오. 왜냐하면 고립된 삶을 사는 것은 우리가 아니라 그들이며, 그들은 그 점을 깨닫지도 못하고 있습니다.

우리 중에 옛날부터 민중 활동가들이 배출되었던바, 지금이라고 해서 그런 사람들이 배출되지 말라는 법이 있습니까? 아니, 그때와 똑같이 겸손하고 온화한 금욕주의자들과 침묵 수행자들이 다시 나타나 위대한 사업을 행할 것입니다. 러시아의 구원은 민중으로부터 이루어지는 것입니다. 러시아 수도원은 예로부터 민중들과 함께해 왔습니다. 만일 민중들이 고립에 빠져 있다면 바로 우리가 고립에 빠져 있는 것입니다. 민중들은 우리처럼 하느님을 믿고 있으나 무신론 활동가들은 진실한 성정과 천재적인 지혜를 가졌을지라도 우리 러시아에서는 아무 일도 하지 못할 것입니다. 이 점을 명심해 두십시오. 민중들이 무신론자들과 마주치면 그들을 물리침으로써 러시아에는 유일한 정교국 루시가 도래할 것입니다. 민중들을 잘 돌봐 주시고 그들의 마음을 지켜 주십시오. 고요한 가운데 그들을 교육시키십시오. 이것이 바로 수도승의 행적인 것입니다. 왜냐하면 민중들은 하느님의 체득자이기 때문입니다.

바. 주인과 종에 관한, 그리고 주인과 종이 정신적으로 서로 형제가 될 수 있을 것인가에 관한 발언

오, 누군가 이야기하듯이 민중들에게도 죄는 있습니다. 부패의 불길은 확연히 증대되고 있으며 시시각각 위에서 진행되고 있습니다. 민중들 사이에서도 고립이 일어나고 있습니다. 부농과 고리 대금업자 들이 생겨나고 있습니다. 이미 장사꾼들도 날이 갈수록 존경을 구하게 되었고, 교육이라곤 조금도 받지 못했으면서도 교육받은 사람인 양 행세하려고 들면서 그런 목적 때문에 옛날 관습을 추악한 것으로 경멸하고 선조들의 신앙조차 부끄럽게 생각하고 있습니다. 그리고 공작들의 집에 들락날락하곤 하지만 결국 그들 자신은 타락한 농민에 지나지 않습니다. 민중들은 술 때문에 곪아 터져서 거기에서 헤어나지 못하고 있습니다. 그리고 가족과 아내와 자녀들에게조차 얼마나 무자비하게 대하는지 모릅니다. 모든 것이 술 때문인 것입니다.

나는 공장에서 열 살 안팎의 어린애들을 본 적도 있습니다. 여위고 병약하며 등마저 굽은 아이들이 이미 타락해 있었습니다. 숨 막히는 공장 건물, 굉음을 뿜어내는 기계, 안식일 없는 근무, 추악한 언어와 술 그리고 또 술, 어린애들의 영혼에 필요한 것이 이런 것이란 말입니까? 그들에게는 태양이, 어린애들의 유희가, 어디서나 만날 수 있는 밝은 모범 그리고 비록 적을지라도 그들에 대한 애정이 필요한 것입니다. 수사 여러분, 그런 일이 앞으로는 일어나지 않도록, 어린애들에 대한 박해가 앞으로는 일어나지 않도록, 어서어서 자리에서 일어나 설교해야 합니다. 그러나 하느님께서는 러시아를 구원하실 겁니다. 왜냐하면 비록 평민들이 타락하여 악취 풍기는 죄악 속에 빠져 있음을 깨닫지 못한다고 할지라도, 그들 모두는 바로 자신들의 악취 나는 죄악 때문에 하느님으로부터 저주받았으며 나쁜 짓을, 죄악을 저지르고 있음을 알고 있기 때문입니다. 그래서 우리의 민중들은 열심히 진리를 믿고 있으며 하느님을 인정하고 있고 감격하여 눈물을 흘리는 것입니다. 그러나 상류층 인사들은 그렇지 못합니다. 그들은 과학을 추종하면서 예전처럼 그리스도 없이 자신들의 지혜만으로 공명정대한 사회를 이루려고 할 뿐, 이미 범죄도 종교적 죄악도 존재하지 않는다고 선언했습니다. 물론 그들 방식대로라면 옳은 이야기일 것입니다. 하느님이 여러분 마음속에 존재하지 않는다면 사실 어떤 범죄가 존재할 수 있겠습니까? 유럽에서는 민중들이 부자들에게 무력으로 봉기하고 있으며, 민중의 지도자들은 그들을 유혈로 이끌면서 그들의 분노는 정당한 것이라고 가르치고 있습니다. 그러나 〈그들의 분노는 잔혹하기 때문에 저주받았습니다〉. 하느님께서는 이미 여러 차례 구원해 주셨듯이 러시아를 구원해 주실 것입니다. 구원은 민중들로부터 비롯될 것이며, 그들의 신앙과 겸손으로부터 비롯될 것입니다. 신부, 수사 여러분, 민중들의 신앙을 잘 보살펴 주십시오. 이건 몽상이 아닙니다. 위대한 우리 민중들 속에 간직되어 있는 장엄하고 진실된 품성은 한평생 나를 감동시켰고, 내 눈으로 그것을 목격했기 때문에 손수 증언할 수 있는 것이며, 우리 민중들의 악취 풍기는 죄악과 가난한 모습에도 불구하고 나는 그것을 목격하고는 깜짝 놀라 다시 돌아보기도 했습니다. 그들은 노예근성을 가지고 있지 않으며 노예 상태로부터 벗어난 지도 2백 년이나 됩니다. 외모나 태도도 자유로울 뿐만 아니라 조금도 무례한 구석이 없습니다. 또한 복수심이나 질투심을 가지고 있지도 않습니다. 〈당신들은 지식을 갖추고 있으며 돈도 많고 똑똑하고 재능이 있소, 그러니 하느님의 축복을 받으시오. 나는 당신들을 존경하지만 나 또한 인간이라는 사실을 알고 있소이다. 질투하지 않고 당신을 존경함으로써 나는 당신들 앞에 나의 인간적 가치를 나타내는 것이오.〉 실제로는 그들이 이런 이야기를 하지 않더라도(왜냐하면 아직 그런 이야기를 할 줄 모르므로) 그들은 그렇게 행동하고 있으며, 그것을 나는 내 눈으로 직접 목격했고 체험했습니다. 믿기지 않으십니까? 우리 러시아인들은 가난하고 천박할수록 그들 내면에서 장엄한 진리를 한층 더 뚜렷하게 드러내고 있습니다. 왜냐하면 민중들 가운데 부유한 자들은 대부분 부농들이거나 착취자들이어서 이미 타락해 버렸기 때문이며, 그중 수많은, 수많은 원인이 우리의 부주의와 무관심에서 비롯되었습니다!

하지만 하느님께서는 자신의 백성들을 구원하실 겁니다. 러시아는 본연의 겸손함으로 해서 위대하기 때문입니다. 나는 우리의 미래를 보는 꿈을 꾸며 이미 그것을 뚜렷이 보고 있는 것 같기도 합니다. 그리하여 결국 우리 나라의 가장 타락한 부자들조차도 가난한 사람들 앞에서 자신들의 부유함을 수치스럽게 생각할 것이며, 가난한 사람들은 그들의 겸손을 바라보면서 그들을 이해하며 기쁜 마음으로 그들에게 양보하고 그들의 위대한 수치심에 정답게 대답하게 될 것입니다. 그런 결과를 맺을 것이라고 믿으십시오. 그렇게 나아가고 있기 때문입니다. 평등은 인간의 정신적 존엄 속에서만 존재하며 이것은 우리 러시아인들만이 이해할 것입니다. 우리가 형제들이라면 형제애가 발현될 것이나, 형제애보다 먼저 분배란 결코 이루어질 수 없는 법입니다. 우리가 그리스도의 형상을 보존하면, 그것은 마치 귀중한 다이아몬드처럼 온 세계를 비추게 될 것입니다……. 아멘, 아멘!

신부, 수사 여러분, 언젠가 한번은 내게 감동적인 사건이 일어났었습니다. 순례를 다니다가 어느 날 K시에서 나의 옛 부하 아파나시를 만났습니다. 그와 헤어진 지 8년 만의 일이었습니다. 장터에서 우연히 나를 알아본 그는 내게 달려와, 〈나리, 나리가 아니십니까? 정말 나리를 뵙는 거란 말이죠?〉라고 말하며 매달릴 듯이 기뻐하는 것이었습니다.

그는 나를 자기 집으로 데리고 갔습니다. 그는 이미 제대하고 결혼하여 두 아이를 기르고 있었습니다. 그리고 시장 노점에서 아내와 함께 잡화를 팔며 생활을 꾸려 가고 있었습니다. 그의 집은 가난했지만 깨끗하고 기쁨이 충만해 있었습니다. 그는 나를 자리에 앉히더니 찻주전자를 올려놓는다, 아내를 부르러 사람을 보낸다고 하여 마치 내가 자기 집에 찾아와 잔칫집 분위기를 만들어 준 것같이 행동했습니다. 그는 내게 아이들을 데려오더니, 〈나리, 축복을 내려 주십시오〉 하는 것이었습니다.

〈나더러 축복을 내려 달라니? 나는 보잘것없는 평범한 수도사이니 저 애들을 위해 하느님께 기도드리겠네. 자네를 위해서도 말일세, 아파나시 파블로비치. 오늘부터 하루도 빠짐없이 언제나 하느님께 기도드리겠네. 모든 것이 자네로부터 비롯된 것이니 말이야〉 하고 나는 말했습니다.

그러고는 자초지종을 열심히 설명해 주었습니다. 그는 나를 바라보면서 과거의 상관이자 장교였던 내가 이제 이런 모습, 이런 옷차림으로 자기 앞에 서 있다는 사실이 도저히 믿어지지 않는다는 듯한 태도였습니다. 그러더니 그는 울음을 터뜨리고야 말았습니다.

그래서 〈왜 눈물을 흘리시나? 자네는 결코 잊을 수 없는 사람인데. 이제 나를 위해 진정으로 기뻐해 주게나. 나의 길은 밝고 기쁨에 넘쳐 있으니까〉라고 말해 주었습니다.

그는 말을 거의 하지 않았으나 감탄사를 연발하면서 감격한 듯 고개를 끄덕였습니다.

〈재산은 어떻게 하셨나요?〉 하고 묻기에, 〈수도원에 헌납하고 기숙사에 살고 있다네〉 하고 대답해 주었습니다.

차 한잔을 마신 후 내가 그와 헤어지게 되자, 그는 갑자기 은전 한 닢을 수도원 헌금으로 내놓았고 은전 한 닢을 더 내밀어 허겁지겁 손에 쥐여 주면서, 〈이건 당신께 드리는 겁니다. 순례하시다 보면 필요하실지도 모르니까요, 나리〉 하고 말하는 것이었습니다.

나는 은전을 받아 쥐고는 그와 그의 아내에게 인사한 다음 기쁜 마음으로 길을 나섰고, 도중에 이렇게 생각했습니다. 〈이제 우리는 제 갈 길을 가고 있군. 그는 자기 집에, 그리고 나는 이렇게 걸으면서. 우리는 고개를 끄덕이며 하느님께서 우리를 어떻게 만나게 해주셨는지를 회상하면서 한숨짓기도 하고 즐겁게 웃기도 했지〉라고 말입니다.

그 후로 나는 그를 다시는 만나지 못했습니다. 나는 그의 주인이었고 그는 나의 하인이었지만, 내가 그와 정신적인 겸허함 속에 정답게 입을 맞추었을 때 우리 사이에는 위대한 인간적 일체감이 생긴 것입니다. 나는 그 점에 대해서 여러 차례 생각해 보았으며 지금은 이렇게 생각하고 있습니다. 이처럼 위대하고 소박한 결합이 때가 되면 어느 곳에서든 우리 러시아인들 사이에 이루어질 거라는 생각은 정말 불가능한 일일까 하고 말입니다. 나는 그것이 실현되리라고 믿습니다. 때는 가까워졌습니다.

하인들에 관해 다음과 같은 말을 덧붙이고자 합니다. 예전에 내가 젊었을 때 나는 하인들에게 무척 화를 냈습니다. 〈식모가 너무 뜨거운 음식을 내왔어. 졸병이 옷을 깨끗이 빨아 놓지 않았어〉라면서 말입니다. 하지만 그럴 때마다 사랑하는 나의 형이 어린 시절에 들려주던 이야기가 뇌리를 스쳐 갔습니다. 〈내가 다른 사람의 시중을 받거나, 가난하고 무식하다는 이유 때문에 다른 사람들을 학대할 자격이 있는 것일까?〉 그때 나는 너무나 평범하고 명백한 생각이 뒤늦게 내 머릿속에 떠올랐다는 사실에 깜짝 놀라고 말았습니다. 하인 없는 세상은 불가능하겠지만, 당신의 하인이 하인이 아니었을 상황보다도 더 정신적으로 자유를 누릴 수 있도록 해주어야 합니다. 하인도 그 사실을 깨달을 수 있도록 나 자신이 하인의 하인이 되고, 내 편에서는 온갖 자만심을 버리고 하인은 불신감을 버리는 일이 어째서 불가능하단 말입니까? 하인을 친척으로 여겨 마침내 한 가족으로 받아들이고 그런 기쁨을 느낀다는 것이 어째서 불가능하단 말입니까? 지금도 그렇게 실천되고 있겠지만, 그것은 오늘날처럼 인간이 하인을 구하지도 않고 자신과 같은 사람들을 하인으로 만들려고 하지도 않으며, 온 정성을 다해 성서의 말씀대로 자기 자신이 만인의 하인이 되고자 하는 미래에 다가올 위대한 인류 결속의 기초가 될 수 있는 것입니다. 그러면 인간이 폭식, 음욕, 허영, 자만, 타인을 제압하려는 질투 어린 초월감 등의 잔인한 기쁨 속에서가 아니라, 궁극적으로 계몽과 자비의 공덕 속에서만 자신의 기쁨을 발견하려는 것이 어찌 꿈으로 그치겠습니까? 나는 그것이 꿈이 아니라 때가 가까이 와 있음을 굳게 믿고 있습니다. 사람들은 비웃으며 이렇게 묻습니다. 그때는 언제 오며 또 정말로 올 것 같기는 하냐고? 나는 우리가 그리스도와 더불어 그 위업을 완수하리라고 생각합니다. 인류 역사 속에서는 얼마나 많은 사상이 등장했습니까? 그것은 지난 10년 전에는 생각조차 할 수 없었던 일로, 그것들에게 예정된 신비스러운 시간이 오자 그것들은 갑자기 출현하여 온 세상을 휩쓸지 않았습니까?

그 같은 일이 우리에게도 일어날 것이고, 우리의 민중들은 세상을 밝게 비출 것이며, 또 모든 사람들은 〈건축가가 내버린 돌이 주춧돌이 되었다〉고 말할 것입니다. 나는 비웃고 있는 사람들에게 묻겠습니다. 우리에게 꿈이 있다면 그리스도의 도움을 받지 않고 자신의 지혜만으로 건물을 짓고 공정한 사회를 이룰 수 있겠습니까? 그들이 자신들이야말로 인류의 결합을 위해 나아가고 있다고 주장할지라도 그것을 진정으로 믿는 사람들은 그들 가운데서도 가장 단순한 사람들일 것이며 그 단순함에 사람들은 놀라게 될 것입니다. 사실 그들은 우리보다 몽상적인 환상들을 훨씬 더 많이 가지고 있습니다. 공정한 세상을 만들려고 머리를 짜냈지만 그들은 그리스도를 배척했기 때문에 세상을 피로 물들이는 결과를 낳게 될 것입니다. 왜냐하면 피는 피를 부르고 검을 든 자는 검으로 망하기 때문입니다.

그리스도의 서약이 없었다면 그들은 지상에 최후의 두 사람이 남을 때까지 서로를 파멸시킬 것입니다. 그리고 최후의 그 두 사람마저 서로 자신의 자만심을 억제하지 못하고 최후의 한 사람이 상대를 파멸시키고 이어 자기 자신도 파멸시키고 말 것입니다. 만일 온순하고 겸허한 사람들을 위해 그 일을 덜어 주겠다는 그리스도의 서약이 존재하지 않았다면 그렇게 되었을지도 모릅니다. 결투가 벌어진 후 내가 아직 장교복을 입고 있었을 때 사교계에서 하인에 관해 이야기하자, 〈뭐라고? 하인을 소파에 앉히고 우리가 그에게 차를 갖다 바치란 말인가?〉 하고 깜짝 놀라는 반응을 보이던 일이 기억에 생생합니다. 그때 나는 〈가끔일 뿐인데 어째서 그렇게 하면 안 된다는 겁니까?〉 하고 대답했습니다. 그러자 모두 비웃고 말았습니다. 그들의 질문도 경솔했고, 나의 대답도 명확하지 못했지만, 나는 그 속에 어떤 진리가 들어 있다고 생각합니다.

사. 기도에 관하여, 사랑에 관하여, 그리고 저세상과의 접촉에 관하여

젊은이들이여, 기도드리는 것을 잊지 마십시오. 기도를 드릴 때마다 만일 그것이 진실된 것이라면 새로운 감정이 번득일 것이며, 그 속에는 전에는 당신들이 미처 깨닫지 못했고 새로이 당신에게 용기를 북돋아 줄 새로운 사상이 들어 있습니다. 그러니 기도가 바로 공부라는 사실을 기억하십시오. 또한 잊어서는 안 됩니다, 날마다 그리고 당신이 할 수 있을 때 〈주여, 지금 당신 앞에 서 있는 자들을 불쌍히 여기소서〉 하고 홀로 기도드리는 것을. 왜냐하면 매시간, 매 순간 수천 명의 사람들이 이 세상을 하직하여 그들의 영혼이 하느님 앞으로 나아가기 때문입니다. 그들 중 많은 사람들이 슬픔과 우수에 젖은 채 모두의 무관심 속에서 외로이 이 지상과 이별하므로 아무도 그들을 불쌍히 여길 수 없으며 그들이 살았는지 죽었는지조차 전혀 알지 못하고 있습니다. 비록 당신이 그를 모르고 그도 당신을 전혀 모를지라도, 바로 그때 세상의 다른 끝에서 죽은 자의 명복을 비는 당신의 기도가 하느님께 울려 퍼질 것입니다. 그 순간 하느님 앞에서 공포에 떠는 그 영혼은 자신을 위해 기도드리는 사람이 있으며 지상에 자신 같은 사람도 사랑하는 사람이 있다는 사실에 너무나 감격할 것입니다. 그리고 하느님께서도 그와 당신 두 사람을 한층 관대한 시선으로 바라보실 것입니다. 만일 당신이 그를 그토록 불쌍히 여긴다면 하느님께서는 얼마나 불쌍히 여기시겠습니까. 영원토록 당신보다도 한층 더 관대하고 사랑하는 마음으로 대하실 것입니다. 그리하여 하느님께서는 당신을 위해서라도 그를 용서해 주실 것입니다.

형제들이여, 사람들의 죄를 두려워하지 말고 그의 죄 속에서도 인간을 사랑하십시오. 왜냐하면 그것이야말로 하느님의 사랑과 닮은 사랑이며 지상 최고의 사랑이기 때문입니다. 그리고 하느님의 모든 피조물들을 사랑하십시오, 세상 모든 것들을, 모래 한 알에 이르기까지 말입니다. 나무 잎사귀 하나, 하느님의 햇살 하나까지도 사랑하십시오. 모든 동물들, 식물들을 사랑하시고 모든 사물들을 사랑하십시오. 모든 사물들을 사랑하게 되면 그 사물들 속에서 하느님의 숨은 뜻을 발견하게 될 것입니다. 일단 그것을 알게 되면 매일매일 한층 더 많은 것을 끝없이 알게 될 것입니다. 그리하면 마침내 우주의 범세계적 사랑으로 온 세상을 사랑하게 되는 것입니다. 동물들을 사랑하십시오. 하느님께서는 그들에게 사상의 근원과 평온한 기쁨을 부여하셨기 때문입니다. 그들의 기쁨을 동요시키지도 말고 그들을 괴롭히지도 말며 그들로부터 기쁨을 빼앗지도 말고 하느님의 뜻을 거스르는 일이 없도록 하십시오. 인간들이여, 동물들에게 거만하게 굴지 마십시오. 그들은 아무 죄도 짓지 않았으나 당신들은 당당하게 이 세상에 등장하여 세상을 썩게 만들었으며, 당신들이 세상을 떠난 후에도 더러운 족적을 남기게 될 것입니다. 아아, 우리 거의 모두가 그런 것입니다! 특히 아이들을 사랑하십시오. 왜냐하면 아이들은 죄를 짓지도 않았고 마치 천사와 같으며 우리를 감동시키기 위하여, 우리 마음의 정화를 위하여 살고 있으며 우리의 지표와도 같기 때문입니다. 어린애를 모욕하는 자에게는 슬픔이 닥칠 것입니다. 내게 아이들을 사랑하라고 가르치신 분은 안핌 신부님이셨습니다. 인자하고 말이 없으신 그분께서는 함께 순례에 나섰을 때 적선받은 동전으로 당밀 과자나 알사탕을 사서 아이들에게 나눠 주곤 하셨습니다. 그분께서는 아이들 곁을 지나실 때엔 언제나 정신적 감화를 받으셨던 것입니다. 그분은 그런 사람이셨습니다.

어떤 생각을 앞에 두고, 여러분은 의혹에 빠지게 됩니다. 특히 사람들의 죄악을 바라볼 때면 이렇게 자문하게 됩니다.

〈힘으로 취할 것인가, 아니면 겸허한 사랑으로 취할 것인가?〉 그러면 언제나 〈겸허한 사랑으로 취하겠다〉고 결정하십시오. 언제나 그렇게 결정하면 온 세상이 정복될 수도 있는 것입니다. 사랑의 겸허함은 무서운 힘입니다. 왜냐하면 모든 힘들 중에서 그와 같은 힘은 존재할 수도 없을 만큼 강한 힘이기 때문입니다. 매일 매시간 그리고 매 순간마다 자기 주변을 거닐면서 당신의 모습이 훌륭한지를 살피도록 하십시오. 당신은 어린애 곁을 지날 때 상스러운 욕을 내뱉으며 자기 성미를 참지 못하는 나쁜 사람의 모습으로 지나치기도 합니다. 아마도 당신은 그냥 지나칠 수 있겠지만, 그 아이는 당신을 눈여겨보고 당신의 추하고 더러운 모습을 아무 방비도 없는 자신의 가슴속에 남겨 둘지 모릅니다. 당신은 그걸 알지도 못하겠지만 그로 인해 아이의 마음속에는 추악한 씨앗이 뿌려지게 되며 그것은 점차 자라나게 됩니다. 이 모든 것은 당신이 아이들 앞에서 주의를 게을리한 탓이며, 조심스럽고도 활동적인 사랑을 가슴속에 키우지 않은 탓입니다.

형제 여러분, 사랑은 여선생님입니다. 그러나 그것을 자기 것으로 만들 수 있어야 합니다. 그것은 얻기 힘들고 구하려면 비싼 대가를 치러야 하고 오랜 세월에 걸쳐 많은 일을 해야 하기 때문이며, 사랑이라는 것은 우연한 순간이 아니라 어느 때에나 실천해야 하는 것이기 때문입니다. 우연히 하는 것이라면 누구든 사랑할 수 있으며, 악당들조차 그렇게 할 수 있을 것입니다.

나의 형님은 젊은 시절 새들에게 용서를 구하셨습니다. 한편으로는 미친 짓처럼 보이지만 올바른 길입니다. 왜냐하면 만물은 대양과 같아서 저마다 흐르고 합쳐져서 세상 한쪽 편에서 두드리면 다른 끝에서 화답하기 때문입니다. 새들에게 용서를 구하는 것이 미친 짓일지 모르지만, 만일 당신이 지금보다 훌륭해질 수 있다면 그것이 비록 한 방울에 지나지 않을지라도 바로 모든 새들과 어린애들과 동물들은 한층 짐을 덜 것입니다. 그러므로 만물은 대양과 같은 것이라고 당신들한테 말씀드리는 바입니다. 그때 당신은 완벽한 사랑에 가책받아 알 수 없는 환희에 젖은 채 새들에게 기도를 드릴 것이며, 그 기도는 새들로 하여금 당신들의 죄악을 용서해 달라는 의미가 될 것입니다. 그 환희가 사람들에게 미친 짓처럼 보일지라도 그것을 소중하게 여기지 않으면 안 됩니다.

나의 벗들이여, 하느님께 즐거움을 주십사 부탁하십시오. 어린애들처럼, 천상의 새들처럼 부디 즐거워하십시오. 그러면 인간의 죄악이 당신의 일을 방해하지 않을 것이며, 그것이 당신의 일을 곤경에 빠뜨려 성사되지 못하도록 하지 않을까 걱정할 필요도 없고, 또 〈죄가 너무 무거워, 불명예가 너무 커, 추악한 환경은 너무 지독해. 그리고 우리는 외롭고 무력해서 추악한 환경이 우리를 곤경에 빠뜨리기 때문에 착한 일을 하려고 해도 이룰 수 없는 거야〉라고 말하지 마십시오. 여러분, 기가 죽어서는 안 됩니다! 그때에도 한 가지 구원의 길이 열려 있습니다. 인간의 모든 죄악을 떠맡고 그 책임자가 되십시오. 벗이여, 바로 그것이 옳은 길입니다. 왜냐하면 모든 죄에 대하여 만인에 대하여 진정으로 그 책임자로서 처신한다면 그때 여러분은 그것이 진정으로 사실이며, 당신이야말로 만인에 대해, 모든 죄에 대해 죄인이라는 사실을 알게 될 것이기 때문입니다. 자신의 나태와 무력을 다른 사람들의 탓으로 돌린다면 사탄의 자만심을 갖게 되어 하느님께 불평을 터뜨리는 결과가 나올 뿐입니다.

사탄의 자만심에 대해 나는 이런 생각이 듭니다. 지상에 사는 우리는 그것을 깨닫기 힘들기 때문에 잘못을 저지르고 거기에 빠져들기 쉬우며 그러면서도 우리는 멋지고 위대한 일을 하고 있다고 상상한다고 말입니다. 우리 본성의 가장 강한 감정들과 움직임들 중에는 우리가 지상에 머무는 동안에 깨달을 수 없는 것들이 아주 많지만, 절대 그것들에 유혹을 당해서도 안 되며, 어떤 일에 그 같은 요소들이 당신의 변명거리가 될 수 있다고 생각하지도 마십시오. 왜냐하면 영원한 심판자는 당신에게 당신이 이해할 수 있었던 것을 묻는 것이지, 이해할 수 없었던 것을 묻는 것이 아니기 때문입니다. 당신들은 그것을 스스로 확인하게 될 것입니다. 그때 당신은 모든 것을 올바르게 바라볼 수 있을 것이고, 더 이상 논쟁을 벌이지도 않을 것이기 때문입니다. 진정으로 우리는 이 세상에서 떠돌고 있는 것과도 같으니 소중한 그리스도의 형상이 우리 앞에 놓여 있지 않았더라면 우리는 파멸하여 대홍수 이전의 인간들처럼 세상을 한없이 떠돌고 말았을 겁니다.

지상의 많은 것들이 우리 눈에 숨겨져 있지만 우리에겐 다른 세상, 지고한 천상의 세계와 우리를 생생하게 연결시키고 있다는 은밀하고 비밀스러운 감각이 부여되어 있으며, 우리의 사상과 감정의 뿌리는 이 땅이 아니라 다른 세상에 있습니다. 그것이야말로 철학자들이 사물의 본질은 지상에서 결코 이해할 수 없다고 말한 까닭입니다. 하느님께서는 다른 세상에서 씨앗을 얻어 이 세상에 뿌리시고 자신의 정원을 가꾸셨고, 그리하여 싹을 낼 수 있는 것들은 모두 싹을 냈으나, 자라난 것은 오직 신비스러운 다른 세상과 접촉하고 있다는 느낌을 통해서만 생생하게 살아갈 수 있는 것입니다. 만일 그런 느낌이 당신들의 마음속에서 약화되거나 사라져 버린다면 자라난 것은 당신들 마음속에서 죽고 말 것입니다. 그러면 여러분은 인생에 대해 무관심해지며 심지어는 증오하게 될 것입니다. 나는 그렇게 생각합니다.

아. 자신과 같은 사람들의 심판자가 될 수 있을 것인가? 최후의 신앙에 관하여

사람들은 절대 심판자가 될 수 없음을 특히 기억해 두십시오. 심판자 자신이 자기 앞에 서 있는 사람과 마찬가지로 자기도 죄인이며, 그 사람의 죄에 대해서 어떤 사람보다도 더 죄인이라는 사실을 깨닫기 전에는 지상에서 죄인의 심판자가 될 수 없기 때문입니다. 그것을 깨달을 때에야 비로소 심판자가 될 수 있는 것입니다. 겉으로 보기에는 미친 소리 같지만 이 말은 진리입니다. 나 자신이 공정하다면 내 앞에 서 있는 죄인은 존재할 수 없기 때문입니다. 만일 당신 앞에 서 있는 사람의, 당신이 마음속으로 판결해 버린 죄인의 죄를 짊어질 수 있다면 당장 그 짐을 짊어지고 그를 위해 고통받으며 질책하지 말고 그를 풀어 주도록 하십시오. 그리고 만일 법률이 당신을 그 사람의 심판자로 만들었다고 할지라도 가능한 한 그 같은 정신으로 행하십시오. 왜냐하면 죄인은 석방되더라도 당신의 심판보다도 더 가혹하게 자신을 심판할 것이기 때문입니다. 만일 그가 당신의 키스를 받고도 당신을 비웃으며 떠나가는 냉정한 사람이라고 해도 그것 때문에 마음이 약해져서는 안 됩니다. 다시 말해서 아직 그에게 때가 오지 않았을 뿐, 언젠가는 그때가 찾아올 것이기 때문입니다.

그때가 찾아오지 않는다고 해도 마찬가지입니다. 그가 아니라 다른 사람이 그를 대신하여 그것을 깨닫고 괴로워하며 심판을 내리고 스스로 자신을 질책할 것이므로 진리는 성취되는 것입니다. 그것을 믿으십시오, 반드시 믿으십시오. 왜냐하면 바로 거기에 성인들의 모든 희망과 모든 신앙이 담겨 있기 때문입니다.

쉬지 말고 일하십시오. 만일 꿈길로 접어드는 한밤에도 〈내가 꼭 해야 할 일을 하지 못했구나〉 하는 생각이 들거든 당장 자리에서 일어나 그 일을 하도록 하십시오. 만일 당신 주변에 있는 사람들이 사악하고 아무 감정도 없어서 당신의 이야기에 귀를 기울이지 않는다면 그들 앞에 무릎을 꿇고 용서를 구하십시오. 왜냐하면 사람들이 당신의 이야기에 귀를 기울이지 않는다는 점에서 당신은 진정으로 죄인이기 때문입니다. 그들이 잔뜩 화가 나서 이미 대화를 나눌 수도 없는 지경이라도 결코 희망을 버리지 말고 묵묵히 자신을 낮춰서 그들을 위해 봉사하십시오. 만일 모든 사람들이 당신을 버리고 강제로 당신을 쫓아내거든 홀로 남아 대지에 엎드린 채 입을 맞추고 당신의 눈물로 대지를 적시십시오. 그러면 당신이 고립되어 있음을 아무도 보거나 듣지 못한다고 할지라도 대지는 그 눈물의 열매를 되돌려줄 것입니다. 세상 모든 사람들이 다 타락하여 당신만이 유일한 신자로 남게 되더라도 끝까지 믿음을 버리지 마십시오. 그때에도 당신은 제물을 바치고 하느님을 찬양하며 유일한 신자로 남도록 하십시오. 만일 당신과 같은 사람 둘이 서로 조우하게 되면 이미 온 세상이, 살아 있는 사랑의 세상이 실현된 것이니 서로 감격 속에 포옹하고 하느님을 찬양하도록 하십시오. 비록 당신들 두 사람에게서이지만 하느님의 진리가 실현되었기 때문입니다.

만일 당신이 스스로 잘못을 저질러 당신의 원죄 혹은 돌발적인 죄악으로 죽도록 슬퍼진다고 해도 다른 사람들을 위하여 공명정대한 사람들을 위하여 기뻐하며, 당신이 잘못을 저질렀다고 해도 대신 다른 사람이 공명정대하며 죄를 저지르지 않은 것을 기뻐하십시오.

만일 사람들의 악행이 당신에게 분노와 슬픔을 불러일으켜 악당들에게 복수하고 싶은 마음을 억제하기 힘들게 할지라도 무엇보다 먼저 그런 감정을 경계하십시오. 그리고 당신은 당장 자신에게서 그 고통을 찾아내십시오. 사람들의 악행에 대해 당신 자신이 잘못을 저질렀기 때문입니다. 그 고통을 받아들이고 인내하면 당신의 마음은 편안해질 것이고 당신 자신이 죄인이라는 사실을 이해하게 될 것입니다. 왜냐하면 오랫동안 죄를 짓지 않은 사람으로서 악당들에게 빛을 비춰 줄 수 있었는데도 빛을 비춰 주지 않았기 때문입니다. 만일 당신이 빛을 비춰 주었다면 다른 사람들에게도 길을 밝혀 주었을 것이고, 악행을 저지른 사람도 아마 당신의 빛을 받아 악행을 저지르지 않았을지도 모릅니다. 만일 빛을 비춰 주었는데도 사람들이 구원받지 못하는 모습을 보게 될지라도 굳게 마음을 먹어야 하며, 하늘나라의 빛의 권능을 의심해서는 안 됩니다. 만일 지금 구원되지 않았다면 나중에 구원되리라는 사실을 믿으십시오.

나중에 구원되지 않는다고 해도 그들의 자손들이 구원받을 것입니다. 왜냐하면 당신은 죽을지라도 당신의 빛은 사라지지 않을 것이기 때문입니다. 공명정대한 사람은 세상을 떠나더라도 그의 빛은 남게 되는 법이니까요. 구원이란 언제나 구원하는 자가 죽은 후에야 이루어지는 것입니다. 인간이라는 족속은 자신의 예언자들을 받아들이지 않고 학대하는 반면, 자신들의 박해자들을 사랑하고 자신들을 괴롭힌 사람들을 존경하는 법입니다. 당신은 만인을 위하여 일하고 있으며 미래를 위하여 실천하고 있는 것입니다. 결코 보상을 바라지 마십시오. 그렇지 않아도 당신은 이 지상에서 큰 보상을 받고 있습니다. 그 보상이란 공명정대한 사람만이 획득하는 당신의 정신적 기쁨을 말하는 것이기 때문입니다. 권세를 가진 자도 힘센 자도 두려워하지 말고, 현명하며 언제나 의연하십시오. 일의 한계를 알며, 시기를 알고, 그 모든 것을 배우도록 하십시오. 고독 속에 머물면서 기도드리십시오. 기꺼이 대지에 엎드려 그 대지에 입을 맞추십시오. 열심히 대지에 입을 맞추면서 끝없이 사랑하십시오. 만인을, 만물을 사랑하며 사랑의 환희와 열광을 추구하십시오. 기쁨의 눈물로 대지를 적시고 그것을 소중하게 여기십시오. 이러한 열광을 부끄러워하지 마시고 오히려 소중히 여기십시오. 왜냐하면 그것은 신의 위대한 선물이며 누구에게나 주어지는 것이 아니라 선택받은 자에게만 주어지기 때문입니다.

자. 지옥과 지옥 불에 관하여, 신비주의적 고찰

신부, 전도사 여러분, 나는 〈지옥이란 무엇일까〉 하고 생각해 봅니다. 그것은 〈결코 더 이상 사랑할 수 없는 고통〉이라고 생각합니다. 시간이나 공간으로도 측정할 수 없는 무한한 세계 속에서 어떤 정신적 존재에게는 지상에 머물며 스스로 〈나는 존재한다, 고로 사랑한다〉라고 말할 수 있는 능력이 단 한 번 부여됩니다. 그에게는 〈살아 있는〉 활동적인 사랑의 순간이 한 번, 단 한 번만 부여되어 있으며, 그것을 위해서 지상의 삶이 부여되었고 그와 더불어 시간과 제한된 세월이 부여된 것입니다. 그런데 이 행복에 겨운 존재는 소중한 선물을 거절하고 존중하지도 아끼지도 않고 냉소적으로 바라보며 무관심하게 방치하고 말았습니다. 그런 사람도 일단 지상과 이별하고 나면 아브라함의 마음속도 헤아리며 아브라함과 대화도 나누고, 부자와 라자로에 관한 비유가 우리에게 가르쳐 주듯이 천국을 바라보면서 하느님 앞에 나설 수도 있겠지만, 사랑을 무시했던 그가 하느님 앞에 나아간다면, 그리고 사람들의 사랑을 경멸했던 그 자신이 사랑을 실천했던 그들과 접촉한다면 그 자체가 괴로운 일인 것입니다. 왜냐하면 시야가 분명해져 이미 자기 자신에게 〈이제야 알겠구나, 비록 지금에 와서 사랑하기를 갈망할지라도 나의 사랑 속에서는 더 이상 공덕도 없을 것이며 희생조차 불가능하다는 사실을. 왜냐하면 이미 지상의 삶이 끝났으며 지상에서 경멸했던 정신적 사랑에 대한 타오르는 갈망을 식혀 줄 생명수를(즉 이전의 활동적인 지상의 삶이라는 선물을) 단 한 방울도 아브라함은 가져다주지 않을 테니까. 생명은 이미 존재하지 않고 더 이상 때는 찾아오지 않을 거야! 비록 다른 사람들을 위해 기꺼이 목숨을 바칠 용의가 있다고 하더라도 이제는 불가능해. 왜냐하면 희생적인 사랑을 바칠 수 있는 그런 삶이 지나가 버려 그런 삶과 지금의 존재 사이에는 끝없는 수렁만이 존재할 뿐이잖아〉라고 말하기 때문입니다.

지옥의 불길이 물질로 이루어졌다고 말하기도 합니다. 나는 이 비밀을 연구하지 않고 있으며 두렵기조차 합니다. 그러나 만일 그 불길이 물질로 이루어졌다면 그는 진정으로 기뻐

할지 모릅니다. 왜냐하면 나는 물질적 고통 속에서 사람들은 자신을 괴롭히는 정신적 고통을 순간적이나마 잊어버릴 수 있다고 생각하기 때문입니다. 물론 사람들에게서 정신적 고통을 제거하기란 불가능합니다. 왜냐하면 그런 고통은 그들의 외부에 존재하는 것이 아니라 내면에 존재하기 때문입니다. 그 고통을 제거할 수 있다면 그 때문에 사람들은 한층 더 불행해질 것 같은 생각이 듭니다. 오히려 천국에 있는 공명정대한 사람들이 그들의 고통을 목격하고는 그들의 죄를 용서한 후 끝없는 사랑을 베풀어 자신들이 있는 곳으로 불러들인다고 할지라도 바로 그 때문에 그들 자신의 고통은 더욱 증대될 것이며, 이미 불가능한 상황에 이르렀지만 책임감 넘치고 활기차고 고마워하는 사랑을 갈망하는 불길이 더욱 세차게 타오를 것이기 때문입니다. 그러나 나의 옹졸한 마음으로는, 불가능하다는 인식이 그들의 짐을 덜어 주는 작용을 할 것이라는 생각이 듭니다. 공명정대한 사람들의 되갚을 길 없는 사랑을 받아들인 후 순종과 겸손한 행동 속에서 지상에서 경멸했던 활동적인 사랑의 어떤 형상과도 같은 면모, 그와 유사한 어떤 행위와도 같은 면모를 결국 발견하기 때문입니다……. 형제들이여, 벗들이여, 그것을 명확하게 설명할 수 없는 것이 유감스럽습니다. 하지만 지상에서 스스로를 파멸시킨, 스스로 목숨을 끊은 사람들은 얼마나 불쌍한지 모릅니다! 그보다 더 불행한 사람들은 없다고 나는 생각합니다. 사람들은 그와 같은 사람들을 위해 하느님께 기도드리는 것은 죄악이라서 교회조차 표면적으로는 그들을 배척하고 있는 것 같다고 말합니다만, 내 영혼의 비밀스러운 한구석에서는 그들을 위해 기도드리는 것이 가능한 일이라고 생각합니다.

그리스도께서는 사랑을 위한 일에 절대 노여워하지 않으실 겁니다. 나는 그 사람들을 위해 한평생 마음속으로 기도드렸고 고백하건대 신부, 수사 여러분, 요즘은 매일 그렇게 기도드리고 있는 것입니다.

아아, 논쟁의 여지가 없는 사실, 그리고 부인할 수 없는 진리에 대한 통찰에도 불구하고 지옥에는 자만에 빠진 자들과 잔인한 자들이 있습니다. 다시 말씀드리면 사탄과 오만한 영혼에 온몸을 내던진 무서운 사람들이 있는 것입니다. 그들에게 지옥은 이미 자발적인 선택에 따른 것이며 또 만족할 줄도 모릅니다. 즉 그들은 자발적인 수난자들입니다. 왜냐하면 그들은 스스로 자신을 저주해 왔고, 하느님과 삶을 저주했기 때문입니다. 그들은 마치 사막에서 굶주린 자가 자기 몸뚱이의 피를 빨기 시작하듯이 악의에 찬 자만심을 먹고 사는 것입니다. 그러나 영원히 만족할 줄 모르는 사람들은 용서를 구하지 않고 자신들을 부르는 하느님을 저주하고 있습니다. 그들은 살아 계신 하느님을 증오 없이는 바라볼 수 없으며, 생명의 하느님께서 사라져 주기를, 하느님께서 자기 자신과 모든 피조물들을 파멸시켜 주기를 바라고 있습니다. 그리하여 그들은 분노의 불길 속에서 자신을 영원히 불사르며 죽음과 허무를 갈망하게 될 것입니다. 그러나 죽음도 얻지 못할 것입니다…….

이것으로 알렉세이 표도로비치 카라마조프의 원고는 끝나고 있다. 되풀이해서 말하거니와 이 원고는 완전하지 못한 단편들이다. 예를 들면 전기적인 자료의 경우 장로가 아주 젊었던 시절에 국한되어 있다. 그의 교훈과 의견 들 중에서 서로 다른 시기에 다른 의도로 언급되었지만 일관성 있고 통일적으로 동시에 언급된 것 같은 느낌을 주는 것이 있다. 알렉세이 표도로비치가 예전에 들었던 교훈들 중에서 발췌한 기록과 비교할 때, 임종을 몇 시간 앞둔 장로가 직접 이야기했던 모든 것은 확정되어 있지 않고 영혼과 그 토론의 성격에 대한 개념만이 밝혀져 있을 뿐이다. 장로의 임종은 정말 갑작스러운 것이었다. 왜냐하면 마지막 날 저녁에 장로의 방에 모인 사람들은 그의 죽음이 멀지 않다는 사실을 잘 알고 있었음에도 불구하고 그의 죽음이 그토록 갑작스레 닥쳐올 줄은 꿈에도 생각하지 못했기 때문이다. 오히려 내가 앞서 밝혔듯이 장로의 벗들은 그날 밤 건강한 모습으로 말을 많이 하는 장로를 바라보면서 비록 짧은 시간이긴 하지만 그의 건강이 호전된 것이라는 확신을 갖기에 이르렀던 것 같다. 나중에 사람들이 놀라움을 금치 못하며 주고받았던 이야기에 따르면, 그들은 임종 5분 전까지도 장로의 죽음을 예측하지 못했다고 한다. 그는 갑자기 가슴에 심한 통증을 느낀 듯 안색이 창백해지며 가슴을 꽉 움켜쥐었다. 그러자 모두 자리에서 일어나 그에게 달려갔다. 그러나 그는 고통스러워하면서도 미소를 잃지 않은 얼굴로 그들을 바라보며 조용히 의자에서 마룻바닥으로 내려와 무릎을 꿇고 땅에 얼굴이 닿을 정도로 절을 하고는 양손을 크게 벌려 환희에 넘친다는 듯이 대지에 입을 맞추고 기도하면서(자신이 가르쳤던 대로), 즐거운 마음으로 자신의 영혼을 하느님께 바쳤다. 장로가 사망했다는 소식은 즉시 암자에 알려져 수도원으로 퍼졌다. 고인과 가까운 사람들과 의식을 담당한 사람들은 옛 관례에 따라 염을 했으며, 모든 사제들은 예배당에 모였다. 나중에 들리는 소문에 따르면 고인의 사망 소식은 날이 새기도 전에 온 읍내에 퍼졌다고 한다. 아침 무렵에는 거의 모든 읍내 사람들이 그 사건을 화제로 삼았으며, 대부분의 주민들이 수도원으로 모여들었다. 그러나 그 이야기는 다음 편에서 하기로 하고, 지금은 하루도 지나기 전에 모두에게 전혀 의외의 일이 벌어졌다는 사실만 미리 밝히겠다. 수도원 내부와 읍내에 미쳤던 영향을 고려하면, 그것은 너무도 괴이하고 불안하며 사리에도 맞지 않는 일 같았기 때문에 우리 읍내 사람들은 여러 해가 지난 오늘날까지도 극도로 불안감에 떨었던 그 하루를 생생하게 기억하고 있는 것이다…….

제3부

제7권
알료샤

1 썩는 냄새

고인이 된 수도 사제 조시마 장로의 시신은 의식 절차에 따라 장례 준비를 밟고 있었다. 이미 알고 있겠지만 일반 수도사들이나 스히마 수도사[1]들의 시신은 씻지 않는다. 〈수도사들 중에서 누군가 그리스도의 품으로 떠나게 되면(의례서에 기록된 바에 따르면), 궂은일을 맡은 수도사(즉 그 일을 위해 지명된 수도사)는 우선 해면(海綿, 그리스에서 나는 해면)으로 고인의 이마와 가슴, 팔, 다리, 무릎에 성호를 그으며 따뜻한 물로 씻되 그 이상의 일은 하지 않는다.〉 고인을 위해 해야 할 그런 일 전부를 파이시 신부가 담당했다. 그는 시신을 물로 씻어 낸 다음 수도복을 입히고 긴 망토로 덮었다. 그 일을 할 때는 시신을 십자로 묶기 위해 관례대로 망토를 조금 찢어 냈다. 머리에는 팔각형 십자가가 달린 두건을 씌웠다. 두건은 열어 놓았으나 고인의 얼굴은 검은 성찬 덮개로 가렸다. 손에는 그리스도의 성상을 쥐여 주었다. 새벽녘에 시

[1] 수도원의 고행 계율을 받은 수도사.

신은 그런 형태로 입관되었다(관은 이미 오래전에 준비된 것이다). 그 관은 암자(고인이 된 장로가 생존 시에 수도사들과 신도들을 접견하던 가장 큰 방)에 하루 종일 안치시킬 예정이었다. 고인은 지위가 수도 사제였으므로 수도 사제들과 수도 보제들은 그 앞에서 시편이 아닌 복음서를 낭독해야만 했다. 추도 미사가 끝나자 이오시프 신부가 낭독을 시작했다. 파이시 신부는 밤이든 낮이든 자신이 낭독을 맡고 싶어 했으나 암자의 주임 사제와 더불어 너무 바쁘고 신경 쓸 일이 많았기 때문에 그럴 수가 없었다. 그것은 별안간 수도원의 수도사들 사이에서나, 수도원 여인숙과 읍내에서 무리를 지어 몰려드는 신도들 사이에서 이전에 겪어 보지 못한 심상치 않은, 〈비난받아 마땅한〉 동요와 초조한 기대감이 시간이 흐를수록 더욱 뚜렷하게 나타났기 때문이다. 그래서 주임 사제와 파이시 신부는 안달하며 동요하는 사람들을 진정시키기 위해 온갖 노력을 다하고 있었다. 날이 한껏 밝아 오자 몇몇 사람들이 읍내에서 몰려들었는데 그들은 집안의 환자, 특히 아이들을 데리고 왔다. 그들은 자신들의 신앙심으로 인해 얼른 치유의 신통력이 나타나기를 기대하면서, 일부러 그 순간을 기다려 온 것 같았다. 이로써 모든 사람들이 고인이 된 장로를 생존 시에조차 추호의 의심도 품지 않고 위대한 성자로 여겨 왔음이 밝혀진 것이다. 그런데 방문객들 사이에는 단지 평민 출신들만 있었던 것은 아니다. 너무도 조급하고 노골적으로 나타난, 심지어 조바심과 요구마저 더해진 그들의 커다란 기대감은, 파이시 신부가 비록 오래전부터 예감해 오던 것이라고 할지라도, 그의 예상을 넘어서는 명백한 유혹처럼 생각되었다. 수도사들 중에서 흥분한 사람들을 만날 때마다 파이시 신부는 이렇게 말했다. 「위대한 어떤 사건이 벌어질 것이라는 그토록 성급한 기대는 경솔한 것이며, 세인들 사이에서나 있을 법한 일이지 우리한테는 온당치 못한 처사요.」 그러나 그의 이야기를 경청하는 사람은 드물었으며 파이시 신부도 내심 불안한 마음으로 그 사실에 주목했다. 파이시 신부는 지나칠 정도로 인내심을 잃은 사람들의 기대감에 자신도 분개했고, 또 그 기대감이 경솔함과 허황된 소동에 지나지 않는다는 것을 스스로 잘 알면서도(공정하게 회고한다면), 자신의 마음속 깊은 곳에도 역시 그런 생각이 감추어져 있었고 자신도 흥분한 사람들과 거의 비슷한 그 무엇을 고대하고 있음을 인정하지 않을 수 없었다. 그럼에도 불구하고 예감했던 바대로 커다란 의혹을 불러일으켰던 다른 부류들과의 만남은 특히 불쾌한 생각이 들었다. 그는 고인의 암자에 밀려든 군중 사이에 라키틴이라든지 멀리 오브도르스크에서 와서 아직 수도원에 머물고 있는 수도사 등이 섞여 있는 모습을 내면적인 혐오감을 느끼며(바로 그 순간에 그런 자신을 자책하기도 했다) 지켜보았다. 그런 의미라면 눈에 띄는 사람이 비단 그 두 사람만은 아니었지만 파이시 신부는 그들이 갑자기 부쩍 의심스러워졌다. 오브도르스크에서 온 수도사는 흥분한 군중 가운데에서도 가장 부산을 떨었다. 그의 모습은 도처에서 눈에 띄었다. 여기저기에서 질문 공세를 퍼부었고, 사방에서 남의 이야기에 귀를 기울였으며, 가는 곳마다 은밀한 태도로 속닥거렸던 것이다. 그의 얼굴은 기대한 일이 너무 오랫동안 일어나지 않아 초조하다 못해 심지어 짜증까지 난다는 듯한 표정을 짓고 있었다. 그리고 라키틴의 경우에는, 나중에 알려진 바에 따르면 호흘라코바 부인의 특별한 부탁을 받고 아침 일찍부터 암자에 모습을 드러냈던 것이다. 마음씨는 곱지만 의지가 박약한 그 부인은 자신이 암자에 직접 들어갈 처지가 못 되자, 잠자리에서 일어나 장로의 사망 소식을 듣는 순간 불쑥 열화 같은 호기심이 발동하여 당장 라키틴을 암자로 대신 보내서는 모든 사건을 지켜보다가 약 30분마다 〈무슨 일이 벌어지고 있는지〉 즉각 쪽지로 보고하도록 지시했던 것이다. 그녀는 라키틴을 매우 정직하고 신심이 강한 젊은이라고 생각하고 있었다. 그만큼 그는 누구에게나 어떻게 처신해야 하는지 알고 있었고, 자신에게 최소한의 이득이라도 생길 것이라는 판단이 들면 모든 사람 앞에서 그 기대에 부합하는 연기를 할 수 있는 능력을 가지고 있었다. 날씨는 맑고 청명했으며, 이곳에 찾아온 수많은 수도사들은 성당 주변에 몰려 있는 암자 무덤들 부근을 서성대고 있었다. 파이시 신부는 암자 주변을 거닐다가 문득 알료샤 생각이 났으며, 그가 거의 캄캄할 때부터 보이지 않았다는 사실이 생각났다. 그런데 그에 대한 생각이 머리에 떠오름과 동시에 신부는 울타리 옆 암자의 후미진 구석, 그 옛날 공덕을 쌓아 존경을 받던 유명한 수도사의 묘석 위에 앉아 있는 그를 발견했다. 그는 암자로부터 등을 돌리고 울타리를 향해 앉아 있었으므로 비석 뒤에 몸을 숨기고 있는 것처럼 보였다. 가까이 다가간 파이시 신부는 그가 두 손으로 얼굴을 가리고 숨을 죽인 채 온몸을 부들부들 떨며 구슬피 울고 있다는 사실을 알아챘다. 파이시 신부는 그를 내려다보며 잠시 그 자리에 서 있었다.

「그만 그치거라, 사랑하는 아들아, 그만 그쳐.」 그는 애정 어린 목소리로 말했다. 「어째서 그러는 거냐? 울지 말고 기뻐해야지. 오늘이 〈그분〉의 가장 위대한 날이라는 사실을 모르는 거냐? 그분께서 지금, 바로 이 순간 어디에 계신지를 생각해야지!」

알료샤는 어린애처럼 너무 많이 울어서 퉁퉁 부은 얼굴을 드러내고 신부를 바라보는 듯하다가 아무 말도 하지 못한 채 얼른 고개를 돌려 다시 두 손으로 얼굴을 감쌌다.

「좋을 대로 하렴.」 파이시 신부는 깊은 생각에 잠기며 말했다. 「울 테면 울거라. 그 눈물은 그리스도께서 네게 보내신 것이니.」 〈너의 감동적인 눈물은 그저 정신적 위안에 지나지 않지만 너의 따뜻한 마음을 기쁘게 해줄 테지.〉 신부는 알료샤의 곁을 떠나면서 그를 애정 어린 마음으로 염려하며 이렇게 속으로 중얼거렸다. 그는 가급적이면 빨리 자리를 뜨려고 했는데, 이유인즉 알료샤를 바라보노라면 자신도 왈칵 눈물이 쏟아져 나올 것 같은 느낌이 들었기 때문이다. 그러는 사이에 시간은 흘러갔고, 고인을 위한 수도원 예식과 추모 미사는 예정대로 진행되었다. 파이시 신부는 관 옆에 있던 이오시프 신부로부터 다시 독경을 물려받았다. 그러나 오후 3시가 채 지나기도 전에 전편 마지막에서 이미 상기시킨 바 있는 사건이, 그때까지 어느 누구도 예상하지 못하고 또 모든 사람들의 기대를 저버리는 사건이 벌어지고 말았다. 되풀이해서 말하지만 그 사건에 대한 상세하고도 허무맹랑한 이야기는 우리 읍내는 물론 인근 지방에서도 지금까지 생생하게 기억되고 있다. 여기서 나는 다시 한번 개인적으로 그 이야기를 언급하고자 한다. 그 허무맹랑하면서도 현혹적이고, 너무나 허황된 것이면서도 그럴 법한 사건을 회상할 때면 나는 거의 불쾌한 기분에 사로잡히게 된다. 만일 그 사건이 비록 〈미래의〉 주인공이긴 하지만, 내 소설의 주인공인 알료샤의 영혼과 마음에 그토록 강렬하고 확고하게 영향을 주지 않았더라면 나는 당연히 아무 언급도 하지 않은 채 나의 이야기를 진행시켰을 것이다. 하지만 알료샤에게 그 사건은 평생 확고한 목적을 추구하는 영혼의 전환점이자 대변혁과 같은 것이었으며, 흔들리는 그의 이성을 더욱 강하게 만드는 결정적 요인이 되기도 했다.

아무튼 다시 이야기로 돌아가자. 동이 트기 전에 매장 준비를 마친 장로의 시신을 입관시켜서 이전에 응접실로 쓰던 첫 번째 방에 옮겨 놓았을 때, 관 주변에 모여 있던 사람들 사이에는 창문을 열어 놓아야 할 것인가 말 것인가에 대한 문제가 제기됐다. 누군가가 지나가는 말로 슬쩍 내비쳤던 이 문제는 대꾸하는 사람도, 주목하는 사람도 없었다. 혹시 참석자들 중 몇몇 사람들이 이 문제에 대해 마음속으로라도 관심을 보였다면 그것은 고인의 시신이 부패하거나 썩는 냄새가 나리라고 생각한다는 것 자체가 어처구니없는 난센스이자, 그런 문제를 제기한 사람의 절대적으로 부족한 신앙심과 경솔함은 동정받아 마땅하다는(그것이 만일 냉소가 아니라면) 의미일 뿐이었다. 왜냐하면 사람들은 정반대의 상황을 기대하고 있었기 때문이다. 그런데 정오가 지나자마자 한 가지 현상이 벌어지기 시작했는데, 처음에는 그곳을 드나들던 사람들도 그것을 눈치챘지만 입을 다문 채 혼자 마음속으로만 품고 있을 뿐 두려워하면서 다른 누구에게도 자기 생각을 내비치려 하지 않았다. 그러나 오후 3시경에는 부인할 수 없을 정도로 너무나 분명하게 드러났으므로 현장의 소식은 암자 전체와 암자를 찾아온 수많은 수도사들 사이에 순식간에 퍼졌고, 이어서 수도원에 전해져 모든 수도사들을 충격에 빠뜨렸으며, 결국 읍내에까지 알려져 신자든 신자가 아니든 모든 사람들을 흥분하게 만들었다. 신자가 아닌 사람들은 몹시 기뻐했으며, 신자라고 하더라도 신자가 아닌 사람들 이상으로 기뻐하는 자들도 있었다. 왜냐하면 고인이 된 장로가 그의 유훈에서 말한 대로, 〈사람들은 의인의 타락과 그의 수치를 보고 싶어 하기〉 때문이다. 문제는 시간이 흐를수록 관에서 점점 더 시체 썩는 냄새가 심해지기 시작해, 오후 3시 무렵에는 그 냄새가 너무 지독해지고 마침내 견딜 수 없는 지경에 이르렀다는 사실이다. 그처럼 유혹에 빠지고 심한 방종을 보인 사건은 수도원의 모든 과거사를 통해서 볼 때 오래전부터 존재하지 않았으며 용납될 수도 없는 일이었음은 물론이며, 더욱이 그 일이 있은 직후에 수도사들이 보인 작태는 어떤 경우에도 불가능한 것이었다. 훗날, 많은 세월이 흐른 후에 우리의 현명한 수도사들 가운데 일부는 그날의 사건을 하나하나 되짚어 보면서 당시 그 같은 형태의 유혹이 어떻게 그런 지경에까지 이를 수 있었는가를 생각하면서 경악과 두려움에 빠져들었다. 예전에도 올바른 생활을 지켰던 수도사들과 모든 사람들이 보기에도 계율을 잘 지키고 하느님을 공경하던 장로들이 죽었을 때 그들의 검소한 관에서 시체 썩는 냄새가 풍겨 나온 일이 있었다. 그러나 그것은 보통 사람들이 죽었을 때와 마찬가지로 자연스러운 현상으로 비쳐졌기 때문에 유혹에 빠져드는 일은 물론, 최소한 소동을 피우는 일은 없었던 것이다. 물론 우리 수도원에서 오래전에 죽은 사람들 가운데 몇몇 사람에 관한 회고담은 아직도 생생히 수도원에 보존되어 있는데, 전해 내려오는 말에 따르면 그들의 유해는 부패 현상이 일어나지 않아서 뭔가 장엄하고 기적적인 일로 수도

사들에게 감동과 신비를 불러일으켰고, 그것은 하느님의 의지에 따라 때가 도래하면 그들의 관으로부터 앞으로 더 큰 영광이 나타나리라는 약속으로 그들의 뇌리 속에 남아 있었다. 그들 중 특히 기억 속에 남아 있는 사람은 백 다섯 살까지 살았다는 욥 장로이다. 그는 이미 오래전인 10세기 10년대에 사망한 훌륭한 고행자이자 정진자이고 침묵 수행자로서, 그의 무덤은 수도원을 처음 찾는 신도들에게 특별한 존경심 속에서 공개되었으며 그때 위대한 희망이 신비스럽게 환기되기도 했다(파이시 신부가 아침에 웅크리고 앉아 있던 알료샤를 발견한 곳은 바로 그 무덤이었다). 오래전에 존경받던 그 장로 말고도 얼마 전에 죽은 위대한 수도 사제인 바르소노피 장로에 관한 기억도 생생하게 전해지고 있다. 그는 조시마 장로에게 장로직을 물려준 사람으로 생전에 수도원을 찾아오는 모든 신도들에게 유로디비로 간주되었다. 그 두 사람에 관해서는 이들이 관 속에서도 마치 살아 있는 것 같았고, 부패되지 않은 채 매장되었으며, 관 속에 누운 그들의 용안에서는 광채가 나는 것 같았다는 전설이 내려오고 있다. 어떤 사람들은 그들의 시체에서 진한 향기가 풍겼다고 주장하기도 했다. 그러나 이러한 감동적인 기억에도 불구하고 조시마 장로의 관을 두고 일어난 경솔하고 어리석으며 악의에 찬 현상에 대해서는 그 직접적인 원인을 설명하기 힘들 것이다. 필자의 개인적인 생각으로는 한꺼번에 일어난 다른 많은 원인들이 동시에 작용했던 것 같다. 그런 원인들 중의 하나로 해악을 끼치는 새로운 제도로서의 장로 제도에 대한 해묵은 적개심을 들 수 있으며, 그런 생각은 많은 수도사들의 머릿속에 뿌리 깊게 잠겨 있었다. 그리고 물론 무엇보다 중요한 것은 생전부터 확고하게 자리 잡은 고인의 신성함에 대한 시기심 때문이었는데, 그 문제를 제기하는 것은 금기처럼 여겨져 왔다. 왜냐하면 고인이 된 장로가 기적이 아니라 사랑으로 사람들의 마음을 끌었고, 자기 주변에 그를 사랑하는 사람들로 구성된 하나의 완벽한 세계를 세웠음에도 불구하고, 아니 바로 그 때문에 그를 시기하는 사람들이 더욱 늘어났기 때문이다. 공개적으로든 비공개적으로든 과격했던 장로의 적들은 수도원 내부뿐만 아니라 속세에서도 마찬가지였다. 예를 들면 장로는 그 누구에게도 해를 끼치지 않았으나, 〈어째서 그 사람이 성인 대접을 받는 거요?〉라는 식이었다. 그리고 그 같은 질문 하나가 점차 반복되어 가면서 마침내 채울 길 없는 증오심의 구렁텅이를 만들어 나갔다. 장로의 시체에서 썩는 냄새가 풍긴다는 소식을 들은 많은 사람들이 그토록 빨리(장로가 죽은 지 아직 하루도 지나지 않았으므로) 끝없이 기뻐한 것도 바로 그런 이유 때문이라고 필자는 생각한다. 지금까지 장로에게 의탁하고 그를 숭상하던 사람들 중에서도 그 사건으로 인해 수치심을 느끼거나 개인적으로 모욕을 받은 것이나 다름없다고 생각하는 사람들이 당장 나타났다. 사건의 진행은 다음과 같았다.

시체의 부패 현상이 일어나자마자 고인의 암자에 들어오는 수도사들의 얼굴만 보아도 그들이 찾아오는 이유를 알 수 있었다. 수도사들은 방에 들어와서 잠시 서 있다가 다른 사람들에게, 밖에서 기다리는 군중에게 빨리 소식을 확증시키기 위해 나가 버렸다. 밖에서 기다리는 사람들 중 일부는 비통하게 고개를 내젓기도 했으나 다른 사람들은 악의에 찬 자신들의 시선 속에서 확연히 드러나는 기쁨을 감출 생각마저 하지 않았다. 그리고 아무도 그들의 태도를 더 이상 비난하지 않으며 좋은 말로 타이르지 않았던 것은 이상하기까지 했다. 수도원에 있는 사람들 대부분이 고인이 된 장로에게 의탁했었는데도 말이다. 그러나 이번만큼은 하느님께서 소수파들에게 일시적으로 승리를 차지하도록 허락하신 것이 분명했다. 곧 세인들도 그런 염탐꾼의 입장에서 암자를 찾아오기 시작했는데, 교육받은 사람들이 특히 더 그랬다. 문 옆에 많은 세인들이 모여들었으나 평민들은 거의 안으로 들어가지 않았다. 3시가 넘자 세속 조문객들이 밀려든 것은 틀림없는 사실이었지만, 바로 유혹에 들게 하는 그 소식 때문이었다. 아마도 이런 날에 찾아오지 않았음 직한 사람들까지도 지금은 일부러 찾아왔으며, 그들 중에는 꽤 높은 관직에 있는 요인들도 포함되어 있었다. 그들은 아직 겉으로는 예의범절을 잃지 않고 있었으며, 파이시 신부는 오래전부터 심상치 않은 일이 벌어지고 있다는 사실을 눈치챘으면서도 무슨 일이 벌어지고 있는지 알아채지 못했다는 듯이 엄숙한 표정을 지으며 큰 소리로 분명히 그리고 또박또박 성서를 계속 읽어 나갔다. 그러나 사람들의 목소리는 그의 귓전에까지 들려왔고, 처음에는 아주 나지막하게 들리던 것이 점차 또렷해지고 대담해지기까지 했다. 〈거 보라고, 하느님의 심판은 인간의 심판과 다른 법이야!〉라는 이야기가 문득 파이시 신부의 귀에 들려왔다. 사람들 가운데 가장 먼저 그런 이야기를 한 사람은 읍내에 사는 중년 관리로, 그의 신앙심에 대해서는 널리 알려져 있었지만 그런 이야기를 큰 소리로 떠들어 댔는데, 그것은 수도사들이 저희들끼리 주고받는 이야기를 되풀이한 것에 지나지 않았다. 그들은 이미 오래전부터 그런 절망적인 이야기들을 나누고 있었는데, 더욱 좋지 못한 일은 그런 이야기를 할 때 시시각각으로 어떤 승리감이 더욱 뚜렷하게 커지기 시작했다는 점이다. 어쨌든 그런 예의범절이 빠른 속도로 무너져 내리기 시작했으며, 그들은 한결같이 그런 예의범절을 무너뜨릴 권리를 자신들이 가지고 있는 것처럼 생각하고 있는 듯했다. 〈그런데 어째서 《이런 일》이 일어날 수 있는 거지? 체구도 작고 살가죽이 뼈에 들러붙을 정도로 바싹 여위었는데 어디서 이런 냄새를 풍기는 것일까?〉 처음에 수도사들 가운데 몇몇 사람들은 동정하듯 말했다. 〈그건 하느님께서 일부러 증명해 보이시려는 거야.〉 다른 수도사들이 얼른 말을 되받자, 그들의 의견은 당장 아무런 이의 없이 받아들여졌다. 왜냐하면 여느 죽은 사람들의 경우처럼 그 냄새가 자연 발생적인 것이라면 그렇게 빠른 시간 안에 풍기는 것이 아니라 더 늦게, 적어도 하루쯤 경과한 후에 풍겨야 했지만, 〈그것은 자연의 법칙을 뛰어넘고〉 있었으므로 거기에는 틀림없이 다름 아닌 하느님과 그분이 고의적인 지시가 내려져 있다는 것이었다. 여기서 지적해 두고 싶은 것이 있다. 이런 판단은 부인하기 어려울 정도로 사람들의 마음에 충격을 주었다는 것이다. 고인의 사랑을 받았던 도서관 사서 수사인 이오시프 신부는 몇몇 독설가들에게 〈어디에서나 그런 일이 일어나는 것은 아니고〉, 정교회의 교리에서는 의인들의 시체가 썩지 않는 일이 반드시 일어나는 현상은 아니며, 단지 하나의 견해에 불과하다고 얘기했다. 예를 들어 아토스 같은 최고의 정교 국가들에서는 시체 썩는 냄새로 혼란을 겪는 일은 없으며, 정교회에서 구원받은 자들의 중요한 징표는 시체가 썩지 않는 것이 아니라 그들의 시체를 여러 해 동안 땅속에 매장하여 부패했을 때 나타나는 뼈의 빛깔이라고 설명하면서, 〈만일 뼈가 밀랍처럼 노랗게 변하면 하느님께서 죽은 의인에게 축복을 내리셨다는 가장 중요한 징표요, 만일 노랗지 않고 시커멓게 변하면 하느님의 영광을 받을 자격이 없음을 의미하오. 예로부터 가장 순수한 형태로 정교를 굳건히 지켜 온 아토스 같은 성지에서는 그와 같이 행하고 있소〉라고 결론을 내렸다. 그러나 이 겸손한 신부의 말은 경계심을 심어 주기는커녕 오히려 냉소 가득한 반박을 불러일으켰다. 〈그것은 모두 새로운 제도의 훈계이니 들을 필요가 없다〉고 수도사들은 멋대로 결정해 버렸던 것이다. 〈우리에겐 옛날식이 있어. 요새 쏟아져 나오는 새로운 교리가 적기나 한가? 그 모든 것을 어떻게 다 모방할 수 있겠어?〉 하고 다른 수도사들도 거들었다. 가장 냉소적인 사람들은 〈우리 나라에도 적지 않은 성인들이 있었어. 그자들은 터키의 지배에 놓이면서 모든 것을 망각해 버렸거든. 그 나라에서는 오래전부터 정교가 혼탁해져서 이제 종탑도 없단 말이야〉라며 가세했다. 이오시프 신부는 슬픔에 잠긴 채 물러났고 그 스스로도 확신이 서지 않았기 때문에 자신의 의견을 자신 있게 피력하지 못했다는 사실에 한층 더 슬퍼졌다. 그러나 대단히 불경스러운 일이 벌어지고 항거의 조짐이 고개를 들기 시작하는 모습을 착잡한 마음으로 바라볼 수밖에 없었다. 이오시프 신부가 말을 한 이후에 분별 있는 사람들은 차츰 목소리를 낮추고 입을 다물었다. 고인이 된 장로를 사랑했던 사람들과 장로 제도의 확립을 겸허히 받아들였던 사람들은 겁에 질려 무엇엔가 갑자기 깜짝깜짝 놀랐으며, 서로 마주치더라도 조심스럽게 상대의 얼굴을 바라볼 뿐이었다. 장로 제도를 마치 새로운 제도처럼 생각하여 반대하는 적들은 당당하게 고개를 쳐들고 다녔다. 〈고(故) 바르소노피 장로님한테서는 악취가 나지 않았을 뿐만 아니라 오히려 좋은 향기가 났지. 하지만 그것은 장로제에 따랐기 때문이 아니라 그분께서 올바른 길을 걸으셨기 때문이야〉 하고 그들은 심술궂은 기쁨에 젖으며 회상했다. 그런 비난에 뒤이어 이번에 타계한 조시마 장로에 대한 성토와 책벌조차 쏟아져 나왔다. 〈장로는 잘못 가르쳐 왔어. 인생은 비탄에 젖은 겸손이 아니라 위대한 기쁨이라고 가르쳤거든〉 하고 가장 무식한 사람들 가운데 일부가 말하기도 했다. 그러면 그들보다 더 무식한 사람들은 〈유행에 따라 하느님을 믿었고, 지옥 불이 물질로 이루어져 있다는 것도 받아들이지 않았어〉라고 합세했다. 〈재계를 엄격히 지키지도 않았고 단 음식을 용납했으며, 차와 함께 체리잼도 먹었고, 그런 것을 너무 좋아하여 귀부인들이 보내기도 했다잖아. 고행자가 차를 마시다니 그게 될 말이야?〉 질투하는 자들 사이에서 이런 이야기가 들려왔다. 〈거만한 태도로 자리에 앉아서〉라고 악의에 찬 사람들이 혹독하게 회고했다. 〈스스로를 성인이라고 생각하여 자신을 당연히 받들어 모셔야 하는 것처럼 모두들 그 앞에 무릎을 꿇게 했지.〉 〈고해 성사의 비밀을 악용하기도 했어〉 하고 장로 제도를 심하게 반대하는 자들이 악의에 차서 속삭였다. 이들은 수도사들 중에서 가장 연로하고 신앙 면에서도 매우 엄격한 수도사들이며 진정한 정진자들이자 침묵 수행자들로, 장로가 살아 있는 동안에는 입을 다물고 있으나 이제는 갑자기 말문을 열기 시작했다. 그것은 무서운 일이었는데, 왜냐하면 그들의 말은 젊고 아직 수행 중인 수도사들에게 엄청난 영향을 미치기 때문이었다. 오브도르스크의 성 실베스트르 수도원에서 찾아온 수도사는 깊이 숨을 몰아쉬고 고개를 끄덕이며 경청했다. 〈아니, 그러고 보면 페라폰트 신부님께서 어제 하신 말씀이 옳은 모양이군〉 하고 그는 혼자 생각에 잠겼다. 그때 마침 페라폰트 신부가 나타났다. 그는 마치 혼란을 가중시키려고 나타난 것 같았다.

앞서 언급했듯이 그는 양봉장 근처에 있는 자신의 목조 암자 밖으로 나오는 일이 거의 없었으며, 성당에도 오랫동안 모습을 나타내지 않아서 사람들은 그를 마치 유로디비처럼 여기고 간섭하지 않았으며 누구에게나 적용되는 공통 규율로 묶어 두지 않았었다. 그러나 사실대로 말하자면 그에게 모든 것이 허용되는 것은 어쩔 수 없는 일이었다. 왜냐하면 밤낮으로 기도를 드리는(잠도 무릎을 꿇은 채 잤다) 정진자이자 침묵 수행자인 그에게 그 자신이 복종하기를 원치 않음에도 불구하고 공통된 재계를 강제로 부과한다는 것은 수치스러운 일이었기 때문이다. 만일 억지로 그렇게 했다면 수도사들은 〈그분은 우리 가운데 그 누구보다도 성스러우며 가장 힘든 정진을 실천하고 계신다. 그분이 성당에 나오시지 않는 것은 자신이 나와야 할 때를 알고 계시기 때문이며, 그분은 자신만의 규율을 가지고 계시기도 하다〉라고 떠들어 댔을 것이다. 이런 불평과 유혹이 있을지도 모르기 때문에 페라폰트 신부를 조용히 내버려 두었던 것이다. 페라폰트 신부가 조시마 장로를 몹시 싫어했다는 사실은 모든 사람들에게 이미 잘 알려져 있었다. 그런데 〈하느님의 심판은 인간의 심판과 다르며, 자연 법칙조차 넘어서고 있다〉는 소식이 갑자기 암자에 있는 그의 귀에까지 전해졌던 것이다. 그에게 소식을 전하러 가장 먼저 달려간 사람들 중에는 어제 그를 찾아갔다가 겁을 집어

먹고 물러나왔던 오브도르스크 수도원에서 온 수도사도 들어 있었다. 필자는 파이시 신부가 관 앞에서 조금도 흐트러짐 없이 꼿꼿한 자세로 서서 성서를 낭독하고 있었다고 밝힌 바 있다. 그는 암자 밖에서 일어나는 일을 볼 수도 들을 수도 없었지만 중요한 일은 모두 마음속으로 정확히 짐작하고 있었는데, 자신의 주변을 꿰뚫어 볼 수 있는 능력이 있었기 때문이다. 그는 앞으로 발생할 수 있는 모든 사태를 예상하면서도 겁을 먹지도 흔들리지도 않았으며, 그의 지혜로운 시선 앞에 이미 나타난 앞으로 일어날 동요의 결과를 날카로운 눈으로 주시하고 있었다. 그때 현관 쪽에서 평온을 깨뜨리는 이상한 소음이 갑자기 그의 귀에 울렸다. 이어서 문이 활짝 열리더니 페라폰트 신부가 문지방에 나타났다. 그 뒤를 따라 많은 수도사들이 계단 아래로 모여드는 모습이 암자 안에서도 훤히 내다보였다. 그들 가운데는 세인들도 섞여 있었다. 그러나 그 자리에 모인 사람들은 암자 안으로 들어오거나 계단 위로 올라오지 못하고 바깥에 머물며 페라폰트 신부가 무슨 이야기를 하며 어떤 행동을 취할 것인지 구경하려고 대기하고 있었다. 왜냐하면 그들은 자신들이 무례한 짓을 범하고 있다는 것을 알면서도 페라폰트 신부가 공연히 찾아온 것이 아니라는 사실을 어떤 두려움 속에서 예감하고 있었기 때문이다. 페라폰트 신부는 문지방에 서서 팔을 높이 쳐들었다. 그러자 더 이상 참지 못하고 강한 호기심에 이끌려 페라폰트 신부의 뒤를 따라 계단까지 쫓아온 유일한 인물인 오브도르스크 출신 수도사의 호기심 어린 날카로운 시선이 그의 오른팔 밑으로 집중되었다. 다른 사람들은 문이 요란한 소리를 내며 활짝 열리자 갑자기 두려움에 빠져 오히려 뒷걸음질을 치고 말았다.

하늘을 향해 두 손을 쳐든 페라폰트 신부는 카랑카랑한 목소리로 이렇게 말했다.

「너를 내쫓고 또 내쫓으리라!」 그러고는 곧이어 온 사방을 향해 몸을 돌리면서 암자의 벽면과 네 귀퉁이에 대고 손으로 성호를 긋기 시작했다. 페라폰트 신부가 몰고 온 사람들은 그의 행동을 곧 이해했다. 신부는 어느 곳에 들어가든 이렇게 행동하여 악귀를 내쫓기 전에는 자리에 앉지도 말을 꺼내지도 않는다는 사실을 그들은 알고 있었던 것이다.

「사탄아, 물러가라, 사탄아, 물러가라!」 그는 성호를 그을 때마다 이렇게 반복했다. 「너를 내쫓고 또 내쫓으리라!」 그는 다시 이렇게 외쳤다. 그는 노끈으로 허리를 졸라맨 낡은 법의를 걸치고 있었다. 삼베 셔츠 밑으로는 잿빛 털이 부숭부숭한 가슴이 드러나 있었다. 두 발은 신을 신지 않은 맨발이었다. 그가 두 손을 흔들자 곧 온몸이 떨리면서 법의 밑에 달고 다니는 고행용 족쇄가 철거덕거리기 시작했다. 파이시 신부는 독경을 중단하고 앞으로 한 걸음 나아가 기다렸다는 듯이 그 앞에 섰다.

「왜 오셨습니까, 순결한 신부님? 어째서 질서를 파괴하시는 겁니까? 어째서 온순한 양 떼를 선동하시는 겁니까?」 파이시 신부는 준엄한 눈초리로 그를 바라보며 마침내 이렇게 말문을 열었다.

「뭣 하러 여기 왔느냐고? 그 이유를 묻는 건가? 어떤 신앙 생활을 하고 있느냐고?」 페라폰트 신부는 신들린 사람처럼 이렇게 소리쳤다. 「여기에 있는 당신의 손님들을, 더러운 악마들을 내쫓으려고 왔다네. 잘 보게, 내가 없는 사이에 얼마나 많은 놈들이 모여들었는지. 나는 놈들을 자작나무 빗자루로 쓸어버리려는 거라네.」

「악마들을 몰아내신다지만, 어쩌면 신부님 자신이 악마에게 봉사하고 있을지도 모르지요.」 파이시 신부는 조금도 두려워하지 않고 계속 말을 이어 갔다. 「자신을 가리켜〈나는 성자다〉라고 말할 수 있는 사람은 누굽니까? 당신도 아니잖습니까, 신부님?」

「나는 성자가 아니라 더러운 인간이라네. 나는 안락의자에 앉지도 않으며, 마치 우상처럼 숭배를 받으려고도 하지 않아!」 페라폰트 신부는 고함을 질러 댔다. 「오늘날 인간들은 신성한 믿음을 망치고 있어. 고인이 된 당신들의 성자는(그는 군중을 향해 돌아서면서 손가락으로 관을 가리켰다), 악마들을 부인했어. 그는 악마 제거제를 나누어 주었어. 그래서 이 집에 악마들이 늘어나고 말았지, 방구석마다 마치 거미가 득실거리듯이 말이야. 그리고 이번에는 자기 자신이 악취를 풍기는 거지. 여기서 우리는 하느님의 위대한 계시를 보고 있는 거야.」

언젠가 조시마 장로가 생존해 있을 때 실제로 그런 일이 일어났다. 수도사들 가운데서 한 사람이 꿈을 꾸기 시작하더니 나중에는 마침내 생시에도 악귀가 눈앞에 어른거리는 것이었다. 공포에 질린 그가 장로에게 그 이야기를 털어놓자, 장로는 그에게 끊임없이 기도를 올리고 용맹 정진을 하라고 충고했다. 그러나 그것도 아무 소용이 없자, 기도와 정진을 계속하면서 한 가지 약을 먹어 보라고 권했다. 당시 그 일 때문에 많은 사람들이 의혹을 품게 되었고 고개를 갸우뚱거리며 수군거리기 시작했는데, 페라폰트 신부가 그중에서도 가장 심했다. 당시 장로를 비난하는 사람들 몇몇이 이런 특이한 경우에 〈특별히〉 내리는 장로의 지시를 얼른 그에게 알려 주었기 때문이다.

「물러가시오, 신부님!」 파이시 신부는 명령하듯 말했다. 「심판을 하는 것은 인간이 아니라 하느님이십니다. 이곳에서 우리가 목격하고 있는 〈계시〉는 아마도 당신이든 나든 혹은 그 누구라고 할지라도 이해하지 못하는 것입니다. 나가 주시오, 신부님. 어린양 떼를 선동하지 마시오!」 그는 힘주어 되풀이했다.

「그는 고행 수도사의 직함을 가지고도 재계를 지키지 않았으니 그런 계시가 나타나는 거야. 그건 너무나 명백하기 때문에 숨기면 죄가 되는 법이야!」 이성을 잃은 채 분통을 터뜨리는 광신자는 흥분을 가라앉힐 줄 몰랐다. 「귀부인들이 호주머니에 넣어 주는 사탕에 현혹되었고, 차에 잼을 넣어 마셨고, 단 음식으로 배를 가득 채워 무리하게 혹사시켰으며, 머리는 오만한 생각으로 가득했으니……. 그 까닭에 이런 수치를 겪게 되는 거야…….」

「경솔한 말씀이십니다, 신부님!」 파이시 신부도 언성을 높였다. 「당신의 정진과 고행은 놀랍기는 합니다만, 그 경솔한 말씀은 마치 속세의 젊은이들이 하는 말처럼 줏대 없고 유치하게 들립니다. 나가 주시죠, 신부님. 부탁합니다.」 파이시 신부는 목청을 높여 가며 이야기를 매듭 지었다.

「그렇다면 나가지!」 페라폰트 신부는 약간 당황한 듯했지만 악의를 숨기지 못하고 이렇게 말했다. 「자네들은 학자라지! 그래서 그 알량한 지식으로 나의 천박함을 비웃으며 우쭐대시는군. 나는 무식쟁이로 이곳에 왔지만, 여기에 온 뒤로 내가 알고 있던 것마저 잊어버리고 말았어. 주 하느님께서는 미천한 나를 자네들의 박식함으로부터 보호해 주신 거야……」

파이시 신부는 그 앞에 버티고 서서 단호한 태도로 기다렸다. 페라폰트 신부는 잠시 입을 다물더니 침통한 표정을 지으며 오른쪽 손바닥으로 턱을 받친 다음, 고인이 된 장로의 관을 바라보면서 목청을 길게 뽑았다.

「내일 아침이면 이 사람을 위해 〈구원자이시며 보호자〉라는 노래를 부를 테지, 영광스러운 찬송가를. 하지만 내가 숨을 거둘 때면 고작해야 〈지상의 기쁨〉이란 보잘것없는 찬송가를 불러 주겠지.」[2] 그는 울먹이는 소리로 애처롭게 말했다. 「나한테 거만을 떨고 우쭐대더니, 이렇게 허망할 데가 있나!」 그는 돌연 정신병자처럼 손을 내저으며 휙 돌아서서 빠른 걸음으로 계단 아래로 내려갔다. 아래에서 기다리던 군중은 동요하기 시작했다. 어떤 사람들은 얼른 그를 따라나서기도 했으나, 다른 사람들은 암자의 문이 아직 열려 있는 데다 파이시 신부가 페라폰트 신부의 뒤를 따라나와 계단 위에서 지켜보고 있었기 때문에 꾸물거렸다. 그러나 화가 난 페라폰트 신부에게 그것으로 모든 것이 끝난 것은 아니었다. 그는 스무 발자국쯤 걸어가다가 별안간 저물어 가는 태양을 향해 돌아서더니 두 팔을 높이 쳐들었다. 그러다가 누군가의 칼에 맞기라도 한 듯 외마디 소리를 지르며 땅바닥에 쓰러졌다.

「나의 하느님께서 승리하셨도다! 그리스도께서 저물어 가는 태양을 이기셨도다!」 그는 태양을 향해 두 팔을 높이

---

[2] 수도사와 스히마 수도사의 시체를 장사 지낼 때(승방에서 교회로 옮겨, 교회에서 묘지로 가 장례를 치른 뒤에),「지상의 기쁨」이라는 송가를 부른다. 만약 고인이 수도 사제라면「구원자이시며 보호자」라는 카논을 부른다.

쳐든 채 미친 듯이 소리치더니 땅바닥을 향해 얼굴을 숙이면서 두 팔로 땅바닥을 짚고는 설움에 온몸을 부들부들 떨며 어린애처럼 소리 내어 울기 시작했다. 그러자 사람들이 그에게 달려들었고, 외침 소리와 호응하는 울음소리가 진동하기 시작했다……. 극도의 흥분 상태가 모든 사람들을 휩쓸었던 것이다.

「바로 이분이 성자이시다! 바로 이분이 의인이시다!」 아무 거리낌 없이 환호성이 터져 나왔다. 「이분이야말로 장로 자리에 앉으셔야 해.」 다른 사람들이 이미 악에 받친 목소리로 되받았다.

「이분은 장로 자리에 오르지 않으실 거야……. 스스로 거부하실 거야……. 저주받을 새 제도를 위해 일하시지 않을 거야……. 저들의 어리석은 제도를 흉내 내지 않으실 거야.」 당장에 다른 사람들도 호응했다. 이대로라면 어디까지 갈지 상상하기조차 힘들었으나, 그 순간 예배 시간을 알리는 종소리가 울려 퍼졌다. 갑자기 모두 성호를 긋기 시작했다. 페라폰트 신부는 자리에서 일어나 성호를 그으며 뒤도 돌아보지 않고 자신의 암자로 걸어가면서 이제는 전혀 알아들을 수 없는 소리로 고함을 질렀다. 몇몇 사람들은 그를 따라나섰으나 대부분의 사람들은 저녁 예배를 드리기 위해 뿔뿔이 흩어졌다. 파이시 신부는 이오시프 신부에게 독경을 맡기고 아래로 내려갔다. 광신자들의 열광적인 외침 소리에 동요를 일으킨 것은 아니지만 그의 마음은 왠지 모르게 갑자기 서글퍼지고 우울해지기 시작했다. 그는 발걸음을 멈추고 별안간 이렇게 자문해 보았다. 〈이 슬픔이 기력의 감퇴로까지 이어지는 것은 어째서일까?〉 그 순간 그는 자신의 갑작스러운 슬픔이 아주 작고 특별한 이유에서 비롯되고 있음을 알고는 깜짝 놀랐다. 바로 암자 입구에 운집해 있는 흥분한 군중 속에서 알료샤를 발견했는데, 신부는 그가 눈에 띄자 곧 가슴속에서 어떤 아픔을 느꼈던 것이다. 〈정말 이 젊은이가 지금 내 마음속에서 이토록 많은 의미를 지니고 있는 것일까?〉 그는 소스라치게 놀라며 자문해 보았다. 그 순간 알료샤는 급히 서둘러 어디론가 걸어가면서 그의 곁을 지나고 있었는데 성당 쪽으로 가는 것은 아니었다. 두 사람의 눈길이 마주쳤다. 알료샤는 얼른 눈길을 피해 땅바닥을 바라보았지만 파이시 신부는 그의 이런 태도만으로도 그 순간 알료샤에게 커다란 심경의 변화가 일어나고 있음을 알아차릴 수 있었다.

「너도 유혹에 빠졌느냐?」 파이시 신부는 갑자기 큰 소리로 고함을 질렀다. 「너도 신앙심이 부족한 무리들과 한패로구나.」 그는 비통한 목소리로 덧붙였다.

알료샤는 발길을 멈춘 채 어쩐지 주저하면서 파이시 신부를 한번 쳐다보더니 다시 재빨리 시선을 돌려 땅바닥을 바라보았다. 그렇게 비스듬히 서서 질문을 던진 사람에게는 얼굴도 돌리지 않았다. 파이시 신부는 그를 조심스러운 눈초리로 바라보았다.

「어딜 그렇게 급히 가는 거냐? 예배 종소리가 울리고 있잖니.」 그는 이렇게 다시 물었으나 알료샤는 거듭 아무 말도 하지 않았다.

「암자에서 떠날 생각이냐? 그것도 허락을 받지도 않고 축복도 받지 않고서?」

알료샤는 갑자기 일그러진 미소를 지으며 이상한, 아주 이상한 눈길로 질문을 던진 신부를, 과거 그의 안내자이자 그의 마음과 이성의 지배자였으며 자신을 아꼈던 장로가 죽어 가면서 그의 앞날을 부탁했던 그분을 쳐다보았다. 그러다가 갑자기 조금 전과 마찬가지로 아무 대답도 하지 않은 채 또 경의를 표하지도 않은 채 한쪽 손을 내저으며 빠른 걸음으로 암자 출구 쪽으로 걸어갔다.

「다시 돌아오겠지!」 파이시 신부는 슬픔과 충격이 뒤섞인 눈으로 그의 뒷모습을 바라보며 이렇게 중얼거렸다.

2 그런 순간

파이시 신부가 그 〈사랑스러운 소년〉이 다시 되돌아오리라고 생각했던 것은 물론 실수가 아니었으며, 어쩌면(비록 완벽한 것이라고 할 수는 없지만 그래도 통찰력을 가지고 바라본 것이다) 알료샤의 정신적 분위기의 진정한 의미를 꿰뚫어 본 것이기도 했다. 그렇지만 내가 그토록 사랑했던, 내 소설의 젊은 주인공의 인생에서 두렵고 미확정적인 그 순간의 정확한 의미를 지금 전달하기란 무척이나 벅찬 일임을 나는 솔직히 인정하는 바이다. 파이시 신부가 알료샤에게 〈혹시 너는 신앙심이 약한 사람들과 함께 어울렸느냐?〉라고 던진 슬픈 질문에 대해 물론 나는 알료샤 대신 〈아니요, 그는 신앙심이 약한 사람들과 함께 어울리지 않았습니다〉라고 확신을 가지고 대답할 수 있다. 그는 오히려 정반대의 상황에 놓여 있었으며 그의 모든 동요는 그가 너무나 신앙심이 강했기 때문에 일어난 일이었다. 그러나 어쨌든 그에게는 동요가 있었으며 그것은 많은 시간이 지난 후에도 여전히 고통스러운 기억으로 남아 있었다. 알료샤는 슬픈 그날을 자신의 생애에서 가장 괴롭고 숙명적인 하루로 생각했다. 〈그 모든 근심과 불안이 장로의 시체가 곧바로 치유의 기적을 일으키기는커녕 오히려 일찌감치 부패하기 시작했기 때문에 생긴 것이 아니오〉라고 만일 누가 솔직히 묻는다면, 〈그렇소, 사실 그렇소〉라고 나는 망설이지 않고 대답할 것이다. 단지 나는 내 젊은 주인공을 너무 성급하게 비웃지 말아 달라고 독자들에게 부탁드릴 뿐이다. 나 자신은 그의 용서를 빌거나, 그의 나이가 어린 점이나 예전에 학문 등에서 별로 성공을 거두지 못했다는 점 때문에 그의 소박한 신앙에 대해 사죄하거나 변명할 생각은 추호도 없다. 오히려 나는 그의 심성에 대해 진심으로 존경심을 가지고 있다는 사실을 강력히 밝혀 두고자 한다. 의심할 여지 없이 어떤 젊은이들은 마음속에 인상을 깊이 새겨 두면서 열렬하지도 않고 그저 미지근하게 사랑하면서도 너무나 믿음직스러운 지성, 그것도 나이에 비해 매우 신중한(그래서 가치가 없는) 지성을 갖추고 있는데, 그런 젊은이라면 나의 주인공에게 일어났던 일을 피할 수 있었을지도 모른다. 그렇지만 경우에 따라서는 비록 비이성적이고 위대한 사랑 때문에 일어난 것이라고 할지라도 또 다른 집착에 매달리는 편이 전혀 매달리지 않는 편보다는 한결 존경스러운 법이다. 젊은 시절에는 더욱 그런 법인데, 언제나 너무 신중한 젊은이는 그다지 희망이 없고 가치도 떨어지기 때문이다. 이것이 바로 나의 견해이다! 〈그러나 모든 젊은이들이 그런 편견을 믿을 수는 없는 노릇이며, 그렇다고 당신의 주인공이 다른 사람들에게 지표가 되는 것도 아니지 않은가〉 하고 아마 이성적인 사람들은 이 대목에서 소리 지를지도 모른다. 그 문제에 대해 나는 〈그렇소, 나의 주인공은 믿음을, 신성하고 철저한 믿음을 가지고 있지만 나는 그를 위해 용서를 빌지는 않을 것이오〉라고 대답할 것이다.

 알고 있을지 모르겠으나, 비록 내 주인공에 대해서 해명하고 사죄하고 변명하지 않겠노라고 앞서 천명하긴 했지만(너무 성급했던 것 같다), 앞으로 소설을 이해하기 위해서는 반드시 분명히 해두어야 할 것이 있다는 점을 나는 알고 있다. 그것은 바로 기적이 문제는 아니라는 사실이다. 그의 경솔한 당혹감은 기적에 대한 기대감 때문이 아니었다. 당시 알료샤에게 기적이 필요했던 것은 무슨 신념의 승리를 위해서도 아니었으며(절대로 그게 아니다), 다른 사상에 대해 개가를 올릴, 과거의 편견에 사로잡힌 어떤 사상을 위해서도 아니었다. 오, 아니, 절대로 그렇지 않다. 무엇보다 그곳에는 가장 먼저 얼굴이, 단지 얼굴이, 열렬히 사랑했던 장로의 얼굴이, 그토록 숭배하던 그 의인의 얼굴이 자리 잡고 있었던 것이다. 젊고 순수한 그의 가슴속에 숨어 있던 〈만인과 만물〉에 대한 모든 사랑은 그 당시는 물론 1년 전부터, 아마 옳지 않을 수도 있지만, 특별히 한 사람에 대해서만, 적어도 견디기 힘든 충동을 느낄 때에는 이제 고인이 된 사랑하는 장로에 대해서만 내내 집중되었던 것이다. 사실 장로는 그에게 이론의 여지가 없는 이상으로 너무나 오랫동안 자리 잡고 있었으며, 그의 모든 젊은 힘과 노력은 그 이상을 향해서만 나아가지 않을 수 없었고, 그래서 때때로 〈만인과 만물〉조차도 망각할 정도였다. (그 자신도 나중에야 기억한 사실이지만, 그 고통스러운 날 그는 하루 전만 해도 그토록 염려하고 걱정했던 드미트리 형을 완전히 잊고 있었으며, 역시 하루 전만 해도 아주 뜨겁게 완수하고자 했던, 일류샤의 아버지에게 돈 2백 루블을 건네는 일도 잊고 있었다.) 그러나 그에게 필요한 것은 어쨌든 기적이 아니라 다만 〈최고의 정의〉였으며, 그의 믿음에 따르면 그것은 무너져 내려서 그의 가슴에 갑자기 잔혹한 상처를 입히고 말았다. 그 〈정의〉가 알료샤의 기대치 속에서는 의당 순차적인 과정대로 그가 숭배했던 옛 스승의 시체에서 당장 실현되리라고 기대했던 기적의 형태로 나타났다고 해서 이상할 것도 없지 않은가? 그러나 수도원 안에 있던 모든 사람들은, 알료샤가 그 지성 앞에 고개를 숙였던 사람들, 예를 들면 파이시 신부 같은 사람들도 그렇게 생각하고 기대했으며, 그래서 알료샤는 어떤 의혹에도 흔들리지 않고 모든 사람들이 가지고 있었던 것과 똑같은 형태로 자기 꿈을 채워 나갔던 것이다. 그것은 오래전부터, 수도원 생활을 한 1년 내내 그의 마음속에 자리 잡고 있었으므로 그렇게 기대하는 것은 습관처럼 이미 굳어져 있었다. 그러나 그가 열망했던 것은 정의, 단순한 기적이 아니라 정의였던 것이다! 그런데 이 세상에서 그 누구보다도 찬사를 받아야 한다고 소망해 왔던 그분이 응당 받아야 할 영광 대신에 느닷없이 수렁에 빠져 모욕을 받고 있다니! 무엇 때문에? 대체 누구의 심판이란 말인가? 누가 그 같은 판결을 내릴 수 있을까 하는 의문이 그의 미숙하고 순수한 마음을 괴롭혔던 것이다. 의인 중의 의인인 그분이 너무나 경솔하고 장로보다 훨씬 낮은 위치에 있는 무리들의 냉소적이고 악의적인 비웃음거리로 전락하고 말았다는 사실 때문에 그는 가슴속에서 일어나는 분노와 모멸감을 견딜 수 없었다. 기적 따위는 일어나지 않아도 좋고, 기적이 입증되지도 않고 기대했던 일이 당장 실현되지 않아도 좋다.

하지만 어째서 이런 불명예를, 이런 모욕을 받아야 하며, 어째서 못된 수도사들이 말하듯이 〈자연의 법칙을 벗어난〉 빠른 부패가 일어난 것일까? 그들이 페라폰트 신부와 함께 자신만만하게 결론지었던 〈계시〉는 대체 무엇 때문이며, 그런 결론을 내릴 수 있는 권리를 부여받은 것처럼 확신에 차 있는 것은 무슨 이유에서일까? 하느님의 섭리와 그분의 손길은 대체 어디에 있는 것일까? 무엇 때문에 하느님께서는 자신의 손길을 〈가장 절실한 순간〉에(알료샤는 그렇게 생각했다) 감추시고 눈 멀고 입 막힌 잔인한 자연의 법칙에 굴복하는 듯한 태도를 취하신 것일까?

바로 그 때문에 알료샤의 가슴에서 피가 흘러내렸으며, 물론 그 순간 필자가 앞에서 미리 밝힌 바와 같이 세상에서 가장 사랑했던 사람의 얼굴이 떠올랐던 것이다. 그것은 〈모욕받고〉, 〈불명예로 낙인찍힌〉 얼굴이었다! 젊은 주인공의 이런 불평을 경솔하고 신중하지 못한 처사라고 나무랄 수도 있겠지만, 세 번째로 되풀이해 말하지만(경솔한 짓이라고 할 수는 있겠지만 나는 우선 그에 동의하는 바이다) 나의 젊은 주인공이 그 순간 별로 신중을 기하지 않았다는 점에 만족한다. 왜냐하면 판단력이란 바보가 아닌 인간에게는 언제든지 때가 되면 찾아들지만 그 특별한 순간에 젊은이의 가슴속에 사랑이 찾아들지 않는다면 언제 찾아든단 말인가? 나는 알료샤에게 운명적이면서도 참담한 순간에, 비록 짧은 시간에 지나지 않지만 그의 머릿속을 스치고 간 이상한 현상에 대해 여기서 한마디 언급해 두고 싶다. 그의 뇌리를 스쳐 간 새로운 〈현상〉이란 어제 이반 형과의 대화에서 비롯되어 지금 되살아나고 있는 괴로운 인상이었다. 바로 지금이 그랬다. 오,

근본적인 요소들, 소위 그의 신앙이 마음속에서 흔들리고 있다는 말은 아니다. 그는 별안간 하느님에게 불평을 늘어놓았지만 자신의 하느님을 사랑하고 믿었다. 그러나 어제 이반 형과의 대화에서 받은 혼란스럽고 고통스럽고 좋지 못한 인상이 그의 마음속에서 꿈틀거리더니 점점 더 표면 위로 떠올랐다. 저녁놀이 짙게 깔리기 시작할 무렵 암자에서 수도원으로 가는 길목에 위치한 솔밭을 지나던 라키틴이 우연히 나무 밑에 앉아 잠들어 있는 것처럼 꼼짝 않고 땅을 쳐다보는 알료샤를 발견했다. 그는 가까이 다가가서 소리쳤다.

「여기 있는 사람이 알렉세이[3] 아닌가? 틀림없이 자네로군……」 이렇게 소리치던 그는 깜짝 놀라며 말하다 말고 멈추었다. 그는 〈자네가 어쩌다가 이 지경에 이르렀나?〉 하고 말하고 싶은 모양이었다. 알료샤는 거들떠보지도 않았으나 그의 몸놀림을 통해 라키틴은 그가 자기 이야기를 듣고 이해하고 있다는 사실을 눈치챘다.

「자네 대체 왜 이러나?」 그는 깜짝 놀라면서 계속 말했으나 그의 얼굴에서 놀라움은 미소로 바뀌기 시작했고, 점점 더 냉소적인 표정으로 변해 갔다.

「여보게, 난 벌써 두 시간 이상을 자넬 찾아다녔어. 자넨 거기서 갑자기 종적을 감추었잖아. 그런데 여기서 무엇을 하고 있지? 웬 바보 같은 짓이냐고? 날 좀 쳐다보라니까……」

알료샤는 고개를 쳐들고는 나무에 등을 기대고 앉았다. 그는 울지 않았으나 그의 얼굴에는 고통이 역력했고 그의 눈길에는 짜증스러움마저 엿보였다. 그러나 여전히 그는 라키틴이 아니라 어딘가 다른 쪽을 쳐다보고 있었다.

3 알료샤의 정식 이름.

「여보게, 자네 얼굴이 말이 아니네. 소문이 자자하던 자네의 그 온후함을 찾아볼 수가 없단 말이야. 누구한테 화가 난 건가? 모욕당한 거야?」

「그만하게!」 알료샤는 조금 전과 마찬가지로 그를 거들떠보지도 않은 채, 지친 듯이 손을 내저으며 갑자기 소리쳤다.

「어허, 자네가 이럴 수가! 속인들과 다름없이 고함을 지르다니. 그러면서도 천사라고 할 수 있나! 자, 알료시카, 자넨 내게 충격을 주었어. 이건 진심으로 하는 말이야. 오래전부터 이곳에서 내가 충격을 받은 일은 정말 없었거든. 그래도 나는 자네를 교양인으로 생각했는데……」

마침내 알료샤는 그의 얼굴을 쳐다보았으나 그가 무슨 말을 하는지 아직 잘 모르겠다는 듯이 얼빠진 표정이었다.

「그 노인이 악취를 풍긴다는 사실 때문에 이러는 건가? 정말 그 노인이 기적을 이루기 시작할 거라고 믿었단 말이지?」 라키틴은 다시 한번 소스라치게 놀라며 소리쳤다.

「믿었지, 믿고 있고, 믿고 싶어, 앞으로도 믿을 거고. 알고 싶은 게 더 있나?」 알료샤는 짜증스럽다는 듯이 소리쳤다.

「이제 아무것도 없다네, 친구. 쳇, 빌어먹을, 요즘은 열세 살짜리 초등학생도 그런 걸 믿지 않는다고. 아, 그런데 빌어먹을…… 자네는 지금 자네의 하느님한테 화를 내며 반역을 꾀한 거로군. 진급도 시키지 않고, 축일에 훈장 하나 주지 않는단 말이지! 나 원 참, 이 친구야!」

알료샤는 눈을 가늘게 치뜬 채 오랫동안 라키틴을 바라보고 있었는데, 그의 눈동자에서 갑자기 뭔가가 번뜩였다……. 하지만 라키틴에 대한 분노는 아니었다.

「나는 하느님에 맞서 반역을 꾀하고 있는 것이 아니라, 단지 〈그분의 세계를 인정하지 못할 뿐〉이야.」 알료샤는 갑자기 씁쓸한 미소를 지었다.

「어떻게 그 세계를 인정하지 못한다는 건가?」 라키틴은 알료샤의 대답을 아주 잠깐 생각해 봤다. 「그건 웬 뚱딴지같은 소리야?」

알료샤는 아무 대답도 하지 않았다.

「쓸데없는 이야기는 그만하고, 이제 용건으로 들어가세. 자네 오늘 뭐 좀 먹었나?」

「기억나지 않는군……. 아마도 먹었겠지.」

「안색을 보니 기운을 좀 차려야 되겠군. 자넬 보니 딱한 생각이 들어. 간밤에 한잠도 못 잤겠군. 거기서 집회가 열렸다는 이야기는 들었어. 그 후에 성가신 일이 벌어졌으니까……. 틀림없이 겨우 성찬용 떡 한 조각 먹었을 테지. 지금 내 주머니에 소시지 하나가 들어 있는데, 만일의 경우를 대비해서 읍내에서 가져온 것인데, 자넨 소시지를 먹지 않겠지……?」

「소시지 이리 주게.」

「이런! 자네가 이럴 수가! 이건 결단코 반역이야, 바리케이드까지 쳤다는 걸 의미한다고. 자, 형제, 이런 일로 비난할 생각은 추호도 없다네. 우리 집으로 가세……. 나도 술이 좀 마시고 싶었어, 피곤해 죽을 지경이거든. 설마 보드카까지 생각이 있는 건 아니겠지……. 아니면 한잔할 텐가?」

「보드카도 한잔하세.」

「맙소사! 놀라운 일이군, 형제!」 라키틴은 의아하게 바라보았다. 「아무려면 어때, 보드카든 소시지든 어떤가. 그리 나쁘지 않은 일이니 사양할 수 없지. 자, 가세!」

알료샤는 땅바닥에서 일어나 라키틴의 뒤를 따랐다.

「자네 형 바네치카[4]가 봤다면 놀라서 뒤로 자빠졌을 거야! 기왕 말이 나왔으니 하는 말이지만, 자네 형 이반 표도로비치는 오늘 아침 모스크바로 떠났어, 알고 있나?」

「알고 있어.」 알료샤는 아무 관심도 없다는 듯이 대답했으나, 그의 머리에는 불현듯 드미트리 형의 모습이 떠올랐다. 그러나 잠시 스치고 지나갔을 뿐이며 한순간도 지체할 수 없는 무언가 긴박한 일, 알 수 없는 어떤 의무, 무서운 사명이 기억을 맴돌았지만 그런 기억들은 그의 마음에 아무 영향도 주지 못하고 가슴 깊은 곳을 찌르지도 못했으므로 기억에 떠오르는 순간 이내 사라져 버렸다. 그러나 알료샤는 나중에 오랫동안 이 순간을 기억했다.

「자네 형 바네치카가 언젠가 나를 평가한 적이 있지, 〈재능 없고 자유분방한 짐 보따리〉라고 말이야. 자네도 딱 한 번이긴 하지만 참지 못하고서 나를 〈파렴치한 놈〉이라고 했었지……. 아무래도 좋아! 이제 나는 자네들의 재능과 정직성을 지켜볼 거야(라키틴은 이 말을 입속에서 웅얼거렸다). 쳇, 여보게!」 그는 다시 큰 소리로 말하기 시작했다. 「수도원을 지나 오솔길을 통해서 읍내로 곧장 들어가세……. 흠. 기왕지사 하는 말인데 호흘라코바 부인 집에 들러야 해. 내가 겪은 일을 부인한테 모두 적어 보냈더니 연필로 쓴 쪽지를 당장 보내왔더군(그 부인은 쪽지 보내기를 무척 좋아하지). 거기에는 〈조시마 장로처럼 존경스러운 사람이 〈그런 짓〉을 할 줄은 꿈에도 생각하지 못했다〉고 적혀 있다네. 〈그런 짓!〉이라고 적혀 있단 말일세! 화까지 났던 모양이야. 자네들은 모두 어째 그 모양인지! 잠깐만!」 그는 별안간 다시 고함을 지

4 이반의 애칭.

르며 발길을 멈추고 나서 알료샤의 어깨를 붙잡으며 알료샤를 멈춰 세웠다.

「여보게, 알료샤.」 그는 갑자기 새로운 발상이 떠올랐다는 듯이 반짝거리는 눈망울로 알료샤의 두 눈을 바라보았다. 겉으로는 태연히 웃고 있었지만 그는 자신의 새로운 생각을 입 밖에 내기 두려운 눈치였다. 그가 지금 바라보고 있는 알료샤의 정신 상태는 믿기지 않을 만큼 놀라우면서도 전혀 의외의 조짐을 보이고 있었던 것이다. 「알료시카, 지금 어딜 가는 게 가장 좋겠나?」 그는 알료샤의 반응을 살피면서 조심스럽게 말을 꺼냈다.

「아무려면 어떤가……. 자네 좋을 대로 하게.」

「그루센카를 찾아가세, 어떤가? 가겠나?」 조바심 나는 기대감에 몸까지 떨면서 라키틴은 마침내 이렇게 말했다.

「그루센카한테 가자고.」 알료샤는 조금도 망설이지 않고 태연히 대답했다. 라키틴으로서는 그것이 너무 의외여서, 즉 알료샤가 너무도 재빨리 그리고 태연하게 동의했기 때문에 그는 하마터면 뒤로 자빠질 뻔했다.

「그래! 그러자고!」 충격을 받은 그는 이렇게 소리치고 나서 알료샤의 결심이 뒤바뀌지나 않을까 염려하여 그의 손목을 꼭 잡은 채 오솔길로 그를 이끌었다. 침묵이 흘렀다. 라키틴은 말을 내뱉는 것조차 겁이 났던 것이다.

「그녀도 반가워할 거야, 틀림없이…….」 그는 이렇게 중얼거렸으나 다시 입을 다물었다. 그러나 그가 알료샤를 그루센카에게 데려가는 것은 그녀를 즐겁게 하기 위해서가 아니었다. 그는 신중했고 자신에게 이익이 되는 목적이 없으면 아무 일도 하지 않는 그런 사람이었다. 지금 그에게는 두 가지 목적이 있었다. 첫째는 옛날부터 모색해 왔던 〈의인의 수치〉, 즉 〈성자에서 죄인〉으로 〈타락〉하는 알료샤의 모습을 봐야겠다는 복수심이었고, 둘째는 그에게 이익이 되는 어떤 물질적 목적 때문이었는데, 그 이야기는 다음에 하기로 하자.

〈그런 순간이 찾아온 거지.〉 그는 이런 생각에 빠져들며 심술 사나운 즐거움을 맛보았다. 〈그러니 우리는 반드시 이 순간을, 그 목덜미를 잡아채야 해. 왜냐하면 지금이야말로 가장 좋은 기회일 테니까.〉

3 파 한 뿌리

그루셴카는 소보르나야 광장 부근, 시내에서도 가장 번화한 곳에 있는 모로조바라는 어느 장사꾼의 미망인 집에 살고 있었다. 그 집 마당에 있는, 나무로 된 조그만 별채에 세 들어 있었던 것이다. 모로조바 부인의 집은 상당히 크고 돌로 된 이층 건물이었으나 낡고 겉보기에 몹시 허름했다. 늙은 미망인인 여주인은 중년의 노처녀인 조카딸 둘을 데리고 그곳에서 쓸쓸히 살고 있었다. 그녀는 마당에 있는 별채를 세놓을 만큼 가난한 건 아니었지만, 자신의 친척이자 그루셴카의 정식 후견인인 상인 삼소노프의 비위를 맞추려고 그루셴카에게 하숙을 허락했다는 사실(벌써 4년 전부터)을 모르는 사람은 없었다. 사람들 말로는 질투심 강한 삼소노프 노인이 자신의 〈귀여운 아가씨〉를 모로조바 부인한테 맡긴 것은 애당초 노파의 날카로운 눈으로 새로운 하숙생의 행동거지를 감시해 달라는 의도에서 비롯됐다고 한다. 그러나 얼마 안 돼서 노파의 날카로운 눈은 전혀 필요 없게 되어 버렸고, 결국 모로조바 부인조차 그루셴카를 만나는 일이 매우 드물었을 뿐만 아니라 감시를 한다며 그녀를 괴롭히는 일도 없었다. 사실 삼소노프 노인이 현청 소재지에서 소심하여 수줍음을 잘 타고, 여윈 몸매에 곧잘 사색에 잠기며, 언제나 슬픈 얼굴을 하고 있는 열여덟 살짜리 처녀를 그 집에 데려다 놓은 지도 벌써 4년이 지났으니 적지 않은 세월이 흐른 셈이다. 그 처녀의 내력에 대해서는 우리 읍내에 거의 알려지지 않았고 또 알려졌다고 하더라도 신빙성이 없었다. 최근에 들어서야 4년 만에 아그라페나 알렉산드로브나가 그토록 〈아름다운 여인〉으로 변신해서 벌써 뭇사람들의 관심을 끌기 시작했던 것도 바로 그 무렵이었다. 단지 그녀가 열일곱 살 때 장교인가 하는 어떤 사람에게 속아서 버림받고 말았다는 소문만이 돌았다. 그 장교는 어디론가 떠나 버려 그곳에서 결혼했고, 그루셴카는 치욕과 빈곤에 허덕이게 되었다고 한다. 사실 가난 때문에 노인이 그루셴카를 거두긴 했지만 그녀는 성직 품계를 받은 집안 출신으로 촉탁 보제나 그와 유사한 신분을 가진 사람의 딸이었다고도 한다. 그런데 모욕당한 감상적이며 가엾은 고아는 4년 만에 홍조가 도는 풍만한 러시아 미녀로, 돈에 대한 요령을 터득한 대담하고 결단력 있고 오만하면서도 뻔뻔스러운 여인으로, 인색하고 조심스러우며 수단 방법을 가리지 않고 돈을 벌어들이는 재산가로 변모해 있었다. 그녀에 대한 소문에 따르면 그녀는 상당한 재산을 모아 놓았다고 한다. 하지만 한 가지 확실한 사실은 그루셴카에게 접근하기도 어렵거니와 그녀의 보호자인 그 노인을 제외하곤 지난 4년 동안 어느 누구도 그녀의 호감을 사지 못했다는 점이다. 그것은 부인할 수 없는 사실이었다. 왜냐하면 최근 2년 동안 적지 않은 엽색꾼들이 그녀의 호감을 사려고 달려들었기 때문이다. 그러나 모든 시도가 수포로 돌아갔으며, 엽색꾼들 중 일부는 강한 개성을 지닌 젊은 여인의 단호하면서도 조롱 섞인 반격을 받고는 희극적이고 비참한 결과만을 안고 물러나지 않을 수 없었다. 특히 최근 1년 동안 이 젊은 여인은 〈게셰프트〉[5]라고 불리는 것에 뛰어들었는데, 그 방면에 상당한 재능을 보였으므로 마침내 진짜 유대인 여자라는 별명이 붙기도 했다. 그녀가 고리대금업에 돈을 투자한 것은 아니지만, 예를 들면 실제로 한때 표도르 파블로비치 카라마조프와 공동으로 1루블당 10코페이카라는 헐값에 싸구려 어음을 사들여 나중에 그 어음들 중에서 10코페이카당 1루블의 이익을 남긴 적도 있었다. 최근 1년 동안 부은 다리 때문에 거동을 못 하는 병자인 삼소노프는 성인이 된 아들들에겐 폭군과 다를 바 없는 홀아비였으며, 고집불통의 인색한 인간이자 수십만 루블의 재산가이기도 했다. 하지만 지금은 과거에 가혹하게 다루어 왔고, 당시 독설가의 표현을 빌리자면 〈식물성 기름〉을 쥐어짜듯 학대했던 자식들로부터 거센 간섭을 받으며 병상에 누워 있는 처지였다. 하지만 그루셴카는 노인을 향한 자신의 절대적인 신뢰와 충성심을 보여 줌으로써 그로부터 해방될 수 있었다. 대단한 사업가인 그 노인은(이미 오래전에 고인이 되었다) 유별난 성격의 소유자로, 특히 인색하고 바위처럼 고집불통인 점에서 더욱 그랬는데, 그루셴카가 너무나 그를 감동시켜 도저히 그녀 없이는 살 수 없게 만들었음에도(예를 들면 마지막 2년 동안은 그랬다) 그녀에게 거액의 재산은 남겨

5 독일어로 Geschäft. 사업, 거래를 이르는 말이다.

주지 않았다. 만일 그녀가 노인을 버리겠다고 위협했더라도 그는 결코 자신의 고집을 꺾지 않았을 것이다. 그러나 소액의 재산이나마 그녀에게 남겨 주었다는 사실이 알려지자 모두 깜짝 놀라고 말았다. 〈너도 빈틈없는 여자이니〉 하고 노인은 약 8천 루블을 나눠 주면서 그녀에게 말했다. 〈네가 손수 관리해라. 하지만 내가 죽을 때까지 예전처럼 매년 대주는 생활비 외에 그 이상으로 돈 받을 생각은 하지 말아라, 유언장에서도 더 이상 아무것도 물려주지 않겠다.〉 그는 약속대로 그렇게 실행했다. 노인은 죽으면서 평생 곁에 두고 종이나 다를 바 없이 부려 먹던 아들들과 아내에게는 재산을 물려주었다. 그러나 유언장에 그루셴카에 대한 이야기는 눈곱만큼도 눈에 띄지 않았다. 그 모든 사실은 훗날 알려지게 되었다. 노인은 〈재산〉 관리법에 대한 충고를 통해 그루셴카에게 많은 도움을 주었고 〈사업〉을 지시해 주기도 했다. 표도르 파블로비치 카라마조프가 우연한 〈돈벌이〉를 계기로 처음 그루셴카와 관계를 맺게 되었을 때 뜻밖에도 정신이 몽롱해지고 넋을 잃을 정도로 완전히 그녀에게 반하고 말았는데, 그 이야기를 듣고 빈사 상태에 놓여 있던 삼소노프 노인은 요절 복통을 할 정도로 실컷 웃어 댔다고 한다. 놀랍게도 그루셴카는 마치 비밀이라곤 하나도 없는 것처럼 노인과의 관계에서 언제나 서로가 잘 통하고 잘 지냈는데, 그런 사람은 아마도 이 세상에 그 노인 한 사람뿐이었던 것 같다. 최근 드미트리 표도로비치가 사랑을 고백하며 나타나자 노인의 얼굴에서는 웃음이 사라져 버렸다. 그 대신 어느 날 노인은 몹시 준엄한 표정으로 그루셴카에게 이렇게 충고했다. 〈아버지와 아들, 두 사람 중에서 선택하려거든 아버지를 택해라. 하지만 그 늙은 악당이 반드시 너와 결혼식을 올리고 얼마간의 재산을 미리 넘겨주는 조건이어야만 해. 그 대위하곤 사귀지 마라, 앞길이 캄캄하니까.〉 이것은 늙은 색마가 자신의 죽음을 미리 예감하면서 남긴 마지막 유언이었으며, 그 충고를 한 지 5개월 만에 그는 결국 죽고 말았다. 여기서 지적해 둘 것은 우리 읍내의 많은 사람들이 그루셴카를 사이에 두고 벌어진 카라마조프 부자간의 어리석고 추악한 경쟁에 대해서는 알고 있었지만, 아버지와 아들, 그 두 사람에 대한 그녀의 진정한 의도를 알고 있는 사람은 아무도 없었다는 사실이다. 그루셴카가 데리고 있던 두 하녀들조차(앞으로 이야기할 대참변이 터진 이후에) 아그라페나 알렉산드로브나는 드미트리 표도로비치가 〈죽여 버리겠다고 위협하는 바람에〉 무서워서 그를 받아들였던 것이라고 법정에서 증언했을 정도이다. 그루셴카는 하녀를 두 명 거느리고 있었는데, 한 여자는 생가에서 데려온 몹시 늙은 가정부로 병이 들고 귀까지 어두웠으며, 다른 여자는 그 노파의 손녀로 스무 살가량의 젊고 민첩한 그루셴카의 몸종이었다. 그루셴카는 매우 인색해서 가구들이 모두 수수한 편이었다. 그녀가 살고 있는 별채에는 마호가니 탁자와 1820년대풍의 의자 등 낡은 물건들이 구비된 방 세 개뿐이었다. 라키틴과 알료샤가 그녀의 집에 들어섰을 때 어둠이 완전히 내려앉았지만, 방에는 아직 불이 켜져 있지 않았다. 그루셴카는 이미 오래전부터 몹시 낡아 가죽이 여기저기 해진 커다랗고 둔중한 마호가니 소파에 누워 있었다. 그녀의 머리 밑에는 침대에서 가져온 하얀 털 베개 두 개가 깔려 있었다. 그녀는 두 손을 머리 밑에 넣고 몸을 길게 뻗은 채 미동도 하지 않고 있었다. 누군가를 기다리는 듯 검은 비단옷 차림에 레이

스가 달린 가벼운 모자를 쓰고 있었는데, 그런 모습이 그녀에게는 아주 잘 어울렸다. 어깨에도 큼지막한 금브로치로 매듭을 마무리한 레이스 달린 숄을 걸치고 있었다. 사실 그녀는 누군가를 기다리고 있었는데, 기다림과 무료함에 지쳐 약간 창백해진 그녀의 얼굴에는 입술과 눈동자가 벌겋게 달아올랐고, 누워서 초조하게 오른쪽 발끝으로 소파 팔걸이를 툭툭 차고 있었다. 라키틴과 알료샤가 모습을 드러내자 작은 소란이 일어났다. 그루셴카가 소파에서 뛰어 내려와 별안간 겁먹은 목소리로 〈누가 오셨어?〉 하고 외치는 소리가 현관을 타고 흘러나왔다. 손님들을 맞은 하녀는 얼른 주인아씨에게 소리쳤다.

「그들이 아니에요, 다른 분들이에요. 아무 걱정 마세요.」

「저 여자가 왜 저러지?」 라키틴은 알료샤의 손을 잡고 응접실로 들어가면서 중얼거렸다. 그루셴카는 여전히 깜짝 놀란 모습으로 소파 옆에 서 있었다. 짙은 갈색 머리 한 가닥이 모자에서 흘러내려 오른쪽 어깨 위로 드리워졌으나 손님들을 확인하고 알아볼 때까지 거들떠보지도 매만질 생각도 하지 않았다.

「아니, 너, 라킷카[6] 아니니? 날 깜짝 놀라게 만드는구나. 함께 온 분은 누구지? 누구하고 함께 온 거야? 이런, 누가 오셨나 했네!」 그녀는 알료샤를 바라보고는 탄성을 질렀다.

「촛불부터 가져오라고 해.」 라키틴은 그 집에서 명령을 내릴 권리가 있는 아주 가깝고 친근한 사람인 양 스스럼없는 태도로 말했다.

「촛불...... 물론 촛불을 가져다드려야지....... 페냐, 저분께

[6] 라키틴의 애칭.

촛불을 가져다드려……. 그런데 하필이면 이럴 때 저분을 모셔 오다니!」 그녀는 알료샤를 향해 턱짓을 하며 이렇게 소리친 다음, 거울 앞으로 달려가 두 손으로 얼른 머리카락을 매만지기 시작했다. 그녀는 뭔가 불만이 있는 것 같았다.

「혹시 내가 실수라도 했어?」 라키틴은 순간적으로 모욕감을 느끼며 물었다.

「넌 나를 놀라게 만들었단 말이야, 라키틴, 그게 전부야.」 그루센카는 얼굴에 미소를 머금으며 알료샤를 향해 돌아섰다. 「나를 무서워하지 말아요, 사랑스러운 알료샤. 예기치 않게 당신이 손님으로 와주시다니 나는 정말 기뻐 죽을 지경이에요. 그런데 넌 나를 놀라게 만들었어, 라킷카. 난 미탸가 들이닥친 거라고 생각했어. 이봐, 난 그에게 오랫동안 허풍을 쳐서 나를 믿겠노라는 그의 약속을 받아 냈지만, 사실은 내가 거짓말을 잔뜩 늘어놓은 거야. 그에게 저녁 내내 나의 노인, 쿠지마 쿠지미치에게 가 있겠다고, 밤까지 그와 함께 돈 계산을 할 거라고 말했거든. 안 그래도 나는 저녁 내내 회계를 봐주려고 매주 그에게 가거든. 열쇠로 문을 잠그고 그가 주판을 튕기면 나는 앉아서 장부에 기록하지, 그는 오직 나 하나만을 믿고 있으니까. 미탸는 내가 그곳에 있다고 믿고 있는데, 보다시피 난 지금 집에 틀어박혀 있는 거야. 이렇게 앉아서 어떤 소식을 기다리는 거지. 그런 참에 페냐가 당신들을 들여보낸 거야! 페냐, 페냐! 대문으로 달려가서 문을 열고 주위를 좀 둘러봐. 혹시 그 대위가 어디에 있는 건 아닌지? 아마도 숨어서 예의 주시하고 있을지도 몰라, 정말 무서워 죽겠네.」

「아무도 없어요. 아그라페나 알렉산드로브나. 지금 막 주위를 둘러봤거든요. 작은 틈을 통해 수시로 살며시 살펴보고 있어요. 저도 무섭고 두려워요.」

「덧문은 잠갔니, 페냐? 커튼도 내렸으면 좋겠는데. 이러면 되겠지!」 그녀는 직접 무거운 커튼을 내렸다. 「이렇게 하지 않으면 그가 불빛을 보고서 당장에 달려들 거야. 오늘은 당신 형님 미탸가 무서워요, 알료샤.」 그루센카는 불안에 떨면서도 한편 환희에 젖기라도 한 듯 이렇게 큰 소리로 외쳤다.

「어째서 오늘은 미텐카를 무서워하는 거야?」 라키틴이 물었다. 「너는 평소 그 사람을 겁내지도 않고, 오히려 그 사람이 네 장단에 맞춰 춤을 추잖아.」

「말했잖아, 소식을, 정말 황금 같은 소식 하나를 기다리고 있다고. 그러니 미텐카 따위는 이제 정말 필요 없어. 그런데 쿠지마 쿠지미치한테 간다는 내 말을 그가 믿지 않는다는 느낌이 들어. 지금은 틀림없이 아버지 표도르 파블로비치의 정원 뒤편에 앉아 내가 찾아가는지 망을 보고 있을 거야. 거기에 앉아 있다면 이쪽으론 오지 않겠지. 차라리 잘됐어! 하지만 난 정말로 쿠지마 쿠지미치 집에 직접 찾아갔었어, 미탸가 바래다주었거든. 12시까지 거기 있을 테니 12시에 꼭 집에 데려다 달라고 그 사람한테 말했지. 그제야 돌아가기에, 나는 한 10분가량 영감 집에 앉아 있다가 다시 이리로 돌아왔어. 그와 마주치지 않으려고 달려왔는데 정말 무서웠어.」

「그런데 어딜 가려고 이렇게 차려입은 거야? 그렇게 우스꽝스러운 모자까지 쓰고서 말이지.」

「너야말로 정말 우스꽝스러운 사람이야, 라키틴! 난 한 가지 소식을 기다리는 중이라고 했잖아. 그 소식이, 그 소식이 도착하는 대로 난 당장 떠나 버릴 거야. 그러니까 당신들이 나를 만날 수 있는 것도 지금뿐이에요. 그래서 앉아서 기다리는 동안 차려입고 있는 거죠.」

「어디로 떠날 생각인데?」

「너무 많이 알면 빨리 늙는 법이야.」

「정말 그럴듯하게 말도 잘하시는군. 온통 기쁨에 넘쳐 있다니……. 예전에는 너의 이런 모습을 본 적이 없어. 마치 무도회라도 갈 것 같은 옷차림이로군.」 라키틴은 그녀를 두루 훑어보았다.

「넌 무도회에 대해 아는 게 많구나.」

「그럼 너도 아는 게 많은 모양이지?」

「나도 무도회 구경을 한 적이 있어. 2년 전 쿠지마 쿠지미치의 아들이 결혼식을 올릴 때 합창대석에서 구경했었지. 그런데 라킷카, 이런 귀공자께서 계신 자리에서 너와 대화를 나누다니 말도 안 돼. 이분이야말로 진짜 손님이시잖아! 사랑스러운 알료샤, 날 좀 쳐다보세요, 난 믿기지가 않아요. 오, 당신이 우리 집을 찾아오시다니! 솔직히 말씀드려서 당신이 찾아오리라고는 꿈에도 생각하지 못했고, 예전에도 그러리라 생각해 본 적이 없거든요. 지금은 때가 좀 안 좋긴 하지만 난 기뻐서 미칠 지경이에요! 소파에 앉으세요, 여기 이리로. 네, 그렇게, 당신은 나의 초승달이나 다름없어요. 정말이지 난 무슨 말을 해야 좋을지…… 아, 라킷카, 어제나 그제쯤 이분을 모셔 왔더라면 좋았을 텐데! 어쨌든 난 정말 기뻐요. 그저께가 아니라 오늘, 이 순간이 차라리 더 나을 수도 있겠지요…….」

그녀는 잽싸게 알료샤가 있는 쪽 소파에 나란히 앉아서 환희에 넘치는 얼굴로 그를 쳐다보았다. 그녀는 정말로 기뻐했으며, 그렇게 말하는 것이 거짓은 아니었다. 그녀의 두 눈은 불타오르고 입술에는 미소가 떠올랐는데, 그 미소는 상냥하고 즐거운 것이었다. 알료샤도 그녀의 얼굴에 그처럼 상냥한 표정이 나타나리라고는 예상하지 못했었다……. 그는 어제까지만 해도 그루센카를 거의 만난 적이 없기 때문에 그녀를 두려워하는 마음이 들었고, 어제 카테리나 이바노브나에 대한 심술 사납고 교활한 앙갚음을 보고 심한 충격을 받았지만 지금 별안간 그녀의 내면에서 전혀 색다른 의외의 면모를 발견하고는 깜짝 놀랐다. 지금 그는 슬픔에 잠겨 있는 듯했지만 두 눈만큼은 무의식적으로 그녀를 주의 깊게 살피고 있었다. 그녀의 모든 행동도 어제와는 달리 역시 나무랄 데 없는 모습으로 변해 있었다. 어제 대화를 나눌 때의 아양을 떠는 모습도 능숙한 요염한 몸가짐도 눈에 띄지 않았던 것이다……. 모든 것이 소박하고 진솔했으며, 그녀의 행동은 날래고 직선적이며 신뢰감을 주는 것이었지만 그녀는 초조한 마음을 감추지 못하고 있었다.

「이런, 오늘은 정말 모든 일이 뒤죽박죽이로군.」 그녀는 다시 중얼거렸다. 「당신을 만나서 반가워요, 알료샤, 나도 이럴 줄은 몰랐어요. 그 이유를 묻는다고 해도 나 역시 그 대답을 알지 못하겠어요.」

「무엇 때문에 기쁜지 모르시겠다?」 라키틴이 픽 하고 웃었다. 「어떤 목적이 있어서 예전에 이 친구를 데려오라고 내게 시켰잖아.」

「예전에는 다른 생각이 있었지만 지금은 다 사라져 버렸어요, 그런 순간이 아니라니까요. 당신한테 무언가 대접을 해드려야 할 텐데. 난 이제 착해졌지, 라킷카. 너도 자리에 앉아, 라킷카, 왜 서 있는 거야? 벌써 앉았니? 물론 라키투시카가 어떤 사람인데 그걸 잊었겠어. 알료샤, 저 사람이 화를 내며 우리 맞은편에 앉아 있는 모습을 보세요. 내가 먼저 앉으라고 권하지 않았기 때문이에요. 어휴, 라킷카는 내게 화를 내고 있어요, 화를!」 그루셴카는 웃고 있었다. 「화내지 마, 라킷카, 이제 난 착해졌어. 아니, 그런데 알료시카, 당신은 왜 그렇게 슬퍼하고 있죠, 혹시 나를 두려워하고 있는 건가요?」 그녀는 즐거운 미소를 지으며 알료샤의 눈을 바라보았다.

「그 친구는 슬픔에 잠겨 있어. 진급하지 못했거든.」 라키틴이 변죽을 울렸다.

「진급이라니?」

「그 친구의 장로가 악취를 풍겼어.」

「악취를 풍기다니? 쓸데없는 이야기를 늘어놓는 걸 보니 넌 무언가 추잡한 소리를 하고 싶은 모양이구나. 입 다물고 가만있어, 바보 같으니. 알료샤, 내가 당신 무릎에 앉아도 좋을까요, 바로 이렇게!」 그녀는 자리에서 벌떡 일어나 오른손으로 부드럽게 그의 목을 끌어안으며 마치 재롱을 피우는 고양이처럼 무릎에 올라앉았다. 「신앙심이 깊은 나의 도련님, 당신을 즐겁게 해드리죠! 아니, 정말 당신의 무릎 위에 앉아도 괜찮은가요? 화내지 않으시겠죠? 말씀만 하시면 당장 내려오겠어요.」

알료샤는 아무 말도 하지 않았다. 그는 몸을 뒤척이는 것조차 두려운지 가만히 앉아서 그녀의 이야기를 듣고 있었다. 〈말씀만 하시면 당장 내려오겠어요〉라는 이야기를 듣긴 했지만 그는 마치 온몸이 얼어붙기라도 한 듯 아무 대답도 할 수 없었던 것이다. 그러나 그의 마음속에서 일어나고 있는 것은 자기 자리에서 탐욕스러운 시선으로 지켜보고 있는 라키틴이 기대하고 상상할 수 있는 그런 것이 아니었다. 그것은 영혼의 깊은 슬픔이 가슴속에서 일어날 수 있는 모든 감정을 집어삼켰기 때문이며, 만일 그 순간 스스로 충분한 해명을 할 수 있는 처지에 있었다면 자신이 어떤 유혹과 부추김도 물리칠 수 있는 튼튼한 갑옷을 입고 있다는 사실을 알았을 것이다. 어쨌든 영혼이 혼란스러운 무분별 상태에 빠져 있었으며 슬픔에 가위눌려 있었음에도 불구하고, 가슴속에서 꿈틀거리는 새롭고 이상한 감정에 그는 무의식적으로 깜짝 놀라고 말았다. 이 여인은, 이 〈무서운〉 여인은 옛날에 그가 여자에 대한 생각을 할 때면 으레 일어나던 공포심, 과거의 공포심을 느끼게 하지 않았을 뿐만 아니라, 오히려 한때 누구보다도 두려운 대상이었으나 지금 자기 무릎 위에 앉아 포옹하고 있는 이 여인은 별안간 특별하고 진실된 호기심을 자극시켰으며 색다른, 전혀 기대 밖의 특이한 감정을 불러일으켰던 것이다. 그런 감정은 추호의 의혹도, 두려움도 불러일으키지 않는 것으로, 바로 그 점이 중요했으며 그를 본능적으로 놀라게 만들었다.

「그런 쓸데없는 소리는 그만해.」 라키틴이 소리쳤다. 「그리고 샴페인이나 줘, 자신의 빚을 잘 알고 있을 테니!」

「빚을 갚아야죠. 알료샤, 사실 나는 당신을 데려온다면 이 사람한테 제일 먼저 샴페인부터 대접하겠다고 약속했거든요. 그럼 샴페인을 대접하죠, 나도 한잔하고요! 페냐, 페냐, 샴페인을 가져오렴, 미탸가 남겨 놓은 그 병 말이야, 어서. 나는 인색한 여자지만 샴페인을 대접하겠어요, 하지만 널 대접하는 게 아니야. 라킷카, 넌 독버섯이지만, 이분은 귀공자이시거든! 그리고 지금 내 마음은 다른 생각으로 가득 차 있긴 하지만, 어쨌건 당신들과 함께 한잔 마시고 한바탕 놀고 싶어요.」

「그런데 지금 너한테 무슨 일이 있는 거야? 〈소식〉이란 건 또 대체 뭐야? 물어봐도 괜찮겠어, 아니면 혹시 비밀이라도 되나?」 라키틴은 자신을 향해 끊임없이 날아오는 비난에 조금도 관심 없다는 표정을 억지로 지으며 호기심을 갖고 다시 끼어들었다.

「아니, 비밀은 아니야. 너도 잘 알고 있는걸.」 그루센카는 알료샤로부터 약간 몸을 빼서 라키틴을 향해 고개를 돌리며 갑자기 염려스러운 듯 말했다. 하지만 그녀는 여전히 알료샤의 무릎 위에 올라앉은 채 팔로 그의 목을 끌어안고 있었다. 「그 장교님이 오시거든, 라키틴, 나의 장교님이 오신다고!」

「그가 온다는 이야기는 나도 들었지만, 이렇게 빨리 온단 말이야?」

「지금 모크로예 마을에 계셔. 거기서 이리로 전갈을 보내겠다는 편지를 조금 전에 받았거든. 난 이렇게 앉아서 사람이 오기를 기다리던 중이야.」

「이런! 왜 하필 모크로예 마을이지?」

「이야기가 길어지니 너하고는 이만해 두겠어.」

「그럼 이제 미텐카는, 저런, 저런! 그도 알고 있어, 아니면 모르는 거야?」

「어떻게 알겠어! 그분은 전혀 모를 수밖에! 만일 그 사실을 알게 되면 살인이라도 저지를 거야. 그렇지만 이제 난 그런 것쯤 무섭지 않아, 그의 칼 따위는 무섭지 않다고. 잠자코 있어, 라킷카, 드미트리 표도로비치 이야기는 꺼내지도 마. 그분은 내 마음을 온통 상처투성이로 만들어 놓았단 말이야. 지금 이 순간 난 그런 문제는 생각도 하고 싶지 않아. 이렇게 알료셰치카 이야기라면 생각할 수도 있고, 또 알료셰치카를 바라보노라면……. 이봐요, 날 보고 웃어 봐요, 기분을 바꿔 봐요, 내 어리광을 보고 웃어 보세요, 내 기뻐하는 모습을 보고 웃어 보시라니까요……. 아, 정말 웃으셨군요, 웃으셨어요! 정말 다정한 눈길로 바라보시는군요. 알료샤, 난 당신이 그저께 그 아가씨 일 때문에 화가 나 있다고 내내 생각해 왔어요. 정말이지 난 개나 다름없었어요……. 어쨌든 잘된 일이에요. 못된 짓이지만 잘된 일이라고요.」그루셴카는 깊은 생각에 잠긴 미소를 지었으나 그녀의 미소에는 순간적으로 잔인한 빛이 스치고 지나갔다. 「미탸 말로는 그 아가씨가〈그년은 채찍으로 두들겨 패야 해〉라고 악을 썼다는군요. 당시 난 그녀에게 심한 모욕을 주었죠. 그 아가씨는 나를 불러서 마음을 사로잡으려고 초콜릿 따위로 미끼를 삼았단 말이에요……. 아니에요, 그건 정말 잘된 일이에요.」그녀는 다시 미소를 지었다. 「단지 나는 당신이 화가 났을까 봐 얼마나 걱정했는지 몰라요…….」

「그건 사실이야.」라키틴이 진짜 놀란 표정을 지으며 갑자기 끼어들었다. 「알료샤, 그루셴카는 자네 같은 햇병아리 때문에 정말 겁을 먹고 있다네.」

「너에게는 이분이, 라킷카, 햇병아리처럼 보이겠지……. 그건 바로 네게 양심이 없기 때문이야! 알고 있니, 내가 마음속 깊이 이분을 얼마나 흠모하고 있는지? 믿으시나요, 알료샤, 내가 온 마음을 다 바쳐 당신을 흠모하고 있다는 사실을?」

「아, 넌 철면피야! 이 여자는 자네한테 사랑을 고백하고 있군, 알렉세이!」

「안 될 게 뭐야? 내가 사랑한다는데.」

「그럼 그 장교는 어쩌고? 모크로예 마을에서 온 황금 같은 소식은 어쩌고?」

「그건 그거고, 이건 이거야.」

「정말 여자다운 결론을 내리시는군!」

「날 화나게 하지 마, 라킷카.」 그루셴카는 열렬하게 말을 되받았다. 「그것과 이것은 다른 문제야. 나는 알료샤를 다른 방식으로 사랑한단 말이야. 알료샤, 사실 나는 당신에 대해 예전에는 못된 생각을 품고 있었어요. 내가 천박한 여자라는 것도, 멋대로인 여자라는 것도 사실이에요. 하지만 때로는, 알료샤, 난 당신을 나의 양심처럼 생각하고 있어요. 〈그분은 지금 나를 정말 추잡한 여자라고 느끼고 경멸하고 있을 거야〉라는 생각이 머릿속을 떠나지 않는 거예요. 이틀 전 그 아가씨 집에서 나와 이리로 달려오면서도 그런 생각이 드는 거예요. 오래전부터 난 당신을 그렇게 생각해 왔어요. 미탸도 알고 있어요, 내가 말씀드렸거든요. 미탸도 그렇게 이해하고 있다고요. 믿으실지 모르겠지만, 알료샤, 난 당신을 바라보고 있노라면 부끄러운 생각이 들어요, 줄곧 나 자신이 부끄럽게 여겨진단 말이에요....... 언제부터인지는 모르겠지만 난 당신을 그렇게 생각하기 시작했어요.......」

페냐가 들어와 뚜껑이 열린 술병과 잔 세 개가 올려져 있는 쟁반을 탁자 위에 내려놓았다.

「드디어 샴페인을 가져왔군!」 라키틴이 소리쳤다. 「너 흥분해서 제정신이 아니구나, 아그라페나 알렉산드로브나. 한 잔 마셔 봐, 춤이라도 출지 모르니. 이런, 이것도 할 줄 모르다니.」 라키틴은 샴페인을 이리저리 살피며 덧붙였다. 「부엌에서 할망구가 술을 흘리고 또 뚜껑이 열린 채 병을 가져왔 잖아, 게다가 미지근하기까지 하다니. 하지만 이렇게라도 한 잔하는 수밖에.」

그는 탁자로 다가가서 잔을 든 다음 단숨에 마시더니 다시 한 잔을 따라 놓았다.

「샴페인은 흔히 맛볼 수 있는 게 아니지.」 그는 입맛을 다 시면서 말했다. 「자, 알료샤, 잔을 들게, 어디 한번 보여 줘야 지. 그런데 무엇을 위해 축배를 들지? 천국의 문을 위해서? 잔을 들어, 그루샤, 천국의 문을 위해 들자니까.」

「천국의 문이란 게 대체 뭐야?」

그녀는 잔을 들었다. 알료샤도 잔을 들어 한 모금 마시더 니 제자리에 놓았다.

「아니야, 안 마시는 게 낫겠어!」 그는 조용히 미소를 지 었다.

「큰소리쳤잖아!」 라키틴이 소리쳤다.

「그렇다면 나도 마시지 않겠어.」 그루셴카가 맞장구를 쳤 다. 「나도 마시고 싶지 않아. 라킷카, 너 혼자 한 병 다 마셔. 난 알료샤가 마시면 그때 마시겠어.」

「잘들 노는군!」 라키틴이 비꼬았다. 「저 친구 무릎에 앉아 가지고! 저 친구는 슬픔에 잠겨 있다지만, 넌 대체 왜 이러는 거야? 저 친구는 자신의 하느님한테 반역을 꾀했고, 소시지 도 먹으려 들었단 말이야······.」

「어째서?」

「오늘 그의 장로, 조시마 장로라는 성인이 죽었단 말이야.」

「조시마 장로님께서 돌아가셨어?」 그루셴카가 외마디 소 리를 질렀다. 「이런, 난 그 사실을 몰랐어!」 그녀는 경건한 자세로 성호를 그었다. 「맙소사, 그런데도 난, 난 지금 이분의 무릎 위에 앉아 있다니!」 그녀는 깜짝 놀란 듯 외치며 얼른 그의 무릎에서 내려와 소파에 앉았다. 알료샤는 깜짝 놀라 오랫동안 그녀를 지켜보았는데, 그의 얼굴에는 생기가 도는 것 같았다.

「라키틴.」 그는 갑자기 엄숙하고 큰 목소리로 말했다. 「내가 하느님께 반역을 꾀했다며 나를 놀리지 말게. 자네한테 원한을 품고 싶지 않으니 마음씨를 조금 더 곱게 쓰게나. 나는 자네가 한 번도 가진 적 없는 그런 소중한 보물을 잃었으니 지금 나를 비난할 수는 없어. 오히려 여기서 이분을 보게. 이분이 나를 얼마나 동정하고 계신지 보이지 않나? 나는 사악한 영혼과 부딪치러 이곳에 왔다네. 나 자신이 비열하고 사악하기 때문에 나한테 잘 어울리는 그런 영혼인 줄 알고 말이야. 하지만 진정한 누님을, 보물을 발견하게 되었네, 따뜻한 영혼을 말이야……. 이분은 지금 나를 동정해 주고 계셔……. 아그라페나 알렉산드로브나, 난 당신 말씀을 하고 있는 겁니다. 당신은 지금 내 영혼에 용기를 불어넣어 주셨습니다.」

알료샤의 입술은 부들부들 떨렸고 호흡은 거칠어졌다. 그는 더 이상 계속 말할 수가 없었다.

「이 여자가 자네를 구원이라도 해주었다는 투로군!」 라키틴이 심술궂게 웃었다. 「하지만 이 여자는 자네를 잡아먹으려고 했어, 그걸 알기나 해?」

「그만해, 라킷카!」 갑자기 그루셴카가 소리쳤다. 「두 사람 다 조용히 하세요. 이제 모두 말씀드리겠어요. 알료샤, 잠자코 계세요, 당신의 말씀은 나를 부끄럽게 만드는군요. 난 착한 여자가 아니라 나쁜 여자이기 때문이에요. 난 바로 그런 여자예요. 라킷카, 잠자코 있어, 넌 거짓말을 하고 있어. 난 이분을 탐하려는 비열한 생각을 가지고 있었어, 하지만 지금 넌 거짓말을 하고 있어, 난 전혀 그런 생각이…… 난 네 이야기 따위는 더 이상 듣고 싶지 않아, 라킷카!」 그루셴카는 평소와는 달리 이상하리만치 흥분하여 이렇게 내뱉었다.

「둘 다 미쳤군!」 놀란 토끼 눈으로 두 사람을 쳐다보며 라키틴이 씩씩거렸다. 「정말 미친 사람들 같아. 정신 병원에라도 와 있는 것 같은 기분이야. 두 사람 다 기분이 울적해져서 지금 당장이라도 엉엉 울지 모르겠군!」

「맞아, 엉엉 울 거야, 엉엉 울 거라고!」 그루셴카가 말했다. 「이분은 나를 누님이라고 불렀어. 앞으로 절대 잊지 못할 거야! 그래, 라킷카, 내가 비록 못된 여자이긴 하지만, 나는 파 한 뿌리를 적선했다고.」

「파 한 뿌리라니? 풋, 빌어먹을, 정말 모두 미쳤군!」

라키틴은 두 사람이 지금 막 혼연일체가 되었을 뿐만 아니라 두 사람의 영혼에 커다란 감동을 준, 평생에 걸쳐 결코 흔치 않은 일이 벌어지고 있음을 알 수 있었음에도 불구하고 그들이 기뻐하는 모습에 적이 충격을 받고는 몹시 화가 치밀어 올랐다. 자신과 관련된 모든 것을 본능적으로 이해하는 능력을 갖춘 라키틴도 가까운 사람들의 감각과 감정을 이해하는 데에는 매우 우둔했다. 그것은 부분적으로는 젊은이의 미숙함 때문이기도 했고, 부분적으로는 지나친 이기주의 때문이기도 했다.

「그런데 알료세치카.」 그루셴카는 그를 향해 고개를 돌리며 별안간 초조한 미소를 지었다. 「나는 지금 라킷카한테 파 한 뿌리를 적선했다고 자랑했지만, 당신한테는 자랑할 게 못

돼요. 당신한테는 다른 의도로 말씀드리겠어요. 이건 우화이긴 하지만 아주 훌륭한 우화예요. 어렸을 때 우리 마트료나, 지금 우리 집 주방에서 일하고 있는 할멈에게서 들었어요. 바로 이런 이야기예요. 〈옛날 옛적에 몹시 심술 고약한 할멈이 살다가 죽었어요. 그런데 그 할멈은 평생 선행이라곤 눈곱만큼도 해본 적이 없었어요. 그래서 악마들은 그녀를 붙잡아다가 지옥 불에 빠뜨리고 말았지요. 할멈의 수호천사는 하느님께 말씀드릴 만한 할멈의 선행으로 어떤 것이 있을까 하고 곰곰이 생각했지요. 문득 한 가지 생각이 떠오른 천사는 《저 할멈이 밭에서 파 한 뿌리를 뽑아서 거지에게 준 일이 있습니다》라고 하느님께 말씀드렸어요. 그러자 하느님께서는 이렇게 대답하셨어요. 《너는 바로 그 파 한 뿌리를 가져가 지옥 불 속에 내밀어서 할멈이 그걸 붙잡고 빠져나올 수 있도록 해라. 만일 할멈이 그걸 붙잡고 빠져나오면 천국으로 보내고, 파가 끊어지면 지금 있는 곳에 계속 머물게 해라.》 그래서 천사는 할멈에게 달려가 파 한 뿌리를 내밀며, 《자, 할멈, 어서 붙잡고 나와요》하고 말했지요. 천사는 파를 조심스럽게 잡아당기기 시작해서 거의 다 끌어 올렸는데 지옥 불 속에 있던 다른 죄인들이 할멈이 올라가는 모습을 발견하고는 함께 그곳을 벗어나려고 너도나도 할멈한테 매달리기 시작했어요. 하지만 몹시 심술 고약한 할멈은 《나를 끌어 올리는 것이지, 너희들을 끌어 올리는 것이 아니야. 이건 내 파지, 너희들의 파가 아니야》하고 악을 쓰면서 사람들을 발로 걷어차기 시작했어요. 그녀가 이렇게 말한 순간 파는 뚝 끊어지고 말았어요. 그래서 그 할멈은 지옥 불에 떨어져 지금까지 고초를 겪고 있지요. 천사는 눈물을 흘리며 하는 수 없이 그곳을 떠나고 말았어요.〉 알료샤, 이 우화는 머릿속에 늘 기억해 두고 있어요. 왜냐하면 내가 바로 그 심술궂은 할멈이기 때문이죠. 나는 라킷카한테는 파 한 뿌리를 주었다는 이야기를 자랑삼아 했지만, 당신한테는 다른 의미로 말한 거예요. 평생 동안 나는 〈고작〉 한 뿌리의 파를 적선했을 뿐이며 그것이 내가 한 선행의 전부예요. 그렇다고 해서 나를 칭찬하지는 마세요. 알료샤, 또한 나를 〈착한 여자〉 취급도 하지 마세요. 난 심술궂은 여자, 몹시 심술 고약한 여자여서 칭찬을 받으면 낯이 뜨거워져요. 아아, 이제 모두 털어놓아야겠군요. 잘 들으세요, 알료샤. 난 너무나 당신을 우리 집으로 유인하고 싶어서 라킷카에게 당신을 내게 데려오면 25루블을 주겠다고 약속했어요. 잠깐, 라킷카, 기다려 봐!」 그녀는 재빠른 걸음으로 탁자로 달려가 서랍을 연 다음 지갑을 꺼내 25루블짜리 지폐를 꺼냈다.

「그건 헛소리야! 그건 헛소리라고!」 당황한 라키틴이 고함을 질렀다.

「자, 받아, 라킷카, 나의 빚이야. 너 스스로 요구했으니 거절하진 않겠지.」 그녀는 그를 향해 지폐를 집어 던졌다.

「거절할 까닭이 없어.」 라키틴은 안절부절못하는 것 같았으나 수치심을 감춘 채 태연히 낮은 목소리로 말했다. 「이러는 편이 피차 이롭겠지. 바보들은 현명한 사람에게 이익을 주기 위해 존재하니까.」

「이젠 잠자코 있어, 라킷카. 앞으로 내가 할 모든 이야기는 네가 들으라고 하는 이야기가 아니니까. 이곳 구석으로 와서 잠자코 있어. 너는 우리를 사랑하지 않으니 잠자코 있으라고.」

「내가 왜 너희들을 사랑해야 하지?」 라키틴은 악의를 드러내며 이빨을 갈았다. 그는 25루블짜리 지폐를 주머니에 집어넣었지만 알료샤 보기가 너무나 낯 뜨거웠다. 그는 알료샤 몰래 돈을 받아 낼 생각이었는데 그렇게 되지 않자 화가 잔뜩 치밀어 올랐던 것이다. 지금까지 그는 설사 그루센카에게 핀잔을 받더라도 그녀의 의견에 그다지 반대하지 않았는데, 그녀가 그에 대해 어떤 권한을 가지고 있는 것이 분명했다. 그러나 지금 그는 몹시 화가 나 있었다.

「사랑을 하기 위해서는 그만한 이유가 있어야 하는데, 너희들 두 사람이 내게 해준 것이 뭐야?」

「아무 단서도 달지 말고 사랑을 해봐, 바로 여기 이 알료샤가 사랑하듯이.」

「무얼 보고 이 친구가 널 사랑하고 있다는 거야? 무엇으로 너한테 그걸 입증했어? 그런데 대체 왜 이렇게 호들갑을 떠는 거야?」

그루센카는 방 한복판에 서서 열을 올리며 떠들고 있었는데, 그녀의 목소리에는 신경질적인 음조가 배어 있었다.

「잠자코 있어, 라킷카. 넌 우리 두 사람을 전혀 이해하지 못하고 있어! 그리고 앞으론 〈너나들이〉하지 마. 너에겐 용납하지 않겠어. 어디서 그런 배짱이 나오는 건지, 기가 막혀라! 저기 구석에 앉아 잠자코 있어, 우리 집 하인처럼. 자, 이제, 알료샤, 내가 얼마나 짐승 같은 여자인지 알 수 있는 명백한 진실 한 가지를 말씀드리죠. 라킷카가 아니라 당신한테 말씀드리는 거예요. 난 당신을 파멸시키고 싶었어요, 알료샤. 이건 틀림없는 사실이고 또 그렇게 생각해 왔어요. 당신을 데려오도록 라킷카를 매수할 정도로요. 그러면 왜 그토록 그렇게 하고 싶었을까요? 알료샤, 당신은 아무것도 몰라서 나를 멀리해 온 거예요. 옆을 지나가면서도 눈까지 내리깔고 있었으니 말이에요. 하지만 나는 당신을 수없이 관찰했고 당신에 대해 사람들한테 물어보았어요. 당신의 얼굴은 내 가슴속에서 지워지지 않았어요. 〈저 사람은 나를 경멸하고 있어, 나를 거들떠보려고도 하지 않으니〉 하고 생각했던 거죠. 그리고 결국은 〈내가 왜 저런 풋내기를 두려워하는 걸까? 어디, 그자를 완전히 집어삼켜 비웃음거리로 만들어야지〉 하는, 나 스스로도 놀랄 그런 감정에 빠져들고 말았어요. 나는 화가 났던 거죠. 곧이들으실지 모르겠지만, 이곳의 그 누구도 감히, 흑심을 품고서 아그라페나 알렉산드로브나에게 가겠다고 떠벌릴 수도, 그런 생각을 할 수도 없을 거예요. 단지 우리 영감만은 그렇지 않은데, 난 그에게 팔린 몸이고 사탄이 그런 인연을 맺어 주긴 했지만, 대신 다른 사내들은 아무도 없거든요. 하지만 당신을 보자, 〈저자를 집어삼켜야지. 저자를 집어삼켜서 비웃음거리로 만들어야지〉 하는 생각이 들었던 거예요. 당신이 누님이라고 불러 준 여자는 사실 그처럼 못된 암캐랍니다! 그리고 이제 나를 짓밟았던 사내가 되돌아왔기 때문에 지금 이렇게 앉아 그의 소식을 기다리고 있어요. 그런데 나를 짓밟았던 사내가 무슨 짓을 했는지 알기나 하세요? 5년 전 쿠지마가 나를 이곳으로 데려왔을 때, 사람들이 나를 보거나 내 소문이 퍼져 나가는 것이 두려워서 지금처럼 이렇게 얌전히 앉아 있던 연약하고 어리석은 처녀였던 나는 방 안에서 눈물을 흘리며 밤을 지새우면서, 〈그분은 지금 어디 계실까, 나를 짓밟은 그 사람은? 다른 여자와 함께 나를 비웃고 있는 것임에 틀림없어. 그 사람을 만나기만 하면, 그 사람을 만나기만 하면 반드시 복수하고 말 거야, 반드시 복수하고 말 거라고!〉 하고 생각했었지요. 한밤중에 캄캄한 어둠 속에서 나는 베개를 끌어안고 눈물을 흘리며 계속 그런 생각에 잠긴 채 일부러 내 마음에 더욱 상처를 입히면서 그 사람에 대한 원한으로 마음을 달래곤 했다고요. 〈반드시 그자에게, 반드시 그자에게 복수하고 말겠어!〉라고 생각하면서 말이에요. 어둠 속에서 고함을 지른 적도 한두 번이 아니었어요. 그러다가 나는 그에게 아무 짓도 하지 못한 채, 그는 지금 나를 비웃고 있을지 모르며, 어쩌면 영영 잊어버려서 조금도 기억하고 있지 않을 수도 있다는 생각이 문득 들 때면 침대에서 벌떡 일어나 마룻바닥에 쓰러져 새벽까지 하염없이 눈물을 흘리며 몸부림을 쳤어요. 그리고 아침이면 개보다 더 고약해져서 온 세상을 집어삼킬 듯한 기쁨을 느꼈죠. 그 후론 어떻게 됐을까요? 내가 돈을 모으기 시작하고 인정이라곤 눈곱만치도 없는 여자가 되고 몸에 살도 쪘을 거라고, 다시 말해서 훨씬 더 영악한 여자가 됐을 거라고 생각하시겠죠, 그렇지 않은가요? 하지만 그렇지 않아요. 이 세상에는 그걸 본 사람도, 알고 있는 사람도 없지만, 밤마다 어둠이 찾아들면 나는 5년 전과 마찬가지로 어린 소녀처럼 이빨을 갈며 눈물을 흘리곤 하죠. 〈그 사람에게 복수하고 말 거야, 그 사람에게 반드시 복수하겠어!〉 이렇게 생각하면서 말이에요. 내 이야기를 모두 들으셨죠? 그럼 이제 나를, 내 심정을 이해하시겠죠. 한 달 전에 나는 갑자기 이 편지를 받았어요. 상처를 한 그가 나를 만나러 이리로 오겠다는 내용이지요. 그때 난 숨이 막힐 것 같았어요. 오오, 그런데 갑자기 이런 생각이 머리에 떠오르는 거예요. 그 사람이 찾아와서 휘파람을 불면 나는 죄를 짓고 몽둥이로 두들겨 맞은 개처럼 그 사람에게 설설 기어가지 않을까 하는 생각 말이에요. 〈난 비열한 걸까, 그렇지 않은 걸까, 그 사람에게로 달려가게 될까, 그렇지 않을까?〉 하고 생각하다니, 나 자신도 믿어지지 않아요. 지난 한 달 내내 나는 5년 전보다 더 심하게 이런 못난 생각을 하고 있었어요. 그러니 이제 아시겠죠, 알료샤, 내가 얼마나 미친년이고 또 얼마나 분노에 사로잡힌 년인지를! 난 당신한테 모두 솔직히 털어놓았어요. 미챠를 희롱했던 것도 그 사내를 쫓아가지 않으려는 마음에서고요. 잠자코 있어, 라킷카. 너는 나를 비난할 자격이 없어, 너한테 이야기한 것이 아니니까. 난 당신들이 찾아오기 전까지 여기 누워 기다리며 내 운명을 어떻게 풀어 나가는 것이 좋을까 하고 곰곰이 생각하던 중이었어요. 당신들은 내 가슴속에 어떤 생각이 들어 있었는지 절대 알지 못해요. 아니, 알료샤, 그 아가씨한테 이틀 전의 일 때문에 화를 내지는 말라고 말씀해 주세요! 지금 내 심정이 어떤 것인지 이 세상의 그 누구도 알지 못해요, 또 알 수도 없고요······. 왜냐하면 나는 오늘 어쩌면 칼을 품고 그리로 갈지 모르니까요. 아직은 그런 결정을 내리지는 못했지만······.」

이토록 〈처절한〉 심정을 토로한 그루셴카는 이야기를 마치기도 전에 더 이상 참지 못하고 두 손으로 얼굴을 가린 채 소파 위에 있는 베개에 몸을 던지고는 어린애처럼 엉엉 울기 시작했다. 알료샤는 자리에서 일어나 라키틴을 향해 다가갔다.

「미샤.」 그는 말했다. 「화내지 말게. 자네는 모욕을 당한 것이 아니니 화내지 말라고. 자네도 지금 저분 말씀을 들었겠지? 한 인간의 영혼에게서 너무 많은 것을 요구할 수는 없는 법이야. 그러니 조금 더 관대하게나……」

알료샤는 참기 힘든 격정에 휩싸이며 이렇게 말했다. 그는 라키틴에게 그런 이야기를 하지 않고는 견딜 수 없었다. 만일 라키틴이 없었다면 그는 혼자서라도 그렇게 외쳤을 것이다. 하지만 라키틴이 냉소적으로 바라보았으므로 알료샤는 갑자기 입을 다물고 말았다.

「그러니까 오래전에 자네한테 장로를 장전시켰는데, 이제 자네는 그 장로를 무기로 나에게 발사하는 거로군, 알료셴카, 신의 자식이여.」 라키틴은 증오의 미소를 지으며 말했다.

「비웃지 말게, 라키틴, 비웃지 마. 돌아가신 분의 이야기도 꺼내지 말고. 그분은 이 지상에서 살았던 어떤 사람보다도 고결하신 분이야!」 알료샤는 울먹이는 소리로 외쳤다. 「나는 심판자로서 자네한테 이런 이야기를 하는 것은 아니야. 나 자신이 심판받아야 할 사람들 가운데서도 최후의 한 사람이니까. 그녀에 비하면 나는 아무것도 아니지 않아? 나는 자신을 파멸시키기 위해 이곳으로 왔고 〈될 대로 돼라!〉 하고 떠들어 댔어. 그건 모두 내 마음이 소심하기 때문이야. 그런데 이분은 5년간에 걸친 고통 속에서도 그 첫 남자가 도착해 진실한 말을 꺼내자마자 모든 것을 용서하고 모든 것을 잊은 채 이렇게 눈물을 흘리고 계시잖아! 이분을 능욕한 남자가 돌아와 부르자, 이분은 모든 것을 용서하고 기쁜 마음으로 그 사람한테 달려가려고 하고 있어. 칼을 품고 가진 않으실 거야, 그렇고말고! 하지만 나는 그렇지 못해! 자네도 그런 사람인지는 모르겠어, 하지만 나는 그렇지 못해! 오늘 이 자리에서 나는 한 가지 교훈을 얻었어……. 이분은 사랑에서는 우리보다 훨씬 더 숭고하신 거야……. 조금 전에 이분께서 말씀하신 이야기를 전에도 들은 적이 있어? 아니, 듣지 못했을 거야. 만일 그런 이야기를 들은 적이 있다면 이미 오래전부터 모든 것을 이해했을 테니까……. 이틀 전에 모욕을 받았던 아가씨도 이분을 용서할 거야! 그리고 이런 사실을 알게 되면 용서할 거야……. 이런 사실을 알게 되면 말이야……. 이분의 영혼은 아직 안정을 찾지 못하고 있으니 위로해 드려야만 해……. 아마도 이분의 영혼 속에는 귀중한 보물이 숨겨져 있을 거야…….」

알료샤는 침묵했다. 숨이 가빠 왔기 때문이다. 라키틴은 심술이 머리끝까지 뻗쳐올랐으나 깜짝 놀란 눈으로 바라볼 뿐이었다. 말이 별로 없는 알료샤로부터 그런 열변이 터져 나오리라고는 전혀 예상치 못했기 때문이다.

「이런, 변호사가 나셨군! 자네 혹시 저 여자한테 푹 빠진 것 아닌가? 아그라페나 알렉산드로브나, 우리 수도사가 너한테 완전히 빠지고 말았어, 네가 해낸 거야!」 그는 징그러운 미소를 지으며 소리쳤다.

그루셴카는 베개에서 고개를 쳐들어 조금 전 흘린 눈물 때문에 갑자기 부어오른 얼굴에 그지없이 감동적인 미소를 지으며 알료샤를 바라보았다.

「저 사람은 그냥 내버려 둬요, 알료샤, 당신은 나의 아기 천사예요. 당신한테 그런 말을 하다니, 그가 어떤 사람인지 아시겠지요. 나는 말이야, 미하일 오시포비치.」[7] 그녀는 라키틴을 향해 고개를 돌렸다. 「너한테 야단쳤던 일을 사과할 생각이었는데 이젠 그러고 싶지 않아. 알료샤, 이리로 가까이 오세요, 여기 앉아요.」 그녀는 기쁨에 넘친 미소를 지으며 손짓했다. 「네, 그렇게 앉으세요. 그리고 내게 말씀해 주세요.」

[7] 라키틴의 이름과 부칭.

그녀는 알료샤의 손을 잡고 미소를 지으며 그의 얼굴을 바라보았다. 「말씀해 주세요, 내가 그 사람을 사랑하고 있는지 아닌지를. 나를 능욕했던 사람을 사랑하고 있는 걸까요? 당신들이 찾아오기 전에 나는 여기 누워서 계속 마음속으로 나 자신에게 묻고 있었어요. 그 사람을 사랑하고 있을까, 그렇지 않을까 하고. 알료샤, 답해 주세요, 이젠 결정할 때가 되었단 말이에요. 나는 그 사람을 용서해야 할까요?」

「벌써 용서하고 계십니다.」 알료샤는 미소를 지으며 말했다.

「정말 용서하고 말았어요.」 그루셴카는 곰곰이 생각에 잠기며 이렇게 말했다. 「정말 비열한 심사예요! 나의 비열한 심사를 위하여!」 그녀는 갑자기 식탁에서 술잔을 들어 단숨에 들이켜더니 빈 잔을 높이 쳐들어 바닥에 내던졌다. 술잔은 요란한 소리를 내며 박살 났다. 그때 그녀의 미소에는 잔인한 빛이 스쳐 지나갔다.

「아마도 아직 용서하지 못하는 것 같아요.」 그녀는 시선을 땅바닥에 떨구며 혼잣말을 하듯 이렇게 중얼거렸다. 「아마도 마음은 용서할 준비를 하고 있는지 모르겠어요. 난 아직 내 마음과 싸우고 있어요. 알료샤, 나는 지난 5년 동안 내 눈물을 끔찍이 사랑해 왔어요……. 어쩌면 난 내가 받은 모욕만을 사랑해 왔지, 그 사람은 전혀 사랑하지 않았는지도 몰라요!」

「난 그런 신세가 되고 싶지 않아!」 라키틴이 씩씩거렸다.

「걱정하지 말아, 라킷카, 넌 그런 신세가 되지 않아. 넌 내 구두나 수선하게 될 테니. 라킷카, 넌 그런 일에나 쓰일 거야. 나 같은 여자를 결코 만나지도 않을 것이고……. 어쩌면 그 사람도 마찬가지겠지만…….」

「그 사람도? 그렇다면 왜 그런 옷차림을 한 거지?」 라키틴이 심술궂게 빈정거렸다.

「옷차림 때문에 나를 비난하지는 마, 라킷카. 넌 아직도 내 마음을 모르고 있어! 난 옷을 찢어 버릴 수도 있어, 지금 당장이라도 찢어 버릴 수 있다고.」 그녀는 신경질적으로 소리쳤다. 「라킷카, 넌 내가 왜 이런 옷차림을 하고 있는지 몰라! 나는 그 사람한테 가서 〈당신은 나의 이런 모습을 보셨나요, 아직 못 보셨겠죠?〉 하고 말해 주려는 거야. 그 사람은 폐병을 앓는 여윈 열일곱 살짜리 울보를 버렸던 것이니까. 나는 그 사람 곁에 앉아서 애간장을 녹이며 활활 태워 버릴 거야. 〈보시다시피 난 지금 이런 여자예요. 이젠 그만 드시죠, 나리, 음식이 입속으로는 들어가지 않고 수염을 타고 흘러내리네요〉 라고 말하면서. 바로 그래서 이런 차림을 하고 있는 거라고.」 그루센카는 심술 사나운 미소를 지으며 말을 멈췄다. 「알료샤, 난 이렇게 못된 고약한 여자예요. 이 옷을 찢어 버리고, 내 얼굴을 불로 지지거나 칼로 그어서 나 자신을, 내 아름다움을 불구로 만들어 버린 다음 구걸을 하러 다닐지도 몰라요. 내가 원한다면 나는 지금 어디에도 누구한테도 찾아가지 않을 것이고, 내가 원한다면 내일이라도 쿠지마를 찾아가서 그가 내게 준 것을, 돈이며 모든 물건들을 돌려주고는 평생 날품팔이로 살아갈 수도 있어요! 내가 그렇게 하지 못할 것 같아, 라킷카, 그럴 용기가 없을 것 같아? 나는 할 수 있어, 그렇게 할 수 있어, 당장이라도 그렇게 할 수 있다고. 그러니 내 비위를 건드리지 마……. 그 사람한테 모욕을 준 다음 앞으로는 나한테 얼씬거리지도 못하도록 내쫓고 말겠어!」

그녀는 마지막 말을 짜증스럽게 내뱉었다. 그러나 다시 참을 수 없었는지 두 손으로 얼굴을 가린 채 베개에 몸을 내던지고는 소리 내어 울기 시작했다. 라키틴은 자리에서 일어섰다.

「갈 때가 되었군.」 그는 이렇게 말했다. 「너무 늦어서 수도원에 들여보내지 않을 거야.」

그루셴카가 벌떡 일어났다.

「정말 가시려고요, 알료샤, 그러시려고요?」 그녀는 우수 어린 깜짝 놀란 표정으로 이렇게 소리쳤다. 「이제 날 어떻게 하실 생각이세요. 내 마음을 들뜨게 해놓고, 이렇게 괴롭혀 놓고, 지금 다시 이 밤에 나 혼자 남겨 두고 가시겠다는 말씀인가요?」

「이 친구가 너의 집에서 밤을 보내야 한단 말이야? 이 친구가 그렇게 하기를 원한다면 할 수 없는 노릇이지만! 그럼 나 혼자 가겠어!」 라키틴은 심통 사납게 비아냥거렸다.

「잠자코 있어, 못된 인간 같으니.」 그루셴카는 사나운 기세로 소리쳤다. 「이분이 나를 찾아오셔서 해준 말을 넌 한 번도 해준 적이 없잖아.」

「이 친구가 무슨 말을 해주었다는 거야?」 라키틴이 짜증 섞인 목소리로 빈정거렸다.

「나도 모르겠어, 모르겠다고, 이분이 무슨 말을 하셨는지 하나도 모르겠어. 하지만 내 마음에 이야기를 해주셨고, 마음을 온통 흔들어 놓으셨어……. 이분은 나를 동정한 최초이자 유일한 분이야! 아기 천사여, 어째서 당신은 진작 오시지 않았던가요?」 그녀는 갑자기 정신을 잃은 듯 알료샤를 향해 무릎을 꿇고 주저앉았다. 「나는 평생 당신 같은 분을 기다려 왔어요. 누군가 나를 찾아와 용서해 주실 거라는 사실을 알고 있었어요. 누군가 이 추악한 여자를 수치로 여기지 않고 사랑을 베푸실 거라고 믿었어요!」

「내가 당신에게 그런 일을 해주었단 말씀인가요?」 알료샤는 감동 어린 미소를 지으며 대답한 후 허리를 굽혀 그녀의 손을 부드럽게 잡았다. 「난 당신에게 파 한 뿌리를, 아주 작은 파 한 뿌리를 주었을 뿐입니다, 그것뿐이에요, 그것뿐!」

이 이야기를 들은 그녀는 소리 내어 울기 시작했다. 그 순간 현관에서 갑자기 요란한 소리가 들리더니 누군가가 문안으로 들어왔다. 그루센카는 끔찍이도 놀란 듯 자리에서 벌떡 일어났다. 페냐가 부산을 떨며 방으로 달려 들어왔다.

「아가씨, 아가씨, 마차로 사람을 보내왔어요!」 그녀는 숨을 헐떡거리며 반가운 목소리로 소리쳤다. 「모크로예에서 아가씨를 모셔 갈 마차가 왔어요. 마부 티모페이가 삼두마차 위에 타고 있어요. 새 말들로 교체하고 있어요……. 편지, 편지예요, 아가씨, 편지 받으세요!」

그녀의 손에는 편지가 들려 있었고, 소란을 떠는 동안 내내 그녀는 편지를 그들 앞에서 내젓고 있었다. 그루센카는 그녀로부터 편지를 받아 들자 얼른 촛불 쪽으로 다가갔다. 그것은 단지 몇 마디가 적힌 짧은 메모에 지나지 않아 그녀는 단숨에 읽어 버렸다.

「나를 부르고 있어요!」 온통 창백해진 그녀는 이렇게 외쳤고, 그녀의 얼굴은 병적인 미소로 일그러졌다. 「그 사람이 휘파람을 불었으니, 어서 기어가야지, 이 강아지야!」

그러나 일순간 그녀는 마치 무언가 주저하는 듯 제자리에 멈춰 서 있었다. 그러더니 별안간 그녀의 머리로 피가 솟구쳐 올랐는지 두 뺨을 빨갛게 물들였다.

「가겠어요!」 그녀는 갑자기 이렇게 소리쳤다. 「5년간의 지난 세월이여! 안녕! 안녕, 알료샤, 운명은 결정되었어요……. 돌아가세요, 어서 돌아가세요, 내가 당신들을 더 이상 보지 않도록! 그루센카는 새로운 인생을 향해 떠나겠어요……. 나를 나쁜 여자라고 생각하지는 마, 라킷카. 어쩌면 죽으러 가는지도 모르니까! 오! 마치 술에 취한 기분이에요!」

그녀는 갑자기 그들을 내버려둔 채 침실로 달려갔다.

「이런, 저 여자는 지금 우리한테까지 신경 쓸 여유가 없는 모양이군.」 라키틴이 투덜거렸다. 「자, 가자고. 그러지 않으면 저 여자의 비명 소리가 다시 들려올 거야. 난 이미 저 여자의 눈물 섞인 비명 소리에 넌덜머리가 났거든.」

알료샤는 기계적으로 끌려 나왔다. 마당에는 멋진 포장마차가 서 있었고, 사람들은 말을 바꾸느라 램프를 들고 분주히 돌아다녔다. 열린 문으로 새로운 말 세 필이 끌려 나왔다. 알료샤와 라키틴이 현관 계단으로 내려오고 있을 때 갑자기 그루센카의 침실 창문이 활짝 열리더니, 그녀가 알료샤의 등을 향해 카랑카랑한 목소리로 소리쳤다.

「알료셰치카, 미탸 형님께 작별 인사를 부탁해요, 그리고 나를 사악한 나쁜 여자로 생각하지는 말라고 말씀드려 주세요. 또한 그분께 내 말씀도 전해 주세요. 〈그루센카는 형님 같은 훌륭한 분이 아니라 비열한에게 몸을 맡겼다!〉고. 이런 말씀도 덧붙여 주세요. 한때이긴 했지만, 비록 한때이긴 했지만 그루센카는 형님을 사랑했었다고. 그리고 이제부터 평생 그 순간을 기억해 달라고. 그루센카가 평생 살아오면서 당신한테 부탁드린 거예요!」

그녀는 북받쳐 오르는 설움에 말을 잇지 못했다. 창문은 쾅 하고 닫히고 말았다.

「흠, 흠!」 라키틴은 미소를 지으며 중얼거렸다. 「그녀는 미텐카 형님한테 비수를 꽂고 말았군. 그러면서도 평생 잊지 말아 달라고 부탁하다니. 이건 사람 잡는 짓이야!」

알료샤는 아무 소리도 귀에 들리지 않는 듯 말이 없었다. 그는 뭐가 그리 급한지 라키틴과 나란히 서둘러 걸어갔다. 그는 기억 상실증에 걸린 사람처럼 기계적으로 걸음을 옮겼다. 라키틴은 마치 누군가가 손가락으로 상처를 건드린 것처럼 갑자기 무엇엔가 쿡 찔린 듯한 기분이었다. 그가 알료샤를 그루셴카한테 데려가면서 기대했던 바는 전혀 그런 것이 아니었다. 그런데 전혀 원하지 않았던 일이 벌어지고 말았다.

「그녀의 장교라는 자는 폴란드인이지.」 그는 자신을 억제하며 다시 말했다. 「하지만 지금은 장교도 아니고, 시베리아의 중국 접경 어딘가에서 세관원으로 근무했었다는데, 틀림없이 피골이 상접한 폴란드 놈일 거야. 사람들 말로는 실직했다더군. 그런데 그루셴카가 재산을 모았다는 소문을 듣고는 돌아온 것이지. 이게 바로 그 기적의 내막이야.」

알료샤는 다시 아무 소리도 듣지 못하는 사람처럼 보였다. 라키틴은 더 이상 참을 수가 없었다.

「아니 뭐야, 죄 많은 여자를 회개시켰다고?」 그는 알료샤에게 심술궂은 미소를 보냈다. 「그 매춘부를 진리의 길로 돌아서게 만들었다고? 일곱 마리 악마를 내쫓았다 이건가? 바로 그것들이, 얼마 전에 우리가 기대하던 기적들이 실현되고 말았군!」

「그만하게, 라키틴.」 알료샤는 가슴이 미어질 것 같은 기분으로 말했다.

「자네는 조금 전의 그 25루블 때문에 나를 〈경멸하는〉 거지? 진실된 친구를 팔아넘겼다, 이거지. 사실 자네가 그리스도가 아니듯, 나도 유다는 아니야.」

「아아, 라키틴, 난 분명히 말하지만, 그건 벌써 잊었어.」 알료샤가 소리쳤다. 「그걸 환기시킨 사람은 바로 자네야……」

라키틴은 이미 화가 잔뜩 나 있었다.

「자네 같은 사람들은 악마가 모두 잡아먹어야 해!」 그는 갑자기 목청을 높였다. 「젠장, 어째서 내가 자네와 인연을 맺은 걸까! 앞으론 더 이상 자네와 사귀고 싶지 않아. 혼자 가게, 저쪽이 바로 자네가 갈 길이니까!」

그는 알료샤를 어둠 속에 혼자 남겨 둔 채 다른 길로 빙 돌아갔다. 알료샤는 읍내를 빠져나와 수도원으로 향하는 들판을 따라 걸어갔다.

4 갈릴래아 가나

알료샤가 암자로 돌아왔을 때는 수도원 규칙대로라면 매우 늦은 시간이었다. 그러나 문지기는 그를 샛길로 들여보내 주었다. 괘종시계가 9시를 알렸는데, 그것은 모든 사람들에게 그토록 부산스러웠던 하루를 끝마친 후 누구나 맞게 되는 휴식과 평온의 시간이었다. 알료샤는 조심스럽게 문을 열고 장로의 관이 안치되어 있는 암자로 들어갔다. 관 앞에서 홀로 독경을 하고 있는 파이시 신부 외에 지난밤의 담화와 오늘의 소동으로 지친 젊은 발심자 포르피리가 옆방 마룻바닥에 엎드려 곤히 잠들어 있었을 뿐 암자에 다른 사람들이라곤 아무도 없었다. 파이시 신부는 알료샤가 들어오는 소리를 들었지만 돌아보지도 않았다. 알료샤는 문 오른쪽 구석으로 돌아가 무릎을 꿇고 기도를 드리기 시작했다. 그의 영혼은 무언가로 충만되어 있었으나 왠지 모르게 혼란스러워서 아무 감각도 없었다. 여러 감각이 너무 많은 말을 하면서, 오히려 하나가 다른 하나를 밀어내는 고요하고도 규칙적인 어떤 순환을 되풀이하고 있었다. 그러나 그의 마음은 즐거웠으며 알료샤는 이 점에 이상할 정도로 놀라지도 않았다. 그는 자기 앞에 놓여 있는 관을, 자신에게 소중한 존재였으나 이젠 관 뚜껑으로 덮인 장로의 시신을 다시 바라보았다. 그러나 그의 마음속에서는 오늘 아침처럼 통곡과 오열이 쏟아져 나오는 견디기 힘든 안타까움이 일지 않았다. 막 방으로 들어온 그는 마치 성물 앞에서처럼 관 앞에 엎드렸으나 그의 머리와 가슴속에서는 기쁨, 기쁨이 찬란히 빛나고 있었다. 암자의 창문 하나가 열려 있어서 공기는 신선하고 차가웠다. 〈창문을 열어 놓은 걸 보니 냄새가 더 심해진 모양이군〉 하고 알료샤는 생각했다. 아까 전까지만 해도 끔찍하고 불명예스러운 것이라고 생각했던 그 고약한 냄새에 대한 상념도 그때의 고뇌와 분노를 불러일으키지는 못했다. 그는 조용히 기도를 드렸으나 얼마 지나지 않자 거의 기계적으로 기도를 드린다는 기분이 들었다. 상념의 조각들이 마치 잔별들처럼 가물거리며 반짝였고 이어서 다른 상념들로 대체되면서 사라져 갔으나, 그 대신 완전하고 확실하며 갈증을 풀어 주는 그 무엇이 그의 마음을 지배하고 있었고, 그 자신도 그것을 의식하고 있었다. 때때로 그는 열렬히 기도를 드리기 시작했으며, 그렇게 감사하고 사랑하면서 살고 싶다는 생각이 들었다……. 그러나 기도를 시작하면 이내 다른 생각이 떠올라 그에 몰두했기 때문에 기도는 물론 잡념을 끊어 버리려는 생각까지도 잊게 되었다. 종종 파이시 신부의 독경에 귀를 기울이기도 했으나 너무 지쳐 있었기 때문에 점점 졸음이 쏟아졌다…….

「〈사흘째 되던 날 갈릴래아 지방 가나에 혼인 잔치가 있었다.〉」 파이시 신부가 읽고 있었다. 「〈그 자리에는 예수의 어머니도 계셨고 예수도 그의 제자들과 함께 초대를 받고 와 계셨다.〉」[8]

〈혼인이라니? 그게 무슨 말이지…… 혼인이라니…….〉 알료샤의 머릿속에서는 이러한 생각이 돌개바람처럼 스치고 지나갔다. 〈그녀도 행복할까…… 잔치에 참석하러 떠났으니…… 아니야, 그녀는 칼을 지니지는 않았어, 칼을 지니지는 않았다고……. 그건 단지 《푸념》에 지나지 않아…… 그렇다면…… 그런 푸념은 용서해 주어야 해, 반드시. 푸념은 마음의 위안이 될 수 있는 법이니까……. 그런 푸념도 늘어놓지 못한다면 사람들은 슬픔에 짓눌리고 말 거야. 라키틴은 골목길로 떠나 버렸어. 라키틴은 자신의 모욕에 빠져 있는 한 언제나 골목길로 떠나겠지……. 하지만 길은…… 길은 넓고 곧게 뻗어 있고 밝고 투명한데, 그 길 끝에 있는 태양은…… 아니, 어떤 구절을 독경하시는 거지?〉

〈……포도주가 다 떨어지자 예수의 어머니는 예수께 포도주가 떨어졌다고 알렸다……〉라는 소리가 알료샤에게 들려왔다.

〈이런, 이 대목에서 놓쳐 버렸군, 놓치고 싶지 않았는데. 난 이 구절을 좋아하는데. 갈릴래아 가나는 첫 번째 기적이거

[8] 「요한의 복음서」 2장.

든……. 아아, 기적, 아아, 그건 정말 놀라운 기적이야! 그리스도께서는 최초로 기적을 행하실 때 슬픔이 있는 곳이 아니라 기쁨이 있는 곳을 찾아 주셨고 인간의 기쁜 일을 도와주신 거야……. 《사람들을 사랑하는 자는 그들의 기쁨도 사랑하는 법이니라…….》 이건 돌아가신 장로님께서 늘 하시던 말씀으로 그분의 가장 중요한 사상 중의 하나였지……. 기쁨이 없으면 결코 살아갈 수 없다고 미탸 형님도 말했고……. 그래, 미탸 형님이 말했었지……. 진실되고 아름다운 모든 것은 언제나 용서하는 마음으로 충만되어 있다고 형님이 말했었어.〉

「〈……예수께서는 어머니를 보시고 《어머니, 그것이 저에게 무슨 상관이 있다고 그러십니까? 아직 제 때가 오지 않았습니다》 하고 말씀하셨다. 그러자 예수의 어머니는 하인들에게 《무엇이든지 그가 시키는 대로 하여라》 하고 일렀다.〉」

〈만드시는 거야……, 가난한 사람들, 몹시 가난한 사람들의 기쁨, 기쁨을……. 혼인 때 포도주도 충분치 않은 걸 보면 물론 가난한 사람들임에 틀림없어……. 당시 겐네사렛 호수 주변과 그 일대에는 말로 표현할 수 없을 정도로 가난한 사람들이 살고 있었다고 역사학자들은 기록하고 있잖아……. 마침 그곳에 있던 다른 위대한 존재인 예수의 어머니께서는 예수께서 두렵고 위대한 자신의 행적만을 이루기 위해서가 아니라, 자신들의 빈한한 결혼식에 예수를 정성껏 초대했던 무지한, 무지하고 순박한 사람들의 소박하고 평범한 즐거움을 위대한 마음속에서 헤아리고 계셨던 거야. 《아직 제 때가 오지 않았습니다.》 예수께서는 고요한 미소를 지으며 이렇게 대답하셨잖아. (틀림없이 인자한 미소를 보내셨을 거야…….) 사실 예수께서는 가난한 사람들의 혼인 때 포도주를 만들어 주기 위해서 지상에 강림하신 것은 아니잖아? 하지만 어머니의 부탁대로 그렇게 행하셨어……. 아, 신부님께서 다시 독경을 하시는군.〉

「〈예수께서 하인들에게《그 항아리마다 모두 물을 가득히 부어라》하고 이르셨다. 그들이 여섯 항아리에 물을 가득 채우자 예수께서《이제는 퍼서 잔치 맡은 이에게 갖다주어라》하셨다. 하인들이 잔치 맡은 이에게 갖다주었더니 물은 어느새 포도주로 변해 있었다. 물을 떠간 그 하인들은 그 술이 어디에서 났는지 알고 있었지만 잔치 맡은 이는 아무것도 모른 채 술맛을 보고 나서 신랑을 불러《누구든지 좋은 포도주는 먼저 내놓고 손님들이 취한 다음에 덜 좋은 것을 내놓는 법인데 이 좋은 포도주가 아직까지 있으니 웬일이오!》하고 감탄했다.〉」

〈하지만 대체 어찌 된 일이지? 어째서 눈앞에 방이 나타나는 걸까……. 아, 그래…… 이건 바로 혼인이고 혼인 잔치지. 그래, 틀림없어. 저기 하객들도 있고, 젊은 신랑 신부도 있고, 또 저렇게 즐거워하는 사람들도 있고, 게다가…… 그런데 지혜로운 연회장은 어디 계시지? 저 사람은 누굴까? 대체 누구지? 다시 눈앞에 방이 나타나는군…… 저기 커다란 탁자에서 누가 일어서는 거지? 아니, 어떻게…… 그분께서 여기 계시지? 그분은 관 속에 들어가 계셔야 하는데……. 하지만 여기 계시잖아…… 자리에서 일어나 나를 보시더니 이쪽으로 오고 계시네……. 오, 주여!〉

그렇다. 그를 향해 이쪽으로 다가오는 사람은 여위고 얼굴에는 잔주름이 가득하지만 고요한 미소를 지으며 즐거워하는 노인이었다. 관은 이미 사라져 버렸고, 장로는 어제 손님들이 찾아와 동석했을 때 입었던 바로 그 옷차림을 하고 계시다. 얼굴 표정은 밝고 두 눈은 빛난다. 대체 이게 어찌 된 일이지. 틀림없이 장로님께서는 잔치에 참석하고 계시며, 갈릴래아 가나의 혼인 잔치에도 초대를 받으신 모양이야…….

〈사랑하는 알료샤, 나도 초대를 받았단다.〉 고요한 음성이 알료샤의 머리 위로 울려 퍼졌다. 〈어째서 넌 여기 숨어 있는 거냐, 널 찾을 수 없게 말이다……. 자, 우리가 있는 곳으로 함께 가자.〉

그분의 음성, 조시마 장로님의 음성이다……. 나를 이렇게 부르시는 걸 보면 그분이 틀림없어. 장로가 알료샤의 팔을 끌어당기자 알료샤는 무릎을 펴고 일어섰다.

〈함께 즐겨 보자.〉 여윈 장로는 말을 이어 갔다. 〈우리는 새 포도주를 마시는 거야, 새롭고 위대한 기쁨의 포도주를. 자, 보려무나, 손님들이 얼마나 많은지를. 저기 신랑 신부도 있고, 지혜로운 연회장도 있고, 새로운 포도주를 맛보는구나. 왜 나를 보고 놀라는 거냐? 나는 파 한 뿌리를 적선했고, 그래서 이 자리에 있는 건데. 그리고 이 자리에 있는 많은 사람들도 단지 파 한 뿌리씩, 단지 조그만 파 한 뿌리씩 적선했던 사람들이란다……. 우리가 할 일이 뭐겠니? 그런데 조용하고 온순한 내 아들아, 너도 오늘 구원의 손길을 내미는 한 여인에게 파 한 뿌리를 적선했더구나. 이제 시작하거라, 사랑하는 내 아들아, 이제 네 임무를 시작해, 얌전한 내 아들아……. 그런데 넌 우리의 태양이 보이니, 그분이 보이냐 말이야?〉

〈전 두렵습니다…… 감히 쳐다볼 수가 없어요…….〉 알료샤는 더듬거렸다.

〈그분을 두려워하지 말아라. 우리 앞의 위대한 존재로서 두렵게 느껴지고, 천상에 계심으로 해서 공포를 느끼게 하지만, 그분은 한없이 자비로우시며 우리에 대한 사랑으로 형상을 닮게 만드셨고 우리와 더불어 즐거움을 나누시며, 손님들의 즐거움이 잠시라도 멈추지 않도록 물을 포도주로 바꾸시기도 하고 새로운 손님들을 기다리시면서 모든 세기에 걸쳐 끝없이 새로운 손님들을 부르고 계신 거란다. 자, 새 술을 나르고 또 음식들을 나르잖니…….〉

무언가가 알료샤의 가슴속에서 불타오르고 별안간 고통스러울 정도로 충만되더니 그의 영혼에서 환희의 눈물이 쏟아져 내렸다……. 그 순간 그는 두 손을 뻗쳐 비명을 지르며 잠에서 깨어났다…….

다시 눈앞에는 관, 활짝 열린 창문 그리고 고요하고 엄숙하며 또박또박 읽어 내려가는 독경 소리가 들렸다. 그러나 알료샤는 이미 독경 소리에 귀를 기울이지 않았다. 이상하게도 그는 무릎을 꿇은 채 잠들었으나 지금은 꼿꼿이 서 있었으며, 그러다가 제자리에서 물러서더니 갑자기 빠른 속도로 서너 걸음 성큼성큼 관 쪽으로 바싹 다가갔다. 그는 파이시 신부의 어깨와 부딪치기도 했지만 그것조차 깨닫지 못했다. 파이시 신부는 순간적으로 성서에서 눈을 돌려 알료샤를 바라보았으나 그에게 이상한 일이 벌어졌음을 눈치채고는 얼른 눈길을 돌려 버렸다. 알료샤는 잠시 관을 바라보았으며, 가슴에 성상을 품고 팔각 십자가가 달린 두건을 머리에 쓴 채 꼼짝 않고 누워 있는 가려진 시신을 바라보았다. 지금 그만이 장로의 음성을 들었으며 그 음성은 아직도 귓전에 울리고 있었다. 그는 다시 한번 귀를 기울여 그 소리를 기다렸다……. 그러다가 갑자기 몸을 휙 돌려 암자 밖으로 나가 버렸다.

알료샤는 현관 계단에서도 걸음을 멈추지 않고 빠른 속도로 계단을 내려갔다. 환희로 충만된 그의 영혼은 자유와 공간과 광활함을 열망했던 것이다. 그의 머리 위에 고요히 빛나는 별들로 가득 찬 창공이 무한히 광활하게 펼쳐져 있었다. 아직은 희미한 은하수가 밤하늘 한가운데에서 지평선까지 흩어져 있었다. 땅 위에는 아무런 움직임도 없이 고요하고 신선한 밤이 드리워져 있었다. 성당의 하얀 탑과 황금빛 꼭대기가 루비빛 하늘을 배경으로 반짝였다. 건물 부근의 정원에 핀 화려한 가을의 꽃들은 아침 녘까지 잠들었다. 지상의 고요가 하늘의 그것과 융합하는 듯했고, 지상의 신비가 별들의 그것과 서로 맞닿는 듯했다……. 알료샤는 제자리에 서서 그것을 바라보다가 고목이 쓰러지듯 별안간 대지 위에 몸을 던졌다.

그는 무엇 때문에 대지를 포옹했는지 알지 못했으며, 어째서 대지에, 그 대지 전체에 그토록 입을 맞추고 싶어 했는지 이유를 알 수 없었지만 눈물을 흘리고 오열하면서 그리고 눈물로 대지를 적시며 입을 맞추었고 대지를 사랑하겠노라, 영원히 사랑하겠노라 미친 사람처럼 맹세했다. 그 순간 〈그대의 기쁨의 눈물로 대지를 적시고 그대의 그 눈물을 사랑하라……〉는 구절이 그의 영혼 속에 울려 퍼졌다. 그는 무엇을 위해 눈물을 흘린 것일까? 오, 그는 환희에 젖어 거대한 심연 속에서 자신을 향해 반짝이는 그 별들 때문에 눈물을 흘렸으며, 〈그 흥분이 부끄럽게 여겨지지도 않았다〉. 그처럼 수많은 신의 세계들에서 던져진 실타래들이 단번에 그의 영혼 속에서 마치 하나로 합쳐지기라도 한 것처럼 그의 영혼은 〈다른 세계와 교감하며〉 떨고 있었던 것이다. 그는 모든 사람들의 모든 것을 용서하고 싶었고 또 용서받고 싶었다. 오! 자신을 위해서가 아니라 만인을, 만물을 그리고 만사를 위해서 그런 것이었으며, 그의 마음속에서는 〈다른 사람들도 나를 위해 용서를 빌고 있을 거야〉라는 소리가 다시 울리고 있었다. 그러나 그는 뭔가 확고부동한 것이 마치 저 둥근 하늘처럼 그의 영혼 속으로 스며드는 것을 시시각각, 마치 손으로 만지듯이 선명하게 느낄 수 있었다. 마치 어떤 사상이 그의 영혼을 지배하고 있는 것 같았으며, 그것은 그의 삶에서 이미 그랬지만 앞으로도 영원히 그럴 것만 같았다. 그는 연약한 한 젊은이로서 대지에 몸을 던졌지만 한평생 확신으로 가득 찬 투사가 되어 일어났으며, 그 환희의 순간에 별안간 그것을 인식하고 느꼈다. 그 후로 알료샤는 한평생 그 순간을 결코, 결코 잊을 수 없었다. 〈그때 누군가 나의 영혼 속에 찾아왔던 거야.〉 그는 나중에 확신에 가득 찬 목소리로 이렇게 말하곤 했다…….

사흘 후 그는 〈속세로 나가라〉고 지시했던, 이미 고인이 된 장로와 약속한 대로 수도원에서 나왔다.

제8권
미탸

1 쿠지마 삼소노프

새로운 삶을 시작하는 그루셴카가 마지막 작별 인사를 건네면서 자신과 나누었던 사랑의 시간을 한평생 기억해 달라는 부탁을 받았던 드미트리 표도로비치는 그 순간 그녀에게 무슨 일이 벌어지고 있는지 전혀 모른 채 무서운 혼란과 불안에 빠져 있었다. 최근 이틀 동안 그는 훗날 스스로 밝혔듯이 정말 뇌막염에라도 걸린 것처럼 상상하기조차 힘든 그런 상태에 놓여 있었다. 어제 아침 알료샤는 형을 찾을 수가 없었고, 이반 형도 그날 요릿집에서 큰형과 만나지 못했다. 큰형이 기거하는 아파트의 집주인들은 그의 지시에 따라 그의 소재를 밝히지 않았던 것이다. 큰형은 훗날 진술했듯이 〈자신의 운명과 싸우며 스스로를 구원하기 위해〉 그 이틀간 말 그대로 사방팔방 뛰어다녔다. 비록 잠시지만 그루셴카에 대한 감시를 멈춘 채 그녀 혼자 남겨 두고 자리를 비운다는 것이 그에게는 너무나 두려운 일이었지만, 발등에 떨어진 긴급한 용무 때문에 몇 시간이나 읍을 떠나 있기도 했다. 모든 사실은 나중에 자세한 기록물의 형태로 밝혀지겠지만 여기서 우리는 그의 운명 위에 갑자기 들이닥친 그 끔찍한 재앙이 일어나기 직전, 그의 생애에서 가장 무시무시한 일이 발생한 이틀 동안 벌어진 사건들 중에서 꼭 필요한 내용만을 사실대로 언급하겠다.

그루셴카는 비록 짧은 시간이지만 그를 진심으로 정성을 다해 사랑했다. 그것은 사실이었지만, 그와 동시에 잔인할 정도로 무자비하게 그를 괴롭히기도 했다. 중요한 사실은 그가 그녀의 의도를 전혀 간파할 수 없었다는 데 있었다. 달콤한 말이나 완력으로 정복한다는 것도 불가능한 일이었다. 어떤 경우든 그녀가 화를 내며 그에게서 떠나갈 것이라는 사실을 그는 너무나 잘 알고 있었던 것이다. 그녀 자신이 모종의 투쟁 속에, 모종의 특별한 갈등 속에 빠져 있어서 어떤 결정도 내리지 못하며, 또 어떤 결정도 내릴 수 없는 상황에 놓여 있는 것이라고 그는 철저히 의심하고 있었기 때문에, 때때로 그녀가 욕망에 가득 찬 자신을 증오할 수밖에 없을 거라고 초조하게 마음속으로 상상했던 것은 결코 근거 없는 일이 아니었다. 어쩌면 사실이 그랬을지도 모르지만 그루셴카가 무슨 걱정을 하고 있는지 그는 전혀 알지 못했다. 특히 그를 괴롭힌 문제의 본질은 〈미탸, 바로 그인가, 아니면 표도르 파블로비치인가〉 하는 양자택일의 상황 속에 놓여 있었다. 기왕 이야기가 나온 김에 여기서 한 가지 더 분명한 사실을 밝혀 두어야 하겠다. 그는 표도르 파블로비치가 그루셴카에게 틀림없이 정식으로 청혼할 것이라고(만일 아직 청혼하지 않았다면) 확신하고 있었으며, 그 늙은 색마가 3천 루블이라는 돈만으로 문제를 해결할 희망을 품고 있다고는 한시도 생각해 본 적이 없었다. 미탸는 그루셴카를, 그녀의 성격을 알고 있었으므로 그런 결론을 내렸던 것이다. 그루셴카의 모든 고민과 망설임은 단지 그 두 사람 중에서 누구를 선택할 것인지, 그리고 그 두 사람 중에서 누가 자신에게 더 유리한지를 판단할 수 없기 때문에 비롯되는 것이라는 생각이 때때로 들었던 것이다. 〈그 장교〉가, 다시 말해 그루셴카가 흥분과 공포 속에서도 도착하기만을 애타게 기다렸던 그녀 생애의 운명적 사내가 머지않아 돌아올 거라는 사실에 대해서는 이상하게도 지난 며칠 동안 전혀 꿈도 꾸지 않았다. 최근 들어 그루셴카가 그 이야기에 대해 미탸에게 한마디도 꺼내지 않았던 것도 사실이다. 그녀가 한 달 전에 그녀를 과거에 방탕에 빠뜨린 사람으로부터 편지를 받았다는 사실은 그녀로부터 들어서 잘 알고 있었고, 그 편지 내용도 부분적으로 알고 있기는 했다. 지금 생각하면 악몽 같은 바로 그 순간 그루셴카가 미탸에게 편지를 보여 주었지만, 놀랍게도 그는 그 편지에 대해 거의 무관심한 태도를 보였던 것이다. 물론 그 이유를 설명하기는 매우 힘들다. 아마도 그는 그 여자를 사이에 두고 친아버지와 벌이는 온갖 추악한 사건과 무서운 싸움에 지쳐 있었기 때문에 적어도 당시로서는 그보다 더 끔찍하고 위험한 상황이 벌어질 거라고는 상상조차 할 수 없었을 것이다. 그는 지난 5년 동안 종적을 감추었던 약혼자의 등장과 또 그자가 곧 나타날 거라는 사실을 믿기 힘들었다. 게다가 미탸에게 보여 주었던 〈그 장교〉의 첫 번째 편지 속에는 그 새로운 경쟁자의 도착이 확실하게 언급되어 있지 않았다. 편지 내용은 대단히 모호하고 과장되었으며 감상적인 표현으로 가득 차 있었을 뿐이다. 여기서 짚고 넘어가야 할 것은 당시 그루셴카가 그 사내의 도착이 어느 정도 구체적으로 언급되어 있는 마지막 문구를 손으로 가리고 있었다는 사실이다. 게다가 시베리아에서 온 그 편지를 대하는 그루셴카의 얼굴에 한순간 무의식적으로 오만한 경멸의 빛이 스치던 것을 미텐카는 나중에 생생히 기억했다. 그 후로 그루셴카는 그 새로운 경쟁자와의 지속적인 교신에 대해 미텐카에게 전혀 알리지 않았다. 그리하여 그는 그 장교에 대해 조금씩 잊어 갔다. 그는 어떤 일이 벌어지더라도, 일이 어떻게 전개되더라도 표도르 파블로비치와의 결정적인 충돌이 임박했으므로 만사를 제쳐 놓더라도 그 일부터 해결해야 한다는 생각뿐이었다. 그는 마음을 졸이며 이제나저제나 그루셴카의 결정만 기다렸으며, 그 결정은 갑작스러운 영감에 따라 이루어지리라고 믿고 있었다. 나중에 그루셴카는 그에게 느닷없이 〈내 몸을 가지세요, 난 영원히 당신 것이니까요〉라고 말할 것이다. 따라서 드미트리는 그녀를 얻게 될 것이고 얼마 후 그녀를 세상 끝까지 데려가는 것으로 만사는 끝을 맺게 될 것이다. 오, 가능하면 지금 당장이라도, 더 먼 세상으로, 만일 세상 끝이 아니라면 러시아 어느 구석으로 그녀를 데려가서, 그곳에서 그녀와 결혼하여 이 지방 사람이든 그 지방 사람이든 아무도 모르게 그녀와 단둘이 살아가리라. 그때는, 오, 그때는 전혀 새로운 생활이 시작되리라! 그는 잔뜩 흥분한 채 또 다른 〈건전한〉 새 생활에 대하여(반드시, 반드시 건전한 생활이어야만 한다) 끊임없이 공상했다. 그는 이러한 부활과 갱생을 너무나 열망하고 있었다. 스스로 빠져들었던 더러운 시궁창이 그에게는 너무나 힘겨운 짐이 되었으므로 그는 그런 처지에 놓인 대부분의 사람들과 마찬가지로 환경의 변화에 더 큰 신뢰를 가지고 있었다. 그런 사람들만 없다면, 그런 상황만 아니라면, 그 저주받을 고장만 아니라면 만사가 새로워지고 만사가 새롭게 풀리리라! 그는 바로 그 점을 믿고 동경하고 있었다.

그러나 그것은 문제를 해결하는 최선의, 다행스러운 경우에 지나지 않았다. 다른 해결 방법도 있었으며, 무서운 결과를 낳는 다른 방법도 상상할 수 있었다. 언젠가 그녀는 갑자기 〈나가세요, 난 지금 표도르 파블로비치와 합의를 봤으니, 그분과 결혼할 거예요. 당신은 필요 없어요〉라고 이야기했었다. 그때는…… 그때는……. 그러나 미탸는 그렇게 되면 어떻게 해야 좋을지 최근까지도 몰랐는데, 그 점에 대해서는 그를 위해 변론을 해야 할 것 같다. 그는 마음속으로 결정해 놓은 것이 아무것도 없었으며, 범죄를 계획했던 적도 없었다. 그는 단지 그루셴카의 뒤를 밟고 염탐을 하기도 하고 마음 아파하기도 했지만, 어쨌든 자신의 운명에서 최선의 다행스러운 해결책만을 대비하고 있었다. 다른 상념들은 모두 부정했다. 그러나 여기서부터 전혀 다른 고통이 시작되었고, 전혀 새롭고 부차적이긴 하지만 숙명적이면서도 해결의 실마리를 찾을 수 없는 상황이 발생하고 말았다.

다시 말해서 그녀가 만일 〈난 당신 거예요, 날 데려가 주세요〉라고 말한다면, 어떻게 그녀를 데려간단 말인가? 거기에 필요한 돈을 어디서 구한단 말인가? 여러 해에 걸쳐 지속적으로 받아 오던, 아버지 표도르 파블로비치의 동냥 같은 수입도 그 무렵엔 끊기고 말았다. 물론 그루셴카에게는 돈이 있었지만, 미탸에게 그 돈은 갑자기 무서운 자존심으로 변해 있었다. 그는 그루셴카를 자기 힘으로 데려가서 그녀의 돈이 아닌, 자신의 돈으로 그녀와의 새로운 생활을 시작하고 싶어 했다. 따라서 그녀의 돈을 쓴다는 것은 상상할 수도 없는 일이었고, 그런 생각이 드는 것만으로도 견딜 수 없는 혐오감이 들었다. 하지만 여기서는 그런 사실을 장황하게 설명하거나 그의 인물 됨됨이에 대해 분석하는 일은 삼가고 단지 당시 그의 심정만을 언급하고 넘어가기로 하자. 카테리나 이바노브나의 돈을 슬쩍 착복한 일에 대한 남모르는 양심의 가책으로 인해 그 모든 일은 간접적으로나 어쩌면 무의식적으로도 벌어질 가능성이 충분히 있었다. 〈한 여자에게 악당이 될 뿐만 아니라, 다른 여자에게도 다시 한번 악당이 되고 마는 거야.〉 훗날의 고백에 따르면 그는 당시 이렇게 생각했었다고 한다. 〈만일 그루센카가 그 사실을 알기라도 한다면 나 같은 악당 놈은 쳐다보지도 않을 거야〉라고 말이다. 그러니 어디서 그 돈을 마련할 것이며, 어디서 그 운명적인 돈을 만들어 낼 것인가? 그렇지 않으면 만사는 끝장나고 아무 뜻도 이루지 못하고 만다. 〈그런데 그것이 단지 돈이 없다는 이유 때문이라니, 오, 이 얼마나 수치스러운 일인가!〉

미리 한마디 덧붙여 둔다면, 정말이지 그는 그 돈을 어디에서 구할 수 있는지 알고 있었는지도 모르며 그 돈이 어디에 놓여 있는지도 알고 있었는지 모른다. 지금은 더 이상 자세한 이야기를 삼가기로 하자. 왜냐하면 차차 모든 것이 명백해질 것이기 때문이다. 그러나 바로 여기에 그의 가장 큰 불행이 깃들어 있었기 때문에 모호하나마 이런 사실만은 밝혀 두고자 한다. 어딘가 감춰져 있을 그 돈을 손에 넣기 위해서는, 그 돈을 손에 넣을 〈권리를 획득하기〉 위해서는 먼저 카테리나 이바노브나에게 3천 루블을 갚아야만 했다. 그렇지 않으면 〈나는 소매치기, 악당이 되고 만다. 절대로 새로운 삶을 악당으로 시작할 수는 없다〉라고 미탸는 결정했으며, 만일 불가능한 일이라면 온 세상을 뒤엎는 한이 있더라도 어쨌든 카테리나 이바노브나에게 3천 루블만은 〈우선적으로〉 반드시 갚고 말겠다고 결심했다. 그에게 그토록 확고한 결심이 서게 된 것은 바로 그의 생애의 마지막 시간, 즉 그루센카가 카테리나 이바노브나를 모욕한 후에 길거리에서 알료샤를 마지막으로 만났던 이틀 전 저녁에 일어났다. 알료샤로부터 자초지종을 들은 미탸는 자신이 악당이라는 사실을 인식하고는, 〈만일 카테리나 이바노브나에게 위안이 될 수만 있다면〉 자신은 악당으로 취급받아도 좋다는 뜻을 그녀에게 전해 달라고 부탁했었다. 동생과 헤어진 바로 그날 밤 그는 극도로 흥분하여 〈누군가를 죽이고 강도짓을 해서라도 카탸의 빚만큼은 갚겠다〉고 생각했다. 〈내가 살인을 저지르고 강도 짓을 한 사람에게 살인자에다 도둑이 되고, 세상 모든 사람들에게 그렇게 되어 시베리아로 가게 될지라도 카탸를 배신하고 돈을 훔쳐서 그녀의 돈으로 그루센카와 함께 편안한 생활을 보내려고 도망쳤다는 이야기가 그녀의 입에서 나오는 것보다는 나아! 그것만큼은 견딜 수 없어!〉 미탸는 어금니를 깨물며 이렇게 중얼거렸으며 정말 모든 신경이 마비될 것 같다는 생각이 종종 들기도 했다. 그러나 그의 갈등은 여전히 계속되고 있었다…….

하지만 이상한 일이었다. 사람들은 그런 결심을 할 때 그에게는 단지 절망만이 가득 차 있을 뿐이라고 여길지 모른다. 그처럼 땡전 한 푼 없는 빈털터리가 그렇게 많은 돈을 갑자기 어디서 구할 수 있겠는가? 그렇지만 3천 루블이 마련될 것이다, 다시 말해 그 돈이 어디선가 굴러 들어오거나 하다못해 하늘에서라도 떨어질 것이라는 희망을 그는 끝까지 버리지 않고 있었던 것이다. 그것은 드미트리 표도로비치처럼 물려받은 재산을 한평생 낭비하고 날릴 줄만 알며 돈벌이에 대해서는 조금도 생각해 본 적이 없는 사람들에게는 흔히 일어날 수 있는 일이다. 이틀 전 알료샤와 헤어진 후로 그의 머릿속에는 환상의 돌개바람이 일어나 그의 모든 생각은 혼란스럽기만 했다. 그리하여 그는 결국 야만적인 음모에 착수하게 된 것이다. 그렇다, 어쩌면 그런 사람들의 그 같은 입장에서 보면 도저히 불가능하고 환상적인 계획일지라도 너무나 가능성이 많은 일로 생각될지도 모른다. 불현듯 그는 그루셴카의 보호자인 상인 삼소노프를 찾아가서 그에게 한 가지 〈계획〉을 제안하고 그 제안을 전제로 그에게서 필요한 액수 전부를 단번에 얻어 내기로 결심했다. 그는 계산적인 측면에서는 자신의 계획에 일말의 의심도 품지 않았으나, 혹시 삼소노프가 상업적인 측면에서만 고려하는 것이 아니라 자신의 돌발적인 행동을 어떻게 바라볼 것인가가 미심쩍었을 뿐이다. 미탸는 그 상인과 안면이 있긴 했지만 사귄 적도 없고 이야기를 나눠 본 적도 없다. 그러나 어찌 된 일인지 만일 그루셴카가 바른 길을 걷고 장래성이 있는 사내와 결혼하려고 한다면 지금 다 죽어 가는 그 늙은 유혹자는 결코 반대하지 않을 것이라는 확신이 그의 마음속에 이미 오래전부터 자리 잡고 있었다. 게다가 그 상인은 반대하기는커녕 오히려 그 자신이 그것을 희망하고 있어서 기회가 닿기만 하면 손수 도와주려 들지도 모르는 일이었다. 어떤 소문을 듣기도 하고 혹은 그루셴카로부터 엉뚱한 이야기를 듣기도 했지만, 미탸는 그 노인이 그루셴카를 위해서라도 아버지 표도르 파블로비치보다는 자신에게 더 호의적일 것이라는 결론까지 내렸다. 어쩌면 이 소설의 독자들 중 많은 사람들이 드미트리 표도로비치의 입장에서 그 같은 도움은 말할 것도 없고 자신의 약혼자를 이른바 그 약혼자 보호자의 손에서 얻어 내려는 계획조차도 너무나 무례하고 무모한 짓이라고 생각할지 모르겠다. 그러나 필자는 미탸에게 그루셴카의 과거란 이미 완전히 끝난 지난 날의 일에 지나지 않는다는 사실만을 언급할 수 있을 뿐이다. 그는 그녀의 과거를 한없는 동정심을 갖고 바라보았으므로, 만일 그루셴카가 자신을 사랑하며 결혼하고 싶다는 말 한마디만 하면 당장에라도 그루셴카와의 새로운 삶이 시작되는 것이니, 완전히 새로워진 드미트리 표도로비치 자신은 그녀와 더불어 모든 악으로부터 손을 떼고 착한 일만 하며 살아가야겠다고 이글거리는 정념 속에서 굳게 마음먹고 있었다. 즉 두 사람은 서로를 용서하고 완전히 새로운 인생을 시작하는 것이다. 미탸는 쿠지마 삼소노프를 지난날 그루셴카의 어두운 과거와 그녀의 삶 속에서 피할 수 없는 숙명적인 인물로 여겼으며, 그녀가 그를 결코 사랑했던 것도 아니고, 더욱 중요한 사실은 그가 이미 황금기를 다 보낸 터여서 죽은 사람이나 다름없으므로 지금 현재는 존재하지 않는 것이나 마찬가지라고 생각했다는 것이다. 게다가 지금 미탸는 그 노인을 인간 취급도 하지 않았는데, 그것은 읍내 사람들이 모두 알고 있듯이 그가 병마에 시달리는 폐인에 지나지 않아 그루셴카와의 관계도 소위 부녀간이라고 해야 좋을 관계를 유지하면서 과거와는 전혀 다른 입장에 머무는 데다, 그렇게 된 지도 벌써 1년이 다 되어 가고 있었기 때문이다. 어쨌든 이 문제에 관해서 미탸는 여러모로 너무나 단순해 보였는데, 온갖 악행에도 불구하고 사실은 매우 단순한 사람이었다. 그 같은 단순함 때문에 그는 늙은 쿠지마가 저세상으로 떠나면서 그루셴카와의 과거에 대해 진심으로 후회하고 있으며, 그녀로서도 이미 무기력해진 그 노인 이상의 충실한 보호자요, 이제는 친구를 갖고 있지 못하다고 생각하기에 이르렀다.

들판에서 알료샤와 대화를 나눈 다음 날 미탸는 밤새 거의 눈을 붙이지 못했으면서도 아침 10시경 삼소노프의 집을 찾아가서 면회를 신청했다. 그 집은 낡고 음침하지만 대단히 넓은 2층짜리 건물로, 사랑채와 행랑채가 여러 채 달려 있었다. 아래층에는 결혼해서 가족을 거느린 삼소노프의 두 아들과 늙은 누이동생 그리고 아직 결혼하지 않은 딸이 살고 있었다. 행랑채에는 하인 두 사람이 살고 있었는데, 그중 한 사람은 많은 식솔을 거느리고 있었다. 자식들이나 하인들은 한결같이 비좁게 살고 있었지만, 그 노인은 혼자 2층 전체를 독차지하면서도 자신을 간병해 주는 딸에게조차 그곳에 와서 기거하라고 허락하지 않았으므로 그 딸은 해묵은 천식에 힘겨워하면서도 정해진 시간은 물론 초인종이 울릴 때면 언제나 아래층에서 위층으로 달려가야만 했다. 〈2층〉에는 부유한 상인들의 풍습에 따라 벽 옆에는 마호가니로 만든 볼품없는 소파와 의자 들이 단조롭고 길게 늘어서 있고, 갓이 달린 크리스털 샹들리에와 벽과 벽 사이에 침침한 거울 몇 개가 설치된 넓고 호화로운 방들이 많았다. 그 방들은 모두 비어 있었고 병든 노인은 후미진 작은 침실 하나만을 차지하고 있었으므로 마치 아무도 살지 않는 것 같았다. 그 침실에서는 머리에 수건을 두른 늙은 하녀가 시중을 들고 있었고 〈젊은 하인〉 한 사람이 문밖 긴 의자에 대기하고 있었다. 노인은 다리가 퉁퉁 부어올라서 거의 걸을 수 없었기 때문에 가끔 가죽 소파에서 몸을 일으키거나 늙은 하녀의 팔 부축을 받아 한두 차례 방 안을 거닐었다. 노인은 늙은 하녀에게도 엄격하고 말이 없었다. 〈대위〉가 방문 요청을 한다는 보고를 받았을 때 그는 당장 거절하라고 지시했다. 그러나 미탸는 고집을 피워 다시 한 번 면회 요청을 했다. 쿠지마 삼소노프는 젊은 하인에게 〈그의 행색이 어떤지, 술에 취하지는 않았는지, 행패를 부릴 것 같지는 않은지〉 이것저것 꼬치꼬치 캐물었다. 그리고 〈술을 마시지는 않았습니다만 돌아갈 생각을 하지 않습니다〉라는 대답을 들었음에도 노인은 거절해 버리라고 다시 한번 지시를 내렸다. 당시 미탸는 그런 상황을 예상하여 일부러 종이와 연필을 준비했으므로 종이쪽지에 〈아그라페나 알렉산드로브나와 관련된 긴밀하고 중요한 일 때문입니다〉라는 글을 또박또박 적어 보냈다. 노인은 잠시 생각에 잠기더니 젊은 하인에게 손님을 홀로 안내하라고 지시한 다음, 젊은 하인을 시켜 둘째 아들을 당장 위층으로 올라오라고 명했다. 이 둘째 아들은 키가 약 12베르쇼크나 되고 힘이 장사였는데, 깨끗하게 면도를 하고 독일식 옷을 차려입고서(이와 반대로 삼소노프는 농민복 차림에 턱수염을 기르고 있었다) 아무 말 없이 금방 나타났다. 자식들은 모두 아버지한테 꼼짝 못 했다. 노인이 둘째 아들을 부른 것은 그 대위에 대한 두려움 때문이 아니었다. 그의 성품은 그렇게 소심한 편이 아니었으나 만일의 사태를 대비해서 증인이 필요했던 것이다. 아들과 젊은 하인의 팔 부축을 받으며 노인은 간신히 홀로 들어섰다. 우리는 노인이 상당한 호기심에 사로잡혀 있었음을 알아야 할 것이다. 미탸가 기다리고 있던 홀은 가슴에 수심을 불러일으킬 만큼 음산하고 넓고 호화로운 방으로 창문이 상하 두 단으로 나 있었고, 극장식 2층 좌석 모양의 연단에 벽은 대리석으로 장식되어 있었으며, 갓을 씌운 거대한 크리스털 샹들리에 세 개가 설치되어 있었다. 미탸는 문 옆에 놓인 작은 의자에 앉아 초조한 마음으로 자신의 운명을 기다렸다. 미탸가 앉아 있는 의자에서 20미터가량 떨어진 맞은편 문에 노인이 나타나자 그는 자리에서 벌떡 일어나 장교답게 힘찬 걸음으로 성큼성큼 노인을 향해 다가갔다. 미탸는 프록코트에 단추를 채우고 검은 장갑을 낀 손에는 신사모를 든 예의 바른 옷차림을 하고 있었는데, 그것은 사흘 전 장로의 암자에서 아버지 표도르 파블로비치와 동생들과 함께 자리했던 가족회의 때의 모습 그대로였다. 노인은 위엄 있고 엄숙한 표정을 띠고 제자리에서 그가 다가오기를 기다렸다. 미탸는 자신이 다가가는 동안에 그 노인이 자신의 마음을 완전히 꿰뚫어 보았다는 것을 단번에 알아차렸다. 또한 최근 부쩍 부어오른 쿠지마의 얼굴을 보고 미탸는 깜짝 놀라고 말았다. 그렇지 않아도 두꺼운 아랫입술이 지금은 축 늘어진 밀가루떡처럼 보였다. 그는 위엄에 가득 찬 태도로 묵묵히 손님에게 목례를 하더니 소파 옆에 있는 안락의자에 앉으라고 가리키고 나서 자신은 아들의 팔 부축을 받으면서 끙 하는 신음 소리를 토하며 미탸의 맞은편 안락의자에 느릿느릿 자리를 잡았다. 미탸는 노인의 힘겨운 몸놀림을 보자 곧 후회하기 시작했고, 불안감에 싸인 노인의 위엄 있는 얼굴을 대하면서 현재 자신의 초라함 때문에 미묘한 수치심까지 솟구쳐 올랐다.

「젊은 양반, 내게 무슨 용무가 있는 겁니까?」 노인은 단호하지만 매우 위엄 있는 느릿느릿한 말투로 더듬거렸다.

미탸는 부르르 몸을 떨면서 벌떡 일어나더니 다시 자리에 앉았다. 그러더니 몹시 흥분한 상태에서 몸짓을 섞어 가며 빠르고 신경질적인 말투로 소리치기 시작했다. 그는 이미 파멸에 이르러 마지막 출구를 찾고 있으나 그마저 실패한다면 당장이라도 물속에 몸을 던질 수밖에 없는 인간처럼 보였다. 삼소노프 노인의 얼굴은 마치 석고처럼 아무 변화도 없고 차가웠지만 그는 한순간에 모든 것을 알아차렸음이 분명했다.

「존경하는 쿠지마 쿠지미치, 당신께서는 틀림없이 저의 친어머니께서 돌아가신 후에 그 유산을 가로챈 제 아버지 표도르 파블로비치 카라마조프와 저 사이의 충돌에 관한 소문을 이미 여러 차례 들으셨을 줄 압니다……. 읍내 전체가 그 소문으로 야단법석입니다……. 왜냐하면 이 지방에서는 전혀 필요 없는 이야기로도 소란을 피우니까요……. 게다가 그루셴카로부터도…… 아니, 죄송합니다, 아그라페나 알렉산드로브나에게서…… , 대단히 존경하고 있는 정숙한 아그라페나 알렉산드로브나에게서도 이야기를 전해 들으셨을 줄로 압니다…….」미탸는 이렇게 서두를 꺼냈으나 첫마디부터 말문이 막혔다. 그러나 필자는 그의 이야기 전부를 인용하지 않고 요점만을 소개하겠다. 요점인즉슨, 미탸는 석 달 전에 현청 소재지의 변호사와 특별히(그는 〈일부러〉라는 말 대신에 〈특별히〉라는 단어를 썼다) 상담을 나누었다고 했다.「파벨 파블로비치 코르네플로도프라는 명성이 자자한 변호사인데, 쿠지마 쿠지미치, 틀림없이 당신께서도 이름을 들어 보셨을 겁니다. 지식이 해박하여 거의 국보적인 존재인 데다…… 그분은 당신도 알고 계시더군요……, 좋은 평을 내리셨고요…….」미탸는 여기서 다시 말문이 막혔다. 그러나 말문이 막혀도 그는 이야기를 중단하지 않고 본론에서 벗어나 다른 이야기로 계속 끌고 나갔다. 그 코르네플로도프라는 변호사는 미탸가 제시한 서류들을(미탸는 서류들에 관해 애매하게 설명했고, 이 대목에 이르러서는 대충 넘어갔다) 훑어보면서 꼬치꼬치 캐묻더니 어머니의 소유인 체르마시냐 마을이 미탸 소유가 되어야 하므로 실제로 소송을 제기한다면 파렴치한 그 늙은이를 혼내 줄 수 있다고 결론을 내렸다……「길이 아주 없는 것도 아니며, 법이란 어떻게 빠져나가야 하는지를 잘 알고 계시지 않습니까.」한마디로 말해서 표도르 파블로비치로부터 6천 루블, 아니 7천 루블의 추가 배상을 받아 낼 수 있으며, 그것은 체르마시냐 마을이 2만 5천 루블 이상의, 정확히 말해서 2만 8천 루블 정도의 값어치가 나가기 때문이라는 것이다. 「3만, 3만 루블은 나갈 겁니다, 쿠지마 쿠지미치. 그런데 저는 그 지독한 늙은이한테서 1만 7천 루블도 받지 못했습니다!」그런데 미탸 본인은 법률에 문외한이라서 그 소송을 포기하고 말았는데, 이곳에 돌아와 보니 오히려 소송에 걸려 있어 기절초풍할 노릇이라고 했다(이 대목에 이르러 미탸는 다시 갈피를 잡지 못하고 이야기를 뛰어넘고 말았다).「그래서 드리는 말씀입니다만, 존경하는 쿠지마 쿠지미치, 혹시 그 철면피 같은 늙은이에 대한 저의 권리 일체를 넘겨받으실 의향은 없으신지요? 제게는 3천 루블만 주시면 됩니다……. 당신께서는 어떤 경우에도 패소하지 않으시리라는 것을 제가 명예를 걸고, 명예를 걸고 맹세하겠습니다. 오히려 3천 루블에 대한 대가로 6천, 혹은 7천 루블의 이익을 보실 겁니다……. 그런데 중요한 것은 〈바로 오늘 안으로〉 그 문제를 매듭지어 달라는 것입니다. 그러면 저는 공증인인가 뭔가를 찾아가서 당신께…… 한마디로 말해서 무슨 일이든 할 작정입니다, 당신께서 원하시는 대로 일체의 서류를 넘겨드리겠습니다, 어떤 서명이든 하겠습니다……. 그러니 당장이라도 이 서류를 작성하도록 하시지요. 그리고 만일 가능하시다면, 정말이지 가능하시다면 오늘 아침이 어떨는지요……. 제게 3천 루블을 내주시는 것이…… 이 고장에서 당신한테 대항할 만한 재력가는 없으니까요……. 그렇게 되면 당신께서 저를 구원해 주시는 겁니다……. 한마디로 말해서 고상한 일을 위해, 고결한 일을 위해 저의 생명을 구원해 주시는 거라고 말씀드릴 수 있습니다……. 왜냐하면 저는 당신께서 너무나 잘 알고 계시고 아버지 역할을 대신하고 계신 그 여자에 대해 고결한 감정을 품고 있기 때문입니다. 당신께서 아버지 역할을 대신하고 계시지 않는다면 저도 여길 찾아오지 않았을 겁니다. 결국 우리 세 사람은 여기서 서로 이마를 부딪치게 되었으니, 운명이란 정말 무서운 것이 아닐 수 없습니다, 쿠지마 쿠지미치! 쿠지마 쿠지미치, 이것이 현실입니다, 현실! 하지만 당신은 오래전부터 제외되어야 했으므로 두 사람의 이마만이 남게 됩니다. 이렇게 표현한다고 해서 제가 약삭빠른 인간도 아니고, 그렇다고 문학가도 아닙니다. 다시 말씀드려서 이마 하나는 저의 것이고, 다른 하나는 음탕한 제 아버지의 것입니다. 그러니 선택해 주십시오, 접니까, 아니면 음탕한 그 늙은이입니까? 이제 모든 것은 당신 손에 달려 있습니다. 세 사람의 운명과 두 개의 제비가……. 죄송합니다, 이야기가 벗어나고 말았군요, 하지만 당신께서는 이해해 주시리라고 믿습니다……. 당신의 고결한 눈빛을 보고 있노라면 이해하고 계신 걸 알 수 있습니다……. 만일 이해해 주시지 않는다면 저로서는 오늘 당장에라도 물속에 뛰어들 수밖에 없습니다, 그렇습니다!」

미탸는 비논리적인 이야기를 〈그렇습니다〉라는 말로 끝맺었으며, 자리에서 벌떡 일어선 채로 자신의 어리석은 제안에 대한 대답을 기다렸다. 마지막 말을 내뱉었을 때 그는 갑자기 모든 것이 무너지고 말았다는, 괴상망측한 허튼소리를 지껄이고 말았다는 절망감을 느꼈다. 〈이상한 일이야, 여기에 오는 동안에는 만사가 다 잘될 것 같았는데 이제 이렇게 난센스가 되고 말았으니!〉 이런 생각이 절망감으로 가득 찬 그의 머릿속을 스치고 지나갔다. 그가 이야기를 하는 동안 노인은 내내 꼼짝하지 않고 자리에 앉아서 얼음처럼 차가운 시선으로 그를 주시하고 있었다. 그러나 그를 1분가량 기대감에 젖게 하던 쿠지마 쿠지미치는 마침내 차갑고 단호한 말투로 이렇게 말했다.

「미안합니다만, 우린 그런 사업은 하지 않습니다.」

미탸는 갑자기 두 다리에 힘이 풀리는 것을 느꼈다.

「이제 저는 어떻게 해야 하겠습니까, 쿠지마 쿠지미치?」 그는 창백한 미소를 지으며 중얼거렸다. 「전 이제 나락에 빠지고 만 것일까요?」

「죄송합니다······.」

미탸는 그 자리에 서서 미동도 하지 않고 살펴보다가 노인의 얼굴에 무언가 스쳐 지나가는 것을 눈치챘다. 그는 몸을 부르르 떨었다.

「이것 보세요, 젊은 양반, 그런 사업은 우리와 관련이 없어요.」 노인은 천천히 말했다. 「재판이다, 변호사다 하는 문제는 정말 질색이에요! 원하신다면 아는 사람이 하나 있는데,

그 사람한테 가보세요…….」

「아니, 그런 사람이 있습니까! 당신은 죽은 목숨을 다시 살려 주시는군요, 쿠지마 쿠지미치.」 미탸는 갑자기 말을 더듬거렸다.

「그 사람은 이 지방 사람도 아니고 지금 이곳에 머물고 있지도 않아요. 그 사람은 농민 출신으로 목재를 거래하는데, 일명 랴가비라고도 부르지요. 그는 벌써 1년간이나 당신이 말하는 체르마시냐의 그 숲을 표도르 파블로비치와 거래하면서 가격 흥정을 하고 있는데, 그런 이야기는 들으셨을 겁니다. 그는 얼마 전에 다시 나타나서 볼로비야역에서 12베르스타 떨어진 일린스키인가 하는 마을의 신부 댁에 머물고 있어요. 그는 바로 그 일, 그 숲에 관한 일 때문에 내게 편지를 보내서 조언을 구했지요. 표도르 파블로비치도 그를 찾아가고 싶어 하더군요. 그런데 만일 당신이 표도르 파블로비치보다 먼저 선수를 쳐서 내게 말했던 내용을 제안한다면 그로서는 어쩌면…….」

「멋진 생각이십니다!」 미탸는 환성을 지르며 말을 가로막았다. 「바로 그 사람입니다, 그 사람이 제격이에요! 그 사람과 거래가 있고 또 그 사람한테 비싼 가격으로 흥정하고 있는데 그 사람에게 소유권 서류를 넘긴다 이 말씀이지요, 하하하!」 돌연 미탸가 전혀 뜻하지 않게 시골 사람들의 짤막한 너털웃음을 터뜨렸으므로 삼소노프는 머리를 부르르 떨었다.

「정말 고맙습니다, 쿠지마 쿠지미치!」 미탸는 한껏 들떠 있었다.

「천만에요.」 삼소노프가 고개를 숙였다.

「당신은 모르실 테지만, 당신께서 저를 구원하신 겁니다.

오, 그렇지 않아도 어떤 예감이 저를 당신에게로 이끌었던 것입니다……. 그럼, 그 신부님한테 가보겠습니다!」

「별것도 아닌 일을 가지고 뭘요.」

「어서 달려가야겠습니다. 건강도 좋지 않으신데 폐만 끼쳐 드렸군요. 이 은혜는 결코 잊지 않겠습니다, 이건 러시아인으로서 말씀드리는 겁니다, 쿠지마 쿠지미치, 러시아인으로서!」

「그러시겠죠.」

미탸는 악수를 하기 위해 노인의 손을 잡으려고 했으나 그의 눈에는 어떤 적개심이 스치고 지나갔다. 미탸는 손을 움츠렸으나 금방 자신이 품었던 의구심을 반성했다. 〈이분은 피곤하신 거야…….〉 그의 머릿속에는 이런 생각이 떠올랐다.

「그 여자를 위해섭니다! 그 여자를 위해서예요, 쿠지마 쿠지미치! 이것이 그 여자를 위한 일이라는 사실을 알고 계시겠죠!」 그는 홀이 떠나갈 듯 큰 소리로 외치고 나서 절을 꾸벅하더니 휙 몸을 돌려서 입구를 향해 날랜 걸음으로 성큼성큼 걸어 나갔다. 그는 환희에 젖어 몸을 떨었다. 〈이미 죽은 목숨인데 수호천사가 구원한 거야.〉 그의 뇌리에는 이런 생각이 스치고 지나갔다. 〈이 노인 같은 사업가가(고상한 노인인 데다, 그 태도는 또 얼마나 당당한지 몰라!) 가르쳐 준 것이니, 물론이지, 일은…… 일은 성공한 것이나 다름없어. 당장 달려가자. 밤까지는 돌아와야지, 밤에는 돌아오자, 일은 이미 성공한 거야. 그 노인이 나를 농락할 까닭이 없잖아?〉 미탸는 자기 집으로 걸어가면서 마음속으로 이렇게 소리쳤다. 물론 그로서는 노인이 사업이나 랴가비(이상한 이름이야!)에 대한 정보를 알려 주면서 사업상의 충고(사업가로서의)를 한 것이라거나 자신을 농락한 것이라는 생각은 눈곱만치도 할 수 없었다. 하지만 아아! 그 마지막 견해가 신빙성 있는 유일한 것이었다. 오랜 시간이 지나고 나중에 엄청난 재앙이 밀어닥치면 삼소노프 노인은 당시 〈대위〉를 농락했던 것이라고 웃으며 인정할 것이다. 그는 악랄하며 차갑고 냉소적인 데다 병적인 혐오감을 지닌 사람이었다. 대위의 환희에 찬 표정 때문이었는지, 삼소노프 같은 사람도 이른바 〈계획〉이라는 그런 황당무계한 이야기에 설득될 수 있다고 생각한 그 낭비벽 심한 놈팡이의 어리석은 확신 때문이었는지, 아니면 〈그 무뢰한〉이 돈 때문에 그처럼 황당무계한 이야기를 가지고 자신을 찾아왔다는 것 때문인지, 그루셴카에 대한 질투심 때문이었는지, 그 노인을 그렇게 만든 이유를 나로서는 알 길이 없다. 하지만 미탸가 자기 앞에서 다리를 후들후들 떨며 자신은 파멸했다고 소리치던 바로 그 순간, 노인은 끝없는 증오심을 품은 채 바라보며 그를 농락해야겠다는 생각이 들었던 것이다. 미탸가 밖으로 나가자 증오심으로 안색이 창백해진 노인은 앞으론 저런 불한당 같은 놈은 상종도 하지 말며 마당 안으로 들여놓지도 말라고 아들에게 지시했다.

그는 위협적인 말을 끝까지 다 하지는 않았지만 그의 분노를 평소 보아 온 아들은 겁에 질려 몸을 부들부들 떨고 말았다. 한 시간이 지나도록 노인은 증오심에 치를 떨었고, 저녁 무렵에는 마침내 병이 도져서 의사를 부르기에 이르렀다.

2 랴가비

여기서 밝혀 둘 것은 미탸에게는 마차 삯이 한 푼도 없었다는 사실이다. 아니, 그의 수중에는 겨우 10코페이카짜리 은화 두 닢만이 달랑 남아 있었는데, 그것은 지난날 여러 해에 걸친 무절제한 생활의 결과로 남은 재산의 전부였다! 그러나 그의 집에는 이미 오래전부터 고장 난 낡은 은시계가 있었다. 그는 시계를 들고 시장에서 노점을 하는 유대인 시계상을 찾아갔다. 그는 시계값으로 6루블을 쳐주었다. 6루블을 받아 든 미탸는 몹시 기뻐하며(미탸는 내내 기쁨에 넘쳐 있었다) 〈기대 이상이로군!〉 하고 외치면서 집으로 달려갔다. 집에서 미탸는 쌈짓돈을 털어 줄 정도로 그를 좋아하는 주인에게서 쉽게 3루블을 빌려 경비에 보탰다. 기쁨에 넘친 미탸는 자신의 운명이 해결될 것 같다고 주인에게 털어놓았고, 떠날 채비로 분주하면서도 조금 전에 삼소노프가 제시했던 자신의 〈계획〉 전부와 앞으로의 희망 등에 대해서 이야기했다. 주인집 식구들은 지금까지 그의 비밀에 대해 수없이 들어 왔으므로 그를 오만한 귀족이 아니라 자기 집 식구처럼 생각하고 있었다. 그런 식으로 9루블을 마련한 미탸는 볼로비야역까지 갈 역마차를 불러오라고 사람을 보냈다. 〈그 사건이 벌어지기 전날 정오에 미탸는 무일푼이었기 때문에 돈을 마련하기 위해 시계를 팔고 주인으로부터 3루블을 빌렸는데, 그 모든 행위에 대해서는 증인이 확보되어 있다〉라는 사실이 나중에 환기되고 또 확인되기도 했다.

　내가 이 사실을 미리 지적하는 이유는 나중에 차차 밝혀지게 될 것이다.

　볼로비야역을 향해 질주하면서 미탸는 〈그 모든 문제〉가 마침내 막을 내리며 해결될 것이라고 예감하면서 희색이 만면했지만, 자신이 없는 사이에 그루셴카가 무슨 일을 저지르지는 않을까 하는 두려움으로 몸을 떨었다. 그렇다, 드디어 오늘 그녀가 아버지 표도르 파블로비치를 찾아가기로 결심했다면 어쩔 것인가? 바로 그 이유 때문에 그는 길을 떠나면서도 그녀에게 아무 말도 하지 않았고 혹시 누가 와서 묻더라도 자신이 어디로 갔는지 절대 비밀로 해두라고 주인에게 일러두었다. 〈반드시, 반드시 오늘 저녁에는 돌아와야 한다.〉 그는 덜컹거리는 마차 안에서 이 말을 몇 번이고 되풀이했다. 〈어쩌면 그 랴가비란 자를 이곳으로 데려와서…… 계약서를 작성한다면…….〉 미탸는 실신할 것 같은 기분에서도 이런 공상에 빠져 있었다. 아아, 그러나 그의 꿈들은 〈계획〉대로 실현될 수 없는 운명에 놓여 있었다.

첫째, 그는 시골길로 가다 보니 볼로비야역에서 출발해야 할 시간보다 늦어지고 말았다. 시골은 12베르스타가 아니라 18베르스타나 되었다. 둘째, 일린스키 신부는 이웃 마을에 가고 집에 없었다. 미탸가 지친 말들을 몰아 이웃 마을로 찾아가서는 신부의 소재를 찾다 보니 어느덧 한밤중이 되고 말았다. 조심스러우면서도 다정다감한 인상을 주는 신부는 랴가비라는 사람이 처음에는 자기 집에 머물렀지만 지금은 수호이 포셀로크 마을에 가 있는데 임야 매매 문제 때문에 오늘은 그곳 산림 경비원의 오두막에서 유숙하게 될 거라고 선선히 대답해 주었다. 랴가비한테 자신을 데려다 달라는 미탸의 간곡한 부탁과 〈그렇게 하시는 것이 저를 구원해 주시는 길입니다〉라는 애원을 받고 신부는 처음에는 망설였으나 호기심이 발동했는지 수호이 포셀로크 마을까지 안내하는 데 동의했다. 그러나 신부는 남의 속도 모르고 그곳까지는 〈몇 베르스타〉 남지 않았으니 〈걸어서〉 가자고 제안했다. 물론 미탸가 그 제안에 동의하여 큼지막한 걸음으로 성큼성큼 걷기 시작하자, 그 신부는 딱하게도 거의 뛰다시피 그 뒤를 쫓아갔다. 신부는 아직 늙지는 않았으나 매우 신중한 사람이었다. 미탸는 곧 신부에게 자신의 계획을 설명하더니 길 가는 동안 내내 짜증이 날 정도로 매달리며 랴가비라는 사람에 대한 충고를 부탁했다. 신부는 조심스럽게 경청했지만 충고는 거의 해주지 않았다. 미탸의 질문에 대해서 신부는 애써 회피하며 〈모르겠습니다, 정말 모르겠습니다, 내가 그걸 어떻게 알겠습니까?〉라고 대답했을 뿐이다. 미탸가 아버지와 유산 문제로 불화가 있다고 이야기하자 신부는 깜짝 놀라고 말았다. 왜냐하면 그 신부는 아버지 표도르 파블로비치와 일종의 예속 관계에 놓여 있었기 때문이다. 신부는 깜짝 놀란 얼굴로 사업을 겸하는 그 농부에게 고르슷킨 랴가비라는 별명이 붙은 이유를 아느냐고 묻더니, 그가 랴가비인 것은 틀림없지만 그렇게 부르면 몹시 화를 내는 걸로 봐서 진짜 랴가비는 아니니 반드시 고르슷킨이라고 부르라면서, 〈그렇지 않으면 그 사람하고는 아무 일도 할 수 없을 것이고, 또 당신 말을 들은 척도 하지 않을 겁니다〉라는 말로 끝맺었다. 미탸는 약간 놀라는 표정을 지으며 삼소노프가 그를 그렇게 부르더라고 설명해 주었다. 그 이야기를 들은 신부는 화제를 다른 데로 돌리고 말았다. 삼소노프가 드미트리를 그 사내에게 보냈다면 거기에는 그를 조롱하려는 어떤 꿍꿍이가 있는 것 같다고 신부가 자신의 예측을 밝혔더라면 일은 잘 해결되었을지도 모른다. 그러나 미탸는 〈그런 사소한 일〉에 마음을 쓸 여유가 없었다. 그는 서둘러 길을 걸어갔고 수호이 포셀로크 마을에 도착하고 나서야 걸어온 길이 1베르스타나 1베르스타 반이 아니라 3베르스타가 넘는 거리라는 사실을 알게 되었다. 그것 때문에 미탸는 화가 치밀어 올랐지만 꾹 참았다. 그들은 오두막 안으로 들어갔다. 신부와 가깝게 지내는 산림 경비원이 오두막의 한쪽 절반을, 고르슈킨이 나머지 절반을 쓰고 있었다. 오두막 안으로 들어간 그들은 양초에 불을 켰다. 소나무 탁자 위에는 불 꺼진 사모바르, 찻잔이 놓인 쟁반, 다 마셔 버린 빈 보드카병 그리고 먹다 남은 빵 조각 등이 놓여 있었다. 집에 머물고 있는 방문객은 베개 대신 둘둘 만 상의를 베고 긴 의자에 다리를 쭉 뻗은 채 심하게 코를 골며 자고 있었다. 미탸는 주저했다. 〈당연히 깨워야 해. 내 용건은 너무 중요해서 이렇게 서둘러 찾아온 것이고, 또 오늘 중으로 급히 돌아가야 하거든.〉 생각이 여기에 이른 미탸는 초조해졌다. 그러나 신부와 산림 경비원은 잠자코 서 있을 뿐 자기 의견을 말하지 않았다. 미탸는 가까이 다가가서 직접 깨우기 시작했다. 그는 힘껏 흔들어 깨웠지만 잠든 사람은 도무지 일어날 줄 몰랐다. 〈술에 취했군〉 하고 미탸는 판단했다. 〈그럼 어쩌면 좋지, 어쩌면 좋아!〉 그는 더 이상 참을 수가 없어서 얼른 팔다리를 잡아당겨 보기도 하고 머리를 흔들어 보기도 하고 잠든 사람을 일으켜 의자에 앉혀 보기도 했다. 그러나 오랫동안 애쓴 결과는 그가 괴상한 신음 소리를 내며 알아듣기 힘든 말로 중얼거리면서 심한 욕설을 퍼붓는 것뿐이었다.

「안 되겠습니다, 조금 더 기다리시는 수밖에 없을 것 같군요.」 보다 못해 신부가 입을 열었다. 「제정신이 아닌 모양입니다.」

「하루 종일 마셔 댔거든요.」 산림 경비원이 말했다.

「맙소사!」 미탸가 소리쳤다. 「내가 얼마나 화급한 상태에 놓여 있는지, 내가 지금 얼마나 절망적인 입장에 처해 있는지 여러분은 모르실 겁니다!」

「아침까지 기다리시는 편이 나을 겁니다.」 신부가 다시 말했다.

「아침까지요? 그럴 순 없어요, 절대 안 됩니다!」 그는 절망스러운 기분으로 다시 술 취한 사람에게 달려들어 깨우기 시작했으나 아무 소용도 없다는 사실을 깨닫자 결국 두 손을 들고 말았다. 신부는 잠자코 있었고 아직 완전히 잠에서 깨어나지 못한 산림 경비원은 어두운 표정을 짓고 있었다.

「현실은 인간들에게 정말 가공할 비극을 연출하는군!」 미탸는 완전히 절망에 빠져 이렇게 말했다. 그의 얼굴에서는 땀이 흘러내렸다. 신부는 그 순간을 노렸다는 듯이 〈그는 술에 취해서 아무 대화도 나눌 수 없으니 당신의 용무가 중요하다면 아침까지 기다리는 편이 더 나을 겁니다……〉라면서 대단히 합리적인 의견을 내놓았다. 미탸는 두 팔을 벌리며 그 말에 동의하고 말았다.

「신부님, 나는 여기서 촛불을 들고 기회를 살피겠습니다. 이 사람이 잠에서 깨면 그때 이야기를 시작하지요……. 양초 값은 내겠네.」 그는 산림 경비원을 향해 돌아서면서 이렇게 말했다. 「숙박비도 물론 내고. 자넨 드미트리 카라마조프가 어떤 사람인지 깨닫게 될 거야. 그런데 신부님, 어디에 자리를 잡으셔야 할지, 어디에 누우셔야 할지 모르겠군요?」

「아닙니다, 난 집으로 돌아가겠습니다. 저 친구의 말을 타고 가면 됩니다.」 신부는 산림 경비원을 가리키며 말했다. 「그럼 안녕히 계십시오, 부디 만족스러운 결과가 있기를 빌겠습니다.」

그렇게 결정되었다. 신부는 산림 경비원의 말을 타고 돌아갔다. 그는 그 문제에서 해방된 것이 반가웠으나 불안한 마음으로 고개를 절레절레 저으며 은인인 표도르 파블로비치에 관한 이 흥미로운 사건을 내일 일찌감치 보고해야 하지는 않을까 하고 생각했다. 〈제때에 보고하지 않았다가 그 사실을 나중에 알게 되면 화만 내고 뒤를 돌봐 주지 않을 거야〉라고 생각했던 것이다. 산림 경비원은 뒤통수를 긁으며 아무 말 없이 자기 방으로 들어갔지만 미탸는 자신이 선택한 대로 기회를 엿보기 위해 의자에 걸터앉았다. 짓누르는 듯 무거운 우수가 짙은 안개처럼 그의 영혼에 내리깔렸다. 얼마나 짙고 무서운 우수였던가! 그는 자리에 앉아 생각에 잠겼지만 묘안이 떠오르지 않았다. 촛불이 타오르고 귀뚜라미가 울어 댔으며, 불을 지핀 방 안은 견딜 수 없을 만큼 숨이 막혀 왔다. 갑자기 정원이, 정원으로 통하는 문이 눈앞에 어른거렸고, 그루셴카가 문을 향해 달려가는 것이었다…… 그는 의자에서 벌떡 일어나고 말았다.

「비극이야!」 그는 이를 부드득 갈면서 이렇게 말한 다음 잠든 사람 곁으로 기계적으로 다가가서 그의 얼굴을 들여다보기 시작했다. 그는 바싹 마른 농부로 아직 그리 늙지는 않은 편이었고, 길쭉한 얼굴에 아맛빛 고수머리와 긴 턱수염을 가진 사내였다. 무명 루바시카[9]에 검은색 조끼 차림이었는데, 그의 호주머니 사이로 은시곗줄이 눈에 띄었다. 미탸는 뜻 모를 증오심을 품은 채 그의 얼굴을 바라보았는데 왠지 모르게 그가 고수머리라는 사실이 특히 가증스럽게 여겨졌다. 그러나 그를 참을 수 없는 모욕감에 빠져들게 한 것은 미

9 러시아의 남자가 착용하는 블라우스풍의 상의.

탸 자신이 수많은 희생을 치르고 또 여러 가지 일을 내팽개치면서 피곤한 몸을 이끌고 이 작자 앞에 서게 되었는데, 이 게으름뱅이는 〈자신의 모든 운명을 거머쥐고도 마치 다른 유성에서 날아온 사람처럼 아무 일도 없다는 듯 코를 골고 있다〉는 사실이었다. 〈아아, 운명의 장난이여!〉 미탸는 이렇게 외치더니 갑자기 정신 나간 사람처럼 술 취한 사내를 흔들어 깨우기 시작했다. 미탸는 그를 사납게 흔들기도 하고 잡아당기기도 하고 떠밀어 보기도 했으며 쥐어박기까지 했지만 5분이 지나도록 아무 성과도 없자 절망적인 기분으로 의자에 주저앉았다.

「어리석은 짓이야, 어리석은 짓이라고!」 미탸는 이렇게 소리쳤다. 「게다가...... 이건 정말 창피한 노릇이야!」 웬일인지 갑자기 그는 이렇게 덧붙였다. 머리가 몹시 아파 오기 시작했다. 〈그냥 내팽개쳐 버릴까? 그냥 돌아가 버려?〉 이런 생각이 그의 머릿속에 떠올랐다. 〈아니야, 아침까지 기다려야 해. 오기로라도 버텨야 해, 오기로라도! 그렇게 하지 않을 거라면 여기에 올 필요가 없었잖아? 게다가 여기서 돌아갈 방법도 없잖아. 아아, 생각이 모자랐어!〉

그러나 그의 머리는 점점 더 깨질 것만 같았다. 그는 꼼짝 않고 자리에 앉아 있었으며 어떻게 잠이 들었는지 모르게 졸다가 갑자기 잠에서 깨어났다. 두 시간가량, 아니 그 이상 잠이 들었던 게 분명했다. 그는 비명을 지르고 싶을 만큼 쑤시는 두통 때문에 잠에서 깨어나고 말았다. 관자놀이가 욱신거리고 정수리에 통증이 심했다. 잠에서 깨어났지만 그는 오랫동안 정신을 차리지 못하다가 어찌 된 영문인지 깨닫게 되었다. 마침내 그는 불을 땐 방 안에 일산화탄소가 가득 차서 목숨을 잃을 뻔했다는 사실을 알게 되었다. 하지만 술에 취한 농부는 여전히 코를 골며 자고 있었다. 촛불은 거의 다 타서 꺼질 듯 말 듯 희미해졌다. 미탸는 소리를 지르며 산림 경비원이 있는 현관 저편 방 안으로 달려갔다. 산림 경비원은 금방 잠에서 깨어났지만 저쪽 방에 일산화탄소가 가득 찼다는 말을 듣고도 그런 사실을 이상하리만큼 무신경하게 받아들였으므로 미탸는 마치 모욕을 당한 것처럼 충격을 받았다.

「그런데 그 사람이 죽었다면, 그 사람이 죽었다면 그때는…… 그때는?」 잔뜩 화가 난 미탸는 그 앞에서 고함을 질러 댔다.

문을 활짝 열어젖혔고, 창문이란 창문은 모두 열었으며 굴뚝도 열어 놓았다. 미탸는 현관에서 물통을 가져다가 우선 자기 머리를 적신 다음 헝겊 조각을 구해 물에 적신 후 랴가비의 머리에 얹어 주었다. 산림 경비원은 이 모든 사태에 대해 여전히 경멸적인 태도를 취했으며 창문을 열고 나서 〈이렇게 하면 됐겠죠?〉라고 퉁명스럽게 말했다. 그러고는 밝게 타오르는 등불을 미탸에게 남겨 둔 채 다시 잠자리로 돌아갔다. 미탸는 질식한 주정뱅이의 머리를 식히면서 30분 동안이나 간호해 주었고, 밤새 그를 돌보리라 진지하게 마음먹었지만 너무 피곤했으므로 휴식을 취하려고 의자에 앉아 눈을 붙이는 순간 마치 죽은 사람처럼 깊이 잠들고 말았다.

그는 대단히 늦게 잠에서 깨어났다. 벌써 아침 9시가 다 될 무렵이었다. 태양은 오두막 창문 사이로 밝게 빛나고 있었다. 어제의 그 고수머리 농부는 외투까지 걸친 채 의자에 앉아 있었다. 그 앞에는 새 사모바르와 새 술병이 놓여 있었다. 어제의 그 술병은 벌써 다 비워 버렸고 새 술병도 반 이상을 비운 후였다. 미탸는 자리에서 일어나는 순간 저주받을 그 농부 놈이 다시 술에 취해 있다는 사실을, 그것도 완전히 제정신이 아닐 정도로 취해 있다는 사실을 깨달았다. 그는 눈을 동그랗게 뜨고 농부를 바라보았다. 농부 역시 상대를 깔보는 듯한 태연한 모습으로 아무 말 없이 능청맞게 그를 바라보았다. 미탸는 어쩐지 그런 생각이 들었다. 그는 농부에게 매달렸다.

「실례합니다만, 저어…… 나는…… 당신께서는 아마도 이 오두막의 산림 경비원으로부터 이야기를 들으셨겠지만, 나는 드미트리 카라마조프라는 육군 중위입니다, 당신과 숲을 거래하고 있는 카라마조프 노인의 아들이기도 하고요…….」

「거짓말 마!」 농부는 갑자기 강경하면서도 침착한 태도로 잘라 말했다.

「거짓말을 하다뇨? 표도르 파블로비치를 아십니까?」

「표도르 파블로비치 따위를 내가 어떻게 알아?」 농부는 꼬부라진 혀를 놀리며 이렇게 대답했다.

「당신은 숲을, 숲을 그 사람과 거래하고 있지 않습니까? 정신을 차리고 잘 생각해 보세요. 파벨 일린스키 신부님께서 나를 이리로 안내해 주셨습니다…… 당신이 삼소노프 씨한테 편지를 쓰셨기 때문에 그분이 나를 당신한테 보내신 것이고요…….」 미탸는 숨을 몰아쉬었다.

「거짓말!」 랴가비는 다시 잘라 말했다.

미탸는 발끝까지 서늘한 냉기가 감돌았다.

「제발, 이건 농담이 아닙니다! 아마 당신은 술에 취하신 모양입니다. 당신은 말씀을 하실 수도, 이해하실 수도 있는 것 같은데…… 오히려…… 오히려 내가 이해가 가지 않는군요!」

「너는 염색공이야!」

「아니, 나는 카라마조프입니다. 드미트리 카라마조프. 당신한테 드릴 말씀이 있습니다……. 이문이 남는 제안인데…… 이문이…… 아주 많이 남는…… 바로 숲에 관한 문제입니다만.」

농부는 거만한 모습으로 턱수염을 쓰다듬었다.

「그럴 리 없어, 넌 청부 일을 맡았다가 도망친 악당이야. 악당이라고!」

「믿어 주세요, 당신은 뭔가 잘못 알고 계신 겁니다!」 미탸는 절망감에 빠져들며 두 손을 잡았다. 농부는 내내 턱수염을 쓰다듬다가 갑자기 눈을 가늘게 뜨고 능글맞은 눈빛으로 바라보며 이렇게 말했다.

「아니라면 내게 그걸 증명해 봐. 다른 사람한테 손해를 입히는 일을 해도 괜찮다는 법이 있다면 어디 내게 보여 줘. 넌 악당이야, 그걸 알기나 해?」

미탸는 참혹한 심정으로 물러섰으며, 나중에 스스로 밝힌 바에 따르면 마치 〈무언가로 이마를 한 대 얻어맞은 듯한〉 기분이었다고 한다. 〈촛불이 켜짐으로써 나는 모든 것을 깨닫게 되었다〉는 미탸의 말처럼 그 순간 그의 머릿속에는 어떤 광명이 비쳤다. 그는 꽤나 똑똑한 편이라는 자신이 어떻게 이처럼 어리석은 일에 휘말려 엉뚱한 꼬임에 빠져들었으며, 꼬박 하루 동안 그런 짓을 계속하면서 랴가비 같은 녀석한테 매달려 머리까지 식혀 주었을까 하는 의혹과 충격에서 헤어나지 못한 채 멍청히 서 있었다……. 〈그래, 이 사람은 고주망태가 될 정도로 취해 있어, 그리고 앞으로 일주일은 더 술을 마셔 댈 거야……. 그러니 뭘 기대하겠어? 그런데 삼소노프가 날 이곳에 일부러 보낸 것은 아닐까? 아니, 만일 그녀가……

맙소사, 내가 무슨 짓을 하고 있는 거람!〉

　농부는 자리에 앉은 채 그를 바라보며 실실 웃고 있었다. 다른 때 같았으면 미탸는 아마 홧김에 그 멍청한 녀석을 요절냈겠지만 지금은 어린애처럼 마음이 약해져 있었다. 그는 조용히 의자 있는 곳으로 다가가 외투를 집어 든 다음 묵묵히 옷을 걸쳐 입은 후 그 오두막을 빠져나왔다. 다른 방에 가 보니 산림 경비원은 눈에 띄지 않았고 텅 비어 있었다. 그는 주머니에서 50코페이카를 꺼내 그 돈을 숙박료, 양초값, 소란을 피운 대가로 탁자 위에 올려놓았다. 오두막을 나오니 주변은 온통 숲으로 둘러싸여 있을 뿐 다른 것은 전혀 보이지 않았다. 오두막을 나와 오른쪽인지 왼쪽인지 어디로 가야 좋을지 모른 채 무작정 걸어갔다. 어젯밤 신부와 함께 급히 이곳으로 달려오면서 길을 눈여겨봐 두지 않았던 것이다. 그는 마음속으로 그 누구에게도, 심지어는 삼소노프에게조차 원한을 품지 않았다. 그리고 어디로 가야 할지 걱정하지도 않은 채 망연자실하여 아무 생각 없이 좁은 숲길을 걸어갔다. 길에서 마주치는 어린아이라도 그를 쓰러뜨릴 수 있을 만큼 그는 몸과 마음이 허약해져 있었다. 그러나 어쨌든 그는 겨우겨우 숲에서 빠져나왔다. 추수를 끝낸 벌거벗은 광활한 벌판이 그의 눈앞에 펼쳐졌다. 〈아, 이 절망감, 사방은 온통 죽음뿐이로구나!〉 그는 앞으로 한 걸음 한 걸음 내디디면서 이 말을 되풀이했다.

　지나가는 사람들이 그를 구해 주었다. 마부가 늙은 장사꾼 한 사람을 태우고 시골길을 지나고 있었던 것이다. 마차가 멈춰 서자 미탸는 길을 물었는데 그들은 마침 볼로비야역으로 가던 중이었다. 그들은 서로 속닥거리더니 미탸를 마차에 태워 주었다. 세 시간 만에 마차는 목적지에 도착했다. 볼로비야역에서 미탸는 곧 읍내로 돌아갈 마차를 물색했으며, 그러고 나자 갑자기 견딜 수 없을 만큼 배가 고파 왔다. 마차에 말을 묶는 동안 그의 앞에는 달걀프라이가 나왔다. 그는 눈 깜짝할 사이에 그것을 모두 먹어 치우고 나서 큼직한 빵 덩어리와 소시지도 모두 먹어 버렸으며, 보드카도 석 잔이나 들이켰다. 허기가 가시자 그는 기운이 솟구쳐 올랐고 기분도 다시 유쾌해졌다. 길을 달려가면서 그는 마부를 재촉했고, 그러다가 갑자기 오늘 저녁까지 〈그 저주받을 돈〉을 마련할 수 있는 새롭고 〈절대 실수가 없을〉 계획을 생각해 냈다. 〈아무리 생각하고 또 생각해 봐도 그 보잘것없는 3천 루블 때문에 사람의 운명이 파멸되다니!〉 그는 경멸적으로 외쳐 댔다. 〈오늘은 해결하고야 말겠어!〉 그때 만일 그루셴카에 대한 그리움, 그녀에게 무슨 일이 일어나지 않았을까 하는 걱정이 끊임없이 일어나지 않았더라면 그는 아마도 다시 유쾌한 기분에 빠져들었을지도 모른다. 그러나 그녀에 대한 그리움이 예리한 비수처럼 그의 마음을 찔렀다. 마침내 목적지에 도착했고, 미탸는 곧바로 그루셴카의 집으로 달려갔다.

3 금광

그것은 바로 그루셴카가 그토록 공포심에 떨며 라키틴한테 이야기했던 미탸의 방문이었다. 당시 그녀는 〈급한 전갈〉을 학수고대하고 있었으며 미탸가 어제도 오늘도 찾아오지 않았다는 사실에 매우 기뻐하고 있었을 뿐 아니라 하느님의 은총으로 자신이 떠날 때까지 그가 불쑥 나타나지 않기만을 기대하고 있었다. 계속 진행되는 이야기는 우리가 알고 있는 내용이다. 미탸를 따돌리기 위해 그녀는 〈돈 청산 문제〉로 꼭 들러야 한다며 자신을 쿠지마 삼소노프 집까지 데려다 달라고 재빨리 설득했으며, 미탸는 그녀를 곧 그곳에 데려다주었다. 쿠지마 집 현관 앞에서 미탸와 헤어진 그녀는 다시 집으로 되돌아갈 수 있도록 11시에 데리러 오겠다는 약속을 그에게서 받아 냈다. 미탸는 그녀의 이런 조치에도 기뻐했다. 〈쿠지마의 집에 머무른다면 아버지 표도르 파블로비치에게는 가지 못하겠지……. 만일 그녀가 거짓말을 하는 것이 아니라면 말이야.〉 그는 곧 이렇게 생각했다. 그의 눈에는 그녀가 거짓말을 하지 않는 것처럼 비쳤다. 그는 사랑하는 여인과 헤어진 다음에는 그녀에게 혹 무슨 일이 벌어지고 있지는 않을까, 그녀가 자신을 배신하지는 않을까 하는 무서운 공포심에 사로잡히는 질투심의 소유자였다. 그러나 그녀가 틀림없이 자신을 배신한 거라는 확신으로 가득 차서는 절망하며 거의 사색이 되어 그녀에게 달려갔다가도 그녀의 얼굴에서 즐겁고도 애교스러운 미소를 바라보는 순간 곧 활기를 되찾는 동시에 자신이 품었던 온갖 의심들을 단숨에 녹여 버리고 자신의 질투심을 몹시 부끄럽게 생각하는 그런 사람이었다. 그는 그루셴카를 데려다주고는 집으로 발길을 돌렸다. 오, 그에게는 오늘 할 일이 얼마나 많았던가! 그러나 적어도 마음만은 한결 가벼웠다. 〈가능하면 빨리 스메르댜코프 이야기를 들어봐야 해, 어젯밤에 그녀가 아버지 표도르 파블로비치를 찾아가지 않았다면 다행이지만, 그렇지 않다면, 아아!〉 그의 머릿속에는 이런 생각이 스치고 지나갔다. 집에 도착하기도 전에 그의 복잡한 가슴속에서는 다시 질투심이 타올랐다.

질투심! 〈오셀로는 질투심이 강한 것이 아니라, 남을 잘 믿었던 것이다〉라고 푸시킨은 지적한 바 있다. 이러한 통찰 하나만 보더라도 위대한 시인의 심오하고 비범한 지혜는 입증되는 것이다. 오셀로의 영혼이 처참하게 무너지고 또 모든 인생관이 흐려진 것은 그의 이상이 깨어졌기 때문이다. 그러나 오셀로라면 숨어서 염탐하거나 남몰래 엿보는 짓 따위는 하지 않을 것이다. 그는 남의 말을 잘 믿는 사람이기 때문이다. 오히려 변심했는지를 알아내기 위해서라면 그는 스스로 실토하도록 유도하거나 상처를 주거나 갖은 노력을 다 기울여서라도 한바탕 대결했을 것이다. 진정으로 질투심이 강한 사람은 그렇지 않은 법이다. 질투심이 강한 사람이 아무런 양심의 가책도 느끼지 않은 채 치욕과 도덕적 타락 속에서 살아간다는 것은 상상도 할 수 없는 일이다. 다시 말해 질투심이 강한 사람 대부분은 비열하고 추악한 영혼의 소유자가 아니라는 것이다. 오히려 고상한 심성과 순수한 애정, 희생정신을 가진 사람들이 탁자 밑에 숨어서 비열한 사람들을 매수하고 염탐하거나 남몰래 엿듣는 그런 추악한 짓을 저지를 수도 있는 것이다. 오셀로는 변심하거나 절대로 타협하지 않았을 것이고 또 용서할 수도 없었을 것이나, 타협한다고 해도 그것은 그의 영혼이 어린애처럼 유순하고 순수하기 때문일 것이다. 진정으로 질투심이 강한 사람이라면 그렇지 않다. 그런 사람들은 화해하며 살아간다거나, 질투심 강한 다른 사람의 용서를 받을 수 있다고 생각조차 하지 못하는 것이다! 질투심이 강한 사내는 얼마 못 가서 모든 사람들을 용서하게 되며, 여자들은 모두 그런 사실을 잘 알고 있다. 질투심이 강한 사내는 예를 들면 자기 눈으로 목격한 포옹이나 키스 같은 거의 입증된 부정 따위가 그것으로 〈마지막〉이며, 그 순간부터 연적이 국경으로 떠나 눈앞에서 사라졌다는 확신이 들거나 그 끔찍한 연적이 다시는 찾지 못할 어디론가 그녀를 데려간다면 아주 짧은 시간 내에(물론 끔찍한 일을 한차례 겪고 난 후이지만) 용서해 줄 수도 있고 또 그런 위인이기도 하다. 물론 타협은 한순간에 불과할 것이다. 왜냐하면 연적이 정말로 사라졌다고 해도 다음 날이면 다른 새 연적을 찾아내 그에게 질투심을 느낄 것이기 때문이다. 그렇게 감시해야 하고 또 기를 쓰며 경계해야 할 사랑이라면 대체 무슨 가치가 있겠는가? 하지만 진정으로 질투심이 강한 사내는 그것을 결코 이해하지 못할 것이며, 실제로 그런 부류의 사람들 속에서 고상한 심성을 지닌 사람들을 만나게 된다. 여기서 다시 짚고 넘어갈 사항은 고상한 감정을 지닌 그런 사람들은 골방에 숨어서 다른 사람들의 이야기를 엿듣거나 염탐할 때 〈자신의 고상한 감정에 의해〉 분명히 수치심을 느끼게 되지만 적어도 골방에 있는 그 순간만은 양심의 가책을 받지 않는다는 것이다. 그루셴카를 보는 순간 미탸는 질투심이 어느새 눈 녹듯 사라져 버리고 단번에 남을 잘 믿는 고상한 인간이 되었으며, 자신의 어리석은 감정을 스스로 경멸하는 단계에까지 이르렀다. 그러나 그것은 그 여인에 대한 미탸의 사랑이 혼자 상상했던 것보다 훨씬 더 고상한 그 무엇을 내포하고 있기 때문이며 알료샤에게 설명했던 정욕이나 〈육체의 아름다움〉 때문만은 아니었다는 것을 의미한다. 그러나 그 대신 그루셴카가 보이지 않으면 미탸는 곧 다시 그녀의 비열함과 변절 행위를 의심하기 시작했다. 그리고 그때는 아무런 양심의 가책도 느끼지 않았다.

그리하여 그의 가슴속에서는 다시금 질투심이 부글부글 끓어오르기 시작했다. 무슨 일이 있어도 급히 서둘러야만 했다. 우선 해야 할 일은 푼돈이라도 긁어모으는 일이었다. 어제의 9루블은 여비로 모두 날아가고 없으니, 돈이 없으면 한 발자국도 움직일 수 없다는 것은 자명한 일이 아닌가. 그러나 그는 조금 전 마차에서 어디서 돈을 마련할 것인지 새로운 계획을 동시에 생각해 놓았다. 그는 총알이 들어 있는 권총 한 쌍을 가지고 있었으나 지금까지 저당 잡히지 않았던 것은 가지고 있는 물건들 중에서 가장 아꼈기 때문이다. 그는 오래전에 선술집 〈스톨리치니 고로트〉에서 한 젊은 관리와 알게 되었는데, 독신주의자인 부유한 그 관리는 무기를 광적으로 좋아하여 권총, 연발총, 단검 따위를 사 모아서 자기 집 벽에 걸어 두고 친지들에게 보여 주며 연발총의 구조, 탄알 장전법, 발사법 등을 설명하면서 자랑하고 있다는 이야기를 선술집에서 들은 적이 있었다. 얼른 생각이 이에 미친 미탸는 당장 그 관리에게로 달려가 그 권총을 담보로 10루블을 빌려 달라고 부탁했다. 그러자 관리는 반색하며 권총을 아예 팔라고 설득하기 시작했지만 미탸는 그의 제안을 거절했다. 관리는 이자 따위는 절대 받지 않겠다고 말하며 10루블을 내주었다. 두 사람은 친구가 되어 헤어졌다. 미탸는 급히 서둘렀고 스메르댜코프를 얼른 불러내기 위해 아버지 표도르 파블로비치의 집 뒤편에 있는 정자로 달려갔다. 그러나 이 같은 사정을 살펴볼 때 필자가 앞으로 이야기하게 될 엽기적 사건이 벌어지기 겨우 서너 시간 전까지만 해도 미탸는 무일푼이었으며, 10루블 때문에 애지중지하던 소장품을 저당 잡혔는데도, 느닷없이 단 서너 시간 만에 3천 루블을 지니고 있었다는 의문이 여전히 남게 된다……. 하지만 필자는 더 이상 앞서가지 않겠다.

마리야 콘드라티예브나(표도르 파블로비치의 이웃)의 집에서는 스메르댜코프의 발병이라는 너무나 놀랍고도 충격적인 소식이 그를 기다리고 있었다. 미탸는 그가 지하실에서 굴러떨어져 간질병이 발작했으며, 의사가 왕진을 다녀가고 또 표도르 파블로비치의 간호를 받고 있다는 등의 이야기를 전해 들었다. 게다가 동생 이반 표도로비치가 오늘 아침 모스크바로 떠났다는 이야기도 흥미롭게 들었다. 〈틀림없이 나보다 먼저 볼로비야를 지나갔겠군.〉 드미트리 표도로비치는 이런 생각이 들었으나 스메르댜코프 문제 때문에 몹시 초조해졌다. 〈이제 누가 망을 보며 누가 소식을 전해 준담?〉 그는 어제 저녁에 이상한 일이 벌어지지는 않았느냐고 두 모녀에게 끈질기게 캐묻기 시작했다. 모녀는 그가 무슨 이야기를 듣고 싶어 하는지 너무나 잘 알고 있었기 때문에 아무도 찾아오지 않았으며 이반 표도로비치가 하루 묵었을 뿐 〈만사가 순조로웠다〉며 그를 안심시켰다. 미탸는 곰곰이 생각에 잠겼다. 반드시 오늘은 망을 보아야 하는데 어디가 좋을까? 이곳이 좋을까, 아니면 삼소노프 집 대문 근처가 좋을까? 그는 이곳이든 그곳이든 현재로서는 감시를 계속하기로 결심했다……. 하지만 문제는 얼마 전에 세운 계획, 마차 안에서 문득 떠올랐던 새롭고 믿을 만한 그 계획이 지금 미탸 앞에 대두되어 있었고 그 실천을 더 이상 미룰 수 없다는 데 있었다. 미탸는 그 일을 위해 한 시간만 할애하기로 결심했다. 〈한 시간 내에 모든 일을 해결하고 나서 모든 사정을 알아본 다음, 먼저 삼소노프 집에 찾아가 그곳에 그루셴카가 있는지 물어보고, 이어서 얼른 이곳으로 되돌아와 11시까지 여기서 기다리다가 다시 삼소노프 집에 들러 그녀를 집에 바래다주자.〉 그는 이렇게 결정했다.

미탸는 집으로 달려가 세수를 하고 머리를 빗고 옷을 손질하여 입은 다음 호흘라코바 부인한테로 찾아갔다. 아아, 정녕 그의 계획은 거기에 있었다. 그 부인에게서 3천 루블을 빌리기로 결심했던 것이다. 중요한 사실은 그녀가 자신의 부탁을 거절하지 않으리라는 특별한 확신이 갑자기 그의 마음속에 일어났다는 사실이다. 만일 그런 확신을 가지고 있었다면 어째서 자신과 동일한 계층 사람들에게 미리 찾아가지 않고 기질도 다른 데다 잘 알지도 못하는 삼소노프를 찾아갔는지 놀라울 뿐이다. 그러나 호흘라코바 부인과는 지난달까지 거의 절교 상태에 있었으며 또 그전에는 잘 모르는 사이였을 뿐만 아니라, 그녀가 자신의 이야기를 귀담아듣지 않는다는 사실을 잘 알고 있었다. 그 부인은 미탸가 카테리나 이바노브나의 약혼자라는 이유만으로도 그를 증오했으며, 카테리나 이바노브나가 미탸를 버리고 〈훌륭한 예의범절을 갖춘 멋지고 기사도로 교양을 쌓은 이반 표도로비치〉와 결혼해 주기를 바라고 있었다. 미탸의 행실이 몹시 마음에 들지 않았던 것이다. 미탸도 그녀를 비웃고 있었으며, 그녀에 대해 〈생기가 넘치고 소탈하긴 하지만 너무 교양이 없는 여자〉라고 이야기한 적도 있었다. 그런데 오늘 아침 마차 안에서 그에게는 확신에 찬 한 가지 생각이 떠올랐다. 〈만일 내가 카테리나 이바노브나와 결혼하는 것을 그 부인이 원치 않는다면, 그리고 그런 마음이 그 정도에 이른다면(미탸는 그녀가 그 문제에 관해 거의 히스테리를 일으킬 정도라는 것을 알고 있었다), 카탸를 버리고 영원히 이곳을 떠나는 데 필요한 3천 루블을 빌려주지 않을 까닭이 없지 않은가? 응석받이로 살아온 상류 사회 부인들은 변덕을 일으킬 정도로 소망을 품게 되면 그것을 성취하기 위해 무슨 짓이라도 하는 법이야. 게다가 그녀는 굉장한 부자이기도 하잖아〉하고 미탸는 생각했다. 그리고 그 〈계획〉은 전과 마찬가지로 체르마시냐에 대한 자신의 권리를 넘겨주겠다는 제안이었다. 하지만 그 부인에게는 어제 삼소노프에게 상업적 목적을 띠고 제안할 때처럼 3천 루블의 두 배에 해당하는 약 6천~7천 루블의 이득을 올릴 수 있다고 유혹하는 것이 아니라 그저 채무에 대해 믿을 만한 담보로 제공할 생각이었다. 새로운 생각이 꼬리를 물고 커져 감에 따라 미탸는 기쁨에 넘쳐흘렀다. 그러나 그것은 그가 어떤 일에든 착수하는 순간이면, 갑작스러운 결정을 내릴 때면 언제나 일어나는 현상이었다. 새로운 생각이 떠오를 때면 그는 언제나 극단적으로 열중하는 습관이 있었던 것이다. 그럼에도 불구하고 호흘라코바 부인 집 현관 계단에 발을 내딛는 순간 그는 등골이 오싹해지는 것을 느꼈다. 바로 그 순간 그것이 그의 마지막 희망이며, 만일 성공하지 못한다면 이 세상에는 더 이상 아무 희망도 남지 않게 된다는 사실을 너무나도 명백히 인식하고 있었던 것이다. 그는 〈그렇지 않으면 3천 루블 때문에 누군가를 칼로 찌르고 강탈하는 수밖에 없으며, 다른 방법은 이제 없겠지……〉하는 생각이 들기도 했다. 그가 현관에서 초인종을 누른 시간은 7시 반쯤 되었을 무렵이었다.

처음에는 모든 상황이 그에게 미소 짓는 것처럼 보였다. 그가 안내를 부탁하자마자 평소와는 달리 신속한 영접을 받았다. 〈분명히 나를 기다리고 있었던 거야〉라는 생각이 미탸의 머리를 스치고 지나갔다. 이어서 그가 응접실로 안내되자 안주인이 별안간 거의 뛰다시피 마중 나오며 마침 그를 기다리고 있었다고 솔직히 털어놓는 것이었다.

「기다렸어요, 오랫동안 기다렸어요! 정말이지 당신이 날 찾아오시리라곤 생각하지도 못했어요, 그렇지 않나요? 하지만 난 당신을 기다렸어요. 내 직관에 놀라셨지요, 드미트리 표도로비치. 난 당신이 오늘 찾아오시리라는 사실을 아침 내내 확신하고 있었죠.」

「정말 놀랍군요, 부인.」 미탸는 천천히 자리를 잡으며 말했다. 「하지만…… 나는 중요한 용건 때문에 찾아온 것입니다……. 보통 중요한 일이 아닙니다, 적어도 나한테는, 나 한 사람한테는 말입니다, 부인. 그리고 급히 서둘러야 합니다…….」

「중요한 용무 때문에 오셨다는 것은 알고 있어요, 드미트리 표도로비치. 이건 어떤 예감이나 기적에 대한 보수적인 기대감이 아니라(조시마 장로님의 소식은 들으셨겠죠?), 바로 수학, 수학에 근거한 것이죠. 카테리나 이바노브나에게 그런 일들이 벌어졌는데 당신이 오시지 않을 수는 없었겠죠? 당신은 절대, 절대 그럴 리가 없으니 수학에 근거한 것일 수밖에요.」

「현실 생활에서의 리얼리즘이로군요, 부인, 바로 그렇습니다! 하지만 부디, 부디 내 말씀을 좀…….」

「그래요, 바로 리얼리즘이에요, 드미트리 표도로비치. 난 철저히 리얼리즘의 편에 서 있지요, 너무나 기적에 매달려 왔었거든요. 조시마 장로님이 돌아가셨다는 소식은 들으셨나요?」

「아니요, 부인, 처음 듣는 이야기입니다만.」 미탸는 약간 놀랐다. 그의 머릿속에서 알료샤의 모습이 스치고 지나갔던 것이다.

「오늘 새벽이었어요, 어디 생각해 보세요…….」

「부인.」 미탸는 말을 가로챘다. 「나는 지금 절망적인 상태에 빠져 있고 또 당신이 도와주시지 않으면 모든 것이 무너지고 말 거라는 생각뿐입니다. 내가 가장 먼저 무너지고 있단 말씀입니다. 시답지 않은 말씀을 드려 죄송합니다만 나는 몹시 흥분한 상태이고 또 열이 오른 상태입니다…….」

「알고 있어요, 당신이 열이 올라 있다는 건 알고 있어요. 난 모두 알고 있어요, 당신은 그런 상태에 놓이지 않을 수 없겠지요. 아무 말씀도 하지 않으시더라도 이미 짐작할 수 있으니까요. 나는 오랫동안 당신의 운명에 대해 생각했어요, 드미트리 표도로비치. 난 당신의 운명에 주목하고 있으며, 그걸 연구하는 중이거든요……. 오, 믿어 주세요, 난 경험이 풍부한 정신과 의사랍니다, 드미트리 표도로비치.」

「부인, 만일 당신이 정신과 의사라면 나는 경험 많은 환자이겠군요.」 미탸는 억지로 아양을 떨었다. 「만일 당신이 내 운명을 주시하고 있다면 내 운명을 파멸로부터 구해 주실 거라는 예감이 듭니다. 하지만 그러기 위해서는 당신한테 내 계획을 말씀드릴 수 있도록 허락해 주십시오. 그래서 감히 이렇게 찾아온 것이니까요……. 그것이 내가 부인한테 고대하는 바이기도 합니다…… 내가 찾아온 것은, 부인…….」

「아무 말씀도 하지 마세요, 그건 중요한 문제가 아니니까. 도움에 관해서라면 당신이 내 도움을 받는 첫 번째 사람은 아니지요, 드미트리 표도로비치. 틀림없이 당신은 내 사촌 여동생 벨메소프 이야기를 들으셨을 거예요. 당신의 인상 깊은 표현대로 그 애의 남편이 파멸해서 모든 것을 잃어버렸거든요, 드미트리 표도로비치. 그때 난 그 사람한테 말 사육을 권했었는데 지금은 대단히 번창하고 있답니다. 말 사육에 대한 지식은 갖고 계시겠죠, 드미트리 표도로비치?」

「전혀 없습니다, 부인, 오, 부인, 전혀 없다니까요!」 미탸는 더 이상 참지 못하고 신경질적으로 소리치며 자리에서 벌떡 일어서기까지 했다. 「단지 부탁드리고 싶은 것은, 부인, 내 말씀을 좀 들어 보십시오. 먼저 자초지종을, 내가 여기 찾아온 이유를 다 털어놓을 수 있도록 단 2분만이라도 시간을 내달라는 것입니다. 게다가 내겐 시간이 없습니다, 매우 서둘러야 한단 말입니다!」 부인이 지금 다시 무슨 이야기를 꺼내려고 한다는 것을 눈치챈 미탸는 그녀의 목소리를 억누를 생각으로 빽 고함을 질렀다. 「난 절망적인 상태에서 이곳을 찾아왔습니다……. 절망의 막다른 골목에서 당신한테 3천 루블을 부탁드릴 생각으로 말입니다. 하지만 믿을 만한 담보는 가지고 있습니다, 부인. 가장 안전한 담보입니다! 제발 한마디 이야기하게 해주십시오…….」

「그건 나중에, 나중에 듣기로 해요!」 호흘라코바 부인은 오히려 그를 향해 손을 내저었다. 「당신이 말씀하시려는 것은 이미 모두 알고 있어요. 벌써 당신한테 말씀드렸잖아요. 당신은 돈을, 3천 루블을 부탁하려는 것이지만, 난 그 이상을, 그 이상을 드리겠어요, 당신을 구원해 드리겠어요, 드미트리 표도로비치. 하지만 당신은 내 이야기를 경청해야만 해요!」

미탸는 다시 자리에서 벌떡 일어섰다.

「부인, 이렇게 친절하실 수가!」 그는 아주 감격하여 소리쳤다. 「오, 당신은 나를 구원해 주셨습니다. 당신은 한 인간을 구원해 주셨습니다, 부인. 자살로부터, 총구로부터 말입니다……. 당신은 나의 영원한 은인이십니다…….」

「난 당신에게 3천 루블보다 훨씬, 훨씬 더 많은 것을 드리겠어요!」 호흘라코바 부인은 환희에 넘친 미탸의 모습을 바라보면서 밝은 미소를 지으며 소리쳤다.

「훨씬이라뇨? 하지만 그런 돈은 필요 없습니다. 내게는 그 운명의 3천 루블만이 필요할 뿐입니다. 나는 무한한 감사를 드리고 더불어 그 돈에 대한 보증을 서기 위해 찾아온 것입니다. 내가 제안할 계획으로 말씀드리자면…….」

「그만뒀어요, 드미트리 표도로비치, 일단 내뱉은 이야기는 실행에 옮길 테니까요.」 호흘라코바 부인은 은인으로서의 순수한 자부심에 젖은 채 잘라 말했다. 「당신을 구원해 드리겠다고 약속했으니 구원해 드리겠어요. 벨메소프처럼 당신을 구원해 드리겠어요. 금광을 어떻게 생각하세요, 드미트리 표도로비치?」

「금광이라뇨, 부인! 난 그런 것은 생각해 본 적이 없습니다만.」

「그래서 내가 당신을 위해 생각했던 거예요! 생각하고 또 생각했지요! 벌써 한 달 동안이나 그런 목적으로 당신을 주시했고요. 나는 당신을 수없이 바라보면서 당신이 내 곁을 지나칠 때마다 바로 당신이야말로 금광업에 필요한 정력적인 사람이라고 거듭 되뇌었어요. 난 당신의 걸음걸이까지 연구하여 바로 당신이야말로 수많은 금광을 발견할 사람이라고 결론을 내리게 되었지요.」

「걸음걸이라뇨, 부인?」 미탸는 미소를 지었다.

「네, 걸음걸이 말이에요. 그럼 당신은 걸음걸이로 사람의 성격을 파악할 수 있다는 이야기를 부정하시는 건가요, 드미트리 표도로비치? 자연 과학 역시 똑같은 주장을 펴고 있답니다. 오, 나는 현실주의자랍니다, 드미트리 표도로비치. 내 마음을 온통 뒤흔들었던 수도원에서의 그 사건 이후, 오늘부터 나는 철저한 현실주의자가 되었고 실질적인 활동에 충실할 생각이에요. 나는 병을 고쳤어요. 〈이제 충분해!〉라고 투르게네프가 말했듯이 나도 마찬가지인 거죠.」

「하지만 부인, 너그러운 마음으로 내게 빌려주시겠다는 그 3천 루블은······.」

「아무 걱정 마세요, 드미트리 표도로비치.」 호흘라코바 부인은 얼른 말을 가로챘다. 「3천 루블은 이미 당신 주머니에 들어 있는 거나 마찬가지니까요. 3천 루블이 아니라 3백만 루블이에요, 드미트리 표도로비치, 그것도 짧은 시일 내에 말이에요! 그럼 당신한테 내 생각을 말씀드리겠어요. 당신은 금광을 찾아 떠났다가 백만장자가 되신 다음에 이곳으로 되돌아와서는 사업가가 되셔서 우리를 선행으로 이끄시는 거예요. 그런 일을 유대인들한테 맡겨 둘 수 있나요? 당신은 건물을 짓고 여러 가지 회사를 세우시게 될 거예요. 그리고 가난한 사람들을 도와주시면 그들은 당신한테 감사한 마음을 갖게 될 거예요. 지금은 철도 시대잖아요, 드미트리 표도로비치. 당신은 이름도 날리고 재무부에서도 없어서는 안 될 꼭 필요한 분이 되시는 거예요. 우리 루블화가 폭락하기 때문에 잠이 오지 않을 지경이거든요, 드미트리 표도로비치, 그런 면에서 사람들은 나를 잘 알아주지도 않지만······.」

「부인, 부인!」 드미트리 표도로비치는 불길한 예감이 들어서 마음의 평정을 잃고 더듬거렸다. 「어쩌면 나는 틀림없이, 틀림없이 당신의 마지막 충고를, 현명한 충고를 따르게 될 것입니다, 부인. 그리고 어쩌면 그곳으로…… 금광으로 길을 떠나게 될 것입니다……. 그 말씀을 드리러 다시 부인한테 찾아오기도 할 거고요……. 아니, 한 번이 아니라 수없이 말입니다……. 하지만 지금 3천 루블은, 부인께서 너그럽게 주시기로 한 그 돈은…… 오, 오늘 그 돈이 만들어질 수 있다면 그 돈은 나를 구속에서 풀어 줄 것입니다……. 다시 말해서 나는 지금 한 시간, 한 시간의 여유도 없는 것입니다…….」

「그만, 드미트리 표도로비치, 그만하세요!」 호흘라코바 부인은 끈질기게 말을 가로챘다. 「질문을 드리죠. 금광에 가실 건가요, 안 가실 건가요? 결심을 하셨나요? 정확히 대답해 주세요.」

「가겠습니다, 부인, 나중에…… 당신이 원하는 곳으로 가겠습니다, 부인…… 하지만 지금은…….」

「잠깐 기다리세요!」 호흘라코바 부인은 빽 소리를 지르더니 자리에서 벌떡 일어나 서랍이 여러 개 달린 멋진 책상으로 달려가서는 서랍을 하나하나 열면서 무언가 황급히 찾기 시작했다.

〈3천 루블이로군!〉 미탸는 숨이 넘어갈 것 같은 기분으로 이렇게 생각했다. 〈그런데 지금은 아무 서류도 증서도 없는데…… 오, 이건 너무나 신사적이로군! 정말 관대한 부인이야, 수다를 좀 덜 떨면 더없이 좋으련만…….〉

「여기 있군!」 호흘라코바 부인은 기쁨에 넘쳐 미탸를 향해 돌아서며 소리쳤다. 「이게 내가 찾던 거예요!」

그것은 흔히 몸에 부착하는 십자가와 함께 지니고 다니는 끈이 달린 아주 작은 은제(銀製) 성상이었다.

「키예프에서 가져온 거예요, 드미트리 표도로비치.」 부인은 경건한 목소리로 말을 이어 갔다. 「위대한 순교자 바르바라의 유품이기도 하지요. 당신 목에 걸어 두시면 당신의 새로운 삶과 새로운 사업에 축복을 내리실 거예요.」

그러고 나서 부인은 성상을 그의 목에 걸어 주며 매만지기 시작했다. 미탸는 몹시 당황한 모습으로 목을 길게 빼어 그녀를 거들었고 결국 성상을 넥타이와 셔츠 옷깃을 통해 앞가슴에 놓이도록 바로잡았다.

「자, 이제 떠나셔도 좋아요!」 호흘라코바 부인은 의기양양하게 다시 자리에 앉으며 이렇게 말했다.

「부인, 너무나 감격했습니다……. 이런 친절에 대해서…… 어떻게 감사드려야 좋을지 모르겠군요……. 하지만 지금 내겐 시간이 너무나 소중하다는 걸 알아 주셨으면 좋겠습니다! 당신의 너그러운 마음 덕분에 얻은 그 돈을 나는 너무나 애타게 기다리고 있습니다……. 오, 부인, 당신은 너무나 착하고, 내게 너무나 관대하십니다.」 미탸는 갑자기 감정이 달아오르면서 소리쳤다. 「이제 나는 부인한테 솔직히 털어놓지 않을 수 없군요……. 물론 부인께서도 이미 오래전부터 알고 계시겠지만…… 나는 이곳에서 한 사람을 사랑하고 있습니다……. 나는 카탸를 배신했던 것입니다……. 이젠 카테리나 이바노브나라고 부르고 싶군요. 아아, 나는 그녀에겐 인간 이하이고 부정직한 존재였지만 이곳에서 다른 사람을, 어떤 여자를 사랑하게 되었습니다……. 부인, 부인의 경멸을 받는지도 모르는 그 여자를 말입니다. 부인께서는 모든 것을 다 알고 계실 테니까요. 하지만 나는 절대, 절대 버릴 수가 없습니다, 그래서 지금 그 3천 루블은…….」

「모두 포기하세요, 드미트리 표도로비치!」 호흘라코바 부인은 조금 전과는 다른 준엄한 어조로 말을 가로막았다. 「포기하세요, 특히 여자들을. 당신의 목표는 금광이에요. 그곳에는 여자들을 데려갈 필요가 없어요. 나중에 당신이 부자가 되어 돌아왔을 때 최고의 상류 사회에서 마음속의 여자 친구를 발견하게 될 거예요. 그분은 지성미가 넘치고 편견이라고는 조금도 없는 현대적인 여성이 되겠지요. 그때는 지금 막 고개를 들기 시작한 여성 문제도 성숙해져서 신여성이 등장할 테니까요…….」

「부인, 그게 아닙니다, 그게 아니에요…….」 드미트리 표도로비치는 두 손을 모으며 애걸하기 시작했다.

「바로 그것이야말로 드미트리 표도로비치. 당신 자신은 모르고 있지만 당신한테 필요한 것이고, 당신이 갈망하는 것이에요. 나도 현재의 여성 문제에서 손을 떼고 있지는 않아요, 드미트리 표도로비치. 여성의 발전과 여성의 정치적 역할은 가까운 장래에 성취될 것이고, 그것이 내 꿈이기도 하지요. 나 자신도 딸 하나를 거느리고 있으니까요, 드미트리 표도로비치. 그런 면에서 사람들은 나를 잘 알아주지 않아요. 그 문제에 대해서 나는 작가 셰드린[10]한테 편지를 쓰기도 했지요. 그 작가는 내게 많은 가르침을, 여성의 사명에 대해 정말 많은 가르침을 주었어요. 그래서 지난해에 그분한테 익명으로 〈나의 작가여, 동시대의 여성으로서 당신을 포옹하고 키스를 보냅니다, 계속 활약해 주시기를 바라며〉라고 두어 줄 써 보

10 러시아의 풍자 작가로 본명은 살티코프(1826~1889).

냈어요. 말미에는 〈어느 어머니〉라고 서명했지요. 나는 〈동시대의 여성〉이라고 서명할 생각이었고 한참 망설이기도 했지만 그냥 어머니라고만 했어요. 그게 정신적인 아름다움이 더 풍부할 테니까요, 드미트리 표도로비치. 〈동시대의〉라는 단어는 『동시대인』[11]이라는 잡지를 연상시키거든요. 오늘날의 검열을 고려하면 그들에게는 쓰라린 추억이 될 테니까요....... 아아, 이런, 대체 왜 이러시죠?」

「부인.」 마침내 미탸는 자리에서 일어나 그녀 앞에 두 손을 모은 채 힘없이 애걸하기 시작했다. 「부인께서는 눈물을 흘리지 않을 수 없게 만드시는군요. 부인, 그토록 관대하시면서도 자꾸 시간을 끌기만 하시니…….」

「그러면 울도록 하세요, 드미트리 표도로비치. 어서 울도록 하세요! 그건 아름다운 마음씨예요……. 당신한테는 그런 길이 펼쳐져 있잖아요! 눈물이 당신을 위로해 줄 거예요. 나중에 돌아오셔서 기쁨을 만끽하시면 되잖아요. 나와 기쁨을 함께 나누기 위해서라도 시베리아에서 나한테 달려오실 테니까요…….」

「하지만 제발,」 미탸는 갑자기 신음 소리를 냈다. 「마지막으로 부탁드립니다, 오늘 부인께서 약속하신 그 돈을 받을 수 있는지 여쭙고 싶습니다만? 만일 그렇지 못하다면 언제 그 돈을 받으러 오면 될까요?」

「무슨 돈 말인가요, 드미트리 표도로비치?」

「부인께서 약속하신 3천 루블 말입니다…… 당신의 관대하신 마음씨 덕분에…….」

「3천 루블이라뇨? 그건 웬 돈이죠? 오, 없어요, 나한테 그

---

[11] 네크라소프가 편집을 맡은 1860년대의 진보적 잡지.

런 돈은 없어요.」 호흘라코바 부인은 적이 놀란 표정을 지으며 말했다. 미탸는 멍해지고 말았다······.

「아니, 이럴 수가······ 조금 전에······ 말씀하셨잖아요······ 그 돈이 내 주머니에 있는 것이나 마찬가지라고 말입니다······.」

「오, 아니에요, 당신은 내 말을 잘못 알아들으셨어요, 드미트리 표도로비치. 만일 그렇게 받아들이셨다면 오해를 하신 거예요. 나는 금광 이야기를 한 거예요······. 사실 나는 3천 루블보다 훨씬 더 많은, 셀 수 없을 만큼의 돈을 약속했어요. 이제 모두 생각나는군요, 하지만 금광을 염두에 둔 말이었어요.」

「그러면 돈은? 3천 루블은?」 드미트리 표도로비치는 넋을 잃고 소리쳤다.

「오, 만일 현금이라고 생각하셨다면 그건 잘못이에요, 나한테는 그런 돈이 없거든요. 지금 나는 가진 돈이 하나도 없어요, 드미트리 표도로비치. 나도 우리 집사한테 언성을 높이던 중이고, 직접 미우소프 씨한테서 5백 루블을 빌려 오는 판인걸요. 아니, 없어요, 내겐 돈이 없어요. 드미트리 표도로비치, 이 점만은 알아 두세요, 만일 내가 돈을 가지고 있다고 하더라도 당신한테 빌려주지는 않을 거예요. 첫째로 나는 다른 사람한테 돈을 빌려주지 않아요. 돈을 빌려준다는 것은 불화를 자초하기 때문이죠. 하지만 당신한테는, 특히 당신한테는 돈을 빌려주지 않겠어요. 당신을 사랑하기 때문에 돈을 빌려줄 수 없단 말이에요. 당신을 구원할 수 없을 테니까요. 왜냐하면 당신한테 필요한 것은 오직 금광, 금광, 금광뿐이니까요!」

「이런, 빌어먹을!」 미탸는 갑자기 이렇게 소리치더니 주먹으로 힘껏 탁자를 내리쳤다.

「어이구머니!」 호흘라코바 부인은 깜짝 놀라 소리치며 응접실 한쪽 구석으로 몸을 피했다.

미탸는 침을 탁 뱉은 후 그 집 응접실에서 재빨리 걸어 나와 어둠이 깔린 거리로 나섰다. 미친 사람처럼 밖으로 뛰쳐나온 그는 자기 가슴을, 이틀 전 어둠이 깔린 길거리에서 알료샤를 마지막으로 만났을 때 탁탁 두드리던 바로 그 가슴 부위를 두드려 댔다. 똑같은 가슴 부위를 두드린 것이 어떤 의미를 지니고 있는지, 그것으로 무엇을 과시하려고 했는지는 현재로서는 이 세상의 그 누구도 알 수 없는 비밀이다. 그것은 알료샤에게조차 밝히지 않은 사실이지만, 그 비밀 속에는 미탸에게 모욕 이상의 것이 내포되어 있었으며, 파멸과 자살이 내포되어 있었다. 그는 만일 카테리나 이바노브나에게 갚아야 할 3천 루블을 구하지 못해 자신의 가슴에서, 〈바로 그 가슴 부위〉에서 치욕을 떼어 내지 못하고 달고 다닌다면 결코 양심의 가책에서 벗어나지 못할 거라고 판단하고 있었다. 그 모든 사실은 나중에 독자들에게 자세히 설명하겠지만 마지막 희망이 사라져 버린 이후에 그는, 강철처럼 튼튼한 육체를 지닌 그 사내는 호흘라코바 부인의 집에서 몇 발자국 벗어나자마자 돌연 마치 어린애처럼 눈물을 펑펑 쏟기 시작했다. 그는 길을 걸으며 아무 생각 없이 주먹으로 눈물을 훔쳐 냈다. 광장으로 들어섰을 때 그는 갑자기 자신의 몸이 무엇에 부딪히는 것을 느꼈다. 그 순간 하마터면 넘어뜨릴 뻔했던 어느 노파의 귀청을 째는 비명 소리가 들려왔다.

「이런, 사람 잡겠네! 대체 눈을 뜨고 다니는 거야, 이 불한당아!」

「아니, 당신은?」 어둠 속에서 노파를 살피던 미탸는 이렇게 소리쳤다. 그녀는 다름 아니라 쿠지마 삼소노프의 간호를 하던 가장 나이 많은 하녀로 미탸도 어제 만난 적이 있는 노파였다.

「그런데 대체 누구십니까, 도련님은?」 노파는 완전히 다른 목소리로 물었다. 「너무 어두워서 알아볼 수가 없군요.」

「당신은 쿠지마 삼소노프 집에 살면서 병간호를 하는 할멈 아니오?」

「그렇습니다, 도련님. 지금은 프로호리치 씨 댁에 달려가는 길입니다만……. 하지만 저는 당신이 누군지 전혀 모르겠는데요?」

「자, 할멈, 어서 대답하게, 아그라페나 알렉산드로브나는 아직도 당신 집에 있겠지?」 미탸는 더 이상 참지 못하고 이렇게 말했다. 「조금 전에 내가 직접 데려다주었는데.」

「오셨었지요, 도련님, 오셨더랬어요. 하지만 잠시 앉아 계시다가 떠나셨습니다.」

「뭐라고? 떠났다고?」 미탸가 소리쳤다. 「아니, 언제?」

「금방 떠나셨습니다, 저희 집에는 그저 잠시 머무르셨을 뿐인걸요. 쿠지마 쿠지미치께 한 가지 이야기를 해서 기쁘게 해드리더니 황급히 떠나신걸요.」

「거짓말 마, 이 저주받을 할망구야!」 미탸는 고함을 질렀다.

「어이구머니!」 노파는 이렇게 소리를 질렀지만 미탸는 어느새 종적도 없이 사라져 버렸다. 그는 모로조바의 집으로 부지런히 달려갔던 것이다. 그때는 그루셴카가 모크로예로 길을 떠난 지 15분도 채 되지 않았을 무렵이다. 〈대위〉가 느닷없이 뛰어들었을 때 페냐는 요리사인 마트료나 할머니와 함께 부엌에 앉아 있었다. 그를 보자 페냐는 온 힘을 다해 비명을 질렀다.

「악을 쓰다니?」미탸가 소리쳤다.「그녀는 지금 어디에 있지?」하지만 두려움에 얼어붙은 듯 페냐가 아무 대답도 못 하자, 그는 별안간 그녀의 발밑에 엎드렸다.

「페냐, 제발, 어서 말해 줘, 그녀는 지금 어디에 있는 거지?」

「도련님, 전 아무것도 몰라요. 드미트리 표도로비치, 전 아무것도 모른다고요, 절 죽이신다고 해도 하나도 모르는걸요.」페냐는 거듭 맹세했다.「도련님께서 조금 전에 아가씨를 모시고 나가셨잖아요…….」

「그 여자는 다시 돌아왔어!」

「나리, 정말이지 돌아오지 않으셨어요. 하느님께 맹세컨대 절대로 돌아오지 않으셨어요!」

「거짓말 마.」미탸는 고함을 질렀다.「네가 놀라는 꼬락서니만으로도 그년이 지금 어디에 있는지 알 것 같다!」

그는 밖으로 뛰쳐나갔다. 몹시 놀란 페냐는 이토록 쉽게 위기에서 벗어난 것이 기뻤다. 하지만 미탸한테 시간이 없었기에 천만다행이지 만일 그렇지 않았더라면 아마도 무사하지 못했으리라는 사실을 너무나 잘 알고 있었다. 그러나 밖으로 달려 나가던 미탸는 의외의 행동으로 페냐와 마트료나 노파를 놀라게 만들었다. 탁자 위에는 놋쇠로 된 절구가 놓여 있고, 그 속에는 절굿공이가, 길이가 4분의 1아르신[12]에 불과한 조그만 절굿공이가 들어 있었다. 그런데 미탸가 밖으로 달

12 옛 러시아의 척도 단위로서 71.12센티미터에 해당한다.

려 나가면서 절구 속에 들어 있던 절굿공이를 집어 들어 양복 호주머니에 넣은 다음 사라져 버렸던 것이다.
「어머나, 사람을 죽일 모양이야!」 페냐는 두 손을 모으며 탄식했다.

4 어둠 속에서

그는 어디로 달려갔을까? 너무나 자명한 일이었다. 〈그녀가 표도르 파블로비치 집이 아니면 어디로 갈 수 있을까? 그녀가 삼소노프 집에서 곧장 아버지한테로 달려간 것이 너무나 분명해. 이제 모든 계략과 거짓이 분명해지고 말았어……〉 이런 생각이 그의 머릿속에서 회오리바람처럼 스치고 지나갔다. 마리야 콘드라티예브나 집 마당에는 들르지도 않았다. 〈거기에는 들를 필요도 없어, 그럴 필요 없어…… 긁어 부스럼을 만들 것 없으니까…… 당장 배신해서 내통하고 말 거야…… 마리야 콘드라티예브나는 분명히 한패거리이고, 스메르댜코프 녀석도, 그놈도 마찬가지야, 모두 매수당한 거라고!〉 그의 머릿속에는 다른 묘안이 떠올랐다. 그는 골목을 지나 표도르 파블로비치의 집을 크게 한 바퀴 우회해서 드미트롭스카야 거리를 벗어나 다리를 건너 곧장 인적 없는 뒷골목에 이르렀다. 그곳은 황량하고 사람이라곤 전혀 눈에 띄지 않는 뒷골목으로, 한편에는 이웃집 텃밭 울타리가 둘러쳐져 있었고 다른 편에는 아버지 표도르 파블로비치의 집 정원을 둘러싼 높고 견고한 담장이 솟아 있었다. 그곳에서 미탸는 한쪽에 터를 잡았다. 그곳은 언젠가 리자베타 스메르댜샤야가 담장을 타 넘은 곳이라고 전해 들었던 바로 그곳이었다. 〈그 여자가 넘을 수 있었다면 나라고 못 넘을 리 없잖아?〉 그의 머릿속에는 웬일인지 문득 이런 생각이 떠올랐다. 그러고 나서 실제로 그는 껑충 뛰어올라 단번에 한 손으로 담장의 상단을 붙잡고 힘차게 몸을 끌어 올린 다음 담장 위로 기어 올라가 걸터앉았다. 거기서 가까운 곳에 목욕탕이 있었으며, 담장에서는 불 켜진 창문들이 한눈에 들어왔다. 〈그렇군, 늙은이의 침실에 불이 켜진 걸로 봐서 그녀가 그곳에 있는 거야!〉 그는 담장에서 정원으로 뛰어내렸다. 그리고리 영감은 몸져누워 있고 스메르댜코프도 아마 병을 앓고 있을 테니 아무도 인기척을 들을 만한 사람이 없다는 사실을 잘 알면서도 미탸는 본능적으로 몸을 숨겨 한쪽에서 숨을 죽인 채 귀를 기울였다. 주위에는 죽음 같은 침묵이 흘렀고, 마치 일부러 그런 정적을 만들려는 듯 바람 한 점 불지 않았다.

〈그리고 고요만이 흐르더라.〉 무슨 까닭에선지 그의 머릿속에 이런 시구가 떠올랐다. 〈내가 담장 넘는 소리를 아무도 듣지 못한 것 같군. 아마도 그런 것 같아.〉 잠시 멈추어 섰던 미탸는 정원을 따라 수풀을 헤치며 살금살금 걸어갔다. 그는 5분 만에 불 켜진 창문 앞에 도달했다. 그곳 창문 밑에는 키 크고 무성하게 자란 커다란 서양초와 딸기나무 덤불이 있다는 사실이 문득 생각났다. 별채 왼쪽의 정원 쪽으로 나 있는 출입구는 굳게 잠겨 있었기 때문에 그는 그 옆을 지나면서 일부러 조심스럽게 살펴보았다. 마침내 덤불에까지 이르자 그는 덤불 뒤에 몸을 숨겼다. 그리고 숨소리도 내지 않았다. 〈이제 기다려야만 하겠군〉 하고 그는 생각했다. 〈만일 그들이 내 발자국 소리를 듣고 귀를 기울여선 안 되지. 잘못 들은

것으로 여겨야 할 텐데…… 기침 소리를 내거나 재채기를 해서도 안 돼…….〉

 기다리는 2분 동안 가슴은 몹시 두근거렸고, 순간적으로나마 거의 숨이 막힐 지경이었다. 그는 생각했다. 〈아니, 이젠 가슴이 진정되지 않을 거야. 더 이상 기다리고 있을 수만은 없어.〉 그는 덤불 그늘 속에 서 있었는데, 덤불 앞쪽은 창문에서 새어 나오는 불빛으로 환하게 밝혀져 있었다. 〈딸기나무의 딸기 열매라, 정말 빨갛군!〉 그는 자신도 모르게 이렇게 중얼거렸다. 소리를 죽이며 슬금슬금 한 발자국씩 내디디며 창가로 다가선 그는 발뒤축을 세웠다. 아버지 표도르 파블로비치의 침실 내부 전체가 마치 손바닥처럼 환히 들여다보였다. 침실은 작은 방이었지만 아버지 표도르가 〈중국풍〉이라고 부르는 빨간 병풍이 가로로 세워져 있었다. 〈중국풍이라는 저 병풍 뒤에 그루센카가 숨어 있을지도 모른다〉는 생각이 미탸의 뇌리를 스치고 지나갔다. 그는 아버지 표도르 파블로비치를 유심히 관찰하기 시작했다. 노인은 미탸가 아직 아버지 집에서 한 번도 본 적이 없는 줄무늬가 그려진 새 비단 가운을 걸치고 술이 달린 비단 허리띠를 조여 매고 있었다. 가운의 옷깃 아래로는 깨끗하고 세련된 내의, 그리고 금단추가 달린 네덜란드제 얇은 와이셔츠가 눈에 띄었다. 표도르 파블로비치의 머리에는 알료샤가 전에 본 것과 똑같은 빨간색 붕대가 매여 있었다. 〈있는 대로 멋은 다 부렸군〉 하고 미탸는 생각했다. 표도르 파블로비치는 무엇엔가 골몰한 모습으로 창가에 서 있었는데, 갑자기 고개를 번쩍 치켜들더니 잠시 귀를 기울였으나 아무 소리도 들리지 않자, 탁자로 다가가 술병을 기울여 코냑을 따른 다음 잔을 비웠다. 이어서 가슴 깊이 숨을 몰아쉬더니 다시 잠시 제자리에 서 있다가 황망히 벽에 붙은 거울 앞으로 달려가 이마 위의 빨간 붕대를 오른손으로 약간 쳐들고는 채 아물지 않은 멍 자국과 상처를 이리저리 살피기 시작했다. 그는 생각했다. 〈혼자 있군. 틀림없이 혼자야.〉 표도르 파블로비치는 거울 앞에서 물러나더니 갑자기 창문 쪽을 향해 고개를 돌려 바깥을 내다보았다. 미탸는 얼른 어둠 속으로 몸을 비틀었다.

〈어쩌면 그녀는 병풍 뒤에 있는지도 몰라, 거기서 잠들었는지도 몰라.〉 그는 가슴이 저며 왔다. 표도르 파블로비치는 창문에서 물러섰다. 〈아버지는 그 여자가 오는지 내다보고 있는 거야. 그렇다면 그 여자는 저기에 없는 게 틀림없어. 그렇지 않고야 캄캄한 바깥을 내다볼 리 없잖아? 초조하게 기다리며 애를 태우고 있는 거야…….〉 미탸는 얼른 달려 나가 다시 창문 안을 바라보기 시작했다. 침통한 표정의 노인은 이미 탁자 뒤에 자리를 잡고 앉아 있었다. 그러다가 마침내 오른손으로 뺨을 받쳐 턱을 괴었다. 미탸는 열심히 들여다보았다.

〈혼자야, 혼자!〉 그는 다시 한번 확신했다. 〈만일 그녀가 저기에 있다면 아버지는 전혀 다른 표정을 지었을 테니까.〉 이상한 일이었다. 그녀가 오지 않았다는 사실은 오히려 그의 가슴에 갑자기 어떤 미칠 듯한 괴상한 분노를 들끓게 만들었다. 〈그녀가 오지 않았기 때문에 그런 게 아니야〉 하고 미탸는 생각을 고치며 스스로 결론을 내렸다. 〈그건 그 여자가 왔는지 오지 않았는지 확실히 알 수 없기 때문에 그런 거야.〉 훗날 미탸가 회고한 바에 따르면, 그 순간 그는 놀랄 만큼 이성적이어서 세세한 부분에 이르기까지 모든 것을 고려하고 어느 것 하나 놓치지 않았다. 그러나 우수가, 불확실과 망설임으로 인한 우수가 상상도 할 수 없을 만큼 빠른 속도로 그의 가슴속에서 자라났다. 〈그녀가 정말 이 집에 와 있는 건 아닐까?〉 하는 의혹이 그의 가슴속에서 활활 타올랐다. 그때 별안간 미탸는 손을 뻗쳐 나지막이 창문을 두드려야겠다는 생각이 들었다. 그는 아버지와 스메르댜코프 사이의 비밀 암호대로 노크를 했다. 처음 두 번은 느리게, 다음엔 빠르게 세 번, 똑똑똑, 이 신호는 〈그루셴카가 왔다〉는 것을 의미했다. 노인은 몸을 부르르 떨며 고개를 갸우뚱거리더니 얼른 창가로 달려왔다. 미탸는 어둠 속으로 몸을 숨겼다. 표도르 파블로비치는 창문을 활짝 열어젖히더니 고개를 내밀었다.

「그루셴카, 너냐? 너냔 말이야?」 그는 떨리는 목소리로 약간 속삭이듯 말했다. 「어디 있니, 나의 사랑스러운 천사야? 어디 있는 거야?」 그는 몹시 흥분하여 숨을 거칠게 몰아쉬고 있었다.

〈혼자로군!〉 미탸는 이렇게 생각했다.

「대체 어디에 있는 거야?」 노인은 다시 이렇게 외친 다음 조금 전보다 훨씬 더 머리를 많이 내밀었고, 상체까지 내밀어 이리저리 사방을 둘러보았다. 「이리 오렴, 난 너에게 주려고 선물을 준비했어. 이리 와, 내가 보여 줄 테니.」

〈3천 루블이 든 봉투를 가리키는 말이로군.〉 미탸의 머리에는 이런 생각이 스쳐 갔다.

「대체 어디에 간 거야? 문 옆에 있는 모양이군. 지금 당장 열어 주지……」

노인은 창문 밖으로 기어 나올 듯한 자세를 취하며 정원으로 문이 나 있는 오른쪽을 바라보면서 어둠 속을 훑어보기 시작했다. 잠시 후면 노인은 그루셴카의 대답도 기다리지 않고 문을 활짝 열어젖힌 채 달려 나올 것이 분명했다. 미탸는 꼼짝 않고 비스듬한 자세로 바라보고 있었다. 미탸가 보기에 너무나 혐오스러운 노인의 옆모습, 축 늘어진 목젖, 매부리코, 욕정에 대한 기대감으로 미소 짓는 입술이 창문에서 비스듬히 새어 나오는 불빛으로 환히 드러나 있었다. 갑자기 미탸의 가슴속에서는 참을 수 없는 무서운 분노가 끓어올랐다. 〈바로 저자야, 내 연적(戀敵)이야. 나의 박해자, 내 인생의 박해자가 바로 저자야!〉 그것은 나흘 전 정자에서 알료샤와 대화를 나눌 때 마치 예감이라도 하듯 〈아버지를 죽이겠다는 말을 어떻게 할 수 있단 말이에요?〉라고 묻는 말에 대한 대답으로, 복수심으로 가득 차 억누를 길 없는 충동적인 분노의 발작이었다.

〈나도 몰라, 나도 몰라〉 하고 그는 당시 대답했었다. 〈어쩌면 죽일 수도 있고, 또 어쩌면 죽이지 않을 수도 있겠지. 내가 걱정하는 것은 그 순간 아버지의 얼굴이 갑자기 내게 가증스럽게 느껴지지나 않을까 하는 점이야. 나에게는 아버지의 목젖이며, 코며, 눈이며, 파렴치한 미소까지 가증스럽게 여겨지거든. 난 개인적인 증오심을 가지고 있어. 바로 그걸 두려워하는 거야, 참을 수가 없으니까…….〉

개인적인 증오심은 도저히 참아 내기 힘들 정도로 커지고 말았다. 미탸는 이미 이성을 잃고는 갑자기 호주머니에서 놋쇠 절굿공이를 꺼내 들었다…….

훗날 미탸가 자기 입으로 밝힌 바에 따르면 하느님이 자신을 지켜 주셨다고 한다. 다름 아니라 그 순간 병석에 누워 있던 환자 그리고리 바실리예비치가 잠에서 깼던 것이다. 바로 그날 저녁 그리고리 영감은 스메르댜코프가 이반 표도로비치한테 이야기한 바 있는 그 치료법을 실행에 옮겼었다. 다시 말해서 아내의 도움을 받아 가며 대단히 독한 비법의 물약을 탄 보드카를 온몸에 바른 후 나머지는 아내가 자신을 향해 중얼거리는 〈모종의 주문 소리〉를 들으며 벌컥 들이켠 후 잠자리에 들었던 것이다. 마르파 이그나티예브나도 입에 대긴 했지만 취하지는 않은 채 남편 옆에서 죽은 듯이 고요히 잠이 들고 말았었다. 하지만 뜻밖에도 그리고리 영감은 한밤중에 잠자리에서 벌떡 몸을 일으켜 잠시 상념에 잠기게 되었고, 다시 허리에 심한 통증이 밀려왔음에도 불구하고 침대에서 일어나 있었다. 이어서 무슨 생각이 들었는지 자리에서 일어나 얼른 옷을 주섬주섬 입기 시작했다. 어쩌면 〈이렇게 위험한 시간〉에 경비도 서지 않은 집에서 편히 잠들었다는 사실에 대해 양심의 가책을 느꼈는지도 모를 일이다. 간질 발작으로 초주검이 된 스메르댜코프는 옆방에 꼼짝 못 하고 누워 있었다. 마르파 이그나티예브나는 쥐 죽은 듯 조용히 잠들어 있었다. 〈할망구도 몸이 쇠약해졌군.〉 그리고리 바실리예비치 영감은 아내를 바라보며 이런 생각을 하다가 끙끙 앓는 소리를 내며 바깥 층계로 나갔다. 물론 그는 돌아다닐 힘도 없었거니와 허리와 오른발이 참을 수 없을 정도로 쑤셨기 때문에 바깥 층계에서 그냥 내다보기만 할 작정이었다. 그런데 그는 저녁때부터 정원 문을 열쇠로 잠그지 않은 사실이 문득 생각났다. 그는 매사에 정확하고 꼼꼼한 데다 오랜 세월 동안 규율과 습관이 몸에 밴 그런 사람이었다. 그는 통증 때문에 허리를 구부리고 다리를 절룩거리면서도 바깥 계단을 내려와 정원 쪽으로 향했다. 과연 쪽문은 그냥 열려 있었다. 그는 기계적으로 정원에 발을 들여놓았다. 무엇인가 그의 눈앞에 어른거렸기 때문일 수도 있고 무슨 소리를 들었기 때문일 수도 있지만, 아무튼 왼쪽 편을 바라본 영감은 주인 방 창문이 활짝 열려 있는 것을 발견했다. 창문은 이미 텅 비어 있었고, 아무도 눈에 띄지는 않았다. 〈어째서 활짝 열려 있는 걸까, 지금이 여름도 아닌데!〉 하고 그리고리 영감은 생각했다. 그런데 그 순간 그의 맞은편 쪽에 있는 정원에서 어떤 이상한 물체가 어른거렸다. 그리고리 영감으로부터 마흔 걸음쯤 떨어진 곳에서 한 사내가 어둠 속으로 달려가는 것 같더니 이상한 그림자가 아주 빠른 동작으로 움직이고 있었다. 〈저럴 수가!〉 그리고리 영감은 신음을 내뱉고 나서 허리가 아프다는 사실도 잊은 채 달아나는 괴한의 앞길을 가로막으려고 했다. 그가 지름길을 택했던 걸로 봐서 달아나는 괴한보다 정원 구조를 더 잘 알고 있는 것이 분명했다. 괴한은 목욕탕 쪽으로 방향을 돌려 뒤편으로 달아나더니 담장 쪽으로 달려가기 시작했다....... 그리고리 영감은 그 뒤를 놓치지 않으려고 바짝 긴장한 채 뒤쫓아 갔다. 영감은 괴한이 담장을 막 넘으려는 순간 담장 앞에 도착했다. 그리고리 영감은 있는 힘을 다해 악을 쓰며 두 손으로 괴한의 다리를 잡고 늘어졌다.

과연 그의 예감은 빗나가지 않았다. 그는 괴한을 알아본 것이다. 그 괴한은 다름 아닌 〈친부 살해의 악당!〉이었다.

「이런 친부 살해범아!」 영감은 사방이 쩌렁쩌렁 울릴 정도로 고함을 질렀지만 단지 그 한마디만이 튀어나왔을 뿐이다. 그리고 그는 벼락이라도 맞은 듯 갑자기 푹 꼬꾸라지고 말았다. 미탸는 다시 정원 안으로 넘어 들어와 피해자를 향해 몸을 숙였다. 미탸는 손에 놋쇠 절굿공이를 들고 있다가 그것을 아무렇게나 풀밭에 집어 던졌다. 하지만 절굿공이는 풀밭이 아니라, 그리고리 영감이 쓰러진 곳에서 두 걸음쯤 되는 눈에 띄기 쉬운 오솔길 위에 떨어지고 말았다. 그는 몇 초 동안 눈앞에 쓰러져 있는 영감을 이리저리 살펴보았다. 영감의 머리는 온통 피범벅이 되어 있었다. 미탸는 손을 내밀어 머리를 만져 보았다. 미탸가 나중에 분명히 기억한 바에 따르면, 그는 그 순간 자신이 절굿공이로 영감의 두개골을 박살 냈는지, 아니면 정수리를 때려 단지 〈실신〉시키기만 했는지 확인하고 싶은 충동에 사로잡혔던 것이다. 그러나 선혈이 끔찍할 정도로 솟구쳐 미탸의 떨리는 손가락에 뜨겁게 흘러내리고 있었다. 그의 기억에 따르면 호흘라코바 부인을 방문할 때 준비했던 하얀 새 손수건을 주머니에서 꺼내 영감의 머리에 갖다 대고는 아무 생각 없이 이마와 얼굴의 피를 닦아 내려고 안간힘을 썼다. 그러나 손수건은 단숨에 피로 물들고 말았다. 〈이런, 내가 어쩌자고 이런 짓을 한 거지?〉 미탸는 갑자기 절망에 빠지고 말았다. 〈내가 영감의 두개골을 박살 냈는지 아닌지를, 지금 내가 그걸 어떻게 알 수 있겠어……. 지금으로선 어차피 마찬가지야!〉 그는 별안간 절망적으로 덧붙여 말했다. 〈사람을 죽인 거야, 사람을 죽인 거라고……. 영감이 재수 없게 걸려든 것이니, 이대로 내버려 두는 수밖에!〉 그는 큰 소리로 이렇게 말하고 나서 담장에 기어올라 골목길로 뛰어내린 다음 달아나기 시작했다. 그는 피에 젖은 손수건을 오른손 주먹에 쥐고 있다가 뛰어가면서 프록코트 뒷주머니에 쑤셔 넣었다. 그가 정신없이 달리는 동안 어둠이 깔린 거리에서 마주쳤던 몇몇 행인들은 훗날 그날 밤 정신없이 달려가던 한 사내를 본 적이 있다고 기억을 더듬어 내기도 했다. 미탸는 다시 모로조바 부인의 집으로 달려갔다. 조금 전 페냐는 미탸가 밖으로 나가자 고참 수위 나자르 이바노비치에게 쫓아가서는 〈제발 부탁이니, 오늘도 내일도 그 대위를 들여보내지 말아 달라〉고 애원했었다. 이야기를 들은 나자르 이바노비치는 승낙했으나 별안간 위층 마님의 호출을 받고 자리를 비우게 되었고, 가는 도중에 갓 시골에서 올라온 스무 살 정도밖에 안 된 조카를 만나자 대문을 대신 지키라고 부탁했지만 대위에 대한 이야기는 잊은 채 전달하지 못했다. 대문 앞에 도착한 미탸는 문을 두드렸다. 젊은이는 곧 그를 알아보았다. 미탸는 이미 여러 차례 그에게 팁을 쥐어 준 일이 있었던 것이다. 젊은이는 곧장 문을 열어 들어오게 한 후 즐거운 미소를 지으며 부드러운 목소리로, 〈아그라페나 알렉산드로브나께서는 지금 댁에 없습니다〉라고 얼른 말했다.

「그럼 어디에 가셨지, 프로호르?」 미탸는 갑자기 걸어가던 걸음을 멈추었다.

「조금 전에 외출하셨습니다, 약 두 시간 전에요. 티모페이와 함께 모크로예로 말입니다.」

「아니, 왜?」 미탸가 소리쳤다.

「그건 알 수 없지만, 어떤 장교분한테 가셨습니다. 그분께서 아가씨를 부르시고 마차까지 보내셨거든요…….」

미탸는 그를 뒤로한 채 미치광이처럼 페냐에게로 달려갔다.

5 갑작스러운 결심

그녀는 할머니와 함께 부엌에 앉아 있었는데, 두 사람은 모두 막 잠자리에 들려던 참이었다. 그들은 나자르 이바노비치를 믿었기에 문을 안에서 걸어 잠그지 않았던 것이다. 미탸는 안으로 뛰어 들어가 페냐에게 달려들어 그녀의 목덜미를 힘껏 움켜쥐었다.

「당장 말 못 하겠어, 그 여자가 어디에 있는지? 지금 어느 놈하고 모크로예에 묵고 있는 거야?」 그는 몹시 흥분해서 소리쳤다.

두 여자는 비명을 질렀다.

「네, 네, 말씀드리죠, 드미트리 표도로비치, 하나도 숨기지 않고 모두 말씀드리겠습니다.」 매우 놀란 페냐가 혼비백산한 목소리로 말했다. 「그분은 장교님을 만나러 모크로예로 떠나셨습니다.」

「어떤 장교 말이야?」 미탸가 꽥 하고 고함을 질렀다.

「옛날의, 옛날의 바로 그 장교님이죠. 5년 전에 아가씨를 버리고 떠났던 그분 말씀입니다.」 페냐는 여전히 혼비백산한 목소리로 대답했다.

드미트리 표도로비치는 움켜쥐었던 손을 풀었다. 그는 마치 죽은 송장처럼 안색이 창백해지고 할 말을 잃은 채 그녀 앞에 서 있었으나 그의 눈빛으로 봐서 단번에, 그녀의 이야기가 미처 끝나기도 전에 단번에 모든 정황을 깨달았고 모든 사태를 눈치챘음이 분명했다. 물론 가엾은 페냐는 미탸가 들이닥친 그 순간 그가 모든 것을 알아챘는지 어쨌는지 관심을 기울일 처지가 못 되었다. 미탸가 들이닥쳤을 때 궤짝 위에 앉아 있던 그녀는 온몸을 부들부들 떨면서 마치 자기 몸을 보호하려는 듯이 두 손을 앞으로 뻗은 채 여전히 똑같은 자세로 꼼짝 않고 있었다. 공포에 질려 휘둥그레진 그녀의 두 눈동자는 마치 못에 박힌 것처럼 미탸를 뚫어질 듯 응시했다. 더욱이 그의 두 손은 피로 얼룩져 있었다. 이곳으로 달려오는 도중에 그 손으로 얼굴에 흘러내리는 땀을 닦느라 이마를 훔쳤는지 이마와 오른쪽 뺨에 붉은 핏자국이 묻어 있었다. 페냐는 금방이라도 발작을 일으킬 것 같은 태도였고, 요리사 노파는 자리에서 벌떡 일어서서 미친 사람처럼 넋을 잃고 바라보았다. 드미트리 표도로비치는 1분가량 그 자세로 서 있다가 페냐의 옆에 놓인 의자에 힘없이 주저앉았다.

그는 무슨 생각에 잠겼다기보다는 마치 충격을 받은 듯 넋을 잃은 채 자리에 앉았다. 하지만 모든 것이 너무나 명확했다. 그 장교 놈이었다. 미탸는 그자를 알고 있었다. 아주 잘 알고 있었다. 그루셴카한테 들어서 알고 있었다. 그자가 한 달 전에 편지를 보냈던 것도 알고 있었다. 다름 아니라 한 달, 꼬박 한 달 동안 그 새로운 인물이 도착했다는 사실이 자신에게는 완전히 비밀에 붙여진 채 모든 일이 진행되었고 그자에 대해서는 조금도 염두에 둔 적이 없었던 것이다! 하지만 어떻게 그럴 수가, 어떻게 그자 생각을 조금도 하지 않을 수 있었을까? 아무리 그렇더라도 어째서 그 장교에 대해서 까마득히 잊고 있었으며, 어째서 그자 이야기를 듣자마자 그토록 쉽게 잊을 수 있었을까? 이런 문제가 마치 괴물처럼 그의 앞에 불쑥 솟아올랐다. 두려움에 온몸이 얼어붙은 미탸는 몹시 당황하면서 그 괴물을 연상해 보았다.

그러나 그는 조용하고 상냥한 어린애처럼 페냐에게 나직

하고 부드럽게 말을 걸기 시작했다. 마치 조금 전에 그녀를 얼마나 놀라게 하고 모욕을 주고 고통을 주었는지 완전히 잊어버린 듯한 태도였다. 갑자기 미탸는 자신의 상황에도 상당히 놀라울 정도의 정확성을 가지고 페냐에게 질문을 던지기 시작했다. 한편 페냐는 당황한 얼굴로 피 묻은 그의 손을 바라보면서도 어서 그에게 모든 〈진실〉을 털어놓고 싶다는 듯이 역시 놀라우리만치 침착한 태도를 보이며 그의 질문 하나하나에 신속하게 대답해 나갔다. 그녀는 상세하게 털어놓기 시작하자 점차 야릇한 기쁨까지 맛보았으며, 결코 그를 괴롭히려는 것이 아니라 정성을 다해 어서 도와주려는 듯한 태도를 보였다. 그녀는 그날 하루 동안 일어났던 사건, 다시 말해서 라키틴과 알료샤가 방문했던 일이며, 페냐 자신이 그것을 지켜본 일이며, 아가씨가 떠나면서 〈비록 짧은 시간 그를 사랑했지만 영원히 기억해 달라〉는 작별 인사를 미텐카에게 전하라고 창문으로 알료샤를 향해 소리치던 일 등을 하나도 빠짐없이 이야기해 주었다. 작별 인사 이야기를 들은 미탸는 갑자기 미소를 지었고 창백하던 그의 두 뺨에는 홍조가 돌기 시작했다. 바로 그 순간 페냐는 자신의 호기심에 대한 질책 따위는 조금도 두렵지 않다는 듯이 그에게 말했다.

「손이 왜 그러시죠, 드미트리 표도로비치? 온통 피투성이예요!」

「그래.」 미탸는 기계적으로 대답하고 나서 아무 관심도 없다는 듯이 손을 바라보았으나 이내 자신의 손에 대해서도, 또 페냐의 질문에 대해서도 잊고 말았다. 그는 다시 침묵에 빠져들었다. 그가 들이닥친 때로부터 벌써 20분이 지나고 있었다. 조금 전 그의 충격은 어느덧 사라져 버렸으며, 대신 새롭고 확고한 어떤 결심이 그의 마음을 지배하고 있었다. 그는 별안간 자리에서 벌떡 일어나 의미심장한 미소를 지었다.

「나리, 대체 왜 그러시죠?」페냐는 다시 그의 손을 가리키며 이렇게 말했다. 그녀의 목소리에는 불행에 빠진 그에게 마치 가장 가까운 존재인 듯한 동정심이 어려 있었다.

미탸는 다시 자신의 손을 들여다보았다.

「이 피는 말이야, 페냐.」그는 이상한 눈초리로 그녀를 바라보며 입을 열었다.「이 피는 사람의 피야, 오, 어째서 피가 흐른 것일까! 하지만…… 페냐…… 여기에는 하나의 울타리(그는 마치 수수께끼를 내는 눈길로 그녀를 바라보았다)가, 아주 높은 울타리가 있는 거야, 보기에도 무시무시한 울타리가 말이야. 하지만…… 〈태양이 떠오를〉내일 새벽이면 미텐카는 그 울타리를 뛰어넘을 거야…… 어떤 울타리인지 이해가 안 될 거야, 페냐. 아무래도 좋아…… 어차피 마찬가지이니까. 내일이면 소문이 날 거고, 또 모두 이해하게 될 테니……. 그렇지만 지금은 이대로 작별해야 해! 나는 방해하지 않고 양보하겠어. 나도 양보할 수 있단 말이야. 부디 잘 살아 다오, 나의 기쁨이여……. 그대는 한순간이나마 나를 사랑했으니 미텐카 카라마조프를 영원히 기억해 다오……. 그래, 그녀는 나를 미텐카라고 불렀지, 기억하나?」

그는 이 말을 내뱉자마자 별안간 부엌에서 뛰쳐나갔다. 하지만 페냐는 그가 조금 전에 뛰어 들어와 자신에게 달려들었을 때보다 지금의 이런 행동에 더욱 놀랐다.

정확히 10분 후 드미트리 표도로비치는 얼마 전에 권총을 담보로 잡혔던 젊은 관리 표트르 일리치 페르호틴의 집에 들어서고 있었다. 시간은 벌써 8시 반을 지나고 있었고, 집에서

차를 마신 표트르 일리치는 선술집 〈스톨리치니 고로트〉에서 당구를 치려고 프록코트를 막 차려입고 있었다. 미탸는 외출하려던 그를 붙잡았다. 미탸의 출현과 피투성이가 된 그의 얼굴을 보고 깜짝 놀란 사내는 이렇게 소리를 질렀다.

「세상에! 대체 어찌 된 일입니까?」

「그건,」 미탸는 급히 말했다. 「돈을 마련했기 때문에 권총을 찾으러 온 겁니다. 정말 고맙습니다. 그런데 난 시간이 없군요. 표트르 일리치 씨, 제발 좀 서둘러 주십시오.」

표트르 일리치는 점점 더 놀랄 수밖에 없었다. 문득 그는 미탸의 손에서 돈뭉치를 발견했던 것이다. 더욱이 미탸는 돈뭉치를 손에 든 채로 들어왔다. 그렇게 돈을 든 채 남의 집을 찾아오는 사람은 이 세상에 아무도 없을 것이다. 그런데도 그는 돈뭉치를 오른손에 움켜쥔 채 그 손을 일부러 과시하고 있는 것 같은 모습을 취했다. 현관에서 미탸를 맞아들였던 표트르 일리치의 어린 하인이 당시 미탸가 돈을 손에 움켜쥔 채 들어왔다고 훗날 증언했던 것으로 봐서, 그는 거리에서도 돈을 쥔 오른손을 앞으로 내밀고 다녔음이 분명했다. 그가 가지고 있던 지폐는 모두 무지개 빛깔이 나는 1백 루블짜리였으며, 피투성이가 된 손으로 그 돈을 움켜쥐고 있었다. 그 문제에 관심을 가지고 있던 사람들이 그 액수가 얼마나 되느냐고 뒤늦게 물어 왔을 때, 표트르 일리치는 당시 눈대중으로 계산하기는 어려웠지만 아마 2천 루블이나 3천 루블은 되었던 것 같은데, 어쨌든 굉장히 크고 〈두툼한〉 돈뭉치였다고 대답했다. 드미트리 표도로비치 자신도 나중에 자기 입으로 밝혔듯이, 〈나도 제정신이 아니었습니다. 그렇다고 술에 취한 것은 아니지만, 마치 알 수 없는 환희에 차 있는 듯 마음이 들떠 있기도 했고, 동시에 무슨 생각에 골몰하여 해결책을 얻으려고 애쓰지만 아무 결정도 내릴 수 없는 상태처럼 온 정신이 집중되어 있기도 했던 것입니다. 난 마음이 조급하여 대꾸도 잘 하지 않았는데, 이상하게도 비애를 느꼈던 것이 아니라 순간적으로 마치 기쁨에 들뜬 것 같은〉 기분이었다는 것이다.

「무슨 일이십니까? 대체 무슨 일이죠?」 표트르 일리치는 손님을 미심쩍은 눈으로 바라보며 다시 소리를 질렀다. 「온통 피투성이시로군요, 아마도 넘어지신 모양인데, 자, 잘 살펴보세요!」

그는 미탸의 팔꿈치를 끌어당겨 거울 앞으로 데려갔다. 피범벅이 된 얼굴을 바라본 미탸는 온몸을 부르르 떨더니 성이 난 듯 인상을 찌푸렸다.

「이런, 빌어먹을! 야단났군.」 화가 났는지 그는 이렇게 중얼거리고 나서 오른손에 쥐었던 돈뭉치를 황급히 왼손으로 옮기더니 떨리는 손으로 호주머니에서 손수건을 꺼냈다. 그러나 손수건도 온통 피에 젖어 있었다(바로 그 손수건으로 그리고리 영감의 머리와 얼굴을 닦아 주었던 것이다). 손수건은 어느 한 부분도 하얀 곳이 남아 있지 않았으며, 게다가 말라붙다 못해 완전히 굳어서 잘 펴지지 않았다. 미탸는 화가 나서 바닥으로 그것을 던졌다.

「이런, 빌어먹을! 혹시 걸레 같은 것 없으신지……. 닦아야 할 텐데 말입니다…….」

「피투성이가 되긴 하셨지만, 부상은 당하지 않으신 모양이지요? 닦고 나면 한결 나아지실 겁니다.」 표트르 일리치는 이렇게 대답했다. 「여기 세숫대야가 있군요, 자, 내가 가져다드리죠.」

「세숫대야라고요? 잘됐군……. 그런데 이건 어디에 놓을까요?」 그는 너무 이상할 정도로 안절부절못하며 표트르를 향해 자신의 1백 루블짜리 돈뭉치를 가리켰다. 그는 주인이 자기 돈을 보관할 장소를 마련해 주는 것이 당연하다는 듯이 빤히 쳐다보았다.

「주머니에 넣어 두세요, 아니면 여기 있는 탁자 위에 올려놓으시든가. 없어지진 않을 테니까 말입니다.」

「주머니라고요? 그렇군, 주머니에 넣어 두면 되겠군. 참 좋은 생각이야…… 아니야, 모두가 쓸데없는 짓이야!」 그는 마치 제정신으로 돌아온 듯 이렇게 소리쳤다.「잘 아시겠지만, 우리 먼저 그 문제, 권총 문제부터 해결합시다. 그걸 내게 돌려주십시오, 돈은 여기 있으니……. 몹시, 몹시 필요한 곳이 있어서…… 시간이, 시간이 없습니다…….」

그러고 나서 그는 돈뭉치 중에서 맨 위에 있는 1백 루블짜리 지폐 한 장을 뽑아 관리에게 건넸다.

「거스름돈이 없는데요.」 주인이 말했다.「혹시 잔돈은 없으신지요?」

「없군요.」 미탸는 돈뭉치를 다시 쳐다본 후 이렇게 대답하고 나서 자신의 말이 내심 못 미더운지 손가락으로 돈뭉치를 위에서 두어 장 뒤적거렸다.「없습니다, 모두 똑같은 지폐거든요.」 그는 이렇게 덧붙이고 나서 상의라도 하듯 표트르 일리치를 다시 바라보았다.

「어디서 그렇게 많은 돈을 구하셨습니까?」 상대는 이렇게 물었다. 「잠깐 기다려 주십시오, 꼬마 애를 보내 플로트니코프 상점에 다녀오게 할 테니. 밤늦게까지 문을 열어 놓으니 돈을 바꿀 수 있겠지요. 애야, 미샤!」 그는 문간방을 향해 소리쳤다.

「플로트니코프 상점에서요? 참 좋은 생각입니다!」 미탸는 마치 좋은 생각이 떠오른 가을의 명상가처럼 이렇게 소리쳤다. 「미샤.」 이렇게 부르며 그는 방 안으로 들어서는 소년을 향해 고개를 돌렸다. 「자, 플로트니코프 상점에 달려가서 드미트리 표도로비치 씨가 인사를 전한다며 곧 직접 찾아가겠다고 말해 주겠니……. 그리고 내 말을 잘 듣거라. 그 사람한테 찾아가서 샴페인 서너 상자를 준비해서 지난번에 모크로예에 갈 때처럼 마차에 실어 달라고 하란 말이야……. 그때 그 상점에서 네 상자를 실어 갔었죠?」 그는 갑자기 표트르 일리치를 향해 이렇게 말했다. 「그 사람은 이미 잘 알고 있으니, 아무 걱정 하지 않아도 된단다, 미샤.」 그는 다시 소년을 향해 고개를 돌렸다. 「그리고 말이다, 거기에 치즈와 스트라스부르산(産) 파이, 훈제연어, 햄, 생선알 등등, 그 상점에 있는 것은 모두, 모두 주문해 주렴. 지난번처럼 1백 루블이나 1백 20루블 정도면 될 테니까. 잘 들어라, 그리고 토산품도 잊어서는 안 돼. 사탕, 배, 수박 두세 개, 아니 네 개가 좋겠다. 아니, 한 개면 족할 거다. 그리고 초콜릿, 알사탕, 드롭스, 엿 등 지난번 모크로예에 가져갔던 것 모두 주문해야 해. 샴페인을 포함해서 가격은 3백 루블 정도가 될 거다……. 이번에도 지난번과 똑같이 준비하면 된다고 하거라. 잊어서는 안 된다, 미샤. 이름이 미샤라고 했지…… 이 애를 미샤라고 부르나요?」 그는 다시 표트르 일리치를 향해 고개를 돌렸다.

「잠깐만요.」 표트르 일리치는 미탸의 이야기를 들으며 지켜보고 있다가 참견했다. 「당신이 직접 들르셔서 주문하시는 편이 나을 겁니다, 이 애는 잘못 주문할지도 모르니.」

「잘못 주문한단 말씀이죠. 잘못 주문할지도 모른다는 점은 알고 있습니다! 이봐, 미샤, 난 심부름값으로 네게 입을 맞춰 주려고 했는데……. 네가 실수를 하지 않으면 10루블을 줄 테니, 어서 다녀오너라……. 샴페인, 중요한 것은 샴페인을 싣는 것이란다, 그리고 코냑도. 붉은 샴페인도, 흰 샴페인도 모두 주문해라, 지난번과 마찬가지로. 그들은 그때 어떻게 했는지 이미 알고 있을 거야.」

「제 말씀 좀 들어 보십시오!」 표트르 일리치는 더 이상 참지 못하고 가로막았다. 「제 말씀은, 이 애한테는 그저 달려가서 돈이나 바꿔 오게 하고, 문을 닫지 말라고 전하게 한 다음, 당신이 직접 들르셔서 주문하시는 편이…… 아이한테 돈을 주시죠. 미샤, 냉큼 다녀오도록 해라!」 표트르 일리치는 일부러 얼른 아이를 내쫓는 것 같았다. 그것은 아이가 피범벅이 된 손님의 얼굴과 떨리는 손가락으로 돈뭉치를 들고 있는 피로 얼룩진 손을 보고는 깜짝 놀란 얼굴로 서 있었기 때문이다. 아이는 공포와 충격으로 인해 입을 헤벌린 채 제자리에 서 있었으며, 미탸가 자신에게 시키는 심부름을 거의 알아듣지 못하고 있었다.

「자, 이제 씻으러 가시죠.」 표트르 일리치는 단호히 말했다. 「돈은 탁자 위에 올려놓으시든지 주머니에 넣으시든지 하십시오……. 자, 됐습니다, 가시죠. 프록코트는 벗어 두시고.」

이렇게 말하고 나서 그는 미탸가 옷 벗는 것을 도와주었다. 그러다가 그는 갑자기 소리를 질렀다.

「이것 좀 보세요, 프록코트도 피투성이잖아요!」

「아니…… 그건 프록코트에 묻은 게 아닙니다. 옷소매에 그

저 약간 묻었을 뿐이죠……. 그리고 거기는 손수건을 넣어 두었던 곳입니다. 주머니에서 스며든 것이죠. 페냐의 집에서 손수건을 깔고 앉았기 때문에 피가 스며들었던 모양이군요.」 미탸는 이상할 정도로 놀라운 확신을 가지고 즉각 대답했다. 표트르 일리치는 인상을 찌푸리며 이야기를 듣고 있었다.

「무슨 일이 있으셨던 모양이죠. 틀림없이 누군가와 다투신 것 같아요.」 그는 이렇게 중얼거렸다.

미탸는 세수를 하기 시작했다. 표트르 일리치는 물그릇을 들고 물을 부어 주었다. 미탸는 서두르고 있었으므로 손도 제대로 씻지 못했다. (표트르 일리치가 나중에 회고한 바에 따르면 당시 그의 손은 몹시 떨리고 있었다.) 표트르 일리치는 당장 좀 더 깨끗하게 박박 문질러 닦으라고 주문했다. 그 순간 그는 점점 더 미탸를 압도하는 것처럼 보였다. 여기서 우리는 그 젊은이가 전혀 겁을 모르는 성격의 소유자라는 사실을 알 수 있다.

「자, 보세요. 손톱 밑은 닦지 않으셨죠. 이제 얼굴을 문지르세요. 네, 거기 말이에요. 관자놀이도, 그리고 귓가도…… 당신은 이 셔츠 차림으로 가실 건가요? 대체 어디로 가시려는 거죠? 보세요, 오른쪽 소매 끝이 온통 피투성이잖아요.」

「정말 피투성이로군요.」 미탸는 셔츠의 소매 끝을 쳐다보며 이렇게 말했다.

「새 옷으로 갈아입으세요.」

「시간이 없습니다. 이 정도면 됩니다, 자, 보세요…….」 미탸는 여전히 확신에 찬 목소리로 대답하면서 수건으로 얼굴을 닦고 프록코트를 입었다. 「여기 소매 끝을 걷으면 프록코트에 가려서 보이지 않을 겁니다……. 자, 보세요!」

「이제 어디서 그런 일을 당하셨는지 말씀해 주시겠습니까? 누구와 다투신 건가요? 그때처럼 선술집에서 그런 것은 아닙니까? 지난번처럼 그 대위를 때려 준 뒤 끌고 다닌 것은 아닙니까?」 표트르 일리치는 마치 타이르기라도 하듯 지난 일을 상기시켰다. 「이번엔 누굴 때려 주셨죠……? 아니면 혹시 죽여 버리셨나요?」

「뚱딴지같은 소리를!」 미탸가 말했다.

「뚱딴지같은 소리라뇨?」

「절대 그렇지 않습니다.」 이렇게 말하고 나서 미탸는 갑자기 입가에 미소를 지었다. 「조금 전에 노파 하나를 광장에서 짓뭉개 놓았죠.」

「짓뭉개 놓다뇨? 노파를 말입니까?」

「한 영감 말입니다!」 미탸는 표트르 일리치의 얼굴을 빤히 쳐다보며 미소를 짓고 마치 귀머거리에게 말하듯 고함을 질러 댔다.

「빌어먹을, 노파랬다가, 영감이랬다가…… 그래, 그 사람을 죽인 겁니까?」

「서로 화해했습니다. 밀고 당기며 싸웠지만 서로 화해했습니다. 바로 그 자리에서 말입니다. 우리는 정답게 헤어졌지요. 바보 같은 영감이어서…… 나를 용서해 주더군요……. 지금은 벌써 틀림없이 용서했지요……. 만일 살아났다면 용서하지 않을지도 모르지만.」 미탸가 갑자기 눈을 깜박거렸다. 「이봐요, 표트르 일리치, 그놈은 악마한테나 가라고 하세요, 꺼져 버리라고 하란 말이에요. 빌어먹을, 다 필요 없어요! 지금은 그런 이야기를 늘어놓고 싶지 않아요!」 미탸는 단호히 잘라 말했다.

「나는 당신이 아무하고나 다투는 버릇이 있기에…… 지난 번에 대위하고 쓸데없는 일로 싸웠을 때처럼 말입니다……. 한바탕 다투고 나서 술판을 벌이러 달려가겠다니, 그 성격 그대로군요. 그런데 샴페인 세 상자라니, 그렇게 많은 술을 대체 어디에 쓰시려고요?」

「브라보! 이제 권총을 돌려주시오. 정말이지, 시간이 없습니다. 당신과 대화를 나누고 싶지만 시간이 없어요. 사실 전혀 그럴 필요가 없긴 하지요, 대화를 나누기에는 너무 늦은 시간이니까. 앗! 돈이 어디로 갔지? 내가 돈을 어디에 둔 거지?」 그는 이렇게 소리치면서 손으로 호주머니를 뒤지기 시작했다.

「책상 위에 놓아두었어요……. 당신이 직접…… 보세요, 저기 있잖아요. 벌써 잊으셨나요? 당신한테 돈이란 먼지나 물 따위와 다름없는 것 같군요. 자, 당신 권총은 여기 있습니다. 이상하군요. 조금 전 6시경에 이걸 담보로 10루블을 빌려갔었는데, 지금은 이렇게 수천 루블을 가지고 계시다니. 2천~3천 루블은 족히 되겠군요?」

「3천 루블은 될 겁니다.」 미탸는 바지 옆 주머니에 돈을 쑤셔 넣으며 호탕하게 웃었다.

「그렇게 하시다간 돈을 잃어버리십니다. 당신은 금광이라도 가지고 있는 모양이지요?」

「금광이라? 네, 금광을 가지고 있습니다!」 미탸는 목청껏 외치고 나서 웃음을 터뜨렸다. 「페르호틴 씨, 금광에 가시지 않겠습니까? 이 고장에 사는 어느 부인이 그곳에 가기만 하면 3천 루블을 당신한테 줄 테니 말입니다. 나한테는 돈을 벌써 지불했습니다. 그녀는 금광을 너무나 사랑하거든요. 혹시 호흘라코바 부인을 아십니까?」

「이야기도 듣고 멀리서 보기도 했지만 모르는 여자입니다. 그런데 정말 그녀가 당신한테 3천 루블을 주었나요? 당신한테 기꺼이 돈을 주었단 말인가요?」 표트르 일리치는 믿기지 않는다는 표정으로 바라보았다.

「내일 아침 해가 떠오를 때, 영원한 젊음을 지닌 아폴로가 신을 찬미하고 그 영광을 기릴 때 그 부인한테, 호흘라코바 부인한테 찾아가셔서 당신이 직접 물어보십시오. 내게 3천 루블을 기꺼이 주었는지, 아닌지를? 물어보시라니까요?」

「난 당신들의 관계를 알지 못합니다……. 만일 당신이 그토록 자신 있게 말씀하신다면 돈을 주었겠죠……. 하지만 당신은 시베리아에 가지는 않고 그 돈 3천 루블을 몽땅 손아귀에 넣기만 하실 모양이죠……. 정말이지 당신은 지금 어디로 가실 생각이십니까?」

「모크로예로 갑니다.」

「모크로예라고요? 밤이 이렇게 늦었는데!」

「이전엔 부러울 것이 없는 마스트류크였으나, 지금은 빈털터리 마스트류크가 되고 말았네!」 미탸가 별안간 이렇게 말했다.

「빈털터리라뇨? 3천 루블이나 가지고 계신데, 빈털터리라뇨?」

「돈에 관한 이야기가 아닙니다. 빌어먹을 돈 같으니! 난 여자의 마음에 대해 이야기하고 있는 겁니다. 〈여자의 마음은 경박하며 / 이미 변하여 믿음을 잃었도다.〉 율리시스의 표현에 동의합니다. 그 구절은 그가 이야기한 것이지요.」

「무슨 말씀을 하고 계신지 모르겠군요!」

「내가 취했나요?」
「아니요, 취하진 않았습니다. 하지만 그보다 훨씬 상태가 나쁩니다.」
「정신적으로 취해 있다는 말씀이로군요, 표트르 일리치, 정신적으로. 그만해 두세요, 그만…….」
「그건 또 뭡니까, 권총을 장전하고 계신 건가요?」
「네, 권총을 장전하고 있습니다.」

상자를 열고 권총을 꺼낸 미탸는 정말 탄약 통의 고리를 벗겨 조심스럽게 화약을 밀어 넣더니 탄약 통의 장전을 마쳤다. 이어서 총알을 집어 들더니 총알을 장전하기 전에 두 손가락으로 촛불에 비추어 보았다.

「어째서 총알을 들여다보시는 거죠?」 표트르 일리치는 혼란스러운 호기심으로 물었다.

「이렇게 상상해 본 것이죠. 만일 당신이 이 총알을 자기 머리에 쏠 생각을 하신다면 권총을 장전하면서 총알을 들여다보시겠습니까, 안 보시겠습니까?」

「어째서 그걸 들여다본단 말입니까?」

「내 머릿속에 들어갈 테니 어떻게 생겼는지 들여다보는 것도 재미있는 일 아니겠습니까……. 하지만 쓸데없는 이야기죠, 그저 한번 얼러 보는 쓸데없는 이야기. 자, 이제 끝났습니다.」 그는 총알을 장전하고 나서 삼베 조각으로 총구를 틀어막은 후 이렇게 덧붙였다. 「표트르 일리치, 쓸데없는 이야깁니다, 모두가 다 쓸데없는 이야기예요. 당신은 얼마나 쓸데없는 이야기인지 모르고 계신 겁니다! 이제 내게 종이쪽지나 좀 주십시오.」

「자, 여기 있습니다.」

「아니, 글씨를 쓸 수 있는 매끄럽고 깨끗한 걸로 주십시오. 네, 이런 것 말입니다.」이렇게 말한 미탸는 책상에서 펜을 집어 들더니 종이쪽지 위에 재빨리 두어 줄 적은 후 그것을 네 번 접어서 조끼 주머니에 쑤셔 넣었다. 그리고 그는 권총을 상자에 넣은 후 자물쇠로 잠그고 나서 상자를 집어 들었다. 이어서 표트르 일리치를 바라보며 의미심장한 미소를 길게 흘렸다.

「이제 가시죠.」그는 이렇게 말했다.

「어디로 가자는 겁니까? 아니, 잠깐만요……. 당신은 틀림없이 당신의 머리를 쏘시려는 거지요, 그 총알로……?」표트르 일리치는 불안에 떨며 이렇게 말했다.

「총알이라뇨, 쓸데없는 말씀을! 난 살고 싶고 또 인생을 얼마나 사랑하는지 모릅니다! 이걸 모르셨군요. 나는 금발의 아폴로와 그 뜨거운 햇살을 사랑한단 말입니다……. 존경하는 표트르 일리치, 당신은 피하실 수 있을 것 같습니까?」

「피하다니 그건 또 무슨 말입니까?」

「길을 열어 주는 겁니다. 사랑하는 사람과 가증스러운 놈에게 길을 열어 주는 겁니다. 가증스러운 놈을 사랑하는 사람이 될 수 있게 길을 열어 주는 겁니다! 그리고 그들에게 말하는 겁니다. 신의 가호가 있기를, 어서 내 곁을 지나가시오, 그러면 나는…….」

「그러면 당신은?」

「그만두고 이제 가시죠.」

「하느님한테든, 누구에게든 이야기하겠어요.」표트르 일리치는 그를 쳐다보았다.「당신이 그곳에 가지 못하게 말려 달라고. 어째서 당신은 지금 모크로예로 가야만 하는 거지요?」

「여자가, 여자가 그곳에 있기 때문입니다. 이젠 만족하시겠죠, 표트르 일리치. 이젠 그만둡시다!」

「내 말 좀 들어 보세요. 당신은 비록 거칠기는 하지만 왠지 항상 마음에 듭니다……. 그래서 이렇게 걱정하고 있는 것이죠.」

「고맙습니다, 형제. 나는 당신 말대로 거친 인간이죠. 하지만 모두가 야만인, 야만인들입니다! 나는 이것 한 가지만은 주장하고 싶군요, 모두가 야만인이라고! 아, 미샤가 저기 돌아왔군, 그만 잊고 있었는데.」

미샤는 잔돈 다발을 든 채 헐레벌떡 들어와 플로트니코프 상점에서는 술 상자, 생선, 차 등을 끌어내면서 〈모두가 소란을 피우고 있어서〉 곧 모든 물건들이 준비될 거라고 보고했다. 미챠는 10루블짜리 지폐를 꺼내 표트르 일리치에게 건네고 나서 다시 10루블짜리 한 장을 꺼내 이번에는 미샤에게 쥐여 주었다.

「이러시면 안 됩니다!」 표트르 일리치가 소리쳤다. 「우리 집에서는 절대 이러시면 안 됩니다. 이러시면 애 버릇만 나빠집니다. 돈을 다시 받으시고, 여기 이렇게 넣어 두십시오. 어쩌자고 돈을 함부로 쓰시는 겁니까? 내일 우리 집에 찾아오셔서 10루블만 꾸어 달라고 하실지도 모르는데요. 아니, 왜 돈을 옆 주머니에 쑤셔 넣으시는 거죠? 이런, 이러다간 돈을 잃어버립니다!」

「내 말 좀 들어 보세요, 사랑하는 친구. 모크로예에 함께 가시지 않겠습니까?」

「내가 그곳엔 왜 갑니까?」

「술병을 터뜨리고 싶으시다면 우리 함께 인생을 위해 축배를 듭시다! 난 술을 한잔 들고 싶어요, 누구보다도 당신과 함께 말입니다. 당신과 나는 함께 술을 마신 적이 없지요, 그렇지 않습니까?」

「그런 것 같군요. 선술집이라면 좋습니다, 함께 가시죠. 나도 지금 그곳에 가려던 참이니까.」

「선술집에 들를 시간이 없으니, 플로트니코프 상점에 있는 골방으로 가시죠. 원하신다면 내가 지금 당신한테 한 가지 수수께끼를 내고 싶은데?」

「어서 내시죠.」

미탸는 조끼에서 쪽지를 꺼내더니 그에게 펼쳐 보였다. 그 쪽지에는 크고 뚜렷한 필체로 다음과 같이 적혀 있었다.

〈나의 모든 삶을 벌하리라, 나의 모든 삶을!〉

「정말이지 누구한테든 이야기해야겠군, 당장 가서 이야기해야겠어.」 표트르 일리치는 쪽지를 다 읽은 후 이렇게 말했다.

「그렇게는 못하실 겁니다, 친구. 자, 함께 가서 술이나 마십시다, 어서 갑시다!」

플로트니코프 상점은 표트르 일리치의 집으로부터 겨우 한 건물 건너편에 있는 골목길에 위치해 있었다. 그곳은 우리 고장에서 가장 중요한 식료품 상점으로 돈 많은 상인들이 운영하고 있었는데 상당히 그럴듯한 상점이었다. 〈옐리세예프 형제표〉 포도주, 과일, 담배, 차, 설탕, 커피 등 수도의 큰 상점에 있는 식료품들은 무엇이든 그곳에서 구할 수 있었다. 점원 세 사람이 항상 자리를 지켰고, 두 소년이 배달하고 있었다. 우리 고장의 경기가 나빠지고 지주들도 떠나고 거래도 줄어들였지만, 이 상점만은 전과 다름없이 번창했고 오히려 해를 거듭할수록 장사가 더 잘됐다. 이런 상품들에 대해서는 구매자들의 발길이 끊이지 않았기 때문이다. 상점 안에서는 미탸를 초조하게 기다리고 있었다. 3~4주 전에 그가 수백 루블에 달하는 물건이며 술들을 현찰을 주고(물론 그에게 외상은 절대 주지 않을 것이다) 단번에 싹쓸이했던 일을 모두 잘 기억하고 있었다. 그리고 그때도 지금처럼 무지갯빛 1백 루블짜리 돈뭉치를 손에 내보이며 자신에게 얼마나 많은 식료품이며 술 등이 필요한지 물건을 고려하지도 않고 또 그럴 기색도 없이 값을 깎지도 않으면서 함부로 돈을 펑펑 쓰던 모습 역시 잘 기억하고 있었다. 당시 그루셴카와 함께 모크로예로 마차를 타고 떠났던 그는 〈그곳에서 하룻밤을 묵었는데, 그날 밤부터 다음 날까지 단숨에 3천 루블을 날리고 세상에 태어날 때처럼 지갑에 땡전 한 푼 없는 상태로 되돌아왔다〉고 온 읍내에 소문이 파다하게 났었다. 그때 미탸는 집시 무리를(당시 우리 읍내에 흘러들어 와 있었다) 몽땅 깨워서 불러들였고, 그들은 이틀 동안 술에 취한 그로부터 마구잡이로 돈을 빼내고 닥치는 대로 비싼 술을 마셔 댔다고 한다. 그리고 사람들은 미탸가 모크로예에서 예의범절이라고는 눈곱만큼도 없는 농부들에게 샴페인을 마구 퍼먹이고, 시골 처녀들과 아낙네들에게 사탕과 스트라스부르산(産) 파이를 먹였다고 비웃으면서 수군거렸다. 당시 미탸는 그러한 온갖 기행 끝에 그루셴카한테서 그녀의 발에 입 맞추는 것을 허락받았을 뿐 그 이상은 아무것도 얻어 내지 못했다고 공공연한 자리에서 고백하고 다녔는데, 그 고백도 우리 읍내, 특히 선술집에서 비웃음거리가 되고 말았다(물론 그의 면전에서는 비웃지 못했다. 그의 면전에서 비웃는다는 것은 위험을 자초하는 일이었다).

 미탸가 표트르 일리치와 함께 상점에 도착했을 때, 상점 입구에는 양탄자로 덮개를 하고 종(鐘)과 작은 방울들을 단 삼두마차가 준비되어 있었고 마부 안드레이는 미탸를 기다리고 있었다. 상점 안에서는 물건을 넣은 궤짝 하나를 실을 준비가 끝난 상태였고 사람들은 그 궤짝을 못질해서 마차에 실기 위해 미탸가 나타나기만을 기다리고 있었다. 표트르 일리치는 깜짝 놀라고 말았다.

 「그런데 삼두마차는 어디서 부르셨죠?」 그는 미탸에게 물었다.

 「당신한테 찾아가다가 저 사람, 안드레이를 만나서 곧장 상점으로 달려와 기다리라고 지시했었죠. 이젠 시간을 낭비해서는 안 됩니다! 지난번에는 티모페이와 함께 타고 갔었는데, 이젠 티모페이가 눈에 띄지 않는군요. 나보다 먼저 매혹적인 아가씨를 태우고 가버렸으니 말입니다. 안드레이, 우리가 너무 늦지는 않을까?」

 「우리보다 한 시간 정도 앞서 도착하겠지만 그 이상은 아닐 겁니다. 아마 한 시간 정도 앞서가겠지요!」 안드레이는 얼른 대답했다. 「내가 티모페이의 마구를 준비해 주었으니, 몇 시쯤 도착할지 알고 있거든요. 그 녀석이 마차 모는 솜씨는 저와는 다르죠, 드미트리 표도로비치. 저를 따라올 수가 없어요. 기껏해야 한 시간 정도 먼저 도착할 겁니다!」 안드레이는 열을 올리며 이렇게 덧붙여 말했다. 그리 나이 먹은 편이 아닌 젊은 마부 안드레이는 갈색 머리에 몸이 바싹 마르고 옷은 반코트를 걸친 데다 왼손에는 농민 외투를 들고 있었다.

「한 시간 정도 늦는다면 보드카값으로 50루블을 주지.」

「한 시간이라면 문제없습니다, 드미트리 표도로비치. 아니, 한 시간이 아니라 반시간도 앞서지 못할 겁니다!」

미탸는 이런저런 지시를 내리느라 녹초가 되어 있었는데, 이야기를 할 때나 지시를 내릴 때 말투도 아주 이상했고 두서가 없이 몹시 혼란스러웠다. 그리고 한 가지 이야기를 시작하더라도 곧 잊어버려서 마무리를 짓지 못했다. 표트르 일리치는 자기가 개입해서 일을 도와야 할 필요를 느꼈다.

「4백 루블어치야, 그전과 똑같이 하려면 4백 루블어치보다 적어서는 안 돼.」 미탸가 큰 소리로 명령했다. 「샴페인은 네 상자야, 한 병이라도 적어서는 안 돼.」

「어째서 그 많은 술이 필요하신 거죠, 어디에 쓰시려고요? 잠깐!」 표트르 일리치가 물었다. 「이건 무슨 궤짝이지? 무슨 물건이 들어 있는 거야? 여기에 정말 4백 루블어치가 들어 있나?」

분주히 움직이던 점원들은 그에게 얼른 달콤한 말로 이 첫 번째 궤짝에는 샴페인 상자들과 사탕, 드롭스 등 〈우선 당장 안주로 꼭 필요한 물건들〉만 들어 있다고 설명하기 시작했다. 하지만 주요한 주문품들은 지난번처럼 별도의 삼두마차에 실어 제때에, 〈드미트리 표도로비치의 도착으로부터 한 시간 이내에 약속 장소로 가져가겠다〉고 했다.

「한 시간 이상 지체해서는 안 돼. 한 시간 이상 지체해서는 안 된단 말이야. 그리고 드롭스와 엿은 가능하면 많이 싣도록 해. 그 동네 아가씨들이 그걸 좋아하니까.」 미탸는 열을 올리며 끈질기게 말했다.

「엿은 아무래도 좋습니다. 그런데 술 네 상자는 어디에 쓰시려고요? 한 상자면 충분합니다.」표트르 일리치는 이미 화가 치밀어 오른 상태였다. 그는 물건값을 흥정하기 시작했고, 영수증을 요구하기도 하면서 흥분을 가라앉히지 못하고 있었다. 하지만 겨우 1백 루블을 건져 낼 수 있었을 뿐이다. 결국 3백 루블 이상은 보내지 않기로 하는 데서 일이 마무리되었다.

「아니, 당신 마음대로 하시구려!」표트르 일리치는 갑자기 생각을 바꾸기라도 한 듯 이렇게 소리쳤다. 「내가 상관할 바가 아니겠지! 거저 생긴 돈이라면 마음대로 내다 뿌리시구려!」

「이리 와요, 경제학자 나리, 화내지 말고 이리 오시라니깐.」 미탸는 상점 골방으로 그를 끌고 갔다. 「이제 이리로 술 한 병을 가져올 테니 우리 한잔합시다. 이봐요, 표트르 일리치, 함께 갑시다. 당신이 좋은 사람이기 때문입니다. 난 당신 같은 사람을 좋아하거든요.」

미탸는 지저분한 식탁보가 덮인 조그만 탁자 앞에 있는 등받이 의자에 걸터앉았다. 표트르 일리치는 미탸의 맞은편에 자리 잡았다. 순식간에 샴페인이 나왔다. 점원이 안주로 굴이 어떻겠냐며 권했다. 「최고급 굴입니다, 막 들여온 싱싱한 것이죠.」

「빌어먹을 굴 같으니, 난 먹지 않겠어. 아무것도 필요 없다고.」 표트르 일리치는 분노를 삭이지 못한 채 퉁명스럽게 대답했다.

「굴을 먹을 시간이 없어.」 미탸가 말했다. 「그리고 식욕도 없거든. 그런데 이봐요.」 미탸는 갑자기 감상적인 어투로 말했다. 「난 이런 무질서를 절대 좋아하지 않거든요.」

「그런 걸 좋아할 사람이 어딨습니까! 생각해 보세요, 술 세 상자를 농부들한테 준다니, 누군들 화를 내지 않겠습니까.」

「내 말은 그런 뜻이 아닙니다. 나는 더 고상한 질서에 대해 이야기하고 있는 겁니다. 나한테는 그런 질서가 없거든요……. 하지만…… 모든 것이 다 끝나고 말았어요, 슬퍼할 것도 없어요. 너무 늦었단 말입니다, 제기랄! 내 모든 인생은 무질서했어요. 질서를 되찾아야 해요. 내가 신소리를 하고 있지요, 그렇지 않습니까?」

「신소리를 하고 있는 것이 아니라 잠꼬대를 하고 있는 겁니다.」

「〈세상의 지고함에 영광이 있기를, 내 마음의 지고함에 영광이 있기를!〉 언젠가 내 영혼 속에서 이런 시구가 울려 나온 적이 있는데, 아니, 시라기보다는 눈물이겠지요……. 내가 직접 지었지요……. 그러나 이등 대위의 수염을 낚아채서 끌고 다닐 때 지은 것은 아닙니다.」

「느닷없이 그 사람 이야기는 왜 꺼내는 겁니까?」

「어째서 느닷없이 그 사람 이야기를 꺼내는 거냐, 이 말씀이죠? 쓸데없는 소립니다! 모든 것이 막을 내리는 중입니다, 모든 것이 아무 차이도 없어지는 중이죠, 과정도, 결과도.」

「사실 나는 계속 당신의 권총이 마음에 걸리는군요.」

「권총이라니, 웬 쓸데없는 이야기를! 그런 상상은 집어치우고 술이나 드세요. 나는 인생을 사랑하고, 인생을 너무나 사랑해 왔습니다, 너무나 진절머리가 나도록. 그만둡시다! 친구, 인생을 위해, 인생을 위해 한잔 듭시다, 인생을 위해 건배합시다! 나는 어째서 나 자신에 대해 만족하고 있을까요? 난 악한이지만 나 자신에 대해 만족하고 있는 겁니다. 나는 내가 악한이라는 사실 때문에 고통스러워하면서도 자신에 대해 만족하고 있는 겁니다. 나는 창조를 축복하고 있으며, 하느님과 하느님의 창조물에 대해 이제 축복할 준비가 되어 있습니다. 하지만…… 고약한 냄새를 풍기는 벌레 한 마리를 제거해야 합니다, 그놈이 활개 치고 다니지 못하도록, 다른 사람들의 생활을 해치지 못하도록…… 자, 한잔합시다, 사랑스러운 형제여! 인생보다 더 귀중한 것이 뭐가 있겠습니까! 아무것도, 아무것도 없습니다! 인생을 위해, 여왕들 중의 여왕을 위해 건배!」

「인생을 위해, 그리고 당신의 여왕을 위해 건배합시다.」

두 사람은 잔을 비웠다. 미탸는 기쁨에 넘쳐 마음이 들떠 있었으나 어찌 된 일인지 슬픈 표정을 짓고 있었다. 마치 극복할 수 없을 만큼 엄청난 근심거리가 그를 가로막고 있는 것 같았다.

「미샤…… 당신네 미샤가 저기 들어오는 것 아닙니까? 미샤, 사랑스러운 미샤, 이리 오렴. 네가 내 잔을 비우는 거야, 내일 떠오를 금발의 아폴로를 위해서…….」

「그 애한테 술을 권하지 마세요!」 표트르 일리치는 짜증스러운 목소리로 소리쳤다.

「허락해 주시죠, 난 그러고 싶으니까.」

「이, 이런!」

미샤는 잔을 비우고 나서 절을 꾸벅 한 다음 달아나 버렸다.

「저 녀석은 오랫동안 기억할 테지요.」 미탸가 이렇게 말했다. 「나는 여자를 좋아합니다, 여자를! 여자란 대체 뭡니까? 지상의 여왕 아닙니까! 슬픕니다, 슬퍼, 표트르 일리치. 『햄릿』의 이런 구절 생각나십니까? 〈나는 너무나 슬프고 또 슬프구나, 호레이쇼…… 아아, 가엾은 요리크 같으니!〉[13]라는 구절 말입니다. 어쩌면 나는 요리크일지도 모릅니다. 그래요, 나는 지금 요리크입니다, 나중에는 해골이 되겠지만.」

표트르 일리치는 아무 말 없이 이야기를 듣고 있었고, 미탸도 곧 입을 다물어 버렸다.

「당신네 저 강아지는 종자가 뭐지?」 미탸는 구석에 앉아 있는 눈이 까맣고 자그마한 귀여운 복슬강아지를 바라보며 점원에게 별안간 아무 생각 없이 물었다.

「저건 우리 주인마님이신 바르바라 알렉세예브나의 강아집니다.」 점원이 대답했다. 「조금 전에 데리고 나오셨는데 그만 잊고 여기에 놓아두셨지요. 도로 갖다드릴 겁니다.」

「저놈과 똑같이 생긴 강아지를 본 적이 있는데…… 군대에서…….」 미탸는 명상에 잠기며 말했다. 「그놈은 뒷다리가 부러졌었지……. 표트르 일리치, 당신한테 한 가지 묻고 싶은 것이 있는데, 당신은 평생 도둑질을 해본 적이 있습니까, 없습니까?」

「그건 웬 뚱딴지같은 질문입니까?」

「아니, 그냥 물어본 것입니다. 누군가, 남의 주머니에서 말입니다? 공금에 대해서 말하는 것이 아닙니다, 공금이라면 모두가 빼돌리고 있으니. 물론이겠지만, 당신도 역시…….」

「아니, 도둑질이라뇨?」

「남의 돈 말입니다. 주머니에서든, 아니면 지갑에서든?」

「딱 한 번 어머니 책상에서 20코페이카짜리 은화를 훔쳤는데, 아홉 살 때의 일이지요. 몰래 훔쳐서는 손에 쥐고 있었

13 셰익스피어의 『햄릿』 제5막 제1장 묘지 장면의 부정확한 인용.

지요.」

「그래서요?」

「별일 없었지요, 뭐. 사흘간 지녔다가 창피한 생각이 들어 솔직히 말씀드리고 돌려드렸으니까요.」

「그래서요?」

「당연히 매를 맞았지요. 그러는 당신은 어떤가요, 남의 것을 훔친 적이 있습니까?」

「그렇습니다.」 미탸는 교활하게 윙크를 했다.

「무엇을 훔쳤죠?」 표트르 일리치는 호기심을 드러냈다.

「아홉 살 때 어머니한테서 20코페이카짜리 은화를 훔쳤다가 사흘 만에 돌려드렸죠.」 미탸는 이렇게 대답하고 나서 자리에서 일어났다.

「드미트리 표도로비치, 이젠 서두르셔야 하지 않을까요?」 갑자기 상점 문 앞에서 안드레이가 크게 외쳤다.

「준비됐나? 그럼, 가지!」 미탸는 서두르기 시작했다. 「아직 끝내지 못한 이야기가 남았는데……. 길을 나서는 안드레이에게 당장 술 한잔을 가져다주게! 보드카 말고 코냑을 가져다주게, 작은 잔으로! 그리고 이 상자(권총이 들어 있었다)는 내 자리 밑에다 가져다 놓도록. 안녕히 계십시오, 표트르 일리치, 그리고 나쁜 놈이라고 생각하지는 말아 주십시오.」

「내일이면 돌아오시겠지요?」

「틀림없이 그럴 겁니다.」

「계산은 지금 해주시겠습니까?」 점원이 뛰어나왔다.

「아, 그래, 계산! 물론이지.」

그는 다시 호주머니에서 돈뭉치를 꺼내 보라색 지폐 석 장을 뽑은 다음 계산대 위에 집어 던지고는 황급히 상점을 나섰다. 사람들이 그 뒤를 따라 나오며 굽실거렸고 연신 감사와 축복을 빌면서 전송했다. 금방 코냑을 들이켠 안드레이는 꽥꽥 소리를 내면서 마부대에 뛰어올랐다. 그런데 미탸가 자리에 앉는 순간 뜻밖에도 페냐가 그 앞으로 달려 나왔다. 그녀는 숨을 헐떡거리며 달려오더니 소리를 지르면서 그에게 두 손을 모으고는 그의 발밑에 엎드렸다.

「드미트리 표도로비치 나리, 제발 아가씨를 죽이지 마세요! 제가 모두 말씀드리긴 했지만! 제발 그분도 죽이지 마세요, 그분은 아가씨의 옛 애인이잖습니까! 곧 아그라페나 알렉산드로브나 아가씨와 결혼할 몸이고, 그러기 위해서 시베리아에서 돌아오신 거니까요……. 드미트리 표도로비치 나리, 제발 다른 사람을 죽이지 마세요.」

「아하, 바로 그랬군! 그러니까 당신은 지금 그곳에서 일을 저지르려던 참이었군!」 표트르 일리치는 속으로 중얼거렸다. 「이제 모두 알겠소, 이제 일이 어떻게 돌아가고 있는 건지 알겠어. 드미트리 표도로비치, 인간답게 굴려거든 당장 권총을 돌려주시오.」 그는 큰 소리로 미탸에게 소리쳤다. 「내 말 듣고 있는 겁니까, 드미트리?」

「권총이라니? 잠깐만 친구, 난 도중에 그걸 웅덩이에 버릴 겁니다.」 미탸가 대답했다. 「페냐, 어서 일어나, 내 앞에 엎드릴 필요 없어. 이 미탸는 사람을 죽이지 않아, 어리석기 짝이 없는 이 인간은 앞으로 절대 사람을 죽이지 않을 거야. 자, 어서, 페냐.」 그는 이미 자리를 잡고 앉은 다음 페냐에게 큰 소리로 말했다. 「조금 전에 내가 널 모욕했다면 부디 날 용서해 다오, 이 악한을 용서해 달라고……. 용서하지 않는다고 해도 할 수 없지만! 왜냐하면 이제는 어차피 다 마찬가지니까! 어서 말을 몰게, 안드레이, 휭하니 달려가자고!」

안드레이는 채찍질을 했다. 말방울 소리가 요란스레 울려 퍼졌다.

「잘 계시오, 표트르 일리치! 당신에게 마지막 눈물을 바치겠습니다!」

〈술에 취한 것도 아닌데 저런 허튼소리를 내뱉다니!〉 표트르 일리치는 뒤편에서 이런 생각에 잠겼다. 그는 점원들이 미탸를 속일 것 같은 예감이 들어서 나머지 물건들과 술들을 마차에 제대로 싣는지 지켜볼 요량으로 남아 있으려고 했으나 자기 자신에게 화가 치밀어 올라서 갑자기 침을 탁 뱉고는 선술집으로 당구를 치러 가버렸다.

「좋은 사람이긴 하지만 바보야……」 그는 길을 걸어가면서 중얼거렸다. 「그루셴카의 〈옛날 애인〉이라는 그 장교에 대해서는 나도 소문을 들었지. 그런데 만일 그자가 이곳에 찾아왔다면 그때는…… 아아, 그 권총이 문제로군! 이런 빌어먹을, 내가 뭐 그 친구의 아저씨라도 된단 말인가? 그냥 모른 척하는 수밖에! 아무 일도 없을 거야. 큰 소리나 오가는 정도겠지. 술을 퍼마시고 한바탕 싸우고, 싸웠다가는 서로 화해하겠지. 사람의 일이란 그런 게 아니겠어. 그런데 〈길을 열어 주고〉 〈자신을 벌한다〉는 말은 대체 뭐야, 아무 일도 없겠지! 술에 취한 사람은 술집에서 수천 번이고 그런 소리를 해대는 법이니까. 하지만 지금 그 친구는 술에 취하지도 않았잖아. 물론 악당들이야 〈정신적으로 취했다〉는 말을 쉽게 떠벌리긴 하지만. 아니 내가 그 친구의 아저씨라도 된단 말이야, 뭐야? 온통 피투성이가 된 걸 보면 싸움을 벌였던 게 틀림없어. 상대가 대체 누구였을까? 선술집에 가보면 알 수 있겠지. 손수건에도 피가 묻어 있었잖아……. 휴우, 빌어먹을, 그걸 우리 집 마루 위에 그냥 놔두고 왔군……. 나 원, 더러워서!」

 그는 기분이 몹시 언짢은 상태로 선술집에 도착했고, 도착하자마자 당구를 치기 시작했다. 게임은 그의 기분을 유쾌하게 만들었다. 그가 또 한 게임을 하는데 갑자기 함께 당구를 치던 상대 중의 한 사람이 드미트리 표도로비치한테 다시 돈이 생겼고, 그것도 3천 루블이나 되는데 직접 두 눈으로 목격했으며, 그루센카와 함께 모크로예에서 한바탕 놀려고 길을 떠났다고 떠들어 댔다. 그 이야기는 듣는 사람들로 하여금 비상한 호기심을 불러일으켰다. 그들은 웃음도 멈춘 채 수군거리기 시작했고, 그 분위기는 짐짓 진지하기까지 했다. 시합조차 중단되고 말았다.

「3천 루블이라고? 아니, 3천 루블이나 되는 돈을 어디서 구한 걸까?」

 의문은 꼬리에 꼬리를 물고 계속되었다. 호흘라코바 부인에 관한 소문은 의심스러운 것으로 받아들여졌다.

「노인한테서 강도 짓을 한 것이 아니면 대체 뭐겠어?」

「3천 루블? 아무래도 심상치 않은걸.」

「아버지를 죽이고 말겠다고 공공연히 떠벌리고 다녔었는데, 여기 있는 사람들은 모두 들었잖아. 그때 3천 루블 이야기도 했었단 말이야…….」

 표트르 일리치는 가만히 듣고 있다가 여러 가지 질문이 쏟아지자 갑자기 무뚝뚝하게 건성으로 대답하기 시작했다. 그는 이곳으로 올 때만 해도 모두 털어놓을 작정이었지만, 미탸의 얼굴과 손에 묻어 있던 피에 대해서만큼은 전혀 언급하지 않았다. 세 번째 게임이 시작되면서 미탸에 대한 이야기는 조금씩 시들해졌다. 하지만 세 번째 게임이 끝나자 표트르 일리치는 게임을 계속하고 싶은 생각이 사라져 큐를 내려놓고는 식사도 거른 채 선술집을 나왔다. 광장에 들어섰을 무렵 그는 자신도 충격적으로 느낄 만큼 의혹에 빠져들기 시작했다. 그는 갑자기 무슨 일이 일어났는지 알아보기 위해 표도르 파블로비치 집에 가고 싶은 충동이 일었다. 〈아무 일도 아닌 걸로 공연히 남의 집 사람들의 잠을 깨운 것이라는 사실이 밝혀지면 스캔들이 되고 말 거야. 피이, 내가 그 친구의 아저씨라도 된단 말이야, 뭐야?〉

그는 기분이 언짢아서 곧장 자기 집으로 향했는데 그때 갑자기 페냐 생각이 났다. 〈이런 빌어먹을, 조금 전에 그 여자한테 물어봤어야 했어〉 하고 그는 핏대를 올리며 생각했다. 〈그러면 모두 알아냈을 텐데.〉 생각이 여기에 미치자 갑자기 그는 그 여자와 이야기해서 사실을 알아내고 싶은 참기 힘든 강한 욕망을 느꼈다. 그래서 그는 가던 길을 멈추고 그루센카가 세 들어 살고 있던 모로조바의 집으로 발길을 돌렸다. 대문 앞에 이른 그는 노크를 했다. 밤의 적막 속에 울려 퍼지는 노크 소리는 정신을 바싹 들게 할 정도로 그의 신경을 건드렸다. 게다가 아무 인기척도 들리지 않았다. 모두 잠들어 있었던 것이다. 〈여기서도 스캔들을 일으키겠군!〉 그는 이미 마음속에서 어떤 고통을 느끼면서 그렇게 생각했다. 하지만 그는 그대로 자리를 뜨지 않고 갑자기 온 힘을 다해 다시 문을 두드리기 시작했다. 문 두드리는 소리가 거리 전체에 울려 퍼졌다. 〈이대로 물러날 수는 없어, 문을 열어 줄 때까지 두드리고 말겠어, 끝까지 두드리고 말겠어!〉 하고 그는 중얼거렸다. 문 두드리는 소리가 울려 퍼질 때마다 그는 화가 머리끝까지 치밀어 올랐으나 오히려 더욱더 세차게 문을 두드렸다.

6 내가 간다!

 드미트리 표도로비치는 나는 듯이 길을 내달렸다. 모크로예까지는 20베르스타가 약간 넘었으나 안드레이는 서두르면 한 시간 15분 안에 삼두마차가 도착할 수 있을 거라고 말했다. 빠른 질주에 미탸의 마음은 불현듯 유쾌해졌다. 공기는 신선하고 차가웠으나 청명한 하늘에는 별들이 총총히 빛나고 있었다. 그것은 바로 알료샤가 대지에 엎드려 〈영원히 대지를 사랑하겠노라고 뜨겁게 맹세했던〉 그날 밤 일이었으며, 그것도 어쩌면 같은 시간이었는지 모른다. 미탸의 마음은 너무나, 너무나 답답했다. 여러 가지 일로 그의 마음은 괴로웠지만 이 순간 그의 모든 존재는 지금 달려가 마지막으로 한 번 더 만나려고 하는 그녀, 그의 여왕에게로만 향하고 있었다. 여기서 한 가지만 더 밝혀 두어야 하겠다. 그 순간 그의 가슴속에서는 잠시도 번민이 일어나지 않았다. 질투심이 강한 미탸가 그 새로운 인물, 땅에서 솟은 듯이 새롭게 등장한 연적인 그 장교에게 눈곱만큼도 질투심을 느끼지 않았다고 말한다면 독자들은 아마 내 말을 믿지 않을 것이다. 그런 식으로 다른 사람이 등장했다면 미탸는 그가 누구든 당장 질투심이 발동하여 흉악한 두 손을 다시 피로 물들였을지도 모른다. 그러나 사실 아직 본 적도 없는 그자에 대해서는, 〈그녀의 첫 남자〉에 대해서만큼은 마차를 타고 달려가고 있는 지금, 증오로 가득 찬 질투심이나 적개심을 느끼지 않았다. 〈그것은 논란거리가 될 수 없어, 그녀와 그자의 권리니까. 그녀가 지난 5년 동안 오매불망 잊지 못하던 첫사랑이잖아. 다시 말해 그녀는 5년 동안 그자만을 사랑했는데 내가, 내가 어쩌자고 거기에 뛰어든 거지? 그 문제에서 나란 대체 어떤 존재이고 또 왜 이런 짓을 하고 있는 걸까? 길을 돌려라, 미탸, 양보하고 말아! 게다가 난 지금 어떤 입장이야? 이제는 그 장교가 아니더라도 만사는 끝장나고 말았잖아, 그자가 나타나지 않았더라도 어차피 만사는 끝장나고 말았잖아······.〉

그가 판단력이 있다면 이런 말로 자신의 감정을 대충 표현했을지도 모른다. 그러나 그 순간 그는 이미 판단력을 잃은 상태였다. 따라서 지금의 결단도 아무 판단력도 없이 결정된 것이며, 페냐의 처음 한마디가 떨어지기 무섭게 조금 전의 다른 모든 결과와 더불어 단번에 그런 감정에 빠져들어 받아들이게 된 것이다. 그런 결단을 받아들였음에도 불구하고 그의 마음에는 번민이, 고통스러울 만큼 번민이 일어났다. 그의 결단은 평온을 가져다주지 못했던 것이다. 그 뒤를 따라 온갖 잡념이 고개를 들어 그를 괴롭혔다. 이따금 그 자신도 이상한 생각이 들었다. 손수 〈나 자신을 벌하며, 또 벌하리라〉라는 판결문을 쪽지에 적기까지 했다. 그 쪽지는 그의 호주머니 속에 준비되어 있었다. 권총도 실탄이 장전되어 있었고, 내일 〈금발의 디아나〉[14]의 뜨거운 첫 광선을 어떻게 맞을 것인지도 굳게 마음먹고 있었지만 뒷덜미에서 자신을 괴롭히는 일들, 과거의 일들을 청산하지 못한 채 고통스럽게 그런 생각에 빠져 있었고, 그런 생각은 절망으로 변해 그의 마음속에 파고들었다. 새벽까지 기다릴 것도 없이 도중에 안드레이에게 마

14 달의 여신.

차를 세우게 하고는 밖으로 뛰어나가 실탄이 장전된 권총으로 만사를 끝장내고 싶은 충동이 일었던 순간도 있었다. 그러나 그러한 감정은 순식간에 불똥처럼 식어 버렸다. 더구나 삼두마차는 〈공간을 삼키며〉 달려갔다. 목적지에 점점 가까이 다가가면서 그녀에 대한 상념, 오직 그녀에 대한 상념만이 그의 마음을 더욱 강하게 사로잡았고 나머지 끔찍한 다른 생각들은 모두 가슴에서 밀어내 버렸다. 오, 그는 멀리서라도 좋으니 잠시나마 그녀를 보고 싶었던 것이다! 〈그녀는 지금 그자와 함께 있으니 옛날 애인과 무슨 짓을 하고 있는지 봐둬야지. 그것만은 꼭 필요해.〉 그의 운명을 결정한 그 여인에 대한 사랑이 가슴속에서 그토록 애틋하게 피어올랐던 적은 이제껏 한 번도 없었다. 그것은 그가 이제까지 느껴 보지 못한 전혀 예기치 않은 새로운 감정이었고, 기도를 올리고 싶을 정도로 온순하면서도 그녀 앞에서 꼬리를 감추고 싶을 만큼 부끄러운 감정이기도 했다. 〈내가 사라져 주겠어!〉 그는 알 수 없는 환희에 잠기면서 중얼거렸다.

거의 한 시간이 흐르고 있었다. 미탸는 아무 말도 하지 않았으며, 안드레이 역시 수다스러운 농부임에도 한마디도 내뱉지 않았다. 그는 입 놀리는 것이 두려웠는지 여위긴 했으나 빠르게 질주하는 세 필의 밤색 말을 열심히 몰고 있었을 뿐이다. 그런데 미탸는 갑자기 무서운 불안감에 휩싸이며 이렇게 소리쳤다.

「안드레이! 그들은 잠들어 있을 텐데!」

그의 머릿속에 문득 그런 생각이 떠올랐다. 지금까지 그런 생각은 해본 적도 없었다.

「잠자리에 들었다고 생각하시는 것이 맞습니다, 드미트리 표도로비치.」

미탸는 고통스럽게 인상을 찌푸렸다. 내가 달려갔는데……
이런 감정을 가지고 말이야……. 그런데 잠들어 있으면…….
그녀는 아마도 거기에서 잠들어 있을지도 몰라……. 그의 가
슴속에서는 증오심이 이글거렸다.

「어서 말을 몰아, 안드레이, 빨리 달려! 안드레이, 더 빨
리!」 그는 몹시 흥분하여 소리 질렀다.

「어쩌면 아직 잠자리에 들지 않았을지도 모릅니다.」 안드레
이는 잠시 말을 멈추었다가 자기 의견을 말했다. 「조금 전 티모
페이가 거기에는 사람들이 많이 모여 있다고 했거든요…….」

「여관에서 말인가?」

「여관이 아니라 플라스투노프에 있는 여인숙인데, 사실 여
관이지요.」

「알고 있어. 그런데 어째서 사람들이 많다는 거지? 어디에
많다는 거야? 대체 어떤 사람들이?」 미탸는 뜻밖의 소식에
몹시 초조하여 이렇게 소리쳤다.

「티모페이 말로는 모두 신사분들이라던데, 두 사람은 우리
읍 사람이지만 누군지는 모르겠어요. 티모페이 말로는 그저
두 사람은 이 지방 출신이고 세 사람은 다른 지방 사람들이
라고 했거든요. 그리고 누군가 또 있는 모양인데 세세히 물어
보진 않았지요. 그런데 카드놀이를 시작했다나요.」

「카드라고?」

「그렇습니다. 만일 카드놀이를 시작했다면 아직 잠들지 않
았을 거예요. 이제 겨우 11시 정도나 될까, 더 늦지는 않았으
니까요.」

「어서 몰게, 안드레이, 어서 몰아!」 미탸는 다시 신경질적

으로 소리쳤다.

「여쭐 말씀이 있는데요, 나리, 그게 대체 뭐죠?」 다시 안드레이는 잠시 입을 다물었다. 「그렇다고 제게 역정을 내지는 마십시오, 나리. 무섭거든요.」

「뭐 말이야?」

「아까 페도시야 마르코브나가 나리 발밑에 엎드려 아가씨와 또 누군가를 죽이지 말아 달라고 애원했는데…… 나리, 이렇게 나리를 거기에 모셔다 드리고 있으니…… 용서하십시오, 나리. 양심에 꺼림칙한 것이 있어서 어리석은 말씀을 드린 것 같군요.」

미탸는 돌연 그의 어깨를 뒤에서 꽉 붙잡았다.

「자넨 마부지? 마부 아닌가?」 그는 흥분하기 시작했다.

「마부입니다…….」

「그럼 사람들이 길을 비켜 주어야 한다는 사실을 알고 있을 것 아냐. 마부는 아무한테도 길을 양보하지 않는 법이니, 〈어서 비켜, 여기 내가 간다〉고 떠들어 대겠지. 여보게, 안 돼, 길을 비켜 주어서는 안 돼! 사람들한테 길을 비켜 주어서는 안 돼, 사람들을 다치게 해서도 안 된단 말이야! 만일 인명을 해친다면 스스로 벌을 내려야겠지……. 만일 누군가를 다치게 하거나 목숨을 빼앗게 된다면 자신에게 벌을 내리거나 멀리 떠나 버려야지.」

심하게 히스테리 증세를 일으키듯 미탸는 이렇게 뇌까렸다. 안드레이는 미탸의 이야기에 적이 놀라고 있었으나 이야기를 계속했다.

「그건 사실이에요, 나리. 사람들한테 길을 비켜 주어서도, 괴롭혀서도 안 되는 것은 사실이에요, 다른 동물들도 마찬가지고요, 드미트리 표도로비치. 모든 동물들은 다 창조된 피조물이기 때문이죠. 말을 놓고 보더라도 다른 놈들은 마구 두들겨 패거든요, 우리 나라 마부들도 마찬가지고요……. 놈들은 자제할 줄을 모르고 마구 밀어붙이죠. 사람들을 향해서 말이에요.」

「지옥으로 말이야?」 미탸는 돌연 끼어들더니 뜻밖에도 짧은 웃음을 터뜨렸다. 「안드레이, 이 순박한 사람아.」 그는 다시 안드레이의 어깨를 힘껏 잡았다. 「어디 말해 보게, 드미트리 표도로비치 카라마조프가 지옥으로 굴러떨어질 것인지 아닌지. 자네 생각은 어때?」

「모르겠어요, 나리. 나리 하시기 나름이겠죠. 우리 고장에서 나리는……. 그런데 나리, 그리스도는 십자가에 매달려 돌아가셨을 때 십자가에서 내려와 곧장 지옥으로 가셔서는 고통받고 있는 죄인들을 풀어 주셨지요. 그래서 지옥은 이제 죄인들이 더 이상 자기에게 오지 않을 거라고 생각하여 신음소리를 내며 괴로워했다죠. 그때 하느님께서는 지옥에게 〈괴로워하지 말라, 지옥이여. 모든 고관대작들, 고위 재판관들, 부자들이 너에게 찾아오니 내가 다시 찾아올 때까지, 수많은 세월에 걸쳐 그랬듯이, 그곳은 가득 차게 되리라〉라고 했답니다. 틀림없는 사실이에요, 분명히 이렇게 말씀하셨거든요…….」

「민중 전설이로군, 훌륭해! 왼쪽 말을 한 대 때리게, 안드레이!」

「그러니 나리, 지옥은 그런 사람들한테 지정되어 있는 겁니다.」 안드레이는 왼쪽 말을 향해 채찍질을 했다. 「나리, 우리 고장에서 나리는 어린애나 다름없어요……. 그래서 저희들은 나리를 존경하고 있습니다……. 그리고 나리께선 성미가 급하시긴 해도 마음씨가 순박하시기 때문에 하느님께서도 용서해 주실 겁니다.」

「그럼 자네는, 자네는 나를 용서하고 있나, 안드레이?」

「제가 나리를 용서하다뇨, 나리께선 제게 아무 짓도 하지 않으셨는데.」

「아니야, 모든 사람들을 대신해서, 모든 사람들을 대신해서 자네만은 지금 당장, 지금 길 가는 도중에 나를 용서해 줄 수 있느냐고? 어디 말해 봐, 평범한 보통 사람으로서 말이야!」

「오, 나리, 나리를 모시고 가는 것이 두렵습니다, 나리의 말씀은 어딘가 이상한 구석이 있기도 하고요…….」

그러나 미탸는 마부의 이야기에 귀를 기울이지 않았다. 그는 초조한 심정으로 기도를 드렸고 정신없이 혼잣말을 중얼거렸다.

「주여, 무법자인 저를 받아 주시며 심판하지도 마소서. 부디 당신의 심판에 들게 하지 마소서……. 제 스스로 자신을 심판하였으니 저를 심판하지 마소서. 당신을 사랑하오니 저를 심판하지 마소서, 하느님! 저 자신은 비열한 자이오나 당신을 사랑하고 있나이다. 당신을 사랑하겠사오니 저를 지옥에 떨어뜨리소서, 그곳에서도 당신을 영원히 사랑하노라 외치겠나이다……. 하지만 제가 끝까지 사랑할 수 있도록 허락하시며…… 지금 이곳에서 당신의 뜨거운 햇살이 비칠 5시까지만이라도 끝까지 사랑할 수 있도록 허락하소서……. 제 영혼의 여왕을 사랑하기 때문입니다. 그녀를 사랑하지 않을 수 없기 때문입니다. 당신께서는 저의 모든 것을 보고 계십니다.

저는 달려가 그녀 앞에 엎드려 〈네가 날 버린 것은 옳은 일이다……. 너의 희생자를 용서하고 또 잊어버려라. 그리고 아무 걱정도 하지 말아라!〉라고 이야기하겠나이다.」

「모크로예에 다 왔습니다!」 안드레이는 채찍으로 앞을 가리키며 소리쳤다.

밤의 희미한 어둠 사이로 넓은 공간에 펼쳐진 딱딱한 건물들이 시커먼 윤곽을 드러내고 있었다. 모크로예 마을에는 2천 명가량이 살고 있었으나 지금 이 시각에는 모두가 잠들어 있었고 어둠 사이로 어디선가 희미한 불빛들이 깜빡거릴 뿐이었다.

「어서, 어서 가자고, 안드레이. 자, 내가 간다!」 미탸는 마치 열병에 걸린 사람처럼 소리쳤다.

「아직 잠들지 않았군요!」 안드레이가 입구와 여섯 개의 창문 사이로 밝은 불빛을 거리로 쏟아 내는 플라스투노프 여인숙을 채찍으로 가리키며 다시 말했다.

「아직 잠자리에 들지 않았군!」 미탸는 반가운 듯 맞장구를 쳤다. 「요란하게 몰아, 안드레이. 말들이 발을 구르게 하고 방울 소리도 울리면서 요란하게 도착하는 거야. 누가 왔는지 모두 알 수 있도록! 내가 왔다! 바로 내가 왔단 말이다!」 미탸는 몹시 흥분하여 소리쳤다.

안드레이는 높은 현관 계단 쪽으로 요란한 소리를 내면서 다가가 숨 가쁜 마차의 속력을 줄이더니 김이 무럭무럭 나는, 거의 기진맥진한 말들을 멈춰 세웠다. 미탸가 마차에서 뛰어내리자 잠자리에 들려던 여인숙 주인이 누가 이렇게 소란을 떨며 도착했나 궁금했는지 현관 계단에서 내다보았다.

「자네, 트리폰 보리시치지?」

주인은 허리를 굽혀 이리저리 살피더니 계단에서 허둥대며 반가운 목소리로 아양을 떨면서 손님을 향해 달려 나왔다.

「아니, 드미트리 표도로비치 나리! 이렇게 다시 뵙다니요?」

트리폰 보리시치는 보통 키에 건장하고 튼튼한 사내였는데 약간 살이 오른 그의 얼굴은 특히 모크로예 사내들에게 심한 딱딱하고 융통성 없는 표정이 깃들어 있었으나, 이득을 볼 것 같은 냄새를 맡으면 비굴한 표정으로 재빨리 바꾸는 능력이 있었다. 그는 비스듬한 옷깃에 소매가 없는 루바시카를 걸쳐 전형적인 러시아식 옷차림으로 다녔으며 재산도 꽤 있었지만, 어떻게 하면 더 많은 재산을 모을 수 있을까 하는 생각에만 골몰해 있었다. 그 마을에서 절반이 넘는 농부들이 그의 손아귀에 걸려들어 모두 그에게 빚을 지고 있었다. 그는 지주들에게서 땅을 임차하거나 사들여 농부들로 하여금 평생 갚기 힘든 빚 대신 그 땅을 경작하게 만들었다. 홀아비인 그에게는 과년한 딸이 넷 있었다. 첫째 딸은 과부였는데 그에게는 손자인 어린 자식 두 명과 함께 그의 집에 살면서 날품팔이처럼 일하고 있었다. 촌티가 흐르는 둘째 딸은 서기직까지 승진한 관리한테 시집을 갔는데, 여인숙의 어느 방 벽면에 걸린 그림 크기의 액자에 들어 있는 가족사진 속에서 견장을 차고 제복을 입은 그 관리의 얼굴을 볼 수 있었다. 결혼하지 않은 두 딸은 교회 축일 때나 초대를 받아 갈 때면 몸에 착 달라붙고 한 아르신이나 길게 꼬리를 늘어뜨린 최신 유행의 파란색이나 초록색 옷을 입고 다녔지만, 다음 날 아침이면 보통 때와 마찬가지로 날이 밝기 무섭게 자작나무 빗자루를 손에 들고 객실을 청소하고 구정물을 나르며 손님이 떠난 후의 뒤

처리를 했다. 수천 루블을 벌었음에도 불구하고 트리폰 보리시치는 방탕한 손님들로부터 돈을 우려내길 좋아했다. 이미 한 달 전의 일이지만 그는 드미트리 표도로비치가 그루셴카와 방탕한 시간을 보낼 때 단 하루 만에 3백 루블은 아니더라도 2백 루블이 훨씬 넘는 돈을 우려냈던 사실이 아직도 기억에 생생했으므로, 미탸가 현관 계단 앞으로 들이닥치는 순간 다시 먹이가 걸려들었다는 반가운 예감에 허겁지겁 그를 맞아들였던 것이다.

「드미트리 표도로비치 나리, 이렇게 다시 뵙다뇨!」

「그만해 둬, 트리폰 보리시치.」미탸가 말문을 열었다. 「우선 가장 중요한 것부터 말하지. 그 여자는 지금 어디에 있어?」

「아그라페나 알렉산드로브나 말씀입니까?」미탸의 얼굴을 유심히 살피던 주인이 곧 눈치를 챘다. 「지금 그분은 여기에…… 묵고 계십니다…….」

「어떤 놈하고, 어떤 놈하고?」

「다른 지방 손님들이세요……. 한 남자는 관리이신데 말씀하시는 걸로 봐서 폴란드 출신 같고요, 그 남자가 여자분한테 마차를 보내신 거죠. 다른 남자는 그분의 친구이거나 오다가다 만난 길동무이겠죠. 두 분 다 문관 복장을 하고 있습니다만…….」

「그래, 한바탕 벌이고 있나? 부자들이야?」

「한바탕이라뇨? 별 볼 일 없습니다, 드미트리 표도로비치.」

「별 볼 일 없단 말이지? 그럼 다른 사람들은?」

「읍내에서 오신 신사 두 분이 계시죠……. 초르니에서 돌아오시는 길에 묵게 되셨지요. 한 사람은 젊으신데 미우소프 씨의 조카뻘 된다나요. 이름이 뭐라더라…… 다른 사람은 기억을 더듬으시면 아실 겁니다. 막시모프라는 지주인데 순례차 그 마을의 수도원에 들렀다가 미우소프 씨의 젊은 친척분과 함께 돌아가는 중이라던데…….」

「그들이 전부야?」

「네, 전부입니다.」

「그만, 입 닥치게, 트리폰 보리시치. 이제 어서 제일 중요한 것이나 말해. 그래 그 여자는, 그 여자는 어떤가?」

「얼마 전에 도착하셔서 지금 그분들과 함께 자리하고 계십니다.」

「그 여자는 즐거워하던가? 웃고 있어?」

「아닙니다, 그리 웃고 있는 것 같지는 않던데요……. 오히려 몹시 지루하게 앉아 있는데, 젊은 남자의 머리를 빗겨 주셨지요.」

「그 폴란드인 장교 말인가?」

「그 사람이 젊다뇨? 게다가 장교도 절대 아니고요. 나리, 그 사람이 아니라, 미우소프 씨의 조카라는 그 젊은이 말입니다……. 이름이 뭐라더라!」

「칼가노프 말인가?」

「네, 바로 칼가노프입니다.」

「좋아, 내가 직접 확인해 보지. 카드를 치고 있나?」

「카드를 치다가 그만두었죠. 차를 마신 다음에 그 관리가 술을 주문했거든요.」

「그만, 트리폰 보리시치, 그만두라고. 내가 직접 확인할 테니. 이제 중요한 문제에나 대답해 보게. 그래, 집시들은 있나?」

「요즘은 집시라곤 들어 보지 못했습니다, 드미트리 표도로비치. 관청에서 모두 쫓아냈거든요. 하지만 이곳에 유대인들은 있습니다. 심벌즈도 연주하고 바이올린도 연주하는데, 로제스트벤스카야 마을에 살고 있으니 당장이라도 사람을 보내면 달려올 겁니다.」

「사람을 보내, 반드시 보내!」 미탸가 버럭 고함을 질렀다. 「그때처럼 아가씨들도 깨울 수 있겠지? 특히 마리야를. 스테파니다도, 아리나도 말이야. 합창값으로 2백 루블을 낼 테니까!」

「그 정도 돈이라면 온 마을 사람들을 다 깨워서 불러 드리죠, 지금 실컷 곯아떨어졌다고 해도 말입니다. 그렇지만 드미트리 표도로비치, 이 동네 놈팡이들이나 아가씨들이 그런 보살핌을 받을 만한 가치가 있을까요? 그렇게 비열하고 무례한 놈들이 그런 거액을 받다뇨! 이 동네 놈팡이들한테 시가를 피우게 하다뇨? 그런데도 사주셨었죠. 그 놈팡이들한테서는, 그 도둑놈들한테서는 역겨운 냄새나 날 텐데. 그리고 아가씨들이라고 해봐야 한결같이 이가 들끓고 있습니다. 그러니 제 딸년들을 공짜로 올려 보내 드리겠습니다, 그런 돈을 받지 않더라도 말입니다. 지금 막 잠자리에 들었으니 발로 등을 차서 당신을 위해 노래를 부르도록 하겠습니다. 지난번에도 놈들한테 샴페인을 마시게 하셨죠, 나 원 참!」

트리폰 보리시치는 미탸에게 아쉬움을 나타내는 척했다. 당시 그는 샴페인 반 상자를 속였고, 탁자 아래 떨어진 1백 루블짜리 지폐를 주워서 손에 쥐고 있었다. 그래서 그 돈은 그의 수중에 굴러떨어졌었다.

「트리폰 보리시치, 그때 내가 여기에 뿌린 돈이 1천 루블은 넘었지. 알고 있나?」

「나리, 돈을 많이 쓰셨는데 어떻게 잊을 수 있겠습니까. 저희들한테 거의 3천 루블은 뿌리셨었죠.」

「자, 지금도 그만한 돈을 가져왔지, 보라고.」

그는 지폐 뭉치를 꺼내 주인의 코에 들이밀었다.

「이제 내 말을 잘 들어 둬. 한 시간 후에 포도주는 물론 술안주, 파이와 사탕이 도착하면 몽땅 2층으로 올려 보내는 거야. 안드레이가 가져온 저 상자는 지금 곧 2층으로 가져가 열어 놓고, 어서 샴페인도 가져오란 말이야……. 중요한 건 아가씨들이야, 아가씨들. 그리고 마리야를 꼭 데려오도록…….」

그는 마차를 향해 돌아서서 좌석 밑에서 권총이 든 상자를 끌어냈다.

「계산해야지, 안드레이, 자, 받아 두게! 15루블은 마차 삯이고 50루블은 술값이야……. 준비를 잘해 주고 내게 보여 준 친절에 대한 대가일세……. 부디 카라마조프 나리를 기억해 주게!」

「걱정스럽습니다, 나리…….」 안드레이는 말을 더듬거렸다. 「팁으로 5루블 정도면 괜찮지만 그 이상은 받을 수 없습니다. 트리폰 보리시치가 증인입니다. 저의 어리석은 말씀을 용서해 주십시오…….」

「뭐가 걱정스럽다는 거야?」 미탸는 그를 아래위로 훑어보았다. 「빌어먹을, 마음대로 해!」 그는 5루블을 집어 던지며 소리쳤다. 「자, 트리폰 보리시치, 나를 조용히 안내하게. 우선 그들을 한눈에 볼 수 있게 하란 말이야, 내가 온 걸 눈치채지 못하도록 하고 말이야. 그들이 어디 있지, 청실(靑室)인가?」

트리폰 보리시치는 미심쩍은 눈으로 미탸를 바라보았으나 시키는 대로 고분고분 따랐다. 그는 미탸를 현관으로 조심스럽게 안내한 다음, 손님들이 앉아 있는 방과 이웃한 첫 번째 큰 방으로 들어가 촛불을 가지고 나왔다. 이어서 상대방들은 이쪽을 볼 수 없지만 대화를 나누고 있는 상대들을 마음 놓고 바라볼 수 있는 어둠침침한 구석으로 미탸를 살짝 데려다 주었다. 그러나 미탸는 얼마 살피지 않았다. 아니, 더 이상 살필 수 없었다. 그녀의 모습을 바라보자 그의 가슴은 방망이질 했고 눈앞이 캄캄해졌던 것이다. 그녀는 탁자 옆에 있는 안락의자에 앉아 있었고, 그녀 옆에 있는 소파에는 미끈하게 생긴 청년 칼가노프가 자리잡고 있었다. 그런데 그루센카는 그 청년의 손을 잡은 채 아마도 웃고 있는 것 같았고, 청년은 그녀로부터 고개를 돌린 채 탁자를 사이에 두고 그루센카 맞은편에 앉아 있는 막시모프를 향해 씩씩거리며 큰 소리로 떠들고 있었다. 막시모프는 뭐가 우스운지 심하게 껄껄거리고 있었다. 소파에는 〈그자〉가 앉아 있었고, 소파 옆 벽 쪽 의자에는 다른 낯선 사내가 앉아 있었다. 소파에 몸을 쭉 펴고 앉은 그 사내는 파이프를 물고 있었다. 뚱뚱하고 얼굴이 넓적하며 키가 그리 커 보이지 않는 그자의 화난 모습이 미탸의 눈에 가물가물 들어왔다. 그자의 친구인 다른 낯선 사내는 미탸의 생각에 몹시 키가 커 보였다. 그러나 그 이상은 잘 보이지 않았다. 미탸는 숨이 막힐 것 같았다. 그는 더 이상 참을 수가 없어서 상자를 장롱에 올려놓은 다음, 온몸이 싸늘하게 식어 심장이 멎을 것 같은 기분에 사로잡힌 채 사람들이 대화를 나누고 있는 청실로 곧장 걸음을 옮겼다.

「어머나!」 그를 처음으로 발견한 그루센카가 깜짝 놀라 소리쳤다.

7 틀림없는 옛 남자

미탸는 보폭이 넓은 독특한 걸음걸이로 식탁을 향해 재빨리 다가갔다.

「여러분.」 그는 거의 외침에 가까운 커다란 목소리로 말하기 시작했으나 이야기할 때마다 더듬거렸다. 「나는…… 난 아무것도 아닙니다! 아무 염려 하지 마십시오.」 그는 이미 고함을 지르고 있었다. 「나는 정말이지 아무것도 아닙니다.」 그는 갑자기 그루셴카를 향해 몸을 돌렸다. 안락의자에 앉은 그녀는 칼가노프 쪽으로 몸을 기댄 채 그의 손을 꼭 붙잡고 있었다. 「나도…… 나도 길을 지나는 중입니다. 난 아침까지 머물 겁니다. 여러분, 길 가는 나그네로서…… 아침까지 여러분과 함께 있어도 괜찮겠습니까? 아침까지 마지막으로, 이 방에서 말입니다.」

그는 파이프를 문 채 소파에 앉아 있는 뚱뚱한 사내를 향해 고개를 돌리고 이렇게 말했다. 그자는 입에서 파이프를 점잖게 빼들고는 단호한 어투로 말했다.

「파녜,[15] 우린 여기에 사적으로 모여 있습니다. 다른 방으로 가보시지요.」

「아니, 당신은 드미트리 표도로비치 아니십니까. 당신이 여긴 어쩐 일이시죠?」 칼가노프가 갑자기 소리쳤다. 「자, 우리와 함께 계시죠. 그래 안녕하셨습니까?」

「안녕하세요, 정말 친절하고도…… 훌륭한 분이시로군요! 난 항상 당신을 존경해 왔습니다…….」 미탸는 식탁 너머로 그에게 손을 내밀며 반가운 듯 얼른 맞장구를 쳤다.

15 폴란드어로 〈신사〉라는 뜻.

「아야, 손을 너무 꽉 쥐셨어요! 손가락이 부러지는 줄 알았네.」 칼가노프가 웃음을 터뜨렸다.

「저분은 언제나 저렇게, 저렇게 세게 쥐신답니다!」 그루셴카는 여전히 겁먹은 미소를 지으며 명랑하게 말했으나, 미탸의 표정으로 봐서 그가 난동을 피울 것 같지는 않다는 확신이 문득 들었는지 몹시 불안하지만 호기심 어린 눈으로 그를 바라보았다. 미탸에게는 그녀를 섬뜩하게 만드는 그 무엇이 있었으며, 그 시간에 들이닥쳐서 그런 이야기를 하리라고는 상상할 수도 없었다.

「안녕하십니까.」 지주 막시모프가 왼쪽에서 부드럽게 말했다. 미탸는 그를 향해 달려갔다.

「안녕하십니까. 당신이 여기에 계시다니, 정말 반갑습니다, 여기에 계시다니! 오, 이런, 나는……」 미탸는 폴란드 신사가 이 자리에서 가장 중요한 인물이라고 생각했는지 파이프를 물고 있는 그를 향해 다시 고개를 돌렸다. 「나는 횡하니 날아왔습니다……. 내 인생의 마지막 날, 마지막 순간을 이 방에서, 바로 이 방에서 보내고 싶었지요……. 한때 나의 여왕을…… 추앙했던 곳이거든요. 용서하십시오, 파녜!」 그는 열을 올리며 소리쳤다. 「이곳으로 달려오면서 나는 맹세했습니다……. 오, 아무 걱정 마십시오, 이건 나의 마지막 밤입니다! 함께 술을 드시죠, 파녜, 평화의 술을! 이제 내가 술을 내겠습니다……. 내가 가져왔지요.」 그는 무슨 이유에선지 갑자기 돈뭉치를 꺼내 보였다. 「용서하십시오, 파녜! 나는 음악이 듣고 싶군요, 예전처럼 시끌벅적하고 요란한 음악을 말입니다……. 하지만 벌레 한 마리가, 아무짝에도 쓸모없는 벌레 한 마리가 땅바닥을 기어다니다가 사라지게 될 것입니다! 나는 이 환희의 날을 나의 마지막 밤으로 기념하려는 것입니다!」

 그는 숨을 거의 헐떡이고 있었다. 너무나, 너무나 많은 이야기가 하고 싶었지만 그의 입에서는 이상한 절규만이 튀어나왔다. 폴란드 신사는 꼼짝도 하지 않은 채 미탸와 돈뭉치를 바라보다가 의혹에 찬 태도로 그루센카를 향해 고개를 돌렸다.

「나의 크룰레바[16]께서 허락하신다면······.」 그는 이렇게 말문을 열었다.

「크룰레바가 뭐죠, 코롤레바[17]란 뜻인가요?」 그루센카가 서둘러 말을 받았다. 「그런데 당신들이 하는 이야기를 들으니 참 우습군요. 여기 앉으세요, 미탸, 그리고 무슨 말씀을 그렇게 하시는 거예요? 제발 놀라게 하지 마세요. 놀라게 하지 않으실 거죠, 그렇죠? 그러시겠다면 나도 당신을 환영하겠어요······.」

「내가, 내가 놀라게 만들었다니?」 미탸는 갑자기 두 손을 번쩍 쳐들고는 소리쳤다. 「오, 내 곁으로, 이리로 지나가요, 방해하지 않을 테니!」 다른 사람들은 물론 자신도 역시 전혀 의외의 일이었지만, 그는 갑자기 의자에 몸을 던지고는 반대쪽 벽을 향해 고개를 돌린 채 두 손으로 의자 등을 껴안듯 꽉 움켜쥐고 눈물을 흘리기 시작했다.

「저런, 저런, 당신은 그런 인간이로군요!」 그루센카는 꾸중하듯 소리쳤다. 「저분은 저런 모습으로 저희 집에 찾아오시곤 했지요. 그러다가 갑자기 무슨 이야기를 꺼내시니 알아

---

16 폴란드어로 〈여왕〉이란 뜻.
17 러시아어로 〈여왕〉이란 뜻으로, 폴란드어의 크룰레바와 어원이 같다.

들을 수가 있어야죠. 언젠가도 저렇게 눈물을 흘리더니 이제 두 번째로군요. 정말 창피해요! 대체 왜 우시는 거예요? 또 무슨 일이 일어났다는 건가요?」 그녀는 짜증을 내며 한마디 한마디에 힘을 주어 수수께끼처럼 말했다.

「난…… 난 울고 있는 것이 아니오……. 자, 안녕들 하시오!」 그는 단번에 의자에서 돌아서며 갑자기 웃음을 터뜨렸으나, 그것은 거칠고 마디마디 끊어지는 드미트리 특유의 웃음이 아니라 신경질적이고 떨리는 웃음이었다.

「자, 그럼 다시…… 자, 즐거운 분위기가 되어야죠, 즐거운 분위기가!」 그루센카는 그를 설득했다. 「난 당신이 와주셔서 정말 기뻐요. 정말이에요, 미탸. 내 이야기 듣고 계세요, 내가 정말 기뻐한다는 말을? 나는 저분이 우리와 함께 자리하기를 원해요.」 그녀는 사람들을 향해 명령하듯 말했으나 그녀의 말은 소파에 앉아 있는 사람을 향해 하고 있는 것이 분명했다. 「나는 그러고 싶어요, 그러고 싶다니까요! 저분께서 떠나신다면 나도 떠나겠어요!」 그녀는 갑자기 눈동자를 반짝이며 덧붙여 말했다.

「나의 여왕께서 말씀하시면 그게 곧 법이지!」 폴란드 신사가 그루센카의 손에 점잖게 입을 맞추며 말했다. 「우리와 합석하시죠!」 그는 미탸를 향해 다정하게 말했다. 미탸는 다시 장광설을 늘어놓으려는 생각으로 몸을 벌떡 일으켰으나 결과는 그렇지 못했다.

「자, 여러분, 술을 마십시다!」 그는 연설 대신에 갑자기 이렇게 외쳤다. 모두 웃음을 터뜨렸다.

「여러분! 난 저분이 다시 말씀을 하고 싶은 거라고 생각했어요.」 그루센카가 신경질적으로 소리쳤다. 「잘 들으세요, 미탸.」 그녀는 완강한 목소리로 말했다. 「더 이상 벌떡 일어나시면 안 돼요. 하지만 샴페인을 가져오신 것은 참 잘하셨어요. 나도 마시겠어요, 과실주는 이제 지긋지긋하거든요. 그보다 가장 마음에 드는 것은 당신이 와주신 일이에요, 너무 지루했거든요……. 당신은 또 돈을 뿌리러 오신 건가요? 하지만 돈은 주머니에 넣어 두세요! 어디서 그런 돈을 구하신 거죠?」

미탸의 손에 들려 있는 돈뭉치는 모든 사람들의, 특히 폴란드 신사들의 시선을 끌고 있었다. 미탸는 당황한 얼굴로 얼른 돈을 호주머니에 집어넣었다. 그는 얼굴이 붉어졌다. 그 순간 여관 주인이 뚜껑을 딴 샴페인병과 잔을 쟁반에 받쳐 들고 들어왔다. 미탸는 술병을 집어 들었으나 어쩔 줄을 몰라 당황했다. 칼가노프가 그의 손에서 술병을 받아 들고는 그에게 술을 따라 주었다.

「한 병, 한 병 더 가져와!」 미탸는 주인을 향해 소리치고 나서, 평화롭게 술을 마시도록 초대해 준 폴란드 신사들과 잔을 부딪치는 것도 잊은 채 돌연 술을 벌컥 들이켰다. 그의 얼굴 표정이 갑자기 돌변했다. 어느덧 그의 얼굴에는 처음 방에 들어왔을 때의 엄숙하고 비극적인 표정이 사라지고 어린애 같은 모습이 나타났다. 그는 갑자기 온순하고 겸손해진 것 같았다. 죄를 지은 강아지가 다시 방으로 불려와 귀여움을 받을 때 감사의 표정을 짓듯이, 그는 잔뜩 겁에 질려 있으면서도 마냥 기뻐하는 얼굴로 이따금 신경질적으로 배실배실 웃으며 사람들을 바라보았다. 그는 만사를 다 잊은 사람처럼 환희에 찬 어린아이의 미소를 지으며 사람들을 둘러보았던 것이다. 그러고는 시종 미소를 머금고 그루셴카를 바라보다가 자신의 의자를 그녀의 안락의자를 향해 바싹 갖다 붙였다. 그는 아직 정체를 알 수 없는 두 폴란드 신사를 조금씩 바라보기 시작했다. 소파에 앉아 있던 폴란드 신사의 당당함, 폴란드식 억양, 그리고 특히 그의 파이프가 미탸를 놀라게 만들었다. 〈저건 대체 뭐지. 하지만 파이프를 피우는 품이 멋진데〉 하고 미탸는 생각했다. 마흔 살가량 되어 보이는 약간 부석부석한 얼굴도, 무척 작달막한 코도, 염색한 듯 거만하며 가늘고 뾰족한 콧수염도 지금으로선 미탸에게 아무 문제도 불러일으키지 않았다. 폴란드 신사가 쓴, 촌스럽게 관자놀이 옆으로 완전히 빗어 넘긴 시베리아산(産) 가발도 미탸를 별로 놀라게 하지 못했다. 〈가발을 썼다면 그럴 필요가 있었겠지〉라고 생각하며 그는 즐거운 마음으로 계속해서 관찰했다. 벽 옆에 앉은 다른 폴란드 신사는 소파에 앉아 있는 신사보다 젊었으며, 파렴치하고 불손한 태도로 일동을 바라보면서 아무 말 없는 경멸적인 표정으로 다른 사람들의 대화에 귀를 기울이고 있었다. 미탸를 놀라게 한 것은 그가 소파에 앉아 있는 신사와는 전혀 어울리지 않을 만큼 키가 몹시 크다는 사실이었다. 〈저 사람이 일어나면 키다리 중의 키다리로 보이겠군〉 하는 생각이 미탸의 머릿속을 스치고 지나갔다. 그와 동시에 키 큰 신사는 틀림없이 소파에 앉은 신사의 친구이자 〈호위병〉이나 다름없는 충복이므로, 파이프를 물고 있는 키 작은 신사가 당연히 키 큰 신사에게 명령을 내리는 관계일 거라는 생각도 들었다. 그러나 그 모든 것이 미탸에게는 추호도 의심스럽지 않은 멋진 일처럼 여겨졌다. 어린 강아지의 마음속에서 경쟁심은 완전히 얼어붙고 말았던 것이다. 그루센카의 태도에서나, 그녀가 내뱉은 몇 마디 말 속에서도 그는 아무것도 이해하지 못했다. 단지 그녀가 자신을 어여삐 여겨 〈용서를 해준 뒤〉 그녀 곁에 앉게 해주었다는 사실만 떨리는 가슴으로 파악하고 있었다. 그는 그루셴카가 훌쩍 술잔을 비우는 모습을 바라보며 자신을 잊은 채 황홀감에 젖어 있을 뿐이었다. 그러나 별안간 그는 사람들의 침묵에 깜짝 놀라며 무엇인가 기대하는 눈빛으로 일동을 둘러보았다. 경멸적인 그의 눈빛은 〈우리가 왜 이렇게 앉아 있기만 하지요? 아무것도 시작하지 않고 있잖아요?〉라고 말하는 것 같았다.

「이분이 내내 거짓말만 하고 있기 때문에 우리는 계속 웃고 있었지.」 칼가노프는 그의 생각을 눈치챈 듯 막시모프를 가리키며 갑자기 이렇게 입을 열었다.

미탸는 칼가노프를 열심히 쳐다보다가 이어서 곧 막시모프 쪽으로 고개를 돌렸다.

「거짓말이라고요?」 그는 무미건조한 웃음을 짧게 터뜨리더니, 곧 무엇이 즐거운지 큰 소리로 웃어 댔다. 「하하하!」

「그렇습니다. 이분은 20년대 우리 기병 장교들이 모두 폴란드 여자들과 결혼했다는 거예요. 하지만 그건 끔찍한 의견이죠, 그렇지 않습니까?」

「폴란드 여자들과요?」 미탸는 이렇게 말을 되받았으나 극도로 환희에 젖어 들었다.

칼가노프는 미탸와 그루셴카 사이의 관계를 잘 알고 있었으며, 폴란드 신사에 대해서도 대충 눈치를 채고 있었지만, 그 문제에 대해서는 별로, 아니 어쩌면 전혀 흥미가 없었는지 모르나, 막시모프에게만은 훨씬 더 흥미를 가지고 있었다. 그는 막시모프와 함께 우연히 이곳에 왔다가 난생처음으로 폴란드 신사들을 여인숙에서 만나게 된 것이다. 그루셴카는 예전부터 알고 있었으며 언젠가 누군가와 그녀의 집을 찾아간

일도 있었다. 당시 그녀는 그를 싫어했었다. 그러나 이곳에서 그녀는 그를 매우 다정한 눈길로 바라보았다. 미탸가 도착하기 전까지 그녀는 그에게 다정하게 대했지만 그는 조금도 관심이 없다는 태도였다. 그는 스무 살이 채 되지 않은 젊은이로 깔끔한 옷차림을 하고 있었으며, 몹시 귀여운 하얀 얼굴과 아름다운 아맛빛 머리칼을 가지고 있었다. 그의 하얀 얼굴에서는 총기를 발하다가도 이따금씩 나이에 걸맞지 않게 심각한 빛을 띠는 매력적인 연푸른색 눈동자가 빛나고 있었다. 그 젊은이는 가끔 마치 어린애처럼 떠들어 대기도 하고 그런 눈빛으로 사람들을 쳐다보기도 했지만, 그걸 자기 자신도 잘 알면서 전혀 개의치 않았다. 대체로 그는 상냥한 편이었지만 개성이 강하고 고집스럽기도 했다. 이따금 그의 얼굴 표정에는 무언가 확신에 찬 집요한 면모가 엿보이기도 했다. 그는 상대방을 바라보며 이야기를 들으면서도 자신의 공상에 깊이 빠져든 것 같기도 했다. 그는 힘없이 축 늘어져 있다가도 아주 시시한 이유 때문에 별안간 흥분하기도 했다.

「나는 이분을 사흘 동안이나 데리고 다녔지요.」 그는 느릿느릿 말꼬리를 길게 끌면서도 전혀 거만한 기색이 나타나지 않는 자연스러운 어투로 말했다. 「아시겠어요, 당신 동생이 그를 마차에서 떠넘기고 달아난 다음부터 말입니다. 그때 나는 이분한테 관심이 있어서 시골로 데려갔지만 지금까지도 내내 거짓말을 하는 바람에 이젠 함께 있는 것조차 창피할 지경입니다. 그래서 이분을 되돌려 보내려고…….」

「Pan polskief pani nie widzial(당신은 폴란드 아가씨들을 본 적이 없기 때문에 그처럼 터무니없는 이야기를 하는 겁니다).」 파이프를 문 신사가 막시모프의 이야기를 꼬집었다.

파이프를 문 신사는 적어도 생각했던 것보다는 러시아어를 훨씬 더 잘 구사했다. 그러나 그가 러시아어로 말할 때 폴란드식으로 이상하게 발음하고 있었다.

「나 자신도 폴란드 아가씨와 결혼한 적이 있단 말입니다.」 막시모프는 키득거리며 대답했다.

「아니, 그럼 당신이 기병 장교로 근무하셨단 말씀인가요? 기병 장교에 대해 말씀하고 계신 것 아닙니까? 정말 당신이 기병 장교였단 말씀이지요?」 칼가노프가 끼어들었다.

「물론 그러시겠죠. 이분이 정말 기병 장교란 말씀이죠? 하하!」 미탸는 이렇게 소리쳤다. 그는 열심히 귀를 기울이다가 누가 입을 떼기라도 하면 얼른 그 사람에게로 호기심 어린 눈을 돌렸는데, 마치 한 사람 한 사람으로부터 신기한 이야기를 듣고 싶어 하는 듯한 모습이었다.

「아니, 아닙니다.」 막시모프는 그를 향해 고개를 돌렸다. 「내가 말하려던 것은 그곳의 아가씨들이…… 아름다운 아가씨들이…… 우리 창기병들과 마주르카를 추는데…… 마주르카를 추고 나기만 하면 하얀…… 고양이처럼 냉큼 창기병의 무릎 위에 올라앉는다는 겁니다……. 그리고 그 집 아버지나 어머니도 한번 보고는 쾌히 승낙하지요……. 그렇게 승낙하지요……. 그러면 창기병은 다음 날 찾아가서 결혼 신청을 하는 겁니다……. 그렇습니다…… 결혼 신청을 하는 겁니다, 헤헤!」 막시모프는 이렇게 말을 끝맺으며 킬킬거렸다.

「Pan lajdak(게으름뱅이)!」 의자에 앉아 있던 키 큰 폴란드 신사가 이렇게 퉁명을 떨며 다리를 꼬았다. 그때 두툼하고 더러운 밑창이 달린 약칠한 커다란 구두가 미탸의 눈에 띄었다.

두 폴란드 신사는 대체로 지저분한 옷차림을 하고 있었다.

「아니, 게으름뱅이라뇨! 어째서 저 사람은 욕을 하는 거죠?」그루셴카가 갑자기 화를 벌컥 냈다.

「파니 아그리피나, 저 사람은 귀족 집안의 규수들이 아니라 폴란드 촌구석의 촌닭을 본 겁니다.」파이프를 문 폴란드 신사가 그루셴카에게 말했다.

「Mozesz a to rachowac(그 정도가 고작일 테지)!」의자에 앉은 키 큰 폴란드 신사가 경멸적으로 말했다.

「또 그러시는군요! 저분도 말할 기회를 주세요! 다른 사람들이 이야기할 때 어째서 방해하시는 거죠? 저분들과 함께 있으면 재미있잖아요.」그루셴카가 퉁명스럽게 쏘아붙였다.

「방해하고 있는 게 아닙니다, 파니.」가발을 쓴 폴란드 신사는 그루셴카에게서 눈길을 떼지 않은 채 의미심장하게 말을 던진 후, 점잖게 입을 다물었다가 다시 파이프를 입에 물었다.

「아니, 아닙니다. 지금 저 폴란드 신사께서는 진실을 말씀하신 겁니다.」칼가노프는 어떤 일이 벌어졌는지 아무도 알 수 없다는 듯이 다시 열을 올렸다. 「이분은 폴란드에 가본 적도 없는데, 어떻게 폴란드에 대해 이야기할 수 있다는 거죠? 당신은 폴란드에서 결혼한 게 아니잖습니까?」

「물론입니다. 스몰렌스크현에서 했지요. 그런데 한 창기병이 장래의 내 색싯감을 그 어머니, 아주머니 그리고 다 큰 아들을 대동한 친척 아주머니와 함께 데려왔는데, 폴란드에서, 바로 거기서 데려왔던 거죠……. 그러고는 내게 양보했습니다. 그자는 러시아 중위였는데, 아주 괜찮은 젊은이였어요. 처음에는 자기가 결혼하고 싶어 했는데, 그녀가 절름발이라는 사실이 밝혀졌기 때문에 결혼하지 않았던 것입니다…….」

「그럼 당신은 절름발이와 결혼했단 말입니까?」 칼가노프가 큰 소리로 말했다.

「절름발이와 결혼했습니다. 당시 두 사람은 서로 짜고 내게 아무 이야기도 하지 않았지요. 난 그녀가 깡충깡충 뛰는 거라고 생각했어요…… 그런데 그녀가 내내 깡충깡충 뛰기에, 나는 그녀가 기뻐서 그러는 줄 알았습니다…….」

「당신과 결혼하는 게 기뻐서요?」 칼가노프는 어린애 같은 카랑카랑한 목소리로 울부짖었다.

「네, 기뻐서 그러는 줄 알았습니다. 그런데 그 이유는 전혀 다른 데 있다는 사실이 밝혀졌습니다. 우리가 결혼하고 난 다음에, 결혼식을 마친 그날 밤 그녀는 애절하게 용서를 빌더군요. 어렸을 때 웅덩이를 뛰어넘다가 다리를 부러뜨리고 말았다고, 헤헤!」

칼가노프는 너무나 순진한 웃음을 터뜨리다가 소파에 넘어질 뻔했다. 그루센카도 웃었다. 미탸는 최고의 행복을 만끽하고 있었다.

「아시다시피, 아시다시피 지금 이분은 진실을 이야기하고 있는 거예요, 거짓말을 하고 있는 게 아니에요!」 칼가노프가 미탸를 향해 고개를 돌리며 큰 소리로 말했다. 「이분은 정말 두 번 결혼했답니다. 지금은 첫 번째 아내에 대해 이야기하고 있는 것이죠. 두 번째 아내는 달아나 버렸는데 지금까지 두 눈을 시퍼렇게 뜨고 살아 있단 말입니다, 여러분은 그 사실을 알기나 하세요?」

「정말입니까?」 유달리 놀라움 가득한 얼굴로 미탸는 막시모프를 향해 재빨리 고개를 돌렸다.

「네, 달아나 버렸어요. 난 그 불쾌한 기억을 간직하고 있지요.」 막시모프가 겸손한 태도로 인정했다. 「한 사내와 함께 말입니다. 그런데 중요한 사실은 제일 먼저 내 작은 시골 마을 전체를 사전에 자기 명의로 바꾸어 놓았다는 점입니다. 그 여자는, 당신은 교육을 받은 사람이니 스스로 살길을 찾아보라고 하더군요. 그러고 나서 도망쳐 버린 겁니다. 한번은 존경스러운 주교님께서 〈자네의 첫 번째 아내는 절름발이였지만, 두 번째는 너무 발이 가볍군〉 하고 말씀하시더군요. 헤헤헤!」

「내 말 좀 들어 보세요, 내 말 좀 들어 보시라고요!」 칼가노프가 거품을 물며 말했다. 「만일 이분이 거짓말을 하고 있다면, 사실 이분은 종종 거짓말을 합니다만, 여러분을 흡족하게 하기 위해서 거짓말을 한 것입니다. 그렇다면 그건 비열한 짓이라고 할 수 있을까요, 없을까요? 때때로 난 이분을 사랑하고 있습니다. 이분은 몹시 비열한 사람이고, 본래 비열한 사람입니다, 그렇지 않습니까? 여러분은 어떻게 생각하십니까? 다른 사람들은 이익을 취하려는 어떤 이유 때문에 비열해지지만, 이분은 단지 천성적으로...... 그럼 한 가지 예를 들 테니 생각해 보십시오. 이분은 고골이 『죽은 혼』이란 소설 속에서 자신의 이야기를 싣고 있다고 주장하는 겁니다(어제 길을 가는 도중에 벌인 논쟁입니다). 기억하시겠지만 거기에는 지주 막시모프가 나오는데, 노즈드료프는 그 사람을 채찍으로 때렸다가 재판을 받게 되지요. 〈술 취한 상태에서 지주 막시모프에게 채찍으로 개인적인 능욕을 가한 죄〉로 말입니다. 자, 기억하십니까? 그런데 여러분, 이분은 그 사람이 바로 자기이며, 자기가 매를 맞은 것이라고 주장하는 겁니다! 그것이 가능이나 한 일입니까? 치치코프는 전국을 떠돌아다니는데, 아무리 가깝게 잡아도 1820년대 초반일 테니 시간상 전혀 맞지 않습니다. 그러니 당시 이분이 매를 맞았을 리 없습니다. 그건 전혀, 전혀 불가능한 일 아니겠습니까?」

칼가노프가 왜 그렇게 흥분했는지는 알 수 없었지만, 그는 정말 열을 올리고 있었다. 미챠는 그의 이야기에 적극적인 관심을 보였다.

「하지만 매를 맞았을 수도 있겠지!」 그는 껄껄거리며 소리쳤다.

「매를 맞은 것은 아니지만 그렇다는 이야기지요.」 막시모프가 별안간 끼어들었다.

「그렇다는 이야기라뇨? 매를 맞았다는 말입니까, 아니라는 말입니까?」

「Ktora godzina(지금 몇 시입니까), 파녜?」 파이프를 문 신사가 탁자에 앉은 신사 쪽을 향해 따분한 표정을 지으며 물었다. 상대는 어깻짓으로 대답했다. 두 사람 다 시계를 갖고 있지 않았던 것이다.

「어째서 대화를 나누지 못하게 하는 거죠? 다른 사람들에게도 말할 기회를 줘야지요. 당신들이 따분하다고 해서 다른 사람들이 대화를 나누지 못하게 할 수는 없잖아요.」 그루센카는 일부러 대들기라도 하듯 다시 고함을 질렀다. 마치 처음이라도 되는 양 어떤 생각이 미챠의 머릿속을 스치고 지나갔다. 이번에는 폴란드 신사가 노골적으로 짜증을 부리며 대꾸했다.

「Panie, ja nic nie mowie przeciw, nic nie powiedzilem(여러분, 나는 반대 의사를 표현한 것이 아닙니다, 난 아무 말도

하지 않았습니다).」

「그렇다면 좋아요, 당신은 이야기를 계속하세요.」 그루센카가 막시모프를 향해 소리쳤다. 「왜 모두 침묵을 지키고 계시는 거죠?」

「사실 할 말이 전혀 없어요, 모두 쓸데없는 말들뿐인걸요.」 막시모프는 약간 으스대면서 대단히 만족스럽다는 얼굴로 말을 되받았다. 「게다가 고골의 작품이 한결같이 비유적인 형태를 취하고 있는 것은 등장인물들의 이름까지도 비유적이기 때문이지요. 예를 들면 노즈드료프[18]란 이름은 노즈드료프가 아니라 원래 노소프[19]여야 하고, 쿱시니코프[20]란 이름은 또한 시크보르네프이기 때문에 전혀 비슷한 이름이 없거든요. 하지만 페나르디란 이름은 정말 페나르디가 맞는데, 그는 이탈리아 사람이 아니라 페트로프라는 러시아 사람이지요. 페나르디 아가씨는 대단히 멋진 여자였죠. 타이츠를 신은 두 다리는 너무나 아름답고, 금박으로 장식된 치마는 몹시 짧았지요. 그런데 바로 그녀가 춤을 추었다는 거예요. 하지만 네 시간이나 추었다는 건 사실이 아니고 기껏해야 4분 정도 추었겠죠……. 그러고는 모든 사람들의 넋을 빼앗았다는 겁니다……..」

「당신은 어째서 매를 맞게 되었죠, 어째서?」 칼가노프가 고함을 질렀다.

「피롱 때문이지요.」 막시모프가 대답했다.

「아니, 피롱이라뇨?」 미탸가 소리쳤다.

---

18 〈콧구멍〉이란 뜻.
19 〈코〉란 뜻.
20 〈주전자〉란 뜻.

「유명한 프랑스 작가 피롱 말입니다. 당시 우리는 바로 그 장터의 선술집에서 큰 모임을 갖고 다 함께 술을 마시게 되었지요. 그들이 나를 초대했기 때문인데, 우선 나는 이런 풍자시 한 구절을 읊기 시작했어요. 〈자네, 부알로여, 그 얼마나 우스꽝스러운 옷차림인가〉라고 말입니다. 그랬더니 부알로가 가면무도회에 가는 길이라고 대답했지만, 사실은 목욕탕에 가는 길이었죠, 헤헤헤. 그때 그들은 모두 자기들을 가리키는 이야기로 받아들였지 뭡니까. 그래서 나는 얼른 다른 풍자시를 읊었지요, 교육깨나 받은 사람이라면 누구나 알 수 있는 신랄한 풍자시 말입니다.

그대는 사포, 나는 파온, 그건 이론의 여지가 없지만
그대는 내 슬픔을 모르는도다
바다로 나가는 길을 모르는도다.

그들은 한층 더 심한 모욕감을 느끼고는 그 시구로 인해 내게 심한 욕설을 퍼붓기 시작하는 것이었어요. 그래서 곤경에 빠진 나는 분위기를 바꾸어 보려고 얼른 피롱에 관한 대단히 교훈적인 일화를 말해 주었지요. 프랑스 아카데미 회원에 뽑히지 못한 피롱은 그 분풀이로 자신의 비석에 다음과 같은 묘비명을 썼거든요.

Ci‑gît Piron qui ne fut rien,
Pas même académicien.
(아무것도 아닌, 아카데미 회원조차도 아닌
피롱이 여기 잠들다)

그랬더니 그들은 날 붙잡아 두들겨 패기 시작했던 것입니다.」

「아니, 무엇 때문에요, 대체 무엇 때문에?」

「내 지식 때문이지요. 사람들이 누군가를 두들겨 패려고 든다면 갖다 붙이지 못할 이유가 어디 있겠습니까.」 막시모프는 온화하고 교훈적인 말투로 결론을 내렸다.

「에이, 그만해요, 말도 안 돼요, 그런 이야기는 듣고 싶지 않아요. 난 재미있는 이야기가 나올 거라고 생각했는데.」 그루셴카가 갑자기 말을 가로막았다. 미탸는 당황하여 이내 웃음을 그치고 말았다. 키 큰 폴란드 신사는 자리에서 일어나 자신은 그런 자리에 섞일 사람이 아니라는, 따분하고 오만한 표정을 지으며 뒷짐을 진 채 방구석을 이리저리 돌아다니기 시작했다.

「저 사람은 왜 저리 돌아다녀!」 그루셴카는 경멸적인 눈으로 그를 바라보았다. 미탸는 불안해지기 시작했고, 소파에 앉아 있던 폴란드 신사가 짜증스러운 얼굴로 자신을 쳐다보고 있다는 사실을 눈치챘다.

「판!」 미탸가 소리쳤다. 「우리 한잔합시다, 파녜! 저 신사분도 함께. 우리 한잔합시다, 신사분들!」 그는 얼른 술잔 세 개를 한곳에 모아서 샴페인을 따랐다.

「폴란드를 위해, 신사분들, 여러분의 폴란드를 위해, 폴란드를 위해 건배!」 미탸가 소리쳤다.

「Bardzo mi to milo, panie, wypijem(그건 아주 내 마음에 드는 표현이로군요. 여러분, 자, 한잔합시다).」 소파에 앉아 있던 폴란드 신사는 의젓하고도 점잖은 어투로 이렇게 말한 후 술잔을 집어 들었다.

「그리고 다른 신사분께서도, 성함이 어떻게……? 에이, 술잔을 드시죠!」 미탸가 연신 청했다.

「판 브루블레프스키입니다.」 소파에 앉아 있던 폴란드 신사가 입을 열었다.

판 브루블레프스키는 덜렁거리며 탁자로 다가와 제자리에 선 채 잔을 집어 들었다.

「신사 여러분의 폴란드를 위해서, 만세!」 미탸가 잔을 번쩍 쳐든 채 소리쳤다.

세 사람은 함께 술잔을 비웠다. 미탸는 술병을 들더니 얼른 다시 빈 잔 세 개에 술을 따랐다.

「이제 러시아를 위해서, 여러분, 형제처럼 지내도록 합시다!」

「우리한테도 따라 주세요.」 그루센카가 말했다. 「러시아를 위해서라면 나도 한잔 들고 싶어요.」

「나도 마찬가집니다.」 칼가노프가 말했다.

「그렇다면 나도…… 늙은 할망구 같은 러시아를 위해서.」 막시모프가 킬킬거렸다.

「모두, 모두 한잔합시다!」 미탸가 외쳤다. 「주인장, 술 한 병 더 가져오게!」

미탸가 가져온 술 가운데 나머지 세 병이 모두 나왔다. 미탸가 술을 따랐다.

「러시아를 위해, 만세!」 그는 다시 이렇게 축배를 들었다. 폴란드 신사들을 제외한 나머지 사람들 모두 술잔을 들었는데, 특히 그루센카는 술잔을 단숨에 비웠다. 폴란드 신사들은 자기들의 술잔에 손도 대지 않았다.

「무슨 일이십니까, 여러분?」 미탸가 소리쳤다. 「그렇다면 당신들은?」

판 브루블레프스키는 술잔을 번쩍 쳐들더니 우렁찬 목소리로 이렇게 말했다.

「1772년[21] 이전의 러시아 국경을 위해!」

「O to bardzo picknie(그것 참 좋은 말이오)!」 다른 폴란드 신사가 이렇게 소리쳤고, 두 사람은 단숨에 술잔을 비웠다.

「당신들은 참 바보로군요, 폴란드 신사 양반들!」 미탸의 입에서 갑자기 이런 말이 튀어나왔다.

「아니, 여보시오!」 두 폴란드 신사는 마치 수탉처럼 미탸에게 달려들며 위협조로 소리쳤다. 특히 판 브루블레프스키가 울분을 터뜨렸다.

「Ale nie moz-no mice slabosc do swego kraju(자기 조국을 사랑해선 안 된다는 말이오)?」 그는 목소리를 높였다.

「조용히 하세요! 싸우지들 말아요! 말다툼을 벌여선 안 돼요!」 그루셴카가 타이르듯 외치면서 발로 마룻바닥을 굴렀다. 그녀의 얼굴은 벌겋게 달아올랐으며 두 눈은 빛나기 시작했다. 금방 비운 술잔이 효력을 나타냈던 것이다. 미탸는 깜짝 놀라고 말았다.

「여러분, 용서하십시오! 내 잘못입니다, 다시는 그러지 않겠습니다. 브루블레프스키, 판 브루블레프스키, 다시는 그러지 않겠습니다!」

「당신도 입 다물고 계세요, 가만히 앉아 계세요. 이건 정말

---

21 러시아, 오스트리아, 프로이센에 의한 제1차 폴란드 영토 분할이 이루어진 해를 말한다. 이 국제적 음모로 폴란드는 인구의 3분의 1, 영토의 5분의 1을 상실했으며, 이후 3차에 걸쳐 지속된 영토 분할로 소멸하고 만다.

바보 같은 짓이에요!」 그루셴카가 잔뜩 화가 난 얼굴로 그에게 퉁명스럽게 말했다.

사람들은 모두 잠자코 자리에 앉아 서로의 얼굴만을 쳐다볼 뿐이었다.

「여러분, 모두가 내 탓입니다.」 그루셴카가 왜 고함을 질렀는지 전혀 깨닫지 못한 미탸가 또 입을 열었다. 「그런데 우리가 왜 이렇게 앉아 있어야 하죠? 자, 무엇이든 함께 어울리는 게 어떻겠습니까…… 기분 전환도 할 겸. 자, 다시 화기애애하게 만들지 않겠습니까?」

「아아, 정말 너무 따분하군.」 칼가노프가 느린 말투로 우물거렸다.

「조금 전처럼 은행 게임을 합시다…….」 막시모프가 갑자기 킬킬거리며 웃었다.

「은행 게임? 그거 참 좋은 생각이로군!」 미탸가 맞장구를 쳤다. 「만일 폴란드 신사분들만 괜찮으시다면…….」

「Pozno, panie(늦었어요)!」 소파에 앉은 폴란드 신사가 내키지 않는지 이렇게 말했다.

「그 말이 맞아요.」 판 브루블레프스키가 동의했다.

「푸지노? 푸지노라니 대체 무슨 뜻이죠?」 그루셴카가 물었다.

「그건 늦었다는 뜻입니다, 여러분, 시간이 너무 늦었다는 뜻입니다.」 소파에 앉아 있던 폴란드 신사가 설명했다.

「저 사람들은 언제나 늦었다, 안 된다는 말뿐이죠!」 그루셴카는 화를 버럭 내며 소리쳤다. 「자기들이 따분하게 앉아 있으니 다른 사람들까지도 따분하게 보내야 하는 모양이에요. 미탸, 저 사람들은 당신이 오기 전에도 줄곧 입을 다문 채 내게 잔소리만 늘어놓았어요……」

「나의 여신이여!」 소파에 앉아 있던 폴란드 신사가 소리쳤다. 「Co mowisz to sie stanie. Widze nielaskie, jestem smutny. Jestem(당신의 우울한 모습을 보니 공연히 나도 슬퍼지는군요. 난 준비되었습니다). 파녜.」 그는 미탸를 향해 고개를 돌리며 이렇게 말을 끝맺었다.

「시작합시다, 파녜!」 미탸는 주머니에서 돈뭉치를 꺼내 1백 루블짜리 지폐 두 장을 탁자 위에 올려놓으면서 이렇게 맞장구쳤다.

「난 당신한테 돈을 많이 잃어 드리고 싶군요, 판. 카드를 잡으시고 은행에 돈을 거십시오!」

「주인한테 카드를 가져오라고 합시다, 여러분.」 키 작은 폴란드 신사가 진지한 태도로 자기 주장을 내세웠다.

「To najlepsz y sposob(또 그게 가장 좋은 방법이지).」 판 브루블레프스키가 맞장구를 쳤다.

「주인한테요? 좋아요, 이해합니다. 주인한테 가져오라고 합시다. 좋을 대로 하세요, 여러분. 카드 좀 가져오게!」 미탸는 주인한테 지시했다.

주인은 포장도 뜯지 않은 게임에 쓸 카드를 가져와서는 아가씨들도 불러들이고 있는 중이며, 유대인 악사들도 심벌즈를 가지고 곧 도착할 예정이지만, 식료품을 실은 삼두마차는 아직 도착하지 않았다고 미탸에게 설명했다. 미탸는 탁자에서 벌떡 일어나 지시를 내리기 위해 옆방으로 달려갔다. 하지만 아가씨들은 겨우 세 명뿐이었으며, 마리야도 눈에 띄지 않았다. 그런데 그는 어떤 지시를 내려야 할지, 왜 뛰쳐나왔는지 자기 자신도 그 이유를 알지 못했다. 그래서 궤짝에서 알

사탕과 드롭스 그리고 엿을 꺼내 아가씨들한테 나눠 주라는 지시만 내리고 말았다. 「그리고 안드레이한테는 보드카를, 안드레이한테는 보드카를 가져다주게!」 그는 얼른 이렇게 말했다. 「내가 안드레이의 화를 북돋우고 말았어!」 막시모프가 그 뒤를 쫓아 나와 별안간 어깨를 툭툭 쳤다.

「내게 5루블만 주십시오.」 그는 미탸에게 속삭였다. 「나도 은행 게임에 돈을 좀 걸고 싶거든요, 헤헤!」

「좋습니다, 아주 좋아요! 10루블 받으세요, 자!」 그는 다시 주머니에서 돈뭉치를 꺼내 10루블짜리 지폐를 뽑아 들었다. 「돈을 잃거든 또 찾아오세요, 또 찾아와요……」

「알겠습니다.」 막시모프는 기쁨에 넘치는 목소리로 이렇게 속삭이고 나서 홀을 향해 뛰어갔다. 곧 미탸가 다시 돌아와 기다리게 해서 미안하다고 용서를 빌었다. 폴란드 신사들은 벌써 자리를 잡고 앉아서 카드의 포장을 뜯고 있었다. 그들의 태도는 친절하게 보일 정도로 상당히 호의적이었다. 소파에 앉은 폴란드 신사는 새로 담배를 넣은 파이프를 피우면서 카드 돌릴 준비를 하고 있었다. 그의 얼굴에는 묘한 승리감이 배어 있었다.

「Na miejsca(자리에 앉으시죠), 여러분!」 판 브루블레프스키가 이렇게 말했다.

「아니, 난 더 이상 게임을 하지 않겠어요.」 칼가노프가 말했다. 「조금 전에 이 사람들한테 벌써 50루블을 잃었거든요.」

「운이 나빴던 겁니다. 이번에는 운이 따를 수도 있겠지요.」 소파에 앉아 있던 폴란드 신사가 그를 향해 이렇게 말했다.

「은행에 얼마를 거셨죠? 제한이 있습니까?」 미탸는 몸이 달았다.

「의견에 따르겠습니다. 1백 루블도 좋고, 2백 루블도 좋습니다. 얼마나 거시겠습니까?」

「1백만 루블은 어떻습니까!」 미탸가 껄껄껄 웃어젖혔다.

「대위 양반, 판 포드비소츠키에 관한 이야기를 들으셨겠지요?」

「포드비소츠키라뇨?」

「바르샤바에서 누구라도 돈을 걸 수 있는 유한 은행 게임이 벌어졌습니다. 그런데 포드비소츠키라는 사람이 왔다가 1천 루블짜리 금화들이 눈에 보이자 은행 게임에 돈을 걸었습니다. 그러자 은행주는 〈판 포드비소츠키, 금화를 거시겠습니까, 명예를 거시겠습니까?〉 하고 물었지요. 그러자 포드비소츠키는 〈명예를 걸겠습니다, 파녜〉 하고 대답했습니다. 〈그렇다면 더 잘됐습니다, 파녜〉 하고 말한 다음, 은행주는 카드를 돌렸습니다. 그런데 포드비소츠키가 게임에서 이겨 금화 1천 루블을 가져가려 하자, 은행주는 〈잠깐만 기다려 주십시오, 파녜〉 하고 말한 후 서랍을 열어 1백만 루블을 내놓으면서 〈어서 가져가십시오, 파녜, 이건 당신이 딴 돈입니다〉라고 말하는 것이었습니다. 그것은 1백만 루블짜리 은행 게임이었던 것이죠. 〈난 그 사실을 몰랐었는데요〉 하고 포드비소츠키가 말하자, 은행주는 〈파녜 포드비소츠키, 당신은 명예를 걸었고, 나도 명예를 걸었던 것입니다〉라고 대답했습니다. 그래서 포드비소츠키는 1백만 루블을 받게 되었던 것입니다.」

「그건 거짓말입니다.」 칼가노프가 말했다.

「Panie Kalganov, w slachetnoj kompanji tak mowic nieprzystoi(칼가노프 씨, 점잖은 자리에서는 그런 말을 하지

않는 법입니다).」

「그런데 폴란드 도박사가 당신한테야 1백만 루블을 내줄 리 없겠지요!」 미탸는 이렇게 소리쳤으나 얼른 입을 다물었다. 「미안합니다, 파녜, 실수를 저지르고 말았군요, 다시 실수를 저지르고 말았어요. 그 도박사는 1백만 루블을 낼 겁니다, 낼 거예요. 명예를 걸고, 폴란드의 명예를 걸고 말입니다! 내 폴란드어 실력이 제법이지요, 하하하! 자, 10루블을 걸겠습니다, 잭에 말입니다.」

「그럼 나는 퀸에, 하트의 퀸에 걸겠습니다, 헤헤!」 막시모프가 퀸을 뽑아 들며 다른 사람한테 보여 주지 않으려는 듯 탁자에 몸을 붙인 채 탁자 밑에서 얼른 성호를 그으면서 킬킬거렸다. 미탸가 이겼다. 1루블짜리도 이겼다.

「코너!」[22] 미탸가 소리쳤다.

「난 다시 1루블을 걸겠습니다. 소액 투자가이니, 돈이 적은 소액 투자가이니 말입니다.」 막시모프는 1루블을 딴 것이 너무 기뻐서 행복에 겨운 어투로 중얼거렸다.

「졌군!」 미탸가 소리쳤다. 「7에 두 배!」

두 배를 건 돈도 잃었다.

「그만두세요.」 갑자기 칼가노프가 말했다.

「두 배, 두 배.」 미탸는 베팅을 두 배로 늘려 나갔다. 그런데 아무리 베팅을 두 배로 늘려도 매번 돈을 잃고 말았다. 하지만 1루블짜리는 계속 이겼다.

「두 배!」 미탸는 화가 치미는지 씩씩거렸다.

「2백 루블을 잃으셨군요, 파녜. 다시 2백 루블을 거시겠습니까?」 소파에 앉아 있던 폴란드 신사가 물었다.

22 카드의 코너를 접으면 게임의 금액이 4분의 1 증가한다.

「뭐라고요? 벌써 2백 루블을 잃었어요? 그렇다면 다시 2백 루블! 2백 루블 전부로 두 배!」 주머니에서 돈을 꺼내 든 미탸가 퀸에 던지려는 순간 칼가노프가 갑자기 손으로 카드를 가렸다.

「그만하세요!」 그는 카랑카랑한 목소리로 이렇게 소리쳤다.

「왜 그러시는 겁니까?」 미탸는 그를 쳐다보았다.

「그만하세요, 난 참을 수가 없어요! 이제 노름은 그만하세요.」

「어째서죠?」

「이유가 있어요. 그냥 침이나 뱉고 그만두세요, 다 이유가 있다니까요. 난 더 이상 노름을 하지 않겠어요!」

미탸는 휘둥그레진 눈으로 그를 바라보았다.

「그만둬요, 미탸. 저 사람 말이 맞는 것 같군요. 그것 말고도 당신은 돈을 많이 잃었잖아요.」 그루셴카는 목소리에 이상야릇한 음조를 실으며 말했다. 두 폴란드 신사는 심한 모욕을 당한 표정으로 자리에서 일어섰다.

「Zartujesz, panie(농담하시는 겁니까), 파녜?」 키 작은 폴란드 신사가 심각한 얼굴로 칼가노프를 훑어보며 말했다.

「Jak pan smisz to robic(어떻게 감히 그런 말을 하는 거요), 파녜!」 판 브루블레프스키도 칼가노프를 향해 으르렁거렸다.

「어디서, 어디서 감히 목청을 높이시는 거예요!」 그루셴카가 소리쳤다. 「이런, 정말 칠면조들이나 다름없군!」

미탸는 모든 사람들을 번갈아 가며 돌아보았다. 그루셴카의 얼굴에 서린 그 무엇 때문에 갑자기 충격을 받았던 것이다. 바로 그 순간 그의 뇌리 속에는 아주 새로운 어떤 상념이 스치고 지나갔다. 그것은 새롭고 이상한 상념이었다!

「아그리피나 양!」 약이 올라서 얼굴이 온통 시뻘겋게 달아오른 키 작은 폴란드 신사가 이렇게 말문을 열었을 때 별안간 미챠가 그에게 다가와 어깨를 툭툭 쳤다.

「이봐요, 잠깐 할 말이 있는데.」

「Czego checs(무슨 일이십니까), 파녜?」

「저 방으로 갑시다, 당신한테 조용히 좋은 말씀을, 대단히 좋은 말씀을 드리고 싶군요. 당신도 만족하실 겁니다.」

키 작은 폴란드 신사는 깜짝 놀라며 조심스러운 눈초리로 미챠를 바라보았다. 그러나 곧 동의하면서 판 브루블레프스키도 자신과 함께 가야 한다는 조건을 내세웠다.

「보디가드입니까? 그렇게 하세요, 좋으실 대로 말입니다! 저분도 반드시 오시게 해야죠!」 미챠가 소리쳤다. 「자, 가시죠, 여러분!」

「어디로 가시는 거예요?」 그루셴카가 걱정스럽다는 듯이 물었다.

「곧 돌아오리다.」 미챠가 대답했다. 그의 얼굴에는 어떤 용기가, 의외의 활력이 깃들어 있었다. 한 시간 전 그가 이 방에 들어올 때와는 전혀 다른 표정이었다. 그는 두 폴란드 신사를 합창대 아가씨들이 모여 있고 탁자가 식탁보로 덮여 있는 큰 방이 아니라 오른쪽에 있는 침실로 데려갔다. 그 침실에는 궤짝들이며 작은 가방들이며 무명 베개가 산처럼 쌓여 있는 침대 두 개가 놓여 있었다. 한쪽 구석에 있는 널빤지를 깐 작은 탁자 위에는 촛불 하나가 켜져 있었다. 폴란드 신사와 미챠는 그 탁자를 사이에 두고 서로 마주 보고 자리를 잡았으며, 키가 큰 브루블레프스키는 뒷짐을 진 채 그 옆에 섰다. 두 폴란드 신사는 심각한 표정으로 바라보았지만, 그 얼굴에는 호기심이 역력히 나타나 있었다.

「대체 무슨 일로 이러시는 겁니까?」 키가 작은 폴란드 신사가 중얼거렸다.

「그 이유는 말씀드리지 않겠습니다. 자, 당신한테 돈을 드리겠습니다.」 그는 자신의 돈뭉치를 꺼냈다. 「3천 루블이 저한테 있으니 그 돈을 갖고 어디든 떠나 주십시오.」

폴란드 신사는 주의 깊게 미탸를 살피며 그의 얼굴을 뚫어지게 응시했다.

「Trzy tysiac(3천 루블이라고요), 파녜?」 그는 브루블레프스키를 돌아보았다.

「3천 루블, 3천 루블입니다! 듣고 계십니까, 파녜? 내가 보기에 당신은 사리가 밝은 사람 같은데. 이 3천 루블을 가지고 어디로든 떠나 달라는 말씀입니다, 물론 브루블레프스키 씨와 함께 말입니다. 내 말 듣고 계십니까? 지금 당장 말입니다, 영원히. 아시겠습니까, 파녜? 바로 저 문을 통해서 영원히 떠나 달라는 말씀입니다. 저 방에 당신 물건이 남아 있습니까? 코트, 털 코트? 당장 당신을 위해 마차를 준비시키겠습니다, 안녕히 가십시오, 파녜! 됐습니까?」

미탸는 확신을 가지고 그의 대답을 기다렸다. 그는 추호도 의심하지 않았던 것이다. 폴란드 신사의 얼굴에는 단호한 빛이 스치고 지나갔다.

「그럼 돈은, 파녜?」

「돈은 어떻게 하느냐 하면 말이죠, 파녜. 지금 마차 삯과 선금으로 5백 루블 드리겠습니다, 2천 5백 루블은 내일 읍내에서 드리겠습니다. 명예를 걸고 맹세컨대 나머지 돈은 땅을 파서라도 마련할 겁니다.」 미탸가 소리쳤다.

 폴란드 신사들은 다시 서로 마주 보았다. 폴란드 신사의 얼굴은 점점 더 험악하게 변해 갔다.

「5백 루블이 아니라, 7백, 7백 루블 드리겠습니다, 지금 당장 손에 쥐어 드리겠습니다!」 미탸는 무언가 심상치 않은 기운이 느껴졌는지 가격을 올렸다. 「왜 그러십니까, 판? 믿지 못하시겠다는 말씀인가요? 3천 루블 전부를 한 번에 드릴 수는 없는 처지입니다. 하지만 돈을 꼭 드리겠습니다, 내일 그녀의 집으로 찾아오십시오…… 지금 난 3천 루블을 가지고 있지 않습니다, 읍내의 집에 두고 왔습니다.」 미탸는 두려운 마음에 한마디 한마디 할 때마다 의기소침해지면서 이렇게 중얼거렸다. 「정말입니다, 숨겨 둔 돈이 있습니다…….」

 순간적으로 폴란드 신사의 얼굴에 평소와는 달리 자존심이 번쩍거리기 시작했다.

「Czy nie potrzebujesz jeszcze czego(달리 더 할 말은 없습니까)?」 그는 비꼬는 투로 물었다. 「정말 치욕스럽군, 정말 치욕스러워!」 이렇게 말하고 나서 그는 침을 탁 뱉었다. 판 브루블레프스키도 침을 뱉었다.

「아니, 어째서 침을 뱉는 겁니까, 판?」 미탸는 만사가 끝장났다고 생각하여 절망감에 빠지며 이렇게 말했다. 「그건 당신이 그루셴카로부터 더 많은 돈을 우려낼 수 있다고 생각하기 때문이겠죠. 당신들 두 사람은 모두 불알을 떼어 낸 수탉들이로군요!」

「Jestem do z ywego dotkniety(정말 지독한 모욕을 당하고 말았군)!」 키 작은 폴란드 신사는 분통을 터뜨리며 홍당무처럼 얼굴이 새빨개져서는 더 이상 아무 이야기도 듣고 싶지 않다는 듯 방에서 나갔다. 브루블레프스키도 덜렁거리며 그 뒤를 따라 나갔고, 몹시 당황하고 망연자실한 미탸도 그들을 따라 나갔다. 그는 그루셴카가 두려웠다. 폴란드 신사가 지금 실컷 떠들어 댈 것 같은 예감이 들었던 것이다. 일은 예상대로 진행되었다. 폴란드 신사는 홀에 들어서자 배우처럼 그루셴카 앞에 우뚝 섰다.

「Pani Agrippina, jestem do zywego dotkniety(파니 아그리피나, 난 정말 지독한 모욕을 당하고 말았소)!」그는 이렇게 소리쳤으나 그루셴카는 가장 아픈 곳을 찔리기라도 한 듯 별안간 자제력을 잃고 말았다. 그루셴카는 그를 향해 이렇게 소리치기 시작했다.

「러시아어로, 러시아어로 말하세요, 폴란드 말은 한마디도 쓰지 마세요!」그녀가 소리쳤다. 「예전에는 러시아어로 말씀하셨잖아요, 지난 5년 동안 러시아어를 잊으셨단 말인가요!」그녀는 울분 때문에 얼굴이 온통 빨갛게 물들고 말았다.

「파니 아그리피나……」

「난 아그라페나예요, 그루셴카라고요. 러시아어로 말씀하세요, 그렇지 않으면 듣고 싶지 않아요!」폴란드 신사는 자존심 때문에 숨을 헐떡거리며 엉망진창인 러시아어로 점잖을 떨면서 빠른 어투로 말했다.

「파니 아그라페나, 난 옛일을 잊어버리고 그 일을 용서하기 위해 찾아왔습니다, 오늘 이전에 일어났던 일을 잊어버리고…….」

「뭐라고요, 용서하겠다고요? 당신이 날 용서하기 위해 찾아왔단 말인가요?」그루셴카는 말을 가로채면서 팔짝 뛰었다.

「바로 그렇소, 파니. 난 속 좁은 사람이 아니오, 관대한 사람이란 말이오. Ja bylem zdiwiony(하지만 당신의 정부들을 보았을 때), 난 충격을 받고 말았소. 판 미탸는 나더러 떠나 달라며 저 방에서 3천 루블을 주겠다고 했어요. 나는 그 사람의 얼굴에 침을 뱉어 주었지요.」

「뭐라고요? 저 사람이 나 때문에 당신한테 돈을 주기로 했다고요?」 그루셴카는 히스테리를 부리며 소리쳤다. 「그게 정말이에요, 미탸? 당신이 어떻게 그럴 수가! 내가 팔고 사는 물건인가요?」

「파녜, 파녜.」 미탸는 절규했다. 「그녀는 순결하고 그 순결로 빛나는 여인이오, 난 결코 그녀의 정부가 아니란 말이오! 그런 말을 한 사람은 바로 당신이오…….」

「당신이 어떻게 저 사람 앞에서 날 두둔할 수 있는 거죠?」 그루셴카가 소리쳤다. 「내가 순결했던 것은 착한 마음씨를 지녔기 때문이거나 삼소노프 노인을 두려워했기 때문이 아니라, 저 사람을 만났을 때 그 앞에서 긍지를 보여 주기 위해서이고 저 사람한테 악당이란 말을 해주고 싶었기 때문이에요. 그런데 정말 저 사람은 당신 돈을 받지 않았나요?」

「받았소, 받고말고!」 미탸가 소리쳤다. 「저 사람은 다만 한 몫에 3천 루블을 받고 싶어 했지만 난 7백 루블만을 선금으로 주었을 뿐이죠.」

「알겠어요. 저 사람은 내가 돈깨나 가지고 있다는 소문을 들었기 때문에 그래서 나와 결혼하러 찾아온 거예요!」

「파니 아그리피나.」 폴란드 신사가 소리쳤다. 「난 기사요, 게으름뱅이가 아니라 귀족이란 말이오! 난 당신을 아내로 맞기 위해 찾아왔는데, 당신은 옛날의 그 여자가 아니라 오만하고 파렴치한 전혀 다른 사람이 되었군.」

「어서 당신이 왔던 곳으로 되돌아가세요! 당장이라도 내쫓으라고 지시하면 당신은 쫓겨나고 말 테니!」 이렇게 소리치는 그루센카는 제정신이 아니었다. 「바보, 난 바보였어요, 5년 동안이나 자신을 괴롭혀 왔으니! 그래요, 난 저 사람을 위해서가 아니라, 증오심 때문에 자신을 괴롭혀 왔던 거니까! 그리고 절대 저 사람이 아니에요! 저 사람이 옛날에도 그랬을까요! 그 사람의 아버지일지 모르죠! 대체 그 가발은 어디서 맞춘 거죠? 저 사람은 한때 솔개 같았지만 지금은 물오리에 지나지 않아요. 저 사람은 한때 내게 웃음 띤 얼굴로 노래를 불러 주기도 했었는데……. 그런데도 지난 5년 동안 눈물로 지새웠으니, 난 저주받을 멍텅구리, 천박하고 수치스러운 계집이에요!」

그녀는 두 손으로 얼굴을 가린 채 안락의자에 쓰러졌다. 그 순간 왼쪽 방에서는 마침내 다 모인 모크로예 아가씨들의 합창 소리가 갑자기 울려 퍼졌다. 호쾌한 무도곡이었다.

「정말 소돔이나 다름없군!」 판 브루블레프스키가 갑자기 소리쳤다. 「주인장, 저 추잡한 계집애들을 쫓아내요!」

오래전부터 문 옆에서 흥미진진하게 지켜보고 있던 주인은 고함 소리가 들리자, 손님들이 서로 다투는 거라고 직감하여 얼른 방으로 달려왔다.

「왜 그렇게 목구멍이 찢어져라 소리를 지르는 거요?」 주인은 이해가 가지 않을 정도로 무례한 태도로 브루블레프스키를 향해 이렇게 말했다.

「짐승 같은 놈!」 판 브루블레프스키가 고함을 질렀다.

「짐승 같은 놈이라고? 그런 당신은 조금 전 카드놀이를 어떤 식으로 했지? 내가 카드 한 벌을 가져다줬지만, 당신은 내 카드를 숨겼잖아! 그리고 위조된 카드로 노름을 했잖아! 위조된 카드를 사용한 혐의로 당신을 시베리아로 쫓아낼 수도 있어. 알겠어? 그건 위조지폐를 사용한 것이나 매한가지야······.」 그러고 나서 주인은 소파로 다가가 소파의 등받이와 베개 사이에 손가락을 들이밀어 아직 뜯지 않은 카드 한 벌을 꺼냈다.

「자, 이건 내 카드야, 아직 뜯지도 않았잖아!」 그는 카드를 쳐들어 여러 사람에게 보여 줬다. 「난 저 사람이 내 카드를 틈새에 밀어 넣고는 자기들 것으로 바꿔치기하는 것을 모두 보았어요. 넌 그따위 못된 사기꾼이야, 신사가 아니라고!」

「나도 저 사람이 두 번이나 속임수를 쓰는 걸 보았어.」 칼가노프가 소리쳤다.

「아아, 이렇게 창피할 수가! 아아, 이렇게 창피할 수가!」 그루셴카는 두 손을 맞잡으며 소리쳤고 수치심에 얼굴이 빨개졌다. 「하느님, 어떻게 저런 사람이 되어 버렸을까요!」

「나도 그렇게 생각했었소.」 미탸가 소리쳤다. 그러나 미탸가 이 말을 마치기도 전에 곤경에 빠져 화가 머리끝까지 치민 브루블레프스키는 그루셴카를 향해 주먹으로 위협하며 소리쳤다.

「이런 못돼 먹은 화냥년 같으니!」 그러나 그가 이 말을 미처 끝마치기도 전에 미탸는 그에게 달려들어 두 손으로 번쩍 들어 올린 다음 눈 깜짝할 사이에 조금 전 그 두 사람을 데리고 갔던 홀 옆방으로 끌고 갔다.

「그놈을 마룻바닥에 메다꽂았소!」 그는 곧 돌아와 아직 흥분을 가라앉히지 못한 채 씩씩거리며 이렇게 외쳤다. 「나쁜 놈, 그래도 마구 달려들더군. 이제는 이쪽으로 얼씬도 못 하겠지!」 그는 문 반쪽을 잠그고 나머지 반쪽은 열어 둔 채 키 작은 폴란드 신사를 향해 소리쳤다.

「선생, 이쪽으로 오시는 편이 낫지 않겠습니까? 어서 이리 오시죠!」

「나리, 드미트리 표도로비치 씨.」 주인 트리폰 보리시치가 큰 소리로 외쳤다. 「저놈들에게 잃은 돈을 뺏으세요. 그건 당신한테서 도둑질한 것이나 마찬가지니까요.」

「내 돈 50루블은 돌려받고 싶지 않아.」 갑자기 칼가노프가 이렇게 말했다.

「나도 내 돈 따위는, 내 돈 따위는 필요 없어!」 미탸가 소리쳤다. 「절대 돌려받지 않겠어. 그걸로 위안을 받으라지.」

「잘했어요, 미탸! 정말 굉장해요, 미탸!」 그루센카가 외쳤다. 그녀의 외침 속에는 무서운 증오심이 서려 있었다. 키 작은 폴란드 신사는 분통이 터지는 듯 얼굴이 새빨개졌으나, 그래도 당당함만은 잃지 않은 채 문 쪽으로 걸어갔다. 그러나 갑자기 가던 걸음을 멈추고 그루센카를 향해 돌아서며 이렇게 말했다.

「Panie, jezeli chec pojsc za mno, idzmy, jezeli nie, bywaj zdrowa(만일 날 따라오고 싶으면 함께 가고, 그러기 싫다면 이대로 끝장이오)!」

그러고는 분노와 치욕으로 씩씩거리면서도 거들먹거리며 문밖으로 걸어 나갔다. 그는 자존심이 강한 사내였기 때문에 그런 일이 벌어진 후에도 그루센카가 자기를 따라올지 모른다는 희망을 버리지 않고 있었다. 미탸는 그 뒤에서 문을 쾅 하고 닫아 버렸다.

「자물쇠를 채우세요.」 칼가노프가 말했다. 그러나 자물쇠 채우는 소리는 저편에서 들려왔다. 그들 스스로 문을 잠가 버렸던 것이다.

「잘됐어요!」 그루센카가 증오심에 불타는 냉혹한 목소리로 외쳤다. 「잘됐어요! 제 갈 길로 간 거예요!」

8 미몽

온 세상을 떠들썩하게 할 정도의 요란한 술판이 벌어졌다. 그루센카가 가장 먼저 술을 달라며, 〈술을 마시고 싶어요, 옛날처럼 완전히 취하도록 퍼마시고 싶단 말이에요. 미탸, 기억나세요, 우리 그때 여기서 알게 되었잖아요!〉라고 소리치기 시작했다. 미탸 자신은 마치 꿈속을 헤매고 있는 것 같았으며 〈자신의 행복〉을 예감했다. 그러나 그루센카는 계속해서 그를 멀리 떼어 놓았다. 〈저리 가서 즐기세요, 저 사람들한테 춤을 추며 즐기라고 말씀하세요, 그때처럼. 그때처럼 집도, 페치카도 춤추는 거예요〉라면서 그녀는 계속 떠들어 댔다. 그녀는 몹시 흥분해 있었다. 미탸는 그녀가 시키는 대로 달려갔다. 옆방에는 합창대가 모여 있었다. 지금까지 앉아 있던 방은 그러지 않아도 비좁았는데, 사라사 천으로 만든 커튼으로 반반씩 나뉘어 있었고, 그 뒤편에는 커다란 침대와 함께 폭신폭신한 털 이불과 사라사 천으로 만든 베개가 산처럼 쌓여 있었다. 〈깨끗한〉 네 개의 방에 침대가 하나씩 놓여 있었다. 그루센카는 문간 옆에 자리를 잡았고, 미탸는 그곳으로 안락의자를 가져왔다. 이곳에서 처음 술판을 벌였던 그날, 〈그때〉

도 그녀는 이렇게 자리를 잡고 합창대와 원무를 바라보았던 것이다. 그때 자리했던 아가씨들이 모여 있었다. 바이올린과 시트라[23]를 든 유대인들도 도착했고, 애타게 기다리던 술과 식품을 잔뜩 실은 삼두마차도 마침내 도착했다. 미탸는 분주하게 쏘다녔다. 방 안에는 아무 상관이 없는 사내들과 아낙네들도 있었다. 그들은 일찍 잠자리에 들었지만 한 달 전처럼 보기 드문 잔치가 벌어지리란 것을 눈치채고는 잠자리를 걷어치우고 구경을 나온 사람들이었다. 미탸는 낯익은 사람들과 인사를 나누고 포옹도 했고, 이 사람 저 사람 알아보았으며, 병마개를 따서는 만나는 사람마다 술을 권했다. 아가씨들은 샴페인을 좋아했으며, 사내들은 럼과 코냑 그리고 특히 독한 펀치를 좋아했다. 미탸는 아가씨들을 위해 코코아를 끓이고, 밤새도록 차를 마실 수 있게 사모바르 세 개를 끓이며, 여관에 들어오는 사람 모두에게 펀치를 나눠 주라고 지시했다. 원하는 사람은 모두 먹을 수 있도록 하겠다는 것이었다. 한마디로 말해서 무질서한 난장판이 벌어진 것이지만, 미탸는 천성에 딱 들어맞는지 술판이 활기를 띠면 띨수록 한층 더 신바람이 났다. 그때 어떤 농부든 그에게 돈을 달라고 하면 당장 돈뭉치를 꺼내서 세지도 않고 여기저기 나눠 주었을지도 모른다. 틀림없이 그럴 것이기 때문에 여인숙 주인 트리폰 보리시치는 그날 밤 잠을 잘 생각은 아예 하지도 않고 술도 입에만 댔을 뿐(겨우 펀치 한 잔만을 들이켰다), 눈알을 부릅뜨고 나름대로 미탸의 행동을 관찰하면서 잠시도 자리를 비우지 않고 그 주변을 맴돌았다. 그리고 필요한 순간에는 상냥한 목소리로 아양을 떨며 그를 제지하면서 〈그때〉처럼 농부들

23 비파와 비슷한 전통 현악기.

에게 〈시가나 라인산(産) 포도주〉는 물론 돈을 주어서는 안 된다고 설득하기도 했고, 아가씨들이 리큐어를 마시거나 사탕을 먹으면 화를 내곤 했다. 그는 〈한결같이 이가 득실거리는 놈들입니다, 드미트리 표도로비치. 저는 어떤 놈이든 발길로 무릎을 차더라도 경의를 표하도록 만들 수 있습니다. 원래 그런 놈들이니까요!〉라고 말하기도 했다. 미탸는 안드레이가 생각나서 펀치를 가져다주라고 지시했다. 〈아까 그놈한테 모욕을 주었거든.〉 그는 감격하여 누그러든 목소리로 몇 번이고 이 말을 되풀이했다. 칼가노프는 술을 마시려 들지 않았으며 처음에는 아가씨 합창대 역시 별로 마음에 든 것 같지 않았으나, 샴페인 두 잔을 마신 후 이상할 정도로 흥겨워하며 온 방 안을 쏘다니면서 웃어 댔고 노래든 음악이든 칭찬을 아끼지 않았다. 술이 취해 기분이 좋아진 막시모프는 칼가노프 곁을 떠나지 않았다. 역시 취기가 돌기 시작한 그루셴카는 미탸에게 칼가노프를 가리키며, 〈정말 귀엽고 멋진 소년이에요!〉 하고 떠들어 댔다. 그러면 미탸는 들뜬 기분에 칼가노프와 막시모프에게 입을 맞추러 달려가기도 했다. 오, 그는 많은 것을 예감하고 있었던 것이다. 그녀는 미탸에게 아직 아무 이야기도 하지 않았으나 하고 싶은 말을 억지로 참고 있는 것 같았고, 이따금씩 다정하면서도 뜨거운 눈길을 그에게 보냈다. 마침내 그녀는 미탸의 손을 힘껏 잡아 자기 쪽으로 끌어당겼다. 그때 그녀는 문 옆에 놓인 안락의자에 앉아 있었다.

「조금 전에 당신은 어떤 모습으로 들어오셨죠, 네? 그런 모습으로 들어오시다니! 난 정말 놀랐잖아요. 당신은 나를 그 사람한테 양보할 생각이셨나요, 네? 정말 그러실 생각이셨어요?」

「당신의 행복을 깨뜨리고 싶지 않았을 뿐이오!」 미탸는 행복에 겨워 속삭였다. 그러나 그녀는 그런 대답이 듣고 싶은 것이 아니었다.

「자, 저리 가세요…… 가서 즐기세요.」 그녀는 다시 미탸를 물리쳤다. 「울지 마세요, 다시 부를 테니.」

그러면 그는 물러났으며, 그녀는 미탸가 있는 곳을 주시하면서 다시 음악을 듣고 춤 구경을 했다. 하지만 15분쯤 지나면 다시 그를 불렀고, 그는 또 달려왔다.

「자, 이제 내 곁에 앉아서 말씀해 보세요. 내가 이곳에 왔다는 이야기를 어떻게 아셨는지? 누구한테 처음으로 들으신 거죠?」

미탸는 쓸데없는 이야기까지 두서없이 열심히 털어놓기 시작했다. 그러나 이상한 어조로 이야기하면서 갑자기 눈썹을 찌푸리며 멈칫거렸다.

「왜 인상을 찌푸리는 거죠?」 그녀가 물었다.

「아무것도 아니오……. 그곳에 환자 한 사람을 두고 왔거든. 그 사람이 회복된다면, 그 사람이 회복되리란 것을 알 수만 있다면, 당장이라도 내 인생의 10년을 떼어 줄 수 있을 텐데!」

「아니, 그까짓 환자 한 사람 아무려면 어때요. 그래서 당신은 내일 권총으로 자살이라도 하겠다는 건가요, 이런 바보 같으니. 무엇 때문에 그런단 말이에요? 나는 당신처럼 무분별한 사람을 좋아해요.」 그녀는 약간 꼬부라진 혀로 속삭였다. 「당신은 나를 위해 무엇이든 하실 수 있으세요? 그게 사실인가요? 당신 같은 바보는 정말 내일 자살해야 해요! 아니, 잠간 기다려요. 내일 내가 당신한테 한 가지 이야기를 들려줄 테니까……. 오늘은 안 돼요, 내일 하죠. 그런데 당신은 오늘 듣고 싶단 말이죠? 아니, 오늘은 내가 싫어요……. 저리 가세요, 이제 저리 가서 즐기세요.」

그러나 그녀는 마음 한구석이 근심스럽고 의혹이 가시지 않았는지 그를 다시 불렀다.

「어째서 슬퍼하는 거예요? 당신이 슬픔에 잠겨 있다는 것을 알고 있어요……. 아니, 벌써부터 그걸 알고 있었어요.」 그녀는 그의 눈을 뚫어질 듯 바라보며 이렇게 덧붙였다. 「당신은 저기에서 농부들에게 입을 맞추고 즐거워하고 있었지만 난 알 수 있었어요. 아니, 마음껏 즐기세요, 나도 즐거우니 당신도 즐겨야죠……. 나는 여기에서 누군가를 사랑하게 됐어요, 맞혀 보시겠어요? 이런, 저기 좀 보세요. 우리 도련님이 잠들어 버렸군요. 친절한 도련님이 취해 버렸어요.」

그녀는 칼가노프 이야기를 하고 있었다. 그는 실제로 술에 취해서 소파에 앉아 잠시 잠이 들었던 것이다. 그런데 그가 잠든 것은 술기운 때문이 아니라 갑자기 슬픔이, 아니 〈지루함〉이 느껴졌기 때문이다. 종반에 이르러 아가씨들의 노랫소리가 술판과 더불어 점점 외설적이고 자유분방하게 변하자 그는 기분이 상했던 것이다. 그들의 춤도 마찬가지였다. 두 명의 아가씨들이 곰으로 분장하자, 기운 센 아가씨인 스테파니다가 손에 지팡이를 들고 곰들을 〈다루기〉 시작했다. 〈좀 더 즐겁게 해, 마리야. 그렇지 않으면 지팡이로 매를 맞게 될 거야〉 하고 그녀가 외쳤다. 결국 곰은 괴상망측한 자세로 마룻바닥을 굴렀고, 그곳에 빈틈없이 모여 선 농부들과 아낙네들은 박장대소를 했다. 〈내버려두세요, 내버려둬〉 하고 그루셴카는 행복한 얼굴로 칼가노프를 나무라듯 말했다. 〈저들이 언제 저렇게 즐거워하겠어요? 그리고 사람들이 즐기지 못할 것도 없지 않아요?〉 칼가노프는 마치 똥 씹은 표정으로 바라보았다. 〈저건 모두 추악해, 모두가 민중들의 행태라니까.〉 그는 자리를 뜨면서 이렇게 한마디 내뱉었다. 〈소위 민중들의 봄놀이로 한여름 밤에 태양을 소중히 한다는 내용이지.〉 그러나 유난히 그의 기분을 상하게 한 것은 신나는 무도곡에 붙인 〈새로운〉 가요로, 한 신사가 지나가면서 처녀들을 희롱하는 내용이었다.

나리님께서 처녀들을 희롱하네
되바라진 처녀들은 좋아할까?

그러나 아가씨들은 신사를 절대 좋아해서는 안 되는 것 같았다.

나리님께서는 몹시 때리실 테니
난 그분을 좋아하지 않아요.

이어서 집시가 지나가고 그도 역시 마찬가지로 희롱한다.

집시가 처녀들을 희롱하네
되바라진 처녀들은 좋아할까?

그러나 집시도 절대 좋아해서는 안 되는 것 같았다.

집시는 도둑질을 할 테니
나는 슬픔에 잠기고 말 거야.

그리고 군인들을 포함해서 많은 사람들이 지나간다.

군인이 처녀들을 희롱하네
되바라진 처녀들은 좋아할까?

그러나 군인은 모욕을 받으며 거절당한다.

군인은 배낭을 멜 테니
내가 그 뒤를 따랐다가는…….

그리고 가장 외설적인 구절이 아무 거리낌 없이 불렸으므로 사람들 사이에서는 환호가 터져 나왔다. 결국 상인의 등장으로 노래는 끝을 맺었다.

상인이 처녀들을 희롱하네
되바라진 처녀들은 좋아할까?

그리고 처녀들이 좋아하는 사람들은 상인임이 드러났고, 그 까닭은 다음과 같았다.

상인은 장사를 할 테니
나는 호강하게 될 거야.

칼가노프는 화를 내기까지 했다.

「완전히 유행이 지난 노래야.」그는 큰 소리로 비아냥거렸다.「그 노래를 대체 누가 만들어 줬지! 철로지기들과 유대인들이 처녀들을 희롱하는 대목이 빠졌군. 그놈들한테는 모두 홀딱 넘어갈 텐데.」그러고는 모욕을 받기라도 한 듯 재미가 없다고 퉁명을 떤 뒤 소파에 앉은 채 금세 잠이 들었다. 잘생긴 그의 얼굴은 약간 창백한 빛을 띤 채 소파 쿠션 위에 드러나 있었다.

「보세요, 이 사람이 얼마나 미남인지를.」그루셴카는 미탸를 그가 있는 곳으로 잡아끌며 말했다.「나는 조금 전에 이 사람의 머리를 빗겨 주었는데, 아마처럼 머리에 숱이 많았어요……」

그러고 나서 감동한 듯 그녀는 그의 이마에 입을 맞추었다. 칼가노프는 순간적으로 눈을 떠서 그녀를 바라보더니 자리에서 벌떡 일어나며 모욕당한 얼굴로 막시모프는 어디 갔느냐고 물었다.

「그분이 필요하시단 말이죠.」그루셴카는 미소를 지었다.「잠시 내 곁에 앉아 있어요. 미탸, 어서 막시모프를 찾아오세요.」

간간이 리큐어를 따라 마실 때만 물러났을 뿐 막시모프는 아가씨들로부터 떨어질 줄을 몰랐다. 코코아도 벌써 두 잔이나 들이켠 상태였다. 그의 얼굴은 홍당무처럼 빨갛고 코는 자줏빛으로 변했으며, 두 눈은 음탕한 빛을 띠며 촉촉하게 젖어 있었다. 그는 얼른 달려오더니 지금 〈어떤 무도곡〉에 맞춰 나막신 춤을 추고 싶다고 털어놓았다.

「어렸을 때 그 고상한 춤을 배웠거든요…….」

「가세요, 어서 저분과 함께 가세요, 미탸. 나는 저분이 어떻게 춤을 추는지 여기서 지켜보겠어요.」

「아니, 나도, 나도 구경하러 가겠습니다.」 함께 앉아 있자는 그루셴카의 제의를 거절하면서 칼가노프가 순진한 표정으로 소리쳤다. 그래서 모두들 춤 구경을 하고 싶어 했고, 막시모프는 자신의 독특한 춤을 추었다. 그러나 미탸를 제외하곤 그 누구도 감탄하는 사람이 없었다. 그 춤은 발바닥이 위로 향하게 발을 세우며 껑충껑충 뛰다가 손바닥으로 발바닥을 때리는 것이 다였고, 막시모프는 뛰어오를 때마다 손바닥으로 발바닥을 때려 댔다. 칼가노프는 그 춤이 전혀 마음에 들지 않았으나 미탸는 춤추는 사람에게 입까지 맞추었다.

「자, 수고하셨습니다. 피곤하시죠? 왜 이쪽을 바라보시는 거죠? 사탕이라도 드시겠습니까? 아니면 시가라도 피우시겠습니까?」

「말아 피우는 담배로 하겠습니다.」

「뭣 좀 드시겠습니까?」

「나는 저기서 리큐어를 마셨습니다……. 그런데 초콜릿 사탕은 없나요?」

「식탁 위에 잔뜩 있으니 마음대로 고르세요. 당신은 정말 비둘기처럼 날렵한 분이십니다!」

「아니, 나는 바닐라 향이 든 걸로…… 노인들한테 좋은 사탕이죠……. 헤헤헤!」

「아니, 형님, 그런 특제품은 없군요.」

「내 말 좀 들어 보세요!」 노인은 갑자기 미탸의 귀에 귓속말을 속삭였다. 「저기 저 계집애, 마리유시카 말입니다, 헤헤, 괜찮으시다면 저 계집애하고 사귀고 싶은데, 당신께서 호의를 베풀어 주시면 어떨까 합니다만…….」

「뭐가 어째요! 아니, 형님, 잠꼬대하지 마세요.」

「난 누구한테도 못된 짓을 하지 않는데.」 막시모프는 풀이 죽어 중얼거렸다.

「그럼 좋아요, 좋아. 형님, 여기서는 춤과 노래만 하는 겁니다. 이런 젠장! 잠깐 기다리세요……. 우선 먹고 마시고 노래하며 즐기세요. 돈은 필요 없으세요?」

「그건 나중에.」 막시모프는 미소를 지었다.

「좋아요, 좋아…….」

미탸는 골치가 아팠다. 그는 현관 앞에 있는 나무로 된 발코니로 나갔다. 발코니는 정원 쪽으로부터 건물의 한 면을 둘러싸고 있었다. 신선한 공기가 기운을 북돋아 주었다. 그는 어둠이 깔린 한쪽 구석에 혼자 서 있다가 두 손으로 머리를 움켜쥐었다. 뿔뿔이 흩어졌던 갖가지 잡념이 합쳐지고 온갖 감정이 하나로 뭉쳐지자 모든 것이 빛을 발하기 시작했다. 그것은 괴상하고도 무서운 빛이었다! 〈만일 권총 자살을 하려면 때는 바로 지금이 아니겠는가?〉 그의 머릿속에는 이런 생각이 들었다. 〈권총을 이리로 가지고 나와 이 더럽고 어두운 발코니 한구석에서 인생을 끝내기로 하자.〉 그는 1분가량 망설이며 서 있었다. 조금 전 이곳으로 달려왔을 때와 마찬가지로 자신이 저지른 도둑질과 그 피, 그 피로 인한 수치심이 그의 뒤통수를 잡아당기고 있었던 것이다! 하지만 마음은 그때가 한층, 한층 더 가벼웠었다! 당시는 모든 것이 끝장났었다. 여자를 잃었고, 또 양보했으며, 미탸에게 그녀는 죽어 없어진 존재나 다름없었다. 오, 도저히 피할 길 없는 필연적인 판결이 내려지더라도 그때가 그에게는 훨씬 수월했을 것이다. 왜냐하면 당시 그로서는 세상에 살아남을 이유가 없었기 때문이다! 하지만 지금은 사정이 다르다! 지금이 그때와 같다고 할 수 있을까? 지금은 적어도 하나의 환영, 괴물이 사라져 버렸다. 틀림없는 그녀의 〈옛 남자〉는, 운명의 그 사내는 종적도 없이 사라져 버렸다. 무서운 환영은 갑자기 너무나 왜소하고 희극적인 모습으로 변해 버린 것이다. 그는 침실로 떠밀려 가서 자물쇠가 채워진 채 갇히지 않았던가. 그런 상황은 이제 다시 돌아올 수 없었다. 그녀는 수치심을 느끼고 있었고, 미탸는 그녀의 눈빛으로 그녀가 지금 누구를 사랑하는지 분명히 알 수 있었다. 그렇다, 인생은 이제 살 만한 가치가 있다……. 그런데 도저히 살아남을 수가 없다, 결단코. 오, 저주스러운 운명이여! 〈하느님이시여, 담장 아래 쓰러진 그 사람을 살려 주소서! 그 무서운 운명의 술잔을 제게 내리지 마소서! 당신은 기적을 행하시지 않았나이까, 주여, 저처럼 죄 많은 인간들을 위하여! 그런데, 그런데 만일 그 영감이 살아 있다면? 오, 그땐 어떤 수치심도 떨쳐 버리리라, 훔친 돈도 돌려주리라, 모두 갚으리라, 땅을 파서라도 구해 보리라……. 치욕의 흔적은 내 가슴속을 제외하고는 영원히 사라져 버리고 말았구나! 하지만 아니야, 그렇지 않아, 오, 그건 도저히 불가능한 나약한 꿈일 뿐이야! 오, 저주받을 운명 같으니!〉

그러나 그에게는 어둠 속에서 밝은 희망의 빛이 비치고 있는 것 같았다. 그는 그 자리를 벗어나 방 안으로, 그녀에게로, 다시 그녀에게로, 영원한 그의 여왕에게로 달려갔다! 〈비록 치욕의 고통을 겪게 될지라도 단 한 시간, 아니 단 1분만이라도 그녀의 사랑을 차지할 수 있다면 그것은 내 나머지 인생 전부와 바꿀 만한 가치를 지닌 것은 아닐까?〉 이런 괴상한 의문이 그의 마음을 사로잡고 말았던 것이다. 〈그녀에게, 오직 그녀에게 찾아가자. 그녀의 얼굴을 보고, 이 밤만이라도, 아니 한 시간, 한순간만이라도 아무 생각 하지 말고 모든 것을 잊어버리자!〉 현관 입구에 있는 발코니에서 그는 여관 주인 트리폰 보리시치와 마주쳤다. 어쩐 일인지 여관 주인은 우울하고 수심 가득한 표정을 짓고 있었는데, 그를 찾으러 나온 것 같았다.

「무슨 일인가, 보리시치? 나를 찾고 있었나?」

「아니요, 나리를 찾는 중이 아니었습니다.」 여관 주인은 갑자기 당황하는 것 같았다. 「제가 나리를 찾을 이유가 없지 않습니까? 그런데 나리께서는…… 어디에 가 계셨습니까?」

「왜 그렇게 딱한 표정을 짓고 있는 거지? 화가 난 건가? 잠깐만 기다려 주게, 곧 자러 갈 테니…… 그런데 지금 몇 시지?」

「벌써 3시가 다 됐습니다. 어쩌면 3시가 넘었을지도 모르지요.」

「그럼 이만 끝내기로 하세, 끝내기로 해.」

「아니, 괜찮습니다. 얼마든지 편하실 대로 하십시오…….」

〈주인한테 무슨 일이 있는 건가?〉 미탸는 잠시 이런 생각에 잠겼다가 아가씨들이 춤을 추던 방으로 뛰어 들어갔다. 하지만 그곳에서는 그녀가 눈에 띄지 않았다. 청실에도 없었다. 칼가노프만이 소파에서 코를 골고 있었다. 미탸는 커튼 뒤를 살펴보았다. 그녀는 그곳에 있었다. 그녀는 구석에 놓인 궤짝 위에 걸터앉아 곁에 있는 침대에 머리와 팔을 파묻은 채 남들한테 들리지 않도록 있는 힘을 다해 소리를 죽여 가면서 서럽게 울고 있었다. 미탸를 본 그녀는 손짓으로 그를 불렀고, 그는 얼른 달려갔다. 그러자 그녀는 그의 손을 꼭 잡았다.

「미탸, 미탸, 난 정말 그 사람을 사랑했어요!」 그녀는 미탸에게 속삭이기 시작했다. 「그 사람을 너무나 사랑했어요. 지난 5년 동안 내내 말이에요! 아니, 내가 그 사람을 사랑했던 걸까요, 아니면 나의 증오심을 사랑했던 걸까요? 아니에요, 그 사람을 사랑했던 거예요! 오, 그 사람을! 내가 사랑한 건 나의 증오이지 그 사람이 아니라고 난 거짓말을 해왔던 거예요! 미탸, 내가 겨우 열일곱 살 때 그 사람은 나를 아꼈고, 너무나 쾌활한 사람이었기 때문에 내게 노래도 불러 주었어요……. 어쩌면 당시에 내가 너무나 어리석은 철부지 계집애였는지도 모르지요……. 하지만 지금은, 오, 지금은 그 사람이 아니에요, 절대로 그 사람이 아니에요. 그리고 그 사람의 얼굴도 옛날과는 달라요, 그런 얼굴이 아니라고요. 난 그 사람의 얼굴도 알아보지 못했거든요. 티모페이와 이곳으로 달려오면서 도중에 나는 생각했어요. 〈그 사람을 어떻게 대할까? 무슨 말을 해야 좋을까? 서로 어떤 눈길로 바라보게 될까?〉 하고 말이에요. 나는 정신이 아찔할 정도였는데, 여기에서 그 사람은 내게 마치 구정물을 뒤집어씌우는 것과 다름없는 짓을 해대는 것이었어요. 학교 선생 같은 말투로, 대단한 학자나 되는 양 점잖을 뺐고, 내가 어안이 벙벙해질 정도로 점잖게 맞아 주는 것이었어요. 대꾸할 말이 한마디도 없었어요. 처음에 나는 그가 키 큰 폴란드인 친구 때문에 수줍음을 타는 것이라고 생각했죠. 그런데 자리에 앉아 그들을 바라보면서, 〈어째서 나는 지금 저 사람에게 한마디도 할 수 없는 것일까?〉 하는 생각이 들었어요. 그 사람의 아내가 그를 망쳐 놓은 거예요, 그때 나를 버리고 결혼했던 그 여자 말이에요……. 바로 그 여자가 그 사람을 변하게 만들었어요. 미탸, 너무나 수치스러워요! 오, 난 너무나 수치스러워요, 미탸, 정말 수치스러워요, 오, 이 수치심은 평생 동안 지속될 거예요! 저주스러워요, 지난 5년간의 세월이 저주스럽다고요, 저주스러워요!」 이렇게 말하고 나서 그녀는 다시 눈물을 쏟았지만 미탸의 손을 꼭 잡은 채 놓아주지 않았다.

「미탸, 제발 그만둬요, 떠나지 말아요, 당신한테 한 가지 할 말이 있어요.」 그녀는 이렇게 속삭이더니 갑자기 고개를 번쩍 쳐들었다. 「잘 들어 보세요, 내가 누구를 사랑하고 있는지 말씀드릴게요. 지금 나는 오직 한 사람만을 사랑하고 있어요. 그 사람이 대체 누굴까요? 당신이 내게 말씀해 주세요.」 울어서 퉁퉁 부어오른 그녀의 얼굴에는 미소가 번졌고, 두 눈은 어슴푸레한 어둠 속에서 빛나기 시작했다. 「조금 전 솔개 한 마리가 들어왔을 때 내 가슴은 철렁 내려앉고 말았어요. 〈넌 바보야, 저 사람이야말로 네가 사랑하는 사람이잖아〉라는 속삭임이 내 가슴속에 울려 왔어요. 당신이 방 안에 들어서자 모든 것이 환하게 밝아진 것이죠. 〈그런데 저 사람은 무엇을 두려워하는 거지?〉 하는 생각이 들었어요. 당신은 완전히 두려움에 떨고 있었어요, 감히 입도 뗄 수 없을 만큼 말이에요. 난 당신이 그 폴란드인들을 두려워하는 것은 아니라고 생각했어요. 당신이 어디 누구 때문에 겁을 집어먹을 사람인가요? 당신은 나를, 나만을 두려워하고 있었던 거라고 난 생각했어요. 내가 창문으로 알료샤한테 한때나마 미텐카라는 사람을 사랑했지만 이제 다른 사람을…… 사랑하기 위해 떠난다고 소리쳤던 이야기를 페냐가 어리석은 당신한테 그대로 전했겠죠. 미탸, 미탸, 내가 어떻게 당신을 제쳐 두고 다른 사람을 사랑할 꿈인들 꿀 수 있겠어요! 용서하시겠죠, 미탸? 나를 용서하지 않을 건가요? 나를 사랑하시나요? 사랑하세요?」

그녀는 몸을 벌떡 일으켜 두 손으로 미탸의 어깨를 부둥켜 안았다. 환희에 넋을 빼앗긴 미탸는 그녀의 두 눈과 얼굴, 그녀의 미소를 바라보다가 갑자기 억세게 그녀를 끌어안고 입 맞추기 시작했다.

「당신을 괴롭힌 것을 용서해 주시는 건가요? 나는 증오심 때문에 당신들 모두를 괴롭혀 왔던 거예요. 그 노인도 심술이 나서 일부러 이성을 잃게 만들었고요……. 기억하시겠죠, 언젠가 당신이 우리 집에서 술을 마시다가 술잔을 집어 던진 일을? 나는 그 일이 생각나서 오늘도 술잔을 집어 던졌어요, 〈비열한 내 마음을 위해〉 건배를 한 거라고요. 미탸, 솔개 같은 사람, 당신은 어째서 내게 입을 맞춰 주지 않는 거죠? 키스를 한 번 하고 나서 물러나더니 이렇게 지켜보면서 이야기만 듣고 계시니…… 내 이야기는 들을 만한 가치도 없어요! 키스해 주세요, 더 강렬하게, 네, 바로 그렇게. 사랑이란 그렇게 하는 거예요! 난 당신의 노예가 되겠어요, 평생 당신의 노예가 되겠어요! 당신의 노예가 되는 것은 기쁜 일이에요! 키스해 주세요! 나를 때리고 괴롭혀 주세요, 내게 필요한 것이라고 생각된다면 그대로 하셔도 좋아요……. 아아, 난 정말 고통을 달게 받아야 할 계집이에요……. 잠깐! 기다려 주세요, 나중에 해요, 지금은 이러고 싶지 않아요…….」 그녀는 갑자기 미탸를 밀어냈다. 「저쪽에 가 계세요, 미티카. 곧 술을 마시러 가겠어요, 술에 취하고 싶거든요. 곧 술 취한 계집이 춤을 추러 갈 거예요, 난, 난 그러고 싶거든요!」

그녀는 미탸로부터 빠져나와 커튼 뒤로 뛰어 들어갔다. 미탸는 술 취한 사람처럼 그 뒤를 따라갔다. 〈아무래도 좋아, 어떤 일이 벌어진다 해도 상관없어. 그것이 비록 한순간일지라도 난 온 세상을 바칠 수 있어.〉 그의 머릿속에는 이런 생각이 스치고 지나갔다. 그루센카는 정말로 샴페인 잔을 단숨에 들이켜 갑자기 취하고 말았다. 그녀는 행복한 미소를 지으며 아까 그 안락의자에 주저앉았다. 그녀의 두 볼은 빨갛게 물들기 시작했고 입술은 불타올랐으며, 반짝이던 두 눈은 초점을 잃었고 정념에 타오르는 시선은 사람들을 유혹했다. 칼가노프 역시 마음에 충격을 받은 듯 그녀에게 다가갔다.

「조금 전 당신이 잠들었을 때 내가 당신한테 입을 맞추었다는 사실을 알고 계세요?」 그루센카는 그에게 중얼거렸다. 「난 지금 취하고 말았어요, 그런데…… 당신은 취하지 않았나요? 미탸는 왜 술을 마시지 않는 거죠? 당신은 왜 술을 마시지 않는 거죠, 미탸? 나는 술을 마셨는데 오히려 당신은 술을 마시지 않고 있으니…….」

「난 취하고 말았소! 이렇게 취하고 말았소……. 당신 때문에 취했단 말이오. 그리고 지금은 술에 취하고 싶소.」 그는 다시 술잔을 들이켰다. 그러자 그 자신이 생각해도 이상한 일이 벌어지고 말았다. 그 마지막 술잔에 그는 갑자기, 갑자기 취기가 돌았다. 그때까지는 정신이 말짱했었다는 것을 스스로도 잘 기억하는데, 그 순간부터 마치 미몽에 취하기라도 하듯 모든 것이 그의 주위를 빙글빙글 돌기 시작했던 것이다. 그는 이리저리 돌아다니면서 사람들과 웃고 떠들어 댔는데, 그 모든 행동을 자신도 전혀 깨닫지 못하고 있는 것 같았다. 다만 뜨겁게 불타오르는, 흔들리지 않는 하나의 감정만이 그의 내면에서 끊임없이 지시를 내리고 있었다. 나중에 그는 그때의 느낌을 〈가슴속에 뜨거운 석탄 덩어리가 놓인 듯한〉 기분이었다고 회상했다. 미탸는 그녀에게 다가가 옆에 앉은 다음, 그녀의 얼굴을 바라보면서 이야기에 귀를 기울였다……. 그녀는 몹시 수다스러워져서 모든 사람을 자기 곁으로 불러들이더니, 갑자기 합창단 중의 한 아가씨를 손짓으로 불러내 그 아가씨한테 다가가서는 입을 맞춘 후 보내기도 하고, 또 이따금씩 손으로 성호를 그어 주기도 했다. 어느 순간 그녀는 당장이라도 울음을 터뜨릴 것 같은 모습을 보이기도 했다. 그녀를 즐겁게 만든 사람은 그녀가 〈영감쟁이〉라고 불렀던 막시모프였다. 그는 줄곧 쪼르르 달려와 그녀의 손이며 〈손가락 마디마다〉 입을 맞추었고, 마침내 흘러간 가요를 직접 불러 가며 춤을 추었다. 특히 다음과 같은 후렴에 열을 올리며 춤을 추어 댔다.

새끼 돼지는 꿀꿀, 꿀꿀
송아지는 음매, 음매
새끼 오리는 꽈악, 꽈악
새끼 거위는 꺼억, 꺼억
암탉은 헛간을 돌아다니며
꼬꼬댁 꼬꼬 떠들어 댔지요
그렇게, 그렇게 떠들어 댔지요!

「저 사람한테 무엇이든 좀 주세요, 미탸.」 그루셴카가 말했다. 「저 사람한테 선물을 주시라고요. 참 딱한 사람이잖아요. 아아, 가엾은 사람들, 모욕받은 사람들! 알고 계세요, 미탸, 난 수도원으로 들어갈 거예요. 아니, 정말이에요, 언젠가 수도원에 들어갈 거예요. 오늘 알료샤가 평생 간직해야 할 조언을 해주었어요…… 그래요……. 하지만 오늘은 함께 춤을 춰요. 내일 수도원에 들어갈지언정 오늘은 우리 춤을 춰요. 난 한바탕 실컷 놀고 싶어요, 여러분. 아무려면 어때요, 하느님께서도 용서하실 텐데. 내가 만일 하느님이라고 해도 여러분 모두를 용서할 거예요. 〈나의 죄 많은 백성들아, 오늘부터 나는 너희들 모두를 용서하리라〉 하고 말이에요. 그리고 나는 용서를 구하러 떠날 거예요. 〈용서해 주십시오, 여러분, 이 어리석은 계집을〉이라는 심정으로요. 정말이지 난 짐승 같은 계집이에요. 하지만 기도를 드리고 싶어요! 난 파 한 뿌리를 주었어요. 나처럼 나쁜 여자가요. 기도하고 싶어요. 미탸, 모두 춤을 추도록 해주세요, 방해하지 말고. 이 세상 사람들은 모두 좋은 사람들이에요, 한결같이. 이 세상에 산다는 것이 얼마나 멋진 일인지 모르겠어요. 비록 우리가 추악하긴 하지만, 이 세상에 산다는 것은 참으로 멋진 일이잖아요. 우리는 추악한 동시에 좋은 사람들이에요, 추악하고도 좋은 사람들……. 아니, 말씀해 주세요, 여러분한테 묻고 싶으니, 모두 가까이 와주세요. 질문을 드릴 테니 모두 내게 대답해 주세요. 어째서 난 이렇게 착한 인간일까요? 사실 난 착한 인간이에요, 너무나 착한 인간…… 그런데 어째서 난 이렇게 착한 인간일까요?」 그루셴카는 점점 더 취기가 올라서 횡설수설했고, 결국 지금 자신은 춤을 추고 싶다고 직접 선언했다. 그녀는 안락의자에서 일어났으나 몸을 제대로 가누지 못했다. 「미탸, 내게 더 이상 술을 권하지 말아요, 나중에 청할 테니 제발 권하지 말아요. 술 때문에 마음의 안정을 잃고 있어요. 모든 것이 빙글빙글 돌고 있군요. 벽난로도 돌고, 모든 것이 빙글빙글 돈단 말이에요. 춤을 추고 싶어요. 모두 잘 봐두세요, 내가 어떻게 춤을 추는지…… 나는 춤을 멋지게 추겠어요…….」

그 말은 농담이 아니었다. 그녀는 주머니에서 하얀 손수건을 꺼내더니, 춤출 때 흔들려고 오른손으로 손수건 끝을 잡았다. 미탸는 분주히 돌아다녔고, 아가씨들은 춤추는 동작만 나오면 합창을 시작할 태세를 갖춘 채 조용히 기다리고 있었다. 막시모프는 그루센카가 직접 춤을 추고 싶어 한다는 이야기를 듣자 너무나 기뻐서 탄성을 지르고, 이런 노래를 부르며 그녀 앞으로 다가갔다.

두 다리는 가는데 허리는 덜렁덜렁,
꼬리는 갈고리 같구나.

그러나 그루센카는 손수건을 흔들어 그를 쫓아냈다.
「훠이! 미탸, 사람들이 왜 오지 않지요? 모두 이리로 와서 구경하라고 하세요…… 안에 갇힌 사람들도 불러 주세요……. 어째서 그들을 가두는 거지요? 내가 춤을 추고 있다고 그들한테 이야기해 주세요, 내가 어떻게 춤을 추는지 구경하도록 해주세요…….」

미탸는 취기가 올라 두 팔을 마음껏 내저으며 잠긴 문으로 다가가 주먹으로 쾅쾅 두드리기 시작했다.
「이봐…… 포드비소츠키! 밖으로 나와, 그 여자가 춤을 추고 싶다면서 너희들을 부른단 말이야.」
「이 게으름뱅이 놈아!」 폴란드인들 중 하나가 이런 고함으로 대꾸했다.
「그렇다면 넌 게으름뱅이 자식이다! 넌 보잘것없는 비열한이야. 그게 네놈의 정체란 말이다.」

「폴란드를 경멸하지는 마십시오.」 술에 취해 역시 몸을 가누지 못하던 칼가노프가 훈계조로 말했다.

「입 다물어, 이 꼬마야! 내가 저 녀석한테 악당이라고 했다 해서 폴란드 전체를 모욕하는 것은 아니니까. 게으름뱅이 하나가 폴란드를 대표하는 것은 아니잖아. 넌 참 착한 아이지, 입 다물고 있으면 사탕을 사줄게.」

「아니, 저런 사람들이 있나! 사람도 아니야. 화해할 생각이 없는 모양이지?」 그루센카는 이렇게 말하고 나서 춤을 추러 앞으로 나왔다. 〈아아, 그대 세니, 나의 세니여〉[24] 하고 합창이 울려 퍼졌다. 그루센카는 고개를 뒤로 젖히고 입술은 반쯤 벌린 채 미소를 지으며 손수건을 흔들려고 했으나 몸을 비틀거리며 방 한가운데에서 당황한 얼굴로 갑자기 멈춰 서고 말았다.

「기운이 없군요……」 그녀는 기진맥진한 목소리로 중얼거렸다. 「용서해 주세요, 기운이 없어서 춤을 추지 못하겠어요……. 미안해요.」

그녀는 합창대를 향해 인사하고 나서, 사방에 있는 사람들 모두를 향해 차례차례 고개를 숙이기 시작했다.

「미안합니다…… 용서해 주세요…….」

「과음하셨어요, 아가씨. 과음하신 거예요, 착한 아가씨.」 이런 이야기들이 들려왔다.

「아가씨가 과음하셨구먼.」 막시모프는 합창대 처녀들을 향해 킬킬거리며 이렇게 말했다.

「미탸, 날 데려가 주세요……. 날 부축해 줘요, 미탸.」 그루센카는 힘없이 말했다. 미탸는 그녀에게 달려가 두 손을 잡더

[24] 러시아 농가.

니 자신의 소중한 노획물과 함께 커튼 뒤로 물러났다. 〈그렇다면 이제 나도 자리를 떠야겠군.〉 칼가노프는 이렇게 생각한 후 청실(靑室)을 나서면서 좌우 양쪽 문을 닫아 버렸다. 그러나 홀 안의 술판은 그치기는커녕 점점 더 소란스러워졌다. 미탸는 그루셴카를 침대에 눕히고 나서 그녀의 입술에 키스를 했다.

「내 몸에 손대지 말아요……」 그녀는 애원하는 듯한 목소리로 속삭였다. 「손대지 말아요, 아직 당신의 여자가 아니니까…… 당신의 여자라고 말하긴 했지만, 내 몸에 손대지 말아요……. 용서해 주세요…… 그들이 있는 동안에는, 그들이 주변에 있는 동안은 싫어요. 그 사람이 바로 저기 있잖아요. 여긴 더러워요…….」

「알겠소! 아무 생각도 하지 않겠소……. 몸가짐을 조심하리다!」 미탸가 중얼거렸다. 「그래 맞아, 이곳은 더러워, 오, 너무 추잡해.」 그러고 나서 그녀를 여전히 끌어안은 채 침대 머리맡의 마루 위에 무릎을 꿇었다.

「난 알고 있어요, 당신이 짐승 같은 사람이긴 하지만 마음씨는 고결한 분이라는 것을.」 그루셴카가 간신히 이런 말을 내뱉었다. 「정직할 필요가 있어요……. 앞으로는 정직해져요……. 우리 두 사람 모두가 정직한 사람이 되기 위해서, 우리 두 사람 모두가 착한 사람이 되기 위해서. 짐승들이 아니라 착한 사람들 말이에요……. 날 데려가 줘요, 아주 멀리, 내 이야기 듣고 있어요……? 난 이곳이 싫어요, 어디든 멀리, 아주 멀리…….」

「오, 그래, 그래요, 반드시 그러리다!」 미탸는 그녀를 힘껏 끌어안았다. 「당신을 데려가리다, 우리 함께 떠나도록 합시다……. 오, 이 피에 대해서 알 수만 있다면 지금 내 모든 인생을 1년과 맞바꾸련만…….」

「어떤 피 말인가요?」그루셴카는 몹시 당황하며 물었다.

「아무것도 아니오!」미탸는 이를 부드득 갈았다.「그루샤, 당신은 정직해지기를 원하지만 난 도둑놈이오. 난 카티카의 돈을 훔쳤다오……. 너무나, 너무나 수치스럽소!」

「카티카라뇨? 그 아가씨 말인가요? 아니, 당신은 돈을 훔치지 않았어요. 그 여자한테 돈을 갚으세요, 내 돈을 가져가세요……. 왜 고함을 지르시는 거죠? 이제 내 것은 모두 당신 것인데. 우리한테 돈이 무슨 소용이 있겠어요? 그렇지 않아도 함께 써버릴 돈인데……. 우리는 돈을 쓰지 않고는 못 배기는 사람들이잖아요. 그보다 당신과 함께 농사를 짓는 편이 더 나아요. 이 두 손으로 대지에 성호를 긋고 싶어요. 노동이 필요해요, 내 말 듣고 있어요? 알료샤가 당부를 했어요. 난 당신의 정부가 아니라 성실한 아내가 될 거예요, 당신을 위해 일할 거라고요. 우리 그 아가씨한테 함께 찾아가서 용서를 빈 다음 떠나도록 해요. 용서해 주지 않으면 그냥 떠나면 되잖아요. 그녀한테 돈을 갚아 버린 후 날 사랑해 주세요……. 그녀를 사랑해서는 안 돼요. 더 이상 그녀를 사랑해서는 안 된다고요. 당신이 계속 그녀를 사랑한다면, 그땐 내가 그녀의 목을 졸라 버리고 말겠어요……. 그녀의 두 눈을 바늘로 찔러 버리겠어요…….」

「당신을 사랑하오, 당신만을. 시베리아에 가서 당신을 사랑하겠소…….」

「시베리아라뇨! 아니, 아무래도 좋아요, 당신이 원한다면 시베리아라도 좋아요, 아무래도 좋아요……. 우리 함께 일해요……. 시베리아에는 눈이 있잖아요……. 난 눈 위에서 마차를 타고 달리는 것이 좋아요……. 말방울 소리도 울릴 테고…… 잘 들어 보세요, 방울 소리가 들리잖아요……. 어디서 방울 소리가 들려오는 것일까요? 누군가 마차를 타고 가는 모양이에요……. 이제 말방울 소리가 멈췄네요.」

그녀는 힘없이 두 눈을 감더니 어느새 잠들어 버리고 말았다. 말방울 소리는 실제로 어디선가 멀리서 들려오다가 갑자기 뚝 그쳐 버렸다. 미탸는 그녀의 가슴에 얼굴을 파묻었다. 그는 방울 소리가 언제 멈추었는지도 몰랐고, 노랫소리가 갑자기 그치고 노랫소리와 술주정 대신에 갑작스러운 정적이 집 안에 온통 엄습한 것도 몰랐다. 그루센카는 눈을 번쩍 떴다.

「이게 뭐야, 내가 잠들었었나? 그래…… 방울 소리가 들렸었죠. 내가 그만 잠이 들어 꿈을 꾼 모양이에요. 눈길을 따라 마차를 타고 달려가는데…… 방울 소리가 들려왔고 난 꾸벅꾸벅 졸고 있었거든요. 사랑하는 사람과 함께, 당신과 함께 달려가고 있었어요. 아주 멀고 먼 곳으로……. 난 당신을 품에 안고 입을 맞추었고, 당신 곁에 착 달라붙어 있었죠, 추운 것 같았거든요. 그리고 눈이 하얗게 빛나고 있었어요……. 밤에 눈이 빛나고 있었던 걸로 봐서 달님이 떠 있었던 것 같아요. 그때 난 이 세상 사람이 아닌 것 같은 기분이었어요……. 그러다가 잠에서 깨어 보니 사랑하는 사람이 곁에 있잖아요, 정말 얼마나 행복한지 모르겠어요…….」

「물론, 당신 곁에 있지.」 미탸는 그녀의 옷이며 가슴이며 두 손에 키스를 퍼부으면서 중얼거렸다. 그런데 그에게 갑자기 이상한 느낌이 들었다. 그녀는 정면을 바라보면서도 미탸가 아니라, 그의 얼굴이 아니라, 그의 머리 위쪽을 빤히 올려다보면서 시선을 고정하고 있는 것 같은 기분이 들었던 것이다. 그녀의 얼굴에는 거의 공포에 가까울 정도의 놀라움이 서려 있었다.

「미탸, 저기서 누군가 우리 쪽을 바라보고 있어요.」 그녀는 갑자기 중얼거렸다. 미탸는 고개를 돌려서 정말 누군가가 커튼을 젖히고 자신들을 살피고 있다는 사실을 확인했다. 그것도 한 사람이 아닌 듯했다. 그는 자리에서 벌떡 일어나 재빨리 방 안을 들여다보는 사람들에게로 걸어갔다.

「이쪽으로, 자, 이쪽으로 오십시오.」 크진 않지만 단호하고 확신에 찬 누군가의 목소리가 들려왔다.

커튼 밖으로 걸어 나간 미탸는 온몸이 얼어붙고 말았다. 방 안에는 사람들로 가득했던 것이다. 하지만 그들은 조금 전까지 함께 어울리던 사람들이 아닌 전혀 낯선 사람들이었다. 순간적으로 식은땀이 등줄기를 타고 흘러내리면서 온몸이 부르르 떨렸다. 그는 한눈에 그들 모두를 알아보았다. 외투를 걸치고 모표가 달린 모자를 쓴 키가 크고 뚱뚱한 노인은 다름 아닌 경찰서장 미하일 마카리치였다. 그리고 〈언제나 번쩍거리는 장화를 신고〉 있는 〈폐병쟁이〉 멋쟁이 신사는 검사 보였다. 〈저 사내는 4백 루블짜리 정밀 시계를 가지고 있어서 나한테 보여 준 적도 있지〉 하는 생각이 머릿속을 스치고 지나갔다. 그리고 키가 작고 안경을 낀 젊은 사내는...... 미탸는 순간적으로 그의 이름이 떠오르지 않았으나, 그 사내도 잘 알고 만난 적도 있었다. 그는 예심 판사, 얼마 전에 이곳으로 온 〈법률 학교 출신〉의 이 지방 예심 판사였다. 그리고 다른 사람은 지역 경찰 책임자인 마브리키 마브리키치로, 미탸도 잘 알고 있는 낯익은 사람이었다. 그런데 휘장을 단 저 친구들은 대체 웬일로 찾아온 것일까? 게다가 농부들도 두 사람이나 있고…… 그리고 문 앞에는 칼가노프와 트리폰 보리시치도 있는 것이 아닌가…….

「여러분…… 무슨 일이시죠, 여러분?」 미탸는 이렇게 말했으나 마치 의식이 빠져나가는 듯 몽롱한 상태에서 갑자기 온 힘을 다해 큰 소리로 외쳤다.

「무슨 일인지 알겠습니다!」

안경을 낀 젊은 사내는 갑자기 앞으로 불쑥 나서서 미탸에게 다가오더니 당당하면서도 약간 서두르는 목소리로 이렇게 말하기 시작했다.

「우리는 당신한테…… 한 가지 드릴 말씀이 있습니다. 여기서 질문을 드릴 테니, 자, 이리로, 소파로 와주십시오……. 당신의 해명을 들어야 할 일이 생겼기 때문입니다.」

「그 영감!」 미탸는 깜짝 놀라 이렇게 소리 지르고 말았다. 「그 영감과 피! 네, 잘 알고 있습니다!」

마치 발목을 걷어차인 사람처럼 그는 거의 쓰러질 듯이 곁에 있는 의자에 털썩 주저앉았다.

「잘 알고 있다? 벌써 알고 있군! 아버지를 죽인 악당아, 늙은 네 아버지의 피가 네 뒤에서 울부짖고 있어!」 늙은 경찰서장이 미탸 앞으로 나서며 별안간 고래고래 고함을 질렀다. 그는 제정신이 아닌 듯 얼굴이 벌겋게 달아오른 채 온몸을 부들부들 떨고 있었다.

「이러시면 안 됩니다!」 젊고 키 작은 사내가 소리를 질렀다. 「미하일 마카리치, 미하일 마카리치! 이러시면 안 됩니다, 안 돼! 나 혼자서만 이야기할 수 있게 해주십시오……. 난 당신이 그런 짓을 저지르리라고는 꿈에도 생각하지 못했는데…….」

「하지만 이럴 수는 없어요, 여러분, 이럴 수는 없습니다!」 경찰서장이 소리쳤다. 「저놈을 보세요. 한밤중에 술에 취해 가지고는, 제 아버지의 피를 묻힌 채 화냥년하고 놀아나고 있으니…… 이럴 수는 없어요, 이럴 수는 없는 일이에요!」

「제발 부탁드리니, 미하일 마카리치, 이제 감정을 자제하시죠.」 검사보는 늙은 경찰서장한테 속삭였다. 「그렇지 않으면 나도 조치를 취할 수밖에 없습니다…….」

하지만 키 작은 예심 판사는 그 말이 채 끝나기도 전에 미탸를 향해 단호하고도 위엄에 넘치는 커다란 목소리로 말했다.

「퇴역 중위 카라마조프 씨, 본인은 당신이 오늘 밤 살해된 당신 아버지 표도르 파블로비치 카라마조프의 살인 사건으로 기소되었음을 알려 드리는 바입니다…….」

그는 계속해서 무슨 이야기를 더 했으며, 검사보도 몇 마디 보태는 것 같았으나, 미탸는 잠자코 들으면서도 대체 무슨 이야긴지 도통 이해할 수가 없었다. 그는 사나운 눈초리로 일동을 노려볼 뿐이었다…….

제9권
예심

1 페르호틴의 출세

나는 표트르 일리치 페르호틴이 상인의 아내 모로조바 부인의 굳게 닫힌 대문을 있는 힘을 다해 두드리는 대목에서 글을 중단했었다. 물론 그는 집 안에서 소리를 들을 때까지 두드려 댔다. 너무나 요란한 문소리를 들은 페냐는 두 시간 전에 받은 충격으로 아직도 흥분 상태에 있어서 잠자리에 들 생각조차 하지 못하던 차였는데, 지금 다시 히스테리를 일으킬 정도로 깜짝 놀라고 말았다. 그녀는 드미트리 표도로비치가 다시 한번 대문을 두드리는 것이라고 생각했다(그가 떠나는 것을 자기 눈으로 확인했음에도 불구하고). 그가 아니고서야 그토록 〈거세게〉 문을 두드릴 만한 사람은 없었기 때문이다. 그녀는 이미 문 두드리는 소리를 듣고 잠에서 깬 문지기에게 달려가 집 안으로 들여보내지 말라고 부탁했다. 그러나 문지기는 문 두드리는 사람이 누구인지 물어 그 사람이 중요한 일로 페도시야 마르코브나[25]를 만나고 싶어 한다는

[25] 페냐.

사실을 확인한 후 결국 문을 열어 주기로 결심했다. 부엌으로 안내하면서 페냐는 아무래도 〈마음에 걸려서〉 문지기도 함께 들어가기로 양해를 구했고, 표트르 일리치는 그녀에게 이것저것 질문을 던지던 중 단번에 핵심적인 내용에 접근할 수 있었다. 즉 드미트리 표도로비치가 그루셴카를 찾으러 달려가면서 절구에서 절굿공이를 집어 갔는데, 돌아왔을 때는 절굿공이가 없이 두 손은 피투성이가 되어 있었다는 이야기를 들은 것이다. 〈그때까지도 피가 뚝뚝 흘러내리고 있었어요, 너무나, 너무나 엄청난 피가 흘러내리고 있었다니까요!〉 페냐는 자신이 만들어 낸 상상 속에서 그 끔찍한 사실을 과장하며 소리쳤다. 드미트리 표도로비치의 손에서 피가 흘러내렸던 것은 아니지만, 표트르 일리치 자신도 그의 피 묻은 손을 직접 목격했으며 그 손을 씻을 수 있도록 도와주지 않았던가. 그러나 문제는 그의 손이 너무 빨리 말라 버렸다는 점이 아니라, 그가 절굿공이를 들고 달려간 곳이 어디인가, 다시 말해서 정말로 아버지 표도르 파블로비치에게 간 것인가, 어떤 확신을 가지고 그런 결론을 내릴 수 있는가 하는 점에 있었다. 표트르 일리치는 그 대목에서 꼬치꼬치 물었다. 그는 속 시원한 결론은 아무것도 알아내지 못했지만, 드미트리 표도로비치가 아버지 집을 빼놓고는 갈 만한 곳이 없으며, 그곳에서 틀림없이 무슨 일이 벌어진 것이라는 확신을 갖게 되었다. 〈그분이 돌아오셨을 때〉 하고 페냐는 흥분한 상태에서 이렇게 덧붙였다. 〈나는 마음속에 있는 이야기를 모두 털어놓으며 그분한테 묻기 시작했어요. 드미트리 표도로비치 도련님, 어째서 도련님 손에 피가 묻어 있는 거죠?〉 그랬더니 그 피는 사람의 피이며, 자기가 막 사람을 죽이고 돌아오는 길이라고 대답하더라는 것이다. 〈그분은 그렇게 고백하셨어요, 그 자리에서 내게 모두 털어놓으시더니 곧 후회하면서 갑자기 미친 사람처럼 밖으로 뛰쳐나가시는 거예요. 나는 자리에 앉아 곰곰이 생각해 보았죠. 지금 미친 사람처럼 달려 나가신 곳은 어딜까? 모크로예로 가서 아가씨를 죽이려는 것은 아닐까 하고 말이에요. 난 아가씨를 죽이지 말라고 애원하러 그분의 하숙집으로 뒤쫓아 갔어요. 그런데 플로트니코프 상점 옆에서 아직도 두 손이 피투성이인 채 길을 떠나려는 그분과 마주쳤던 거예요〉(페냐는 그 점을 강조하면서 기억을 더듬었다). 페냐의 할머니인 늙은 할멈도 가능하면 자기 손녀의 모든 증언을 뒷받침해 주었다. 표트르 일리치는 이런저런 질문을 더 던진 후 그 집에 들어설 때보다 한층 더 흥분하고 당황한 모습으로 그 집을 나섰다.

표트르 일리치는 지금 당장 표도르 파블로비치의 집으로 찾아가서 그곳에 아무 일도 없었는지 알아본 다음, 만일 무슨 일이라도 일어났다면 그때는 자신이 생각했던 대로 두말할 것도 없이 경찰서장한테 달려가는 것이 가장 올바르고 합당한 처사라는 생각이 들었다. 하지만 이미 어두컴컴한 밤이었고, 표도르 파블로비치의 집 대문은 굳게 닫혀 있었으므로 다시 문을 두드려야만 했다. 그런데 표도르 파블로비치와 별로 가깝지도 않은 자신이 문을 두드려 끝내 문을 열어 주었을 때 뜻밖에도 그곳에서는 아무 일도 일어나지 않았다고 한다면, 빈정대기 좋아하는 표도르 파블로비치는 내일 당장 읍내 전체를 돌아다니며 별로 친분도 없는 페르호틴이라는 관리가 한밤중에 들이닥쳐서는 누군가에 의해 자신이 살해당하지 않았는지 알아보고 다니더라는 우스갯소리를 퍼뜨리고 다닐 것이다. 그건 분명 스캔들이 아닌가! 표트르는 스캔들을 무엇보다 두려워했다. 그렇지만 그를 충동질하는 감정이 너무나도 강했기에 그는 씩씩거리며 땅바닥에 발을 구른 뒤 다시 자신에게 욕설을 퍼부은 다음, 지체하지 않고 새로운 길로 내달렸다. 그곳은 표도르 파블로비치의 집이 아니라 호흘라코바 부인의 집이었다. 만일 그녀가 그 시간에 드미트리 표도로비치에게 3천 루블을 주었느냐는 질문에 부정적인 대답을 한다면 표도르 파블로비치를 찾을 것도 없이 당장 경찰서장한테 가야 하고, 그렇다는 대답을 할 경우에는 만사를 내일로 미루고 집으로 돌아오리라고 생각했다. 물론 젊은 사내가 거의 11시가 다 된 한밤중에 전혀 모르는 상류 사회의 귀부인 댁을 찾아가서, 그 정황으로 미루어 봐도 매우 충격적인 질문을 던지기 위해 잠자리에 든 그녀를 깨운다는 것은 어쩌면 표도르 파블로비치의 집을 찾아가는 것보다 스캔들을 일으킬 소지가 훨씬 더 많다고 쉽게 상상할 수 있으리라. 그러나 대단히 정확한 사람들 혹은 대단히 아둔한 사람들의 결정 속에서 이따금씩, 특히 지금과 비슷한 경우에는 그런 일이 쉽게 벌어지는 법이다. 표트르 일리치는 그 순간 아주 아둔한 사람은 아니었다! 나중에 한평생 지속되었던 그의 회상에 따르면, 점차 엄습해 오는 억누를 수 없는 불안감이 마침내 고통스러울 지경에 이르렀으므로 그는 자신의 의지를 거역해 가면서까지 그 일에 집착하게 되었다고 한다. 물론 그 부인을 찾아가는 도중에 그는 내내 자신을 질책하기도 했지만, 이를 악물면서 〈끝까지, 끝까지 해내고 말겠어!〉라고 열 번은 더 되뇌었고, 결국 자신의 의지를 끝까지 관철시키고야 말았다.

그가 호흘라코바 부인의 집에 들어섰을 때의 시간은 정확히 11시였다. 생각보다 어렵지 않게 곧장 마당에 들어올 수 있었지만, 부인이 이미 잠자리에 들었느냐는 질문에 문지기로부터 이 시간 정도면 잠자리에 드는 것이 보통이라는 대답 외에는 더 이상 아무것도 들을 수 없었다. 문지기는 〈저기, 위쪽에서 물어보십시오. 만나 주시겠다면 만나 보실 수 있겠지만, 그렇지 않으면 만나실 수 없을 겁니다〉라고 덧붙였다. 표트르 일리치는 위쪽으로 올라갔으나 그곳으로 들어가기가 한층 더 어려웠다. 하인이 부인한테 이야기를 전하려 들지 않아서 결국 하녀를 불렀던 것이다. 표트르 일리치는 이 지방에 사는 페르호틴이라는 관리가 특별한 용무로 찾아왔다고 부인한테 말씀드려 달라고 정중하면서도 끈기 있게 하녀에게 부탁했다. 그리고 만일 그렇게 중요한 일이 아니면 감히 찾아오지도 않았을 거라며, 〈바로, 바로 그렇게 말씀드려 주시오〉라고 하녀에게 부탁했다. 하녀는 안으로 들어갔다. 그는 현관에서 기다렸다. 호흘라코바 부인은 아직 잠자리에 들지 않았지만 벌써 잠옷으로 갈아입고 있었다. 그녀는 아까 미탸가 다녀간 뒤로 기분이 언짢았기 때문에, 그런 경우면 으레 찾아오는 편두통을 피할 길이 없을 거라고 예감하고 있었다. 그녀는 하녀의 보고를 듣고 깜짝 놀라기도 하고, 이 시각에 뜻밖에 찾아온 낯선 〈지방 관리〉의 방문이 여인의 호기심을 상당히 자극하기도 했지만, 신경질적으로 거절해 버렸다. 그러자 표트르 일리치는 이번엔 나귀처럼 고집을 피웠다. 면회를 거절하시더란 이야기를 듣자 그는 다시 한번 말씀드리라며, 〈중요한 용무 때문인데, 지금 나를 만나 주지 않으면 아마도 나중에 후회하실 겁니다〉라는 〈바로 이 말〉을 전해 달라고 끈덕지게 졸라 댔다. 〈그때는 산 위에서 추락하는 기분이었다〉

고 그는 나중에 술회하곤 했다. 하녀는 토끼 눈을 하고 그를 쳐다보더니 다시 이야기를 전하러 안으로 들어갔다. 호흘라코바 부인은 깜짝 놀라서 곰곰이 생각에 잠기더니 용모가 어떤 사람인지 이것저것 물은 후, 그가 〈옷차림이 매우 단정하며 젊고 대단히 정중한〉 사람이라는 사실을 알게 되었다. 여기서 잠시 지적해 두지만, 표트르 일리치는 상당히 젊고 잘생겼으며, 자기 자신도 그렇게 생각하고 있었다. 호흘라코바 부인은 만나 보기로 결심했다. 그녀는 실내 가운을 입고 슬리퍼를 신고, 어깨에는 검은 숄을 두르고 있었다. 〈관리〉는 얼마 전 미탸가 들어왔던 바로 그 응접실로 안내되었다. 호흘라코바 부인은 상당히 미심쩍은 얼굴로 손님을 맞았고, 앉으라고 권하는 말 한마디 없이 다짜고짜 〈용건이 대체 뭐죠?〉라며 따져 물었다.

「부디 실례를 용서해 주십시오, 부인. 우리 모두가 알고 있는 드미트리 표도로비치 카라마조프 씨에 관한 일 때문입니다.」 페르호틴이 말문을 열어 겨우 이름만 옮겼을 뿐인데도 별안간 여주인의 얼굴에는 대단히 짜증스러운 표정이 역력히 나타났다. 그녀는 버럭 고함을 질러 그의 이야기를 제지시키려는 기세였다.

「그 사람 때문에 언제까지, 대체 언제까지 고통을 겪어야 하죠?」 그녀는 정신없이 소리쳤다. 「친애하는 신사 양반, 어떻게 이럴 수가, 어떻게 전혀 알지도 못하는 부인 집에 이 늦은 시간에 찾아와 폐를 끼칠 생각을 하셨는지 모르겠군요……. 더구나 여기에, 이 응접실에 바로 세 시간 전에 나를 죽이러 찾아와 발을 동동 구르고는, 점잖은 집에서는 결코 볼 수 없는 그따위 무례한 태도로 나가 버린 그런 사람 이야기를 하자고 찾아오셨단 말씀이지요. 여보세요, 신사 양반, 당장 나가시지 않으면 당신을 고발하고 말겠어요. 절대로 그냥 두지 않겠다고요……. 나는 자식이 있는 몸이란 말이에요, 나는 지금…… 나는…… 나는…….」

「죽이다뇨! 그가 당신을 죽이려 했단 말입니까?」

「그럼 그가 벌써 다른 사람을 죽였단 말입니까?」 호흘라코바 부인은 조바심을 내며 물었다.

「부인, 부디 잠시만 제 이야기를 들어 주십시오. 한두 마디만으로도 모든 상황을 명확하게 해드릴 테니까요.」 페르호틴은 자신만만하게 대답했다. 「오늘 오후 5시경에 카라마조프 씨는 친구 사이에 거래하듯 제게서 10루블을 빌려 갔습니다. 그래서 저는 그의 수중에 돈이 한 푼도 없다는 사실을 잘 알고 있었죠. 그런데 오늘 9시에 다시 저를 찾아왔을 때는 1백 루블짜리 지폐 다발을, 그러니까 대략 2천~3천 루블 정도 되는 돈을 지니고 있었습니다. 그런데 손과 얼굴은 피범벅이 된 채 거의 미친 사람 같은 모습이었습니다. 그 많은 돈이 대체 어디서 났느냐는 제 질문에는 얼마 전에 부인한테서 빌렸으며, 금광을 찾아 떠나라면서 부인께서 꿔주셨다고 분명히 대답했습니다.」

호흘라코바 부인의 얼굴에는 갑자기 예사롭지 않은 병적인 긴장이 감돌았다.

「맙소사! 그 사람이 자기 아버지를 죽인 거로군요!」 그녀는 손바닥을 치면서 소리쳤다. 「난 그에게 한 푼도, 한 푼도 주지 않았어요! 오, 어서, 어서 달려가세요! 더 이상 말씀하실 필요 없어요! 노인을 구하세요, 그 사람 아버지한테 달려가세요, 어서요!」

「부인, 그럼 부인께서는 그 사람한테 돈을 주지 않았단 말씀이시죠? 그 사람한테 한 푼도 주지 않았다는 사실을 분명히 기억하시는 거죠?」

「주지 않았어요, 주지 않았다니까요! 난 거절했어요, 돈을 소중하게 여길 줄 모르는 사람이니까요. 그 사람은 미치광이처럼 발을 굴러 댔어요. 내게 달려들었다가 뒤로 물러서기도 했지요……. 이제 아무것도 숨기는 것이 없는 한 인간으로서 당신한테 다시 한번 말씀드리겠는데, 그는 내게 침도 뱉었어요. 정말 상상도 할 수 없는 일 아닌가요? 그런데 우리가 왜 이렇게 서 있는 거지요? 아, 앉으세요……. 미안합니다……. 아니, 어서 달려가시는 편이 낫겠어요, 어서요. 당신은 어서 달려가서 그 불행한 노인을 무서운 죽음으로부터 구해 내야만 해요!」

「하지만 그 사람은 이미 자기 아버지를 죽이지 않았을까요?」

「오, 하느님, 정말 그렇군요! 그렇다면 우린 지금 어떻게 해야 하죠? 당신은 지금 우리가 무엇을 해야 한다고 생각하세요?」

그러는 동안에 그녀는 표트르 일리치를 자리에 앉혔고, 자신도 맞은편에 자리를 잡고 앉았다. 표트르 일리치는 사건의 경과를, 적어도 오늘 자신이 목격했던 대목을 짧지만 아주 명료하게 설명했고, 조금 전에 페냐를 찾아갔던 이야기며 절굿공이에 관한 이야기 등을 해주었다. 그의 상세한 설명은 그렇지 않아도 흥분해 있던 부인에게 대단히 큰 충격을 주었고, 결국 부인은 비명을 지르면서 두 손으로 눈을 가리고 말았다…….

「난 그 모든 것을 예감했어요! 난 그런 재능을 부여받았지요. 내가 상상하던 대로 모두 실현되거든요. 그 무서운 사람을 볼 때마다 나는 저 사람이야말로 끝내 나를 죽이고 말 사람이라는 생각이 얼마나 여러 차례 떠올랐는지 몰라요. 그러더니 결국 그런 일이 벌어지고 말았군요…… 그가 나를 죽이지 않고 자기 아버지를 죽였다면, 그건 틀림없이 하느님의 손길이 나를 지켜 주셨기 때문일 거예요. 그뿐만 아니라 설령 죽였다 하더라도 그걸 부끄러워했을 거예요. 내가 여기, 바로 이 자리에서 대순교자 바르바라의 형상을 목에 걸어 주었기 때문에…… 그 순간 나는 얼마나 죽음에 가까이 다가가 있었는지 몰라요. 난 정말 그 사람 옆에 바싹 붙어 있었고, 그 사람은 내게 목을 길게 내밀었으니 말이에요! 표트르 일리치(미안합니다, 표트르 일리치라고 소개하셨던 것 같은데요)……. 난 기적을 믿지 않아요. 하지만 그 성상과 지금 내게 일어난 명명백백한 기적이 내 마음을 어지럽히고 있군요. 그래서 난 필요한 것은 무엇이든 다시 믿기로 했어요. 조시마 장로 이야기는 들으셨겠죠? 그런데 내가 지금 무슨 말을 하고 있는지 나도 잘 모르겠군요……. 그 사람은 성상까지 든 채 내게 침을 뱉었어요……. 물론 침을 뱉었을 뿐 죽이지는 않았어요. 그러니…… 그러니 결국 어디로 갔겠어요! 그런데 우리는, 우리는 지금 어디로 가야 하죠?」

표트르 일리치는 자리에서 일어나 지금 곧장 경찰서장한테 가서 모두 털어놓으면 그때부터는 그가 알아서 할 거라고 설명했다.

「아, 그분은 정말, 정말 훌륭하신 분이에요. 난 미하일 마카로비치와 친분이 있거든요. 반드시 그분한테 찾아가셔야 해요. 당신은 정말 머리가 좋으시군요, 표트르 일리치. 당신이 생각하시는 것 모두가 정말 훌륭해요. 내가 당신 입장에 있었더라면 난 결코 그런 생각을 해내지 못했을 거예요!」

「저도 경찰서장과는 아주 절친한 사이입니다.」 표트르 일리치는 여전히 자리에서 일어선 채, 자신이 돌아갈 수 있도록 허락하지 않으면서도 조바심에 몸이 달아 있는 부인과 어서 헤어지기를 간절히 바라면서 강조했다.

「그리고 부디, 부디.」 그녀는 중얼거렸다. 「앞으로도 그곳에서 보고 들으신 대로 내게 이야기해 주세요……. 진실이 밝혀지는 대로 말이에요……. 그가 어떻게 재판을 받고 어떤 선고를 받는지도요. 우리 나라에는 정말 사형 제도가 없나요? 하지만 새벽 3시든 4시든, 아니 그 시간이 넘었다고 하더라도 반드시 찾아 주세요……. 내가 잠에서 깨어나지 않으면 흔들어서라도 깨워 달라고 하세요……. 이런, 나도 잠을 이루지 못할 것 같군요. 나도 당신과 동행하면 안 될까요?」

「안 됩니다. 그 대신 부인께서는 만약의 경우를 대비해 〈본인은 드미트리 표도로비치한테 한 푼도 준 적이 없다〉고 손수 몇 글자 써주신다면 모르긴 몰라도 헛수고는 아닐 것 같은 생각이 듭니다…… 만약의 경우를 대비해서 말입니다…….」

「그러죠!」 호흘라코바 부인은 자기 책상 쪽으로 쪼르르 달려갔다. 「당신은 나를 놀라게 하시는군요. 당신의 재치와 일처리 솜씨는 완전히 내 마음을 뒤흔들어 놓았어요……. 이 고장에서 근무하시나요? 당신이 이곳에서 근무하셔서 얼마나 기쁜지 모르겠어요…….」

그런 이야기를 늘어놓으며 그녀는 편지지 절반에 커다란 글씨로 재빨리 서너 줄 적어 내려갔다.

오늘 나는 불행한 드미트리 표도로비치 카라마조프 씨

에게 3천 루블을 결코 빌려준 적이 없을 뿐만 아니라, 얼마가 됐든 결코, 결코 돈을 빌려준 적이 없습니다! 이 세상의 모든 성스러운 것을 두고 위의 사실을 맹세합니다.

호흘라코바

「자, 여기 있습니다!」 그녀는 표트르 일리치를 향해 얼른 몸을 돌렸다. 「가서 그분을 구하세요. 당신에게는 커다란 업적이 될 겁니다.」

그러고 나서 그를 위해 세 번 성호를 그었다. 그녀는 현관까지 달려나와 그를 배웅하기까지 했다.

「당신이 얼마나 고마운지 모르겠어요! 믿지 않으시겠지만 당신이 처음으로 저에게 와주셔서 고마운 거예요. 어째서 우리는 진작 만나지 못했을까요? 앞으로 우리 집에서 당신을 맞게 된다면 정말 기쁠 거예요. 그리고 당신이 이곳에서 근무하신다는 이야기를 들으니 정말 반가워요……. 그런 치밀함, 그런 재치를 갖추셨으니……. 사람들은 당신을 이해하게 될 것이고, 또 결국에는 높이 평가하게 될 거예요. 앞으로 당신을 위해 내가 할 수 있는 모든 일을 할 테니 믿어 주세요……. 오, 나는 젊은 사람을 너무나 사랑해요! 난 젊은 사람들한테 반해 있어요. 젊은 사람들은 지금 고난의 길을 걷고 있는 우리 러시아의 기둥이고 희망이에요……. 오, 어서 가세요, 가보세요!」

그러나 표트르 일리치는 벌써 멀리 달려간 뒤였으며, 만일 그렇지 않았더라면 그녀는 순순히 놓아주지 않았을 것이다. 호흘라코바 부인은 그에게서 굉장히 좋은 인상을 받았으며, 그런 인상은 그가 그처럼 추악한 사건에 휘말렸다는 불안감을 약간 완화시켜 주기도 했다. 사람의 취향은 가지각색인 법이다. 〈그런데 그 부인은 그렇게 나이가 든 편은 아니더군. 오히려 난 그 집 딸인 줄 알았다니까〉 하고 그는 유쾌한 마음으로 생각했다.

호흘라코바 부인은 그 젊은이에게 무척 매료되었다. 그녀에겐 〈요즘 세상의 젊은이한테 그런 지혜와 치밀함이 있다니. 게다가 예절과 용모는 또 어떻고. 요즘 젊은이들이 아무것도 할 줄 모른다고 떠들어 대는데, 그 본보기가 될 거야〉 등등, 꼬리에 꼬리를 물고 온갖 생각이 떠올랐다. 그만큼 그녀는 〈그 무서운 사건〉을 까마득히 잊고 있었으나, 막 침대에 눕자 〈자신이 죽음에 너무나 가까이 가 있었다〉는 사실이 갑자기 생각나서 〈아아, 끔찍해, 너무 끔찍해〉 하고 중얼거렸다. 그러나 곧 깊이 잠들어 달콤한 꿈속으로 빠져들었다. 그런데 필자가 시시껄렁한 이야기를 미주알고주알 늘어놓지 않을 수 없는 것은, 지금 필자가 묘사한 젊은 관리와 아직 그렇게 늙지 않은 미망인 사이의 돌발적인 만남이 나중에 정확하고 치밀한 그 젊은이의 출세에 바탕이 되었기 때문이고, 그 이야기는 오늘날까지도 우리 읍내에서 파문을 던지며 회고되고 있는 데다가, 아마도 카라마조프 형제들에 관한 우리의 기나긴 이야기가 끝을 맺게 될 시점에서 별도로 이야기할 것이기 때문이다.

2 경보

퇴역 중령 출신인 우리 읍의 경찰서장 미하일 마카로비치 마카로프는 7등 문관으로 전보해 온 마음씨 착한 홀아비였다. 그가 우리 읍에 와서 살기 시작한 것은 겨우 3년밖에 되지 않았지만, 특히 〈사교계를 단결시킬 수 있는〉 인물이라는 점에서 대체로 공감을 얻고 있었다. 그의 집에는 손님들이 끊이지 않았으며, 손님들 없이는 살아갈 수 없는 사람처럼 보였다. 매일 누군가 그의 집에서 반드시 식사를 했으며, 한 사람이든 두 사람이든 손님이 없으면 그는 식탁에 앉지도 않았다. 손님들을 초대하는 식사가 빈번했는데, 그때마다 온갖 구실이 붙었고, 이따금씩 전혀 엉뚱한 구실이 붙여지기도 했다. 음식은 진수성찬은 아니었지만 푸짐했고, 파이는 대단히 훌륭했으며, 술도 질이 좋은 것은 아니지만 그 대신 양만큼은 넉넉했다. 당구대가 설치된 응접실은 아주 고상한 장식품들로 꾸며져 있었다. 다시 말해서 벽마다 걸린 검은 액자에는 모든 독신자들의 당구실에 빠져서는 안 될 장식의 하나인 영국 경주마 그림들이 걸려 있었던 것이다. 그리고 비록 작긴 하지만 하나뿐인 탁자에서는 저녁마다 카드놀이가 벌어졌다. 하지만 우리 읍의 최고 상류층 인사들이 부인과 딸들과 함께 모여 춤을 추는 일도 아주 빈번했다. 미하일 마카로비치는 비록 상처한 몸이지만, 이미 오래전에 과부가 된 딸과 함께 생활하고 있었다. 그 딸은 미하일 마카로비치에겐 손녀가 되는 두 딸을 거느린 어머니이기도 했다. 두 딸은 이미 성숙하고 교육도 마쳤으며 용모도 과히 나쁜 편은 아닌 데다가 성격도 쾌활하여, 지참금이 하나도 없다는 사실이 널리 알려졌음에도 불구하고 우리 읍의 상류층 젊은이들은 그 할아버지의 집에 매력을 느끼고 있었다. 미하일 마카로비치는 사무 처리 면에서 수완가는 아니었지만, 그렇다고 다른 사람들에

비해 자신의 직무를 제대로 처리하지 못하는 것도 아니었다. 솔직히 말해서 그는 교육이라곤 전혀 받아 본 적이 없는 사람이었고, 자신의 행정적 권한의 한계도 명확하게 이해하지 못할 정도로 만사태평인 사람이었다. 또한 현대 군주제의 여러 개혁이 갖는 의미를 깨닫지도 못했으며, 때로는 그 개혁들의 너무나 명백한 과오도 이해하지 못했는데, 그것은 남다른 무능 때문이 아니라 단지 무사안일한 성격 때문이었다. 그는 무엇 하나 깊이 탐구해 본 적이 없었던 것이다. 〈내 기질은 문관보다는 군인에 더 잘 어울리죠〉 하고 그는 자기 성격을 설명하곤 했다. 그는 농노 개혁의 확실한 개념을 파악하지 못했지만, 그 정확한 근본 취지에 대해서 불충분하나마 해를 거듭하면서 지식을 쌓아 나갔고, 어렴풋한 깨달음도 얻었다. 그러면서도 자신은 여전히 지주 노릇을 했다. 표트르 일리치는 그날 저녁 미하일 마카로비치의 집에서 손님들 중 한 사람과 만나기로 했다는 사실을 잘 알고 있으면서도 그가 누구인지는 알지 못했다. 그런데 그의 집에는 검사 키릴로비치와 우리 고장의 관청 소속 젊은 의사인 바르빈스키가 와서 카드놀이를 하고 있었다. 그 의사는 페테르부르크 의과 대학을 우수한 성적으로 졸업하고 이곳에 부임한 지 얼마 되지 않은 사람이었다. 검사, 엄밀히 말해서 검사보에 해당하지만 우리 고장에서는 검사라고 불렀던 이폴리트 키릴로비치 검사는 개성이 강하고 나이는 겨우 서른다섯 살에 불과한 젊은 사내였다. 그는 폐병 증세가 심하고, 굉장히 뚱뚱하면서도 아이를 낳지 못하는 부인과 결혼 생활을 하고 있었으며, 자존심이 강하고 걸핏하면 화를 잘 내는 성격의 소유자이면서도 사리 판단이 분명하고 선량한 사람이었다. 그의 성격적 결함이라면 자신의 진정한 덕성이라고 인정받는 것보다 스스로를 더 높이 평가하는 데 있다고 말할 수 있을 것 같다. 그리고 바로 그런 이유 때문에 그는 항상 침착성을 잃지 않았던 것 같다. 더구나 그의 마음속에는, 예를 들면 심리학, 인간 정신에 대한 특별한 지식, 범인이나 범인의 범죄를 감식하는 재능 따위를 고상하고 예술적으로 추구하는 그 무엇이 잠재해 있었다. 그는 그런 이유 때문에 자신이 직장에서 멸시를 당하기도 하고 기피 인물이 되는 것이라고 생각했고, 그래서 상급부에서도 인정받지 못하며 적들을 가지고 있는 것이라고 확신하고 있었다. 따라서 그는 우울할 때면 형사 소송 전문 변호사 자리로 옮기겠다고 으름장을 놓기도 했다. 친부 살해라는 카라마조프 집안의 예기치 않은 사건이 발생하자, 그는 〈전 러시아를 들끓게 할 만한 사건〉이라며 마음의 동요를 일으켰던 것 같다. 하지만 필자는 그런 이야기를 함으로써 줄거리를 앞질러 가고 있는 것이다.

옆방에서는 겨우 두 달 전에 페테르부르크에서 이곳으로 온 우리 고장의 젊은 예심 판사 니콜라이 파르표노비치 넬류도프가 아가씨들과 함께 앉아 있었다. 나중에 읍내에서는 그 사람들이 〈범죄〉가 발생하는 날 저녁에 마치 일부러 작당이라도 한 것처럼 다 함께 경찰서장의 집에 모여 있었다고 입방아를 찧으며 놀라움을 감추지 못했다. 그렇지만 그 내막인즉 지극히 단순하고 또 자연스럽게 이루어진 것이었다. 검사보 이폴리트 키릴로비치는 아내가 전날부터 이를 앓고 있었기 때문에 아내의 신음 소리를 피해서 어디론가 피신해야만 했다. 그리고 의사는 기질상 밤마다 카드놀이를 하지 않고는 못 배기는 성미였다. 예심 판사 니콜라이 파르표노비치 넬류도프의 경우는 이미 사흘 전부터 바로 그날 저녁 미하일 마카로비치의 집을 방문하려고 벼르고 있었다. 다시 말해서 경찰서장의 장손녀 올가 미하일로브나에 대해 자신이 알고 있는 비밀로 그녀를 별안간 교묘하게 놀라게 할 생각이었다. 바로 그날이 그녀의 생일이었는데, 그녀가 사람들을 무도회에 불러 모으는 것이 싫어서 읍내 사교계에 생일을 일체 비밀에 부치고 싶어 한다는 사실을 그는 알고 있었다. 따라서 그는 나이가 밝혀지는 것을 두려워하는 것 같은 그녀에게 그 비밀의 열쇠를 쥐고 있는 사람으로서 다음 날 모든 사람들에게 그 사실을 밝히겠다는 내용 등등으로 그녀의 나이에 대해 많은 농담과 암시를 던질 속셈이었다. 그런 면에서 젊고 멋진 사내인 그는 소문난 장난꾸러기였으며, 그래서 우리 읍내의 귀부인들은 그를 장난꾸러기라고 부르기도 했고, 그 스스로도 그런 별명을 싫어하지는 않았던 모양이다. 그러나 그는 아주 훌륭한 사회적 배경, 훌륭한 가문, 뛰어난 교육과 고상한 감정을 소유하고 있었으며, 비록 탕아처럼 굴기는 했지만 매우 순진하고 언제나 예절 바른 모습을 보여 주었다. 외관상 그는 키가 작고 체격도 허약하고 가냘파 보였다. 그의 가늘고 새하얀 손가락들에는 언제나 매우 커다란 반지 서너 개가 끼워져 있었다. 그는 직무를 수행할 때 자신의 직위와 사명을 신성한 것으로 여기고 있는 듯, 여느 때와는 달리 점잖은 태도를 취했다. 특히 평민 출신의 살인범들과 평범한 불한당들을 신문할 때에는 세심한 질문을 던질 줄도 알아서, 그들의 마음에 존경심은 아니더라도, 어떤 경탄을 불러일으키곤 했다.

표트르 일리치가 경찰서장의 집에 들어섰을 때 그는 아연

실색하고 말았다. 그곳에 있는 사람 모두가 그 사건을 이미 알고 있음을 단번에 깨달았던 것이다. 실제로 그들은 카드를 내팽개치고 모두 자리에서 일어나 의논 중이었고, 니콜라이 파르표노비치조차 아가씨들과 함께 있다가 달려와 험상궂고 비장한 표정을 짓고 있었다. 표트르 일리치는 그 자리에서 표도르 파블로비치 노인이 그날 저녁 자기 집에서 정말로 살해되었다는, 살해되었을 뿐 아니라 강탈도 당했다는 놀라운 소식을 접하게 되었다. 그 소식은 그가 도착하기 직전에 알려졌던 것이다.

담장 옆에 쓰러져 있던 그리고리 영감의 아내인 마르파 이그나티예브나는 자기 침대에서 깊이 잠들어 있긴 했지만 아침까지 곯아떨어지지 않고 별안간 잠에서 깨어났다. 옆방에서 의식을 잃은 채 누워 있는 스메르댜코프가 질러 대는 간질병 발작의 무서운 비명 소리를 들었던 것이다. 간질병 발작이 일어날 때 시작되는 그 비명 소리는 언제나 마르파 이그나티예브나 노파를 한평생 무서운 공포에 빠지게 만들었으며, 실제로 병적인 영향을 미치곤 했었다. 그녀는 그 비명 소리에 도저히 익숙해질 수가 없었다. 그녀는 잠결에 벌떡 일어나 정신없이 스메르댜코프의 방으로 달려갔다. 하지만 방 안은 어두컴컴해서 환자가 고통스럽게 신음하며 몸부림치는 소리만이 들려올 뿐이었다. 마르파 이그나티예브나 노파는 비명을 지르며 남편을 부르기 시작했지만, 자기가 잠자리에서 일어났을 때 남편이 침대에 없었던 것 같은 생각이 문득 들었다. 그녀는 침대로 달려가 더듬거렸으나 침대에는 정말 아무도 없었다. 〈밖으로 나간 게 틀림없는 모양인데, 대체 어딜 갔을까?〉 그녀는 현관 계단 앞으로 달려 나가 잔뜩 겁에 질린 목소리로 남편을 불렀다. 물론 아무 대답도 없었으나, 그 대신 한밤의 정적을 뚫고 정원 저편 어디선가 신음 소리가 들려오는 것이었다. 그녀는 귀를 기울였다. 신음 소리는 다시 되풀이되었고, 정원 쪽에서 들려오는 것이 분명했다. 〈맙소사, 옛날 리자베타 스메르댜샤야가 신음할 때와 똑같군!〉 머릿속이 뒤죽박죽된 그녀에게는 이런 생각이 떠올랐다. 그녀가 잔뜩 겁을 집어먹은 채 계단을 내려와 살펴보니 정원의 쪽문이 열려 있었다. 〈틀림없이 충직한 그 양반이 저기에 있는 모양이로군.〉 그녀는 이런 생각이 들어 쪽문으로 다가갔는데, 그때 별안간 〈마르파, 마르파!〉 하고 그리고리가 자신을 부르는, 아니 부른다기보다는 크게 절규하는 소리가 들려왔다. 그것은 기운이 쇠진한 채 신음하는 절박한 목소리였다. 〈하느님, 우리를 재난에서 구해 주소서〉 하고 마르파 이그나티예브나는 중얼거린 후 자신을 부르는 소리가 들리는 곳으로 달려갔고, 마침내 그리고리를 발견했다. 하지만 그를 발견한 곳은 그가 쓰러졌던 담장 옆이 아니라 담장에서 열 걸음쯤 떨어진 곳이었다. 나중에 밝혀진 바에 따르면 그는 정신이 들자 한참을 기어갔고, 기어가다가는 다시 정신을 잃어버려 의식 불명이 되기도 했다는 것이다. 부들부들 떨면서도 그녀는 남편이 피투성이가 되어 있다는 사실을 금방 알아채고는 있는 힘을 다해 비명을 질러 댔다. 그리고리는 가느다란 목소리로 두서없이 중얼거리기 시작했다. 〈그가 죽였어……. 자기 아버지를 죽였어……. 왜 비명을 지르는 거야, 바보같이…… 어서 달려가서 사람들을 불러와…….〉 그러나 마르파 이그나티예브나는 놀란 가슴을 진정시키지 못하고 계속 비명을 지르다가, 문득 주인 나리 방의 창문이 열려 있고 그 창문으로 불빛이 새어 나오는 것이 눈에 띄자, 그리로 뛰어가서 주인 표도르 파블로비치를 부르기 시작했다. 하지만 창문 안을 들여다본 그녀는 끔찍한 장면을 목격하고 말았다. 주인 나리는 꼼짝도 하지 않은 채 마룻바닥에 누워 있었다. 그리고 그가 입고 있던 밝은색 가운과 흰 셔츠의 가슴 부위는 피로 얼룩져 있었다. 탁자 위에 놓인 촛불은 죽은 표도르 파블로비치의 피와 얼굴을 선명히 비춰 주었다. 마르파 이그나티예브나는 소스라치게 놀라 창문에서 물러나 정원을 빠져나왔고, 대문의 빗장을 뽑고는 이웃인 마리야 콘드라티예브나 집으로 정신없이 달려갔다. 이웃집 모녀는 그때 이미 잠들어 있었지만 마르파 이그나티예브나가 온 힘을 다해 끈질기게 두드리는 문소리와, 그녀의 비명 소리에 잠에서 깨어 창문 쪽으로 달려왔다. 마르파 이그나티예브나는 횡설수설하면서도 정신을 가다듬어 요점을 전달하고 도움을 청했다. 마침 그날 밤 그들의 집에는 떠돌이 포마가 묵고 있었다. 곧 그를 잠에서 깨우고 나서 세 사람은 범죄 현장으로 달려갔다. 가는 도중 마리야 콘드라티예브나는 9시경 그 정원에서 온 동네가 떠나갈 듯한 무서운 외침이 들려왔던 사실이 생각났다. 그것은 물론 그리고리 영감이 담장 위에 올라앉은 드미트리 표도로비치의 발을 붙잡고, 〈친부 살해범!〉이라고 외치던 바로 그 소리였다. 〈누군가 소리를 지르다가 갑자기 그 소리가 멎었어요〉라고 마리야 콘드라티예브나는 달려가면서 증언했다. 그리고리 영감이 쓰러져 있는 현장에 도착하자 두 여인은 포마의 도움을 받아 그를 행랑채로 옮겼다. 불을 밝히고 살펴보니, 스메르댜코프는 아직도 상태가 호전되지 않았는지 자신의 골방에서 눈을 까뒤집고 입에는 거품을 문 채 몸부림을 치고 있었다. 식초 탄 물로 그리고리의 머리를 씻어 내자, 그는 물 덕분에 정신을 차리고는 곧바로 〈주인 나리께서는 살해되지 않으셨나?〉 하고 물었다. 그래서 두 여인과 포마가 주인 나리의 안채로 달려가 정원으로 걸음을 옮겨 놓는 순간, 이번에는 창문뿐만 아니라 정원으로 통하는 문까지 활짝 열려 있는 것을 목격하게 되었다. 지난 일주일 동안 주인 나리는 매일 저녁 손수 그 문을 굳게 걸어 잠그고는 그리고리 영감조차 어떤 용무로도 문을 두드리지 못하게 하던 중이었다. 활짝 열린 문을 발견한 그들, 그러니까 두 여인과 포마는 〈나중에 복잡한 일에 연루되면 어쩌나〉 하는 생각에 주인 나리의 안채로 들어가는 것이 이내 두려워지기 시작했다. 그들이 되돌아오자 그리고리 영감은 당장 경찰서장한테 달려가라고 지시를 내렸다. 그래서 마리야 콘드라티예브나는 곧장 경찰서장 집으로 달려갔고, 거기에 모여 있던 사람들 모두를 경악하게 만들었던 것이다. 그것은 표트르 일리치가 도착하기 5분도 채 되기 전에 일어난 일이었고, 그래서 그는 자신의 추측이나 어떤 결론 때문이 아니라 누가 범인인가 하는 문제에 대한 일반적인 추측에 확신을 더하는, 부인할 수 없는 목격자로서 등장했던 것이다(그러나 그는 마지막 순간까지도 속으로는 여전히 그런 확신을 부정하고 있었다).

사람들은 이 사건의 수습에 최선을 다하기로 의견을 모았다. 경찰서 부서장은 일의 처리 방침에 따라 당장 네 사람으로부터 사건의 경위를 수집하도록 위촉받았는데, 여기서 필자는 표도르 파블로비치의 집에서 어떤 과정이 전개되고 또 현장에서 어떤 심리가 이루어졌는지 미주알고주알 묘사하지는 않을 작정이다. 열정적인 관청 소속의 신참 의사는 경찰서장, 검사, 예심 판사와 동행하겠노라고 거의 자원하다시피 했다. 필자는 대충만 설명하기로 하겠다. 표도르 파블로비치는 머리가 으깨진 채 완전히 피살되었음이 밝혀졌다. 그렇다면 어떤 흉기로 그랬을까? 그것은 십중팔구 나중에 그리고리를 때려눕혔던 것과 동일한 흉기였을 것이다. 최선의 응급조치를 받은 그리고리 영감으로부터, 이어졌다 끊겼다 하는 다 죽어 가는 목소리이긴 하지만, 충분히 알아들을 수 있을 정도로 당시 그가 어떻게 공격을 받았는지 설명을 듣자 사람들은 곧바로 그 흉기를 찾아낼 수 있었다. 담장 옆에서 등불을 켜고 조사하기 시작하여 눈에 쉽게 띄는 정원 오솔길 위에서 놋쇠로 만든 절굿공이가 마침내 발견되었던 것이다. 표도르 파블로비치가 쓰러져 있는 방 안에는 특별히 물건들이 헝클어진 흔적이라곤 없었다. 병풍 뒤에 있는 그의 침대 주변의 널찍한 마룻바닥 위에는 〈만일 찾아온다면 나의 천사 그루셴카에게 주는 3천 루블이 든 선물〉이라고 쓴 두꺼운 종이로 만든 커다란 관청 규격의 봉투가 떨어져 있었고, 그 하단에는 〈병아리에게〉라고도 쓰여 있었는데, 그것은 표도르 파블로비치가 아마 나중에 추가로 손수 적어 넣었던 모양이다. 봉투 위에는 빨간 봉납으로 된 커다란 도장 세 개가 찍혀 있었지만, 봉투는 이미 찢겨져 속에는 아무것도 들어 있지 않았다. 돈은 꺼내 갔던 것이다. 봉투를 묶을 때 사용했던 가느다란 장밋빛 리본도 마루 위에서 발견되었다. 그렇지만 표트르 일리치의 증언 중에는 검사와 예심 판사에게 매우 인상적인 내용이 들어 있었다. 다시 말해서 그것은 드미트리 표도로비치가 직접 표트르 일리치에게 밝혔듯이, 스스로 결정한 대로 동틀 무렵에 틀림없이 자살해 버릴지도 모른다는 예측이었다. 그는 자기 코앞에서 권총에 총알을 장전하기도 하고 유서를 써서는 호주머니에 넣기도 했다는 것이다. 표트르 일리치는 그의 이야기가 믿기지 않아서 자살을 막기 위해 밖으로 나가 누구에게든 이야기를 하고 말겠다고 위협했던 그 순간에도 미탸 자신은 히죽히죽 웃으며 〈그렇게 못 하실 겁니다, 친구〉라고 대답했다는 것이다. 그것이 사실이라면, 어쩌면 그가 정말로 자살할 마음을 굳히기 전에 그를 체포하려면 모크로예 현장으로 급히 달려가야만 했다. 〈그건 자명한 사실입니다, 자명한 사실이에요!〉 하고 검사는 흥분을 가라앉히지 못한 채 거듭 되풀이해서 말했다. 〈그런 비열한 인간은 십중팔구 그런 짓을 하고 맙니다. 내일이면 자살하니까 죽기 전에 실컷 놀아 보자는 식이죠.〉 그가 상점에서 술과 식료품을 사 모았다는 이야기는 검사를 한층 더 흥분시켰다. 〈상인 올수피예프를 살해한 그 젊은 놈을 기억하시죠, 여러분? 그놈은 1천5백 루블을 강도질하자마자 이발소에 들러서 머리에 파마를 한 다음, 그 많은 돈을 숨기지도 않은 채 손에 들고 계집애들한테 찾아가지 않았습니까?〉 그러나 표도르 파블로비치 집 안 수색과 공식적인 절차 등등의 여러 조사 과정이 그들을 지체시키고 말았다. 그런 일들은 많은 시간을 필요로 했기 때문에 지난밤 운영비를 받으러 읍내에 와 있던 지서장 마브리키 마브리키예비치 시메르초프를 자신들보다 두 시간 먼저 모크로예로 파견시켰다. 마브리키 마브리키예비치에게는 다음과 같은 지시가 내려졌다. 즉 모크로예에 도착하면 어떤 불안감도 조성하지 말고 관련 기관이 도착할 때까지 〈범인〉을 끊임없이 관찰하면서 진상을 파악하고 사람들과 촌장 등등을 소집해 두라는 것이었다. 마브리키 마브리키예비치는 오랜 지기인 트리폰 보리시치에게 비밀을 약간 언급했을 뿐 incognito(아무도 모르게) 행동하여 지시대로 따랐다. 미탸가 자신을 찾고 있는 주인 트리폰 보리시치와 어두운 베란다에서 마주쳤을 때, 그의 얼굴과 말투에서 어떤 변화가 일어났다는 낌새를 눈치챘던 시점이 바로 그 무렵이었다. 따라서 미탸는 물론 그 누구도 자신들이 감시받고 있다는 사실을 알지 못했다. 권총이 들어 있는 상자는 이미 오래전에 트리폰 보리시치가 빼돌려 안전한 장소에 숨겨져 있었다. 이윽고 새벽 4시, 동틀 무렵이 되자 경찰서장, 검사, 예심 판사 등으로 구성된 수사진이 두 대의 삼두마차에 나누어 타고 도착했다. 의사는 피살자의 시체를 아침에 부검할 생각으로 표도르 파블로비치의 집에 남아 있었지만, 그것은 병을 앓고 있는 하인 스메르댜코프의 병세에 더욱 흥미를 느꼈기 때문이다. 〈이틀 동안이나 끊임없이 반복되면서 저토록 심하게 지속되는 간질 발작은 거의 찾아보기 힘든 사례이기 때문에 과학적으로도 연구할 만한 가치가 있습니다.〉 그가 길을 떠나려는 동료들에게 흥분을 감추지 못한 채 이렇게 말하자, 동료들은 껄껄거리며 그의 발견을 축하하기도 했다. 그때 검사와 예심 판사는 스메르댜코프가 아침까지도 목숨을 부지하지 못할 거라는 의사의 단호한 어조를 분명히 기억하고 있었다.

비록 길기는 하지만 반드시 필요한 설명이라고 여겨지는 내용을 밝혔으므로, 이제는 전편에서 중단했던 우리 소설의 줄거리로 되돌아가기로 하겠다.

3 연속적인 영혼의 수난, 첫 번째 수난

그리하여 미탸는 자리에 앉아서 사람들이 지금 무슨 이야기를 하고 있는 것인지 하나도 이해하지 못한 채 표독스러운 눈길로 주변 사람들을 노려보고 있었다. 그는 별안간 자리에서 일어나더니 두 팔을 번쩍 치켜들며 큰 소리로 외쳐 댔다.

「난 죄가 없어요! 그 피에 대해서 난 죄가 없어요! 아버지의 피에 대해서 난 무죄란 말입니다……. 죽이고 싶었지만, 난 무죄예요! 내가 한 짓이 아닙니다!」

그러나 그가 막 소리를 지르는 순간, 커튼 뒤에서 그루센카가 달려나와 경찰서장의 발아래 쓰러졌다.

「접니다, 이 죄 많은 계집입니다, 제가 죄인이에요!」 그녀는 온통 눈물범벅이 되어 두 팔을 벌리고는 영혼을 찢을 듯한 소리로 절규하기 시작했다. 「저 때문에 살인을 한 거예요! 전 이분을 괴롭혔고, 그래서 이런 결과를 초래한 겁니다! 저는 불쌍하게 죽은 그 노인도 괴롭혔고, 제 증오심 때문에 결국 이런 결과를 초래하게 된 겁니다! 제가 죄인입니다! 제가 장본인입니다, 제가 죄인이에요!」

「그래, 바로 네년이 죄인이지! 넌 화냥년이야! 넌 정신이 나간 음탕한 계집이고, 범죄의 장본인이야.」 경찰서장은 팔로 그녀를 위협하면서 소리쳤으나 곧바로 단호히 제지당하고 말았다. 검사보가 두 팔로 그를 껴안았던 것이다.

「이러시면 뒤죽박죽이 되고 맙니다, 미하일 마카로비치.」 그가 소리쳤다. 「당신은 분명히 심리를 방해하고 있어요……. 일을 그르치고 있단 말입니다…….」 그는 씩씩거렸다.

「조치를 취해야 해요, 조치를 취해야 한다고요, 조치를 취해야 한단 말입니다!」 니콜라이 파르표노비치도 이상할 정도로 과격해져 있었다. 「그렇지 않고서는 절대 안 됩니다!」

「우리를 함께 재판에 회부해 주십시오!」 그루셴카는 여전히 무릎을 꿇은 채 정신없이 소리쳤다. 「우리를 함께 벌해 주십시오, 사형 선고를 내린다 해도 이제 난 저분과 함께 가겠습니다!」

「그루샤, 나의 생명, 나의 피, 나의 보배여!」 미탸는 무릎을 꿇고 있는 그녀 곁으로 달려가 그녀를 힘껏 끌어안았다. 「이 여자 말을 믿지 마십시오.」 그는 소리쳤다. 「이 여자는 아무 잘못도 없으며, 누구의 피에 대해서도 죄를 짓지 않았습니다!」

그는 여러 사람이 자신을 그녀로부터 강제로 떼어 놓은 다음 갑자기 그녀를 어디론가 데려가 버렸고, 다시 정신을 차렸을 때는 자신이 탁자 앞에 앉혀져 있었다는 사실을 나중에야 기억해 냈다. 그의 좌우에는 명찰을 단 사람들이 서 있었다. 그가 앉은 탁자 맞은편 소파에는 예심 판사 니콜라이 파르표노비치가 앉아서 탁자 위에 놓인 컵을 가리키며 물을 한 모금 마시라고 설득하고 있었다. 〈이 물을 마시면 정신이 들 겁니다, 당신을 진정시켜 줄 겁니다, 두려워하지 마세요, 마음을 편히 가지세요.〉 그는 상당히 정중하게 이렇게 덧붙여 말했다. 그런데 별안간 미탸는 판사의 커다란 반지에 참을 수 없는 호기심이 발동하기 시작했다. 하나는 자수정 반지였고, 다른 하나는 연노란색의 투명하고 아주 아름다운 보석 반지였다. 나중에 그는 그 반지들이 무시무시한 신문 시간에 유혹을 뿌리치기 힘들 만큼 자신의 시선을 끌었다는 사실에 놀라움을 감추지 못했고, 또 그 일을 아주 오랫동안 기억했다. 어찌 된 셈인지 그는 자기 처지에 전혀 어울리지 않는 그 반지에서 눈을 뗄 수도 없었고 그냥 잊고 지나칠 수도 없었다. 술자리 초반이던 저녁 무렵에 막시모프가 앉아 있던 미탸의 왼쪽 옆자리에는 지금 검사가 앉아 있었고, 조금 전 그루셴카가 앉아 있던 미탸의 오른쪽 자리에는 아주 낡은 사냥 재킷을 걸친 얼굴색이 붉은 젊은 사내가 앞에 잉크와 종이를 펼쳐 놓은 채 앉아 있었다. 그는 예심 판사가 데려온 그의 서기였다. 그리고 경찰서장은 방의 다른 쪽 구석 창가에 버티고 서 있었으며, 그 바로 옆에는 칼가노프가 창가의 의자에 앉아 있었다.

「물을 좀 드십시오!」 예심 판사는 부드러운 말투로 같은 이야기를 열 번 정도 반복했다.

「마셨습니다, 여러분, 마셨어요……. 그런데…… 아니, 여러분, 내 목을 졸라 주십시오, 벌을 내려 주십시오, 운명을 결정해 달란 말입니다!」 미탸는 눈알을 부라리고 무서울 정도로 예심 판사를 노려보면서 고함을 질렀다.

「그렇다면 당신은 아버지 표도르 파블로비치의 죽음에 대해 아무 죄도 짓지 않았다고 강력히 주장하시는 겁니까?」 예심 판사는 상냥하면서도 끈질기게 질문을 던졌다.

「죄가 없습니다! 다른 피, 다른 영감의 피에 대해서는 죄가 있지만 아버지의 피에 대해서는 죄가 없습니다. 그래서 울고 싶은 심정인 것입니다! 나는 죽였습니다, 한 영감을 죽였습니다, 죽여 넘어뜨렸습니다……. 그러나 다른 사람의 피, 아무 죄도 짓지 않은 그 끔찍한 피에 대해서 책임을 떠맡는 것은 곤란합니다……. 그건 너무나 끔찍한 판결입니다, 여러분. 마치 이마를 한 대 얻어맞은 기분입니다! 그런데 대체 누가 아버지를 죽인 겁니까, 대체 누가 죽였죠? 만일 내가 아니라면 누가 죽일 수 있었을까요? 이상하고 있을 수도 없으며, 도저히 불가능한 일입니다!」

「그래요, 바로 살인을 할 수 있었던 사람은……」 예심 판사가 입을 열기 시작했으나, 검사 이폴리트 키릴로비치(검사보이지만 우리는 줄여서 그냥 검사라고 부르기로 하자)는 예심 판사와 서로 눈짓을 교환한 후에 미탸를 향해 이렇게 말했다.

「하인인 그리고리 바실리옙스키 영감에 대해서라면 쓸데없는 걱정을 하지 않으셔도 됩니다. 그 영감은 아직 살아 있으며, 당신이 증언한 바대로 당신이 가했던 심한 타박상에도 불구하고 의식을 회복했고, 적어도 의사의 진찰 결과에 따르면 틀림없이 살아 있다고 할 수 있습니다.」

「살아 있다고요? 그 영감이 살아 있단 말이죠!」 별안간 미탸는 두 손을 맞잡으며 소리를 질렀다. 그의 얼굴은 돌연 활기를 띠기 시작했다. 「하느님, 저의 기도를 들으시고 당신께서 죄 많은 비열한 인간에 불과한 제게 행하신 위대한 기적에 감사드리나이다! 네, 그렇습니다, 그건 제 기도를 들어주신 겁니다, 밤새도록 기도를 드렸거든요!」 이렇게 말하고 나서 그는 성호를 세 번 그었다. 그는 거의 숨이 넘어갈 지경이었다.

「그런데 우리는 바로 그 그리고리 영감으로부터 당신에 관한 매우 중대한 증언을 듣게 되었습니다……」 검사는 이야기를 계속하려 했으나 이번에는 미탸가 의자에서 벌떡 일어섰다.

「잠깐만, 여러분, 제발 1분간의 여유를 주십시오. 그녀한테 뛰어가서……」

「부탁입니다! 지금 이 순간은 절대 안 됩니다!」 니콜라이 파르표노비치 역시 거의 고함치듯 소리를 지르며 자리에서 벌떡 일어나고 말았다. 가슴에 명찰을 단 사람들이 미탸를 제지시켰기 때문에 그는 스스로 자리에 주저앉고 말았다…….

「여러분, 정말 딱한 노릇이군요! 난 그저 잠시 동안만 그녀한테 다녀오려는 것뿐이었습니다……. 밤새 내 심장을 조여오던 그 피가 씻기고 사라져 버렸으며, 나는 이제 살인자가 아니라는 이야기를 그녀한테 전하고 싶었던 것뿐입니다! 여러분, 그녀는 내 약혼녀입니다!」 별안간 그는 모든 사람들을 둘러보며 당당하고도 엄숙한 태도로 말했다. 「오, 감사합니다, 하느님! 오, 당신께서는 저를 다시 세상에 보내셨고, 저를 잠깐 만에 부활시키셨습니다! 저를 품에 안고 다녔던 사람은 바로 그 영감이었습니다. 주여, 세 살배기 어린애에 불과한 제가 버림을 받았을 때 그 영감은 저를 씻겨 주기도 했으며, 친아버지 노릇도 해주었던 것입니다!」

「그래서 당신은……」 예심 판사가 말문을 열었다.

「부탁입니다, 여러분, 1분만이라도 시간을 내주십시오.」 미탸는 탁자 위에 팔꿈치를 세우고 두 손으로 얼굴을 가리며 말을 가로챘다. 「잠시 생각할 여유를 주십시오, 숨 쉴 여유를 달란 말입니다. 이 모든 것은 저에겐 엄청난 충격입니다. 인간은 북 만드는 가죽이 아니잖습니까, 여러분!」

「물을 한 모금 더 드시겠습니까…….」 니콜라이 파르표노비치가 중얼거렸다.

미탸는 얼굴에서 손을 떼며 껄껄껄 웃어 댔다. 그의 시선은 활기에 넘쳤으며, 잠시 동안에 완전히 다른 사람으로 변한 것 같은 모습이었다. 목소리도 완전히 변해 있었다. 그는 그 모든 사람들, 예전부터 알고 지내던 그 모든 사람들과 다시 대등한 모습으로 앉아 있었던 것이다. 그들이 만일 아무 일 없이 어제 사교계의 어느 모임에서 만났다고 하더라도 바로 그런 모습을 취했을 것이다. 여기서 밝혀 둘 것은, 미탸가 우리 고장에 처음 도착했을 때 경찰서장 집에서 기꺼이 환대를 받았지만 그 후, 특히 최근 한 달 동안 미탸는 경찰서장의 집을 거의 들르지 않았다. 예를 들면 길거리에서 경찰서장과 마주치더라도, 경찰서장이 인상을 찌푸리며 단지 예의상 고개만 끄덕거리고 있다는 사실을 미탸는 잘 알고 있었다. 검사와의 교분은 한층 더 거리감이 있었다. 그러나 신경이 날카롭고 공상하기를 좋아하는 검사의 부인에게는 어느 때보다 격식을 차려 가며 찾아다니기도 했다. 그러나 왜 검사 부인을 찾아다니는지 그 이유를 자기 자신도 전혀 알지 못했다. 검사 부인은 최근까지 그에게 왠지 모를 관심을 보이면서 언제나 상냥하게 맞아 주었다. 예심 판사와는 아직 사귈 기회가 없었지만 그와 만나서 한두 차례 이야기도 나누었는데, 그 주제는 두 번 다 여자 문제였다.

「니콜라이 파르표노비치, 내가 보기에 당신은 노련한 판사님이신 것 같습니다.」 미탸는 갑자기 유쾌하게 웃어 댔다. 「하지만 지금은 내가 당신을 도와드리겠습니다. 오, 나는 다시 태어난 것입니다……. 내가 이렇게 소박하고 솔직하게 당신을 대한다고 해서 꾸짖지는 말아 주십시오. 게다가 나는 약간 술에 취한 상태이니 숨김없이 말씀드리겠습니다. 나는 영광을 누렸던 것 같습니다……. 나의 친척인 미우소프 씨 댁에서 당신을 만나는 영광과 기쁨을 누렸던 것 같습니다, 니콜라이 파르표노비치…… 여러분, 여러분, 나를 대등하게 대해 달라고 주장하지는 않겠습니다, 여러분 앞에 내가 어떤 모습으로 앉아 있는지는 잘 알고 있으니까요. 내게는 혐의가 있습니다……. 그리고리가 나에 대해서 만일 그런 증언을 했다면…… 내게는 혐의가 있는 것입니다. 오, 물론 이미 혐의가 있는 것입니다. 그건 무서운 혐의입니다! 두렵고 또 두려운 일입니다만, 저는 이 점을 잘 이해하고 있습니다. 그러나 우리는 지금 그 모든 것을 마무리 지을 수 있습니다. 내 말을 잘 들어 주십시오, 여러분, 그 이유는 다음과 같습니다. 만일 나 자신이 무죄라는 것을 스스로도 잘 알고 있다면, 물론 우리는 단번에 이 문제를 마무리 지을 수 있는 것입니다! 그렇지 않습니까? 그렇지 않습니까?」

미탸는 듣고 있는 사람들을 자신의 가장 가까운 친구들쯤으로 생각하고 있는 듯 빠르고 신경질적인 어투로 열을 올리며 많은 이야기를 늘어놓았다.

「그렇다면 우리는 당신이 자신의 유죄를 전적으로 부인하고 있다고 적겠습니다.」 니콜라이 파르표노비치는 마치 감동이라도 받은 듯 말하고 나서, 서기를 향해 돌아서서 무엇을 기록해야 할지 귀엣말로 속삭였다.

「기록하시겠다고요? 기록하시길 원하십니까? 그렇다면 기록하십시오, 동의합니다. 전적으로 동의합니다, 여러분…… 하지만 이것만은 알아 두십시오……. 잠깐, 잠깐, 이렇게 기록하십시오. 〈그는 폭행죄를 지었다, 가엾은 노인에게 중상을 입힌 죄를 지었다〉라고 말입니다. 그리고 내 가슴속 깊은 곳에서 유죄 한 가지를 더 인정합니다. 하지만 이것만은 기록하지 말아 주십시오.」 그는 별안간 서기를 향해 돌아섰다. 「이건 나의 사생활이니, 여러분, 여러분과 아무 상관도 없는 것입니다. 다시 말해서 이건 내 마음 깊은 곳의…… 하지만 늙은 아버지의 죽음에 대해서는 무죄입니다! 그건 어리석은 발상입니다. 불합리한 발상이에요. 여러분에게 입증해 드리죠, 곧 확신하실 테니까요. 웃고 마실 겁니다, 여러분. 여러분의 의심에 대해 스스로 껄껄거리며 웃고 마실 겁니다.」

「진정하십시오, 드미트리 표도로비치.」 자신의 침착한 태도로 흥분한 상대를 압도하려는 듯이 예심 판사는 이렇게 환기시켰다. 「신문을 계속 진행하기에 앞서 만일 당신이 답변하겠다고 동의만 하신다면, 당신이 죽은 표도르 파블로비치를 사랑하지 않았으며 끊임없이 말다툼만 계속해 왔다는 사실을 당신 입으로 분명히 듣고 싶군요……. 적어도 바로 이 자리에서 15분 전에 당신 자신도 그를 죽이고 싶었노라고 말했던 것 같은데 말입니다. 〈죽이지는 않았지만 죽이고 싶었습니다!〉라고 소리치지 않았습니까.」

「내가 그런 말을 했다고요? 오, 어쩌면 그랬을지도 모릅니다, 여러분! 그렇습니다, 불행히도 나는 아버지를 죽이고 싶었습니다, 그것도 여러 차례…… 불행한 일, 불행한 일이죠!」

「당신은 그러고 싶었단 말씀이죠. 그렇다면 당신은 어떤 이유로 친아버지한테 그런 증오심을 품게 되었는지 설명해 주시겠습니까?」

「무얼 설명하란 말씀입니까, 여러분!」 미탸는 눈을 내리깔며 불쾌한 표정으로 어깨를 움찔해 보였다. 「나는 내 감정을 숨겨 본 적이 없습니다. 그건 이 고장 사람들이 다 알고 있는 사실입니다, 술집 출입을 하는 사람들은 다 아는 사실이란 말입니다. 얼마 전 수도원 암자에서 조시마 장로께서도 그렇게 말씀하셨고요……. 그런데 바로 그날 저녁 난 아버지를 겨우 목숨이나 부지할 정도로 두들겨 팬 다음, 증인들이 보는 앞에서 다시 찾아가 죽여 버리겠다고 맹세했지요……. 오, 증인들이 1천 명은 족히 됩니다! 한 달 내내 그런 이야기를 떠들고 다녔으니 증인들이 적을 리가 있겠습니까! 면전에서 떠들고 소리친 것은 사실입니다. 그렇지만 감정은 어디까지나 감정이어서 전혀 다른 문제이니까요. 그러니 여러분.」 미탸는 이맛살을 찌푸렸다. 「내 생각에 당신들한테는 내게 그런 질문을 던질 권리가 없는 것 같은데요. 당신들한테 그런 권리가 부여되었다 할지라도, 물론 그 점을 잘 알고 있긴 합니다만, 그건 전적으로 내 문제이고, 나의 내면적인, 지극히 사적인 문제인 것입니다, 그렇지만…… 예전에 나는 내 감정을 숨기지도 않았고…… 예를 들면 선술집에서 누구한테든 만나는 사람마다 떠들어 댔던 겁니다……. 내가 이야기를 하지 않는다면 그건 지금 하나의 비밀이기 때문입니다. 여러분, 이번에는 나에 대한 무서운 증거물들이 확보되어 있다는 사실을 잘 알고 있습니다. 내가 아버지를 죽이겠다고 만인에게 공언하고 다녔는데 아버지가 갑자기 살해되고 말았으니까요. 그런 경우라면 어떻게 내가 범인이 아니라고 할 수 있겠습니까? 하하하! 미안합니다, 여러분, 정말 미안합니다. 누군가 아버지를 살해했다는 사실에 실은 나도 소름이 끼칠 정도로 놀라고 말았습니다. 물론 그런 경우 내가 범인이 아닐 수 있겠습니까? 그렇지 않습니까? 그런데 만일 내가 아니라면, 대체 누구 짓일까요? 누구 짓일까요, 여러분?」 그는 갑자기 언성을 높였다. 「나는 그것이 궁금하기 때문에 여러분한테 듣고 싶은 것입니다, 여러분. 아버지는 어디서 살해되었나요? 어떻게, 무엇으로 살해되었나요? 말씀해 주세요.」 그는 검사와 예심 판사를 둘러보며 빠른 어투로 질문을 던졌다.

「그는 서재 마룻바닥에 머리가 으깨진 채 쓰러져 있는 모습으로 발견되었습니다.」 검사가 말했다.

「거참, 끔찍한 일이로군요, 여러분!」 미탸는 갑자기 몸을 부르르 떨더니 탁자에 팔꿈치를 괴며 오른손으로 얼굴을 가렸다.

「계속 말씀드리겠습니다.」 니콜라이 파르표노비치가 말을 가로챘다. 「그런데 당시 당신으로 하여금 증오심을 불러일으키게 한 원인이 무엇이었습니까? 당신은 질투심을 느끼고 있다고 공공연하게 떠들고 다녔던 것 같은데?」

「그래요, 질투심을 느끼고 있었습니다. 그렇다고 반드시 질투심 때문만은 아니었습니다.」

「돈 때문에 다투셨나요?」

「그래요, 돈 때문에 다퉜습니다.」

「그 다툼은 당신한테 유산으로 3천 루블을 물려주지 않았기 때문인 것 같은데.」

「3천 루블이라뇨! 그보다 훨씬, 훨씬 많습니다.」 미탸가 소리를 질렀다. 「6천 루블, 아니 1만 루블도 넘습니다. 나는 모든 사람들에게 소문을 내고 다녔습니다, 모든 사람들에게 떠들고 다녔다고요! 하지만 3천 루블이면 화해하기로 결심한 상태였습니다....... 내겐 3천 루블이 정말 필요했거든요....... 그런데 나는 아버지가 그루셴카에게 주려고 베개 밑에 3천 루블이 든 봉투를 보관하고 있다는 사실을 알게 되었고, 그 돈은 나한테서 강탈한 돈이라고 굳게 믿었습니다. 여러분, 그건 내 돈이라고, 내 돈과 마찬가지라고 믿었던 겁니다.......」

검사는 의미심장하게 예심 판사를 돌아보며 슬쩍 눈짓을

했다.

「그 문제는 나중에 다시 이야기합시다.」 예심 판사는 곧 이렇게 말했다. 「당신은 다음과 같은 사실에 유의하시고 우리가 기록할 수 있도록 허락해 주셨으면 합니다. 다시 말해서 당신이 그 돈을, 봉투에 든 그 돈을 자기 것이라고 생각했다는 점 말입니다.」

「기록하십시오, 여러분. 나는 그것이 나의 유죄를 증명하는 증거가 될 거라는 사실을 알고 있습니다. 하지만 나는 그런 증거가 두렵지 않고, 또 스스로도 그렇게 말하고 있지 않습니까. 내 입으로 그렇게 말하지 않습니까! 여러분, 여러분은 나를 본래의 실체와는 전혀 다른 인간으로 취급하고 계십니다.」 그는 별안간 우울하고 슬픈 목소리로 이렇게 덧붙였다. 「여러분과 이야기를 하고 있는 이 사람은 고상한 사람, 고상한 인품을 가진 사람입니다. 중요한 것은 — 부디 이 점에 유의해 주십시오 — 이 사람은 끝없이 비열한 행위를 저질러 왔습니다만 예전부터 마음속으로는, 마음속 깊은 곳에서는 가장 고결한 인간으로 남아 있었다는 사실입니다. 나로선 한마디로 표현할 길이 없지만 말입니다……. 다시 말해서 나는 고결함에 대한 갈망으로 한평생 고통을 받아 온 것입니다. 즉 등불을, 디오게네스의 등불을 든 고결함의 수난자, 탐구자였던 것입니다. 그러면서도 나는 우리 모두와 마찬가지로 한평생 비열한 짓만 해왔습니다, 여러분…… 아니, 나 한 사람만 그렇다는 겁니다, 모두가 그렇다는 것이 아닙니다. 나 한 사람만, 나 한 사람만 잘못을 저질러 온 것입니다, 나 한 사람만! 여러분, 머리가 아프군요.」 그는 몹시 고통스럽다는 듯 얼굴을 찌푸렸다. 「여러분, 나는 어딘가 부정직한 아버지의 그 얼굴, 그 오만, 모든 성스러움에 대한 경멸, 조소, 불신이 싫었습니다. 혐오스럽습니다, 혐오스러워요! 하지만 아버지가 죽고 난 지금, 나는 생각이 바뀌었습니다.」

「아니, 어떻게요?」

「바뀐 것이 아니라, 아버지를 그토록 증오했던 사실이 유감스러운 겁니다.」

「후회하는 건가요?」

「아니, 후회하진 않습니다. 이 말은 기록하지 마십시오. 나는 나쁜 놈입니다, 여러분, 사실 쓸모없는 인간입니다. 그러니 아버지를 부정적으로 바라볼 권리도 없는 것이겠죠, 바로 그렇습니다! 자, 이 말은 기록해 주십시오.」

이렇게 말하고 난 미탸는 갑자기 슬픈 표정을 지었다. 예심 판사의 질문에 대답하는 동안 벌써 진작부터 그는 점점 울적한 기분이 들었던 것이다. 그런데 바로 그 순간, 별안간 전혀 뜻밖의 장면이 연출되고 말았다. 그루셴카는 조금 전 다른 곳으로 인도되어 그리 멀지 않은, 다시 말해서 지금 신문이 진행되고 있는 그 청실로부터 세 번째 방에 가 있었다. 그곳은 어젯밤 춤을 추고 술판을 벌였던 큰 방 뒤편에 있는 창문이 하나 달린 작은 방이었다. 그녀는 그 방에 앉아 있었으며, 막시모프만이 그녀 곁을 지키고 있었다. 막시모프는 엄청난 충격을 받고 겁에 질려서는 그녀로부터 구원을 얻으려는 듯 그 곁에 바싹 붙어 있었다. 그 방문 옆에는 가슴에 명찰을 단 농부 한 사람이 서 있었다. 그루셴카는 울고 있었는데, 돌연 슬픔이 더욱 북받쳐 오르자 자리에서 벌떡 일어나 손바닥을 쳤고, 〈슬픔이여, 나의 슬픔이여!〉 하고 큰 소리로 외치며 방을 뛰쳐나와 그에게로, 미탸에게로 달려가고 말았다. 그것은 너무나 돌발적인 사태여서 아무도 그녀를 제지하지 못했다. 그녀의 울부짖는 소리를 들은 미탸는 몸을 부르르 떨며 자리에서 벌떡 일어나 외마디 비명을 지르며 정신없이 그녀가 있는 곳으로 달려갔다. 그러나 두 사람은 서로 마주 볼 수만 있었을 뿐 부둥켜안는 것이 허용되지 않았다. 사람들이 그의 팔을 꼼짝 못 하게 붙잡았다. 팔을 뿌리치며 날뛰는 미탸를 붙잡기 위해 서너 명이 동원되었다. 그녀도 붙잡히고 말았다. 미탸는 그녀가 끌려 나갈 때 비명을 지르며 자기를 향해 팔을 내뻗고 있는 모습을 보았다. 이런 장면도 막을 내리고 미탸는 다시 조금 전의 자리, 예심 판사와 마주 보는 탁자에 앉았다. 그는 정신이 들자 예심 판사를 향해 고함을 질렀다.

「그녀에게 대체 무슨 짓을 하고 있는 거요? 어째서 그녀를 괴롭히고 있소? 그녀는 결백하단 말이오, 결백해요!」

검사와 예심 판사는 그를 설득하기 시작했다. 얼마간의 시간, 그러니까 10분 정도가 지났을 무렵 잠시 자리를 비웠던 미하일 마카로비치가 헐레벌떡 뛰어 들어오더니 잔뜩 긴장한 얼굴로 검사를 향해 이렇게 말했다.

「그 여자는 멀리 떼어 놓았습니다, 지금 아래층에 있습니다. 그런데 여러분, 이 불행한 사나이에게 한마디만 해도 괜찮겠습니까? 여러분이 계신 자리에서 말입니다, 여러분이 계신 자리에서!」

「좋을 대로 하십시오, 미하일 마카로비치.」 예심 판사가 말했다. 「현재와 같은 상황에서 우리가 반대할 이유는 없으니까요.」

「드미트리 표도로비치, 내 말 좀 들어 보게.」 미하일 마카로비치는 미탸를 향해 입을 열기 시작했다. 그의 얼굴에는 불행한 자식에게 보내는 아버지의 뜨거운 동정심 같은 것이 서려 있었다. 「나는 자네의 아그라페나 알렉산드로브나를 직접 아래층으로 데려가서 주인집 딸에게 맡겨 두었다네. 지금 그녀 곁에는 막시모프 노인이 꼭 붙어 있고, 나도 그녀를 설득해 두었어. 내 말 듣고 있나? 자네는 무죄를 입증해야 하기 때문에 그녀가 방해가 되어서는 안 되고, 또 자네를 슬픔에 빠뜨려 괴롭힘으로써 틀린 증언을 하게 해서는 안 된다고 설득도 하고 위로도 해서 잘 말해 놓았어, 알겠나? 한마디로 내가 이야기한 덕분에 그녀도 깨닫게 되었단 말일세. 여보게, 그녀는 현명한 여자이고 또 착한 여자이기도 해. 그녀는 이 늙은이의 손에 입을 맞추면서 자네를 용서해 달라고 하더군. 그리고 나를 이리로 보내서는 자기 걱정은 하지 말도록 전해 달라는 거야. 이젠 다시 그녀한테 내려가서 자네는 안정을 되찾아 기분이 좋아졌다고 꼭, 꼭 전해 줘야 한단 말이야. 그러니 부디 마음 편히 갖게, 이 점 명심해야 하네. 나는 그녀에게는 죄인이나 다름없어, 그녀는 기독교적 영혼의 소유자거든. 여러분, 그녀는 온화한 영혼의 소유자이고 아주 결백한 여자더군요. 그건 그렇고 그녀한테 뭐라고 이야기해야 할까, 드미트리 표도로비치? 얌전히 앉아 있다고 할까, 말까?」

호인인 경찰서장은 이야기를 장황하게 늘어놓았으나, 그루셴카의 슬픔, 인간적인 슬픔은 그의 선량한 영혼을 감동시켜 눈가에 이슬이 맺힐 정도였다. 미탸는 자리에서 벌떡 일어나더니 그를 향해 말했다.

「용서하십시오, 여러분, 제발, 오, 제발 용서해 주십시오!」 그는 소리쳤다. 「당신은 천사 같은, 천사 같은 분이십니다, 미하일 마카로비치. 그녀를 위해 애써 주셔서 감사합니다! 얌전히, 얌전히 있겠습니다, 즐거운 마음으로 말입니다. 그녀 곁에 당신 같은 수호천사가 함께 있다는 사실을 알고는 내가 즐거운 마음으로, 즐거운 마음으로, 심지어는 웃음까지 터뜨리면서 신문을 받을 거라고 부디 전해 주십시오. 이제 곧 일을 마치고 자유로운 몸이 되면 얼른 뛰어 내려갈 테니 기다리라고 해주십시오! 여러분.」 그는 갑자기 검사와 예심 판사를 향해 이렇게 중얼거렸다. 「이제 나는 나의 모든 영혼을 열고 전부 말씀드리겠습니다. 우리는 이 사건을 금방 끝마치게 될 겁니다, 유쾌한 마음으로 끝마치게 될 겁니다. 결국에 가서는 시원스레 웃음을 터뜨리게 될 겁니다, 그렇지 않습니까? 하지만 여러분, 그 여자는 내 영혼의 여왕입니다! 오, 나는 여러분한테 그렇게 말씀드리겠습니다. 이미 여러분한테 그렇게 밝히기도 했고요……. 나는 내가 고상한 분들과 함께 있다는 사실을 알고 있습니다. 그녀는 나의 빛이며 여신입니다, 이 점만은 꼭 알아 주셨으면 합니다! 〈당신과 함께라면 나도 교수형을 받겠어요!〉라는 그녀의 외침을 당신들도 들으셨겠지요? 그런데 난 그녀에게 무엇을 해주었을까요? 빈털터리 거지에 불과한 나한테 어째서 그런 사랑을 바치는 것일까요? 흉물스럽고 추악한 짐승 같은 존재이자 인물도 못생긴 내가 유형길을 따라나서는 그런 사랑을 받을 만한 자격이 있을까요? 조금 전 그녀는 당신들 발밑에 무릎을 꿇었습니다. 그렇게 자존심 강하고 아무 죄도 없는 여자가 말입니다! 그러니 어찌 내가 그녀를 열렬히 사랑하지 않을 수 있으며, 마음을 주지 않을 수 있겠습니까? 어찌 조금 전처럼 그녀에게 달려가지 않을 수 있겠습니까? 오, 여러분, 용서해 주십시오! 하지만 이제, 이제 나는 마음의 위로를 받았습니다!」

이렇게 말하고 나서 그는 손바닥으로 얼굴을 가린 채 탁자에 주저앉더니 눈물을 흘리기 시작했다. 그러나 그것은 이미 행복의 눈물이었다. 그는 이내 정신을 차렸다. 경찰서장은 대단히 만족했고, 두 법관들도 만족스러워 보였다. 신문이 곧 새로운 국면으로 접어들 거라는 예감이 들었던 것이다. 경찰서장을 내보내고 난 미탸는 상당히 즐거운 표정을 지었다.

「자, 여러분, 이제 여러분 마음대로 하십시오. 그리고······ 쓸데없는 이야기들을 빼버린다면 우리는 곧 합의점에 이르게 될 겁니다. 내가 또 쓸데없는 이야기를 했군요. 마음대로 하십시오, 여러분. 하지만 맹세코 상호 간의 신뢰가 필요합니다. 여러분은 나에 대해서, 나는 여러분에 대해서. 그렇지 않으면 우리는 결코 이 사건을 마무리 지을 수 없을 겁니다. 여러분을 위해 하는 말입니다. 본론으로 들어가시죠, 여러분, 본론으로. 중요한 것은 내 마음을 들쑤시지도 마시고 쓸데없는 일로 괴롭히지도 말며, 다만 사건과 사실에 대해서만 질문해 달라는 겁니다. 그러면 나는 곧 여러분을 만족시켜 드리게 될 겁니다. 사소한 일일랑 제발 집어치웁시다!」

미탸는 이렇게 소리쳤다. 신문은 다시 재개되었다.

4 두 번째 수난

「믿지 않으시겠지만, 마음의 준비가 되셨다니 우리는 얼마나 용기가 나는지 모르겠습니다, 드미트리 표도로비치······.」
니콜라이 파르표노비치는 지독하게 심한 근시이지만 잠시 안경을 벗어 둔 연회색 퉁방울눈에 만족스러운 빛을 띠면서 활기에 찬 얼굴로 이렇게 말했다.「당신은 지금 우리 상호 간의 신뢰에 대해 지극히 온당한 말씀을 하셨는데, 그런 상호 간의 신뢰 없이는 이처럼 중요한 사건의 경우 심리와 그 의의는 때로는 불가능한 것이 됩니다. 만일 용의자가 실제로 자신을 정당화하고 싶어 하고, 또 그렇게 할 경우에는 말입니다. 우리는 우리가 할 수 있는 모든 방법을 동원하고 있고, 당신도 우리가 이 사건을 어떻게 처리하는지 보셨을 줄로 압니다만…… 내 말에 동의하시죠, 이폴리트 키릴로비치?」그는 갑자기 검사를 향해 고개를 돌렸다.

「오, 물론이지요.」검사는 니콜라이 파르표노비치의 절도 있는 목소리에 비해 다소 시큰둥한 목소리로 동의했다.

여기서 필자가 마지막으로 지적하는 바이지만, 우리 고장에 새로 부임한 니콜라이 파르표노비치는 활동 초기부터 이폴리트 키릴로비치 검사에게 특별한 존경심을 느끼고 있었으며, 또한 마음도 잘 통했다. 그는 〈직장에서 멸시를 받고 있는〉 이폴리트 키릴로비치 검사의 특별한 심리학적 재능과 웅변술을 추호도 의심하지 않고 믿었으며, 그가 멸시를 받고 있다는 사실조차 굳게 믿고 있던 거의 유일한 사람이었다. 그는 이미 페테르부르크에 있을 때부터 검사의 소문을 듣고 있었다. 한편, 젊은 니콜라이 파르표노비치는 〈멸시를 받던〉 검사가 온 세상을 통틀어서 진정으로 아끼던 유일한 사람이기도 했다. 이곳으로 오는 도중에 그 두 사람은 현재의 사건에 대해 모종의 합의를 보고 약정을 맺어 두었기 때문에, 지금 탁자에 앉아 있는 동안에도 니콜라이 파르표노비치의 예리한 두뇌는 자기 선배의 말 한마디, 시선, 눈짓으로부터 얼굴에 실린 온갖 지시 사항과 움직임을 모두 포착하고 이해하고 있었다.

「여러분, 나 혼자 이야기하게 내버려 두시고 쓸데없이 이야기를 중단시키지 말아 주십시오. 그러면 단숨에 모두 말씀드릴 테니까요.」 미탸가 열변을 토했다.

「좋습니다. 그렇게 해주신다면 고맙겠습니다. 하지만 당신의 진술을 듣기 전에 우리한테 매우 흥미로운, 다시 말해서 당신이 어제 5시경에 당신의 친구 표트르 일리치 페르호틴의 집에서 권총을 저당 잡히고 10루블을 빌렸던 일에 대해서 확인해 주셨으면 합니다.」

「저당 잡혔습니다, 여러분, 10루블에 저당 잡혔습니다. 또 다른 질문 있습니까? 읍내로 돌아오는 길에 저당 잡혔던 것입니다.」

「읍내로 돌아오는 길이었다고요? 여행을 다녀오셨습니까?」

「네, 40베르스타 떨어진 곳에 다녀왔습니다. 그런데 여러분은 그 사실을 모르셨던가요?」

검사와 니콜라이 파르표노비치는 서로 얼굴을 마주 보았다.

「그럼 어제 아침부터 당신의 일과를 조리 있게 말씀해 주시겠습니까? 예를 들면 어째서 읍 밖으로 나가셨는지, 또 언제 떠나셨다가 언제 돌아오셨는지…… 그런 사실들 모두를 말입니다…….」

「그렇다면 맨 처음부터 물으셨어야지요.」 미탸는 큰 소리로 웃어 댔다. 「원하신다면 어제부터가 아니라 그저께 아침부터 말씀드리지요. 그러면 어디로, 어떻게, 왜 갔었는지 이해하실 테니까요. 여러분, 나는 믿을 만한 담보물을 내놓고

3천 루블을 빌리려고 그저께 아침에 이 고장의 상인인 삼소노프를 찾아갔었습니다. 갑자기 돈이 필요했기 때문입니다, 여러분, 갑자기 돈이 필요했기 때문에…….」

「말하는 도중에 실례합니다만.」 검사가 정중하게 말을 가로막고 나섰다. 「당신은 어째서 돈이 필요했던 거죠, 그것도 3천 루블이나 되는 거액이?」

「이런, 여러분, 사소한 질문은 절대 삼가 주십시오. 언제, 어떻게, 왜 이러저러한 돈이 필요했는가 하는 문제 모두를 설명하려면 밑도 끝도 없으며…… 책으로 세 권을 써도 모자랄 것이고, 게다가 에필로그까지 요구되는 상황이 벌어질 테니까요!」

미탸는 모든 진실을 털어놓겠다는, 진정 선의로 충만한 인간에게서나 나타나는 호의적이면서도 조급한 친절을 보이며 이야기를 풀어 나갔다.

「여러분.」 그는 갑자기 무슨 생각이 떠오른 듯했다. 「옆길로 빠지는 이 버릇을 용서해 주십시오, 다시 한번 사죄드립니다. 내가 여전히 여러분에 대해 존경심을 느끼고 있으며, 현재의 사건 상황에 대해 잘 이해하고 있다는 사실을 한 번 더 믿어 주십시오. 내가 술에 취했다고는 생각지 마십시오. 지금 나는 정신이 말짱하니까요. 하긴 술에 취했다고 해도 전혀 상관이 없기는 합니다만. 나는 이런 놈입니다. 〈술에서 깨어 지혜가 작동하면 바보가 되고, 술에 취해 지혜가 마비되면 현명해진다네.〉 하하하! 그런데 여러분, 나는 사건이 규명될 때까지 여러분한테 농담을 던질 만큼 유쾌하지 못하다는 것을 잘 알고 있습니다. 나의 품위를 지킬 수 있도록 해주십시오. 나는 현재의 입장 차이를 잘 알고 있습니다. 어쨌든 나는 죄인의 신분으로 앉아 있고, 여러분에게는 다른 입장에서 조사할 임무가 부여되어 있으니까요. 그리고리 영감의 머리통 사건을 두고 여러분이 내 머리를 쓰다듬어 줄 리도 없고, 사실 영감의 머리통을 깨놓고도 벌을 받지 않을 수는 없는 노릇이겠지요. 여러분은 영감을 위해 나를 재판에 회부할 것이고, 어떤 판결을 내릴지는 모르겠지만 모든 권리를 박탈하지는 않더라도 반년이나 1년가량 감옥에 보내지 않겠습니까, 검사님? 그러니 여러분, 나는 그 입장 차이를 잘 알고 있기는 합니다……. 그러나 어디를 들어갔느냐, 언제, 어떻게, 어디로 들어갔느냐 하는 그런 질문들이라면 하느님도 혼란에 빠뜨릴 수 있다는 점에 대해 공감하실 줄 믿습니다. 따라서 내가 혼란에 빠지고 있는데, 그렇게 마구 기록해 나간다면 어떤 결론이 나올 수 있겠습니까? 그러다간 아무 결론도 나올 수 없는 것입니다! 네, 물론 내가 거짓말을 늘어놓기 시작한다면 일을 마무리 지을 수도 있겠지요. 하지만 여러분, 여러분은 높은 교육을 받은 고상한 인격을 지닌 분들이니 나를 용서해 주시기 바랍니다. 한 가지만 더 부탁드리겠습니다. 여러분은 맨 처음부터 사소하고 아무 쓸모도 없는 그런 질문들로 신문을 시작하고 있다는 사실을 염두에 두시란 말입니다. 여러분은 어떻게 일어났느냐, 무엇을 먹었느냐, 〈범인의 주의를 혼란시킨 다음에〉 별안간 〈누구를 죽였느냐, 누구한테서 돈을 강탈했느냐?〉 등등의 당혹스러운 질문들을 던지지 않습니까. 하하! 이것이 바로 여러분의 상투적인 수법이고 원칙이며, 당신들은 그렇게 무언가 교활한 꾀를 부리는 것입니다! 그런 교활한 잔꾀로 농부들은 현혹시킬 수 있을지 몰라도 나한테는 안 통합니다. 나는 그런 수법을 알고 있으며 나 자신도 그런 일을 해봤으니까요, 하하하! 화를 내지는 마십시오, 여러분, 무례한 말이었다면 용서해 주십시오.」 그는 놀랄 만큼 선량한 표정으로 그들을 바라보며 소리쳤다. 「바로 미티카 카라마조프가 한 말이니 용서해 주실 수 있을 겁니다. 착한 사람이 한 말이라면 용서할 수 없겠지만, 다름 아닌 미티카 카라마조프가 한 말이니까요! 하하!」

니콜라이 파르표노비치도 이야기를 들으며 웃음을 터뜨렸다. 검사도 웃지는 않았지만 미탸의 사소한 언사, 사소한 행동거지 하나하나, 그의 안면 경련 하나까지도 놓치지 않으려고 애를 쓰는 듯이 그에게서 잠시도 눈을 떼지 않고 뚫어질 듯 바라보았다.

「하지만 우리는 당신과 그런 식으로 이야기를 시작하지는 않았습니다.」 니콜라이 파르표노비치가 연신 웃음을 터뜨리며 말했다. 「아침에 무슨 일을 하기 시작했느냐, 무엇을 먹었느냐 하는 그런 질문으로 당신을 혼란에 빠뜨린 적은 없습니다. 처음부터 핵심적인 질문을 던지긴 했습니다만.」

「알고 있습니다. 알고 있기 때문에 이렇게 높이 평가하고 있고, 여러분이 지금 내게 보여 주신 호의나 끝없이 자애로운 마음씨에 대해서는 더욱 치하의 말씀을 드리는 바입니다. 여기에 있는 우리 세 사람은 모두 선량한 사람들입니다. 그러니 우리 세 사람은 귀족 사회와 명예로 연결된 교양 있는 상류 사회 인사들의 상호 신뢰를 바탕으로 일을 처리해야 합니다. 어떤 상황에서도, 바로 이 순간에도, 나의 명예가 손상된 지금 이 순간에도 여러분을 내 평생의 가장 훌륭한 친구들로 여기고 싶습니다! 여러분을 욕되게 하는 일은 아니겠지요, 여러분, 여러분을 욕되게 하는 일은 아니겠지요?」

「그 반대입니다. 당신 정말 말씀 한번 잘하셨습니다, 드미트리 표도로비치.」 니콜라이 파르표노비치가 의젓하게 동의의 뜻을 비쳤다.

「그렇다면 사소한 질문들은, 여러분, 속임수를 쓰는 사소한 질문들은 집어치우십시오.」 미탸가 쾌재를 부르며 소리쳤다. 「그렇지 않으면 어떤 결과가 나올지 누가 알겠습니까, 안 그렇습니까?」

「당신의 현명한 충고를 십분 고려하겠습니다.」 검사가 별안간 미탸에게 주의를 돌리며 말문을 열었다. 「하지만 내 질문을 철회하지는 않겠습니다. 사실 우리는 당신한테 어째서 그런 돈이, 다시 말해서 3천 루블이 왜 꼭 필요했는지 알아야 하니까요.」

「어째서 돈이 필요했느냐? 그 이유는, 바로 그것 때문에…… 네, 빚을 갚기 위해서입니다.」

「누구한테 말입니까?」

「답변을 거부하겠습니다, 여러분! 답변을 하지 않겠다거나, 할 수 없다거나 겁을 집어먹고 있는 것은 아닙니다. 그건 아주 어리석고 사소한 일이기 때문입니다. 다시 말해서 내가 답변하지 않는 것은 그것이 하나의 원칙이기 때문입니다. 그건 나의 사생활이고, 따라서 사생활이 간섭당하는 것을 용납하지 않을 생각입니다. 이것이 바로 나의 원칙입니다. 당신의 질문은 이 사건과 아무 관련도 없으며, 사건과 관련 없는 모든 것은 나의 사생활인 것입니다! 나는 빚을, 명예의 빚을 갚고 싶었을 따름입니다. 하지만 누구한테 진 빚인지는 말하지 않겠습니다.」

「그것도 기록하겠습니다.」 검사가 말했다.

「좋으실 대로 하십시오. 내가 아무 말도 하지 않았다고, 아무 말도 하지 않았다고 기록하십시오. 여러분, 그 사실을 밝히는 것조차 불명예스럽게 생각한다는 말까지 기록하십시오. 여러분한테는 기록할 시간이 얼마든지 있지 않습니까!」

「다시 한번 미리 밝혀 두는 바입니다, 혹시 당신이 이런 사실을 모르고 있지는 않나 해서 말입니다.」 검사는 대단히 엄숙한 표정으로 정색을 하며 말했다. 「당신은 지금 당신한테 주어진 질문에 대해 묵비권을 행사할 권리를 가지고 있지만, 역으로 우리 또한 만일 당신이 이러저러한 이유를 들어 답변하고 싶지 않다면 답변을 강요할 권리가 전혀 없습니다. 그건 당신의 개인적인 판단의 문제입니다. 그렇지만 우리의 본분은 지금과 같은 경우에 이러저러한 증언을 거부함으로써 당신이 부딪히게 되는 여러 가지 불리한 입장을 설명해 주어야 하는 것입니다. 그리고 계속해서 질문하겠습니다.」

「여러분, 나는 화를 내고 있는 것이 아닙니다……. 나는…….」 검사의 훈계에 약간 당황한 미탸가 이렇게 중얼거렸다. 「여러분, 그때 바로 삼소노프라는 사람을 찾아갔는데…….」

물론 필자는 독자들이 이미 알고 있는 그 이야기의 상세한 내용을 다시 옮기지는 않겠다. 미탸는 초조한 마음에 어서 신문을 끝마치려고 자질구레한 내용까지 모두 털어놓고 싶어 했다. 그러나 증언은 하나하나 기록되었으므로, 그때마다 중단되었다. 드미트리 표도로비치는 그 때문에 화를 냈지만 그래도 고분고분했고, 화를 내면서도 호의적인 입장을 버리지 않았다. 사실 그는 〈여러분, 이건 하느님이라도 분통을 터뜨리실 겁니다〉라거나 〈여러분, 여러분은 쓸데없이 나를 짜증스럽게 하시려는 겁니까?〉라며 이따금씩 소리를 지르기도 했지만, 그렇게 소리를 지르면서도 우애 넘치는 관대한 태도만은 바꾸지 않았다. 그리하여 그는 이틀 전 삼소노프가 자신을 어떻게 속였는지 모두 털어놓았다(그는 그때 자신이 속았다는 사실을 이미 잘 알고 있었다). 그가 여비를 마련하기 위해서 시계를 6루블에 팔았다는 이야기는 검사와 예심 판사가 전혀 모르고 있던 사실로, 그들은 미탸의 치를 떠는 분노에 대해 비상한 관심을 보였다. 그 사실은 미탸가 전날 땡전 한 푼 없는 처지였음을 부차적으로 입증하기 위해 자세히 기록해야 했던 것이다. 미탸는 점점 더 우울한 기분이 들었다. 이어서 그는 랴가비 집의 방문이며 탄산 가스가 가득한 그 오두막에서 하룻밤을 보낸 일 등에서 시작하여 읍내로 돌아올 때까지의 이야기를 설명하더니, 누가 특별히 부탁하지 않았는데도 그루셴카로 인한 자신의 질투 섞인 고뇌를 자세히 이야기하기 시작했다. 그의 증언은 조용하고 조심스럽게 청취되었는데, 그중에서 특히 그가 오래전부터 그루셴카의 동태를 감시하기 위해 표도르 파블로비치의 이웃인 마리야 콘드라티예브나의 집 〈뒤뜰〉에 감시소를 설치했다는 사실과, 스메르댜코프가 그에게 정보를 알려 줬다는 사실이 관심을 끌었다. 이런 사실은 특별히 강조되어 기록되었다. 그는 자신의 질투심에 대해 열을 올리며 이야기했고, 자신의 은밀한 감정을 〈공공연한 수치거리〉로 털어놓는 것이 내심 부끄러웠지만 결백을 입증하기 위해서 그 수치심을 꾹 참고 있는 것처럼 보였다. 미탸가 이야기하는 동안 냉정하면서도 엄격한 자세로 그를 뚫어질 듯 응시하고 있는 검사와 예심 판사의 시선은 그의 마음을 벌컥 뒤집어 놓고 말았다. 〈바로 며칠 전 나하고 음담패설을 나누던 저 애송이 니콜라이 파르표노비치 녀석이나 병이 들어 비실거리는 이 검사 녀석한테 이런 이야기를 할 가치가 있을까? 이건 수치야!〉 하는 생각이 그의 뇌리를 스치고 지나갔다. 그러나 그는 〈참고, 진정하며, 입을 다물어라〉라는 시구로 마음을 다지며 신문을 계속하기 위해 다시금 기운을 냈다. 그는 호흘라코바 부인 이야기로 넘어가자 다시 활기를 되찾았으며, 그래서 비록 사건과는 아무 상관도 없지만 최근에 벌어진 그 부인에 관한 우스갯소리까지 떠벌리고 싶었으나 예심 판사가 그의 말을 중단시키며 정중한 말투로 〈보다 본질적인 문제〉로 넘어가자고 요청했다. 결국 자신의 절망감을 이야기한 후, 호흘라코바 부인 집을 나서는 순간 〈어서 누군가를 죽여서라도 3천 루블을 손에 넣어야겠다〉는 생각이 들었다고 하자, 〈죽이고 싶었다〉는 말을 기록하기 위해 그는 다시 이야기를 제지당하고 말았다. 미탸는 군말 없이 기록하게 내버려 두었다. 마침내 그의 증언은 그루셴카가 그날 밤 삼소노프 집에 있겠다고 해놓고 그가 그 영감 집에 데려다주자마자 거짓말을 한 후, 그 집을 곧장 빠져나왔다는 사실을 문득 깨닫게 되었다는 대목에까지 이르렀다. 〈내가 그때 페냐를 죽이지 않은 것은, 여러분, 단지 시간이 없었기 때문입니다.〉 그의 입에서는 별안간 이런 이야기가 튀어나오고 말았다. 이 말도 자세히 기록되었다. 미탸는 우울한 마음으로 아버지 집 정원으로 달려가던 이야기를 계속하려고 했다. 그때 예심 판사가 그의 이야기를 중지시킨 후 소파 옆자리에 놓여 있던 커다란 가방을 열더니 그 속에서 놋쇠로 된 절굿공이를 꺼냈다.

「이 물건을 알아보시겠죠?」 그는 미탸에게 그 물건을 보여주었다.

「아, 그럼요!」 그는 처량한 미소를 지었다. 「어떻게 모를 수 있겠습니까! 어디 한번 볼까요…… 젠장할, 그럴 필요 없습니다!」

「당신은 이 물건에 대해 말하는 것을 잊으셨더군요.」 예심 판사가 지적했다.

「빌어먹을! 여러분한테 감추려던 것이 아닙니다. 그 이야기를 하지 않고는 넘어갈 수 없는 문제니까요, 그렇지 않습니까? 단지 기억나지 않았을 뿐이지요.」

「어떻게 이런 물건을 손에 넣게 되었는지 자세히 말씀해 주시겠습니까?」

「그러지요. 감사합니다, 여러분.」

그러고 나서 미탸는 절굿공이를 어떻게 손에 넣고 뛰어가게 되었는지 이야기했다.

「그런데 어떤 목적으로 이런 흉기를 손에 넣게 되었습니까?」

「어떤 목적이라뇨? 아무 목적도 없었습니다! 그냥 손에 잡히는 대로 들고 뛰어갔던 것이니까요.」

「어째서 아무 목적도 없었다는 것이죠?」

미탸의 가슴속에서는 화가 치밀어 올랐다. 그는 〈이 애송이〉를 뚫어질 듯이 쳐다보다가 음울하고 적의에 찬 미소를 지어 보였다. 그는 〈이 따위 녀석들〉한테 지금 질투심에 대한 자기 속마음을 남김없이 털어놓고 있다는 사실을 점점 더 수치스럽게 여겼다.

「절굿공이가 어쨌다는 겁니까!」 그의 입에서 이런 말이 튀어나왔다.

「하지만.」

「좋습니다, 개를 쫓기 위해서였지요. 좋아요, 날도 어둡고 해서…… 만일의 경우를 대비한 것이지요.」

「당신은 예전에도 밤에 외출을 하실 때면 어둠이 두려워서 어떤 흉기를 들고 다니셨습니까?」

「에이, 빌어먹을! 당신들하고는 이야기를 할 수 없군요!」 미탸는 신경질이 극에 달해 소리쳤다. 그는 화가 치밀어 빨갛게 달아오른 얼굴을 서기를 향해 돌리며 머리끝까지 화가 치민 목소리로 말했다.

「자, 기록하세요…… 어서…… 〈나의 아버지…… 표도르 파블로비치를…… 죽이기 위해…… 머리통을 내려치기 위해 절굿공이를 들고 간 것〉이라고! 이제 만족하십니까, 여러분? 속이 후련하십니까?」 그는 예심 판사와 검사를 도전적인 시선으로 훑어보았다.

「지금 우리한테 잔뜩 화가 나셨고, 우리의 질문에 분통이 치밀어 올라서 그런 증언을 하신 거라는 점은 잘 알고 있습니다. 당신이 쓸데없는 것이라고 생각하는 것들이 실제로는 아주 본질적인 것이 될 수도 있는 법입니다.」 검사가 무뚝뚝하게 대답했다.

「아니, 여러분! 물론 나는 절굿공이를 집어 들었습니다……. 하지만 그런 경우, 무슨 이유가 있어야 물건을 집어 듭니까? 나로선 그 이유를 알지 못하겠습니다. 그냥 집어 든 채 뛰어간 겁니다. 그게 전부입니다. 수치스러운 일입니다, 여러분, passons(그냥 넘어갑시다). 그렇지 않으면 나는 맹세코 더 이상 아무 말도 하지 않겠습니다!」

그는 탁자 위에 팔꿈치를 괴고 다른 한 손으로는 고개를 받쳤다. 그는 검사 쪽 방향에서 돌아앉은 채 벽을 바라보면서 불쾌감을 삭였다. 사실 그는 자리에서 벌떡 일어나 〈비록 사형을 당한다 할지라도〉 한마디도 하지 않겠노라고 선언하고 싶었다.

「내 말 좀 들어 보시죠, 여러분.」 그는 간신히 자신의 감정을 억누른 채 갑자기 말했다. 「내 말 좀 들어 보시죠. 당신들의 이야기를 듣고 있노라니 문득 이런 생각이 떠오르는군요……. 나는 이따금씩 한 가지 꿈을 꾸곤 합니다…… 언제나 똑같은 꿈을 종종 반복해서 꾼단 말입니다. 그 꿈에서는 누군가 한밤중의 어둠 속에서 나를 찾으면서 내 뒤를 쫓아오는데, 내가 지독히 무서워하는 사람이라서 나는 그를 피해 문 뒤나 찬장 뒤 어딘가로 숨곤 하지요, 아주 비겁하게 말입니다. 그런데 중요한 것은 내가 숨어 있는 곳을 그가 너무나 잘 알고 있다는 사실입니다. 하지만 그는 나를 더 괴롭히려고, 내가 두려움에 떨고 있는 것을 즐기려고, 내가 숨어 있는 곳을 모르는 것처럼 일부러 이리저리 찾아다니는 척합니다……. 그런데 바로 당신들이 그런 짓을 하고 있는 겁니다! 정말 똑같군요!」

「그런 꿈을 꾸신단 말이죠?」 검사가 물었다.

「네, 그런 꿈을 꿉니다……. 그런데 기록하지 않으실 모양이죠?」 미탸가 입을 씰룩거리며 미소를 지었다.

「기록하지 않을 겁니다. 하지만 당신의 꿈은 무척 흥미롭군요.」

「이건 꿈이 아닙니다! 현실입니다, 여러분, 실제 생활에서 일어나고 있는 현실이라고요! 나는 한 마리 늑대이고, 당신들은 사냥꾼들입니다. 자, 어서 나를 몰아 보시죠.」

「당신은 쓸데없이 그런 비유를 들고 있는 겁니다…….」 니콜라이 파르표노비치가 아주 부드러운 목소리로 입을 열었다.

「쓸데없는 것이 아닙니다, 여러분, 쓸데없는 것이 아니에요!」 미탸는 다시 속이 부글부글 끓어올랐다. 갑자기 솟구쳐 오르는 분노가 누그러지자 그의 한마디 한마디에는 다시 호의가 담겼다. 「당신들은 당신들의 신문 때문에 고통을 당하고 있는 죄인 혹은 피고의 말을 믿지 않을 수도 있겠지만, 고상한 감정을 분출하는 고결한 인간의 말은(나는 이것을 용감하게 부르짖는 바입니다) 믿지 않을 수 없을 겁니다……. 그럴 권리도 없으니까요…… 하지만 〈침묵할지어다, 가슴이여, 참고 진정하며 침묵할지어다!〉 자, 어떻습니까, 계속할까요?」 그는 우울한 표정으로 하던 말을 멈추었다.

「물론 계속해 주십시오.」 니콜라이 파르표노비치가 대답했다.

5 세 번째 수난

미탸는 퉁명스럽게 이야기했으나, 그래도 자신이 말하려는 내용을 하나도 잊거나 빠뜨리지 않으려고 애쓰는 모습이 역력해 보였다. 그는 아버지 집 정원의 울타리를 어떻게 넘었으며, 창문까지 어떻게 접근했고, 또 창문 밑에서 무슨 일이 벌어졌는지 진술했다. 그루셴카가 아버지 집에 와 있는지 알고 싶어 미칠 지경이던 당시 정원에서의 매우 흥분했던 심정을 딱 잘라 말하듯 명확하고 정확하게 진술했다. 그러나 이상한 일이었다. 이번에는 검사도 예심 판사도 그의 이야기를 몹시 소극적으로 경청했고, 냉정한 눈으로 바라보았으며, 질문도 훨씬 적게 던졌다. 미탸는 그들의 얼굴 표정만으로는 어떤 결론도 내릴 수 없었다. 〈모욕을 받고 나더니 화가 난 모양이로군, 빌어먹을!〉 하고 그는 생각했다. 마침내 그루셴카가 도착했다는 〈신호〉를 아버지한테 보내기로 마음먹었다는 대목을 이야기했을 때에도 검사와 예심 판사는 〈신호〉라는 말에 조금도 주의를 기울이지 않았다. 그들은 그 말뜻을 전혀 이해하지 못했고, 그 말에 어떤 의미가 들어 있는지도 모르는 것처럼 보였다. 미탸도 그것을 눈치챌 수 있었다. 결국 창문으로 얼굴을 내민 아버지의 얼굴을 보는 순간 증오심이 치밀어 올라 주머니에서 절굿공이를 꺼냈다는 대목에 이르자, 그는 마치 의도적인 것처럼 갑자기 하던 말을 멈추었다. 그는 자리에 앉은 채 벽을 바라보았지만 수많은 눈동자가 자신을 향해 쏠려 있다는 사실을 알 수 있었다.

「그래서요?」 예심 판사가 말했다. 「당신은 흉기를 꺼냈고…… 그래서 그다음 어떤 일이 벌어졌나요?」

「그다음이요? 그다음에는 아버지를 죽여 버렸습니다……. 아버지의 정수리를 내리쳐 골통을 부수어 버렸습니다……. 이렇게 되어야 했겠지요, 여러분 생각으로는, 그렇게 말입니다!」 그의 두 눈은 갑자기 초롱초롱 빛나기 시작했다. 그의 가슴속에서는 꺼져 가던 분노의 불길이 다시 놀라운 위세로 타올랐다.

「우리 생각은 그렇습니다만.」 니콜라이 파르표노비치가 말을 되받았다. 「당신 생각은 어떻습니까?」

미탸는 시선을 떨군 채 오랫동안 침묵을 지켰다.

「내 생각은, 여러분, 내 생각은 이렇습니다.」 그는 나직한 목소리로 말했다. 「누군가의 눈물 덕분인지, 어머니께서 하느님께 기도드린 덕분인지, 아니면 그 순간 성령이 내게 입을 맞춘 덕분인지는 모르겠지만 악마는 패배하고 말았습니다. 나는 창문에서 물러나 담장 쪽으로 달려갔습니다……. 아버지는 깜짝 놀라 그때 처음으로 나를 발견하고는 비명을 지르며 창문에서 물러났습니다. 그 장면을 나는 잘 기억하고 있습니다. 그리고 나는 담장으로 향하는 정원을 가로질러 갔습니다……. 그런데 내가 담장을 넘으려는 순간 그리고리가 뒤쫓아 와서…….」

여기까지 말한 미탸는 마침내 고개를 들어 사람들을 둘러보았다. 그들은 더할 수 없이 냉정한 태도로 미탸를 바라보고 있었다. 그의 영혼 속에는 분노 어린 경련이 스치고 지나갔다.

「여러분, 여러분은 지금 이 순간 나를 비웃고 계시는군요!」 그는 이렇게 혼잣말을 하고 나서 하던 말을 멈추었다.

「왜 당신은 그렇게 생각하십니까?」 니콜라이 파르표노비치가 물었다.

「한마디도 믿지 않으시는군요. 그리고 이것이 그 이유겠지요! 이야기가 중요한 대목에 이르렀다는 사실을 나도 잘 알고 있습니다. 노인은 머리가 깨진 채 그곳에 엎어져 있었는데, 나는 아버지를 살해할 생각으로 절굿공이를 집어 들었다가 갑자기 창문에서 물러서 달아나 버렸다고 비극적으로 묘사하고 있으니 말입니다……. 이건 한 편의 서사시입니다! 시 속에 나오는 이야기겠지요! 그런데 젊은 놈이 하는 이야기를 믿기나 할는지! 하하! 당신들은 냉소가들이로군요, 여러분!」

이렇게 말하고 나서 그는 의자에 앉은 채 몸을 홱 돌렸고,

그가 앉은 의자는 삐걱 소리를 냈다.

「당신은 혹시 보지 못했습니까?」 검사는 미탸의 흥분 따위에는 별반 관심을 기울이지 않은 채 별안간 묻기 시작했다. 「당신은 창문에서 도망칠 때 행랑채 한쪽 끝에 있는 정원으로 통하는 문이 열려 있었는지, 닫혀 있었는지 보지 못했습니까?」

「아니요, 닫혀 있었습니다.」

「닫혀 있었단 말인가요?」

「닫혀 있었습니다. 아니, 누가 그 문을 열 수 있겠습니까? 아차, 문이라면, 잠깐만!」 그는 별안간 제정신이 들기라도 한 듯 몸을 부르르 떨었다. 「여러분이 발견했을 때 문이 열려 있었다는 게 사실입니까?」

「그렇습니다.」

「만일 여러분이 직접 그 문을 열지 않았다면, 누가 그 문을 열 수 있었을까요?」 미탸는 별안간 엄청난 공포심을 느꼈다.

「문은 열린 상태였습니다. 당신 아버지의 살인범은 그 문으로 들어가서 살인을 저지른 다음, 바로 그 문을 통해 나간 것입니다.」 검사는 단정을 짓듯 천천히 한마디 한마디 끊어서 말했다. 「그건 우리한테는 움직일 수 없는 사실입니다. 살인이 일어난 곳은 분명히 방 안이지, 〈창문을 통해〉 시체가 안으로 옮겨진 것은 아닙니다. 현장 검증과 시체의 상태 그리고 여러 가지 상황을 종합한 결과, 그건 너무나 명백한 사실입니다. 이 같은 상황에 대해서는 의심할 만한 점이 전혀 없습니다.」

미탸는 심한 충격을 받고 말았다.

「그것은 도저히 불가능한 일입니다, 오, 맙소사!」 그는 완전히 넋이 나간 사람처럼 소리를 질렀다. 「나는…… 나는 방 안으로 들어가지 않았습니다……. 내가 정원으로 들어갔다가 도망쳐 나오는 동안 내내 그 문은 잠겨 있었다고 분명히 여러분한테 사실대로 말씀드렸습니다. 나는 단지 창문 아래에서 아버지를 바라보았을 뿐입니다, 단지 그것뿐이에요……. 마지막 순간까지 기억할 수 있으니까요. 행여 기억하지 못한다고 해도 내가 알고 있는 것과 다름없어요. 왜냐하면 〈그 신호〉만큼은 나와 스메르댜코프 그리고 죽은 아버지 세 사람만 알고 있으니까요. 그리고 아버지는 그 신호를 보내지 않으면 이 세상의 그 누구에게도 문을 열어 주지 않았을 테니까요!」

「그 신호라뇨? 그건 대체 어떤 신호를 말하는 겁니까?」 검사는 거의 광적인 호기심을 드러내며 끈질기게 캐물었고, 그러는 동안 단번에 위엄 있는 태도를 흐트러뜨리고 말았다. 그는 마치 조심스럽게 한 발자국씩 다가가는 것처럼 질문을 던졌다. 그는 아직도 자신이 모르는 중요한 사실이 있다는 느낌을 받았으며, 미탸가 그 사실을 완전히 털어놓지 않을 수도 있다는 커다란 두려움에 빠져들었다.

「그러면 당신도 모르고 있었던 모양이군요!」 미탸는 냉소 섞인 능글맞은 미소를 지으며 검사를 향해 눈을 껌뻑거렸다. 「만일 내가 이야기를 하지 않는다면 어떻게 되는 거죠? 그러면 누구한테서 알아낼 수 있을까요? 그 신호는 죽은 아버지와 나와 스메르댜코프 세 사람만이 알고 있으니 말입니다, 아니, 하늘도 알고 있겠군요. 하지만 하늘은 여러분한테 아무 말도 하지 않겠지요. 그런데 그 사실은 상당히 흥미진진한 것이어서 그걸 기초로 할 경우 어떤 누각도 세울 수 있을 겁니다, 하하! 안심하십시오, 여러분, 나는 모든 사실을 다 털어놓을 테니까요, 어리석은 생각일랑 제발 그만두십시오. 여러분은 지금 누구의 사건을 다루고 계신지 잊지 않으셨겠지요! 여러분이 다루고 계신 사건의 이 피고는 자기 자신에 대해 털어놓음으로써 자신을 불리한 곤경에 빠뜨리기도 하는 그런 위인인 것입니다! 그렇습니다, 그건 내가 정직한 기사이기 때문이지요. 하지만 여러분은 그렇지 않습니다!」

검사는 불쾌한 이야기를 참아 넘기면서 새로운 사실을 알아내려는 조바심에 몸을 떨었다. 미탸는 아버지 표도르 파블로비치가 스메르댜코프를 위해 생각해 낸 신호가 어떤 것인지 세세하고 장황하게 설명했으며, 창문을 두드리는 노크 소리 하나하나가 어떤 의미를 지니고 있는지 탁자를 두드려 가며 이야기했고, 〈그루셴카가 왔다〉는 신호를 미탸가 아버지한테 보냈느냐는 니콜라이 파르표노비치의 질문에 확실히 문을 두드림으로써 〈그루셴카가 왔다〉는 신호를 보냈노라고 분명히 대답했다.

「자, 이제 누각을 세워 보시죠!」 미탸는 여기서 말을 끝맺고는 경멸적인 태도로 그들을 외면해 버렸다.

「그렇다면 그 신호를 알고 있는 사람은 당신의 아버지와 당신, 그리고 하인 스메르댜코프뿐이란 말인가요? 다른 사람은 더 없습니까?」 니콜라이 파르표노비치는 다시 한번 질문을 던졌다.

「네, 하인 스메르댜코프 외에 하늘이 알고 있을 뿐입니다. 하늘에 대해서도 적어 두십시오. 그렇게 하는 것이 헛수고는 아닐 테니까요. 여러분 자신들한테도 하느님은 필요한 존재가 아닙니까?」

물론 조서를 적어 내려가기 시작했다. 그러나 조서를 적고 있는 동안 검사는 별안간 새로운 생각이 떠오르기라도 한 듯 말했다.

「만일 스메르쟈코프도 그 신호를 알고 있었고, 또 당신이 당신 아버지의 죽음에 대한 혐의를 극력 부인한다면 약정된 신호를 보내서 문을 열게 한 다음에…… 그자로 하여금 범행을 저지르게 한 것은 아닙니까?」

미탸는 무척 냉소적이었지만 그 순간 무서운 증오심이 서린 눈으로 검사를 바라보았다. 그가 아무 말 없이 오랫동안 바라보기만 하자 검사는 눈만 껌뻑거리고 있었다.

「다시 여우 한 마리를 잡으셨군요!」 마침내 미탸가 입을 열었다. 「악당의 꼬리를 잡고 마셨어요, 하하하! 나는 당신 속을 꿰뚫어 보고 있습니다, 검사 양반! 당신은 내가 지금 당장이라도 벌떡 일어나서는 당신의 암시에 사로잡혀, 〈아아, 그건 스메르쟈코프의 짓입니다, 그놈이 살인자예요!〉 하고 목청껏 외쳐 대리라고 생각하셨겠지요. 그런 생각을 하셨다고 솔직히 털어놓으세요, 솔직히 털어놓으시라고요. 그래야만 나도 신문을 계속 받을 테니까요.」

그러나 검사는 그 말을 인정하지 않았다. 그는 묵묵히 기다리고 있었다.

「잘못 짚으셨어요, 나는 스메르쟈코프라고 외치지는 않을 겁니다!」 미탸가 말했다.

「그렇다면 그자를 전혀 의심하지 않고 있단 말인가요?」

「그럼 당신은 그놈을 의심하고 있습니까?」

「그자도 의심을 받고 있습니다.」

미탸는 시선을 마룻바닥에 떨구었다.

「농담은 이제 그만두시죠.」 그는 우울한 목소리로 말했다.

「자, 내 말 좀 들어 보십시오. 나는 맨 처음부터, 조금 전 저 커튼 뒤에서 나올 때부터 그건 바로 〈스메르댜코프의 짓이야!〉 하는 생각이 스치고 지나갔습니다. 여기 이 탁자 앞에 앉아 그 피에 대해서 나는 결백하다고 외쳐 대면서도 그건 〈스메르댜코프의 짓이야!〉 하고 내내 생각했던 것입니다. 그리고 스메르댜코프에 대한 생각이 내내 머릿속에서 지워지질 않았습니다. 물론 지금도 그건 〈스메르댜코프의 짓이야〉라는 생각이 문득 들기도 합니다만, 그것도 잠시뿐 그와 동시에 그건 〈스메르댜코프의 짓이 아니야!〉 하는 생각이 드는 겁니다. 그건 그놈의 짓이 아닙니다, 여러분!」

「당신이 그처럼 의심하지 않는다면 의심이 가는 또 다른 사람이 있습니까?」 니콜라이 파르표노비치는 조심스럽게 질문을 던졌다.

「그가 누군지, 어떤 인물인지, 혹은 하늘의 손인지, 악마의 손인지 나는 모릅니다. 하지만…… 스메르댜코프는 아닙니다!」 미탸는 단호히 잘라 말했다.

「그런데 당신은 어째서 그자가 아니라고 그토록 단호하고 완강하게 단정 짓는 겁니까?」

「확신 때문이지요. 인상 때문이기도 하고요. 왜냐하면 스메르댜코프는 본성이 천박한 인간이고 겁쟁이입니다. 아니, 그는 겁쟁이가 아니라, 두 발로 걸어 다니는 이 세상 모든 겁쟁이들의 결정체입니다. 그놈은 암탉의 자식입니다. 나하고 이야기할 때마다 그놈은 내가 손을 쳐들지 않는데도 맞아 죽지나 않을까 벌벌 떨곤 합니다. 그놈은 내 발밑에 엎드려 눈물을 흘리며 장화에 입을 맞추면서 나보고 자기를 〈위협하지 말아 달라〉고 애원하곤 했으니까요. 〈위협하지 말아 달라니〉,

이게 대체 무슨 말입니까? 하지만 나는 그놈한테 돈을 주기도 했지요. 그놈은 간질병을 앓고 있는 병든 암탉인 데다, 여덟 살짜리 어린애라도 놈을 때려죽일 수 있는 저능아인 것입니다. 당연한 이야기 아닙니까? 스메르댜코프는 아닙니다, 여러분, 그놈은 돈을 좋아하지도 않고, 내가 선물을 주어도 절대 받지 않습니다……. 그러니 무엇 때문에 그놈이 아버지를 죽이겠습니까? 어쩌면 그놈은 아버지의 아들, 사생아일지도 모릅니다. 여러분은 그 사실을 알고 계십니까?」

「우리도 그 소문은 들은 적이 있습니다. 하지만 당신도 당신 아버지의 아들이 아닙니까. 그러면서 당신 자신도 아버지를 죽이겠다고 말하지 않았습니까.」

「반격을 가하시는군요! 더럽고 비열한 반격을! 그래도 난 두렵지 않습니다! 오, 여러분, 내 앞에서 그런 이야기를 하는 것은 너무 비열한 짓입니다! 왜 비열한가 하면 내가 이미 여러분한테 말한 내용이기 때문입니다. 나는 죽이고 싶었을 뿐만 아니라 죽일 수도 있었고, 하마터면 죽일 뻔했다고 솔직히 털어놓지 않았습니까! 하지만 사실 나는 아버지를 죽이지 않았으며, 내 수호천사의 구원을 받았던 것입니다. 여러분은 이 사실을 고려하지 않고 있습니다……. 그래서 여러분은 비열한 것입니다, 비열하단 말입니다! 그건 내가 아버지를 죽이지 않았기 때문입니다, 나는 죽이지 않았어요, 죽이지 않았다고요! 검사님, 내 말 좀 들어 주세요, 난 죽이지 않았단 말입니다!」

그는 거의 숨이 막힐 지경이었다. 신문이 진행되는 동안 그는 한 번도 그런 흥분 상태에 놓인 적이 없었다.

「그놈이 여러분한테 뭐라고 말했던가요, 그 스메르댜코프 녀석 말입니다?」 그는 잠시 입을 다물고 있다가 별안간 물었다. 「여러분한테 이런 질문을 드려도 되겠지요?」

「당신은 우리한테 어떤 질문을 하셔도 괜찮습니다.」 검사는 냉정하면서도 준엄한 태도로 대답했다. 「사건의 실제 내용과 관련된 것이라면 어떤 질문도 좋습니다. 되풀이해서 말하지만, 어떤 질문에 대해서도 당신을 만족시켜야 할 의무가 우리한테 있으니까요. 당신이 묻고 있는 하인 스메르댜코프는 지독하게 심한, 어쩌면 열 번이나 계속해서 간질병 발작을 일으켰을지도 모르는 병세로 인해 의식 불명인 채 침대에 누워 있었습니다. 우리와 함께 있다가 환자를 진찰했던 의사 선생 말로는 그자는 어쩌면 내일 아침까지도 생명을 유지하기 힘들 거라고 하더군요.」

「아니, 그렇다면 악마가 아버지를 죽였단 말이로군요!」 미탸는 마치 지금까지도 〈스메르댜코프일까, 아닐까?〉 하는 문제를 스스로 자문해 오고 있었다는 듯이 별안간 꽥 하고 소리를 질렀다.

「그 문제는 나중에 다루기로 합시다.」 니콜라이 파르표노비치는 이렇게 결정을 내렸다. 「이제 당신은 진술을 계속해 주셔야겠습니다.」

미탸는 휴식이 필요하다고 요청했다. 그의 요청은 정중하게 받아들여졌다. 잠시 휴식을 취한 후 그는 계속해서 신문을 받기 시작했다. 그러나 그에게는 너무나 힘겨웠던 것이 분명하다. 그는 정신적인 고통과 수치심을 느꼈고, 커다란 충격에 빠져 있는 것 같았다. 게다가 이제 검사는 고의적으로 〈사소한 일로〉 트집을 잡아 그를 점차 못살게 굴기 시작했다. 미탸가 담장 위에 걸터앉은 채 그의 다리를 붙잡고 늘어지는 그리고리 영감의 머리를 절굿공이로 내리친 다음 영감이 쓰러져 있는 곳으로 뛰어내렸다는 이야기를 하자마자, 검사는 그의 진술을 중단하면서 담장 위에 어떤 식으로 걸터앉았었는지 좀 더 구체적으로 설명해 달라고 요구했다. 미탸는 놀라 자빠질 지경이었다.

「아니, 이런 식으로 앉아 있었지요, 말을 타고 앉을 때처럼 한쪽 다리는 이편에, 다른 쪽 다리는 저편에……..」

「그러면 절굿공이는?」

「절굿공이는 손에 들고 있었지요.」

「주머니에 넣어 둔 것이 아닙니까? 정확하게 기억하시는 겁니까? 그럼 손을 힘껏 휘둘렀나요?」

「틀림없이 힘껏 휘둘렀을 겁니다. 그런데 그건 왜요?」

「사건 규명을 위해서 당시 담장 위에 올라탔을 때와 똑같은 포즈로 의자 위에 앉아서 어느 쪽 손으로 어떻게 휘둘렀는지 어디 한번 분명히 보여 주시겠습니까?」

「당신은 나를 희롱하고 있는 건가요?」 미탸가 말했다. 그는 신문자를 노려보고 있었으나 검사는 눈 하나 꿈쩍하지 않았다. 미탸는 초조하게 몸을 돌리더니 의자 위에 올라앉아 팔을 휘둘러 보였다.

「이렇게 휘둘렀습니다! 죽이기라도 할 듯이 말입니다! 이제 뭐가 더 필요하시죠?」

「고맙습니다. 괜찮으시다면 한 가지만 더 말씀해 주시겠습니까? 무엇 때문에 아래로 뛰어내린 겁니까? 무슨 목적으로, 어떤 의도로 말입니까?」

「이런 빌어먹을…… 그냥 영감이 쓰러진 곳으로 뛰어내린 겁니다……. 왜 그랬는지는 나도 모르겠어요!」

「몹시 흥분해 있지 않았습니까? 도망치던 길이기도 하고요?」

「그래요, 흥분해 있기도 하고, 도망치던 길이기도 했습니다.」

「그를 도와주고 싶은 생각이 들었던 건가요?」

「도움은 무슨 얼어 죽을 도움…… 그래요, 어쩌면 돕고 싶었는지도 모르죠, 하지만 기억이 나지 않는군요.」

「제정신이 아니었던 모양이로군요? 일종의 무의식 상태라고나 할 수 있을?」

「오, 아닙니다, 무의식 상태는 전혀 아니었습니다, 모두 기억할 수 있어요. 세세한 것까지 모두 말입니다. 그냥 상처가 어떤지 살펴보려고 뛰어 내려갔다가 손수건으로 피를 닦아 준 겁니다.」

「우리는 당신의 손수건을 살펴보았습니다. 당신은 쓰러진 사람을 다시 살려 놓고 싶었던 모양인데?」

「그런 생각이 들었는지는 나도 모르겠습니다. 그저 그 영감이 살았는지 죽었는지 확인하고 싶었던 겁니다.」

「그럼 그냥 확인할 생각이었단 말이죠? 그래서 어떻게 됐습니까?」

「난 의사가 아니니 어떤 결론도 내릴 수 없었습니다. 나는 살인을 저질렀다는 생각에 도망치고 말았는데, 그 영감은 살아나고 만 것뿐이지요.」

「좋습니다.」 검사는 말을 끝맺었다. 「고맙습니다. 내가 알고 싶었던 것은 바로 그 점입니다. 자, 진술을 계속해 주시겠습니까?」

아아, 미탸는 동정심이 솟구쳐 올라 뛰어내렸다가 쓰러진 영감을 내려다보면서 〈영감이 당하고 말았군, 어쩔 수 없는 노릇이지, 이대로 두는 수밖에〉라고 동정 섞인 말을 내뱉었던 것까지 기억했으나, 그런 말까지 할 필요가 없다는 생각이 들었다. 그러나 검사는 〈그 순간 몹시 흥분했던〉 이 사내가 단지 범행의 〈유일한〉 증인인 노인이 살았는지 죽었는지 확인할 생각에 뛰어내렸을 뿐이라는 결론에 도달해 있었다. 따라서 그런 순간에조차 이 사내의 완력이나 판단, 냉철함, 결단이 어떠했던가 등만을 고려하고 있었다……. 검사는 〈병적인 인간을 《사소한 일》로 자극시켜서 실토하게 만들었다는〉 점에 대해 지극히 만족하고 있었다.

미탸는 고통스러워하며 계속 이야기했다. 그러나 니콜라이 파르표노비치가 다시금 그를 멈추게 했다.

「당신은 손에 피투성이를 해가지고는, 나중에 밝혀진 바에 따르면 얼굴에까지 피를 묻히고 있었던 모양인데, 어떻게 그런 꼴로 하녀 페도시야 마르코바한테 달려갈 수 있었던 겁니까?」

「당시 나는 내가 피투성이였다는 사실을 전혀 몰랐습니다.」 미탸가 대답했다.

「일리가 있는 말이로군요. 그런 일은 흔히 있을 수 있는 법이니.」 검사는 니콜라이 파르표노비치와 눈짓을 주고받으면서 이렇게 말했다.

「나는 전혀 몰랐습니다. 당신이 말한 그대롭니다, 검사님.」 미탸는 금방 동의했다. 신문은 좀 더 진행되었고, 마침내 증언은 미탸가 〈양보하여〉 〈행복한 두 사람에게 길을 내주겠다〉며 갑작스럽게 심정의 변화를 일으킨 대목에 이르렀다. 그러자 그는 조금 전처럼 마음을 비우고 〈자기 영혼의 여왕〉

에 대해 솔직히 털어놓을 수는 없었다. 그는 〈마치 빈대처럼 자신의 피를 빨고 있는〉 이 냉혹한 인간들 앞에 서 있는 것조차 역겨워졌다. 그래서 반복되는 질문에 대해 간단하고 무뚝뚝하게 대답했다.

「그래서 자살하기로 마음먹었지요. 어째서 살아남아야 하는가라는 의문이 저절로 떠올랐습니다. 틀림없는 그녀의 옛 남자가, 그녀를 능욕했지만 5년 만에 정식 결혼을 통해 과거의 능욕을 속죄하려고 사랑하는 마음을 안고 달려온 옛 남자가 나타났으니까요. 나는 모든 것이 끝장이로구나 하고 생각했습니다……. 그리고 등 뒤에는 오욕이, 바로 그 피가, 그리고리의 피가 있었던 것입니다……. 그러니 살아갈 이유가 어디 있겠습니까? 그래서 나는 저당 잡힌 총을 되찾으러 갔던 것입니다. 총알을 장전한 다음 새벽녘에 내 머리통을 쏘아 버릴 생각으로 말입니다…….」

「그래서 한밤중에 엄청난 술판을 벌인 겁니까?」

「밤중에 술판을 벌였지요. 이런 빌어먹을, 여러분, 어서 끝냅시다. 나는 정말로 자살할 생각이었고, 여기서 멀지 않은 마을 뒤편에서 새벽 5시경에 나 자신을 처치하려고 페르호틴의 집에서 총알을 장전할 때 써두었던 유서를 호주머니에 간직하기도 했습니다. 자, 여기 유서가 있으니 읽어 보십시오. 내가 당신들을 위해 이렇게 말하고 있는 것은 아니라는 점만은 알아주십시오!」 그는 별안간 경멸적인 어조로 덧붙였다. 그는 조끼 주머니에서 꺼낸 유서를 탁자 위에 올려놓았다. 예심 판사와 검사는 호기심 어린 눈으로 유서를 읽은 후에 당연한 것처럼 증거물에 첨부시켰다.

「그런데 당신은 페르호틴 씨 댁에 들어가서도 손을 씻을 생각조차 하지 않으셨다죠? 그렇다면 혐의가 두렵지 않았던 게 분명하군요?」

「어떤 혐의 말입니까? 혐의가 있건 없건 어차피 매한가지인 데다가, 이곳으로 달려와서 새벽 5시에 자살해 버리면 손도 쓸 수 없을 텐데요. 만일 아버지 사건만 아니라면 당신들도 전혀 눈치채지 못했을 것이고, 이곳으로 오지 않았을 것 아닙니까. 오, 그건 악마의 짓입니다, 악마가 아버지를 죽인 겁니다. 당신들은 악마를 통해서 그렇게 빨리 알게 된 것입니다! 어떻게 이곳에 그렇게 빨리 올 수 있었던 거지요? 놀랍군요, 정말 환상 같은 이야기입니다.」

「페르호틴 씨가 당신이 손에…… 피 묻은 손에…… 그 돈을…… 엄청난 거액을…… 1백 루블짜리 지폐 뭉치를 들고 자기 집에 찾아왔었다고 전해 주면서 자기가 데리고 있는 꼬마도 그런 모습을 목격했다고 하던걸요!」

「여러분, 그건 나도 기억합니다.」

「그런데 여기서 한 가지 의문점이 생기는군요. 어디, 설명해 주시겠습니까?」 니콜라이 파르표노비치가 상당히 부드러운 목소리로 말문을 열었다. 「당신은 별안간 어디서 그런 거액이 생겼습니까? 시간상으로도 그 당시 당신은 사업도 거절당했고, 집에 들르지도 않았는데 말입니다.」

검사는 핵심을 찌르는 그 질문에 약간 인상을 찌푸렸으나, 니콜라이 파르표노비치의 질문을 제지하지는 않았다.

「아니, 집에는 들르지 않았습니다.」 미탸가 대답했다. 그는 매우 평온한 상태인 것 같았으나 땅을 쳐다보고 있었다.

「그 질문을 다시 한번 드리지요.」 니콜라이 파르표노비치는 다소곳한 태도로 말을 이어 나갔다. 「당신은 어떻게 그런 거액을 손에 넣을 수 있었습니까, 당신의 자백에 따르면 그날 5시까지도…….」

「10루블이 필요해서 페르호틴한테 권총도 저당 잡혔고, 이어서 3천 루블 때문에 호흘라코바 부인을 찾아갔지만 돈을 구하지 못했다는 이야기일 테지요. 그건 모두 쓸데없는 이야기입니다.」 미탸는 당장 말을 가로챘다. 「그렇습니다, 여러분, 돈이 궁했습니다. 그런데 별안간 웬 돈 3천 루블이냐고요, 그렇지 않습니까? 그런데 당신들 두 사람은 내가 돈을 어디서 구했는지 이야기하지 않을까 하여 지금 겁을 먹고 계시는군요. 바로 맞혔습니다. 당신들이 추측한 대로 나는 아무 말도 하지 않을 것이고, 당신들은 결코 알아내지 못할 것입니다.」 미탸는 갑자기 상당히 단호한 어조로 잘라 말했다. 예심 판사와 검사는 잠시 입을 다물었다.

「카라마조프 씨, 우리가 그 사실을 꼭 알아야만 한다는 사실을 명심해 두십시오.」 니콜라이 파르표노비치는 부드럽고 조용한 목소리로 말했다.

「명심하고 있긴 하지만, 어쨌든 난 아무 말도 하지 않겠습니다.」

그러자 검사가 끼어들어서는, 신문을 받는 사람은 자기한테 유리하다고 판단되는 경우에는 물론 신문에 응하지 않을 수도 있으나, 묵비권 행사가 자신에게 혐의상의 어떤 불이익을 가져올 수도 있으며 이렇게 중대한 신문 내용의 경우에는 더욱 그럴 가능성이 높다는 내용 등등을 환기시켰다…….

「그렇고 그렇다는, 여러분, 그렇고 그렇다는 이야기 아닙니까! 그만하세요, 나는 아까부터 그런 설교를 들어 왔으니까요!」 미탸는 다시 말을 가로막았다. 「그것이 사건에 중대한 것이고, 또 가장 핵심적인 사안이라는 사실은 나도 잘 알고 있습니다. 하지만 어쨌든 난 말하지 않겠습니다.」

「우리와는 별 상관이 없습니다. 그건 우리 일이 아니라 당신 일이고 당신 자신한테 손해가 될 뿐이니까요.」 니콜라이 파르표노비치는 신경질적으로 지적했다.

「여러분, 농담은 그만 집어치웁시다.」 미탸는 눈을 들더니 두 사람을 노려보았다. 「나는 맨 처음부터 우리가 이 대목에서 정면으로 충돌하게 되리라고 예감했습니다. 조금 전 내가 진술을 시작했던 초기에는 모든 것이 짙은 안개 속에 가려 있었고, 나 또한 〈상호 간의 신뢰〉를 전제로 진술을 시작할 만큼 단순하기도 했지요. 그렇지만 이제 나는 그런 신뢰란 존재할 수 없다는 사실을 알게 되었습니다. 왜냐하면 우리는 이 저주스러운 벽에 도달하게끔 예정되어 있었기 때문이지요! 자, 그리고 마침내 이렇게 도달하고 만 것입니다! 절대 안 됩니다, 이것으로 끝이에요! 나는 여러분을 탓하지 않습니다, 여러분이 내 말을 곧이곧대로 믿지 않는다 하더라도 말입니다. 나는 그 점을 잘 알고 있습니다!」

그는 우울한 모습으로 입을 다물어 버렸다.

「당신으로서는 어쩔 수 없는 일이기 때문에 중요한 대목에 대해 침묵을 지키겠다는 자신의 결심을 깨뜨릴 수는 없다 하더라도 이 시점에서 최소한의 암시라도 줄 수는 있지 않습니까? 대체 어떤 동기로 현재의 급박한 진술 과정에서 묵비권을 행사하려는지 말입니다.」

미탸는 슬픈 표정으로 의미심장한 미소를 지었다.

「나는 당신들이 생각하는 것보다 훨씬 더 착한 인간입니다, 여러분. 여러분한테는 쓸모없는 것일지라도 나는 그 이유를 말씀드리고 또 암시를 해드리겠습니다. 내가 왜 침묵을 지키느냐 하면 말입니다, 여러분, 그건 나한테는 수치스러운 일이기 때문입니다. 돈을 어디서 구했는가 하는 질문에 대한 답변 속에는 차라리 내가 아버지를 살해하고 돈을 강탈했다고 인정하는 편이 나은, 아버지를 살해하고 돈을 강탈한 것과는 비교도 할 수 없는 그런 수치스러운 일이 포함되어 있습니다. 그래서 대답할 수 없는 것입니다. 수치심 때문에 그렇게 할 수가 없는 것입니다. 여러분, 이 말도 기록하시겠습니까?」

「네, 우리는 기록할 것입니다.」 니콜라이 파르표노비치가 중얼거렸다.

「〈수치〉라는 말만은 기록하지 않았으면 좋겠는데요. 그건 내가 선의로 진술한 것이고 진술하지 않을 수도 있었으니까요. 말하자면 내가 여러분한테 선심을 쓴 것에 불과한데, 당신들은 당장 줄줄 엮어 가고 있으니. 좋습니다, 기록하고 싶다면 기록하시지요.」 그는 경멸적인 적대감 속에서 말을 끝맺었다. 「나는 여러분을 두려워하지 않으니까요……. 오히려 당신들 앞에서 자부심을 느낀단 말입니다.」

「그 수치가 대체 어떤 종류의 것인지 말씀해 주시겠습니까?」 니콜라이 파르표노비치가 다시 중얼거렸다.

검사가 험악하게 인상을 찌푸렸다.

「아, 아니, C'est fini(이젠 끝났습니다), 공연히 애쓰지 마십시오. 게다가 나한테도 스스로 오물을 뒤집어쓸 만한 가치가 없는 일이니까요. 당신들 문제만 해도 나는 이미 오물을 뒤집어쓰고 말았어요. 당신들은 그럴 자격이 없어요, 당신들뿐만 아니라 그 누구도 마찬가지입니다……. 그만하세요, 여러분, 나는 이야기를 그만두겠습니다.」

미탸는 아주 단호하게 말했다. 니콜라이 파르표노비치는 더 이상 고집을 피우지 않았으나 한순간 이폴리트 키릴로비치 검사의 눈에서 아직도 희망을 잃지 않았음을 읽을 수 있었다.

「그렇지만 적어도 이런 점만은 말씀해 주시지 않겠습니까? 당신이 페르호틴 씨 집에 갔을 때 어느 정도의 거액을 가지고 있었는지, 다시 말해서 몇 루블이나 가지고 있었는지 말입니다?」

「그건 말씀드릴 수 없군요.」

「당신은 호흘라코바 부인한테서 구해 왔다며 페르호틴 씨한테 그 돈이 3천 루블이라고 밝혔던 것으로 알고 있는데요?」

「어쩌면 그렇게 말했을 수도 있겠지요. 그만하세요, 여러분, 그 돈이 얼마인지는 말하지 않겠습니다.」

「그렇다면 당신은 여기에 어떻게 왔는지, 여기에 온 이후로 무엇을 했는지 말씀해 주시겠습니까?」

「오, 그 질문이라면 여기 있는 사람들한테 물어보세요. 물론 나도 말씀드릴 수는 있습니다만.」

그는 진술을 계속했지만 여기서 필자는 그의 진술을 다시 인용하지는 않겠다. 그는 무뚝뚝한 어조로 대충대충 이야기했다. 사랑의 승리에 대해서는 입 밖에도 내지 않았다. 그러나 〈새로운 사실들로 인해〉 자살하려던 결심을 취소하게 되었다는 것은 이야기했다. 그는 충동적으로 이야기하지도 않았으며 자세한 묘사도 피했다. 그리고 예심 판사와 검사도 이번에는 그를 괴롭히지 않았다. 그들에게 그 대목은 그리 중요하게 여겨지지 않는 것이 분명했다.

「우리는 그 사실들을 다시 조사할 겁니다. 물론 당신도 출석하게 될 증인 신문 때에 다시 그 문제들로 돌아가게 될 겁니다.」 니콜라이 파르표노비치는 결론을 내렸다. 「그런데 지금 당신한테 요청하고 싶은 것은 현재 당신이 가지고 있는 소지품 전부를 여기 이 탁자 위에 올려놓으라는 것입니다, 물론 중요한 것은 소지하고 있는 돈입니다만.」

「돈이라고요, 여러분? 알겠습니다, 그래야만 하겠지요. 좀더 일찍 관심을 보이지 않은 것이 오히려 놀라울 뿐입니다. 사실 내가 어디로 도망친 것도 아니고, 당신들이 보는 앞에 이렇게 앉아 있으니 그랬겠지만 말입니다. 자, 돈 여기 있습니다, 어서 세어 보시지요.」

그는 호주머니에서 돈을 모두 꺼냈고, 심지어는 조끼 옆주머니에서 20코페이카짜리 동전 두 개까지 털어 놓았다. 돈을 계산해 보니 8백36루블 40코페이카였다.

「이게 전부입니까?」 예심 판사가 물었다.

「그렇습니다.」

「조금 전에 진술을 하실 때 플로트니코프 상점에 3백 루블을 지불했으며, 페르호틴 씨에게 10루블, 마부한테 20루블을 주었고, 여기서 2백 루블을 잃은 데다가…….」

니콜라이 파르표노비치는 돈 액수를 계산했다. 미탸도 기꺼이 거들고 나섰다. 그들은 기억을 되살려 가며 코페이카까지 계산에 넣었다. 니콜라이 파르표노비치는 대충 총액을 헤아려 보았다.

「여기 이 8백 루블을 합하면 당신이 처음부터 가지고 있던 돈은 1천5백 루블가량이 되는군요?」

「맞습니다.」 미탸가 잘라 말했다.

「사람들은 모두 돈이 그보다 훨씬 더 많았다고 주장하고 있지 않습니까?」

「마음대로 주장하라지요.」

「그리고 당신 스스로도 그렇게 주장하지 않았습니까?」

「나도 그렇게 주장했었지요.」

「우리는 아직 신문을 받지 않은 다른 사람들의 증언을 토대로 다시 조사하게 될 겁니다. 당신의 돈에 대해서는 아무 걱정도 마십시오, 돈은 잘 보관해 둘 테니. 그리고 당신이 이 돈에 대해 명백한 권리를 가지고 있다는 것이 판명되면, 다시 말해서 그것이 입증되면 사건 종결 시…… 당신의 소유가 될 것입니다. 그럼 이제…….」

니콜라이 파르표노비치는 별안간 자리에서 벌떡 일어서더니 〈다른 소지품들과 옷가지 등을〉 정밀 검사하는 것이 〈자신들의 소임이자 의무〉라고 미탸에게 강경한 어투로 말했다.

「여러분, 원하신다면 호주머니란 호주머니는 모두 뒤집어 보이겠습니다.」

이렇게 말하고 나서 그는 정말로 호주머니를 모두 뒤집기 시작했다.

「옷도 반드시 벗으셔야 합니다.」

「뭐라고요? 옷을 벗으라고요? 이런, 빌어먹을! 이대로 조사해 보세요! 그렇게는 안 될까요?」

「절대 안 됩니다, 드미트리 표도로비치. 옷을 벗어야만 합니다.」

「좋을 대로 하십시오.」 미탸는 울적한 기분으로 지시에 따랐다. 「그런데 여기서만큼은 안 되겠습니다. 커튼 뒤에서 벗겠습니다. 그런데 검사는 누가 하지요?」

「물론, 커튼 뒤에서 벗으셔도 좋습니다.」 니콜라이 파르표노비치가 동의의 표시로 고개를 끄덕였다. 그의 얼굴에는 그만의 득의만면한 위엄이 서려 있었다.

6 검사가 미탸를 사로잡다

미탸에게는 뜻밖에도 어떤 놀라운 일이 벌어지고 말았다. 조금 전, 아니 1분 전만 하더라도 누구도 자신을, 미탸 카라마조프를 그런 식으로 대하리라고는 상상조차 할 수 없었다! 그것은 굴욕적인 것이었는데, 그것이 두 법관한테는 〈거만한 것일지 모르지만 미탸에게는 더없이 굴욕적인 것이었다〉. 프록코트를 벗는 정도라면 괜찮겠지만 그 이상 옷을 벗으라는 것이 아닌가. 그리고 그것은 부탁이 아니라 명령이었다. 그는 그런 사실을 잘 알고 있었다. 그는 자존심과 모멸감 때문에 할 말을 잊은 채 묵묵히 복종했다. 니콜라이 파르표노비치뿐만 아니라 검사도 커튼 뒤로 들어왔고, 몇몇 농부들도 그 자리에 있었다. 〈물론 난동에 대비할 목적이겠지〉 하고 미탸는 생각했다. 〈게다가 다른 이유도 있을 수 있겠고.〉

「그런데 셔츠도 벗어야 합니까?」 그가 신경을 곤두세우며 질문을 던졌으나 니콜라이 파르표노비치는 아무 대답도 하지 않았다. 그는 검사와 함께 프록코트, 바지, 조끼, 모자 등을 조사하는 데 정신이 팔려 있었고, 두 사람은 그 수색이 몹시 흥미로운 모양이었다. 〈정말 예절도 모르는 작자들이로군. 기본적인 예의도 무시하고 있으니〉 하는 생각이 미탸의 머릿속을 스치고 지나갔다.

「다시 한번 묻겠는데, 셔츠도 벗어야 합니까?」 그는 더욱더 날카롭고 짜증스럽게 말했다.

「아무 걱정 마십시오, 우리가 말씀드릴 테니.」 니콜라이 파르표노비치는 상관이 명령하듯 대꾸했다. 적어도 미탸에게는 그렇게 여겨졌다.

그동안 예심 판사와 검사는 속삭이는 목소리로 열심히 의견을 주고받았다. 프록코트의 왼쪽 옷자락 뒷면에는 커다란 핏자국이 얼룩져 있었는데, 이미 말라붙어서 뻣뻣했으나 아직 그리 구겨져 있지는 않았다. 바지도 역시 마찬가지였다. 그 밖에도 니콜라이 파르표노비치는 입회인들 앞에서 손수 옷깃이며 소매며 프록코트와 바지의 솔기를 손가락으로 훑어 내려갔는데, 무엇인가 찾는 것처럼 보였다. 물론 돈이었다. 중요한 사실은 미탸가 돈을 옷 속에 감추었을 수도 있고, 또 충분히 그럴 만한 위인이라는 의구심을 그의 눈앞에서 숨기려 들지 않았다는 점이다. 〈장교가 아니라 도둑놈처럼 취급하는군〉 하고 그는 속으로 중얼거렸다. 사람들은 그를 앞에 세워 둔 채 이상할 정도로 공공연히 서로의 의견을 주고받았다. 예를 들면 커튼을 젖히고 들어와서는 부산을 떨며 일을 거들던 서기는 이미 조사가 끝난 모자에 니콜라이 파르표노비치의 주의를 돌리게 만들었다. 서기가 말했다. 〈그리덴코 서기를 기억하시겠죠? 여름에 전 관리의 봉급을 받으러 갔다 와서는 취중에 돈을 잃어버리고 말았다고 보고했지요. 그런데 그 돈이 어디서 나왔는지 아십니까? 바로 이런 모자 테두리 리본 속에 1백 루블짜리 지폐들을 원통 모양으로 말아서는 그 테두리를 실로 꿰맸던 것이죠.〉 예심 판사와 검사도 그리덴코 사건을 잘 알고 있었으므로 미탸의 모자를 한쪽에 따로 둔 다음, 나중에 다시 조사하기로 결심했다. 다른 옷들도 마찬가지였다.

「그런데……」 니콜라이 파르표노비치는 안으로 접은 셔츠의 오른쪽 소매가 온통 피로 얼룩져 있는 모습을 발견하더니 갑자기 소리를 질렀다. 「그런데 이게 어떻게, 이건 피가 아닙니까?」

「네, 피입니다.」 미탸가 잘라 말했다.

「그래, 대체 어떤 피입니까…… 그리고 왜 소매가 안으로 접혀 있지요?」

미탸는 그리고리 영감을 살피다가 피가 소맷부리에 묻었는데, 페르호틴 집에서 손을 씻을 때 안으로 접은 것이라고 말했다.

「당신의 셔츠도 압수해야겠습니다, 이건 아주 중요한…… 물적 증거이니까요.」 미탸는 얼굴이 달아오르고 화가 치밀었다.

「뭐라고요, 나를 알몸으로 만들 작정이십니까?」 그가 고함을 질렀다.

「걱정하지 마십시오……. 어떻게든 조치를 취해 드릴 테니. 그동안 양말도 벗어 주시면 좋겠습니다.」

「농담하시는 겁니까? 꼭 이렇게 해야만 하는 겁니까?」 미탸의 눈에서 불똥이 튀었다.

「우리가 농담할 리 있습니까.」 니콜라이 파르표노비치는 준엄한 목소리로 미탸를 나무랐다.

「뭐, 꼭 그렇게 해야 한다면…… 나는…….」 미탸는 이렇게 중얼거리면서 침대에 앉아 양말을 벗기 시작했다. 그는 참을 수 없을 정도로 흥분해 있었다. 모두가 옷을 입고 있는데 자기만 벗고 있었고, 이상하게도 옷을 벗고 나니 그들 앞에서 죄인이 된 기분이 들었다. 게다가 중요한 사실은 정말 그들보다 천한 사람이 되어, 이제는 그들이 이미 자신을 멸시할 권리를 가지고 있다는 데 거의 동의하고 있다는 점이었다. 〈만일 모두가 벗고 있다면 수치스러울 것도 없겠지만, 나만 옷을 벗고 있고 모두가 쳐다보고 있으니 너무나 수치스럽군!〉 그의 머릿속에는 이런 생각이 자꾸만 떠올랐다. 〈마치 꿈을 꾸고 있는 것 같군. 하긴 꿈속에서 이렇게 수치스러운 일들을 겪곤 했었지.〉 그러나 양말을 벗는 것 역시 고통스러운 일이었다. 양말은 몹시 더러웠고 팬티는 더욱 더러웠는데, 이제는 그 모든 것을 내보이게 된 것이다. 그는 평소 자기 발을 좋아하지 않았다. 두 발에 달린 커다란 발가락들을 바라보면서 병신 같다고 생각했는데, 그중에서도 오른발의 발톱 하나가 특히 못생기고 평평하며 아래로 굽어 있었기 때문이다. 그런데 이제 모두가 그것을 쳐다보고 있는 것이다. 견딜 수 없는 수치심으로 인해 그는 갑자기 더 난폭해졌다. 그는 손수 셔츠를 벗어 던졌다.

「어디 또 뒤져 보시겠습니까, 당신들은 수치스럽지 않으신 모양인데?」

「아니, 아직 그럴 필요 없습니다.」

「그런데 나를 계속 이렇게 벗겨 놓을 작정이십니까?」 그가 분통을 터뜨리며 덧붙여 말했다.

「네, 아직 그렇게 계셔야 하겠습니다....... 잠시 여기 앉아서 침대보로라도 덮으시지요. 나는...... 나는 이것들을 처리하겠으니.」

물건들은 사람들에게 공개되고, 검사 목록이 작성되었다.

마침내 니콜라이 파르표노비치가 밖으로 나갔고, 옷도 가져가 버렸다. 이폴리트 키릴로비치도 밖으로 나갔다. 미탸 곁에는 한 농부가 남아 있을 뿐이었고, 두 사람은 눈을 아래로 내리깐 채 말없이 서 있었다. 미탸는 담요를 뒤집어썼지만 추위를 느꼈다. 양말을 벗은 두 발이 밖으로 드러나 있었지만, 아무리 애를 써도 담요로 두 발을 덮을 수가 없었다. 니콜라이 파르표노비치는 오랫동안, 〈참을 수 없을 만큼 오랫동안〉 돌아오지 않았다. 〈나를 강아지처럼 취급하는군〉 하고 생각하며 미탸는 이를 부드득 갈았다. 〈그 바보 같은 검사 녀석도 나가 버렸어. 틀림없이 경멸하기 때문일 거야. 벗고 있는 모습을 쳐다보기가 지겨워진 모양이지.〉 그래도 미탸는 검사를 마치고 나면 옷을 다시 되돌려 줄 거라고 생각하고 있었다. 그러나 니콜라이 파르표노비치가 전혀 엉뚱한 옷을 농부 편에 들려 가지고 불쑥 나타났을 때 미탸의 분노는 엄청난 것이었다.

「자, 여기 있습니다.」 그는 명랑한 목소리로 말했다. 겉으로 보기에도 자신의 출장 방문을 성공적으로 마친 데 대해서 대단히 만족하고 있는 것 같았다. 「칼가노프 씨가 흥미진진한 이 사건을 위해 희사하셨습니다, 깨끗한 셔츠 역시 마찬가지입니다. 다행히 이런 옷가지들이 그의 트렁크 속에 들어 있었습니다. 팬티와 양말은 당신 것을 쓰셔도 무방합니다.」

미탸는 속이 부글부글 끓어올랐다.

「남의 옷은 싫습니다!」 그는 벽력같이 소리를 내질렀다. 「내 옷을 주십시오!」

「안 됩니다.」

「내 옷을 주십시오, 칼가노프의 옷은 집어치우고, 옷도 그

작자도 말입니다!」

 사람들은 그를 오랫동안 설득했다. 달래기도 했다. 그의 옷은 피로 얼룩져서 〈물적 증거물 수집에 포함시켜야〉 하며, 자신들도 이제는 〈사건이 종결될 때까지⋯⋯ 그럴 권리가 없다〉고 설득했다. 마침내 미탸는 그것을 깨달았다. 그는 불쾌한 표정으로 입을 다문 채 급히 옷을 입기 시작했다. 옷을 입으면서 그는 〈자신의 낡은 옷보다 화려하지만 입고 싶지 않다〉고 투덜댈 뿐이었다. 그 밖에도 〈엄청나게 작잖아. 이따위 옷을 입으라니, 내가 광대란 말이야 뭐야⋯⋯ 당신들을 즐겁게 만들어 주기 위해서!〉라고 덧붙였다.

 그러자 사람들은, 그건 과장된 말이고 칼가노프 씨의 키가 더 크긴 해도 품이 약간 작으며 바지 길이가 길 뿐이라고 그를 설득했다. 그러나 프록코트는 분명히 어깨가 좁았다.

「빌어먹을, 단추를 채우기도 힘들군.」 미탸가 다시 입을 열었다. 「원하는 대로 하시구려. 자, 이제 칼가노프 씨한테 가서 전해 주십시오, 그의 옷을 요청한 사람은 내가 아니라고. 당신들이 나를 광대로 만든 것이라고 말입니다.」

「그 사람도 그 사실을 잘 알고 있고, 또 유감으로 생각하고 있습니다⋯⋯. 자기 옷이 유감이라는 말이 아니라, 이 사건 전체를 말입니다⋯⋯.」 니콜라이 파르표노비치는 대충 얼버무렸다.

「유감은 무슨 빌어먹을 유감! 자, 이제 어디로 갑니까? 아니면 여기 앉을까요?」

 그들은 다시 〈저쪽 방〉으로 가자고 요청했다. 미탸는 심통이 나서 얼굴을 잔뜩 찌푸린 채 누구와도 눈길을 마주치지 않으려고 애쓰며 밖으로 나왔다. 남의 옷을 입은 그는 갑자기 방문 앞에 나타났다가 이내 사라진 농부들이나 트리폰 보리시치에게서 심한 모욕감을 느꼈다. 〈나의 무도회 차림을 보러 온 것이겠지〉 하고 미탸는 생각했다. 그는 조금 전의 그 의자에 다시 앉았다. 마치 악몽처럼 어리석은 생각이 눈앞에 어른거리는 것 같아서 이성을 잃은 상태였다.

「자, 이제는 나에게 채찍질이라도 하겠다는 겁니까, 뭡니까? 달리 할 일도 없는데 말입니다.」 그는 검사를 바라보며 분통을 터뜨렸다. 그리고 니콜라이 파르표노비치와는 대화할 가치도 없다는 듯이 거들떠보려고도 하지 않았다. 〈저놈은 내 양말을 이 잡듯이 뒤졌고 까뒤집으라는 지시까지 내렸지, 악당 같은 놈. 내 속옷이 얼마나 더러운지 사람들한테 보여 주려고 일부러 그런 거야!〉

「자, 이젠 증인 신문으로 넘어가겠습니다.」 니콜라이 파르표노비치는 마치 드미트리 표도로비치의 질문에 호응이라도 하듯 말했다.

「그렇습니다.」 검사는 마치 공상에 빠져 있는 듯 곰곰이 생각에 잠긴 채 말했다.

「드미트리 표도로비치, 우리는 당신에게 유리한 일을 해왔습니다.」 니콜라이 파르표노비치가 말을 이어 갔다. 「하지만 당신이 돈의 출처를 해명하지 않겠노라고 그토록 완강히 거절하시니, 지금 우리로서는…….」

「당신 반지는 무엇으로 만들었죠?」 미탸는 깊은 생각에 잠겼다가 문득 제정신이 들기라도 한 듯 니콜라이 파르표노비치의 오른손에 끼워져 있는 커다란 세 개의 반지를 가리키며 갑작스레 말을 가로챘다.

「반지라뇨?」 니콜라이 파르표노비치가 화들짝 놀라며 되물었다.

「네, 바로 그것 말입니다…… 가운뎃손가락에 끼워져 있는 줄무늬 반지 말입니다. 대체 어떤 보석이죠?」 미탸는 마치 고집 센 어린애처럼 초조한 목소리로 물고 늘어졌다.

「이건 연황옥(煙黃玉)입니다.」 니콜라이 파르표노비치가 웃으며 대답했다. 「보고 싶으시다면 빼드리지요…….」

「아니, 아닙니다, 그럴 필요 없습니다!」 미탸는 별안간 정신이 드는 듯 자기 자신에게 화를 내며 거친 목소리로 소리쳤다. 「빼지 마세요, 그럴 필요 없다니까요…… 빌어먹을…… 여러분, 여러분은 내 영혼을 더럽혔습니다! 설혹 내가 아버지를 죽였다고 하더라도 여러분한테 숨기거나 거짓말을 하거나 도망칠 사람인 줄 아십니까? 아니, 드미트리 카라마조프는 그런 사람이 아닙니다. 그런 짓은 못 한단 말입니다. 만일 내가 죄를 저질렀다면 맹세코 당신들이 이곳을 찾아올 때까지 기다리지도 않았을 것이고, 처음에 계획했던 대로 동이 트기도 전에 자살하고 말았을 겁니다! 나는 지금 그걸 뼈저리게 통감하고 있습니다. 이 저주스러운 하룻밤 사이에 20년간 살아오면서 배운 양만큼이나 많이 깨달을 수 있었습니다! 그리고 그게 사실이라면, 그게 사실이라면 오늘 밤, 바로 이 순간 내가 어떻게 당신들과 마주 앉아서 이런 식으로 진술하고 이렇게 행동하며, 이런 식으로 세상을 바라볼 수 있겠습니까. 만일 정말로 내가 친부 살해범이라면 말입니다. 그리고리 영감을 살해했다는 후회만으로 밤새 평온을 잃었을 때에도 그것은 공포 때문이 아니었습니다, 오, 당신들의 처벌에 대한 공포 때문이 아니었습니다! 그것은 수치심 때문이었습니다! 당신들은 나를 웃음거리로 여기고 있는데, 내가 비록 당신들의 혐의를 벗는다 할지라도 당신들처럼 아무것도 보지 못하며 아무것도 믿지 못하는 우스꽝스러운 눈먼 두더지 같은 인간들한테 다시 한번 나의 새로운 수치거리를, 새로운 수치거리를 털어놓을 수 있겠습니까? 차라리 감옥에 가는 편이 나을 겁니다! 아버지로 하여금 문을 열게 만들고, 그 문으로 들어간 자가 아버지를 죽이고 돈을 강탈해 간 것입니다. 그가 누구냐 하는 문제는 나로서도 혼란스럽고 괴로운 일이지만, 드미트리 표도로비치는 아닙니다. 이 사실만은 알아 두십시오. 이것이 내가 당신들한테 대답할 수 있는 유일한 말입니다. 이젠 그만합시다, 더 이상 괴롭히지 마십시오……. 유형을 보내든, 징역을 살게 하든 마음대로 하시되, 더 이상 나를 자극하지는 말아 주십시오. 나는 입을 다물겠습니다. 증인들을 부를 테면 부르십시오!」

미탸는 앞으로 더 이상 절대 입을 열지 않겠다고 결심한 듯 갑작스러운 독백을 끝마쳤다. 검사는 시종일관 미탸를 주시하고 있다가 그가 입을 다물자마자 대단히 냉정하고 침착한 태도로 가벼운 일상을 늘어놓듯 별안간 이야기를 시작했다.

「당신은 지금 문을 열게 만든 자라고 말하셨는데, 당신한테 부상을 당한 그리고리 바실리옙스키 영감의 증언 하나가 지금 현재 당신한테나 우리한테 매우 흥미롭고 중요한 단서가 되고 있다는 사실을 덧붙여 말씀드리지 않을 수 없을 것 같습니다. 그리고리 영감은 현관 계단으로 내려서는 순간 정원에서 무슨 소리가 들려서 활짝 열린 문을 통해 정원으로 들어가 보기로 작정했습니다. 영감이 정원으로 들어서는 순간, 당신이 설명했던 것과 마찬가지로 어둠 속에서 도망치는 당신을 목격했으며, 그에 앞서 왼쪽으로 시선을 돌려 열린 창문을 바라보았을 때 당신 아버지는 당신과 아주 가까운 거리에 서 있었고, 당신이 잠겨 있었다고 말한 그 쪽문은 활짝 열려 있었다고 정신을 차린 후 우리의 질문에 대해 똑똑히, 그리고 분명하게 대답했습니다. 당신한테 숨김없이 말씀드리는 바이지만, 그리고리 바실리옙스키 영감이 자기 입으로 내린 결론에 따르면 당신은 문에서 도망쳐 나온 것임에 틀림없다고 합니다. 물론 당신이 담장을 향해 정원 사이로 뛰쳐나왔을 때 꽤 거리가 떨어져 있었기 때문에 그 모습을 영감이 자기 눈으로 직접 목격한 것은 아니지만 말입니다……」

미탸는 이야기 도중에 다시 자리에서 벌떡 일어섰다.

「엉터리!」 그는 별안간 미친 사람처럼 소리쳤다. 「그건 더러운 거짓말입니다! 영감은 문이 열려 있는 것을 볼 수가 없었어요. 왜냐하면 문은 잠겨 있었기 때문이죠……. 영감은 거짓말을 한 겁니다!」

「내 의무로 생각하고 다시 한번 말씀드리지만, 그의 진술은 확신에 찬 것이었습니다. 영감은 추호도 미심쩍은 태도를 보이지 않습니다. 또 그는 현장에 있던 사람이며, 우리가 한두 차례 물은 것도 아니었습니다.」

「나도 여러 차례 질문을 던졌습니다!」 니콜라이 파르표노비치가 핏대를 올리며 장단을 맞췄다.

「거짓말, 거짓말입니다! 나에 대한 중상모략이거나 정신병자의 착각이에요.」 미탸는 계속 소리를 질러 댔다. 「단지 잠꼬대에 불과합니다. 정신이 들었을 때 상처에서 흘린 피 때문에 그런 생각이 들었던 것뿐입니다……. 영감이 잠꼬대를 하는 거라고요.」

「네, 하지만 영감이 문이 열려 있는 것을 목격한 것은 부상에서 정신을 차렸을 때가 아니라, 그보다 훨씬 전인 행랑채에서 정원으로 들어섰을 때인 것입니다.」

「거짓말, 거짓말, 그건 불가능한 일입니다! 그 영감이 악의에 차서 나를 중상하는 겁니다...... 영감은 도저히 목격할 수가 없었어요...... 나는 쪽문에서 뛰쳐나온 것이 아니란 말입니다.」 미탸는 숨을 헐떡거렸다.

검사는 니콜라이 파르표노비치를 향해 돌아서면서 다분히 감정 섞인 목소리로 말했다.

「보여 주시죠.」

「이 물건을 알아보시겠습니까?」 갑자기 니콜라이 파르표노비치는 두꺼운 종이로 된 커다란 사무용 규격 봉투를 꺼내서 탁자 위에 올려놓았다. 그 봉투에는 세 개의 직인이 선명히 찍혀 있었다. 봉투는 속이 비었고 그 가장자리가 찢겨 있었다. 미탸는 그 봉투로 시선을 돌렸다.

「그건...... 그건 아버지의 봉투가 틀림없군요.」 그는 이렇게 중얼거렸다. 「3천 루블이 들었던, 바로 그 봉투...... 수취인이 적혀 있다면 어디 한번 보여 주십시오. 〈병아리에게〉...... 바로 그 3천 루블입니다.」 그는 소리쳤다. 「3천 루블입니다, 아시겠습니까?」

「물론 알고 있습니다. 하지만 우리는 그 속에서 돈을 찾을 수 없었습니다. 그것은 속이 빈 채 침대 옆 병풍 뒤편 마루에 떨어져 있었습니다.」

몇 초 동안 미탸는 넋을 잃은 채 멍하니 서 있었다.

「맙소사, 스메르댜코프 짓이로군!」 갑자기 그는 있는 힘을 다해 소리쳤다. 「그놈이 죽였어, 그놈이 돈을 강탈해 간 거야! 아버지의 봉투가 어디에 감춰져 있는지 알고 있는 사람은 그놈뿐이니까……. 바로 그놈의 짓입니다, 이젠 분명합니다!」

「하지만 봉투가 베개 밑에 놓여 있었다는 사실을 알고 있기는 당신도 마찬가지가 아닙니까.」

「나는 전혀 몰랐습니다. 나는 전에 봉투를 본 적이 없으며, 지금 처음 보는 겁니다. 예전에는 스메르댜코프한테서 이야기만 들었으니까……. 아버지가 어디에 숨겨 두었는지는 그놈 혼자 알고 있었습니다, 나는 전혀 몰랐습니다…….」 미탸는 거의 숨이 막힐 지경이었다.

「하지만 당신은 조금 전에 피살당한 아버지가 베개 밑에 봉투를 숨겨 두었다고 증언하셨습니다. 분명히 베개 밑이라고, 그 봉투가 어디에 있는지 알고 있었다고 말하지 않았습니까?」

「우리는 그 기록도 가지고 있습니다!」 니콜라이 파르표노비치가 맞장구를 쳤다.

「그건 엉터리이자 헛소리에 지나지 않습니다! 나는 봉투가 베개 밑에 숨겨져 있었다는 사실을 전혀 몰랐습니다. 네, 그래요, 어쩌면 베개 밑이 아닐지도 모릅니다……. 나는 베개 밑이라고 아무렇게나 말해 봤던 겁니다……. 스메르댜코프가 뭐라고 말하던가요? 당신들은 봉투가 어디 있었는지 물어보셨겠지요? 그래, 스메르댜코프 그놈이 뭐라고 하던가요? 그게 중요합니다……. 나는 일부러 엉터리로 대답했던 겁니다……. 베개 밑에 있었다고 아무 생각 없이 떠들어 댔던 건데, 당신들은 지금…… 혀를 놀리다 보면 엉터리로 대답할 때도 있지 않습니까. 그런데 스메르댜코프 그 한 놈만이, 스메르댜코프 그놈만이 알고 있었어요, 다른 사람들은 아무도 몰랐다고요! 그놈은 나한테도 봉투가 어디에 있는지 가르쳐 주지 않았어요! 바로 그놈입니다, 바로 그놈. 의심할 것도 없이 그놈이 살인을 한 겁니다, 이제 모든 게 명백해졌습니다.」 흥분할 대로 흥분한 미탸는 핏대를 올리며 같은 말을 두서없이 되풀이해 가면서 점점 더 미친 듯이 소리쳤다. 「그 사실을 아셨을 테니 어서 그놈을 체포하십시오, 어서요……. 내가 도망쳤을 때, 그리고리 영감이 의식을 잃고 쓰러졌을 때 그놈이 살인을 한 겁니다, 이젠 분명해졌어요……. 그놈이 신호를 보내서 아버지한테 문을 열게 만든 겁니다……. 왜냐하면 그놈만이 그 신호를 알고 있었고, 신호를 보내지 않으면 아버지는 누구한테도 문을 열어 주지 않기로 되어 있으니까요…….」

「하지만 당신은 다시 상황을 잊고 계시는군요.」 검사는 점잔을 떨며 승리감에 젖은 채 말했다. 「당신이 아직 정원에 있었을 때 쪽문이 벌써 열려 있었다면 신호를 보낼 필요도 없지 않았겠습니까…….」

〈문, 문〉 하고 미탸는 중얼거리더니 말없이 검사를 바라보았다. 그러다가 다시 시선을 탁자 위로 떨구었다. 모두가 입을 다물고 침묵했다.

「네, 문이요! 그건 유령의 짓입니다! 하느님께서 나를 버리신 겁니다!」 그는 자기 앞을 응시하며 아무 생각 없이 소리쳤다.

「자, 이젠.」 검사가 점잖게 말했다. 「이젠 잘 판단하십시오, 드미트리 표도로비치. 한편으로는 문이 열려 있었고, 그 문으로 당신이 도망쳤다는 증언은 당신과 우리를 압도하기에 충분합니다. 또 다른 한편으로는, 갑작스럽게 당신 손에 들어온 그 돈의 출처에 대해 당신은 이해가 가지 않을 정도로 고집을 부리고 거의 분노에 가까운 침묵으로 일관하고 있습니다. 당신의 증언에 따르더라도, 당시 그 돈을 구하기 세 시간 전까지만 해도 당신은 겨우 10루블을 마련하기 위해 권총을 저당 잡히지 않았느냔 말입니다! 이런 사정을 종합하여 스스로 판단해 보십시오. 우리가 무엇을 믿을 수 있고, 또 어디에 근거를 둘 수 있는지? 그런 상태에서 당신의 고결한 영혼을 믿지 못하는 〈냉정한 냉소주의자라거나 조롱꾼〉이라고 우리를 비난하지는 마십시오……. 오히려 우리 입장에서 한번 생각해 보십시오…….」

미탸는 형용하기 힘들 정도로 흥분한 상태였고, 얼굴은 하얗게 질려 있었다.

「좋습니다!」 그가 갑자기 소리쳤다. 「당신들한테 내 비밀을 털어놓지요, 내 돈이 어디서 났는지를! 당신들도 나도 나중에 후회하는 일이 없도록 하기 위해서 치욕을 털어놓지요…….」

「믿어 주십시오, 드미트리 표도로비치.」 니콜라이 파르표노비치는 감격에 겨운 유쾌한 목소리로 알랑거렸다. 「지금 현재 가슴속에 품고 계신 그런 진심, 그런 인식은 나중에 당신의 운명의 짐을 덜어 주는 데에도 영향을 줄 수 있을 것입니다. 그뿐 아니라…….」

그러나 검사가 탁자 밑으로 그를 가볍게 찔렀으므로 예심 판사는 그 순간 말을 중단하고 말았다. 사실 미탸는 그의 이야기에 전혀 귀를 기울이고 있지 않았다.

7 미탸의 엄청난 비밀,
사람들은 휘파람을 불어 대다

「여러분.」 그는 여전히 흥분을 가라앉히지 못한 채 말문을 열었다. 「그 돈은…… 솔직히 고백하건대…… 그 돈은 내 것입니다.」

그것은 전혀 기대했던 말이 아니었기에 검사와 예심 판사는 그대로 입을 딱 벌리고 말았다.

「어떻게 당신 돈이 될 수 있습니까?」 니콜라이 파르표노비치가 중얼거렸다. 「당신의 진술에 따르면, 그날 5시경만 하더라도…….」

「그날 5시경이니, 내 자백이니 하는 것 따위는 지금 문제가 되지 않아요! 그 돈은 내 돈, 다시 말해서 내가 훔친 돈이란 말입니다……. 그러니 분명 내 돈은 아니고 훔친 돈, 내가 훔친 돈인 것이고, 모두 1천5백 루블이었는데 몸에, 평소에 늘 몸에 지니고 다녔었단 말입니다…….」

「그럼 대체 그 돈이 어디서 났다는 말입니까?」

「목에서, 여러분, 목에서, 바로 나의 이 목에서 떼어 낸 것입니다……. 여기 바로 내 목에 헝겊 조각을 꿰매어 걸고 다녔는데, 그것도 벌써 오래전 일이로군요. 수치심과 모멸감 속에서 그 돈을 달고 다닌 지 벌써 한 달이 넘으니 말입니다!」

「그렇다면 당신은 그 돈을 누구한테서 착복하신 겁니까?」

「〈누구한테서 강탈한 것〉이냐는 말씀을 하고 싶으셨겠죠? 이제 솔직히 이야기하겠습니다. 물론 나는 그 돈을 강탈한 것이나 마찬가지라고 생각하고 있었으므로, 원하신다면 〈착복했다〉고 하셔도 좋습니다. 하지만 내 판단으로는 역시 강탈한 돈입니다. 어제저녁 이후로 완전히 강탈한 것이 되고 말았으니까요.」

「어제저녁이라뇨? 당신이 그 돈을 손에 넣은 것은…… 벌써 한 달 전 일이라고 조금 전에 말씀하시지 않았습니까?」

「그렇습니다. 하지만 아버지 돈은 아닙니다, 아버지의 돈은 아닙니다. 흥분하실 것 없습니다, 아버지한테서 강탈한 것이 아니라, 그녀의 돈이니까요. 제발 이야기를 계속하게 해주십시오, 가로막지 말아 달란 말입니다. 그건 정말 고통스러운 일이니까요. 잘 들어 주십시오. 나의 약혼녀였던 카테리나 이바노브나 베르홉체바가 한 달 전 나를 불렀습니다……. 여러분도 그녀를 아시겠죠?」

「아, 물론입니다.」

「나는 여러분 모두가 그녀를 알고 있다고 생각합니다. 고결한 사람들 중에서도 고결한 여자이지만, 이미 오래전부터, 네, 오래전부터 나를 증오하고 있습니다……. 증오심을 품는 거야 물론 당연한 일일 테지요!」

「카테리나 이바노브나 말입니까?」 예심 판사는 깜짝 놀라며 되물었다. 검사도 역시 의외라는 듯이 뚫어지게 바라보았다.

「아아, 그녀의 이름을 함부로 부르지 마십시오! 그녀를 끌어들인 내가 악당이니까요. 그렇습니다, 그녀가 나를 증오하고 있다는 사실을 알고 있었습니다……. 이미 오래전부터…… 처음 그 순간부터, 바로 내 방에서 그런 일이 벌어졌던 그 순간부터 말입니다…… 하지만 그런 이야기는 그만둡시다, 그만둬요. 여러분은 그런 이야기를 들을 자격도 없고, 또 전혀 불필요한 이야기에 지나지 않을 테니……. 그렇지만 한 달 전 그녀가 나를 불러서 모스크바에 사는 자기 여동생과 어느 친척 아주머니에게 부쳐 달라며 3천 루블을 건네주었는데(자신이 직접 부칠 수 없는 처지였던 것 같습니다!), 그때 나는…… 바로 내 인생에서 운명적인 순간에 처해 있었습니다. 그것은 내가…… 한마디로 말해서 내가 다른 여자, 그러니까 조금 전에 보셨던 〈그녀〉와 막 사랑에 빠졌을 무렵이었던 것입니다. 지금 아래층에 앉아 있는 그루셴카 말입니다……. 나는 그녀를 이곳 모크로예로 데려와서는 그 저주받을 3천 루블의 절반에 해당하는 1천5백 루블을 이틀 동안 흥청망청 써버렸고, 나머지 절반은 보관해 두었던 것입니다. 바로 그 1천5백 루블을 나는 부적 주머니 대신 목에 걸고 다니다가 어제 개봉해서는 마구 써버렸던 것입니다. 여러분 수중에 있는 8백 루블은 그 잔액입니다, 니콜라이 파르표노비치, 어제 1천5백 루블에서 쓰고 남은 잔액이란 말씀입니다.」

「그런데 한 달 전에 당신이 쓴 돈은 1천5백 루블이 아니라, 3천 루블이라는 사실은 만인이 다 알고 있는 사실 아닙니까?」

「누가 그걸 알고 있단 말이죠? 계산해 본 사람이 대체 누굽니까? 내가 누구한테 계산을 맡기기라도 했단 말인가요?」

「그렇지만 당신 입으로 그때 정확히 3천 루블을 다 써버렸다고 사람들한테 말하지 않았습니까?」

「사실 그렇게 말해 왔습니다. 읍내 사람들에게 그렇게 말해 왔고, 또 읍내 사람들도 그렇게 이야기해 왔을 뿐만 아니라 실제로 그렇게 생각하고 있었지요. 게다가 이곳 모크로예에 있는 사람들도 그건 3천 루블이라고 생각했습니다. 그렇지만 어쨌든 내가 쓴 돈은 1천5백 루블이지 3천 루블은 아니었고, 나머지 1천5백 루블은 부적 주머니에 넣어 두었던 것입니다. 일이 그렇게 된 겁니다, 여러분. 이것이 바로 어제 쓴 그 돈의 출처입니다……」

「정말 멋진 이야기입니다……」 니콜라이 파르표노비치가 중얼거렸다.

「한 가지만 묻겠습니다.」 마침내 검사가 입을 열었다. 「그런 사정에 대해서 예전에 누군가에게 말씀하신 적은…… 다시 말해서 한 달 전에 1천5백 루블이 수중에 남아 있다고 말한 적은 없으십니까?」

「아무한테도 그런 이야기를 하지 않았습니다.」

「그거 참 이상한 일이로군요. 정말 아무한테도 그런 이야기를 하지 않았단 말입니까?」

「아무한테도 하지 않았습니다, 절대로.」

「왜 침묵을 지키신 거지요? 그런 것까지 비밀로 하실 필요가 대체 어디 있습니까? 그럼 내가 조금 더 정확하게 설명하겠습니다. 결국 당신은 자신의 비밀에 대해, 당신의 표현대로 그 〈수치스러운 돈〉에 대해 우리한테 밝히셨습니다. 그렇지만 본질적으로 — 물론 상대적인 이야기가 되겠습니다만 — 그 행위, 즉 타인의 3천 루블을 착복한 것은 의심할 여지 없이 순간적인 착복에 불과하며, 적어도 내 판단에 따르면 그것이 고매한 인격의 문제일 때는 상당히 경솔한 짓일 수 있지만, 당신의 성격을 고려한다면 그다지 수치스러운 일도 아니라는 생각이 듭니다……. 고매한 인격 속에서 느끼는 불명예스러운 행위라고 가정한다면 나도 동의할 수 있습니다만, 불명예스럽다고 해서 수치스러운 것은 아니잖습니까……. 다시 말해서 당신이 쓴 그 3천 루블이 베르흡체바 양으로부터 나온 돈이라는 것을 스스로 고백하지 않았더라도 이미 많은 사람들이 추측하고 있었으며, 나 자신도 그런 소문을 익히 들어 오던 차였고…… 예를 들면 미하일 마카로비치 역시 그런 소문을 들어 왔다는 사실을 밝힐 수 있습니다. 그래서 결국 그것은 한낱 소문에 그치지 않고 유언비어가 되고 말았습니다. 게다가 혹시 내 기억이 틀리지 않다면, 당신은 그 돈이 베르홉체바 양의 돈이라는 사실을 누군가에게 스스로 고백한 적이 있다는 증거도 있습니다……. 그렇기 때문에 당신 말대로 따로 떼어 놓았다는 그 1천5백 루블이란 돈에 대해 당신이 지금 바로 이 순간까지 굉장한 비밀로 치부하고 있으며, 심지어 그 비밀을 엄청난 공포심과 연결시키고 있는 모습을 볼 때 나는 적이 놀라지 않을 수 없는 것입니다……. 그런 종류의 비밀이 당신에게 그토록 고백하기 어려운 고통을 안겨 주리라고는 생각되지 않습니다……. 당신은 조금 전에도 그것을 고백하기보다는 감옥살이를 하는 편이 더 낫다고 소리치지 않았습니까…….」

검사는 입을 다물었다. 그는 몹시 흥분해 있었다. 증오심에 가까운 울분을 감출 생각도 없이, 말의 수식에도 관심 없이 그는 가슴속에 누적되어 있던 말들을 두서없이 마음껏 뱉어 냈던 것이다.

「내가 수치스럽게 생각하는 점은 1천5백 루블을 썼다는 사실이 아니라, 3천 루블 중에서 1천5백 루블을 떼어 놓았다는 사실입니다.」 미탸가 단호히 말했다.

「아니, 그래서요?」 검사는 신경질적인 미소를 지었다. 「불명예스럽게, 아니 원하신다면 수치스럽게 착복한 그 3천 루블을 당신이 자신의 판단에 따라 절반씩 떼어 놓았다는 사실이 대체 뭐가 그리 수치스럽다는 겁니까? 중요한 것은 당신이 3천 루블을 착복했다는 점이지, 그 돈을 어떻게 처리했느냐 하는 사실이 아닙니다. 당신은 돈을 왜 그런 식으로 처리했습니까? 왜 절반씩 나누어 놓았습니까? 그 이유를, 그렇게까지 한 목적을 우리한테 설명하실 수 있겠습니까?」

「오, 여러분, 그 목적 속에 모든 발단이 들어 있는 것입니다!」 미탸가 소리쳤다. 「그건 비열함 때문에, 다시 말해서 어떤 계산 때문에 따로 떼어 놓은 것인데, 이런 경우 계산이란 다름 아닌 비열함에 지나지 않는 것입니다……. 그리고 그 비열함은 꼬박 한 달 동안 계속되어 왔던 것입니다!」

「이해가 가지 않는군요.」

「정말 놀랍군요. 그렇지만 정말 이해가 가지 않으신다면 다시 한번 설명해 드리겠습니다. 내 이야기를 잘 들어 보십시오. 나의 명예를 신뢰하여 맡긴 돈을 내가 착복하여 방탕한 생활로 흥청망청 써버린 후, 다음 날 아침 그녀를 찾아가서 〈카탸, 내가 잘못했소. 내가 돈을 마구 써버리고 말았소〉라고 말한다면 그게 잘하는 짓일까요? 아니, 그렇지 않습니다. 그건 비열하고 저속하며 짐승 같은 짓이고, 또 짐승처럼 자신을 억제할 줄 모르는 인간에 불과한 겁니다, 그렇지 않습니까? 그렇다면 혹시 도둑놈은 아닐까요? 물론 직설적으로 도둑놈이라고 할 수는 없을 겁니다, 동의하시겠지요! 돈을 착복하긴 했지만, 그렇다고 훔친 것은 아니니까요! 그런데 여기 더 유익한 경우가 있으니, 내 이야기를 잘 들어 보십시오, 그렇지 않으면 난 다시 엉뚱한 길로 들어서게 될지도 모르니까요 ─ 그런데 머리가 몹시 어지럽군요 ─ 어쨌든 두 번째 경우란 내가 3천 루블 중에서 그 절반인 1천5백 루블만을 쓰는 겁니다. 그리고 다음 날 그녀를 찾아가서 남은 돈을 내밀면서,

〈카탸, 추악하고 경솔한 이 악당한테서 돈의 절반만이라도 받아 두구려, 절반은 내가 써버리고 말았는데 나머지 절반마저 써버릴지 모르니, 더 이상 죄를 짓지 않도록 말이오!〉 하고 고백하는 겁니다. 그런 경우는 어떻습니까? 짐승이라고 해도 좋고 악당이라고 해도 좋습니다만, 도둑놈은 아닙니다, 절대 도둑놈은 아닌 것입니다. 만일 도둑놈이라면 나머지 절반을 되돌려 주지 않을 것이고, 그 돈마저 착복할 테니까요. 그런데 곧바로 돈의 절반을 받게 되면 탕진한 나머지 절반도 한평생 노력하고 또 노동을 해서라도 마침내 되갚을 것이라고 생각하지 않겠습니까? 그런 식이라면 악당이기는 하지만 도둑놈은 아니지요, 도둑놈은 절대 아니겠지요, 뭐라고 해도 좋습니다만, 도둑놈만은 아니겠지요!」

「그건 어떤 차이점인가가 있다고 가정한 경우겠지요.」 검사는 차가운 미소를 던졌다. 「하지만 거기서 그런 결정적인 차이점을 생각하고 계시다니 정말 이상한 일이로군요.」

「네, 그렇습니다. 난 그런 결정적인 차이점을 염두에 두고 있습니다! 모두가 비열한 인간이 될 수도 있습니다, 아니, 어쩌면 모두가 비열한 인간인지도 모르겠습니다. 그렇다고 모두가 도둑놈이 될 수 있는 것은 아닙니다, 그저 비열한 사람들 중에서 왕초가 될 수 있을지는 몰라도. 물론 나는 그 미묘한 차이점을 설명드릴 수 없습니다만…… 어쨌든 도둑놈은 비열한 인간보다 더 비열하다는 것이 내 신념입니다. 잘 들어 보십시오. 내가 그 돈을 한 달 내내 가지고 다니다가 내일 당장이라도 돌려줄 수 있다면 나는 이미 비열한 인간이 아닌 것입니다. 그러나 나는 그렇게 결행할 수 없었습니다, 비록 매일 그런 생각을 품고 있으면서도 말입니다. 〈어서 결행해라, 결행해, 이 악당아〉 하고 매일같이 되뇌면서도, 한 달 내내 결행할 수 없었던 것입니다. 일은 바로 이렇게 된 것입니다! 어떻습니까, 여러분 생각에는 잘한 일처럼 보이나요?」

「그다지 잘한 일은 아니라고 치더라도 나는 그 점을 아주 잘 이해할 수 있으며, 또한 그 점에 대해서는 논쟁을 벌이고 싶지도 않습니다.」 검사가 신중하게 대답하고, 또 질문했다. 「그렇게 미묘한 차이점에 대한 논쟁은 모두 집어치우고 당신도 괜찮으시다면 본론으로 돌아가는 게 어떻습니까? 문제는, 어째서 처음부터 3천 루블을 그렇게 나누어 놓았느냐, 다시 말해서 절반은 탕진하고 절반은 숨겨 두었느냐 하는 우리의 질문에 당신이 아직 대답하기를 꺼리고 있다는 점입니다. 돈을 어디에 쓰려고 감추어 놓았던 겁니까? 나머지 1천5백 루블을 어디에 쓰실 생각이셨습니까? 나는 이 질문에 대한 대답을 꼭 듣고 싶습니다, 드미트리 표도로비치.」

「아아, 바로 그 문제였지!」 미탸는 자신의 이마를 치며 소리쳤다. 「용서하십시오, 여러분을 괴롭히기만 하고 중요한 내용은 설명하지 않았군요. 진작 설명했더라면 그 이유가, 그 이유가 다름 아닌 치욕 때문이란 사실을 여러분도 금방 이해하셨을 텐데 말입니다! 아시다시피 죽은 내 아버지가 개입되어 있는데, 그는 아그라페나 알렉산드로브나를 내내 현혹시켰고, 그래서 나는 질투했던 것입니다. 당시 나는 그녀가 나와 아버지 사이에서 동요를 일으키고 있다고 생각했었습니다. 하루도 빠짐없이 매일 그렇게 생각한 것이죠. 〈그녀가 나를 못살게 구는 것도 싫증이 나서 마음의 결정을 내리고 별안간 내게 《내가 사랑하는 사람은 당신이에요, 당신 아버지가 아니라고요. 나를 세상 끝으로 데려가 주세요》라고 말할

지도 모른다. 하지만 내가 가진 것이라고는 은화 두 닢뿐이잖은가. 그렇다면 어떻게 그녀를 데리고 떠날 수 있을까? 그땐 무엇을 할 수 있을까? 그것은 바로 파멸하는 길일 뿐이다〉라고 생각했어요. 당시 나는 그녀를 잘 알지도 못했고 이해하지도 못했기 때문에, 그녀한테는 돈이 필요하고 또 내가 알거지라는 사실을 용납하지 않을 거라고 생각했었습니다. 그래서 나는 3천 루블의 절반을 교묘히 따로 떼어서는 냉정하게 바늘로 그런 속셈을 품고 꿰맸습니다, 술을 마시러 가기 전에 말입니다. 그러고 나서 나머지 절반을 가지고 술을 마시러 떠난 것입니다! 아니, 그건 비열한 짓이죠! 이제 아시겠습니까?」

검사는 큰 소리로 웃어 댔고, 예심 판사도 따라 웃었다.

「내 생각에, 당신이 스스로를 자제하여 모두 탕진하지 않은 것은 현명하고도 도덕적인 태도라는 생각이 드는데요.」 니콜라이 파르표노비치가 킬킬거렸다. 「왜냐하면 그렇다고 무슨 일이 벌어지지는 않을 테니까요?」

「그렇지만 나는 돈을 훔친 게 되었습니다, 바로 그렇습니다! 오, 맙소사, 여러분의 몰이해에 나는 위협을 느끼지 않을 수 없군요! 내가 가슴에 그 1천5백 루블을 꿰매 가지고 다니는 동안, 나는 매일 매시간 〈너는 도둑놈이야, 너는 도둑놈이야!〉 하고 스스로 되뇌었던 것입니다. 자신을 도둑놈이라고 생각했기 때문에 나는 지난 한 달 동안 성깔을 부려 왔고, 술집에서 싸움을 벌여 왔던 것이며, 아버지를 때리기도 했던 것입니다! 나는 내 동생 알료샤에게조차 이 돈 1천5백 루블에 대해 감히 이야기할 마음이 생기지 않았습니다. 그만큼 자신을 비열한 인간이자 사기꾼이라고 생각했던 것이죠! 그러나 그와 동시에 나는 돈을 몸에 지니고 다니는 동안 매일 매시간 〈아니야, 드미트리 표도로비치, 넌 어쩌면 아직 도둑놈이 아닐지도 몰라〉라고 중얼거리기도 했습니다. 왜냐고요? 그건 바로 내일이라도 카탸를 찾아가서 돈을 갚을 수도 있다는 생각이 들었기 때문입니다. 그런데 바로 어제 나는 페냐한테 들렀다가 페르호틴을 찾아가는 길에 그 주머니를 찢기로 결심한 것입니다. 그때까지는 결심이 서지 않았는데 막상 주머니를 찢는 순간 나는 의심할 나위 없는 진짜 도둑놈이 되어 버리고 말았습니다, 평생에 걸쳐 후회하게 될 도둑놈, 양심이라곤 눈곱만큼도 없는 인간 말입니다. 왜냐고요? 왜냐하면 그 주머니를 가지고 카탸를 찾아가서 〈나는 비열한 인간이긴 하지만, 도둑놈은 아니오〉라고 말하려던 나의 꿈마저 찢겨 나갔기 때문입니다! 이제 이해하시겠죠, 이해하시겠죠!」

「어째서 어제저녁 그런 결심을 하신 겁니까?」 니콜라이 파르표노비치가 말을 가로챘다.

「어째서냐? 정말 우스운 질문이군요. 왜냐하면 동이 틀 무렵인 새벽 5시에 자살하기로 결심했기 때문입니다. 〈아무래도 좋아, 비열한 인간으로 죽든, 착한 사람으로 죽든, 어차피 마찬가지니까!〉 하고 생각했던 겁니다. 그런데 그렇지가 않았어요, 아무래도 좋은 것이 아니었다고요! 믿으실지 모르겠지만 어젯밤 무엇보다 나를 괴롭힌 것은 내가 늙은 하인을 죽였다거나 시베리아로 유형을 떠나게 된다는 그런 불안감 때문이 아니었습니다, 나의 사랑이 월계관을 쓰고, 하늘이 다시 내게 활짝 열리던 그 순간에도 말입니다! 오, 그런 괴로움이 없었던 것은 아니지만 그렇게 고통스럽진 않았습니다. 결국 나는 가슴에서 그 저주스러운 돈을 떼내어 탕진하고 말았으니, 이제 진짜 도둑놈이 되고 만 것이라는 그 저주스러운 생각에 비하면 모두가 아무것도, 아무것도 아니었다고요! 여러분, 당신들께 충심으로 반복해 말씀드립니다만, 전 오늘 밤 많은 것을 깨달았습니다. 사람은 비열한 인간으로 사는 것도 불가능한 노릇이지만, 비열한 인간으로 죽는 것도 불가능한 법입니다……. 아니, 여러분, 정직하게 죽어야만 하는 겁니다!」

미탸는 하얗게 질려 있었다. 그는 극도로 흥분했으나 피로에 지치고 고통스러운 표정이었다.

「나는 당신을 이해하게 되었습니다, 드미트리 표도로비치.」 검사는 마치 동정이라도 하듯 부드러운 어조로 말꼬리를 끌며 말했다. 「하지만 내 생각에 당신은 단지 너무 신경과민인 것 같습니다…… 병적인 신경과민, 네, 바로 그렇습니다. 그렇다면 당신은, 예를 들면 지나친 괴로움을 잊기 위해 그 1천5백 루블을 당신에게 믿고 맡겼던 그 여자한테 거의 한 달 가까이 찾아가지도 않고 돌려주지도 않은 겁니까? 그리고 당시 당신의 입장은 너무나 끔찍스러웠다고 했는데, 어째서 그녀한테 사실대로 밝히고 좋은 생각을, 자연스럽게 떠올릴 수 있는 지혜를 모색해 보지 않으셨습니까? 다시 말해서 왜 그녀한테 솔직히 자신의 잘못을 고백하고 필요한 금액을 요구하지 않은 겁니까? 그랬더라면 관대한 마음씨를 지닌 그녀는 당신의 고민을 이해하고 결국에 가서는 거절하지 않았을 텐데 말입니다. 그렇지 않더라도 삼소노프나 호홀라코바 부인한테 제안하셨던 그런 담보나 문서 등을 제시하셨더라면 더더욱 문제가 없지 않았을까요? 당신은 지금도 그 담보가 값어치가 있다고 생각하시나요?」

미탸는 갑자기 얼굴이 새빨개졌다.

「정말 당신은 나를 그토록 비열한 인간이라고 생각하시는 겁니까? 진심에서 그런 이야기를 하시는 것은 아니겠죠!」 그는 자기가 지금 들은 것이 믿기지 않는다는 듯이 검사를 바라보면서 분통을 터뜨렸다.

「진심에서 우러나오는 이야기였습니다만…… 당신은 어째서 진심이 아니라고 생각하시는 거죠?」 오히려 검사가 깜짝 놀라고 말았다.

「오, 그건 정말 비열한 짓입니다! 여러분, 여러분은 나를 얼마나 괴롭히고 있는지 아셔야 합니다! 나는 여러분한테 사정이 어떠했는지 모두 말씀드리겠습니다, 악마에 홀린 내 마음속의 모든 것을 이제 다 털어놓겠습니다. 하지만 그건 여러분이 수치심을 느끼도록 하기 위해서입니다. 그리고 여러분은 인간의 복합적인 감정이 어느 정도까지 비열해질 수 있는지 깨닫게 되면 충격을 받으실 것입니다. 그런 복합적인 감정을, 검사님께서 조금 전에 말씀하신 바로 그런 감정을 나도 이미 느끼고 있었습니다, 검사님! 그렇습니다, 여러분, 그 저주스러운 한 달 동안 나는 그런 생각을 해보았고, 그래서 카탸한테 찾아가려는 결심이 서기도 했고 그만큼 비열한 마음이 들기도 했습니다! 그러나 그녀를 찾아가서 변심한 내 심경을 털어놓은 다음에 그 변심한 마음을 실행하기 위해서, 거기에 필요한 경비를 마련하기 위해서 변심한 마음으로 그녀에게, 카탸에게 돈을 구걸해서는(구걸하는 겁니다, 아시겠습니까, 구걸하는 거라고요) 다른 여자와, 그녀의 연적과, 그녀를 증오하고 모욕한 여자와 함께 곧바로 도망쳐 버리다니요, 당신은 아마 정신이 좀 돈 것 같습니다, 검사님!」

「난 정신이 돌지 않았습니다. 그러나 물론 지나치게 흥분한 나머지 그런 이야기를 한 것도 아닙니다……. 바로 여자의 질투심에 관해서라면…… 당신이 주장하는 것처럼 만일 거기에 실제로 질투심이 존재한다면…… 네, 어쩌면 그와 유사한 그 무엇이 들어 있을 수도 있겠지요.」검사는 미소를 지었다.

「하지만 그건 정말 추악한 일입니다.」미탸는 주먹으로 탁자를 쾅 하고 내리쳤다.「그건 나로선 상상도 할 수 없는 더러운 짓입니다! 그 여자가 나한테 돈을 줄 거라고 생각하시는 모양인데, 행여 돈을 주었다고 하더라도, 아니, 반드시 돈을 주기야 하겠지만, 그건 복수심 때문에, 복수의 쾌감 때문에, 나에 대한 멸시감 때문에 주는 것일 겁니다. 왜냐하면 그 여자는 악마에 홀린 여자, 적개심에 불타는 여자니까요! 내가 그 돈을 받았다고 칩시다, 내가, 내가 그 돈을 말입니다, 그러면 나는 한평생…… 오, 하느님! 용서해 주십시오, 여러분, 내가 이렇게 소리를 지르는 것은 얼마 전부터, 그러니까 내가 밤새도록 랴가비한테 매달렸던 이틀 전부터 그런 생각이 들었기 때문입니다. 그 후 어제도, 네, 바로 어제도 하루 종일 그런 생각에 빠져 있었습니다, 그 사건이 일어나기 직전까지 말입니다…….」

「어떤 사건 말입니까?」니콜라이 파르표노비치는 호기심을 보이며 끼어들었으나, 미탸는 그의 이야기를 듣지 못했다.

「나는 여러분한테 무서운 고백을 했습니다.」그는 침통한 표정으로 이렇게 말을 끝맺었다.「그러니 그 점을 평가해 주십시오, 여러분. 아니, 그것으론 부족합니다, 평가하는 것만으론 부족합니다. 평가하지 말고 존중해 주십시오. 만일 그렇지 않다면, 만일 나의 고백이 여러분의 마음을 움직이지 못한다면, 그땐 여러분이 나를 존중하지 않는 것입니다. 여러분, 나는 그렇게밖에 말할 수 없습니다. 그리고 나는 여러분 같은 사람들한테 그런 고백을 하고 말았다는 수치심 때문에 죽고 말 겁니다! 오, 나는 자살하고 말 것입니다! 하지만 나는 이미 알고 있습니다, 여러분이 내 말을 믿지 않는다는 사실을! 아니, 이 말도 기록하시려는 겁니까?」 그는 갑자기 깜짝 놀라며 소리쳤다.

「그런데 당신은 이런 말씀을 하셨지요.」 니콜라이 파르표노비치는 깜짝 놀란 표정으로 그를 바라보았다. 「즉 당신은 최근까지 베르홉체바 양한테 찾아가서 그 돈을 구걸할 생각이었다고…… 나는 당신의 말을 믿습니다, 그건 우리한테 매우 중요한 증언이 될 것입니다, 드미트리 표도로비치. 다시 말해서 모든 점에서 그 일은…… 특히 당신한테, 특히 당신한테 중요한 의미를 지니는 것입니다.」

「부탁합니다, 여러분.」 미탸는 손바닥을 쳤다. 「기록하지 말아 주십시오, 제발 수치스러운 줄 아십시오! 나는 여러분 앞에서 내 마음을 둘로 갈라서 보여 드렸는데, 여러분은 그 갈라진 상처의 양면을 손가락으로 후비다뇨……. 오, 하느님!」

그는 절망한 나머지 두 손으로 얼굴을 가렸다.

「진정하십시오, 드미트리 표도로비치.」 검사가 말했다. 「지금 기록된 모든 것은 나중에 직접 읽어 보시고 동의하지 않으실 경우 당신 뜻대로 수정해 드릴 테니까요. 하지만 나는 지금 세 번째로 당신한테 되풀이해서 묻겠습니다. 정말 아무도, 정말 아무도 당신이 주머니에 돈을 넣고 꿰맸다는 이야기를 들은 사람이 없습니까? 당신한테 말씀드리지만 그건 정말 믿기지 않기 때문입니다.」

「아무한테도, 아무한테도 이야기하지 않았습니다. 당신은 아무것도 이해하지 못하셨군요! 이제 그만 나를 조용히 내버려 두십시오.」

「좋습니다. 그러면 이것만은 밝히셔야 하겠습니다. 앞으로도 시간은 충분히 있긴 합니다만, 어디 잘 생각해 보시죠. 당신은 당신이 직접 탕진한 돈이 3천 루블이라고, 1천5백 루블이 아니라 3천 루블이라고 소문을 내고 다녔고, 도처에서 떠들어 댔으며, 어제 돈을 가지고 나타났을 때 다시 3천 루블을 가져왔다고 많은 사람들한테 떠벌렸다는 증거를 우리는 수십 가지나 가지고 있는데……」

「수십 가지가 아니라, 수백 가지 증거를, 2백 가지는 될 증거를 확보하고 계시겠지요. 2백 명은 그런 이야기를 들었을 것이니, 아니 1천 명은 그런 이야기를 들었을 테니!」 미탸가 소리쳤다.

「아시다시피 모든 사람들이, 모든 사람들이 증언하고 있습니다. 그렇다면 〈모든 사람〉이라는 말속에는 어떤 의미가 내포되어 있지 않을까요?」

「아무 의미도 없습니다. 내가 거짓말을 하니까, 모두 내 말을 따라 거짓말을 한 것뿐이니까요.」

「그렇다면 지금 당신이 밝힌 대로 어째서 〈거짓말〉을 해야만 했습니까?」

「나도 모르겠습니다. 어쩌면 자랑삼아 그랬을 수도 있고…… 다시 말해서…… 내가 그렇게 많은 돈을 썼다고 말입니다……. 아니면 꿰매 둔 돈에 대해서 잊고 싶었기 때문일 수도 있겠지요……. 네, 바로 그런 이유 때문입니다…… 빌어먹을…… 당신은 그런 질문을 대체 몇 번이나 반복해서 하는 겁니까? 나는 거짓말을 했고, 물론 일단 거짓말을 한 이상 그걸 정정하고 싶지 않았던 것입니다. 인간이란 때로는 자신도 모르게 거짓말을 하는 법 아닙니까?」

「자신도 모르게 거짓말을 한다고 판단하기란 쉬운 일이 아니지요, 드미트리 표도로비치.」검사는 타이르듯 말했다.「그런데 당신 말대로 그 주머니란 것은, 목에 걸고 다녔다는 그 주머니란 것은 컸습니까?」

「아니요, 크지 않았습니다.」

「예를 들면 크기가 어땠습니까?」

「1백 루블짜리 지폐를 반으로 접은 정도의 크기였습니다.」

「그 헝겊 조각을 우리한테 보여 주시면 어떻겠습니까? 어딘가 지니고 계실 테니.」

「이런, 빌어먹을…… 정말 어리석군요……. 그게 어디 있는지 내가 알 게 뭡니까.」

「아무튼 좋습니다. 그런데 당신은 그걸 언제 어디서 목에서 떼어 냈지요? 당신의 증언대로라면 집에는 들르지 않으셨을 텐데?」

「페냐의 집에서 페르호틴을 찾아가던 길이었습니다. 도중에 목에서 떼어서는 돈을 꺼냈지요.」

「어둠 속에서요?」

「촛불이 있을 턱이 있습니까? 단번에 손가락으로 찢어 버렸는데.」

「칼도 없이 길거리에서 말입니까?」

「광장이었던 것 같습니다. 왜 칼이 필요하다는 거죠? 낡은 헝겊 조각이라 단번에 찢겨 나갔는데.」

「그다음엔 그것을 어떻게 하셨습니까?」

「거기다 버렸지요.」

「어디 말입니까?」

「광장 말입니다, 광장 근처에요! 광장 어디인지는 악마나 알겠지요! 그건 알아서 무엇 하시게요?」

「그건 상당히 중요합니다, 드미트리 표도로비치. 당신한테 유리한 물적 증거가 될 텐데, 당신은 왜 그걸 이해하려 들지 않는 겁니까? 한 달 전 주머니를 꿰매는 데는 누가 도움을 주었습니까?」

「아무도 도와주지 않았고, 내가 직접 했습니다.」

「바느질을 할 줄 아십니까?」

「군인이라면 바느질을 할 줄 알아야지요. 하지만 그건 따로 바느질 솜씨가 필요한 일은 아닙니다.」

「그 옷감은, 다시 말해서 바느질을 한 천 조각은 어디서 구하셨죠?」

「나를 놀리시는 겁니까?」

「천만에요, 우리는 절대 비웃기 위해 이러는 게 아닙니다, 드미트리 표도로비치.」

「천 조각을 어디서 구했는지는 생각나지 않지만, 어디서든 구했겠지요.」

「그런 문제는 기억하실 것 같은데요?」

「전혀 기억나지 않습니다. 내복 같은 것을 오려 냈을 수도 있겠죠.」

「아주 흥미로운 이야기입니다. 내일 당신 방에서 그 물건을, 어쩌면 조각을 오려 냈을 그 셔츠를 찾아낼 수도 있겠군요. 그 천 조각은 어떤 옷감이었습니까? 아마포 종류였나요, 리넨 종류였나요?」

「무엇으로 만든 천인지 낸들 어떻게 압니까? 잠깐만...... 내 생각에 다른 옷에서 오려 낸 것 같지는 않습니다. 그건 옥

양목이었는데…… 집주인의 머릿수건으로 꿰맸던 것 같습니다.」

「집주인의 머릿수건이요?」

「네, 그 여자한테서 슬쩍한 것입니다.」

「어떻게 가져오셨죠?」

「이제 기억이 납니다만, 언젠가 넝마가 된 머릿수건 하나를 아마도 펜을 닦기 위해 슬쩍 집어 넣은 적이 있습니다. 그냥 몰래 집어넣었습니다, 아무짝에도 쓸모없는 것이 내 방 안에 굴러다니기에 말입니다. 그러고는 거기에 1천5백 루블을 집어넣고는 꿰맸던 것이죠……. 틀림없이 그 천 조각으로 꿰맸던 것 같습니다. 수없이 빨래를 해서 다 낡아 빠진 옥양목 조각이었지요.」

「그렇게 확신하십니까?」

「확실한지는 나도 모르겠습니다. 머릿수건이었던 것 같을 뿐이죠. 믿지 않아도 좋습니다!」

「그렇다면 적어도 당신의 여주인은 자기 물건이 없어진 사실을 기억할 수 있겠군요?」

「절대 그렇지 않습니다. 말씀드리는 바와 같이 그건 낡은 천 조각, 한 푼의 가치도 없는 낡은 천 조각이었으니까요.」

「그럼 바늘은 어디서 구했습니까, 또 실은요?」

「그만두겠습니다, 더 이상 대답하고 싶지 않군요. 이제 충분합니다!」 결국 미탸는 화를 벌컥 내고 말았다.

「그런데 정말 이상하군요, 당신은 그 주머니를 어디에 버렸는지 전혀 기억하지 못하신다니…….」

「그럼 내일 광장을 쓸어 보면 되지 않습니까, 혹 찾아낼지도 모르니까.」 미탸는 미소를 지었다. 「이제 그만합시다, 여러분, 그만해요.」 그는 괴로운 목소리로 결론을 내렸다. 「나는 분명히 알고 있습니다, 여러분이 내 말을 믿지 않는다는 사실을! 눈곱만큼도 믿지 않는 겁니다! 여러분 잘못이 아니고 내 잘못이며, 주제넘게 나설 필요도 없는 일이었습니다. 어쩌자고, 어쩌자고 내 비밀을 고백하여 먹칠을 하고 말았을까! 여러분한테 웃음거리에 지나지 않는다는 사실을 나는 그 눈길만으로도 알 수 있습니다. 당신 꾐에 빠지고 만 것입니다, 검사님! 승리의 찬가라도 부르시죠…… 당신들은 저주받을 고문자들입니다!」

그는 고개를 숙이고 두 손으로 얼굴을 가렸다. 검사와 예심 판사는 할 말을 잃고 말았다. 잠시 후 그는 고개를 들더니 아무 생각 없이 그들을 바라보았다. 그의 얼굴에는 돌이킬 수 없는 절망감이 역력하게 나타났다. 그는 마치 넋이 나간 사람처럼 묵묵히 자리에 앉아 있었다. 그렇지만 일을 마무리 지어야만 했다. 곧이어 증인 신문이 계속되어야 했던 것이다. 벌써 아침 9시가 다 되었다. 촛불도 이미 오래전에 꺼져 있었다. 신문이 진행되는 동안 연신 방 안을 들락날락거리던 미하일 마카로비치와 칼가노프가 이때 다시 들어왔다. 검사와 예심 판사는 상당히 피로에 지친 얼굴이었다. 음산한 아침이었고, 하늘은 온통 구름으로 뒤덮였으며, 비가 억수같이 퍼붓고 있었다. 미탸는 물끄러미 창문을 바라보았다.

「창밖을 내다봐도 괜찮겠습니까?」 그는 갑자기 니콜라이 파르표노비치에게 물었다.

「오, 좋을 대로 하십시오.」 그가 대답했다.

미탸는 자리에서 일어나 창문으로 다가갔다. 빗줄기는 푸른빛이 감도는 작은 유리창을 사정없이 때리고 있었다. 창문

바로 밑에는 질퍽거리는 길이 보였고, 저편 너머에 일렬로 늘어선 거뭇거뭇하고 초라하며 볼품없는 농가들은 비 때문에 한층 더 시커멓고 초라하게 보였다. 미탸는 〈금발의 아폴로〉 생각이며, 자기 얼굴에 첫 아침 햇살이 비치면 자살을 하려던 생각을 더듬었다. 〈아마 그런 아침이 더 좋았을지도 몰라〉 하고 그는 미소를 짓더니, 갑자기 한 손을 아래로 내저으며 〈고문자〉들을 향해 몸을 돌렸다.

「여러분!」 그는 소리쳤다. 「파멸하게 되었다는 사실을 나는 알고 있습니다. 하지만 그녀는 어떻게 되는 겁니까? 그녀 이야기를 해주십시오, 이렇게 부탁드립니다. 정말 그녀도 나와 함께 파멸하게 되는 겁니까? 그녀는 결백합니다, 어제 그녀가 〈모든 것은 내 잘못이에요〉라고 외쳤던 것은 제정신이 아니었기 때문입니다. 그녀는 아무 죄도, 아무 죄도 짓지 않았습니다! 여러분과 함께 앉아 있으면서도 나는 밤새 걱정스러웠습니다……. 나한테 말씀해 주실 수는 없겠습니까, 당신들이 그녀를 어떻게 처리하실지?」

「그 문제라면 절대로 걱정하지 마십시오, 드미트리 표도로비치.」 검사가 눈에 띌 정도로 당황하는 모습으로 대답했다. 「당신이 그토록 관심을 보이는 그 여자분을 괴롭혀야 할 어떤 확고한 동기도 찾아내지 못했으니까요. 내 생각으로는 앞으로 사건이 진행되는 과정에서도 마찬가지일 거라고 생각합니다……. 그 점에 관해서라면 우리 쪽에서, 오히려 우리가 최선을 다할 생각입니다. 그러니 부디 진정하십시오.」

「여러분, 고맙습니다. 나는 이러저러한 문제가 있기는 했지만 여러분이 정직하고 공명정대한 분들이라는 사실을 알고 있었습니다. 여러분은 마음의 짐을 덜어 주셨습니다…….

자, 이젠 무엇을 하게 됩니까? 난 준비가 되었는데요.」

「좋습니다, 그렇다면 서둘러야겠군요. 곧이어 증인 신문으로 넘어가야 합니다. 그 모두가 당신이 배석한 가운데 이루어져야 하는데, 왜냐하면······.」

「우선 차라도 한잔 들지 않겠습니까?」 니콜라이 파르표노비치가 끼어들었다. 「벌써 상당히 많은 일을 처리한 것 같은데!」

아래층에 차가 준비되어 있다면(미하일 마카로비치는 차를 준비하러 아래층으로 내려간 것임에 틀림없었으므로) 차를 한 잔씩 마시고 〈신문을 계속해서 진행하기로〉 결정했다. 정식 차와 〈간식〉은 조금 더 시간의 여유가 생길 때까지 미루기로 했다. 아래층에는 정말 차가 준비되어 있었으므로 곧 위층으로 날라 왔다. 처음에 미탸는 니콜라이 파르표노비치가 친절하게 권하는 찻잔을 거절했지만, 잠시 후 자신이 직접 부탁해서 게걸스럽게 마셨다. 그는 상당히 고통스러운 표정이었다. 워낙 힘이 장사여서 하룻밤 술을 마시는 정도로야 여전히 힘이 펄펄 날 것으로 생각되지 않았던가? 그러나 그는 의자에도 간신히 앉아 있었을 뿐만 아니라, 시시각각으로 온갖 물건들이 눈앞에서 빙글빙글 도는 것 같은 기분이었다. 〈조금만 더 있으면 헛소리를 늘어놓을지도 모르겠군〉 하고 그는 마음속으로 생각했다.

8 증인들의 진술, 아귀들

증인 신문이 시작되었다. 그러나 우리는 지금까지 우리가 해온 방식대로 우리의 이야기를 자세하게 써나가지는 않을 것이다. 따라서 우리는 소환된 증인 한 사람 한 사람에게 진실과 양심에 따라 진술해야 한다거나, 나중에 선서를 한 이후에 자신의 진술을 다시 반복해야 한다며 일장 훈시를 했던 내용을 생략할 것이다. 나중에 증인 한 사람 한 사람에 대해서 자신들의 진술서에 서명하도록 요청된 사실 등등에 대해서도 역시 마찬가지다. 여기서 우리가 주목할 사실 한 가지는 신문받는 사람들의 관심을 집중시켰던 요점이 바로 3천 루블에 관한 똑같은 질문, 즉 무엇보다도 돈의 액수가 3천 루블이었느냐, 1천5백 루블이었느냐 하는 사실, 다시 말해서 드미트리 표도로비치가 그곳 모크로예에서 한 달 전에 벌였던 첫 번째 술판에서 쓴 돈이 3천 루블이냐 1천5백 루블이냐, 또 두 번째 술판에서 쓴 돈이 3천 루블이냐 1천5백 루블이냐 하는 문제였다. 슬픈 일이지만 모든 증인들은 마지막 한 사람까지도 미탸의 반대편임이 드러났고, 어느 누구도 도움이 되지 않았으며, 어떤 증언들은 새롭게 제시되어 미탸의 진술을 반박하는 당혹스럽기까지 한 내용들이었다. 가장 먼저 신문을 받은 사람은 트리폰 보리시치였다. 그는 신문자들 앞에서 눈곱만큼의 두려운 기색도 보이지 않았으며, 오히려 피고에 대해 단호하고 준엄한 분노의 모습을 보임으로써, 의심할 여지없이 그것을 통해 자신의 태도에 상당한 정당성과 가치를 더해 나갔다. 트리폰 보리시치는 별로 많은 말을 하지는 않았으나 얌전히 앉아 신문하기를 기다렸다가 정확하게, 그리고 깊이 생각한 후에 답변하곤 했다. 그는 미탸가 한 달 전에 쓴 돈이 3천 루블 이하는 아니며, 그곳에 있던 농부들 모두가 〈미트리 표도리치〉로부터 직접 3천 루블을 썼다는 이야기를 들었다는 이야기를 진술할 것이라고 조금도 망설이지 않고 단호히 대답했다. 〈집시들한테만도 엄청난 돈을 뿌려 댔었죠. 그치들한테만도 아마 1천 루블은 뿌렸을 겁니다〉라고 덧붙이기도 했다.

「아마도 5백 루블도 안 되는 것 같은데.」 미탸는 침통한 어조로 이 대목에서 이렇게 지적했다. 「당시 난 계산을 해보진 않았거든, 취해 있었으니까. 그게 유감이야……」

그때 미탸는 커튼 쪽으로 등을 돌린 채 비스듬히 앉아서 침통한 표정으로 듣고 있었는데, 마치 〈젠장, 너희들 마음대로 진술해라, 이젠 어차피 마찬가지니까!〉라고 강변하고 있는 듯 슬프고 지친 모습이었다.

「그치들한테 1천 루블 이상을 쓰셨던 겁니다, 미트리 표도로비치.」 트리폰 보리시치는 강력히 반박하고 나섰다. 「당신이 마구 뿌리면 그치들이 주워 갔으니까요. 민중들이란 도둑이고 협잡꾼이며, 그놈들은 말 도둑들이어서 이 고장에서 모두 쫓겨나고 말았지만, 놈들 자신도 당신한테서 얼마를 거두었는지 다 실토할지 모릅니다. 당시 나도 당신 손에 들어 있던 돈의 액수를 목격했답니다. 물론 세어 보진 못했습니다, 내게 넘겨주진 않았으니까요. 이건 사실입니다. 아직도 기억이 생생합니다, 이 두 눈으로 직접 1천5백 루블보다 훨씬 많은 돈을…… 1천5백 루블이라니, 말도 안 됩니다! 우리도 여러 차례 돈을 본 적이 있고, 대충 눈짐작도 있는 법인데…….」

어제의 돈 액수에 대해서도 트리폰 보리시치는, 드미트리 표도로비치가 말에서 내리자마자 3천 루블을 들고 왔다며 자기 입으로 직접 말하더라고 거리낌 없이 증언했다.

「그만하게, 트리폰 보리시치.」 미탸가 말을 가로막았다.

「정말 내가 3천 루블을 들고 왔다고 말했다는 건가?」

「그렇게 말씀하셨잖아요, 미트리 표도로비치. 안드레이가 있는 자리에서 그렇게 말씀하셨잖아요. 안드레이는 저쪽에 앉아서 아직 떠나지 않았으니 그를 불러서 물어보세요. 합창단이 노래를 부를 때 홀 안에서도 여기에서 6천 루블을 뿌리게 될 거라고 큰 소리로 외치셨잖아요. 예전에 쓴 돈과 합친 액수라고 이해해야 하겠지요. 스테판과 세묜도 들었고, 표트르 포미치 칼가노프 씨도 그때 당신 옆자리에 서 있었으니 모두 기억할 수 있을 거예요······.」

6천 루블이라는 증언은 신문을 하던 사람들에게 특별한 인상을 심어 주었다. 그들은 그 새로운 내용이 마음에 들었던 것이다. 3 더하기 3은 6이요, 예전의 3천 루블에 현재의 3천 루블을 더하면 합이 6천 루블이 된다는 것은 너무나 명백한 사실이었다.

트리폰 보리시치가 지적한 농부들인 스테판과 세묜, 마부 안드레이 그리고 표트르 포미치 칼가노프가 모두 신문을 받았다. 농부들과 마부는 트리폰 보리시치의 증언을 망설이지 않고 확인해 주었다. 그 밖에도 안드레이의 증언 가운데서 마차를 타고 오는 도중에 미탸와 나눈 대화 내용이 특별히 기록되었다. 〈나 드미트리 표도로비치는 대체 어디로 굴러떨어지게 될까? 천국일까, 지옥일까? 이 세상에서 나는 용서를 받을 수 있을까, 없을까?〉 하는 내용이었다. 〈심리학자〉 이폴리트 키릴로비치는 비칠 듯 말 듯 한 미소를 머금은 채 그 이야기를 귀담아듣고는, 드미트리 표도로비치가 어디로 굴러떨어지게 될 것이냐는 증언도 〈사건 서류 속에 첨부하자〉고 건의하는 것으로 신문을 마쳤다.

신문을 받게 된 칼가노프는 달갑지 않다는 듯이 이맛살을 잔뜩 찌푸린 짜증스러운 표정으로 들어와서는, 이미 오래전부터 매일같이 얼굴을 마주 대하던 사이여서 수없이 만난 적이 있는 검사나 니콜라이 파르표노비치와 대화를 나누었다. 그는 〈아무것도 알지 못하며 알고 싶지도 않다〉는 말부터 꺼냈다. 그러나 6천 루블에 대해서는 들은 적이 있다고 말했고, 그 순간 옆자리에 있었다고 인정했다. 그는 자기 눈으로 보기에는 미탸가 수중에 〈얼마를 가지고 있었는지 모르겠다〉고 했다. 폴란드인들이 카드놀이에서 그를 속였다는 대목에 관해서 그는 틀림없는 사실이라고 진술했다. 반복되는 신문에 대해서도 폴란드인들이 쫓겨 나간 후 미탸와 아그라페나 알렉산드로브나의 관계가 실제로 회복되었고, 그녀도 자기 입으로 미탸를 사랑한다고 말했다고 설명했다. 아그라페나 알렉산드로브나에 관해 이야기할 때 그는 마치 그녀가 최상류층 귀부인이나 되는 듯 신중하고도 정중하게 말했으며, 그녀를 한 번도 〈그루셴카〉라고 부르지 않았다. 그 젊은이가 눈에 확연히 드러날 정도로 증언하기를 꺼렸음에도 불구하고 이폴리트 키릴로비치는 오랫동안 그를 신문했으며, 결국 그의 입을 통해서 그날 밤 소위 미탸의 〈로망스〉라고 할 만한 것에 대해 자세히 알아낼 수 있었다. 미탸는 한 번도 칼가노프의 말을 중지시키지 않았다. 결국 신문을 마쳤을 때 그는 노골적으로 화를 내며 자리에서 물러났다.

폴란드인들도 신문을 받았다. 그들은 자기 방에서 잠자리에 들었으나 밤새 잠을 이루지 못했으며, 자신들도 호출당하리란 사실을 염두에 두고는 경찰들이 들이닥치자 얼른 옷을 갈아입고 몸단장을 했다. 그들은 약간 겁을 집어먹었으나 품위를 잃지 않은 채 등장했다. 리더 격인 키 작은 폴란드 신사는 퇴직한 12등관으로 성(姓)이 무샬로비치라고 하는데, 시베리아에서 수의사로 근무했음이 밝혀졌다. 브루블레프스키는 개업한 치과 의사라는 사실이 드러났다. 그들 두 사람은 니콜라이 파르표노비치가 질문을 던졌음에도 불구하고 상황을 오판하여, 이내 한쪽에 비켜서 있는 미하일 마카로비치가 이곳에 자리하고 있는 사람들 중에서 가장 지위가 높은 책임자라고 생각하여 말끝마다 〈대령님〉이라는 호칭을 붙이며 그를 향해 대답하기 시작했다. 몇 차례에 걸친 미하일 마카로비치의 지적이 있은 후에야 그는 니콜라이 파르표노비치한테만 대답해야 한다는 사실을 알게 되었다. 그들은 러시아어를 아주 잘할 뿐만 아니라 몇 마디 진술을 제외하고는 아주 정확히 러시아어를 구사할 줄 안다는 사실이 밝혀졌다. 판 무샬로비치는 그루센카와의 과거와 현재의 관계에 대해 오만하고 당당하게 말했기 때문에, 미탸는 갑자기 이성을 잃고는 〈저런 악당〉이 자기 앞에서 그런 이야기를 하게 내버려 둘 수는 없다며 고함을 지르기 시작했다. 판 무샬로비치는 곧 〈악당〉이라는 말에 주의를 돌리더니 조서에 기록해 달라고 요청했다. 미탸는 분통이 터져 속이 뒤집힐 지경이었다.

「그래 악당이다, 악당! 이 말도 기록해 주시오, 조서에 관계없이 내가 악당이라고 고함을 질렀다고 말이오!」 그는 악을 썼다.

니콜라이 파르표노비치는 그 말을 조서에 기록했으나, 이렇게 불쾌한 장면에서도 칭찬받을 만한 사무 판단과 처리 능력을 보여 주었다. 미탸에게 엄중히 경고한 후 그는 사건의 로맨스적 측면에 대한 다음 질문들을 중지하고 얼른 본질적인 문제로 넘어갔던 것이다. 본질적인 문제에서 폴란드인들의 증언 한 가지가 신문하는 사람들의 비상한 호기심을 끌었다. 그것은 미탸가 방에서 판 무샬로비치를 매수하기 위해 3천 루블을 주겠다고 제안했다는 사실이다. 가지고 있던 현찰 7백 루블은 당장 내놓겠지만 나머지 2천3백 루블은 〈내일 아침 읍내에서〉 주겠다며, 지금 모크로예에선 그런 거액을 가지고 있지 않지만 읍내에는 그만한 돈이 있다고 맹세까지 하며 말했다는 것이다. 미탸는 다음 날 읍내에서 나머지 돈을 주겠다는 이야기를 한 적이 없다며 격분해서 말했지만, 판 브루블레프스키가 그 증언을 뒷받침하자 잠시 생각에 잠기더니, 당시는 워낙 흥분한 상태여서 폴란드 신사들이 말한 대로 실제로 그런 일이 있었던 것 같다고 이맛살을 찌푸리며 동의했다. 검사는 그 증언에 주목했다. 미탸가 손에 넣은 3천 루블의 절반 혹은 일부가 실제로 읍내 어딘가에, 혹은 모크로예 어딘가에 숨겨져 있을 수 있다는 사실이 심리 과정에서 명백하게 드러났다고 본 것이었다(그들은 나중에 정말 그렇게 단정 지었다). 따라서 미탸의 수중에 겨우 8백 루블밖에 남아 있지 않다는 심리 과정상의 애매한 상황도 이것으로 완전히 규명되고 만 것이다. 그 상황은 상당히 미흡하긴 하지만 지금까지 미탸에게 유리하게 남아 있는 유일한 증거였다. 이제 그에게 남아 있던 유리한 증거는 모두 조각나고 말았다. 자신이 가지고 있던 돈은 모두 1천5백 루블이었다고 본인 입으로 주장했지만, 폴란드 신사한테 맹세까지 해가며 다음 날 주려던 2천3백 루블은 대체 어디서 구할 생각이었느냐는 검사의 질문에 대해서 미탸는 다음 날 〈폴란드 놈〉한테 주려던 것은 현금이 아니라 체르마시냐 영지의 소유권 증서였다고 단호히 대답했다. 그 영지의 소유권은 삼소노프와 호흘라코바 부인에게도 제안했던 권리였다. 검사도 〈그 기묘한 변명〉을 듣자 웃고 말았다.

「당신은 그가 현금 2천3백 루블 대신에 그 〈소유권〉을 받을 것이라고 생각하셨나요?」

「틀림없이 그랬을 겁니다.」 미탸는 열을 올리며 잘라 말했다. 「거기에서는 2천 루블이 아니라 4천, 아니 6천 루블까지도 뽑아낼 수 있을 테니까요! 저놈은 폴란드 유대인 출신의 자기 변호사들을 고용해서는 3천 루블이 아니라, 아버지한테서 체르마시냐 전체를 갈취했을 겁니다.」

물론 판 무샬로비치의 증언은 조서에 아주 상세히 기록되었다. 그로써 폴란드 신사들도 내보내졌다. 카드놀이에서 속임수를 쓴 사실에 대해서는 거의 질문을 받지 않았다. 왜냐하면 니콜라이 파르표노비치는 그렇지 않아도 그들이 너무나 고마웠기 때문에 쓸데없는 일로 그들을 괴롭히고 싶지 않았기 때문이며, 게다가 카드놀이 건은 취중에 벌어진 사소한 논쟁에 지나지 않을 뿐 절대 그 이상의 의미가 있는 것은 아니라고 생각했기 때문이다. 또 그날 밤 술판과 추태가 그것으로 그쳤겠는가 하는 생각에서였다……. 이리하여 2백 루블이라는 돈은 그대로 폴란드 신사들의 호주머니에 남게 되었다.

다음에는 막시모프 노인이 호출되었다. 그는 잔뜩 겁을 집어먹은 채 종종걸음을 치며 걸어왔는데, 매우 불안하고 슬픈 얼굴을 하고 있었다. 그는 내내 아래층에서 그루센카의 옆자리에 말없이 앉아 있었다. 〈그 친구는 그루센카한테 기대어 이따금 훌쩍거리더니 푸른 바둑판무늬 수건으로 눈가를 훔치더군요〉 하고 미하일 마카로비치는 나중에 얘기를 했다.

그래서 그루셴카가 그를 진정시키고 위로했다는 것이다. 노인은 〈가난해서 10루블〉을 드미트리 표도로비치로부터 빌린 잘못은 있지만, 갚아 나갈 생각이라고 눈물을 흘리며 털어놓았다. 니콜라이 파르표노비치는 막시모프가 돈을 빌리는 순간 드미트리 표도로비치의 손에 있던 돈을 누구보다 가까운 거리에서 보았을 테니, 그의 손에 얼마가 있었는지 보았을 것이 아니냐고 단도직입적으로 물었다. 그러자 막시모프는 확신에 찬 표정으로 〈2만 루블〉이라고 대답했다.

「그런데 당신은 예전에 2만 루블의 거액을 보신 적은 있습니까?」 니콜라이 파르표노비치가 미소를 지으며 물었다.

「그게 무슨 말씀이십니까, 보고말고요. 물론 2만 루블은 아니고 7천 루블이긴 합니다만, 아내가 제 영지를 저당 잡힌 적이 있었거든요. 아내는 멀리 떨어져 자랑삼아 보여 주었었죠. 상당히 두툼한 돈뭉치였는데 전부 무지갯빛 지폐였어요. 그런데 드미트리 표도로비치가 가지고 있던 돈도 전부 무지갯빛 지폐였거든요……」

그는 곧 돌려보내졌다. 마침내 그루셴카 차례가 돌아왔다. 신문관들은 그녀의 등장이 드미트리 표도로비치에게 어떤 충격을 줄 수도 있지 않을까 걱정하고 있는 것이 분명했으며, 그래서 그런지 니콜라이 파르표노비치는 몇 마디 충고의 말을 덧붙였다. 그러나 미탸는 〈걱정스러운 사태는 일어나지 않을 것〉이라는 의미로 묵묵히 고개를 숙임으로써 답변을 대신했다. 미하일 마카로비치가 그루셴카를 데려왔다. 그녀는 침통하고 잔뜩 굳은 표정이었으나 거의 평온을 되찾은 모습이었으며, 시키는 대로 니콜라이 파르표노비치 맞은편 의자에 얌전히 자리를 잡았다. 안색이 몹시 창백한 것으로 봐서 그녀는 추위에 떨고 있는 것 같았으며, 아름다운 검은색 숄을 칭칭 두르고 있었다. 실제로 그녀는 당시 가벼운 오한을 느끼고 있었는데, 그것은 그녀가 그날 밤을 시작으로 오랫동안 앓게 되는 지병의 징후였다. 그녀의 숙연한 표정, 정면을 응시하는 진지한 눈빛 그리고 침착한 태도는 모든 사람들에게 좋은 인상을 심어 주었다. 심지어는 니콜라이 파르표노비치의 마음까지도 곧 사로잡고 말았다. 나중에 그는 어느 자리에선가 그루셴카 이야기를 하면서 예전에는 그녀를 〈이 고장의 헤테라〉[26] 정도로 생각했었는데, 그때는 〈정말 괜찮은 여자〉라는 생각이 들었다고 실토하기도 했다. 어느 부인회에 참석해서는 〈그녀는 최상류층 여인의 자태를 보여 주더군요〉라면서 저도 모르게 감탄사를 내뱉기도 했다. 그러나 사람들은 분을 삭이며 듣고 있다가 그런 발언을 한 니콜라이 파르표노비치에게 장난꾸러기란 별명을 붙여 주었다. 하지만 그는 자신의 별명에 만족했다. 그루셴카는 방에 들어서면서 자신을 바라보며 불안해하는 미탸를 흘긋 쳐다보았지만, 그 순간 그녀의 태도는 그를 안심시키는 것이었다. 첫 기초적인 신문들과 충고가 끝나자 니콜라이 파르표노비치는 약간 말을 더듬기는 했으나 가장 정중한 태도로 물었다. 「퇴역 대위 드미트리 표도로비치 카라마조프 씨와는 어떤 관계였습니까?」 이 질문에 그루셴카는 조용하면서도 단호한 목소리로 대답했다.

「잘 아는 사람입니다. 최근 한 달 동안 알고 지냈습니다.」

이어지는 흥미로운 질문들에 대해서도 그녀는 솔직하고 거침없이 대답했다. 미탸가 때때로 마음에 든 적도 있었지만 그를 사랑하지는 않았고, 〈그 노인〉의 경우와 마찬가지로 자

[26] 고대 그리스의 고급 매춘부.

신의 〈못된 심술〉이 발동하여 유혹했던 것뿐이며, 미탸가 표도르 파블로비치뿐만 아니라 모든 사람들을 질투한다는 사실을 알면서도 그것을 즐겼고, 자신은 표도르 파블로비치의 여자가 되기 위해 찾아갈 생각은 눈곱만큼도 없었으며, 단지 그를 조롱했던 것이라고 했다. 「지난 한 달 동안 저는 두 사람 모두에게 관심이 없었어요. 저는 다른 남자를, 제게 죄를 지은 적이 있는 남자를 기다리고 있었어요…… 하지만 그 이야긴 여러분에게 조금도 흥미로운 이야기가 아니며, 저로서도 드릴 말씀이 없다고 생각해요. 그건 제 사생활이기 때문이죠.」 그녀는 대답을 마쳤다.

니콜라이 파르표노비치는 즉각 태도를 바꿨다. 그는 〈소설풍〉의 대목에 연연하지 않고 심각한 문제, 즉 3천 루블이라는 가장 중요한 문제로 이내 화제를 돌렸다. 그루센카는 한 달 전 모크로예에서 실제로 탕진된 돈은 3천 루블이다, 직접 세어 보지는 않았지만 드미트리 표도로비치로부터 3천 루블이라는 소리를 직접 들었다고 확인해 주었다.

「단둘이 있을 때 이야기하던가요, 아니면 그때 또 누가 있었습니까, 그것도 아니면 다른 사람들하고 이야기할 때 들은 건가요?」 검사가 얼른 물었다.

그 질문에 대해 그루센카는 다른 사람들 앞에서 이야기한 적도 있고, 다른 사람들하고 이야기하는 것을 들은 적도 있으며, 단둘이 있을 때도 직접 들었다고 대답했다.

「단둘이 있을 때 들은 것은 한 번뿐입니까, 아니면 여러 번입니까?」 검사는 다시 이렇게 물었고, 그루센카가 여러 번 들었다는 사실을 알게 되었다.

이폴리트 키릴로비치는 그 증언에 몹시 만족스러워했다.

이어지는 질문을 통해 그루셴카가 돈의 출처, 즉 그 돈이 드미트리 표도로비치가 카테리나 이바노브나로부터 착복한 것이라는 사실을 알고 있었음이 밝혀졌다.

「그런데 혹시 한 달 전에 쓴 돈이 3천 루블이 아니라 그보다 적은 액수였으며, 드미트리 표도로비치 씨가 돈의 절반을 자신을 위해 숨겨 두었다는 이야기는 들은 적이 있습니까?」

「아뇨, 전혀 듣지 못했습니다.」 그루셴카가 대답했다.

오히려 미탸가 자기 수중에 땡전 한 푼도 없다는 이야기를 지난 한 달 동안 줄곧 떠들어 왔다는 사실도 얼마 후 밝혀지고 말았다. 「아버지한테서 돈이 나오기를 내내 기다리고 있었어요.」 그루셴카는 대답을 마쳤다.

「저 사람이 당신한테…… 우발적으로든…… 아니면 홧김에든,」 니콜라이 파르표노비치가 별안간 말을 가로챘다. 「아버지를 살해할 생각이라고 이야기한 적은 없습니까?」

「아, 이야기한 적이 있어요.」 그루셴카는 한숨을 몰아쉬었다.

「한 번뿐입니까, 아니면 여러 번 그랬습니까?」

「두세 차례 그랬어요. 항상 화가 난 상태였지요.」

「그런데 당신은 저 사람이 그런 일을 저지를 거라고 믿었습니까?」

「아뇨, 절대 그렇지 않아요!」 그녀는 단호한 어조로 대답했다. 「전 저분의 착한 심성을 믿었으니까요.」

「여러분, 제발.」 미탸가 별안간 외쳐 댔다. 「여러분 앞에서 아그라페나 알렉산드로브나에게 단 한마디만이라도 이야기할 수 있게 허락해 주십시오.」

「좋습니다.」 니콜라이 파르표노비치가 허락했다.

「아그라페나 알렉산드로브나.」 미탸는 의자에서 일어섰다. 「하느님과 날 믿어 주오. 어제 살해된 아버지의 피에 대해서 난 아무 죄도 짓지 않았다오!」

이렇게 말하고 미탸는 다시 의자에 앉았다. 그루셴카는 자리에서 일어나 경건한 자세로 성상을 향해 성호를 그었다.

「주님께 영광이!」 그녀는 감격에 북받친 뜨거운 목소리로 이렇게 말한 다음, 자리에 앉을 생각은 하지 않고 니콜라이 파르표노비치를 향해 돌아서더니 이렇게 덧붙였다. 「저분이 지금 하신 말씀을 믿어 주세요! 저는 저분을 잘 알고 있어요. 아무 생각 없이 말을 내뱉기는 하지만, 그건 농담을 할 때나 고집불통이 될 때 그런 것이고, 양심에 거스르는 일이라면 결코 거짓말을 하실 분이 아니에요. 저분은 솔직히 진실을 말씀하실 거예요, 전 저분을 믿어요!」

「고맙소, 아그라페나 알렉산드로브나, 용기가 나는구려!」 미탸가 떨리는 목소리로 말했다.

어제 쓴 돈에 관한 질문이 나오자 그녀는 그 액수가 얼마였는지는 모르지만 3천 루블을 가져왔노라고 다른 사람들에게 여러 차례 말하는 소리를 들었다고 대답했다. 돈의 출처에 대해 그녀에게만은 카테리나 이바노브나로부터 훔친 돈이라고 미탸가 털어놓았지만, 돈을 훔친 것은 아니니 내일이라도 갚기만 하면 된다고 대답했었다며 그녀는 말했다. 카테리나 이바노브나로부터 훔쳤다는 돈은 어떤 돈이냐, 어제 쓴 돈이냐, 혹은 한 달 전에 이곳에서 탕진했던 바로 그 3천 루블이냐라는 검사의 끈질긴 질문에 대해 한 달 전에 쓴 돈 이야기를 한 것이며, 자기도 그렇게 알고 있다고 증언했다.

마침내 그루셴카의 차례도 끝나자, 니콜라이 파르표노비

치는 이제 시내로 돌아가도 좋으며, 만일 자기가 도울 수 있는 일이 있다면, 예를 들어 마차가 필요하다거나 동반자를 원한다면 자신이…… 나설 수도 있다고 했다…….

「정말 고맙습니다.」 그루센카는 그에게 고개 숙여 인사했다. 「저는 지주 노인과 함께 돌아가겠어요, 그분을 모시고 가겠어요. 괜찮으시다면 드미트리 표도로비치 씨의 일이 해결될 때까지 아래층에서 기다리겠습니다.」

그녀는 방에서 나갔다. 미탸는 평온을 되찾았으며 원기를 완전히 회복한 모습이었으나, 그것도 한순간에 지나지 않았다. 시간이 흐르면서 낯선 육체적 무력감이 그를 점차 사로잡았다. 그의 두 눈은 피로로 감겨 있었다. 마침내 증인 신문도 모두 끝났다. 검사는 조서에 마지막 손질을 하기 시작했다. 미탸는 방구석에 놓인 자기 자리에서 일어나 커튼 쪽으로 다가가서는 양탄자로 덮인 주인집 궤짝 위에 누워 깜빡 잠이 들고 말았다. 그때 그는 장소도 시간도 알 수 없는 이상한 꿈을 꾸었다. 그는 마치 마차를 타고 초원 위를 달리는 것 같기도 했고, 언제인지는 모르겠지만 먼 옛날 그곳에서 근무한 적이 있는 것 같기도 했으며, 농부 한 사람이 쌍두마차에 자신을 태우고 진눈깨비 속을 달리고 있는 것 같기도 했다. 11월 초순이어서 미탸는 추위를 느끼고 있는 것 같았으며, 눅눅한 함박눈이 펑펑 내리면서 땅에 닿자마자 녹고 있었다. 농부는 채찍을 휘두르며 열심히 그를 태우고 달려갔는데, 아맛빛 긴 턱수염을 기른 그는 노인이라고 하기 힘든 쉰 살가량의 사내로 잿빛 농부 외투를 걸치고 있었다. 그리 멀지 않은 곳에 마을이 있었고 우중충하고 볼품없는 시골 농가들이 시야에 들어왔는데, 농가의 절반은 불타 버려 불에 그을린 기둥들만이

서 있었다. 마을에 도착하자 길가에는 시골 부인들이, 많은 부인들이 긴 행렬을 이룬 채 늘어섰는데, 한결같이 바싹 마른 흙빛 얼굴을 하고 있었다. 특히 한쪽 구석에 서 있는 뼈만 남고 키가 큰 여자는 겉보기에 마흔 살은 되어 보였지만 기껏해야 스무 살 정도에 지나지 않는 갸름하고 깡마른 얼굴의 여인이었다. 그녀의 품 안에서는 갓난애가 울고 있었는데, 말라붙은 젖가슴에서는 젖이 한 방울도 나오지 않는 것이 분명했다. 갓난애는 울고 또 울어 대며 굶주림에 푸른빛이 감돌기 시작한, 주먹을 쥔 앙상한 두 팔로 몸부림을 쳐댔다.

「왜 저렇게 울고 있지? 왜 저렇게 우는 거야?」 미탸는 그들 옆을 쏜살같이 지나치며 물었다.

「아귀(餓鬼)들이죠.」 마부가 대답했다. 「아귀들이 우는 겁니다.」 어린애가 아니라 〈아귀〉라는 농부식 표현이 미탸의 가슴을 아프게 만들었다. 더 많은 동정심을 불러일으켰기 때문에 아귀라는 농부의 표현이 미탸의 마음에 들었다.

「그런데 왜 저렇게 울고 있는 거야?」 미탸는 어리석게도 꼬치꼬치 캐물었다. 「어째서 두 팔을 내놓고 있는 거지, 뭘로 좀 덮어 주지 않고?」

「몸이 꽁꽁 얼어 있습죠, 옷도 마찬가지고요. 그래서 몸을 녹일 수도 없거든요.」

「어떻게 이런 일이 벌어진 거지? 어째서?」 사태를 파악하지 못하는 미탸는 질문을 멈추지 않았다.

「집이 불타 버려 빵 한 조각도 남지 않은 불쌍한 사람들이죠, 집이 타버렸다고 동냥을 하고 있는 거예요.」

「아니야, 아냐.」 미탸는 전혀 이해하지 못하고 있는 것 같았다. 「어디 한번 말해 보게, 어째서 집에 불이 난 어머니들이 저렇게 서 있는지, 어째서 저렇게 불쌍한 사람들이 존재하는지, 어째서 저렇게 불쌍한 아귀들이 있는지, 어째서 초원이 저렇게 황량해졌는지, 어째서 저들은 서로 안아 주고 입맞춤하지 않는지, 어째서 즐거운 노래를 부르지 않는지, 어째서 저들은 혹독한 재난 때문에 까맣게 변했는지, 어째서 아귀들에게 젖을 주지 않는지 말이야.」

미탸는 미친 듯이 마구 질문을 퍼부었지만 반드시 그런 질문들을 던지고 싶었고, 또 그렇게 하지 않을 수 없다는 생각이 들었다. 그는 지금까지 한 번도 느껴 보지 못한 어떤 감동이 가슴속에서 솟구쳐 울고 싶은 심정이 되었고, 아귀들이 더 이상 울지 않도록, 까만 얼굴의 바싹 마른 아귀의 어머니들이 눈물을 흘리지 않도록, 지금부터는 어느 누구도 더 이상 눈물을 흘리지 않도록 무언가 돕고 싶다는 마음이 들었다. 어떤 장애가 있더라도 시간을 질질 끌지 않고 카라마조프적 결단을 내려 지금 당장 무언가 도와야 한다는 마음이 들었던 것이다.

「제가 당신 곁에 있잖아요, 전 이제 당신 곁을 떠나지 않겠어요, 평생 당신을 따라가겠어요.」 그루셴카의 사랑스럽고 감동적인 목소리가 그의 귓전에 울려 퍼졌다. 그러자 그의 가슴은 활활 타올랐고, 어떤 빛을 향해 돌진하고 있었으며, 살고 싶다는 욕망이, 자신을 부르는 새로운 빛을 향한 길로 들어서고 싶다는 욕망이 솟구쳤다. 어서, 어서, 지금 당장 가야 해!

「뭐라고? 어디로 간다는 거지?」 미탸는 눈을 번쩍 뜨며 이렇게 소리치면서 상자 위에 자리를 고쳐 앉았다. 그는 완전히 실신했다가 깨어난 사람 같았으나 밝은 미소를 짓고 있었다. 그 옆에 서 있던 니콜라이 파르표노비치가 조서를 읽겠으니,

듣고 나서 서명하라고 말했다. 그는 한 시간 이상 잠들어 있었다는 사실을 깨달았지만 니콜라이 파르표노비치의 이야기는 귀에 들어오지 않았다. 그는 상자 위에 정신없이 쓰러져 잠들었을 때는 없었던 베개가 자기 머리맡에 놓여 있음을 알고 깜짝 놀랐다.

「누가 내 머리맡에 베개를 가져다주었죠? 정말 친절한 분이시군요!」그는 마치 남모르는 자선을 받은 것처럼 환희에 젖은 감사의 마음에 빠져들면서 울먹이는 소리로 이렇게 외쳤다. 친절을 베푼 사람이 누구인지는 알려지지 않았지만, 증인들 중 한 사람이거나, 아니면 조서를 작성하던 니콜라이 파르표노비치가 측은한 마음에서 베개를 베어 주었던 모양이다. 그러나 미탸의 영혼은 눈물로 온통 전율하고 있었다. 그는 테이블로 다가가더니 필요하다면 어디든 서명하겠다고 말했다.

「여러분, 나는 아주 좋은 꿈을 꾸었습니다.」그는 전혀 새로운, 마치 환희로 빛나는 표정을 지으며 불쑥 이상한 이야기를 꺼냈다.

9 미탸를 호송하다

조서에 서명을 마치자, 예심 판사 니콜라이 파르표노비치는 승리감에 도취되어 피고에게 고개를 돌리고는 〈판결문〉을 큰 소리로 읽어 주었다. 모년 모월 모일 모 지방 재판소 판사는 이러저러한 사건(모든 죄목은 자세히 기술되어 있다)의 피고자인 모 씨(물론 미탸)를 신문한 후, 피고가 자신에게 혐의가 있는 죄목들에 대해 유죄를 인정하지 않으면서도 정당성을 제시하지 못하는 한편, 증인들(모모 씨들)과 정황들(이러저러한)은 피고의 유죄를 입증하고 있는바, 〈형법〉 몇 조 몇 조에 의거하여 다음과 같은 결정을 내린다. 모 씨(미탸)가 신문과 재판을 기피할 가능성을 방지하기 위하여 모 형무소에 피고를 수감하며, 그 내용을 피고에게 통보하고, 이 판결문의 사본을 검사보에게 통첩한다는 등등의 내용이었다. 한마디로 말해서 미탸는 그 순간부터 체포되어 당장 읍내로 이송되고 매우 불쾌한 어떤 장소에 수감된다는 내용을 통고받은 것이다. 주의 깊게 듣고 있던 미탸는 그저 어깨를 움찔해 보였을 뿐이다.

「그렇다고 여러분, 난 여러분을 원망하지는 않습니다. 난 마음의 준비가 되어 있으며…… 여러분한테도 달리 뾰족한 방법이 없다는 것을 잘 알고 있으니까요.」

니콜라이 파르표노비치는 마침 이곳에 와 있는 지서장 마브리키 마브리키예비치가 곧 이송해 줄 거라고 미탸에게 친절하게 말했다…….

「잠깐만.」 미탸는 갑자기 말을 가로막고는 북받쳐 오르는 감정을 토로하며 방 안에 있는 사람들을 향해 말했다. 「여러분, 우리는 모두 잔인하고, 우리는 모두 비열한 인간들입니다. 우리는 모두 사람들을, 어머니와 젖먹이 어린애 들을 울리고 있습니다. 하지만 누구보다도 — 지금 그렇게 결정하셔도 좋습니다 — 누구보다도 내가 가장 더러운 비열한 인간입니다! 좋을 대로 하십시오! 살아가면서 나는 매일매일 가슴을 치면서 마음을 고쳐먹겠다고 맹세했지만 매일 똑같은 짓을 반복해 왔던 것입니다. 나 같은 놈은 포승으로 묶어서 외부적인 힘으로 꼼짝 못 하게 하기 위해서 철퇴가, 운명의 철퇴가 필요하다는 것을 이제는 잘 알고 있습니다. 나는 절대, 절대로 혼자 힘으로는 일어설 수 없는 인간인 것입니다! 그런데 벼락이 내리치고 말았습니다. 나는 이 판결의 고통과 전 인류의 경멸의 고통을 받아들이겠습니다. 나는 고통을 겪고 싶으며, 그 고통으로 자신을 정화시킬 것입니다! 어쩌면 자신을 정화시킬 수 있을지도 모르겠습니다, 여러분, 그렇지 않습니까? 하지만 마지막으로 내 말에 귀를 기울여 주십시오. 아버지의 피에 대해서만큼은 나는 죄가 없습니다! 내가 형벌을 받으려는 것은 아버지를 죽였기 때문이 아니라 죽이고 싶었기 때문이며, 어쩌면 정말로 죽이는 일이 벌어졌을지도 모르기 때문입니다……. 어쨌든 나는 여러분과 싸울 생각이며, 이 점을 여러분한테 선언하는 바입니다. 나는 여러분과 끝까지 싸울 것이며, 그때 하느님께서 판결을 내리실 겁니다! 용서해 주십시오, 여러분. 그리고 신문을 받는 동안 여러분한테 고함을 질러 댔다고 화를 내지는 마십시오. 오, 나는 그때 너무나도 어리석었으니까요……. 잠시 후면 나는 수감자의 몸이 되겠지만 이제 마지막으로 이 드미트리 카라마조프는 자유로운 인간으로서 여러분에게 악수를 청하고 싶습니다. 여러분과 작별 인사를 나누면서 모든 세상 사람들과 작별 인사를 나누려는 것입니다!」

그는 목소리가 떨리는 가운데 정말로 손을 내밀어 악수를 청했지만, 누구보다도 가까이 서 있던 니콜라이 파르표노비치 예심 판사는 경련이라도 일어나듯 손을 뒤로 감추었다. 미탸는 순간적으로 그것을 눈치채고는 몸을 부르르 떨었다. 그러고는 내밀었던 손을 얼른 치워 버렸다.

「신문이 아직 끝난 것은 아닙니다.」 니콜라이 파르표노비치는 약간 당황한 기색으로 중얼거렸다. 「우리는 읍내에서 다시 계속 진행할 것이며, 물론 나는 당신이 무죄를 증명하는 데…… 성공을 거두길 바라고 있습니다……. 당신을, 드미트리 표도로비치, 그렇게 생각해 왔거든요, 다시 말해서 죄인이라기보다는 불행한 사람이라고 말입니다……. 만일 여기 있는 모든 사람들을 대신해서 내가 감히 말할 수 있는 입장이라면, 우리는 당신이 근본은 고결한 젊은이라는 점을 인정할 수 있습니다만, 오, 안타깝게도 약간 지나칠 정도로 어떤 정욕에 빠져 있다는 생각이 듭니다…….」

 말을 끝맺을 무렵 니콜라이 파르표노비치의 조그만 얼굴에는 대단히 점잖은 품격이 서려 있었다. 그때 미탸는 별안간 바로 이 〈애송이〉가 지금 자기 손을 잡고 한쪽 구석으로 끌고 가서는 얼마 전 저희들끼리 떠들어 대던 〈계집애들〉 이야기를 자기한테 한 번 더 써먹으려는 것은 아닌가 하는 생각이 스치고 지나갔다. 하기야 처형장으로 끌려가는 죄수에게도 상황에 전혀 어울리지 않는 아주 낯선 생각이 떠오르지 말라는 법은 없으니까.

「여러분, 여러분은 착하고 또 인간적인 분들 아니십니까, 난 그녀를 만나서 마지막으로 작별 인사를 했으면 하는데요?」 미탸가 물었다.

「안 될 것도 없겠지요, 여러 사람 앞에서라면…… 한마디로 말씀드리자면, 이젠 입회인이 없는 곳에선 절대 누구도 만날 수 없는…….」

「입회하셔도 상관없습니다!」

 그루셴카가 불려 왔지만 별로 대화를 주고받지도 못한 짤막한 이별이 이루어졌을 뿐이므로, 니콜라이 파르표노비치는 그것이 불만스러운 것 같았다. 그루센카는 미탸에게 깊이 머리 숙여 절했다.

「난 당신의 여자라고 말한 바 있으니, 당신이 어디로 보내지든 당신의 여자가 되어 영원히 당신과 함께할 거예요. 안녕, 당신은 자신을 무고하게 파멸시킨 분이에요!」

그녀의 작은 입술은 파르르 떨렸고, 두 눈에서는 눈물이 흘러내렸다.

「용서해 줘, 그루샤, 내 사랑을. 내 사랑으로 인해 당신마저 파멸하고 말았으니!」

미탸는 무슨 이야기를 더 하고 싶었으나 갑자기 입을 다물더니 밖으로 나가 버렸다. 미탸에게서 잠시도 한눈을 팔지 않던 사람들이 당장 그의 주위에 모여들었다. 어제 그가 안드레이의 삼두마차를 타고 요란하게 도착했던 그 현관 아래쪽에는 벌써 두 대의 짐마차가 준비되어 있었다. 얼굴이 부석부석하고 키가 땅딸막한 마브리키 마브리키예비치는 갑자기 벌어진 혼란스러운 상황에 약이 올랐는지 화를 벌컥 내며 소리를 질렀다. 그리고 미탸에게 매우 준엄한 어투로 마차에 오르라고 지시했다. 미탸는 마차에 오르며, 〈저 친구도 예전에 내가 술집에서 술을 사줄 때하고는 전혀 딴판이로군〉 하고 생각했다. 트리폰 보리시치도 현관 계단에서 아래로 내려왔다. 문가에는 농부들, 아낙네들, 마차꾼들 등 많은 사람들이 모여서 미탸를 바라보고 있었다.

「용서해 주십시오, 여러분!」 미탸는 마차에서 그들을 향해 갑자기 소리쳤다.

「저희들도 용서해 주십시오.」 두세 명의 목소리가 들려왔다.
「자네도 용서해 주게, 트리폰 보리시치!」
그러나 트리폰 보리시치는 고개조차 돌리지 않았는데, 실제로 그는 무척 바빴을 수도 있다. 그 역시 무언가 고함을 지르며 분주히 움직이고 있었다. 마브리키 마브리키예비치를 대동하고 두 지서 경찰들이 타고 갈 두 번째 마차는 아직 준비가 시원치 않았다. 두 번째 마차에 타고 가기로 되어 있는 한 사내가 외투를 잡아당기며 마차를 타야 할 사람은 자신이 아니라 아킴이라며 심하게 실랑이를 벌였다. 그러나 아킴은 그 자리에 없었다. 사람들은 그를 찾으러 달려갔다. 그 사내는 고집을 피우기도 했고, 조금 더 기다려 달라고 애걸하기도 했다.
「이게 바로 우리 민중들의 모습이라니까요, 마브리키 마브리키예비치, 수치심이라곤 눈곱만큼도 없잖아요!」 트리폰 보리시치가 소리쳤다. 「그저께 아킴이 너한테 25코페이카를 주어서 넌 술을 마셔 버렸잖아. 그런데 대체 무슨 큰 소리야. 추악한 우리 민중들에게 그런 호의를 베풀어 주시다니 놀라울 정도입니다, 마브리키 마브리키예비치, 저는 이것만 말씀드리겠습니다!」
「그런데 두 번째 마차는 무엇에 쓰려고요?」 미탸가 참견했다. 「한 대로 갑시다, 마브리키 마브리키예비치. 난동을 피우지도 않을 것이고 도망가지도 않을 텐데, 호송병이 무슨 필요가 있습니까?」
「나리, 나하고 어떤 식으로 이야기해야 할지 아직도 모르신다면 가르쳐 드리죠. 당신은 나한테 너나들이할 처지도 아닐 뿐만 아니라, 그렇게 참견할 처지도 못 되고 또 충고 따위는 다음 기회로 미루시는 편이 좋을 겁니다…….」 마브리키 마브리키예비치는 한 방 먹일 수 있어서 기쁘다는 듯이 별안간 미탸의 말을 거칠게 가로챘다.

미탸는 입을 다물고 말았다. 그의 얼굴은 온통 빨개졌다. 순간적으로 그는 갑자기 등골이 오싹해지는 것을 느꼈다. 비는 그쳤지만 찌푸린 하늘은 구름으로 잔뜩 덮여 있었고, 매서운 바람이 얼굴을 스치며 불어닥쳤다. 〈무슨 일로 오한이 나는 걸까?〉 하고 미탸는 어깨를 움츠리며 생각했다. 결국 마브리키 마브리키예비치도 마차에 올라타서 미탸를 한쪽으로 힘껏 밀어붙이고는, 돌아보지도 않으며 널찍하게 자리를 잡고 앉았다. 사실 그는 자신에게 맡겨진 임무가 몹시 싫었기 때문에 마음이 내키지 않았던 것이다.

「안녕, 트리폰 보리시치!」 미탸는 다시 큰 소리로 외쳤지만, 그것은 선의에서 비롯된 것이 아니라 자기 의지와는 상관없이 증오심에서 비롯된 것이라는 사실을 본인 스스로도 느끼고 있었다. 그러나 트리폰 보리시치는 두 팔로 뒷짐을 진 채 미탸를 정면으로 응시하며 위풍당당한 자세로 버티고 서서는 엄격하면서도 골이 난 표정으로 아무 대꾸도 하지 않았다.

「안녕히 가십시오, 드미트리 표도로비치, 안녕히 가십시오!」 별안간 어디선가 칼가노프의 목소리가 들려왔다. 그는 마차로 다가가서 미탸에게 악수를 청했다. 그는 모자를 벗은 모습이었다. 미탸는 그의 손을 잡아 힘껏 움켜쥐었다.

「잘 있게, 사랑스러운 젊은이, 자네의 관대한 마음씨는 잊지 않을 거야!」 그는 뜨겁게 소리쳤다. 그러나 마차가 움직이자, 그들은 손을 놓지 않을 수 없었다. 마차의 방울 소리가 울리기 시작했고, 미탸는 끌려갔다.

칼가노프는 현관으로 뛰어 들어가 구석에 자리를 잡고는 고개를 떨구고 두 손으로 얼굴을 가린 다음, 그 자세로 앉아 한동안 울어 댔다. 스무 살이나 된 청년이 아니라 마치 어린 꼬마 아이가 울듯 그렇게 울어 댔던 것이다. 아아, 그는 미탸의 유죄를 믿을 수 없었던 것이다! 〈인간이란 대체 어떤 존재일까, 그런 일이 일어난 다음에 사람들은 어떤 상태에 놓이게 될까?〉 그는 몹시 의기소침하여 거의 절망적인 기분에서 마음 내키는 대로 떠들어 댔다. 그 순간 그는 이 세상에 살고 싶은 생각이 추호도 없었다. 「그럴 만한 가치가, 그럴 만한 가치가 있을까!」 슬픔에 젖은 청년은 이렇게 소리 질렀다.

제4부

제10권
소년들

1 콜랴 크라솟킨

11월 초순이었다. 기온은 영하 11도로 내려갔으며 세상은 온통 얼어붙고 말았다. 빙판으로 변한 대지 위에는 간밤에 싸락눈이 내렸고, 〈건조하고 맵찬〉 바람은 간간이 눈가루를 날리며 도시의 한적한 거리와 장터 광장에 휘몰아쳤다. 음산한 아침이었으나 눈은 내리지 않았다. 광장에서 그리 멀지 않은 플로트니코프 상점 근처에는 자그마하지만 안팎으로 매우 깨끗한 전직 관리 크라솟킨 미망인의 집이 있었다. 관청의 서기였던 크라솟킨은 이미 오래전인 약 14년 전에 죽었으나, 서른 즈음의 그의 미망인은 지금까지도 미모를 유지하면서 깨끗한 자기 집에서 〈자신의 재산〉으로 살아가고 있었다. 상냥하면서도 쾌활한 성품의 소유자인 그녀는 정직하게 그리고 조심스럽게 살아갔다. 그녀는 결혼 후 겨우 1년 만인 열여덟의 나이에 아들 하나를 낳자마자 남편과 사별했다. 남편이 죽은 후부터 그녀는 자신의 금지옥엽인 콜랴를 교육시키는 데 온갖 정성을 쏟기 시작했다. 지난 14년 동안 온 마음을 다해 아들을 사랑해 온 그녀는, 그러나 기쁜 마음으로 살았다기보다는 너무도 큰 고통을 견뎌 왔다고 해야 할 것이다. 그녀는 아들이 혹 병을 앓지는 않을까, 감기에 걸리지는 않을까, 의자에 기어올라갔다가 굴러떨어지지는 않을까 하는 두려움 때문에 하루하루를 근심 속에 지냈던 것이다. 콜랴가 초등학교에 다니고, 이어서 우리 고장의 중학교에 입학하자, 그녀는 아들의 복습을 돕기 위해서 함께 모든 과목들을 열심히 공부했으며, 선생들은 물론 그 부인들과도 친하게 지내려 노력했다. 그리고 심지어는 콜랴가 괴롭힘을 당하거나 조롱받고 매를 맞는 일이 없도록 콜랴의 학교 친구들에게까지도 잘 대해주고 타이르기도 했다. 하지만 실제로는 그녀 때문에 아이들이 콜랴를 비웃었으며, 오히려 응석받이라고 놀려 대기 시작했다. 그러나 콜랴는 꿋꿋한 태도를 보였다. 그는 용감하고 〈무척 힘이 센〉 아이였는데, 그 소문은 학급에 퍼져 금방 사실로 확인되었다. 콜랴는 몸이 날래고, 성격은 고집불통에 건방지면서도 모험심이 강했다. 공부도 곧잘 해서 산수와 세계사 과목은 다르다넬로프 선생도 꼼짝 못 할 정도라는 소문이 나돌았다. 콜랴는 콧대를 잔뜩 세우고 거만한 시선으로 다른 아이들을 바라보았으나, 모두에게 좋은 친구였고 오만하게 굴지도 않았다. 당연히 친구들의 존경을 한 몸에 받으면서 사이좋게 지냈다. 더욱이 그는 분수를 알고 있어서 경우에 따라서는 자제할 줄도 알았고, 선생들과의 관계에서도 용납될 수 없는 행위라든지 무질서와 무법 상황의 반란을 불러일으킬 수 있는 마지막 선을 넘는 일이 없었다. 그러나 그는 막돼먹은 아이처럼 틈만 나면 누구보다도 장난이 심했는데, 그것은 장난을 친다기보다는 어려운 말을 구사하거나 기발한 행동을 하며 멋을 부리려 〈심한 앙갚음〉을 하고 우쭐거리는 것이었다. 그는 자존심이 무척 강했다. 자기 어머니에게도 거의 폭군처럼 행동하여 그녀가 하녀처럼 굽실거리지 않을 수 없게 만들었다. 그 어머니가 아들한테 휘둘린 것은 이미 오래된 일로, 그럼에도 그녀는 다만 아들이 자신을 〈거의 사랑하지 않는다〉는 생각만큼은 참아 내기 힘들 뿐이었다. 그녀는 아들이 자신에게 아무 감정도 갖고 있지 않다는 생각이 들 때마다 눈물을 흘리며 그의 냉정함을 꾸짖어 왔다. 콜랴는 그것이 싫어서 속마음을 표현하라는 요구가 거세지면 거세질수록 일부러 더욱 고집을 피웠다. 그러나 그런 행동은 의도적인 것이 아니라 그의 성격인 무신경함 탓이었으므로, 어머니가 잘못 판단하고 있었던 것이다. 그는 자기 어머니를 몹시 사랑하고 있었으며, 중학생들의 표현대로라면 〈송아지의 유순함〉이 싫은 것뿐이었다. 아버지가 돌아가신 후 몇 권의 책들이 보관된 책장이 남겨졌는데, 콜랴는 책 읽기를 좋아해서 벌써 그중 몇 권을 혼자 읽고 있었다. 어머니는 그것 때문에 걱정을 하진 않았으나 아직 어린 아이가 놀러 다니지는 않고 책장 옆에서 무슨 책인가에 파묻힌 채 몇 시간이고 붙어 있는 모습을 이따금씩 발견하고는 깜짝깜짝 놀라곤 했다. 그런 식으로 콜랴는 자기 나이에 읽어서는 안 될 책들까지 읽게 되었다. 소년은 장난의 한계를 넘는 것을 좋아하지 않았지만, 최근 들어 농담 수준을 넘어서 어머니를 깜짝 놀라게 하는 심한 장난에 손을 대기 시작했다. 비도덕적인 것은 아니지만 그 대신 무분별하고 몹시 심한 장난이었다. 금년 7월 여름 방학 때 어머니가 아들과 함께 70베르스타 떨어진 다른 현에 사는 먼 친척뻘 되는 아주머니 댁을 찾아간 일이 있는데, 그 아주머니의 남편은 철도역에서 근무하고 있었다(그 역은 우리 읍에서 가장 가까운 기차역으로, 이반 표도로비치 카라마조프가 한 달 후 거기서 모스크바로 떠나게 된다). 그곳에서 콜랴는 철도를 자세히 관찰하더니, 집으로 돌아가 학교 친구들에게 자신의 새로운 지식을 과시할 생각으로 규칙을 연구하기 시작했다. 그곳에는 몇몇 소년들이 있었기 때문에 콜랴는 그들과 사귈 수 있었다. 그들 중 어떤 소년들은 역에 살고 있었고, 다른 소년들은 이웃에 살고 있었다. 그들은 열두 살에서 열다섯 살 사이의 어린 소년들로 모두 6~7명가량 모였는데, 두 명은 우리 고장 출신이었다. 소년들은 함께 뛰놀고 장난을 치다가 콜랴가 그곳에 묵은 지 네댓새째 되는 날에 이르러 기차역에서는 도저히 있을 수 없는 어리석은 2루블짜리 내기가 벌어지고 말았다. 그중 가장 나이 어린 콜랴가, 큰 애들한테 약간 무시당하고 있었기 때문인지 혹은 자존심이나 후퇴를 모르는 대담성 때문인지, 밤 11시 기차가 도착할 무렵 레일 사이에 꼼짝 않고 누워서 전속력으로 달리는 기차를 지나가게 하자는 제안을 했던 것이다. 실제로 레일 사이에 납작 엎드려 있으면 기차가 사람을 치지 않는다는 사전 연구가 있었던 것은 사실이지만, 어떻게 거기 누워 있을 수 있단 말인가! 콜랴는 누워 있을 수 있다고 고집을 피웠다. 처음에 소년들은 콜랴를 비웃으며 거짓말쟁이, 허풍쟁이라고 놀려 댔는데, 그것이 오히려 그를 부추기고 말았다. 열다섯 살짜리 소년들이 그에게 거만하게 굴면서 처음부터 그를 〈꼬마〉 취급하여 친구 축에 끼워 주려고도 하지 않았기 때문에 콜랴는 참을 수 없는 모욕감을 느꼈던 것이다. 그래서 역을 떠난 기차가 완전히 속력을 낼 수 있는, 역에서 약 1베르스타 떨어진 곳으로 저녁때 함께 나가기로 결정했다. 소년들이 한자리에 모였다. 그믐밤은 칠흑같이 어두웠다. 정해진 시간에 콜랴는 레일 사이에 누웠다. 내기를 건 나머지 다섯 소년들은 가슴을 졸이다가 마침내 공포에 사로잡혀 후회하는 마음으로 철둑길 아래 덤불 속에서 지켜보고 있었다. 결국 역을 떠난 기차가 멀리서 기적을 울리며 달려왔다. 어둠 속에서 두 개의 빨간 불빛이 번쩍거렸고, 요란한 굉음을 토하는 괴물이 점점 다가왔다. 「어서 나와, 레일에서 나오란 말이야!」 공포에 질려 사색이 된 소년들이 콜랴에게 소리쳤으나 이미 때는 늦고 말았다. 기차는 빠른 속도로 지나갔다. 소년들은 콜랴에게 달려갔다. 그는 꼼짝 않고 누워 있었다. 소년들은 그를 끌어당겨 일으켜 세우려고 했다. 그때 그는 갑자기 벌떡 일어나더니 아무 말 없이 철길에서 내려왔다. 밑으로 내려온 그는 소년들을 놀래 주려고 마치 의식을 잃고 쓰러진 것처럼 일부러 누워 있었다고 말했다. 그러나 훗날 자기 어머니한테는 그때 정말로 의식을 잃었다고 실토했다. 이리하여 〈용감하다〉는 표현은 그에게서 영원히 뗄 수 없는 것이 되었다. 그는 백지장처럼 하얗게 질린 채 집으로 돌아갔다. 다음 날 그는 가벼운 신경성 열병을 앓았으나 무척 기분이 좋고 만족스러웠다. 그 사건은 당장 소문이 나지는 않았지만 점차 우리 고장에 그리고 학교에 알려지게 되었고, 선생들의 귀에까지 들어가게 되었다. 그러나 콜랴의 어머니가 자식을 위해 선생들을 찾아가 손이 발이 되도록 빌고, 영향력 있고 존경받는 다르다넬로프 선생이 콜랴 편에서 두둔한 결과, 없었던 일로 끝을 맺게 되었다. 다르다넬로프 선생을 소개하자면, 그는 그리 늙지 않은 독신이었으며, 이미 여러 해 동안 크라솟키나 부인을 열렬히 사랑해 왔고, 1년 전에는 두려움과 심약한 마음 때문에 초조해하면서도 아주 점잖은 태도로 그녀에게 감히 청혼하기도 했다. 그러나 그녀는 그것이 자식에 대한 배신이라고 생각하여 단호하게 거절했었다. 그러나 다르다넬로프 선생은 남모르는 몇몇 징후들을 근거로 자기가 그 매력적이면서도 대단히 이지적이고, 상냥한 미망인한테 전혀 어울리지 않는 것은 아니라고 상상할 만한 입장이었던 것 같다. 콜랴의 광적인 장난은 두 사람 사이의 냉랭한 분위기를 깨뜨리는 데 한몫했고, 다르다넬로프 선생은 자신의 중재 덕택으로 희망을 가져도 좋다는 모호한 암시를 받았다. 그러나 다르다넬로프 선생 자신은 정숙하고 섬세한 마음씨의 소유자였으므로, 당분간은 그 정도로도 충분히 만족할 수 있었다. 그는 콜랴를 사랑했지만 대놓고 표현하는 것은 비굴한 짓이라고 생각하여 학급에서는 엄격하면서도 까다롭게 대했다. 한편, 콜랴는 선생님을 존경하는 제자로서의 입장을 유지했으며 학과 준비도 아주 잘해서 학급에서 두 번째로 우수한 학생이었지만, 다르다넬로프 선생에게는 냉정한 편이었다. 그리고 같은 반의 모든 학생들은 콜랴가 세계사 과목은 다르다넬로프 선생을 〈혼내 줄〉 정도로 잘한다고 확신하고 있었다. 사실 콜랴는 언젠가 그에게 〈트로이를 세운 사람이 누군가요?〉 하고 질문한 적이 있다. 그러나 다르다넬로프 선생은 그 질문에 대해 그 민족이라든지, 민족의 이동과 정착이라든지, 신화 등을 개괄적으로 설명해 주었을 뿐, 누가 트로이를 세웠는지, 즉 어떤 인물인지에 대해서는 대답하지 못했으며, 그런 문제는 재미 삼아 던지는 쓸데없는 질문이라고 지적했다. 그러나 학생들은 다르다넬로프 선생이 트로이를 누가 세웠는지 모르고 있다고 확신하게 되었다. 그러나 콜랴는 아버지가 남긴 책장 속에서 스마라그도프의 저서를 읽어 트로이의 창건자들이 누군지 이미 알고 있었다. 결국 학생들은 누가 트로이를 세웠는지 알고 싶어 했지만, 콜랴는 자신의 비밀을 공개하지 않았다. 그리하여 그의 명성은 영원히 계속되었다.

철도 사건 이후에 콜랴와 어머니의 관계는 약간의 변화를 일으켰다. 안나 표도로브나(크라솟킨 미망인)는 아들의 모험담을 전해 듣고 충격을 받아 거의 미칠 지경이 되었다. 그녀에게 그토록 끔찍한 히스테리 증세가 발작하고, 그 증세가 며칠 동안 간헐적으로 계속되었으므로, 이에 심한 충격을 받은 콜랴는 다시는 그런 못된 장난질을 치지 않겠노라고 굳게 약속했다. 크라솟키나의 요구대로 그는 성상 앞에 무릎을 꿇고 맹세했으며, 아버지의 영정 앞에서도 맹세했다. 더구나 〈용감한〉 콜랴는 감격에 겨워 마치 여섯 살배기 어린애처럼 엉엉 울어 댔고, 두 모자는 하루 종일 서로를 부둥켜안은 채 부들부들 떨며 눈물을 흘렸다. 다음 날 잠자리에서 일어난 콜랴는 예전의 냉정을 되찾았으나 더욱 말수가 적어졌고, 더 겸손하고 신중해졌으며 생각이 깊어졌다. 그러나 약 한 달 반이 지나자 그는 다시 어떤 장난에 몰두했다. 그의 이름은 우리 고장의 치안 판사에게도 알려졌는데, 이번 장난은 전혀 다른 종류의 것으로 우스꽝스럽고 어리석기까지 했다. 그런데 그 장난은 그가 저지른 것이 아니라 단지 거기에 휩쓸려 들어간 것 같았다. 하지만 거기에 대해서는 나중에 밝히기로 하자. 어쨌든 어머니는 불안하고 고통스러운 나날을 보냈으며, 다르다넬로프 선생은 그녀의 불안이 커지면 커질수록 더 큰 기대를 갖게 되었다. 여기서 지적할 것은, 콜랴가 다르다넬로프 선생의 그 같은 의중을 헤아리고 간파하고 있었으므로, 당연히 선생의 그런 〈감정〉을 몹시 경멸했다는 사실이다. 예전에도 그는 어머니 앞에서 다르다넬로프 선생이 어떤 속셈을 가지고 있는지 은근히 지적하며 자신의 경멸심을 털어놓는 무례를 범하기도 했었다. 그러나 철도 사건 이후로 그는 이 문제에 대하여 태도를 바꾸었다. 그런 암시나 혹은 비슷한 표현조차도 입에 올리지 않았을 뿐만 아니라, 어머니 앞에서는 다르다넬로프 선생 이야기를 한층 더 공손하게 했다. 민감한 안나 표도로브나는 그것을 눈치채고 마음속으로 끝없는 고마움을 느꼈지만, 혹 콜랴가 있는 자리에서 외부 손님이 무심코 다르다넬로프 선생 이야기를 꺼내기라도 하면 부끄러움 때문에 그녀의 얼굴은 갑자기 장미처럼 빨갛게 물들었다. 그 순간 콜랴는 인상을 찌푸리면서 창밖을 내다보거나, 자기 구두에 구멍이 나지 않았는지 들여다보거나, 큰 소리로 페레즈본을 부르곤 했다. 페레즈본은 지저분하고 상당히 덩치가 큰 털북숭이 개였는데, 한 달 전에 어디선가 주워다가 집 안에 들여놓고 방 안에서 몰래 키우면서 어떤 친구들한테도 보여 주지 않았다. 콜랴는 개를 무섭게 다루며 온갖 재롱과 재주를 다 가르쳤으므로, 그가 학교에 가고 없을 때면 짖어 대다가도 집으로 돌아오면 좋아서 깽깽거리기도 하고, 바보처럼 깡충깡충 뛰어오르기도 하고, 시키는 대로 따라 하기도 하고, 땅바닥을 기거나 죽은 것처럼 꼼짝 않는 시늉을 내는 등 한마디로 배운 재주를 몽땅 보여 주었다. 그런데 그것은 주인의 지시 때문이 아니라 기쁨과 고마움 때문에 하는 자발적인 것이었다.

여기서 한 가지 잊고 넘어간 점이 있다. 콜랴 크라솟킨은 독자들이 이미 알고 있는 퇴역 이등 대위 스네기료프의 아들 일류샤가, 학교 친구들이 아버지를 〈수세미〉라고 놀린 것에 화가 나서 조그만 칼로 넓적다리를 찌른 바로 그 소년이라는 사실이다.

2 어린아이들

아무튼 차가운 북풍이 몰아치는 11월의 어느 날 아침, 소년 콜랴 크라솟킨은 집에 앉아 있었다. 일요일이어서 학교 수업은 없었다. 그러나 집안 어른들이 아주 특별하고 유별난 상황 때문에 집을 비우게 되어, 결국 그는 집주인으로서 혼자 남게 되었음에도 불구하고, 11시 종이 울리자 〈매우 중요한 용무〉 때문에 불가불 외출을 하지 않을 수 없는 일이 벌어지고 말았다. 사실 크라솟킨 미망인의 집에서는 부인이 쓰는 방과 현관 사이에 조그마한 방 두 개가 딸린 곳을 세놓았는데, 그중 방 하나를 어린아이 둘을 데리고 있는 의사 부인이 쓰고 있었다. 그 의사 부인은 안나 표도로브나와 나이가 같은 데다가 아주 절친한 친구이기도 했다. 그런데 남편인 의사는 1년 전에 먼 곳 오렌부르크로 떠난 후 다음에는 타시켄트로 자리를 옮기더니, 벌써 반년째 아무 소식도 전하지 않고 있었다. 만일 버림받은 의사 부인의 슬픔을 달래 주던 크라솟키나와의 우정마저 없었더라면, 그녀는 슬픔 때문에 눈물을 펑펑 쏟았을지도 모른다. 그런데 설상가상으로 토요일에서 일요일로 넘어가는 바로 그날 밤 의사 부인의 하나뿐인 하녀 카테리나마저 아침 무렵에 아기를 낳을 것 같다며 전혀 뜻밖의 소식을 주인마님에게 알려 왔다. 어떻게 그 사실을 사전에 아무도 눈치채지 못했는지는 불가사의한 일이었다. 깜짝 놀란 의사 부인은 아직 시간이 있으니 그와 유사한 경우를 대비해서 우리 마을에 만들어진 조산원에 카테리나를 데려가야 한다고 생각했다. 그녀는 하녀를 너무나 아꼈으므로 당장 자기 계획을 실행에 옮겨 그녀를 조산원으로 데려갔을 뿐만 아니라 하녀 곁에 남아 있었다. 그리고 아침이 되자 어떤 이유로 크라숏키나의 우정 어린 협조와 도움이 필요하게 되었는데, 그런 경우 부인은 누구의 어떤 부탁도 어떤 도움도 들어줄 수 있는 사람이었다. 그런 이유로 두 부인은 집을 비웠고, 크라숏키나의 하녀인 아가피야 아주머니도 시장에 가고 없었으므로, 그동안 콜랴는 집 안에 남겨진 의사 부인의 〈꼬마들〉, 즉 사내아이와 계집아이의 보호자인 동시에 감시원으로서의 의무감을 느끼게 되었다. 집 지키는 것을 콜랴는 무서워하지 않았으며, 더구나 그의 곁에는 페레즈본이 있었다. 그 개는 명령을 받으면 현관 앞 벤치 밑에 꼼짝 않고 엎드렸다가도 콜랴가 방을 이리저리 돌아다니다 현관에 들어설 때면 머리를 흔들며 꼬리로 아부하듯 마룻바닥을 힘껏 두 번 탁탁 두드려 댔다. 그러나 딱하게도 주인이 부르는 휘파람 소리는 들려오지 않고 콜랴가 무서운 눈초리로 그 가엾은 개를 쳐다보면 다시 꼼짝 않고 움츠려 있곤 했다. 콜랴에게 벅찬 일이라면 단지 〈꼬마들〉뿐이었다. 물론 그는 카테리나의 예기치 않은 모험을 매우 경멸적인 시선으로 바라보았지만, 부모들과 떨어진 그 아이들을 너무나 사랑해서 벌써 동화책까지 가져다주었다. 여덟 살짜리 누나 나스탸는 글을 읽을 줄 알았고 일곱 살짜리 동생 코스탸는 누나 나스탸가 읽어 주는 것을 무척 듣기 좋아했다. 물론 크라솟킨은 좀 더 재미있게 아이들을 돌볼 수 있었다. 다시 말해서 그는 아이들을 한 줄로 세우고 병정놀이를 시작할 수도 있었고, 집 안에서 숨바꼭질을 할 수도 있었던 것이다. 그는 전에도 여러 차례 그런 놀이를 했었고, 자신도 과히 싫어하지 않았다. 그래서 학급에서조차 한때 크라솟킨이 자기 집에 세 들어 사는 어린애들과 말타기놀이를 하면서 말처럼 날뛰며 머리를 휘젓기도 한다는 소문이 나돌기도 했지만, 크라솟킨은 동년배들이나 열세 살짜리 아이들과 〈우리 시대〉라는 말타기놀이를 했다면 사실 부끄러운 노릇이나 〈꼬마들〉을 너무나 사랑하기 때문에 그 애들을 위해서 그렇게 한 것이라는 태도로 비난을 당당하게 반박했으므로, 그런 감정에 대해서는 아무도 해명을 요구할 수 없었던 것이다. 대신 두 〈꼬마〉는 그를 몹시 따랐다. 그러나 지금은 놀이를 즐길 형편이 아니었다. 겉보기에 거의 비밀에 가깝다고 할 만한 매우 중요한 개인적 일이 그에게 임박해 있었으며, 아이들을 맡길 수 있을 거라고 생각했던 아가피야는 시간이 어느 정도 흘렀는데도 시장에서 아직 돌아올 생각도 하지 않았다. 그는 벌써 서너 차례 현관을 건너가서 의사 부인댁의 방문을 열어 보고는 자기가 시킨 대로 앉아서 책을 읽고 있는 〈꼬마들〉을 걱정스러운 눈으로 바라보았다. 그가 문을 열 때마다 아이들은 말없이 미소를 활짝 보내며 그가 방 안으로 들어와 무언가 흥미진진하고 재미있는 일을 꾸며 주리라 기대하고 있었다. 그러나 콜랴는 정신적으로 불안에 쫓기고 있었으므로 방 안에 들어가지 못했다. 시계가 11시를 알리자 그는 아가피야가, 〈저주받을〉 아가피야가 10분이 지나도록 돌아오지 않을 때는, 자기가 없어도 벌벌 떨거나 장난을 치거나 무서워도 울지 않겠다는 약속을 〈꼬마들〉로부터 받아 놓은 다음 외출하겠노라고 마음 깊이 굳게 다짐했다. 이런 생각에 사로잡힌 그는 고양이 털 옷깃이 달린 겨울 솜 외투를 걸치고 어깨에는 조그만 가방을 둘러멘 다음, 〈이런 추위〉에는 꼭 덧신을 신어야 한다는 어머니의 간곡한 부탁이 예전에 있었음에도 불구하고, 문을 나서면서 덧신을 경멸적인 시선으로 바라보았을 뿐 장화만을 신은 채 밖으로 나갔다. 그의 옷차림을 본 페레즈본은 안절부절못하면서 꼬리로 마루를 힘껏 두드리고, 심지어는 애처로운 신음 소리까지 내기 시작했다. 그러나 콜랴는 자신의 개가 그렇게 안달하는 모습을 볼 때면 그것은 규율을 깨뜨리는 짓이라고 결론을 내리고, 잠시라도 의자 밑에 머물게 했다가 현관을 연 후에야 갑자기 휘파람으로 불러내곤 했다. 그러면 개는 미칠 듯이 밖으로 튀어나와 좋아 죽겠다는 듯이 그의 앞으로 달려 나가는 것이었다. 현관 앞을 지나면서 콜랴는 〈꼬마들〉이 있는 방문을 열어 보았다. 두 꼬마는 조금 전과 마찬가지로 책상에 앉아 있었으나, 이제는 책을 읽는 것이 아니라 무언가 열을 올려 가며 논쟁을 벌이고 있었다. 그 꼬마들은 종종 온갖 흥미로운 세상사에 대해 논쟁을 벌이곤 했는데, 손위인 나스탸가 항상 이겼다. 그래서 누나가 동의를 하지 않을 때면 코스탸는 거의 언제나 억울함을 호소하러 콜랴 크라솟킨한테 달려왔고, 그가 문제를 해결해 주면 그것은 어느 면으로나 절대적인 판결이 되었다. 이번에도 꼬마들의 논쟁은 크라솟킨의 흥미를 약간 끌게 되어 문 앞에서 걸음을 멈춘 채 이야기를 귀담아듣게 되었다. 꼬마들은 그가 귀담아듣고 있다는 사실을 알게 되자 한층 더 열을 올리며 논쟁을 계속했다.

「절대로, 절대로 난 믿을 수가 없어.」 나스탸가 열을 올리며 재잘거렸다. 「산파 할머니들이 배추밭 이랑에서 어린애들을 주워 온다는 건 말도 안 돼. 그럼 지금은 벌써 겨울이어서 배추밭도 없을 텐데, 할머니가 카테리나한테 꼬마 계집애를 가져다줄 수도 없잖아.」

「피익!」 콜랴는 속으로 휘파람을 불었다.

「그러면 이럴 수도 있겠지. 할머니들이 어딘가에서 아이들을 데려와서는 결혼한 여자한테만 가져다주는 것 말이야.」

코스탸는 나스탸를 뚫어질 듯 응시하며 진지하게 듣고 있다가 이리저리 궁리하기 시작했다.

「나스탸, 넌 정말 바보야.」 마침내 그는 침착한 어조로 단호히 말했다. 「카테리나는 시집도 안 갔는데 어떻게 아기를 낳을 수 있었지?」

나스탸는 몹시 흥분하고 말았다.

「넌 하나도 몰라.」 나스탸는 신경질적으로 말을 가로막고 나섰다. 「그 여자는 남편이 있었지만 지금은 감옥에 수감됐어. 그래서 아이를 낳을 수 있었던 거야.」

「그 여자의 남편이 정말 감옥에 수감됐어?」 무엇이든 수긍을 잘하는 코스탸가 점잖게 물었다.

「그렇지 않으면, 이런지도 모르지.」 나스탸는 자신의 첫 번째 가정을 완전히 포기하고 벌써 다 잊은 듯 서둘러 말을 가로막았다. 「그 여자는 남편이 없어, 그건 사실이야. 하지만 시집이 가고 싶어서 어떻게 하면 시집을 갈 수 있을까 하고 궁리하기 시작했고, 최근까지도 내내 시집갈 생각만 하다 보니 남편이 아니라 아이를 얻게 된 걸 거야.」

「그 말이 맞을지도 모르겠군.」 완전히 설득당한 코스탸가 동의했다. 「그런데 왜 진작 말하지 않았어. 그러니 내가 어떻게 알 수 있겠어.」

「자, 애들아.」 콜랴는 방 안으로 들어서며 말했다. 「보아하니 너희들은 참 위험한 아이들이구나!」

「페레즈본도 함께 왔어?」 코스탸는 입을 헤벌려 웃으며 손가락으로 딱 소리를 내어 페레즈본을 부르기 시작했다.

「애들아, 난 지금 곤란한 처지에 놓여 있단다.」 크라솟킨은 점잖게 말문을 열었다. 「너희들이 날 도와줘야겠다. 아가피야는 다리가 부러진 게 틀림없어. 아직까지도 돌아오지 않는 걸 보면 말이야. 한데 이 일은 이미 결정된 것이고, 또 약속도 된 것이어서 나는 꼭 외출을 해야만 해. 너희들은 날 보내 줄 수 있겠지?」

아이들은 걱정스러운 눈으로 서로를 번갈아 가며 바라보았고, 곧 그들의 미소 띤 얼굴에 불안한 기색이 드리워지기 시작했다. 그러나 그들은 콜랴가 자신들로부터 무엇을 원하는지 아직 이해하지 못하고 있었다.

「내가 없어도 장난을 치지는 않겠지? 찬장 위에 올라가 다리를 부러뜨려서도 안 되겠지? 너희들만 있다고 겁을 먹고 울어서도 안 되는 거야?」

꼬마들의 얼굴에는 두려운 기색이 역력했다.

「그 대신 내가 구리로 만든 대포 하나를 너희들에게 보여 줄게. 진짜 화약으로 쏠 수 있는 거야.」

꼬마들의 얼굴은 일순 환하게 밝아졌다.

「어서 대포를 보여 줘.」 코스탸가 밝은 표정으로 말했다.

크라솟킨은 가방에 손을 넣어 작은 구리 대포를 꺼낸 다음 탁자 위에 올려놓았다.

「자아, 여기 있어! 잘 봐, 바퀴도 달렸잖아.」그는 탁자 위에서 장난감을 굴렸다.「게다가 포를 쏠 수도 있어. 탄환을 넣은 다음 쏠 수도 있다고.」

「그럼 사람을 죽일 수도 있어?」

「무엇이든 다 죽일 수 있지. 그냥 조준만 하면 돼.」그러고 나서 크라솟킨은 화약을 어디에 넣는지, 탄환을 어디에 장전시키는지 자세히 설명하기도 하고, 화문(火門)처럼 생긴 불구멍을 보여 주기도 하고, 반동이 있다는 사실도 가르쳐 주었다. 꼬마들은 호기심이 발동하여 열심히 귀를 기울였다. 특히 반동이 있다는 설명이 그들을 흥분시켰다.

「화약 가진 거 있어?」나스탸가 물었다.

「응.」

「그럼 화약 좀 보여 줘.」나스탸는 간청하는 듯한 미소를 지으며 손을 내밀었다.

크라솟킨은 다시 가방에 손을 넣어 진짜 화약이 약간 들어 있는 조그만 병 하나를 꺼냈다. 돌돌 만 종이 속에는 탄환 몇 알도 들어 있었다. 그는 병을 열어 손바닥에 화약을 약간 덜어 놓기까지 했다.

「자, 근처에 불은 없겠지. 그렇지 않으면 화약이 폭발해서 우리 모두 죽게 돼.」크라솟킨은 효과를 높이기 위해서 이렇게 경고했다.

꼬마들은 호기심을 더해 주는 공포에 몸을 떨며 화약을 살펴보았다. 그러나 코스탸는 탄환 쪽이 훨씬 더 마음에 들었다.

「그런데 탄환은 불이 붙지 않아?」그가 물었다.

「탄환에는 불이 붙지 않아.」

「탄환 몇 개만 내게 줘.」 그는 애원하는 듯한 목소리로 말했다.

「그럼 몇 개 주지. 자, 받아. 그 대신 내가 돌아올 때까지는 엄마한테 보여 주면 안 돼. 엄마는 그게 화약인 줄 알고 무서워서 죽어 버릴지도 모르고, 너희들도 야단을 맞게 될 거야.」

「엄마는 우리를 회초리로 때린 적이 없어.」 나스탸가 얼른 말을 되받았다.

「알고 있어, 단지 듣기 좋으라고 한 이야기야. 그런데 지금까지 너희들은 엄마를 속인 적이 없지만 이번에는 내가 돌아올 때까지 참아야 해. 그럼 애들아, 난 나갔다 와도 괜찮겠지? 내가 없는 동안 무섭다고 울어서는 안 되는 거야?」

「우린 울 거야.」 코스탸는 금방이라도 눈물이 나올 듯이 말꼬리를 길게 빼며 말했다.

「우린 울 거야, 틀림없이 울 거야!」 나스탸도 잔뜩 겁먹은 빠른 목소리로 말했다.

「〈오, 애들아, 애들아, 너희들만 할 때는 정말 위험한 나이야.〉[1] 할 수 없는 노릇이지, 하지만 애들아, 너희들하고 얼마나 더 기다리고 있어야 할지 모르겠구나. 아아, 시간은, 시간은 자꾸 지나가는데!」

「페레즈본한테 죽은 시늉 좀 해보라고 해.」 코스탸가 말했다.

「할 수 없군, 페레즈본한테 재주를 부리게 하는 수밖에. 이리 와, 페레즈본!」 콜랴는 개한테 명령을 내리기 시작했고, 개는 자기가 배운 모든 재주를 보여 주기 시작했다. 페레즈본

---

1 이반 이바노비치 드미트리예프의 우화시 「수탉, 고양이 그리고 쥐」의 첫 행이 약간 변형된 형태로 인용되었다.

은 털북숭이 개로 보통 집 지키는 개와 크기가 비슷했으며, 털은 자회색이었다. 페레즈본의 오른쪽 눈은 멀었고 왼쪽 귀는 무엇엔가 찢긴 상처가 있었다. 개는 낑낑 소리를 내며 깡충깡충 뛰기도 하고, 시키는 대로 따르기도 하고, 뒷발로 서서 돌아다니기도 하고, 또 벌렁 누워 네발을 하늘로 뻗은 채 죽은 것처럼 꼼짝 않고 누워 있기도 했다. 마지막 재주를 부리고 있을 때 문이 활짝 열리면서 크라솟키나의 하녀인 마흔 살가량의 곰보투성이 뚱보 아줌마가 문지방에 나타났다. 그녀는 손에 장에서 산 식품이 가득 담긴 바구니를 들고 있었는데, 막 시장에서 돌아오는 길이었다. 그녀는 바구니를 든 왼손을 축 늘어뜨린 채 제자리에 서서 개를 쳐다보고 있었다. 아가피야를 그토록 기다리던 콜랴는 재주를 멈추게 하지 않고 한동안 페레즈본이 죽은 시늉을 계속하게 하다가 결국 휘파람을 불었다. 개는 자신의 임무를 다 마쳤다는 기쁨에 얼른 달려와 팔짝팔짝 뛰기 시작했다.

「저 개 좀 봐!」 아가피야가 대견하다는 듯이 말했다.

「그런데 이봐, 이 여자야, 왜 이리 늦게 오는 거야?」 크라솟킨이 위협적으로 물었다.

「이 여자라니, 이 꼬맹이가!」

「꼬맹이?」

「그래, 꼬맹이라고 했다. 내가 늦었기로서니 너하고 무슨 상관이야. 늦을 만하니까 늦은 건데.」 아가피야는 난로 주변을 이리저리 걸어다니면서 중얼거렸지만, 그 목소리는 그렇게 불만 섞인 것도 화가 난 것도 아니었다. 오히려 명랑한 도련님과 장난칠 기회가 생긴 것이 기쁘다는 듯이 무척 만족스럽다는 태도였다.

「잘 들어 둬요, 이 경솔한 할망구야.」크라숏킨은 소파에서 벌떡 일어나며 말문을 열었다.「내가 없는 동안 이 애들을 한눈 팔지 않고 잘 돌볼 거라고 이 세상의 모든 성스러운 것들과 또 그보다 지고한 것들에 맹세할 수 있겠어? 난 외출해야 하거든.」

「내가 왜 너한테 맹세해야 하지?」아가피야가 미소를 지었다.「그렇지 않아도 내가 돌봐 줄 텐데.」

「아니야, 할멈 영혼의 영원한 구원에 대고 맹세해야 해. 그렇지 않으면 난 나가지 않겠어.」

「그럼 나가지 마. 나와는 상관없는 일이니까. 바깥 날씨가 몹시 추우니까 집에 그냥 앉아 있어.」

「애들아.」콜랴는 아이들을 향해 돌아섰다.「이 여자가 나나 너희 엄마가 돌아올 때까지 너희들과 함께 있을 거야. 그건 너희 엄마가 진작 돌아왔어야 하는데 그렇지 못했기 때문이지. 게다가 너희들에게 아침밥도 해줄 거야. 아가피야, 저 애들한테 뭣 좀 주지 않겠어?」

「그러지 뭐.」

「안녕, 애들아. 난 안심하고 가겠어. 그런데 할멈.」그는 아가피야 곁을 지나면서 낮은 목소리로 점잖게 말했다.「카테리나에 대해 할멈들이 노상 해대는 그런 어리석은 이야기들로 저 애들을 현혹시키지 않았으면 좋겠어. 저 애들은 아직 나이가 어리다는 것도 고려해야지. 이리 와, 페레즈본!」

「저리 꺼지지 못해.」아가피야는 약이 올라 퉁명스럽게 대답했다.「우스운 녀석 같으니! 너부터 맞아야 해, 어디서 함부로 그런 소릴 지껄이는 거야.」

3 학생들

그러나 콜랴는 이미 한쪽 귀로 흘리고 있었다. 마침내 그는 밖으로 나왔다. 대문 밖으로 나오면서 그는 사방을 둘러본 다음 어깨를 움츠리고는 〈굉장한 추위로군!〉 하고 말했다. 이어 곧장 거리를 따라가다가 장터 광장으로 향하는 오른쪽 골목길로 방향을 틀었다. 광장 전에 있는 어느 집에 이르자, 그는 대문 앞에서 걸음을 멈추고는 주머니에서 호루라기를 꺼내어 마치 누군가에게 신호라도 보내듯 힘껏 불어 댔다. 그러자 얼마 후 깨끗하고 말쑥한 옷으로 두툼히 차려입고 얼굴에는 홍조를 가득 띤 열한 살가량으로 보이는 소년 하나가 쪽문에서 불쑥 튀어나왔다. 그는 스무로프라는 예비반 학생(콜랴 크라솟킨은 그보다 두 학년 위였다)으로 부유한 관리의 아들이었는데, 그 부모들은 망나니로 소문난 크라솟킨과 아들이 함께 어울리는 것을 금했으므로 스무로프는 지금도 몰래 빠져나온 것이 틀림없어 보였다. 독자들이 잊지 않고 있다면 스무로프는 두 달 전 운하를 사이에 두고 일류샤에게 돌을 던지던 소년들 중 한 명으로, 알료샤 카라마조프에게 일류샤에 관한 이야기를 해주었던 바로 그 소년이다.

「난 한 시간이나 널 기다렸어, 크라솟킨.」 광장을 향해 함께 걸으며 스무로프는 결연한 표정으로 이렇게 말했다.

「늦고 말았어.」 크라솟킨이 대답했다. 「어쩔 수 없는 상황이었다고. 나하고 함께 어울린다고 야단맞지 않겠니?」

「그런 소리 그만둬. 내가 야단맞을 것 같아? 그런데 페레즈본도 함께 왔어?」

「물론이지!」

「거기에 데려갈 거야?」

「암, 데려가야지.」

「아아, 주치카가 있었다면 얼마나 좋을까!」

「주치카 이야기는 꺼내지도 마. 주치카는 더 이상 존재하지 않아. 주치카는 미지의 어둠 속으로 사라져 버렸으니까.」

「아아, 절대 그럴 리 없어.」 스무로프가 갑자기 이렇게 말했다. 「일류샤 말로는 주치카도 페레즈본처럼 털이 많고 잿빛이었다는데, 이 개를 주치카라고 하면 안 될까? 어쩌면 믿을지도 모르는데?」

「학생이 거짓말을 해서는 안 돼, 이것은 지켜야 할 수칙의 하나지. 그리고 좋은 일이라고 해도 마찬가지야, 두 번째 수칙이지. 그런데 넌 내가 그곳에 간다고 이야기하지는 않았겠지?」

「당치도 않아, 난 상황을 잘 알고 있으니까. 하지만 페레즈본으로 그 애를 위로할 수는 없어.」 스무로프는 한숨을 내쉬었다. 「이 사실 알고 있어? 그 애 아버지 수세미 대위가 오늘까만 코를 가진 진짜 사냥개 새끼를 그 애에게 가져다주겠다고 우리한테 이야기했던 것 말이야. 그 애 아버지는 그 강아지가 일류샤를 위로해 줄 수 있을 거라고 생각하고 있는데, 정말 그럴까?」

「일류샤, 그 애는 좀 어때?」

「아아, 상태가 좋지 않아! 내 생각에는 그 애가 폐병에 걸린 것 같아. 정신은 멀쩡한데 숨 쉬는 것이 후욱, 후욱 이렇게 몹시 불편해 보여. 얼마 전에는 부축 좀 해달라고 해서 신발을 신겨 주고 걷게 했더니 쓰러지고 말았어. 그러고는 〈아이참, 아빠, 이 신발은 불편해서 전에도 제대로 걸을 수 없었잖아요〉 하고 말하는 거야. 그 애는 신발 때문에 쓰러진 거라고 생각했지만 사실은 허약해졌기 때문이야. 일주일도 더 살기 힘들 거야. 게르첸시투베 선생이 왕진을 다니고 있어. 지금 그 의사 집안은 다시 부자가 되어 돈도 많지.」

「그들은 악당이야.」

「누가 악당이라는 거지?」

「의사들처럼 의료 행위를 하는 인간들 말이야. 일반적인 이야기지만 개개인을 따져 보아도 역시 마찬가지지. 난 의학을 부정해, 쓸모없는 제도라고. 나는 앞으로 그 사실을 입증할 테야. 그런데 너희들의 센티멘털한 행동들은 대체 어떻게 된 일이지? 학급 동료 전부가 그 집에 찾아다니는 것 같은데?」

「전부는 아니야. 학급에서 열 명 정도만 다니는 거라고, 매일같이. 그 정도면 괜찮아.」

「거기에서 알렉세이 카라마조프의 역할이 놀랍단 말이야. 그 사람의 형이 내일이나 모레쯤 그렇고 그런 죄목으로 재판을 받게 될 판이어서 아이들과 센티멘털하게 보낼 시간이 전혀 없을 텐데 말이야!」

「이건 조금도 센티멘털한 일이 아니야. 너도 지금 일류샤와 화해하러 가는 길이잖아.」

「화해라고? 웃기지 마. 하지만 나는 아무한테도 내 행동을 분석하게 용납하지 않겠어.」

「그렇지만 일류샤는 너를 보면 무척 반가워할 거야! 네가 찾아오리라고는 상상도 하지 못할 테니까. 넌 어째서, 어째서 그렇게 오랫동안 찾아갈 생각을 하지 않았지?」 갑자기 스무로프가 열을 올리며 목청을 높였다.

「애, 그건 내 문제지, 네 문제가 아니야. 나는 내 발로 가는 거야. 내 의지가 그렇기 때문이지. 하지만 너희들은 모두 알렉세이 카라마조프한테 끌려갔잖아, 그것이 차이지. 그리고 내가 화해하러 가는 것이 아닐지도 모르잖니, 네가 어떻게 아니? 그건 어리석은 말이야.」

「절대 카라마조프 때문이 아니야, 그 사람 때문이 아니라고. 그저 우리 발로 찾아다니기 시작한 거라고, 물론 처음에는 카라마조프와 함께 갔었지만. 그리고 그런 일은 절대 없었어, 절대 어리석은 행동을 하지 않았다고. 처음에는 한 사람이었지만, 그다음엔 다른 애들이 참여했던 거야. 그 애 아버지는 우리를 보고 정말 기뻐하셨어. 넌 알고 있기나 해, 일류샤가 죽으면 그 애 아버지는 미치고 말 거란 사실을. 그 애 아버지는 일류샤가 죽어 가고 있다는 사실을 알고 있어. 그러니 그 애 아버지는 우리가 일류샤와 화해했다는 사실이 얼마나 기쁘겠니. 일류샤는 너에 대해 묻더니 더 이상 아무 말도 하지 않았어. 질문만 던지고는 침묵해 버렸지. 하지만 그 애 아버지는 미치거나 목매달아 자살하고 말걸. 전에도 미친 사람처럼 행동했거든. 그 애 아버지는 좋은 사람이지만 당시에는 일이 잘못됐기 때문이야. 바로 그 친부 살인자가 그분을 두들겨 패는 잘못을 저지른 거지.」

「어쨌든 카라마조프는 내게 수수께끼 같은 인물이야. 난 오래전부터 그 사람과 알고 지내 왔지만 어떤 경우에는 그에게 거만하게 굴고 싶거든. 게다가 그 사람에 대해 어떤 생각을 가지고 있는데, 아직 확인하고 규명해야 할 것이 남아 있어.」

콜랴는 엄숙한 표정을 지으며 말을 멈추었다. 스무로프 역시 말이 없었다. 물론 스무로프는 콜랴 크라솟킨을 존경하고 있었으므로 감히 맞설 생각은 하지 못했다. 지금 그는 콜랴가 〈자기 발〉로 찾아간다고 말했기 때문에 커다란 관심을 보였으며, 콜랴가 오늘 갑자기 찾아가겠다는 데에는 반드시 어떤 수수께끼가 담겨 있는 것처럼 여겨졌다. 두 소년은 시장을 따라 걸어갔는데, 거기에는 사방에서 몰려든 마차들과 가지고 나온 닭과 오리 등이 많이 있었다. 시장의 아낙네들은 천막 아래에서 가락지빵이나 실 등을 팔고 있었다. 일요일이면 장이 서는 것을 우리 고장에서는 소박하게 큰 장이라고 불렀는데, 그런 큰 장은 1년에도 수없이 열리곤 했다. 페레즈본은 들뜬 기분으로 줄달음을 치면서 오른쪽 왼쪽 할 것 없이 여기저기 냄새를 맡으며 기웃거렸다. 그러다가 다른 개들을 만나면 개들의 습관이 그렇듯 특별한 호기심을 보이며 서로 냄새를 맡아 댔다.

「나는 리얼리즘을 좋아한다고, 스무로프.」 갑자기 콜랴가 말했다. 「개들이 서로 마주치면 어떻게 냄새를 맡아 대는지 봤겠지? 거기에 우리의 보편적 자연법칙이 들어 있는 거야.」

「그렇긴 하지만 얼마나 우스꽝스러운지 모르겠어.」

「하나도 우스꽝스러운 게 아니야, 네가 틀린 거라고. 자연 속에는 우스꽝스러운 것이 하나도 없는 거야, 편견을 가진 인간들에게는 그렇게 보일지 모르지만. 만일 개들이 판단력과 비판력을 가지고 있다면 자신들의 주인인 인간들의 사회적 관계 속에서 그에 못지않게 우스꽝스러운 것을 찾아낼 거야, 절대 그에 못지않을 만큼 말이야. 내가 다시 한번 이 이야기를 하는 것은 우리 인간들에겐 어리석은 면이 엄청나게 많다고 확신하기 때문이야. 이건 라키틴의 생각인데, 아주 뛰어난 생각이지. 나는 사회주의자란다, 스무로프.」

「사회주의자가 뭔데?」 스무로프가 물었다.

「만인이 평등하고, 모두가 재산을 공동으로 소유하고, 혼인 제도도 없고, 누구에게나 적합한 종교와 법이 존재하며, 거기에서는 다른 것들도 다 그런 식이지. 넌 아직 질문조차 던질 수 없을 거야, 넌 아직 어리니까. 그런데 날씨가 몹시 춥구나.」

「그래, 영하 20도라더군. 조금 전에 아빠가 온도계를 보셨거든.」

「그런데 스무로프, 한겨울에는 영하 20도나 18도라고 해도 지금처럼 영하 20도의 강추위가 갑자기 몰아치거나 눈이 적게 내릴 때처럼 그렇게 춥지는 않다는 사실을 알고 있겠지. 그건 사람들이 미처 적응하지 못했기 때문인 거야. 사람들은 항상 습관을 가지고 있을 뿐만 아니라 모든 면에서, 심지어는 국가와 정치 관계에서도 그렇거든. 습관은 중요한 원동력이지. 그런데 저 농부 좀 봐, 꼴이 얼마나 우습니.」

콜랴는 모피 외투를 걸친, 키 크고 착하게 생긴 농부를 가리켰다. 농부는 자신의 짐마차에서 추위를 이기려는 듯 손모아장갑을 낀 손바닥을 가볍게 두드리고 있었다. 불그죽죽한 그의 긴 턱수염은 추위 때문에 온통 성에가 끼어 있었다.

「농부 아저씨의 수염이 꽁꽁 얼어붙었군요!」 콜랴가 농부의 곁을 지나며 큰 소리로 놀리듯 소리쳤다.

「다른 사람들 수염도 얼어붙었단다.」 농부가 조용하면서도 힘 있게 대답했다.

「농부 아저씨를 놀리지 마.」 스무로프가 말했다.

「괜찮아, 화내지 않을 거야, 착한 사람이니까. 안녕히 계세요, 마트베이 아저씨.」
「잘 가거라.」
「정말 아저씨가 마트베이세요?」
「마트베이지. 그럼 넌 모르고 있었단 말이냐?」
「난 몰랐어요. 그냥 그렇게 불러 본 건데.」
「별놈 다 있군. 초등학생들인 모양이지?」
「네, 그래요.」
「그래, 야단도 맞고 있지?」
「심한 편은 아니지만 야단도 맞고 있어요.」
「심하게?」
「그렇지는 않아요!」
「저런, 가엾을 데가!」 농부는 진심으로 동정하며 한숨을 내쉬었다.
「안녕히 계세요, 마트베이 아저씨.」
「잘 가거라. 그런데 넌 참 귀여운 아이로구나.」
두 소년은 계속해서 길을 걸어갔다.
「아주 착한 농부야.」 콜랴가 스무로프에게 말했다. 「난 민중들과 대화를 나누는 것이 좋아. 그리고 그들을 인정해 주는 것이 항상 기뻐.」
「너는 왜 우리가 매를 맞는다고 그 사람한테 거짓말을 했지?」 스무로프가 물었다.
「그 사람을 위로해야 하지 않겠니?」
「그건 무슨 뜻이지?」
「이봐, 스무로프, 나는 도대체 이해하지도 못하는 사람들이 거듭 질문을 던지는 걸 싫어해. 때로는 설명할 수 없는 것도 있거든. 농부들의 생각으로는 초등학생은 야단을 맞고 또 그래야만 한다는 거야. 야단을 맞지 않으면 무슨 학생이냐는 거지? 그런데 내가 불쑥 야단을 맞지 않는다고 말해 버리면 그 사람은 실망하고 말 거야. 하지만 넌 이 말뜻을 이해하지 못하겠지. 민중들하고는 기술적으로 대화를 나누어야 하거든.」

「그래도 약을 올리지는 마. 그때 그 거위 사건이 다시 생각 나잖아.」

「그래, 겁이 나니?」

「비웃지 마, 콜랴. 나는 하느님이 두려울 뿐이야. 아빠는 몹시 화가 나셨거든. 너하고 어울려 다니는 것이 완전히 금지 되어 있다고.」

「걱정하지 마, 오늘은 절대 그런 일이 없을 테니. 안녕하세요, 나타샤.」 그는 천막 아래 있는 장사꾼들 중 한 사람을 향해 소리쳤다.

「내가 어째서 나타샤란 말이냐, 마리야지.」 아직 그리 늙지 않은 장사꾼 아주머니가 큰 소리로 대답했다.

「그렇군요, 마리야, 안녕히 계세요.」

「아니, 저런 망나니 같으니라고, 나 원 세상에, 저런 놈은 처음 보겠군.」

「난 당신과 이야기할 시간이 없어요, 다음 일요일에나 이야기해요.」 콜랴는 두 손을 내저었다. 마치 치근거린 사람은 자신이 아니라 오히려 그녀라는 태도였다.

「아니, 일요일에 내가 네놈한테 무슨 이야기를 한단 말이냐? 시비를 건 사람은 내가 아니라 네놈이란 말이야, 이 못된 놈아.」 마리야는 악을 썼다. 「어디, 매 좀 맞아야겠구나, 이런 천하에 못된 놈 같으니라고!」

마리야와 나란히 목판을 벌여 놓고 장사하던 다른 장사꾼들 사이에서 웃음이 터져 나왔고, 그때 줄지어 서 있는 상점 아래서 갑자기 점원같이 생긴 사람이 화가 잔뜩 난 모습으로 뛰어나왔다. 그는 우리 고장 사람이 아니라 외지에서 장사하러 온 사람으로, 옷자락이 긴 푸른 농민복에 차양 달린 모자를 쓴 청년이었는데, 그의 머리는 짙은 아맛빛 고수머리였고 얼굴은 길쭉하고 창백한 데다가 마마 자국이 많이 나 있었다. 그 청년은 이해가 가지 않을 정도로 흥분하여 콜랴를 향해 주먹을 불끈 쥐고 위협하기 시작했다.

「난 네놈을 잘 알고 있어.」그 청년은 갑자기 흥분할 대로 흥분한 목소리로 소리쳤다. 「난 네놈을 잘 알고 있다고!」

콜랴는 그 청년을 빤히 응시했다. 그는 그 청년과 어떤 다툼을 벌였었는지 전혀 기억나지 않았다. 그러나 거리에서 시비를 벌인 적이 부지기수로 많았기 때문에 일일이 기억해 낼 수도 없는 노릇이었다.

「나를 알고 있다뇨?」그는 비꼬듯이 대꾸했다.

「난 네놈을 알고 있어! 난 네놈을 알고 있다고!」그 청년은 바보처럼 같은 말만 되풀이했다.

「당신은 절 아실지 몰라도 난 전혀 기억이 나지 않아요. 자, 안녕!」

「어째서 버르장머리 없이 구는 거지?」청년이 말했다. 「또다시 버르장머리 없이 굴 거야? 난 네놈을 잘 안단 말이야! 다시 버르장머리 없이 굴 테냐 말이야?」

「이봐요, 형씨, 내가 버르장머리 없이 구는 게 당신과 무슨 상관이에요?」콜랴는 걸음을 멈추고 다시 그를 쳐다보며 말했다.

「나하고는 상관이 없다고?」
「그래요, 당신과는 아무 상관도 없는 일이잖아요.」
「그럼 누구야? 그럼 누구냐고? 대체 누구와 상관이 있단 말이야?」
「형씨, 그건 트리폰 니키티치의 일이지 당신과는 아무 상관도 없단 말이에요.」
「트리폰 니키티치가 대체 누군데?」 청년은 여전히 화가 풀리지 않았지만, 바보처럼 멍청한 표정을 지으며 콜랴를 주시했다. 콜랴는 당당한 모습으로 그를 이리저리 훑어보았다.
「예수 승천절에 다녀 봤어요?」 그는 갑자기 엄숙하고 강경한 어조로 청년에게 이런 질문을 던졌다.
「예수 승천절이라니? 그건 왜? 아니, 다닌 적이 없는데.」 청년은 약간 당황한 기색이었다.
「사바네예프 알아요?」 콜랴는 한층 더 강경하고 엄숙한 어조로 말을 이어 갔다.
「사바네예프라니? 아니, 모르겠는데.」
「그렇다면 당신은 악마한테나 가보쇼!」 콜랴는 사바네예프도 모르는 멍청이와 대화를 계속하는 것은 수치스러운 일이라는 듯 갑자기 입을 다물더니, 오른쪽으로 몸을 획 돌려 빠른 걸음으로 제 갈 길을 걸어갔다.
「이봐, 거기 서! 사바네예프가 대체 누군데?」 정신을 차린 청년은 다시금 몹시 흥분하고 말았다. 「저놈이 무슨 이야기를 한 거죠?」 그는 멍청한 눈으로 사람들을 바라보다가 갑자기 장사꾼 여자를 향해 돌아서며 말했다.
여자들은 웃음을 터뜨렸다.
「영리한 녀석이야.」 한 여자가 말했다.

「사바네예프가 대체 누굽니까?」 청년은 오른손을 내저으며 정신없이 같은 말을 되풀이했다.

「그건 쿠지미체프 집에서 일하던 사바네예프를 가리키는 게 틀림없어, 그게 맞을 거야.」 한 여자가 어림짐작을 했다.

청년은 그녀를 노려보았다.

「쿠지미체프?」 다른 여자가 말을 되받았다. 「그런데 그 사람이 트리폰이라고? 그는 트리폰이 아니라 쿠지마야, 그 녀석이 트리폰 니키티치라고 불렀으니 그 사람은 아닐 거야.」

「그 사람은 트리폰도 사바네예프도 아니고, 치조프야.」 또 다른 여자가 아무 말 없이 진지하게 듣다가 갑자기 끼어들었다. 「그 사람은 알렉세이 이바니치라고 불리지. 알렉세이 이바노비치 치조프.」

「맞았어, 치조프라고 불리는 사람이 있어.」 네 번째 여자가 자신 있게 말했다.

당황한 기색이 역력한 청년은 이 여자 저 여자 둘러보았다.

「그런데 저놈은 어째서, 어째서 그런 질문을 던진 거죠, 여러분!」 그는 이미 거의 절망 상태에 놓여 소리쳤다. 「〈사바네예프를 알고 있느냐?〉라니. 사바네예프가 대체 누군지 어느 놈이 알겠어?」

「당신도 참 둔한 사람이군. 사바네예프가 아니라 치조프, 알렉세이 이바노비치 치조프라고 하잖아!」 한 여자가 그를 향해 동정 어린 목소리로 말했다.

「치조프가 대체 누굽니까? 대체 뭐 하는 사람이죠? 아시면 말씀해 주세요.」

「여름에 시장에 앉아 있던, 그 키가 크고 코를 훌쩍이던 사람 있잖아.」

「치조프란 사람이 나하고 무슨 상관이 있다는 거죠, 여러분?」

「치조프가 당신하고 무슨 상관이 있는지 낸들 어찌 알겠어.」

「그 녀석이 당신한테 말한 것을 누가 알겠어.」 다른 여자가 말참견을 했다. 「그렇게 큰 소리로 떠들어 대려면 그 사람이 당신과 무슨 상관이 있는지 당신 자신은 알아야 할 것 아니오. 그 녀석이 당신한테 말한 거지, 우리한테 말한 것은 아니잖소. 당신도 참 어리석은 사람이야. 아니, 정말 모른단 말이오?」

「누구 말이에요?」

「누구긴, 치조프 말이지.」

「젠장할 놈, 치조프라니! 어디, 그놈을 두들겨 패줘야지! 그놈이 날 놀렸어!」

「치조프를 패주겠다고? 그 사람이 자넬 패줄걸! 정말 자넨 바보로구먼!」

「치조프, 치조프가 아니야. 당신은 참 심통 맞은 고약한 여편네로군. 그 꼬마 녀석을 패주겠다는 거라고! 그놈을 이리로 붙들어 와요, 그놈을, 그놈이 날 놀렸어요.」

여자들은 깔깔거리며 웃어 댔다. 콜랴는 의기양양한 태도로 벌써 저 멀리 걸어가고 있었다. 스무로프는 멀리서 왁자지껄 소란을 피우는 사람들을 둘러보며 그와 나란히 걸어갔다. 그는 콜랴와 함께 사건에 휘말려 들지 않을까 하여 여전히 두렵기도 했지만, 그 역시 마음은 유쾌했다.

「네가 그 사람한테 물어보았던 사바네예프란 사람은 대체 누구지?」 그는 콜랴의 대답을 미리 짐작하면서도 물어보았다.

「그가 누군지 낸들 어떻게 알아? 그 사람들은 저녁이 될 때까지 악을 쓰고 있을 거야. 난 온갖 계층의 바보들을 놀려 주는 것이 좋아. 저기 바보 하나가 더 서 있군, 저기 저 농부 말이야. 〈바보감으론 프랑스인보다 더 바보는 없다〉라는 말 알지? 하지만 러시아 사람은 자기 얼굴에 쓰고 다니지. 저 사람의 얼굴에 〈나는 바보다〉라고 쓰여 있잖아, 바로 저 농부 말이야, 그렇지 않아?」

「그만해, 콜랴, 우린 바로 그 곁을 지나가고 있잖아.」

「절대로 그냥 지나칠 수야 없지. 자, 이제 시작하겠어. 이봐요! 안녕하세요, 농부님!」

느릿느릿 옆을 지나가던 건장한 농부는 틀림없이 벌써 잔뜩 취한 게 틀림없었다. 그는 평범하고 둥근 얼굴에 희끗희끗한 턱수염을 기른 얼굴을 쳐들어 소년을 바라보았다.

「그래, 잘 지내니? 그런데 내게 시비를 거는 것은 아니겠지?」 농부는 침착한 어조로 대답했다.

「시비를 걸다뇨?」 콜랴가 미소를 지었다.

「시비를 걸 테면 걸어 봐, 어서. 괜찮단다, 허락할게. 시비를 걸 테면 언제든지 걸어도 좋아.」

「내가 잘못했어요, 시비를 걸었던 거예요.」

「하느님께서 용서하실 거다.」

「당신도 용서하시겠지요?」

「물론 용서하마. 어서 가봐라.」

「정말이지 당신은, 당신은 아마도 현명한 농부인 것 같아요.」

「너보다야 현명하지.」 뜻밖에도 농부는 조금 전과 다름없이 점잖게 대답했다.
 「설마.」 콜랴는 약간 놀랐다.
 「자신 있게 말할 수 있단다.」
 「어쩌면 그럴 수도 있겠죠.」
 「사실이라니까.」
 「안녕히 가세요, 농부 아저씨.」
 「잘 가거라.」
 「농부들도 참 여러 부류지.」 콜랴는 잠시 침묵을 지켰다가 스무로프에게 이렇게 말했다. 「저렇게 현명한 사람을 만날 줄은 나도 몰랐어. 난 언제나 민중들의 지혜를 인정할 준비가 되어 있거든.」

 멀리서 성당의 시계가 11시 반을 울렸다. 두 소년은 서두르기 시작했고, 스네기료프 퇴역 대위의 집까지 꽤 많이 남아 있는 길을 거의 아무 말도 하지 않은 채 빠른 걸음으로 걸어갔다. 그 집까지 스무 걸음 정도 남았을 때 콜랴가 걸음을 멈추더니 스무로프에게, 먼저 가서 카라마조프를 밖으로 불러 달라고 부탁했다.

 「미리 냄새를 맡아 볼 필요가 있어.」 그가 스무로프에게 말했다.

 「어째서 불러내려는 거지?」 스무로프가 반대했다. 「안으로 들어가면 널 무척 반겨 줄 텐데. 어째서 이 혹한 속에서 인사를 하겠다는 거야?」

 「그를 혹한 속으로 불러내야 할 이유를 난 이미 알고 있어.」 콜랴는 강압적으로 잘라 말했고(이것은 그 〈꼬마들〉한테 즐겨 쓰는 수법이었다), 스무로프는 그 지시를 따르기 위해 달려갔다.

4 주치카

콜랴는 엄숙한 표정을 지으며 울타리에 기대 서서 알료샤가 나타나기를 기다렸다. 그렇다, 그는 알료샤와 이미 오래전부터 만나고 싶었던 것이다. 그는 소년들로부터 알료샤에 대해 많은 이야기를 들어 왔지만, 알료샤를 화제로 삼을 때 지금까지는 외형상 경멸적이며 무관심한 태도를 취했고 〈비난하기〉조차 했으나 그에 대한 소문에 귀를 기울이곤 했었다. 그러나 속으로는 너무나, 너무나도 그와 사귀고 싶어 했다. 알료샤에 관해 들려오는 모든 이야기들 속에는 호감이 가고 매력적인 구석이 있었던 것이다. 그렇기 때문에 지금은 매우 중요한 의미를 지닌 순간이었다. 첫째로, 그에게 자신이 성숙한 존재임을 과시해야만 했다. 〈그 사람은 내가 열세 살이라고 나를 저 애들처럼 아이 취급을 하려 들 거야. 그렇다면 저 애들은 그 사람한테 어떤 존재들일까? 그를 만나면 한번 물어봐야지. 하지만 기분 나쁜 것은 내 키가 너무 작다는 거야. 투지코프는 나보다 어리지만 머리통의 반 정도는 더 크잖아. 그렇지만 내 얼굴은 총명하게 생긴 편이지. 잘생긴 것은 아니지만 추하지는 않은 편이고, 또 총명하게 생겼다는 것은 나도 알고 있거든. 너무 솔직히 이야기해서도 안 돼. 그랬다가는 갑자기 나를 부둥켜안고 역시 그런 식으로 생각할 테니까……. 어휴, 그렇게 생각한다면 정말 얼마나 불쾌할까!〉

콜랴는 이처럼 마음이 편치 못하여 온 힘을 다하여 가장 성숙한 모습을 보이려고 애를 썼다. 그를 가장 괴롭히는 것은 그의 작은 키, 〈못생긴〉 얼굴이 아니라 보기 흉할 만큼 작은 키였다. 콜랴는 집 벽면 한구석에 작년부터 자기 키를 혼자

재어 보려고 연필로 점선을 새겨 놓았는데, 그때부터 두 달에 한 번씩 초조한 마음으로 얼마나 키가 더 컸는지 재어 보곤 했다. 그러나 슬프게도 눈곱만큼도 자라지 않았으므로 그는 때때로 절망에 빠지곤 했다. 얼굴이라면 못생긴 편이 아니며 귀엽고 뽀얀 데다가 주근깨가 덮인 창백한 얼굴이었다. 작은 두 눈은 잿빛을 띠었고, 또 생기에 넘쳐 종종 대담하리만큼 어떤 감정으로 불타올랐다. 광대뼈가 약간 넓은 편이고, 입술은 작고 매우 얇았지만 매우 붉은빛을 띠고 있었다. 또 작은 코는 하늘로 완전히 들려 있었다. 〈완전히 들창코야, 완전히 들창코라고!〉 콜랴는 거울을 쳐다볼 때마다 이렇게 중얼거리면서 언제나 분을 삭이지 못한 채 거울 앞을 떠나곤 했다. 〈그런데 정말 내 얼굴이 총명해 보이는 걸까?〉 그는 스스로도 이런 의문에 빠져들며 이따금씩 생각에 잠겼다. 그러나 얼굴과 키에 대한 걱정이 그의 마음을 온통 빼앗아 버렸다고 생각해서는 안 된다. 오히려 그는 거울 앞에 서 있는 시간이 아무리 괴롭더라도 곧 그것을 잊어버렸으며, 그것도 아주 오랫동안 잊고 지내면서 스스로 자신의 행동 지침을 정한 대로 〈사상과 현실 생활에 완전히 몰두해〉 버렸다.

알료샤는 얼마 후 모습을 나타내더니 서둘러 콜랴에게로 다가왔다. 몇 발짝 떨어진 곳에서부터 그는 알료샤의 얼굴에 기쁨이 넘쳐흐르고 있음을 벌써 알아차렸다. 〈나를 만나는 것이 정말 저렇게 즐거울까?〉 콜랴는 대단히 만족스러운 생각이 들었다. 여기서 우리가 잠시 알료샤로부터 화제를 돌린 이후 그에게 많은 변화가 일어났다는 사실에 유의해야 할 것이다. 그는 법의를 벗어 버린 채 지금은 멋진 프록코트를 걸치고, 짧게 자른 머리에 둥글고 부드러운 모자를 쓰고 있었다. 그 모든 것은 그를 돋보이게 했으며 미남처럼 보이게 만들었다. 귀여운 그의 얼굴은 언제나 즐거운 표정이었고, 그 즐거움은 조용하고 평화로운 것이었다. 알료샤가 방 안에 앉아 있다가 외투도 걸치지 않은 채 서둘러 나온 모습을 보고 콜랴는 깜짝 놀라고 말았다. 그는 곧장 콜랴에게 악수를 청했다.

「우리 모두가 기다린 대로 결국 자네도 와주었군.」

「곧 아시게 될 사정이 있었어요. 어쨌든 만나 뵈어서 반갑습니다. 이러기를 오랫동안 기다렸고, 또 많은 이야기를 들어왔어요.」 콜랴는 약간 한숨을 내쉬며 중얼거렸다.

「나도 자네를 만나지 못했지만 이야기는 많이 들었다네. 하지만 여기 이곳에 오기까지는 늦은 감이 있구먼.」

「이곳 사정은 어떤데요?」

「일류샤는 상태가 매우 위중해서 얼마 못 가서 죽게 될 거야.」

「뭐라고요! 의학이란 전혀 믿을 게 못 되는군요, 카라마조프 씨.」 콜랴는 열을 올리며 소리쳤다.

「일류샤는 여러 번, 아주 여러 번 자네 생각을 해왔어. 알겠나, 꿈에서도, 잠꼬대를 하면서도 말이야. 아마도 자네는 과거에 그 애한테 너무나, 너무나 소중한 존재였던 것 같아……. 칼을 가지고…… 덤벼들 정도로 말이야……. 거기엔 그만한 이유가 있는 거야……. 이놈이 자네 개인가?」

「네, 페레즈본이라고 해요.」

「그럼 주치카가 아니란 말이지?」 알료샤는 서운한 표정으로 콜랴의 눈을 바라보았다. 「그 개는 이미 사라진 걸까?」

「모두 주치카를 원하고 있다는 건 알고 있어요, 모두 들었거든요.」 콜랴는 야릇한 미소를 지었다. 「내 말 좀 들어 보세요, 카라마조프 씨, 모든 걸 명확히 해드릴 테니. 그것 때문에 여기에 왔습니다. 또 우리가 들어가기 전에 미리 무슨 일이 있었는지 알려 드리려고 당신을 불렀어요.」 그는 활기를 띠면서 말하기 시작했다. 「자, 보세요, 카라마조프 씨, 일류샤는 봄에 예비반에 입학했어요. 그런데 아시다시피 예비반에는 어린 꼬마 아이들이 있는데, 일류샤는 곧 따돌림을 받기 시작했지요. 나는 두 학년 위여서 멀리서 그런 모습을 이리저리 살피게 된 거예요. 내가 보니까, 그 아이는 키도 작고 몸도 허약했지만 복종하지 않고 자부심도 강해서 다른 아이들과 자주 다투었고 두 눈에서는 불꽃이 일었어요. 난 그런 애들을 좋아하죠. 하지만 아이들은 그 애한테 더 못되게 굴었어요. 그런데 문제는 당시 그 애가 남루한 외투에 자기 키에 맞지 않는 짧은 바지를 입었고, 장화는 구멍이 뚫려 있었던 거예요. 아이들은 그래서 그 애를 못살게 굴었던 거죠. 모욕을 주었던 거예요. 아니, 난 그런 걸 싫어해요. 그래서 당장 끼어들어서 혼꾸멍을 내줬죠. 난 그 애들을 때려 줬지만, 그 애들은 날 숭배했어요, 이런 사실은 잘 알고 계시겠죠, 카라마조프 씨?」 콜랴는 신이 나서 자기 자랑을 늘어놓았다. 「대체로 난 아이들을 좋아하거든요. 요즘 난 집에서 꼬마 둘을 돌봐 주고 있는데, 오늘도 붙잡고 놓아주질 않았거든요. 그래서 아이들은 일류샤를 때리지 않게 되었고, 난 그 애를 내 보호 아래 두었지요. 내가 보기에 일류샤는 자부심이 강한 아이예요, 당신한테 말씀드리는 바이지만 그 애는 정말 자부심이 강해요. 하지만 마침내 노예처럼 내 말을 따르게 되었고, 내 명령이라면 사소한 일까지도 그대로 해내면서 내 말을 하느님 말씀처럼 복종했고, 또 내 흉내를 내려고 애썼지요. 휴식 시간이면 내게 쪼르르 달려왔고, 난 그 애와 함께 돌아다녔어요. 일요일도 역시 마찬가지였죠. 우리 학교에서는 상급생이 하급생과 함께 어울려 다니면 비웃음을 받는데, 그건 편견에 지나지 않아요. 내 생각이 그렇다면, 그것으로 그만인 거예요, 그렇지 않나요? 난 그 애를 가르치고 훈련을 시켰어요. 아니, 내가 그렇게 하지 말라는 법이 있나요, 내가 그렇게 하고 싶다는데도 말이에요? 당신도 말이죠, 카라마조프 씨, 저런 어린애들과 함께 어울리는 건 어린 세대들에게 영향을 주고 교육을 시키고 또 유익한 사람들로 만들고 싶기 때문이 아닌가요? 그리고 솔직히 말씀드려서, 소문으로만 듣던 당신 성격의 그런 점이 내게는 무엇보다 마음에 듭니다. 자, 이젠 본론으로 들어가요. 난 그 애의 마음속에 어떤 감정적이고도 감상적인 측면이 자리 잡고 있다는 사실에 주목하게 되었죠, 아시다시피 나는 애당초 송아지의 유약함을 지닌 모든 사람들에 대해 적대적이거든요. 게다가 이런 모순점들도 있었지요. 자부심이 강하면서도 내게는 노예처럼 복종했던 것 말이에요. 그런데 노예처럼 복종하다가도 갑자기 눈을 부라리며 내 말을 따르지 않고 논쟁을 벌이며 막다른 골목까지 가는 거예요. 나는 여러 가지 사상을 가르쳤지요. 하지만 그 애는 그 사상들에 공감하지 않는 것이 아니라, 내가 보기에는, 나 개인에 대해 반항하는 것이었어요. 왜냐하면 나는 그 애의 유약함을 냉정하게 추궁했으니까요. 그래서 그 애의 버릇을 고치기 위해서 나는 그 애가 유약한 태도를 취할수록 더욱 냉정하게 대했죠. 일부러 그런 행동을 취한 거지요, 그게 내 신념이니까. 난 그 애의 성격을 훈련시키고 다듬어서 인간으로 만들려는 생각에서……

그리고 또한…… 당신은 내가 죄다 말하지 않아도 이해하시 겠지요. 그런데 내가 보니까, 그 애는 하루, 이틀, 사흘이 지나면서 괴로워하더니 슬픔에 잠기는 것이었어요. 자신의 유약함 때문이 아니라 무언가 다른 고상한 측면 때문에 말이에요. 그 애의 슬픔은 대체 어떤 것일까 하고 나는 생각해 봤지요. 나는 그 애한테 매달려 그 내막을 알아냈지요. 그 애는 돌아가신 당신 아버지(당시에는 아직 살아 계실 때였습니다)의 하인인 스메르쟈코프와 어떤 일로 함께 어울리게 되었는데, 그자가 바보 같은 그 애한테 어리석은 장난을, 다시 말해서 동물적이고 야비한 장난을 가르쳤던 거예요. 말랑말랑한 빵 조각에다가 바늘을 집어넣은 다음 굶주린 개한테 던져 주면 그 개는 씹지 않고 그냥 삼킬 테니 그때 무슨 일이 일어나는지 잘 보라는 것이었지요. 그 두 사람은 그런 빵 조각을 만들어 바로 털북숭이 주치카한테 던져 주었지요. 지금 이 이야기는 먹을 것을 전혀 얻어먹지 못해 하루 종일 울부짖던 어느 집 개에 관한 거죠. (당신은 그 시끄러운 울음소리를 좋아하세요, 카라마조프 씨? 난 참을 수가 없었거든요.) 그런 식으로 빵을 던져 주자, 개는 단숨에 삼킨 후에 비명을 지르며 몸부림을 치다가 달아나 버리고 말았어요. 내내 비명을 지르며 달아나 결국 종적을 감추고 말았던 것이죠. 이것은 일류샤가 직접 내게 들려준 이야기예요. 그 애는 나를 부둥켜안고는 온몸을 부르르 떨면서 펑펑 눈물을 흘리며, 〈비명을 지르며 달아나는 거야, 비명을 지르며 달아나는 거야〉라고 고백했죠. 그 애는 그렇게 같은 말만 되풀이했는데, 그 광경 때문에 충격을 받은 거죠. 내가 보기에는 그래서 양심의 가책을 느낀 모양입니다. 난 진지하게 받아들였어요. 그런데 솔직히 말씀드려서, 지난 일로 훈계하기 위해 시치미를 떼고는, 절대 있을 수 없는 일이 벌어져 몹시 화가 난 것처럼 꾸몄지요. 〈말해두지만, 넌 정말 비열한 짓을 한 거야. 넌 나쁜 놈이야. 물론 소문을 내지는 않겠지만, 당분간 너하고는 절교하겠어. 다시 만나서 사귀는 문제는 곰곰이 더 생각해 본 다음, 스무로프를 통해 알려 주겠어(그 애는 지금 나하고 같이 온 아이인데, 언제나 고분고분 말을 잘 듣지요). 너와의 관계를 계속해 나갈지, 아니면 너를 영원히 나쁜 놈 취급할지를 말이야〉라면서 말이에요. 그 말이 그 애한테 충격을 주었던 것 같아요. 고백하건대 당시는 내가 너무 심했구나 하는 생각이 들었지만, 그것이 당시의 내 생각이었으니 어쩌겠어요. 하루가 지난 후 나는 스무로프를 그 애한테 보내서 앞으로는 〈말도 하지 않겠다〉, 다시 말해서 서로 아는 척도 하지 말자고 전했지요. 이건 친구들 사이에서 절교할 때 쓰는 말이거든요. 내 계획은 그저 며칠 동안만 골탕을 먹였다가 반성하는 것을 봐가며 다시 악수를 청하려던 거였죠. 그것이 나의 철저한 의도였어요. 그런데 무슨 일이 일어났다고 생각하세요? 그 애는 스무로프의 이야기를 듣자마자 눈을 치뜨면서, 〈내가 말하더라고 크라솟킨한테 전해. 난 앞으로 바늘을 넣은 빵을 모든 개들한테, 모든 개들한테 먹일 거야!〉 하면서 악을 쓰더라는 거예요. 그래서 나도 〈그렇게 막돼먹은 녀석이라면, 아주 따돌림을 받아야지〉 하고 생각했어요. 그러고는 모욕적인 말을 하기 시작했고, 마주칠 때마다 외면을 하거나 냉소적인 미소를 보내곤 했지요. 그 무렵 갑자기 그 애 아버지의 사건이 벌어졌던 거예요. 왜, 기억나시죠, 그 수세미 사건 말이에요? 그런 이유 때문에 무서운 분풀이를 할 태세를 갖추고 있었다는 걸 아셔야 해요. 아이들은 내가 그 애와 절교했다는 사실을 알자, 그 애한테 달려들어 〈수세미, 수세미〉 하고 약을 올렸죠. 그리고 내가 몹시 유감스럽게 생각하는 그 싸움이 아이들 사이에서 벌어졌던 거예요. 왜냐하면 한번은 그 애가 몹시 심하게 두들겨 맞았기 때문이죠. 언젠가 그 애는 수업이 끝나자 운동장에서 전체를 상대로 덤벼들었는데, 나는 멀찌감치 서서 바라보고만 있었어요. 맹세할 수 있지만, 난 당시 그 애를 비웃을 생각이 없었고, 오히려 순간적으로나마 그 애를 두둔하고 싶은 생각이 들 정도로 그 애가 너무너무 측은해 보였어요. 하지만 그 애는 나와 눈길이 마주치고 말았어요. 그 애한테 무슨 생각이 들었는지는 모르지만, 그 애는 연필 깎는 칼을 꺼내어 내게 달려들더니 허벅지를 찔렀어요. 여기 오른쪽 말이에요. 나는 피하지 않았죠. 솔직히 말하건대 종종 나는 용감해질 때가 있거든요, 카라마조프 씨. 나는 〈자, 어디 한번 더 찔러 봐라, 나와의 모든 우정을 위해서 말이야, 그럴 수 있다면 내가 너의 하인이다〉라고 경멸적인 눈길로 바라보기만 했지요. 하지만 그 애는 다시 찌르지 못하고 더 이상 버틸 수 없었는지 칼을 버리고 달아나면서 엉엉 울어 대는 것이었어요. 물론 나는 고자질을 하지 않았고, 학교 당국에 알려지지 않도록 다른 애들한테도 입을 다물라고 지시했지요. 어머니한테조차 상처가 다 나은 다음에야 말씀드렸지요. 상처래야 대수롭지 않은 긁힌 자국 정도였으니까요. 나중에 들은 바로는 바로 그날 돌멩이를 던지고 또 당신의 손가락도 깨물었다고 하더군요. 하지만 그 애가 어떤 입장에 놓였었는지 이해하셔야 해요! 어쩌겠어요, 어리석은 짓을 한 것은 바로 나 자신인 것을. 그 애가 병이 들었을 때 나는 용서를 구하러, 다시 말해서 화해를 청하러 오지 않았는데, 이제 생각하면 후회스러워요. 하지만 나한테는 특별한 계획이 있어요. 자, 이게 그 내막의 전부예요…… 단지 내가 어리석었던 것 같아요…….」

「아아, 정말 유감이로군.」 알료샤는 흥분을 감추지 못하고 이렇게 소리쳤다. 「진작에 내가 자네와 그 애와의 관계를 몰랐었던 것이. 그랬더라면 이미 오래전에 자네를 찾아가 그 애한테 함께 가보자고 청했을 텐데. 믿을지 모르겠지만, 그 애는 병석에서 신열을 앓으면서도 자네에 대한 헛소리를 해댔어. 자네가 그 애한테 얼마나 소중한 존재인지 난 몰랐던 거야! 그런데 자넨 정말, 정말 그 주치카를 찾지 못했나? 그 애 아버지와 아이들이 온 읍내를 찾아다녔거든. 믿을지 모르겠지만 병석에 누워 있는 그 애는 눈물을 흘리면서, 〈아빠, 내가 아픈 것은 그때 주치카를 죽였기 때문이에요, 그래서 하느님께서 날 부르시는 거예요〉라는 말을 세 번이나 되풀이했다는 거야. 그런 생각을 떨치지 못하고 있는 거지! 만일 지금이라도 주치카를 찾아내어 그 개가 죽지 않고 살아 있다는 것을 보여 준다면, 그 애는 기뻐서 다시 소생할 수 있을지 몰라. 우리는 모두 자네에게 그런 기대를 걸고 있지.」

「어떤 근거로 내가 주치카를 찾아낼 거라고, 반드시 찾아낼 거라고 생각하시는 거죠?」 콜랴는 상당히 호기심을 보이며 질문을 던졌다. 「왜 다른 사람도 아닌 나를 그렇게 생각하시는 거죠?」

「자네가 그 개를 찾고 있으며, 또 그 개를 찾으면 데려올 거라는 소문을 들었거든. 스무로프가 그와 비슷한 이야기를 했었어. 중요한 사실은 우리 모두가 주치카는 여전히 살아 있으며, 어디선가 사람들의 눈에 띄었을 거라고 믿게 만들고 있다는 거지. 아이들이 어디선가 살아 있는 토끼를 구해 왔는데, 그 애는 그저 한번 훑어보더니 억지로 미소를 지은 다음, 들판에 풀어 주라고 했다는 거야. 한번은 그 애 아버지가 그 애를 달래려고 밖에 나가 어디선가 사냥개 새끼를 얻어 왔는데, 상태가 더 나빠진 것 같아…….」

「계속하세요, 카라마조프 씨. 그 애 아버지는 어떤 분이신가요? 나도 그분을 알고는 있지만, 당신 생각은 어떠세요? 광대, 어릿광대던가요?」

「아, 아니란다. 세상에는 감정이 풍부하면서도 박해를 받는 사람들이 있지. 그들의 광대 짓은 자신들이 오랫동안 모멸적인 소심한 상태에 놓였기 때문에 진실을 이야기할 수 없었던 것에 대한 악의적인 풍자의 일종이지. 믿어 다오, 크라솟킨, 그런 광대 짓은 때로는 상당히 비극적이란 사실을. 그분은 지금 모든 희망을, 이 세상의 모든 희망을 일류샤에게 걸고 있어. 일류샤가 죽어 버린다면 그분은 그 슬픔을 이기지 못하고 미쳐 버리거나 자살하고 말 거야. 요즘 그분을 바라보노라면 거의 그런 확신이 들거든.」

「당신을 이해해요, 카라마조프 씨. 난 당신이 인간을 이해하고 있다는 생각이 들어요.」 콜랴는 감동 어린 목소리로 덧붙여 말했다.

「난 자네가 개 한 마리를 데려온 것을 보고는, 바로 주치카를 데려온 것이라 생각했지.」

「잠깐만 기다려요, 카라마조프 씨. 우리는 어쩌면 찾아낼 수 있을지도 몰라요. 그리고 이놈은 페레즈본이고요. 지금 난 이놈을 방 안으로 들여보낼 작정인데, 어쩌면 사냥개 새끼보다 훨씬 더 일류샤를 즐겁게 해줄지 모르잖아요. 기다리세요,

카라마조프 씨, 당신은 곧 무언가 아시게 될 거예요. 아아, 이런, 내가 당신을 붙잡고 말았군요!」 콜랴는 갑자기 열을 올리며 소리쳤다. 「이런 혹한에 프록코트 한 벌만 입으셨는데 내가 당신을 붙잡다니. 보시다시피, 보시다시피 난 이렇게 이기주의자랍니다! 아아, 우린 모두 이기주의자잖아요, 카라마조프 씨!」

「걱정하지 마, 사실 날씨가 춥긴 하지만 난 감기에 걸리진 않았으니까. 아무튼 가자고. 그런데 자네 이름이 뭐지? 그냥 콜랴라고만 알고 있는데, 그다음은 어떻게 되지?」

「니콜라이라고 해요, 니콜라이 이바노프 크라솟킨이요. 아니면 관청식으로 크라솟킨 2세라고도 하지요.」 콜랴는 무슨 까닭에선지 한바탕 웃음을 터뜨리더니 갑자기 이렇게 덧붙였다. 「물론 나는 니콜라이라는 내 이름을 증오해요.」

「아니, 어째서?」

「진부한 데다가 관청식이거든요…….」

「열세 살이지?」 알료샤가 물었다.

「열네 살이에요. 두 주일만 지나면 열네 살인데 얼마 남지 않았으니까요. 당신한테 미리 내 단점 한 가지를 고백하겠어요, 카라마조프 씨. 처음 만나는 것이니 내 성격을 단번에 알 수 있도록 해드리는 거죠. 난 사람들이 내 나이를 묻는 걸 싫어해요, 아니, 싫어하는 것 이상이죠……. 다시 말씀드려서…… 나에 대해서 묻는 것 말이에요. 예를 들면 이런 중상모략이 있는데, 지난주에 내가 예비반 학생들과 도둑놀이를 했다는 거죠. 내가 놀았다는 것은 사실이지만 나 자신을 위해서 놀았다는 것은, 나 자신의 만족을 위해서 놀았다는 것은 완전히 중상모략이죠. 그 이야기가 당신 귀에까지 들어갔을 거라는 증거도 가지고 있지만, 그건 나 자신을 위해서가 아니라 꼬마들을 위해서 놀아 준 거예요. 왜냐하면 그 애들은 내가 없으면 아무 생각도 해내지 못하기 때문이죠. 이렇게 우리 마을에서는 언제나 엉터리 같은 이야기만 나돌아 다녀요. 이곳은 유언비어의 고장이에요, 당신한테 보증할 수 있어요.」

「자기만족을 위해서 놀았다고 한들 뭐가 어떻다고 그러는 거지?」

「자기만족을 위해서라고요……. 당신도 말타기놀이를 하시나요?」

「이렇게 생각해야지.」 알료샤가 미소를 지었다. 「예를 들면 어른들은 극장에 다니는데, 극장에서도 여러 주인공의 모험이 공연되고, 때로는 강도들이나 군인들과 함께 등장하기도 하는데, 당연히 그것도 똑같은 놀이가 아닐까? 그렇다면 어린애들이 레크리에이션 시간에 즐기는 전쟁놀이나 도둑놀이 역시 어린 영혼 속에서 예술적 욕구를 잉태시키는 초보적 예술인 것이고, 그 놀이들은 때로는 극장에서의 공연보다도 더 훌륭하게 짜여 있기도 하지. 차이점이 있다면 극장에는 배우들을 보기 위해 다니지만, 그 놀이들 속에서는 아이들 자신이 배우라는 사실뿐이지. 하지만 그건 자연스러운 일 아니겠어?」

「그렇게 생각하세요? 당신 생각은 그렇단 말이죠?」 콜랴는 그를 뚫어질 듯 응시했다. 「당신은 상당히 흥미로운 생각을 말해 주셨어요. 지금 난 집으로 돌아가서 그 문제에 대해 궁리를 해봐야겠어요. 솔직히 말해 당신한테서 무언가 배울 수 있기를 기대했어요. 당신한테 배움을 청하려고 왔던 거죠, 카라마조프 씨.」 콜랴는 진실이 깃든 감동 어린 목소리로 말을 맺었다.

「난 자네한테 배우려고 했어.」 알료샤가 그의 손을 잡으며 미소를 지었다.

콜랴는 알료샤가 상당히 마음에 들었다. 콜랴에게 놀라웠던 사실은 그와 더불어 높은 수준의 이야기를 하면서 호흡을 맞출 수 있었다는 점이며, 또 그가 자신을 〈당당한 어른으로〉 대해 주었다는 점이다.

「당신한테 지금 마술을 한 가지 보여 드리죠, 카라마조프 씨. 이 역시 연극 공연이에요.」 그는 신경질적으로 웃었다. 「그것 때문에 찾아온 것이니까요.」

「우선 왼쪽에 있는 주인 방으로 가서, 거기에 자네 외투를 걸어 놓기로 하지, 방 안이 비좁고 무더우니까.」

「오, 난 잠시만 있겠어요, 안으로 들어가서 외투를 입은 채 앉아 있겠어요. 페레즈본은 여기 남아서 죽은 듯이 가만히 있을 거예요. 〈이리 와, 페레즈본, 어서 누워, 죽어!〉 보세요, 죽은 시늉을 하잖아요. 그러면 내가 먼저 들어가서 분위기를 살핀 다음에 괜찮다 싶으면, 〈이리 와, 페레즈본!〉 하고 휘파람을 불겠어요. 그때는 이놈이 당장 미친 듯이 달려오는 걸 보게 되실 거예요. 그 순간에 스무로프가 문 열어 주는 것을 잊지만 않으면 되거든요. 내가 벌써 명령을 내려 놨으니, 당신은 마술 구경이나 하세요……. 」

5 일류샤의 침대 곁에서

우리가 알고 있는 퇴역 이등 대위 스네기료프의 가족이 살고 있는 이미 설명된 그 방 안에는 그때 많은 방문객들로 인해 몹시 답답하고 비좁았다. 몇몇 소년들이 일류샤의 침대 곁에 앉아 있었다. 그들은 알료샤의 손에 이끌려 일류샤와 화해했다는 사실을 스무로프처럼 부인할 생각이었지만 그것은 엄연한 사실이었다. 이때 그는 〈송아지의 유약함〉을 드러내지 않은 채 소년들을 한 사람씩 일류샤에게 데려오는 기술을 발휘했으나, 의도적이 아니라 완전히 우연인 것처럼 꾸몄다. 그것은 일류샤의 고통을 크게 덜어 줄 수 있었다. 일류샤는 지난날 자신의 적이었던 그 소년들의 따뜻한 우정과 동정을 접하고는 크게 감동했다. 하지만 크라솟킨만 보이지 않자, 그것은 그의 마음에 커다란 부담으로 작용했었다. 만일 일류셰치카의 회고 속에 가장 가슴 아픈 것이 있다면, 그것은 과거 자신의 유일한 친구이자 보호자였던 크라솟킨을 칼로 찌른 사건이었다. 똑똑한 소년인 스무로프도 그렇게 판단했다(그는 가장 먼저 찾아와 일류샤와 화해했다). 그러나 크라솟킨은 알료샤가 〈어떤 용무〉로 찾아오고 싶어 한다는 이야기를 스무로프가 전했을 때 한마디로 문병을 거절하면서, 자신은 어떻게 처신해야 할지도, 또 누구의 충고도 필요 없다는 사실을, 그리고 환자한테 문병을 간다면 〈나름대로 생각〉이 있기 때문에 언제 찾아가야 하는지도 잘 알고 있노라고 〈카라마조프〉에게 전해 달라고 스무로프한테 부탁했었다. 그것은 이번 일요일로부터 약 2주 전 일이었다. 그래서 알료샤는 계획했던 대로 직접 그를 찾아갈 수 없었다. 그러나 알료샤는 그를 기다리는 한편, 거듭해서 스무로프를 크라솟킨에게 보냈다. 하지만 크라솟킨은 두 번이나 단호하게 거절했으며, 알료샤가 자신을 찾아오면 자신은 절대로 일류샤의 문병을 가지 않을 테니 더 이상 귀찮게 하지 말라고 알료샤에게 통고했다. 콜랴가 그날 아침 일류샤의 문병을 가기로 결심했다는 사실을 스무로프는 바로 전날에도 몰랐으며, 콜랴는 전날 저녁 스무로프와 헤어질 때에야 비로소 내일 아침 스네기료프 대위 집에 함께 갈 테니 집에서 기다리라고 갑자기 퉁명스럽게 선언했던 것이다. 그러나 예고 없이 찾아가고 싶으니 아무한테도 알리지 말라고 부탁했었다. 스무로프는 시키는 대로 했다. 실종된 주치카를 그가 데려올 것이라고 스무로프가 상상한 것은 〈살아 있는데도 찾아내지 못하면 모두 바보들〉이라고 크라솟킨이 지나가며 내뱉은 말에 근거한 것이다. 스무로프가 기회를 포착해서는 그 개에 대한 자신의 추측을 크라솟킨에게 언뜻 내비쳤을 때 그는 갑자기 화를 벌컥 내며 이렇게 말했다. 〈나한테 페레즈본이 있는데도 내가 온 읍내를 다 싸돌아다니며 남의 집 개를 찾아다니는 바보인 줄 알아? 바늘을 삼킨 개가 아직도 살아 있다고 꿈꾼단 말이지? 그건 송아지의 유약함에 지나지 않아!〉

일류샤는 지난 2주일 동안 성상 부근의 한쪽 구석에 있는 자신의 침대로부터 거의 떠난 적이 없었다. 학교는 알료샤와 마주치고 그의 손가락을 깨물었던 그날 이후로 다니지 못하고 있었다. 그러나 그는 그날부터 자리에 눕기 시작하여 한 달 동안은 가끔 침대에서 일어나 방 안과 현관 앞을 돌아다닐 수 있었다. 하지만 마침내 몸이 너무 쇠약해져서 아버지의 도움 없이는 거동조차 할 수 없게 되었다. 아버지는 그로 인해 상심할 대로 상심하여 술까지 완전히 끊고 행여 아들이 죽으면 어쩌나 하는 두려움 때문에 거의 미칠 지경이었으며, 특히 아들을 부축해서 방 안을 걷게 한 다음 다시 침대에 눕힌 후면 현관 앞 어둠침침한 구석으로 달려가 벽에 이마를 대고 일류샤의 귀에 들리지 않도록 소리를 죽여 가면서 어깨를 들먹이며 흐느꼈다.

그리고 방에 다시 돌아와서는 평소와 마찬가지로 자신의 소중한 아들을 즐겁게 해주고 위로하기 시작했다. 그는 옛날 이야기나 우스갯소리를 해주거나, 자기가 만난 적이 있는 온갖 우스운 사람들의 흉내를 내기도 하고, 동물들의 우스운 울음소리를 따라 하기도 했다. 그러나 일류샤는 아버지가 바보짓을 하거나 어릿광대 흉내를 내는 것이 몹시 싫었다. 소년은 그것이 마음에 들지 않는다는 사실을 겉으로 드러내지는 않았지만 아버지가 사회에서 멸시를 받는 사실을 고통스럽게 인식하지 않을 수 없었고, 〈수세미〉 사건과 〈악몽 같은 그날〉을 늘 가슴에 품고 있었다. 일류샤의 누나인 조용하고 착한 절름발이 니노치카도 아버지가 바보짓 하는 것을 싫어했으며(바르바라 니콜라예브나는 벌써 오래전에 페테르부르크로 강의를 들으러 떠난 뒤였다), 다만 정신 이상자인 어머니만 남편이 무슨 흉내를 내거나 우스운 몸짓을 하면 몹시 즐거워하면서 실컷 웃어 댔다. 단지 그것만이 그녀를 위안해 줄 수 있는 것이어서, 그 밖의 시간에 그녀는 이제 모든 사람들이 자기를 잊어버렸다느니, 아무도 자기를 존경하지 않고 모욕하고 있다느니 하면서 끊임없이 불평을 늘어놓으며 눈물을 흘렸다. 그러나 최근 며칠 동안 그녀는 갑자기 전혀 다른 사람처럼 바뀌고 말았다. 그녀는 종종 구석에서 일류샤를 바라보며 깊은 생각에 잠기곤 했다. 그녀는 한층 더 말수도 적어지고 조용해졌으며, 울고 싶을 때는 아무에게도 들리지 않도록 숨을 죽이고 울어 댔다. 이등 대위는 아내의 이런 변화를 눈치채고는 가슴 아픈 의구심이 솟구쳤다. 처음에 그녀는 소년들의 방문을 싫어했고, 그것이 그녀의 화만 북돋웠지만, 차차 아이들의 즐거운 환호성과 이야기 소리는 그녀를 즐겁게 만들었고, 결국 그녀도 좋아하게 되어 아이들의 발길이 끊어진다면 심한 우울증에 빠질지도 모르는 정도가 되었다. 아이들이 이야기를 하거나 장난을 치기 시작할 때면 그녀는 손바닥을 치면서 웃음을 터뜨리곤 했다. 그중 몇몇 아이들을 자기 앞으로 불러 입을 맞춰 주기까지 했다. 그녀는 특히 스무로프 소년을 좋아했다. 이등 대위로 말하면 그는 일류샤를 위로하기 위해서 찾아온 아이들의 방문을 처음부터 너무나 기쁘게 여겼고, 일류샤가 이젠 우울증에서 벗어나 어쩌면 곧 쾌유할지도 모른다는 희망까지 품게 되었다. 일류샤의 병세에 대한 온갖 두려움에도 불구하고 그는 마지막 순간까지 자기 아들이 갑자기 쾌유하리라는 사실을 잠시도 의심해 본 적이 없었다. 그는 어린 손님들을 정중하게 맞아들였고, 그 주변을 왔다 갔다 하면서 시중을 들기도 하고 그들을 업어 주려고까지 했으며, 실제로 그렇게 하려고 했으나 일류샤가 그런 놀이를 싫어했으므로 그만두고 말았다. 그는 손님들을 위해 사탕과 당밀과자, 호두 등을 사다 주기도 하고, 차를 끓이거나 샌드위치를 만들어 주기도 했다. 여기서 지적해 둘 것은, 그 무렵 그는 내내 돈이 떨어지지 않았다는 사실이다. 알료샤의 예언대로 그는 결국 카테리나 이바노브나로부터 당시 그 2백 루블을 받았던 것이다. 그들의 집안 형편과 일류샤의 병세를 보다 자세히 알게 된 카테리나 이바노브나는 그 후 그 집을 직접 방문했고, 그들과 인사를 나누어 정신병자인 이등 대위 부인조차도 매혹시킬 수 있었다. 그때부터 그녀는 그들을 돕는 데 인색하지 않았으며, 아들이 죽지나 않을까 하는 두려움에 빠져 있던 이등 대위도 옛날의 자존심을 잊은 채 도움을 기꺼이 받아들였다. 카테리나 이바노브나의 요청으로 게르첸시투베 의사가 그 무렵 이틀에 한 번씩 왕진을 다녔으나, 왕진의 효과는 거의 나타나지 않았고 엄청나게 많은 약만 처방할 뿐이었다. 그러나 바로 그날, 그러니까 일요일 아침에 이등 대위의 집에서는 모스크바에서 명성을 날렸다는, 모스크바에서 온 새로운 의사를 기다리고 있었다. 카테리나 이바노브나가 일부러 모스크바에 편지를 써서 많은 돈을 주기로 하고 그를 초청했던 것이다. 그것은 일류셰치카를 위해서가 아니라, 나중에 때가 되면 언급하겠지만 다른 목적을 위해서였다. 그러나 어쨌든 의사가 도착했으므로 그녀는 일류셰치카를 진찰해 달라고 부탁했는데, 이등 대위는 그 소식을 이미 통보받은 상태였다. 그는 콜랴 크라솟킨의 방문을 오래전부터 기대하고 있었으나 실현되리라는 어떤 예감도 느끼지 못했는데, 마침내 그 소년이 등장하여 일류샤를 아찔하게 만들고 말았다. 크라솟킨이 문을 열고 방 안에 들어서는 순간, 이등 대위와 소년들 등 모든 사람들이 환자의 침대 주변에 둘러앉아서 방금 데려온 조그만 사냥개 종자의 강아지 한 마리를 들여다보고 있었다. 그 강아지는 어제 갓 태어난 놈으로, 실종되어 이미 죽어 버렸을 주치카를 내내 그리워하는 일류셰치카를 위로하기 위해서 이등 대위가 일주일 전부터 부탁해 놓았던 것이다. 일류샤는 이미 사흘 전부터 조그만 강아지를, 그것도 평범한 놈이 아니라 진짜 사냥개 종자를(물론 이것은 아주 중요한 사실이다) 선물하겠다는 이야기를 들어 오던 터였으므로 고마운 마음에서 그 선물에 기뻐하는 듯한 표정을 지었지만, 아버지와 친구들은 새로운 강아지가 일류샤에 의해 죽게 된 불행한 주치카에 대한 회상을 그의 마음속에서 더욱 강렬하게 되살릴 뿐이라는 사실을 분명히 알고 있었다. 강아지는 그의 곁에 누워서 꼼지락거렸고, 일류샤는 병색이 완연한 미소를 지으며 가늘고 바싹 여윈 하얀 손으로 강아지를 쓰다듬고 있었다. 강아지가 마음에 든 것은 분명했다. 그러나…… 주치카는, 주치카는 아니었다. 만일 강아지 대신에 주치카가 있다면 일류샤는 충만한 행복을 느꼈을 것이다!

「크라솟킨이야!」 콜랴가 들어오는 모습을 제일 먼저 본 소년 하나가 별안간 소리를 질렀다. 그러자 눈에 띌 만큼 심한 동요가 일어나더니 침대 양편으로 소년들이 갈라섰으므로, 갑자기 일류샤의 모습이 한눈에 들어왔다. 이등 대위는 콜랴를 향해 뛰어나갔다.

「자, 자, 어서 들어와……. 귀하신 손님!」 그는 말까지 더듬거렸다. 「일류세치카, 크라솟킨 군이 널 찾아왔어…….」

그러나 크라솟킨은 그에게 얼른 손을 내밀어 사교계의 예의범절에 대한 자신의 상당한 지식을 과시했다. 그는 무엇보다 먼저 안락의자에 앉아 있는 이등 대위 부인을 향해 얼른 몸을 돌리고는(그때 그녀는 소년들이 일류샤의 침대를 가로막고는 새로운 강아지를 보여 주지 않는다고 입이 잔뜩 튀어나와서 불평을 늘어놓고 있었다) 그녀 앞에서 한 발 뒤로 물러나 대단히 정중한 자세로 인사를 올렸으며, 이어서 니노치카 쪽으로 돌아서서 마치 귀부인을 대하듯 인사를 하는 것이었다. 그 정중한 태도는 병든 부인에게 대단히 좋은 인상을 심어 주었다.

「교육을 잘 받은 젊은이를 이제야 보게 되는군.」 그녀는 두 손을 벌리며 큰 소리로 말했다. 「다른 손님들은 서로 등에 올라탄 채 들어오거든.」

「아니, 부인, 서로 등에 올라타다니, 어떻게 그런 말씀을?」 부드러운 말투였으나 이등 대위는 아무래도 〈아내〉가 약간 걱정스럽다는 듯 더듬거렸다.

「그렇게 들어오지 않았나요? 현관에서 서로 어깨에 올라탄 후에 점잖은 집안에 들어오다니, 어깨에 올라탄 채 말이야. 대체 그런 손님이 어디 있어?」

「대체 누가, 부인, 대체 누가 그렇게 들어왔다고 그래요?」

「오늘도 이 아이는 이 아이의 무등을 타고 들어오고, 또 저 아이는 또 저 아이의 무등을 타고…….」

하지만 콜랴는 이에 개의치 않고 일류샤의 침대 옆으로 다가가 서 있었다. 환자는 눈에 확연히 드러날 정도로 창백해 보였다. 일류샤는 침대에서 몸을 일으키고는 콜랴를 빤히 쳐다보았다. 그는 두 달 동안이나 어린 옛 친구를 만나지 못했는데, 갑자기 커다란 충격에 휩싸인 채 걸음을 멈추고 말았다. 그는 이렇게 여위고 황달기가 역력한 얼굴, 놀라울 정도로 커진 것처럼 보이는 잔뜩 열이 올라 있는 두 눈, 앙상해진 두 손을 보게 되리라고는 상상도 하지 못했었다. 그는 일류샤가 아주 거칠게 자주 숨을 몰아쉬는 모습과 입술이 바싹 타들어 간 모습을 바라보며 심한 충격을 받았다. 그는 일류샤를 향해 한 걸음 다가서며 손을 내밀더니 거의 얼빠진 목소리로 이렇게 말했다.

「그래, 이 영감아…… 어떻게 지냈나?」

그러나 그의 목소리는 곧 끊어져서 평정을 유지할 수 없었고, 얼굴은 갑자기 일그러지고 또 입술 주변도 부들부들 떨리고 있었다. 일류샤는 병색이 완연한 미소를 보냈으나, 말 한마디 건넬 힘조차 없는 것 같았다. 콜랴는 별안간 손을 들어 일류샤의 머리카락을 부드럽게 쓰다듬었다.

「걱정하지 마!」 콜랴는 나직한 목소리로 말했으나, 그를 위로하려는 것도 아니었고, 또 왜 그런 소리를 했는지 그 자신도 알 수 없었다. 잠시 침묵이 흘렀다.

「이건 뭐야, 새 강아지로구나?」 콜랴는 별안간 담담한 목소리로 이렇게 물었다.

「그 — 래.」 일류샤가 숨을 헐떡이며 길게 목소리를 늘어뜨리면서 속삭였다.

「까만 코를 보니 사나운 종자가 틀림없는데, 사슬로 묶어 둬야지.」 콜랴는 모든 문제가 강아지와 그 코에 있다는 듯이 점잖고 단호한 목소리로 이렇게 지적했다. 그러나 문제는 그가 〈어린애〉처럼 울음을 터뜨리지 않으려고 가슴속의 감정을 억누르려 안간힘을 썼지만 그럴 수가 없었다는 것이다. 「좀 더 자라면 사슬로 묶어 두어야만 할 거야, 난 잘 알고 있거든.」

「굉장히 클 거야!」 소년들 중에서 한 명이 소리쳤다.

「아무렴, 사냥개니까 굉장할 거야. 송아지처럼 이만하게 크겠지.」 갑자기 여러 소년의 목소리가 들려왔다.

「송아지만큼, 진짜 송아지만큼 클 거다.」 이등 대위가 끼어들었다. 「난 일부러 저런 제일 사나운 종자를 구했지. 저놈의 어미도 굉장히 크고 사나운 데다가, 키도 마루에서부터 이만큼이나 되거든……. 앉거라, 여기 일류샤의 침대 머리맡에 앉든지, 아니면 장의자에 앉든지. 참 잘 와주었어, 자넨 귀한 손넘이고 또 오랫동안 기다리기도 했지……. 알렉세이 표도로비치와 함께 왔니?」

크라솟킨은 일류샤의 발 아래쪽에 자리를 잡고 앉았다. 그는 오는 도중에 기탄없이 이야기를 시작하려고 준비해 온 것 같았으나 지금은 완전히 실마리를 잃어버리고 말았다.

「아뇨…… 페레즈본하고 같이 왔습니다……. 지금 난 페레즈본이라고 하는 개를 데리고 있어요, 슬라브식 이름이죠. 저기에서 기다리고 있어요……. 내가 휘파람을 불면 달려올 거예요. 나도 개를 가지고 있잖아.」 그는 갑자기 일류샤를 향해 고개를 돌렸다. 「기억나니, 영감아, 주치카 말이야?」 갑자기 그는 그 질문으로 일류샤에게 활기를 불어넣었다.

일류샤의 얼굴이 일그러졌다. 그는 괴로운 표정으로 콜랴를 바라보았다. 문가에 서 있던 알료샤는 인상을 찌푸리며 주치카 이야기를 하지 말라고 고개를 내저었으나, 그는 눈치채지 못한 것인지 아니면 그러고 싶지 않았던 것인지 이야기를 계속했다.

「어디에 있을까…… 나의 주치카는?」 일류샤는 떨리는 목소리로 물었다.

「이런, 너의 주치카라고, 피유! 너의 주치카는 사라져 버렸잖아!」

일류샤는 입을 다문 채 다시 한번 콜랴를 뚫어질 듯 응시했다. 콜랴의 시선과 마주친 알료샤는 있는 힘을 다해서 다시 고개를 내저었으나, 그는 다시 눈치채지 못했다는 듯이 시선을 돌렸다.

「어디론가 달아나 버렸잖아. 그런 못된 먹이를 먹고 사라지지 않을 수 있겠니.」 콜랴는 무자비하게 말을 잘라 버렸으나 웬일인지 숨이 가쁜 것 같기도 했다. 「대신 나는 페레즈본이 있어…… 슬라브식 이름이지……. 너한테 데려왔어…….」

「필요 없어!」 일류셰치카가 별안간 한마디 내뱉었다.

「아니, 아니야, 반드시 봐야 해……. 네 마음에 들 거야. 일부러 데려왔거든……. 그 개처럼 털북숭이지……. 부인, 내 개를 이리로 불러도 좋겠습니까?」 기묘한 흥분 상태에 빠져들며 그는 별안간 스네기료프 부인을 향해 고개를 돌리면서 물었다.

「필요 없어, 필요 없어!」 일류샤는 애절하고 짜증스러운 목소리로 고함을 질렀다. 그의 두 눈에서는 분노의 빛이 타올랐다.

「아니, 자네…….」 이등 대위는 벽 옆에 있는 궤짝에 앉으려다 말고 벌떡 일어섰다. 「자네…… 다음에 하는 게 어떤가…….」 그는 이렇게 더듬거렸으나 콜랴는 막무가내로 고집을 부리며 스무로프를 향해 갑자기 이렇게 외쳤다. 〈스무로프, 문을 열어!〉 문이 열리자마자 그는 휘파람을 불었다. 그러자 페레즈본이 쏜살같이 방 안으로 뛰어 들어왔다.

「뛰어, 페레즈본, 말을 들어야지! 말 들으라니까!」 콜랴는 자리에서 벌떡 일어나 소리쳤으며, 개는 뒷발로 서서 일류샤의 침대를 향해 똑바로 자세를 잡았다. 그러자 뜻밖의 상황이 벌어지고 말았다. 일류샤가 온몸을 부들부들 떨더니 안간힘을 쓰며 페레즈본을 향해 상체를 구부리고는, 마치 얼빠진 사람처럼 넋을 잃고 그 개를 바라보기 시작한 것이다.

「이건…… 주치카야!」 그는 고통과 행복이 뒤섞인 볼멘소리로 갑자기 이렇게 소리쳤다.

「그럼 넌 어떤 개일 거라고 생각했니?」 콜랴는 있는 힘을 다해 행복에 넘치는 짜랑짜랑한 목소리로 이렇게 외치고는, 허리를 굽혀 개를 안아 올리더니 일류샤에게 내밀었다.

「잘 보라고, 영감아, 잘 봐. 한쪽 눈은 멀고 왼쪽 귀는 찢어졌어, 바로 네가 말하던 특징 그대로잖아. 난 이런 특징을 보고 이놈을 찾아낸 거야! 그때 난 금방 이놈을 찾아냈지. 이놈은 주인이 없었어, 주인이 없었다고!」 그는 이등 대위와 그의 아내, 알료샤 그리고 다시 일류샤에게 재빨리 눈길을 돌리며 이렇게 설명했다. 「이놈은 페도토프네 집 뒷마당에 있으면서 살려고 안간힘을 썼지만 아무도 먹을 것을 주지 않았어. 이놈은 시골에서 도망쳐 온 개였거든...... 그리고 내가 이놈을 찾아낸 거지...... 잘 봐, 영감아, 이놈은 그때 네가 준 빵 조각을 삼키지 않았던 거야. 만일 그걸 삼켰더라면 당연히 죽었겠지, 그렇지 않았겠어! 이렇게 살아 있는 걸 보면 뱉어 낼 수 있었던 거야. 넌 이놈이 그걸 뱉어 낸 사실을 눈치채지 못했던 거지. 혓바닥을 찔리자 뱉어 냈고, 그래서 비명을 질렀던 거야. 이놈이 비명을 지르며 달아나자, 넌 완전히 삼킨 거라고 생각했겠지. 개들은 아주 부드러운 혓바닥을 가지고 있기 때문에 비명을 지를 수밖에 없었던 거라고...... 사람보다 더 부드러운 혓바닥 말이야, 아주 부드럽거든!」 콜랴는 환희에 빛나는 밝은 표정으로 열을 올리며 외쳤다.

일류샤는 아무 말도 할 수 없었다. 그는 안색이 창백해진 채 입을 헤벌리고는 툭 불거진 왕방울만 한 눈으로 콜랴를 바라보았다. 이 순간이 어린 환자의 건강에 얼마나 고통스럽고 치명적으로 작용할 수 있는지 크라솟킨이 조금이라도 눈치챌 수 있었더라면, 그는 절대로 지금 했던 그런 장난을 치지 않았을 것이다. 그러나 방 안에 있는 사람들 중에서 알료샤를 제외하고는 아무도 그 사실을 눈치채지 못하고 있었다. 이등 대위는 누구보다도 어린애 같은 모습을 하고 있었다.

「주치카! 이게 주치카란 말이지?」 그는 기쁨에 넘치는 목소리로 소리쳤다. 「일류셰치카, 이놈이 주치카란다, 너의 주치카! 여보, 이게 주치카라는구려!」 그는 거의 눈물이 나올 지경이었다.

「나도 몰랐어!」 스무로프가 시무룩한 목소리로 외쳤다. 「그래, 내가 말했잖아, 크라솟킨 이 친구가 주치카를 찾아낼 거라고. 자, 이렇게 찾아냈잖아!」

「와아, 찾아냈군!」 누군가 다시 기쁨에 넘쳐 소리쳤다.

「크라솟킨은 대단해!」 다른 소년이 소리쳤다.

「대단해, 역시 대단해!」 소년들은 일제히 탄성을 지르며 박수를 치기 시작했다.

「자, 그만, 그만해!」 크라솟킨은 소년들의 탄성을 제지시키려고 큰 소리로 말했다. 「내가 너희들한테 자초지종을 설명할게, 어찌 된 일인지가 문제지 다른 것은 중요하지 않으니까! 난 이놈을 발견해서는 집으로 데려와 곧 숨기고 자물쇠를 채운 다음, 지금까지 누구에게도 공개하지 않았던 거야. 스무로프만이 2주일 전에 알게 되었지만, 그건 페레즈본이라고 믿게 했어. 그래서 저 애도 눈치채지 못했고, 나는 온갖 과학적 방법을 동원해서 주치카에게 여러 가지 재주를 가르쳤던 거야. 자, 봐, 어서 보라고, 이놈이 어떤 재주를 배웠는지 말이야! 영감, 난 잘 훈련된 멋진 개를 너한테 데려오려고 훈련을 시켰던 거야. 자, 영감, 이제 네 주치카가 어때! 누구 고깃덩이 가진 사람 없어요? 이놈이 배꼽을 잡게 할 멋진 재주 한 가지를 보여 줄 텐데, 고깃덩어리 한 조각 가진 사람 정말 없어요?」

이등 대위는 현관을 지나, 자기 집 식사까지 준비하는 주인집으로 열심히 달려갔다. 콜랴는 귀중한 시간을 낭비하지 않으려고 몹시 서두르며 페레즈본에게 소리쳤다. 〈죽어!〉 그러자 개는 갑자기 옆으로 쓰러져 벌렁 눕더니 네발을 하늘을 향해 뻗은 채 꼼짝 않고 죽은 척했다. 소년들은 깔깔거리며 웃어 댔고, 일류샤는 조금 전과 마찬가지로 괴로운 미소를 지으며 바라보고 있었지만, 페레즈본이 죽은 척하는 것이 누구보다도 마음에 들었던 사람은 〈엄마〉였다. 그녀는 개를 바라보며 깔깔거렸고 손가락을 퉁기며 개를 부르기 시작했다.

「페레즈본, 페레즈본!」

「절대로 일어나지 않을 거예요, 절대로.」 그것이 당연하다는 듯이 어깨를 우쭐거리며 콜랴가 소리쳤다. 「온 세상 사람들이 다 소리를 질러도 마찬가지죠. 하지만 내가 부르면 금방 일어나죠. 이리 와, 페레즈본!」

개는 벌떡 일어나 좋아 죽겠다는 듯 낑낑거리고 펄쩍펄쩍 뛰며 달려왔다. 이등 대위가 익은 쇠고기 한 점을 들고 뛰어왔다.

「뜨겁지 않은가요?」 콜랴가 고기를 받아 들며 재빨리 사무적으로 물었다. 「아니, 뜨겁진 않군. 개들은 뜨거운 것을 싫어하죠. 자, 모두들 잘 보세요. 일류샤, 잘 봐, 잘 보라고, 영감아. 넌 안 보고 있잖아? 이렇게 데려왔는데 저 애는 쳐다보지도 않는군!」

새로운 재주란 꼼짝도 않은 채 코를 길게 빼고 있는 개의 콧잔등 위에 맛있는 쇠고기 조각을 올려놓는 것이었다. 가엾은 개는 30분이 지나더라도 주인의 명령이 떨어지지 않는 한 콧잔등 위에 고기 조각을 올려놓고서 미동도 하지 않은 채 꼼짝 않고 그대로 서 있어야 했다. 하지만 지금은 페레즈본에게 잠시만 그렇게 시켰다.

「그만!」 콜랴가 이렇게 소리치자, 콧잔등 위에 놓인 고깃덩이는 어느새 페레즈본의 입속으로 들어가고 말았다. 구경꾼들은 즐거운 탄성을 질러 댔다.

「넌 정말로 개를 훈련시키기 위해 여태 찾아오지 않았던 모양이로구나!」 알료샤는 불만과 질책이 섞인 어조로 외쳤다.

「바로 그것 때문이죠.」 콜랴는 순진한 표정을 지으며 소리쳤다. 「난 이놈이 아주 훌륭해졌다는 것을 보여 주고 싶었어요.」

「페레즈본! 페레즈본!」 갑자기 일류샤가 앙상한 손가락을 퉁기면서 개를 불렀다.

「왜 그러니? 네 침대 위에 올라가게 해줄까? 이리 와, 페레즈본!」 콜랴가 손바닥으로 침대를 두드리자 페레즈본은 쏜살같이 일류샤에게로 달려왔다. 일류샤가 두 손으로 개의 머리를 부둥켜안자, 페레즈본은 순간적으로 일류샤의 뺨을 핥았다. 일류셰치카는 개를 끌어안고는 침대에 벌렁 누워 복슬복슬한 털 속에 얼굴을 파묻었다.

「오, 주여, 주여!」 이등 대위가 소리쳤다.

콜랴는 다시 일류샤의 침대에 걸터앉았다.

「일류샤, 내가 재미있는 것 한 가지 더 보여 줄게. 너에게 주려고 대포를 가져왔어. 기억나겠지? 옛날에 내가 이 대포 이야기를 하니까, 네가 〈아, 나도 보고 싶어!〉라고 했잖아. 자, 여기 내가 가져왔어.」

이렇게 말하고 나서 콜랴는 얼른 호주머니에서 구리로 만든 대포를 꺼냈다. 그 자신도 너무 행복했기 때문에 몹시 서두르고 있었다. 다른 때라면 페레즈본에 의한 효과가 사라질 때까지 참았겠지만, 지금 그는 모든 자제심을 버리고 서둘러 댔다. 〈당신들은 지금도 매우 행복하겠지만, 난 한 가지 행복을 더 드리겠습니다!〉라고 생각하는 것 같았다. 그 자신도 기쁨에 도취되어 있었다.

「난 오래전부터 관리 모로조프의 집에서 그 물건을 점찍었었지, 네 생각을 하면서 말이야, 영감, 네 생각을 하면서. 그건 그 사람한테는 아무 쓸모도 없는 것이었어, 자기 형한테서 얻었던 거야. 그래서 나는 아버지 책장에 들어 있던 『마호메트의 동족, 또는 유익한 어리석음』이란 책과 이것을 바꿨지. 검열 제도가 없던 1백 년 전에 모스크바에서 출판된 시시껄렁한 책인데, 모로조프는 그런 물건의 수집광이거든. 오히려 그 사람이 고마워하더군…….」

콜랴는 대포를 손에 든 채 사람들 앞에 내보였으므로 모두 살펴보기도 하고 즐길 수도 있었다. 일류샤도 페레즈본을 오른손으로 껴안은 채 자리에서 일어나 장난감을 바라보았다. 콜랴는 화약을 가지고 있다면서, 〈여자들만 놀라지 않는다면〉 당장이라도 시범을 보일 수 있다고 했으므로, 그 효과는 극에 달했다. 일류샤의 〈어머니〉는 장난감을 조금 더 가까이 보여 달라고 급히 간청했고, 콜랴는 당장 그렇게 해주었다. 구리 대포는 너무나도 어머니의 마음에 들어서 그녀는 곧 바퀴를 굴리기 시작했다. 어머니는 대포를 쏴도 좋으냐는 질문에 대찬성했으나, 실은 사람들이 무슨 질문을 했는지 이해하지 못하고 있었다. 콜랴는 화약과 탄환을 보여 주었다. 이등 대위는 퇴역 군인답게 화약을 아주 조금만 넣은 화약통을 다루면서 탄환은 다음 기회에 쏘라고 부탁했다. 대포는 마룻바닥에 놓여 포구가 빈 곳을 향하도록 돌려졌고, 이어서 화문에 세 개의 도화선이 꽂히자 성냥불이 그어졌다. 멋진 발사가 이루어졌다. 어머니는 몸을 부르르 떨었으나 곧 좋아서 웃음꽃을 피웠다. 소년들은 말없는 가운데 기쁨에 넘치는 표정으로 바라보았고, 누구보다도 콜랴를 바라보며 대단히 만족스러운 모습을 보이는 사람은 이등 대위였다. 콜랴는 대포를 집어서 화약, 탄환과 함께 얼른 일류샤에게 건네주었다.

「자, 네 것이야, 네 것이라고! 오래전부터 준비해 두었던 거야.」그는 몹시 행복한 기분에 사로잡힌 채 다시 한번 더 이야기했다.

「아아, 나한테 줘! 안 돼, 나한테 주는 게 더 좋아!」어머니는 갑자기 어린애처럼 애원하기 시작했다. 그녀의 얼굴에는 그것을 자기한테 주지 않을지도 모른다는 슬픈 불안감이 드리워져 있었다. 콜랴는 곤혹스러웠다. 이등 대위는 초조한 마음으로 흥분하기 시작했다.

「여보, 부인!」이등 대위는 그녀가 있는 곳으로 쫓아갔다. 「대포는 당신 거요, 당신 거라고. 하지만 일류샤더러 가지고 있으라고 하구려, 그 애가 선물을 받은 것이니까. 그렇더라도 역시 당신 거 아니오. 일류셰치카는 언제든 당신이 가지고 놀도록 내줄 거요. 둘이서 공동으로, 공동으로 소유하구려……」

「안 돼, 공동으로는 안 돼. 일류샤 것이 아니라 내 것이야.」 어머니는 마치 금방이라도 울음이 터져 나올 듯한 표정으로 계속 고집을 피웠다.

「엄마, 엄마가 가지세요, 자, 엄마가 가지세요!」일류샤가 별안간 큰 소리로 말했다. 「크라솟킨, 엄마한테 드려도 괜찮겠지?」 그는 자기 선물을 다른 사람한테 주는 것이 상대를 무시하는 행동은 아닌가 걱정하는 듯한 슬픈 표정으로, 크라솟킨을 향해 고개를 돌리며 이렇게 말했다.

「괜찮고말고!」 크라솟킨은 그 자리에서 찬성했다. 그러고는 일류샤의 손에서 대포를 집어 직접 어머니에게 정중히 건네주었다. 그녀는 너무나 감격해 눈물을 흘리기까지 했다.

「일류셰치카, 귀여운 내 아들아, 너처럼 엄마를 사랑하는 아이는 없을 거야!」 그녀는 감동 어린 목소리로 외치고 나서, 다시 자기 무릎 위에서 대포를 굴리기 시작했다.

「여보, 당신 손에 입을 맞춰 줘야 하겠군.」 남편은 그녀가 있는 곳으로 달려가 얼른 자신의 의지를 실행에 옮겼다.

「게다가 이렇게 귀여운 아이가 다 있나, 너무나 착한 아이기도 하지!」 그녀는 크라솟킨을 바라보며 고마운 얼굴로 말했다.

「화약은, 일류샤, 네가 필요한 만큼 가져다줄게. 이젠 우리가 화약을 직접 만들거든. 보로비코프가 그 방법을 알아냈어. 초석 24에 유황 10, 자작나무 숯 6의 배합으로 한꺼번에 빻은 후, 물을 붓고는 연하게 이겨서 체에 걸러 내면, 바로 그게 화약이지.」

「스무로프가 벌써 화약 만드는 법을 설명해 주었어. 하지만 아빠 말씀으로는 그건 진짜 화약이 아니래.」 일류샤가 대답했다.

「진짜 화약이 아니라고?」 콜랴는 얼굴이 빨갛게 달아올랐다. 「우리가 만든 것도 불은 붙는데. 하지만 난 잘 모르겠어…….」

「아니, 내 말은 그게 아니란다.」 이등 대위는 갑자기 죄라도 지은 듯한 표정으로 반응했다. 「사실 내 말뜻은, 진짜 화약은 그렇게 만드는 것이 아니라는 거야. 하지만 괜찮아, 그렇게 만들어도 괜찮아.」

「난 잘 몰라요, 아저씨가 더 잘 아시겠죠. 우리가 돌로 만든 크림 통에 넣고 불을 붙였더니 활활 타올라 아주 조금만 남고는 완전히 다 타버렸던 거예요. 하지만 그건 반죽이었으니 만약에 그것을 체에 거른다면……. 하지만 아저씨가 더 잘 아시겠죠, 난 잘 몰라요……. 그런데 불킨은 우리 화약 때문에 아버지한테 매를 맞았다고 하던데, 너 그 이야기 들었니?」 그는 별안간 일류샤를 향해 이렇게 물었다.

「들었어.」 일류샤가 대답했다. 그는 대단히 만족해서 콜랴의 이야기를 흥미진진하게 듣고 있었다.

「우린 화약 한 통을 만들었는데, 그 애가 침대 밑에 감춰 놓았거든. 그런데 그 애 아버지가 발견한 거야. 그러고는 화약이 터지면 어떻게 하느냐며 그 애를 때렸다는 거야. 게다가 학교에다 나를 일러바치려고도 했어. 그래서 지금 그 애는 물론 다른 애들도 나하고 어울릴 수 없게 되었지. 스무로프도 마찬가지야. 사람들 귀에 죄다 들어갔거든. 내가 〈구제 불능〉이라는 거야.」 콜랴는 경멸적인 미소를 지었다. 「모든 게 다 철도 사건에서 비롯된 거야.」

「아아, 나도 그 사건에 대해 이야기를 들었단다!」 이등 대위가 큰 소리로 외쳤다. 「자네는 어떻게 그곳에 누워 있을 수 있었지? 기차 밑에 누워 있을 때 조금도 놀라지 않았나? 무섭지 않았어?」

이등 대위는 콜랴의 비위를 맞춰 주었다.

「아니, 별로요!」 콜랴는 태연히 대답했다. 「하지만 거기서 내 명성을 더럽힌 것은 그 저주받을 거위 놈이었단다.」 그는 다시 일류샤를 향해 고개를 돌리며 말했다. 그는 이야기를 하면서 태연한 척하려고 애썼지만, 더 이상 자신을 억제하지 못하고 음조가 계속 바뀌었다.

「그래, 거위 이야기는 나도 들었어!」 일류샤는 환한 표정으로 웃음을 터뜨렸다. 「소문을 듣기는 했지만 무슨 이야기인지는 모르겠어. 정말 판사한테 재판을 받은 거야?」

「정말 어리석고도 시시껄렁한 사건에 불과해. 그런데 우리 고장에서는 대개 코끼리만 하게 부풀리거든.」 콜랴는 거리낌 없이 떠들어 대기 시작했다. 「한번은 내가 광장을 걸어가는데, 어떤 사람이 거위를 몰고 오는 거야. 나는 걸음을 멈추고 거위들을 바라보았지. 그런데 플로트니코프 가게에서 종업원으로 일하는 비시냐코프라는 이 고장 출신의 한 청년이 갑자기 나를 쳐다보면서, 〈어째서 거위들을 그렇게 바라보고 있는 거지?〉 하고 묻지 않겠어. 내가 쳐다보니까 얼굴은 둥글둥글하고 바보스럽게 생긴 데다가 스무 살가량 되어 보이는 청년이었어. 알다시피 난 민중들을 업신여기는 일이 없잖아, 민중들과 어울리기를 좋아하거든……. 우리는 민중들로부터 멀리 떨어져 있는데, 그건 자명한 이치지. 비웃으시려는 것 같군요, 카라마조프 씨?」

「아니, 절대 그렇지 않아, 난 자네 이야기에 열심히 귀를 기울이고 있어.」 알료샤는 너무나 순진한 표정을 지으며 대답했다. 그러자 의심 많은 콜랴도 순간적으로 원기를 회복했다.

「내 이론은 명백하면서도 평범해요, 카라마조프 씨.」 그는 금방 기쁨에 넘치는 어조로 급히 말했다. 「난 민중들을 믿으며, 또 민중들에게 평등권을 부여하는 걸 항상 기쁘게 생각해요. 하지만 절대 기어오르게 만들지는 않지요. 그게 sine qua non(필수 조건)이에요. 참, 내가 거위 이야기를 하고 있었지. 난 그 바보한테 고개를 돌리고는, 〈거위가 무슨 생각을 하고 있을까 생각하는 중이야〉 하고 대답했어. 그러자 그자는 정말 멍청한 시선으로 날 쳐다보면서, 〈그래, 거위가 무슨 생각을 하고 있다고 말하던?〉 하잖아. 그래서 〈자, 저기 보이지, 귀리 실은 짐마차 말이야. 자루에서 귀리가 흘러내리고 있는데, 거위가 바퀴 밑으로 목을 빼고는 먹이를 쪼아 먹고 있잖아〉라고 했더니, 〈나도 보고 있어〉라고 대답하는 거야. 나는 〈그럼 지금 짐마차를 앞으로 끌어당기면 모가지가 바퀴에 거의 잘릴까 말까?〉라고 물었지. 그자는 〈틀림없이 잘리겠지〉라고 대답하며 입을 딱 벌린 채 싱글거리면서 순순히 동의하지 않겠어? 그래서 나는 〈이봐, 그렇다면 같이 가서 해보자〉라고 했더니, 〈그래, 좋아〉라고 대답하는 거야. 준비하는 데는 시간이 얼마 걸리지 않았어. 그자는 몰래 고삐 옆에 섰고, 나는 거위를 유인하기 위해 그 옆에 있었지. 그때 농부는 한눈을 팔면서 누군가와 이야기를 나누고 있었기 때문에 나는 거위를 유인할 필요도 없었어. 거위가 귀리를 쪼아 먹으려고 스스로 목을 마차 바퀴 밑에 디밀었지. 내가 윙크를 하자 그 바보는 고삐를 잡아당겼고, 바지직 소리를 내며 거위의 목은 잘리고 말았어! 그 순간 농부들이 우리를 돌아보면서 일제히 〈네가 일부러 그랬지!〉라고 떠들어 대는 거야. 〈아니, 일부러 그런 게 아니에요!〉 하고 대답하자, 〈치안 판사한테 끌고 가야 해!〉라고 떠들면서 나까지 붙잡아 갔어. 〈너도 그 자리에 있으면서 도와주었지. 네 녀석의 소행은 시장 사람들이 다 알고 있어!〉라고 윽박지르면서 말이야. 어찌 된 일인지, 사실 나는 온 시장에 소문이 자자했거든.」 콜랴가 의기양양하게 덧붙여 말했다. 「우리 두 사람은 치안 판사 앞에 끌려갔어, 거위와 함께 말이야. 그 젊은 녀석은 겁을 먹고는 계집애처럼 엉엉 우는 게 아니겠어. 그러자 거위 주인은 〈거위들을 몇 마리나 그따위 식으로 깔아뭉개야 속이 시원하겠어!〉라고 악을 쓰는 거야. 물론 증인들도 있었어. 치안 판사는 금방 사건을 종결시키더군. 거위값으로 바보 청년에게 1루블을 부과하고, 거위는 그자더러 가져가라는 것이었지. 그러고는 앞으로 절대 그런 장난을 쳐서는 안 된다고 타일렀어. 하지만 바보 청년은 계속해서 계집애처럼 엉엉 울어 대면서, 〈내가 그런 게 아니라, 저 애가 시켜서 그런 거란 말이에요〉라고 하면서 나를 가리키는 게 아니겠어. 나는 내가 시킨 게 아니라 기본적인 생각을 표현하면서 계획을 이야기했을 뿐이라고 아주 냉정하게 대답했지. 치안 판사 네페도프는 빙그레 미소를 짓더니, 곧 자신이 그런 미소를 지은 데 대해 정색을 하면서, 〈앞으론 그런 계획을 다시 세우지 못하고, 그 대신 책상에 앉아 공부만 하도록 네 소행을 학교 당국에 통지해야겠다〉라고 내게 말하는 거야. 치안 판사는 학교 당국에 통지하지는 않았어, 그건 농담이었거든. 하지만 그 사건은 곧 소문이 퍼졌고, 마침내 학교 당국에 들어가게 되었지. 우리 고장 사람들은 귀가 밝잖아! 특히 고전 문학 선생인 콜바스니코프도 들고일어났지만, 다르다넬로프 선생이 다시 반대했지. 그런데 콜바스니코프 선생은 심술궂은 당나귀처럼 모든 사람들을 못살게 굴잖니. 일류샤, 넌 그 선생이 결혼한다는 소문을 들었을 거야. 1천 루블을 지참금으로 가져온 미하일로프 집의 딸을 데려왔는데, 그 여자는 세상에 둘도 없는 추녀라는 거야. 그래서 3학년 학생들은 금방 이런 풍자시를 지었지.

　　3학년생들에게 충격적인 사건이 있으니
　　더러운 콜바스니코프가 결혼을 했다는 거라오.

이렇게 시작되는데, 정말 우스운 내용이야. 다음에 너한테 가져다줄게. 다르다넬로프 선생에 대해서는 아무 말도 하지 않겠어. 학식이 풍부한 사람이고, 그것도 대단한 학식을 가진 사람이니까. 대체로 난 그런 사람들을 존경하지, 내 편을 들었다고 해서 그러는 것이 아니야……」
「하지만 넌 트로이를 누가 창건했는지 하는 문제로 그 선생의 코를 납작하게 만들었잖아!」 그때 스무로프는 크라솟킨이 정말 자랑스럽다는 듯이 갑자기 말참견을 했다. 그는 거위 이야기가 몹시 마음에 들었던 모양이다.
「정말 그랬단 말이야?」 이등 대위가 아첨하는 어투로 말을 받았다. 「그래, 누가 트로이를 창건했느냐 하는 문제로 그랬단 말이지? 선생의 코를 납작하게 만들었다는 이야기를 듣긴 했거든. 일류셰치카가 그때 내게 말해 주었지……」
「아빠, 저 애는 모르는 게 없어요, 우리 중에서 누구보다도 뛰어나지요!」 일류셰치카가 말했다. 「저 애는 안 그런 척하고 있지만, 모든 과목에서 우리 학교에서 으뜸가는 학생이거든요……」
일류샤는 끝없는 행복감에 젖으면서 콜랴를 바라보았다.
「트로이 이야기는 실없는 소리예요, 쓸데없는 이야기였죠. 난 그 질문이 쓸모없는 것이었다고 생각해요.」 콜랴는 의기양양해하면서도 겸손하게 말했다. 그는 벌써 그런 말투로 이야기하고 있었지만, 어느 정도 불안감을 느끼고 있었다. 자신이 몹시 흥분한 상태로 지나치게 열을 올려 가며 거위 이야기를 떠들어 대는 동안, 알료샤는 내내 신중한 자세로 침묵을 지키고 있었기 때문이다. 그래서 자존심 강한 소년 콜랴는 〈저 사람이 침묵을 지키고 있는 것은 내가 자기 칭찬을 받으려 애쓰고 있다고 생각하여 나를 경멸하기 때문은 아닐까? 저 사람이 만일 그렇게 생각하고 있다면 나는……〉 하는 생각에 조금씩 마음속으로 불안감을 느끼고 있었다.

「나는 그 질문이 정말 필요 없는 것이라고 생각해요.」 그는 다시 한번 의기양양하게 말했다.

「난 누가 트로이를 창건했는지 알고 있어.」 지금까지 아무 말도 하지 않은 채 침묵으로 일관하면서 수줍음을 타던 착해 보이는 카르타셰프라는 열한 살가량 된 한 소년이 별안간 이렇게 말했다. 그는 바로 문 옆에 앉아 있었다. 콜랴는 깜짝 놀랐지만 점잖은 시선으로 그 소년을 바라보았다. 사실 〈트로이를 창건한 사람이 누구냐?〉라는 문제는 모든 학생들에게 비밀이 되어 있었고, 그 해답을 알아내기 위해서는 스마라그도프의 책을 읽어야만 했다. 그러나 스마라그도프의 책은 콜랴를 제외한 그 누구도 갖고 있지 않았다. 그런데 한번은 카르타셰프 소년이 콜랴가 한눈을 파는 사이에 여러 책 사이에 놓여 있는 스마라그도프의 책을 조용히 뒤적이다가 트로이 창건자들에 관해 언급된 대목을 발견하게 되었던 것이다. 그리고 그것은 이미 오래전 일이었으나, 트로이를 창건한 사람이 누구인지 알고 있다는 사실을 공개적으로 밝히면 무슨 일이 벌어지지 않을까, 그것 때문에 콜랴로부터 시달리지는 않을까 염려하여 계속 망설이고 있던 중이었다. 하지만 그는 지금 무슨 까닭에선지 더 이상 참지 못하고 발설해 버렸던 것이다. 사실 그는 오래전부터 그러고 싶어 했다.

「그래, 누가 창건했지?」 콜랴는 재빨리 그를 내려다보며 그가 정말로 알고 있다는 사실을 눈치챘다는 듯이 물으며, 그 자신도 물론 모든 결과에 대해 마음의 준비를 했다. 갑자기 방의 분위기가 어색해지고 말았다.

「트로이를 창건한 사람들은 테우케르, 다르다누스, 일리우스 그리고 트로스야.」 소년은 단숨에 이렇게 말하고 나서, 순간적으로 얼굴을 붉혔다. 그의 얼굴은 너무나 빨갛게 변했으므로 그를 바라보기가 민망할 정도였다. 하지만 다른 소년들은 그의 얼굴을 뚫어질 듯 한동안 쳐다보았으며, 이어서 갑자기 시선을 콜랴에게로 돌렸다. 그는 경멸감이 가득한 냉랭한 시선으로 그 소년을 계속 쳐다보았다.

「그 사람들이 어떻게 창건한 거지?」 마침내 그는 그 소년의 말을 인정하면서 말했다. 「도시나 국가를 창건한다는 게 어떤 의미를 갖는 거냐고? 그들이 어쨌다는 거야? 그 사람들이 찾아가서 벽돌을 한 장씩 쌓아 올렸다는 거야, 뭐야?」

웃음이 터져 나왔다. 죄를 짓고는 발그레하게 상기되었던 소년의 얼굴이 더욱 빨갛게 변했다. 그 소년은 입을 꼭 다물고 있었으며, 금방 눈물이라도 흘릴 것 같은 분위기였다. 콜랴는 잠시 그에게 그런 태도를 유지했다.

「국가의 토대가 되는 그런 역사적 사건을 설명하려면 제일 먼저 그 의미를 파악해야지.」 그는 설교 조로 단호히 잘라 말했다. 「하지만 난 계집애들의 옛날이야기 따위엔 의미를 부여하지 않아. 그리고 세계사 전체를 존중하지도 않지.」 그는 모든 사람들의 얼굴을 빙 둘러보며 별안간 태연히 덧붙여 말했다.

「세계사 전체를?」 이등 대위는 갑자기 깜짝 놀란 얼굴로 물었다.

「네, 세계사 전체를요. 그것은 인류가 범한 일련의 어리석은 행위를 연구한 것에 지나지 않아요. 난 수학과 자연 과학만을 존중하거든요.」 콜랴는 허풍을 떨면서 알료샤를 슬쩍 쳐다보았다. 이 자리에서는 단지 그의 의견만이 두려웠던 것이다. 하지만 알료샤는 내내 침묵을 지키면서 전과 마찬가지로 진지한 자세를 취할 뿐이었다. 만일 이 순간 알료샤가 무슨 이야기든 꺼냈더라면 그것이 결론이 되었겠지만, 알료샤는 그저 침묵을 지킬 뿐이었다. 〈그의 침묵은 모욕적일 수도 있다〉는 생각이 들자, 콜랴는 몹시 흥분하고 말았다.

「우리는 다시 고전어 수업을 받고 있는데, 그건 미친 짓일 뿐 그 외에 아무것도 아니에요······. 당신은 또 내 생각에 동의하지 않는 것 같군요, 카라마조프 씨?」

「동의하지 않아.」 알료샤는 미소를 지으며 신중하게 대답했다.

「내 의견이 듣고 싶다면 대답해 드리겠는데, 고전어란 치안 수단에 불과해요. 그렇지 않다면 무슨 까닭으로 버젓이 학과목으로 편입시켰겠어요?」 콜랴는 별안간 다시 조금씩 숨을 몰아쉬기 시작했다. 「고전어들을 학과목에 편입시킨 건 그것이 고리타분하기 때문이고, 또 재능을 무디게 만들기 때문이에요. 옛날에도 고리타분했지만, 더욱 고리타분하게 만들기 위해서는 어떻게 하면 좋을까? 옛날에도 난해했지만 더욱더 난해하게 만들기 위해서는 어떻게 하면 좋을까? 이런 생각에서 고전어들에 생각이 미친 것이죠. 이것이 고전어들에 대한 내 의견이에요. 그리고 난 그런 생각이 앞으로도 바뀌지 않기를 바라요.」콜랴는 단호히 결론을 내렸다. 그의 두 뺨에는 붉은 홍조가 드러나 있었다.

「그건 사실이야.」열심히 귀를 기울이던 스무로프가 별안간 확신에 가득 찬 짜랑짜랑한 목소리로 동의했다.

「하지만 라틴어 과목에서는 1등이잖아!」여러 소년 사이에서 한 소년이 이렇게 외쳤다.

「네, 맞아요, 아빠. 저 애는 저렇게 이야기하고 있지만, 우리 학교의 라틴어 과목에서도 1등이에요.」일류샤가 말했다.

「그래서 어쨌다는 거야?」콜랴는 칭찬이 듣기 좋았지만 변명할 필요성을 느꼈다.「내가 라틴어를 암기한 것은 그렇게 하지 않을 수 없었기 때문이야. 시험에 합격하겠다고 어머니와 약속했거든. 그리고 내 생각은 무슨 일이든 일단 손에 잡으면 잘해야 한다는 거야. 그러나 마음속으로는 고전주의 따위의 졸렬한 것들을 정말 경멸해……. 동의하지 않으세요, 카라마조프 씨?」

「그런데 어째서 〈졸렬하다〉는 거지?」알료샤는 다시 미소를 지으며 물었다.

「보세요, 고전 작가들의 작품들은 모두 만국어로 번역되어 있으니, 고전 작가들의 연구 때문에 라틴어를 배울 필요는 전혀 없잖아요. 단지 치안 수단으로, 재능을 둔화시키기 위해서 필요할 뿐이죠. 그런데도 졸렬하다고 하지 않을 수 있나요?」

「누가 그런 걸 다 가르쳐 줬지?」결국 깜짝 놀란 알료샤가 소리쳤다.

「첫째로, 난 가르침을 받지 않고도 스스로 이해할 수 있는 단계에 있어요. 그리고 둘째로, 내가 금방 고전 작가들의 작품이 모두 번역되었다고 말한 것은 콜바스니코프 선생이 자기 입으로 3학년 학생들 모두에게 떠들어 댄 내용이에요…….」

「의사 선생님께서 오셨어요!」 계속 침묵을 지키던 니노치카가 갑자기 소리쳤다.

실제로 호흘라코바 부인의 사륜마차가 문 앞에 다가와 멈추었다. 아침 내내 의사를 기다리던 이등 대위는 그를 맞으러 쏜살같이 대문으로 뛰어나갔다. 일류샤의 어머니는 옷매무새를 단정하게 고치고 의젓한 자세를 취했다. 알료샤는 일류샤에게로 다가가서 베개를 바로잡아 주었다. 니노치카는 안락의자에 앉은 채 그가 침대보를 매만지는 모습을 불안한 눈길로 바라보았다. 소년들은 서둘러 작별 인사를 나누기 시작했고, 그중 몇몇 아이들은 저녁때 다시 오겠다고 약속하기도 했다. 콜랴가 페레즈본을 소리쳐 부르자 페레즈본이 침대에서 뛰어내려왔다.

「난 가지 않아, 가지 않는다고!」 콜랴가 일류샤에게 황급히 말했다. 「현관에서 기다렸다가 의사가 떠난 다음에 다시 올게. 페레즈본하고 말이야.」

그때 이미 곰 가죽 외투를 걸치고 검은 구레나룻을 길게 길렀으며 턱을 반질반질하게 면도한 점잖은 풍모의 의사가 들어오고 있었다. 문지방을 넘어서던 의사는 마치 실수를 한 사람처럼 멈칫하고 걸음을 멈추었다. 그는 잘못 찾아왔다고 생각하는 것이 분명했다. 〈이게 뭐야? 내가 어딜 찾아온 거지?〉 그는 긴 모피 외투도, 물개 가죽으로 만든 차양이 달린 모자도 벗지 않고 속으로 이렇게 중얼거렸다. 많은 사람들, 구석 빨랫줄에 빨래들이 주렁주렁 널린 방 안의 초라한 모습에 그는 머리가 혼란스러워지고 말았던 것이다. 이등 대위는 의사 앞에서 머리가 땅에 닿을 정도로 허리를 굽혔다.

「여깁니다, 여기요.」비굴한 목소리로 그는 중얼거렸다.「여기가 저희 집입니다, 선생님께서는 저희 집에 오시기로…….」

「스네기료프 씨입니까?」의사는 점잖은 말투로 크게 소리쳤다.「당신이 스네기료프 씨입니까?」

「바로 접니다!」

「아니, 이럴 수가!」

의사는 혐오스러운 눈초리로 다시 방 안을 둘러보고 나서 외투를 벗어 던졌다. 그의 목에서 번쩍이는 멋진 훈장이 사람들의 시선을 끌었다. 집어 던진 외투를 이등 대위가 받아 들자, 의사는 모자를 벗었다.

「환자는 어디에 있소?」그는 정말 큰 소리로 물었다.

6 조숙(早熟)

「의사가 저 애한테 무슨 이야기를 할 것 같으세요?」콜랴가 빠른 어조로 말했다.「정말 혐오감을 주는 인상이에요, 그렇지 않으세요? 난 지금 의사와 상종하기도 싫어요!」

「일류샤는 죽을 거야. 어쩐지 그런 생각이 든단다.」알료샤는 슬픈 목소리로 대답했다.

「사기꾼이에요! 의사들이란 사기꾼이에요! 하지만 당신을 알게 돼서 기뻐요, 카라마조프 씨. 오래전부터 당신과 친하게 지내고 싶었거든요. 단지 우리가 이렇게 슬픈 자리에서 만나게 된 것이 유감스러울 뿐이에요…….」

콜랴는 좀 더 열렬히 속마음을 털어놓고 싶었으나, 어쩐 일인지 위축되고 있었다. 알료샤는 그것을 눈치채고 미소를 지으며 그의 손을 잡았다.

「난 오래전부터 당신이 존경할 만한 분이라는 이야기를 들어 왔어요.」콜랴는 다시 말을 더듬으며 중얼거렸다. 「당신은 신비주의자이고 수도원에 있었다는 소문도 들었지요. 난 알고 있어요, 당신이 신비주의자이기는 하지만…… 그건 제게 아무 상관도 없어요. 현실과 부딪히다 보면 당신은 치유되실 테니까…… 당신과 같은 천성을 가진 사람은 언제나 그렇거든요.」

「어째서 날 신비주의자라고 부르는 거지? 그리고 무엇을 치유한단 말이지?」알료샤는 약간 놀라고 있었다.

「거기에는 신이라든가 하는 것들이 있지요.」

「아니, 자넨 신을 믿지 않는다는 건가?」

「그게 아니에요. 난 결코 신에 반대하는 입장을 가지고 있진 않아요. 물론 신이라는 가정이 존재하지요……. 하지만…… 나는 신이 질서를 위해서…… 세계 질서나 그 밖의 것들을 위해서 필요하다는 사실을 인정해요……. 만일 신이 존재하지 않는다면 만들어 내기라도 해야겠지요.」콜랴는 얼굴을 붉히면서 덧붙였다. 갑자기 그는 지금 자신이 지식을 과시하며, 또 〈성인〉이라는 사실을 드러내고 싶어 할 따름이라고 알료샤가 생각할지도 모른다는 판단이 들었던 것이다. 〈하지만 이 사람 앞에서 내 지식을 과시할 생각은 추호도 없어〉 하는 생각에 콜랴는 불끈 화가 치밀었다. 그러자 그는 갑자기 상당히 불쾌한 기분이 들었다.

「솔직히 말씀드리면, 지금 난 이런 시시콜콜한 언쟁을 시작하고 싶지 않아요.」 그는 단호한 목소리로 말했다. 「신을 믿지 않는다고 해서 인류를 사랑할 수 없는 것은 아니겠죠, 안 그런가요? 볼테르도 신을 믿지 않았지만 인류를 사랑하지 않았던가요?(《다시, 다시 그런 이야기를 하다니!》 하고 그는 속으로 생각했다.)」

「볼테르는 신을 믿었어. 하지만 내 생각에는 완전히 믿은 것은 아니고, 또 인류도 약간만 사랑했던 것 같은데.」 알료샤는 마치 자기와 동년배 혹은 손윗사람과 대화를 나누기라도 하듯 조용하고 겸손하며 아주 자연스럽게 말했다. 아무래도 볼테르에 관한 견해에 자신이 없는 듯, 그 문제의 해답을 어린 콜랴에게 구하려는 알료샤의 그런 태도에 콜랴는 깜짝 놀라고 말았다.

「그런데 정말 볼테르를 읽기는 한 거냐?」 알료샤는 이야기의 매듭을 지으려 했다.

「아뇨, 읽지는 않았어요……. 그렇지만 『캉디드』 러시아어 번역본은 읽었어요……. 괴상망측하고 우스꽝스러운 낡은 판본인데…….(이런, 또다시 그런 이야기를 하고 말았어!)」

「이해는 했니?」

「그럼요, 모두 다요……. 다시 말해서…… 그런데 내가 이해하지 못했을 거라고 생각하시나요? 물론 거기에는 추잡한 내용이 많지요……. 난 이해할 수 있어요, 그것이 철학 소설이고 어떤 사상을 언급하기 위해 쓰였다는 것을…….」 콜랴는 완전히 혼란에 빠지고 말았다. 「난 사회주의자예요, 카라마조프 씨, 철저한 사회주의자라고요.」 그는 갑자기 밑도 끝도 없는 이야기를 내뱉었다.

「사회주의자라니?」 알료샤는 미소를 지었다. 「언제 그렇게 되었지? 자넨 이제 겨우 열세 살 정도밖에 안 되어 보이는데?」

콜랴는 기가 죽고 말았다.

「첫째, 난 열세 살이 아니라, 열네 살이에요. 2주일 후면 열네 살이 된단 말이에요.」 그는 얼굴이 홍당무처럼 빨갛게 변했다. 「둘째, 그 문제가 나이와 무슨 상관이 있는지 전혀 이해할 수 없어요. 요컨대 제 신념이 어떤 것이냐가 문제지, 제 나이가 몇 살인지가 문제는 아니잖아요?」

「자네가 나이를 더 먹게 되면 나이가 신념에 어떤 의미를 갖게 되는지 알게 될 거야. 내 생각에 그건 자네 자신의 견해가 아닌 듯싶은데.」 알료샤는 겸손하면서도 나직한 목소리로 대답했지만, 콜랴는 성을 내며 이야기를 가로챘다.

「당치도 않아요, 당신은 복종과 신비주의를 원하시는 거예요. 예를 들면 신비주의적 신앙이 비천한 계층을 노예 상태로 묶어 두기 위해서 부자들과 권력가들에게만 봉사하고 있다는 사실은 인정하시겠지요, 그렇지 않은가요?」

「아하, 자네가 그걸 어디서 읽었는지 알겠어. 누군가 가르쳐 준 게 틀림없어!」 알료샤가 소리쳤다.

「천만에요, 어째서 책을 읽은 거라고 단정하시는 거죠? 아무도 가르쳐 주지 않았어요. 나 스스로도 생각해 낼 수 있어요……. 그리고 난 그리스도를 부정하지 않아요. 그는 대단한 휴머니스트였어요. 만일 우리 시대에 산다면 틀림없이 혁명가들 사이에 뛰어들어 아마도 멋진 역할을 해냈을 거예요……. 이건 틀림없는 사실이에요.」

「어디선가, 어디선가 그런 이야기를 주워들은 게로군! 대체 어떤 바보 천치하고 사귀는 거지?」 알료샤가 소리를 질렀다.

「좋아요, 사실대로 말하겠어요. 우연한 기회를 통해 라키틴 씨와 자주 이야기를 나누게 되었죠, 하지만…… 벨린스키[2] 노인도 그렇게 말했다고 하던데요.」

「벨린스키라고? 기억나지 않는구나. 그는 그런 글을 쓴 적이 없어.」

「만일 글로 쓰지 않았다면, 사람들 말대로 이야기로 했겠죠. 난 그런 이야기를 어떤 사람한테 들었어요……. 젠장할…….」

「그렇다면 벨린스키는 읽었니?」

「글쎄…… 그렇진 않아요……. 전혀 읽지 못했어요, 하지만…… 타티야나가 오네긴[3]과 함께 떠나지 않았던 입장에 대해서는 읽었어요.」

「어째서 오네긴과 함께 떠나지 않았지? 정말이지, 자넨 벌써 그런 것을…… 이해하고 있나?」

「이럴 수가, 당신은 나를 스무로프 같은 애송이로 알고 계시는군요.」 콜랴는 모욕감에 씩씩거렸다.

「하지만 나를 그런 혁명가로 여기지는 마세요. 나는 라키틴 씨와는 자주 의견을 달리하거든요. 타티야나 이야기를 꺼내긴 했지만 그렇다고 여성 해방론자는 결코 아니니까요. 여자란 예속되어 있으니 복종해야 하는 존재라는 것은 나도 인정해요. 나폴레옹은 이렇게 말했죠, Les femmes tricottent(여자들은 뜨개질이나 하면 된다고).」 콜랴는 알쏭달쏭한 미소를 지었다. 「적어도 그 문제에서는 난 그 거짓 위인의 확신에

---

[2] 근대 러시아 문학을 정립한 19세기의 진보적 문학 비평가.
[3] 러시아의 문호 푸시킨의 대표적 운문 소설 『예브게니 오네긴』의 남녀 주인공. 주인공 오네긴은 시골 처녀 타티야나의 사랑을 거부하다가 그녀가 사교계의 중심인물이 된 후 사랑을 구한다.

철저히 공감하지요. 예를 들면 조국을 버리고 아메리카로 달아나는 것은 졸렬한 짓, 아니 졸렬하다기보다는 어리석은 짓이라고 생각하거든요. 인류를 위해 해야 할 유익한 일이 무궁무진한 이 시점에 아메리카로 가기는 왜 갑니까? 바로 지금 말입니다. 유익한 활동이 얼마든지 있지 않습니까. 난 이렇게 대답해 왔죠.」

「그렇게 대답하다니? 누구한테? 누군가 자네에게 함께 아메리카로 가자고 했다는 말인가?」

「솔직히 말해서, 날 유혹했지만 거절했어요. 물론 이건 우리만의 이야기이니, 카라마조프 씨, 아무한테도 말하지 마세요. 당신한테만 말씀드리는 거예요. 나는 제3과[4]에 발목이 잡혀서 현수교 옆에서 훈계를 받고 싶지는 않으니까요.

　　현수교 옆에 서 있는
　　건물을 기억하게 되리라!

생각나시죠? 멋진 구절 아닌가요? 어째서 웃고 계신 거죠? 내가 거짓말을 하고 있다고 생각하시는 것은 아니겠죠?(우리 집에 있는 아버지 서재에는 책이라곤 잡지 『종소리』[5] 한 권뿐이어서 다른 책이라곤 읽어 보지 못했다는 사실을 카라마조프가 알면 어쩌지!)」 콜랴는 불현듯 생각이 여기에 미치자 초조해졌다.

「아, 아니야. 난 웃지도 않았고, 자네가 날 속이고 있다고

---

[4] 제정 러시아 시대의 악명 높은 비밀경찰.
[5] 러시아의 19세기 대표적인 혁명 사상가가 런던 망명 중에 발간한 반정부 잡지.

생각하지도 않았어. 그렇게 생각하지 않는 것은 바로 모든 것이 사실 그대로이기 때문이지! 그런데 대답해 주겠어, 푸시킨은 읽었니? 『오네긴』 말이야……. 조금 전에 타티야나 이야기를 하지 않았니?」

「아뇨, 아직 못 읽었어요. 하지만 읽고 싶어요. 난 편견을 갖고 있지 않아요, 카라마조프 씨. 난 양쪽의 입장을 다 듣고 싶어요. 그런데 어째서 그런 질문을 하시는 거죠?」

「그냥.」

「말씀해 주세요, 카라마조프 씨, 당신은 나를 몹시 경멸하고 계신 거죠?」 콜랴는 마치 방어 자세를 취하듯 떡 버티고 서서 단호히 말했다. 「제발 거짓말은 하지 마세요.」

「내가 자넬 경멸한다고?」 알료샤는 깜짝 놀라 그를 바라보았다. 「무엇 때문에? 난 자네처럼 매력적인 성품을 가진 사람이 아직 제대로 살아 보기도 전에 그런 못된 견해 때문에 삐뚤어지는 게 안타까울 따름이야.」

「내 성품에 대해선 걱정하실 것 없어요.」 콜랴는 적이 만족스러워하면서 말을 가로막았다. 「내가 의심이 많은 것은 사실이지요. 너무나, 너무나 의심이 많아요. 당신이 조금 전에 미소를 지었을 때, 내 눈에 당신은 마치…….」

「아하, 난 전혀 다른 뜻으로 웃은 건데. 그렇다면 내가 웃은 이유를 들어 보겠니. 얼마 전 나는 러시아에 사는 어떤 독일인이 오늘날의 젊은 학생들에 관해 쓴 글 한 토막을 읽은 적이 있거든. 그 독일인은 〈천체에 대해 아무 지식도 없는 러시아 초등학생에게 천체 지도를 보여 주시오. 그러면 그 애는 다음 날 그 지도를 수정해 가져올 것입니다〉라고 썼어. 그는 아무 지식도 없으면서 쓸데없는 자만심으로 가득 찬 러시아 초등학생들에 대해 이야기하고 싶었던 거야.」

「아, 그건 정말 그래요!」 콜랴는 갑자기 깔깔거렸다. 「정말 딱 들어맞는 말이에요! 그 독일인은 멋지군요! 하지만 외국인이라서 좋은 면은 보지 못한 것 아닐까요? 자만심이란 젊음에서 나오는 것이므로 그걸 고쳐야 한다면 자연히 고쳐지겠죠. 하지만 그건 권위 앞에서 설설 기는 그 소시지 족속들[6]의 노예근성이 아니라, 어린 시절부터 형성된 독립심이고 사상과 확신에 대한 대범함이겠지요……. 그러나 어쨌든 그 독일인은 말 한번 잘했어요! 그 독일인 정말 멋져요! 독일인들의 숨통을 끊어 놔야 하지만 말이에요. 그들이 과학에서는 강한 면모를 보이고 있지만, 그래도 숨통을 끊어 놔야 해요…….」

「왜 숨통을 끊어 놓아야 한다는 거지?」 알료샤는 미소를 지었다.

「별소리를 다 늘어놓은 것 같군요. 부인하진 않겠어요. 나는 종종 철부지 어린애가 되지요. 그래서 기분이 좋을 때면 별 시시콜콜한 이야기를 다 까발리거든요. 한데 우리가 여기서 쓸데없는 이야기를 지껄이는 동안에도 의사는 꽤나 오랫동안 지체하는군요. 어쩌면 〈어머니〉와 절름발이 니노치카까지 진찰하고 있는지 모르겠네요. 난 니노치카가 마음에 들어요. 집에서 나올 때 그 애는 나한테 이렇게 속삭였죠. 〈어째서 더 전에 오지 않았죠?〉라고 말이에요. 그 목소리는 마치 주사로 찌르는 듯했어요! 정말 너무나 착하고 불쌍한 아이 같아요.」

「그래, 맞았어! 이 집에 출입하다 보면 그 애가 어떤 사람인지 알게 될 거야. 이 사람들과 알고 지내는 건 아주 유익한

6 독일인들을 비꼬는 말.

일이 될 거야. 그 사람들과 사귀다 보면 다른 많은 것들의 가치를 발견할 수 있을 테니까.」 알료샤는 열을 올리며 말했다. 「무엇보다도 그것이 자네를 변화시켜 줄 거야.」

「좀 더 일찍 오지 못한 것이 안타깝고 후회스러워요!」 콜랴는 감정이 달아오르면서 소리쳤다.

「그래, 정말 안타까운 일이지. 그 가엾은 아이한테 자네가 얼마나 큰 기쁨을 주었는지 자네도 보았겠지! 또 그 애가 자네를 얼마나 애타게 기다리며 마음 아파했던가도 말이야!」

「아무 말씀도 하지 마세요! 그건 나를 괴롭히시는 거예요. 나로선 어쩔 수 없었어요. 자존심 때문에, 평생을 살아가면서 자신을 망쳐 버린다고 해도 헤어나지 못할 이기적이면서도 비열한 자존심 때문에 오지 않았던 거니까요. 이제 난 그 사실을 알게 되었어요. 여러 면에서 나는 나쁜 놈이에요, 카라마조프 씨!」

「아니야, 자넨 삐딱하긴 해도 고운 심성을 가지고 있어. 어째서 자네가 착하고 병들어 누운 그 감수성 풍부한 소년에게 그런 영향을 미칠 수 있는지 난 잘 알고 있거든!」 알료샤는 열을 올리며 대답했다.

「당신도 내게 그렇게 말씀하시는군요!」 콜랴가 소리쳤다. 「그런데도 난, 난 지금 이 자리에서도 이미 여러 차례나 당신이 나를 경멸하고 있다고 생각했어요! 내가 당신의 말씀을 얼마나 존중하고 있는지 알아주셨으면 좋겠어요!」

「하지만 자네는 정말로 의심이 많잖아? 그 나이에도 말이야! 방에 있을 때 자네가 이야기하는 모습을 바라보면서, 난 자네가 정말 의심이 많은 아이라고 생각했거든.」

「벌써 그렇게 생각하셨군요! 당신 눈은 정말 대단하네요,

그걸, 그걸 눈치채셨단 말이죠! 그건 틀림없이 내가 거위 이야기를 할 때였을 거예요. 그때 당신이 내가 철부지처럼 자기 과시를 한다고 경멸하실 거라고 생각했거든요. 그래서 나도 그런 당신이 혐오스러워서 횡설수설했지요. 그러고 나서 그 자리에서〈만일 신이 존재하지 않는다면 만들어 내기라도 해야 한다〉고 말했을 때도 나는 내 지식을 과시하고 싶은 마음을 참지 못한다는 생각이 들었어요(지금 여기서도 마찬가지지만). 그 구절은 책 속에서 읽은 것이면서도 말이에요. 하지만 맹세코 허영심 때문에 과시를 하고 싶었던 것이 아니라, 나도 잘 모르겠지만, 아마도 너무 기쁜 나머지, 너무 기쁜 나머지……. 기쁘다고 해서 목을 길게 빼고 사람들에게 떠들어 댄다면 정말 부끄러운 짓이겠죠. 그건 알고 있어요. 그 대신 지금은 당신이 날 경멸하지 않는다는 것을 확신하게 되었어요. 그건 모두 나 혼자만의 생각에 지나지 않았어요. 오, 카라마조프 씨, 나는 정말 불행해요. 왠지 모르게 이따금씩 세상 사람들이, 온 세상이 나를 비웃고 있다는 생각이 들기도 하고, 그럴 때면 모든 세상 질서를 무너뜨리고 싶은 마음이 들거든요.」

「그때는 주변 사람들을 괴롭히겠지.」 알료샤가 미소를 지었다.

「주변 사람들을, 특히 어머니를 괴롭힌답니다, 카라마조프 씨. 나는 정말 우스꽝스러운 놈이죠?」

「절대로, 절대로 그렇게 생각해서는 안 돼!」 알료샤가 소리쳤다. 「우스꽝스럽다는 게 대체 뭔가? 사람은 종종 우스꽝스러운 짓을 하거나 우스꽝스럽게 보이는 법이잖아? 그뿐만 아니라, 요즘 재능 있는 사람들은 거의 모두가 우스꽝스러워지는 것을 상당히 두려워하는데, 그 때문에 불행한 거야. 자네가 그토록 이른 나이에 그걸 느끼고 있다는 사실이 난 무척 놀라울 뿐이야. 난 이미 오래전부터 그걸 주목해 왔지만 그건 자네들만의 문제가 아니야. 요즘은 거의 모든 아이들이 그런 공포에 빠져들고 있거든. 거의 광적인 현상이라고나 할까. 악마가 자존심 속에 침투해 들어간 거야, 모든 세대 속에 비집고 들어간 거라고, 바로 악마가 말이야.」 알료샤는 콜랴를 향해 보내던 미소를 멈추고 이렇게 덧붙였다. 「자네도 다른 사람들과 마찬가지야.」 알료샤는 결론을 내렸다. 「물론 다른 많은 사람들과 마찬가지이긴 하지만, 다른 사람들처럼 되어서는 안 된다 이 말이야.」

「모든 사람들이 다 그런데도 말이죠?」

「그래, 모두가 다 그렇다고 해도 마찬가지야. 자네만은 그래서는 안 돼. 사실 자넨 다른 사람들과 같지도 않아. 조금 전에 자네는 어리석고 우스꽝스러운 존재라는 사실을 인정하면서 부끄러워하지 않았어. 지금 그걸 깨닫는 사람이 있을까? 아무도 없어. 스스로 반성할 필요조차 느끼지 않잖아. 다른 사람들과 같아져서는 안 돼. 자네 혼자만이 그렇지 않은 사람으로 남는다고 해도, 그래서는 안 돼.」

「훌륭하시군요! 내가 잘못 본 게 아니에요. 당신은 사람들을 위로하는 능력을 갖추셨어요. 오, 난 얼마나 당신에게 마음이 끌렸었는지 몰라요, 카라마조프 씨! 정말 당신을 만나고 싶었어요! 당신도 내 생각을 하셨다는 것이 사실인가요? 조금 전에 말씀하셨지요, 당신도 내 생각을 하셨노라고?」

「그래, 난 자네 이야기를 들었고, 또 자네 생각을 했었지……. 그런 질문을 던지는 것이 어느 정도는 자네 자존심 때문이라고 하더라도 상관없어.」

「카라마조프 씨, 우리의 대화는 마치 사랑 고백과 흡사하군요.」 콜랴는 수줍어하면서도 누그러든 목소리로 말했다. 「우습지 않으세요, 그렇지 않은가요?」

「조금도 우습지 않아. 설령 우습다 할지라도 별거 아니야. 왜냐하면 그리 나쁜 일이 아니기 때문이지.」 알료샤는 환한 미소를 지었다.

「카라마조프 씨, 지금 나와 함께 있는 것을 창피하게 여기시는 것 같군요…… 그 눈빛으로 알 수 있어요.」 콜랴는 어딘지 교활하면서도 행복감에 젖은 채 미소를 지었다.

「어째서 창피하다는 거지?」

「그렇다면 왜 얼굴을 붉히시는 거죠?」

「자네가 얼굴을 붉히게 만들었으니 그렇지!」 알료샤는 미소를 짓고 있었으나 정말 얼굴이 빨갛게 물들어 있었다. 「그래, 조금 창피하다는 생각이 들기는 하는데, 왠지 그 이유를 모르겠어, 정말 모르겠어…….」 그는 당황해하며 중얼거렸다.

「아, 나는 당신을 얼마나 사랑하며, 또 지금 이 순간 당신을 얼마나 존중하는지 몰라요, 그건 다름 아니라 나로 인해 창피한 생각이 드셨기 때문이죠! 당신도 나와 똑같은 입장이기 때문이에요!」 콜랴는 기쁨에 넘쳐 소리쳤다. 그의 두 뺨은 달아올랐고, 두 눈은 영롱하게 빛났다.

「그렇지만 콜랴, 자넨 한평생 불행한 사람이 될 거야.」 무슨 까닭에선지 알료샤는 별안간 이런 말을 내뱉었다.

「알아요, 알고 있어요. 정말 당신은 앞날을 잘 내다보시는군요!」 콜랴가 즉시 시인했다.

「그러나 아무튼 인생을 찬미하겠지.」

「바로 그거예요! 만세! 당신은 예언자시군요! 오, 우린 서로 만나게 될 거예요, 카라마조프 씨. 내 마음을 사로잡은 것은 무엇보다도 당신이 나를 동등한 수준에서 대해 주셨던 일이죠. 우리는 동등하지 않아요, 절대로, 동등한 것이 아니라 당신 수준이 훨씬 높아요! 하지만 우리는 만나게 될 거예요. 지난 한 달 동안 나는 속으로 이렇게 중얼거렸죠. 〈당신과 나는 영원히 친구로 지내거나, 아니면 처음부터 죽을 때까지 원수가 될 거야!〉라고 말이에요.」

「그렇게 말했던 걸 보면 틀림없이 날 사랑했던 모양이로군!」 알료샤는 유쾌하게 웃었다.

「사랑했어요, 너무나 사랑했고, 사랑했기에 당신을 꿈꾸기도 했어요! 그런데 당신은 어떻게 앞날을 내다보죠? 아, 의사가 나오는군요. 저런, 저 사람이 무슨 말을 할 건지, 저 얼굴 좀 잘 보세요!」

7 일류샤

의사는 긴 털 코트를 걸치고 챙이 달린 모자를 머리에 눌러쓴 채 오두막집 밖으로 나왔다. 그의 얼굴은 잔뜩 화가 난 것처럼 보였고, 무엇인가 몸에 닿는 것을 겁내는 듯이 불쾌한 표정이었다. 그는 현관을 대충 훑어보다가, 순간 알료샤와 콜랴에게 따가운 눈길을 보냈다. 알료샤가 문에서 마부에게 손을 흔들자 의사를 싣고 왔던 마차가 출입구 쪽으로 다가왔다. 이등 대위는 의사의 뒤를 부랴부랴 뒤쫓아 나와 그에게 용서라도 구하듯 연신 허리를 굽실대며 최후의 한마디를 들으려고 의사를 붙잡았다. 가엾은 그의 얼굴은 사색이 되었고, 두 눈은 당황하는 기색이 역력했다.

「각하, 각하……. 그게 정말입니까?」 그는 말문을 열었으나 미처 끝맺지 못하고 절망스럽게 두 손을 꼭 쥐었다. 마지막 애원의 눈길로 의사를 바라보며, 지금 그의 말 한마디면 불쌍한 자식에 대한 심판이 바뀔 수 있다고 정말 믿고 있는 듯했다.

「난들 어찌하겠소, 신도 아닌데!」 의사는 습관적으로 동조하는 듯한 목소리로 대답했으나 퉁명스러운 말투였다.

「의사…… 각하…… 얼마 남지 않았다는, 얼마 남지 않았다는 말씀인가요?」

「모든 준비를 다 해두시오.」 의사는 한마디 한마디 힘을 주어 가며 말하더니, 시선을 떨군 채 문지방 너머에 있는 마차로 발걸음을 옮기려 했다.

「각하, 제발 부탁입니다!」 이등 대위는 다시 황망히 의사의 걸음을 멈춰 세웠다. 「각하! 정말, 이제는 정말 구해 낼 방도가 없다는 말씀이신가요!」

「내가 어떻게 할 수 있는 문제가 아니오.」 의사는 짜증스러운 목소리로 말했다. 「하지만, 흐음.」 그는 갑자기 가던 걸음을 멈추었다. 「예를 들어 만일 당신이…… 환자를…… 지금이라도 지체하지 않고(의사가 〈지금이라도 지체하지 않고〉라는 말을 화가 나기라도 한 듯 위엄 있는 목소리로 말했으므로 이등 대위는 몸을 부르르 떨었다) 시라쿠자로…… 보낼 수 있다면…… 온화하고 새로운 기후 조건 때문에라도…… 어쩌면 좋은 결과가 일어날 수도 있겠지요…….」

「시라쿠자로요!」 이등 대위는 무슨 말인지 하나도 이해하지 못한 것처럼 외마디 탄성을 질렀다.

「시라쿠자는 시칠리아섬에 있어요.」 콜랴가 말뜻을 이해시키려고 큰 소리로 외쳤다. 그러자 의사가 그를 쳐다보았다.

「시칠리아섬에요! 아아, 각하.」 이등 대위는 넋을 잃고 말았다. 「선생님께서는 그렇게 생각하십니까?」 그는 두 손을 펼치며 자기 집 살림살이를 가리켰다. 「아내는, 또 가족들은요?」

「아, 아니, 가족들은 시칠리아섬이 아니라 캅카스로 가야 해요. 그것도 이른 봄에⋯⋯. 따님은 캅카스로 보내고, 부인도⋯⋯ 류머티즘을 고려할 때 캅카스에 있는 온천장에서 요양하고⋯⋯. 그다음은 서둘러 파리에 있는 신경과 의사인 레펠레티예 박사에게 보내 치료를 시켜요. 내가 그분한테 소개장을 써줄 테니⋯⋯. 그렇게 되면 아마도 좋은 결과가 있을 수도 있으니⋯⋯.」

「의사 선생님, 의사 선생님! 정말 그렇게 생각하십니까?」 이등 대위는 갑자기 허옇게 드러난 현관 통나무 벽을 절망스럽게 가리키며 다시 두 손을 저었다.

「아아, 그건 내 문제가 아니오.」 의사는 싱긋 웃었다. 「과학이 당신의 질문에 해답을 줄 수 있는, 나로서는 마지막 방법을⋯⋯ 이야기했을 뿐이오⋯⋯.」

「걱정하지 마세요, 의원님. 이 개는 물지 않아요.」 콜랴는 문지방에 서서 페레즈본을 향해 불안한 눈길을 던지고 있는 의사를 의식하면서 큰 소리로 떠들었다. 콜랴의 목소리는 노기를 띠고 있었다. 콜랴는 일부러 의사 선생님 대신에 〈의원님〉이라는 표현을 썼는데, 그것은 나중에 한 그의 설명에 따르면 〈모욕을 주기 위해서 한 말〉이었다는 것이다.

「이건 뭐야?」 의사는 고개를 치켜들며 놀란 눈으로 콜랴를 응시했다. 「이놈은 대체 누구요?」 그는 대답을 구하기라도 하듯 갑자기 알료샤를 향해 고개를 돌렸다.

「페레즈본의 주인이니, 의원님, 내 신상에 대해서는 신경 쓰지 마세요.」 콜랴가 다시 또랑또랑하게 대답했다.

「즈본이라고?」 의사는 페레즈본이 대체 무엇을 가리키는지 몰라서 되물었다.

「저분은 개가 어디에 있는지 모르시는 모양이군. 안녕히 가세요, 의원님, 시라쿠자에서 만납시다.」

「넌 누구야? 대체, 대체 뭐 하는 놈이야?」 의사는 무서운 표정으로 화를 벌컥 냈다.

「이곳에 사는 학생입니다, 의사 선생님. 개구쟁이니 개의치 마십시오.」 알료샤가 인상을 찌푸리며 빠른 어조로 말했다. 「콜랴, 조용히 입 다물고 있어.」 그는 크라솟킨에게 이렇게 소리쳤다. 「조금도 개의치 마세요, 의사 선생님.」 그는 더욱 마음을 졸이며 말했다.

「이런 놈은 회초리로, 회초리로 때려 줘야 해!」 약이 잔뜩 오른 의사가 발을 동동 굴렀다.

「그런데 의원님, 우리 페레즈본은 정말 물지도 몰라요!」 떨리는 목소리로 말하는 콜랴의 안색은 하얗게 질렸고, 두 눈에서는 불똥이 튀고 있었다. 「이리 와, 페레즈본!」

「콜랴, 한마디라도 더 하면 난 앞으로 자네와 절교야!」 알료샤가 강압적으로 말했다.

「의원님, 세상천지를 뒤져서 이 니콜라이 크라솟킨한테 이래라저래라 명령을 내릴 수 있는 사람은 바로 이분뿐이죠.」 콜랴는 알료샤를 가리켰다. 「이분 말씀은 제가 따르거든요,

안녕히 가세요!」

 그는 얼른 자리를 떠나 문을 열고 방으로 들어갔다. 페레즈본도 그의 뒤를 따라 달려갔다. 의사는 5초가량 멍하니 넋을 잃고 서 있다가 알료샤를 쳐다보며 갑자기 침을 탁 뱉고는 〈이런, 이런 세상에, 정말 기가 막힐 노릇이로군!〉 하고 큰 소리로 떠들면서 마차를 향해 빠른 속도로 걸어갔다. 이등 대위는 그가 마차에 타는 걸 돕기 위해 그를 쫓아갔다. 알료샤는 콜랴의 뒤를 따라 방으로 들어갔다. 그는 이미 일류샤의 침대 머리맡에 서 있었다. 일류샤는 그의 손을 잡은 채 아빠를 찾고 있었다. 잠시 후 이등 대위가 돌아왔다.

「아빠, 아빠, 이리 오세요……, 우리는…….」 일류샤는 흥분을 가누지 못하고 중얼거리더니, 더 이상 계속할 힘이 없는 듯 여윈 두 손을 앞으로 내밀어 콜랴와 아버지 두 사람을 한꺼번에 끌어당겨 자신에게 밀착시켰다. 이등 대위는 왈칵 터져 나오는 통곡을 삼키며 몸을 떨었고, 콜랴는 입술과 턱을 부르르 떨었다.

「아빠, 아빠! 아빠가 너무 불쌍해요, 아빠!」 일류샤의 입에서는 비통한 신음 소리가 새어 나왔다.

「일류셰치카…… 내 아들아…… 의사 선생님 말씀으로는…… 네가 완쾌될 거란다…… 행복해질 거라서……. 의사 선생님께서는…….」 이등 대위가 말문을 열었다.

「아, 아빠! 알고 있어요, 새로 오신 의사 선생님께서 내 병에 대해서 뭐라고 말씀하셨는지…… 다 들었어요!」 일류샤는 이렇게 소리치더니 온 힘을 다해 두 사람을 끌어안으며 아버지의 어깨에 자기 얼굴을 힘껏 파묻었다.

「아빠, 울지 마세요……. 내가 죽으면 착한 아들을 두세요,

다른 아이로요……. 우리 친구들 중에서 착한 애를 골라 일류샤란 이름을 지어 주시고 나 대신 사랑해 주세요…….」

「잠자코 있어, 애늙은이, 넌 건강해진다니까!」 크라솟킨은 정말 화가 나서 갑자기 소리쳤다.

「그런데 나를, 아빠, 나를 잊으시면 안 돼요.」 일류샤는 계속했다. 「내 무덤에 오셔야 해요……. 그런데 아빠, 날 우리의 큰 바위 옆에다 묻어 주세요. 우리가 산책을 다니던 그 바위 말이에요. 크라솟킨하고 함께 오셔야 해요, 저녁때요…… 그리고 페레즈본도……. 여러분을 기다릴게요. 아빠, 아빠!」

그의 말은 멈추었으나 세 사람은 서로를 껴안은 채 아무 말이 없었다. 니노치카는 자신의 안락의자에서 소리 없이 울고 있었으며, 모두가 울고 있다는 사실을 눈치채고는 어머니도 눈물을 흘리기 시작했다.

「일류세치카! 일류세치카!」 그녀는 울부짖었다.

크라솟킨은 갑자기 일류샤의 품에서 빠져나왔다.

「안녕, 애늙은이, 어머니가 점심 식사를 차려 놓고 기다리시거든.」 그는 빠른 어투로 말했다. 「어머니한테 미리 말씀드리지 못한 게 유감이야! 몹시 걱정하시거든……. 하지만 식사 후에 곧바로 너한테 달려와서 하루 종일, 저녁 내내 너하고 많은 이야기를, 많은 이야기를 나누겠어! 페레즈본도 데려오겠지만 지금은 데려갈게. 내가 없으면 울어 대기 시작할 거고, 그러면 널 방해할 거야. 그럼 안녕!」

그는 현관 쪽으로 달려나갔다. 그는 눈물을 흘리고 싶지 않았지만 현관에 이르자 엉엉 울기 시작했다. 알료샤는 그의 모습을 발견했다.

「콜랴, 꼭 약속대로 와야 해, 그렇지 않으면 저 애는 슬퍼할 거야.」 알료샤가 단호히 말했다.

「꼭 올게요! 에이, 빌어먹을, 내가 왜 진작에 오지 않았을까!」 콜랴는 울고 있었지만, 자신이 울고 있다는 사실을 더 이상 부끄러워하지 않으며 중얼거렸다. 그 순간 이등 대위가 갑자기 방에서 뛰어나오며 방문을 닫았다. 그의 얼굴에는 당황하는 빛이 역력했고, 입술은 파르르 떨리고 있었다. 그는 두 젊은이 앞에 서서 양팔을 높이 치켜 올렸다.

「착한 아이는 필요 없어! 다른 아이는 필요 없다고!」 그는 이를 악물며 거친 목소리로 중얼거렸다. 「예루살렘아, 내가 너를 잊는다면, 내 오른손이 말라 버릴……」[7]

그는 숨이 가쁜 듯 말을 끝내지 못하고 나무 벤치 앞에 힘없이 무릎을 꿇었다. 그는 두 주먹으로 자신의 머리채를 움켜쥐고는 이해할 수 없는 말을 지껄이며 통곡했지만, 그 울음소리가 집 안에 들리지 않게 하려고 무던히 애쓰는 모습이었다. 콜랴는 거리로 뛰쳐나갔다.

「다시 만나요, 카라마조프 씨! 당신도 오실 거죠?」 그는 카랑카랑하면서도 화가 난 목소리로 알료샤를 향해 소리쳤다.

「저녁때 꼭 오마.」

「예루살렘 이야기는 대체 무슨 뜻이죠…… 대체 무슨 말이에요?」

「그건 성서에 나오는 말씀이란다. 〈예루살렘아, 내가 너를 잊는다면〉이란 말씀은 나의 가장 소중한 것을 잊어버린다면, 또한 그것을 다른 무엇과 바꾼다면 천벌을 받을 거라는 이야기이지…….」

「아주 잘 알겠어요! 당신도 오셔야 해요! 이리 온, 페레즈

[7] 『구약 성서』 「시편」 137편의 한 구절.

본!」 그는 개한테 아주 위협적인 목소리로 말하고 나서 집을 향해 빠른 걸음으로 성큼성큼 걸어갔다.

제3권에서 계속

카라마조프 씨네 형제들 2

옮긴이 표도르 도스토옙스키 도스토옙스키(1821~1881)는 일반 독자들에게는 언젠가는 읽어야 할 작가, 평론가들에게는 가장 문제적인 작가, 문인들에게는 영감을 주는 작가 제1순위로 꼽히는, 그 영향력에 있어 누구와도 비교할 수 없는 전무후무한 작가이다. 그를 스승이라고 부른 니체로부터 그를 선구자의 한 사람으로 추앙한 프랑스의 실존주의자들에 이르기까지 20세기 사상과 문학은 모두 그의 영향 아래 있었다. 일생 동안 그를 괴롭힌 간질병, 사형 집행 직전의 특사, 기나긴 시베리아 유형 생활, 광적인 도박벽 그리고 끝없는 궁핍과 고난으로 점철된 그의 인생을 반영하듯 그의 작품들은 격정적이고 논쟁적이다.

1821년 10월 30일 모스크바의 마린스키 자선 병원 의사의 둘째 아들로 태어난 도스토옙스키는 어린 시절부터 월터 스콧의 환상적이고 낭만적인 전기와 역사 소설을 탐독했다. 이후 그는 발자크의 『외제니 그랑데』에 영향을 받아 데뷔작 『가난한 사람들』을 발표했다. 그는 당시 농노제 사회에서 자본주의 사회로 급변하는 과도기 러시아 사회 속에서의 고뇌를 작품으로 형상화했으며, 이러한 그의 사고관은 이후 러시아 메시아주의로 성장했다. 정신 분석가와 같이 인간의 심리 속으로 파고들어 가, 인간의 내면을 섬세하고도 예리하게 해부한 도스토옙스키의 독자적인 소설 기법은 근대 소설의 새로운 장을 열었으며, 그의 작품들에 나타난 다면적인 인간상은 이후 작가들에게 전범이 되었다.

옮긴이 이대우 서울에서 태어나 고려대학교 노어노문학과 및 동 대학원을 졸업했다. 프랑스 엑상프로방스 대학 및 파리 제8대학에서 박사 과정을 수료했으며, 러시아 세계문학 연구소에서 문학 박사 학위를 받았다. 현재 경북대학교 노어노문과 명예 교수로 있다. 논문으로는 「예세닌과 한국문학」, 「미래주의 시어」 등이 있으며, 지은 책으로 『러시아 문학개론』(공저)과 옮긴 책으로 『부활』, 『그 후의 세월』, 『삶이 그대를 속일지라도』 등이 있다.

지은이 표도르 도스토옙스키 **옮긴이** 이대우 **발행인** 홍예빈·홍유진
발행처 주식회사 열린책들 **주소** 경기도 파주시 문발로 253 파주출판도시
전화 031-955-4000 **팩스** 031-955-4004 **홈페이지** www.openbooks.co.kr
Copyright (C) 주식회사 열린책들, 2000, 2024, *Printed in Korea*.
ISBN 978-89-329-2464-9 04890 **ISBN** 978-89-329-2461-8 (세트)
발행일 2000년 6월 15일 초판 1쇄 2002년 1월 10일 신판 1쇄 2006년 4월 1일 신판 17쇄 2007년 2월 5일 3판 1쇄 2009년 9월 30일 3판 10쇄 2009년 12월 20일 세계문학판 1쇄 2023년 4월 5일 세계문학판 19쇄 2021년 11월 11일 특별판 1쇄 2024년 9월 25일 세계문학 모노 에디션 1쇄